팡 세

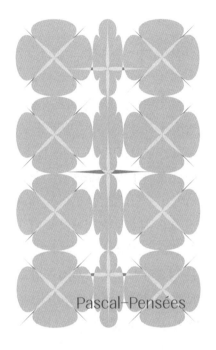

Pascal-Pensées

팡 세

블레즈 파스칼 지음 | 정봉구 옮김

인생을 정의할 필요는 없다. 인생이 어떤 것이라는 것쯤은 누구나 알고 있다. 그것만으로 족하지 않은가. 어쨌든 사는 것만으로도 좋기에 살아가는 것이다. 그릇된 가르침을 받은 사람들은 인생에 대한 그릇된 사고 방식에 사로잡혀 이렇게 말한다. 그리고 인생이 무엇인지 인생의 행복이 무엇인지 모르면서도 자신들은 살아 있다고 믿고 있다. 그것은 목적도 없이 물결대로 떠내려가는 사람이 자신이 가려는 목적지를 향해 스스로 나아가고 있다고 믿고 있는 것과 마찬가지다. 한 어린아이가 가난한 가정 혹은 부유한 가정에서 태어나 위선적인 바리새인과 학자들의 가르침을 받으며 자랐다고 하자. 그 어린아이가 갓난아기이거나 소년인 동안에는 인생의 모순도 느끼지 못하고 인생에 대한 의문도 품지 않는다. 그러므로 위선적인 바리새인이나 학자의 가르침이 불필요하며 그의 생활 지침이 될 수도 없다. 그는 다만 자신의 주위에서 생활하는 사람들을 유일한 본보기로 하여 생활 방식을 배울 뿐이다.

—《톨스토이 인생론》그릇된 가르침 —

젊은 사람이나 늙은 사람이나 결국은 모두 이 세상을 떠난다. 태어난 사람 중 이 세상을 떠나지 않는 사람은 한 사람도 없다. 또한 아무리 늙은 사람일지라도 므두셀라(Methuselah)를 알고 있는 한, 자기의 육체에는 아직도 이십 년의 수명이 남아 있다고 생각한다. 그대, 가련한 바보여, 누가 당신의 생존 기간을 보장해 주었는가? 당신은 의사들의 말을 믿고 있지만 반면에 사실과 경험을 자세히 살펴보라. 사물의 일반적인 수명에 비추어 보면 당신은 특별한 행운 덕택으로 오랫동안 살아오고 있다. 당신은 이미 일반적인 수명의 한계를 넘어섰다. 그것을 증명하기 위해서 당신이 아는 사람 중 당신 나이까지 이르지 못하고 죽은 사람들의 수가 당신 나이에 이른 사람들의 수보다 얼마나 더 많은가를 세어 보라. 그리고 명성으로써 자신의 삶을 영광스럽게 한 사람들의 명단을 작성해 보라. 그러면 틀림없이 삼십오 세를 넘겨 산 사람보다 그 이전에 죽은 사람이 더 많다는 것을 발견하게 될 것이다. 죽음은 얼마나 많은 방법으로 우리를 놀라게 하는가!

—《몽테뉴 수상록》철학을 하는 것은 —

이 책은 도서출판 육문사 교양사상신서로 1995년 4월 출간된 《팡세》를 2018년 중판을 거쳐 어휘, 문법을 수정한 안티쿠스 책장(Antiquus bookshelf) 시리즈로 재개정하여 출간했습니다. 1974년 첫 책을 발간하고 창립 50주년을 맞은 도서출판 육문사는 독자들의 세상을 보는 눈과 학문을 길러주는, 오래될수록 가치가 빛나는 세계 최고 지성들의 탁월한 작품들을 계속 만들겠습니다.

차 례

"종교 및 기타 주제에 대한 파스칼의 생각"

■ 작품《팡세》에 대하여

파스칼(Blaise Pascal)이 《팡세(Pensées)》를 이루는 단장(斷章)들을 기록하게 된 직접적인 동기는 '성형(聖荊)의 기적'이라고 전해진다.

파스칼의 누님인 질베르트 페리에 부인이 〈블레즈 파스칼의 생애〉에서 밝힌 《팡세》의 집필 동기는 이러하다.

"1656년 3월 24일 내 딸 마르그리트 페리에(Marguerite Périer. 파스칼의 생질녀)에게 기적이 일어난 거예요. 3년 반 동안이나 앓아오던 누낭염(淚囊炎)이 더욱 악화하여 실명(失明)의 위기에까지 갔고, 눈뿐만이 아니라 코와 입에서까지 고름이 나올 정도였습니다. 그 눈병은 지독한 악성 질환으로서 파리의 일류 외과 의사와 그 밖의 누구도 치료를 해내지 못했습니다. 그러던 어느 날 그 아이의 눈이 성형(聖荊—그리스도가 썼던 가시면류관의 유물이라 일컬어짐)에 닿는 순간 말끔히 나아 버린 거예요. 이 기적은 세상 사람들이 시인하는 바이며, 프랑스의 유명한 의사들이 입증하는 것으로 교회들도 엄숙히 인정했습니다. 동생(파스칼)은 그 기적을 목격한 순간 그리스도의 권능에 숙연해지는 것이었습니다."

그런데 이 '성형의 기적'은 당시 예수회와 종교논쟁을 하고 있던 포르 르와이알 쪽의 입장을 아주 유리하게 만들었던 것이다. 뿐만 아니라 그 기적은 그때까지 종교에 무관심하던 불신자(不信者)들까지도 기독교를 개종시키는 데 큰 힘이 되었다. 파스칼은 이 사건에 깊이 감동하여 포르 르와이알의 편에서 기독교를 변호하기로 결심했다.

파스칼이 《팡세》의 단장(斷章)들을 기록한 것은 한 권의 책으로서의 짜임새 있는 체계에 의한 것이 아니라, 그때그때 기억나는 사건과 연관된 단상들을 기독교적 신앙을 바탕삼아 노트 형식으로 쓴 것이다. 따라서 어떤 단장들은 우리가 그 의미를 명확하게 파악할 수 없는 것들도 있다.

《팡세》의 초판은 파스칼이 죽은 지 7년 만인 1669년에 발행된 포르 르와이알 판이다. 그의 유족들은 유고(遺稿)가 발견될 때마다 그것을 복사해 두고는 원본은 포르 르와이알로 넘겨주었다. 그런데 이 초판이 발행될 무렵 장세니스트와 예수회 사이의 논쟁은 교황의 명령으로 금지되었다. 그래서 그 단장들 가운데 예수회를 공격하는 내용의 단장과 장세니스트를 옹호하는 단장들은 초판본에서 빠질 수밖에 없었다.

초판본인 포르 르와이알 판은 파스칼의 생질(甥姪)인 에티엔느 페리에(Etienne Périer)가 쓴 서문을 붙여《종교 및 기타 문제에 관한 파스칼 씨의 제사상(諸思想)》이라는 제목으로 간행되었다. 그 후에 나온 판(版)들은 이 제목 가운데서 '제사상'만을 취하여《팡세(Pensées—사상 · 사색 · 명상)》라고 했다.

그 후 1776년에 초판에 빠져 있던 단장들을 보충하여 발행한 것이 콩도르세(Condorcet) 판(版)이다.

또 1779년에는 보슈(Bossut) 판이 나왔으며, 1842년 빅토르 쿠쟁(Victor Cousin)은 종전의《팡세》는 원고에서 삭제되었거나 가필(加筆)된 부분이 있으니 새로이 엮어 출판할 것을 프랑스 학술원에 제의했다. 그리하여 1844년에 포제르(Faugere) 판이 나왔는데 이 책이 파스칼의 초고(草稿)에 가장 충실한 판이라고 일컬어진다.

그 후 1897년에 브랑슈비크(Brunschvicg) 판이 나왔는데 이 판은 독자들이 이해하기 쉽게 내용을 분류해서 편집했기 때문에 오늘날 가장 널리 읽히고 있다. 그리고 프랑스 문호 총서의《파스칼 전집》에도 브랑슈비크 판을 넣고 있다. 또 1925년에는 슈발리에 판이, 1951년에는 라푸마(Lafuma) 판이 출간되었으며, 그 후에도 파스칼 연구가들에 의해 각기 특색 있는 다른 판들이 나오고 있다.

■ 포르 르와이알 판(版) 머리말

파스칼은 수학·물리학, 그밖에 세속적인 학문 연구에서 큰 진보를 보였으나 젊었을 때 그것을 중단하고 30세경부터 더욱 진지하고 고귀한 문제에 관심을 두기 시작하여 건강이 허용하는 한 《성서》와 교부(敎父)들 및 기독교 도덕의 연구에 전념하였다.

그가 그런 학문에 뛰어나 있었다는 것은 그의 업적이 성공을 거둔 사실만으로 분명하지만, 만일 하느님이 그가 여생을 바쳐서 이룩하려고 했던 종교상의 저술을 완성하는데 충분한 시간을 주셨더라면 그 저작은 그가 이룬 다른 어떤 업적들보다도 훨씬 더 뛰어난 것이 되었을 것이라고 모두들 말하고 있다. 왜냐면 사실 이 문제에 관한 그의 견해는 다른 어떤 문제에 관한 견해보다 훨씬 훌륭한 것이었기 때문이다.

이제 여기에 수록하는 아주 불완전한 것처럼 보이는 단장(斷章)들만 보더라도 위에서 한 말이 이해하기 어렵다고 생각하는 사람은 아마도 없을 것이다. 더구나 그가 그 단장들을 기록한 연유나 우리가 그것을 편집한 경위를 안다면 더욱 그러할 것이다. 여기에 그 경위에 대하여 말하려고 한다.

파스칼이 작품의 복안(腹案)을 세운 것은 그가 죽기 몇 해 전의 일이었다. 그러나 그가 그렇게 오랫동안 이렇다 할 만한 저술을 하지 않았다고 해서 의아하게 생각할 필요는 없다. 그는 여러 가지 견해를 외부에 발표하기에 앞서 깊이 생각하여 머릿속에서 정리하고 소기의 성과를 거두기 위해서는 어느 것을 앞에 가져오고 어느 것을 뒤로 돌릴 것인가, 전체를 어떤 순서로 배열할 것인가에 대해 심사숙고(深思熟考)하는 것이 상례였다. 그리고 그는 한번 머릿속에 넣어둔 것은 절대로 잊어버린 적이 없다고 가끔 스스로 말했을 정도로 탁월한 기억력을 갖고 있었으므로, 한 가지 문제에 대해 한동안 마음을 쏟고 있을 때도 일단 머리에 떠오른 사상이 사라지지 않을까 걱정하는 일은 전혀 없었다. 그가 집필을 가끔 뒤로 미룬 것은 그럴만한 시간이 없었기 때문이기도 했고 또 언제나 건강이 여의찮아서 일하는 것이 불가능했기 때문이기도 했겠지만, 주요한 이유는 앞에서 말한 바와 같이 자신의 비상한 기억력을 믿고 있었다는 것이다.

그리하여 우리는 그의 죽음과 더불어 그의 복안의 대부분을 잃어버린 셈이다. 그는 이용하려고 했던 주요한 논리나 자기 저작에 근거를 이룰 만한 기초, 그리고 거기에서 채택하려고 했던 순서 등에 대해서는 거의 아무것도 써서 남긴 것이 없다. 그런데 이런 것들은 매우 중요한 사항이다. 그 모든 것을 그는 자기 머리와 기억 속에 완전히 새겨 두고 있었던 것이다. 그러나 쓰는 것이 가능할 때 쓰기를 게을리했기 때문에 정작 쓰려고 했을 때는 이미 쓸 수 없는 상태에 놓이고 말았다.

그러나 그 전에 어떤 기회가 주어졌다. 즉 10년이나 12년쯤 전에[1] 그 계획에 대해 그가 생각하는 것을 글로 쓰는 것이 아니고 육성으로 대강 이야기해 달라는 청을 받았던 것이다.[2] 그래서 그는 부탁받은 대로 몇 사람의 저명한 친구들 앞에서 이야기했다. 그는 그때 자기가 쓰려는 책의 원안(原案)을 짤막하게 들려주었다. 즉 그는 자기 책의 주제(主題)와 자료(資料)가 되는 것을 그들에게 제시하고 그 논거(論據)와 원리를 요약하여 말했으며, 또한 자기가 다루려는 문제의 순서와 맥락(脈絡)을 분명히 밝혔다. 그곳에 참석했던 모든 사람은 그러한 문제를 판단하기에 더할 나위 없이 능력 있는 사람들이었는데, 그들은 다음과 같이 고백했다.

"이만큼 훌륭하고 견실하고 감동적이고 또 설득력 있는 이야기는 이제

---

1) 이 서문이 쓰인 해가 1669년이니까, 10년~12년 전이라면 1657년에서 1659년 사이의 일로 추정된다.
2) 파스칼은 이 강연을 하기 전에 이미 《팡세》의 일부 단장들을 완성했다.

까지 들어 본 적이 없다. 그의 이야기에 완전히 매료(魅了)되어 버렸다. 미리 준비하지도 않고 또 특별히 힘을 들이지도 않고 즉석에서 두세 시간에 걸쳐 계속된 이 이야기의 의도와 복안을 보더라도, 이것이 그 능력과 재능이 알려진 파스칼과 같은 인물에 의해 이루어지고 완성되었더라면 얼마나 훌륭한 저술이 되었을지는 상상하기가 어렵지 않다. 그는 모든 저술을 고심해서 썼으며 남의 눈에 아무리 좋게 보여도 자기의 처음 견해에 절대 만족하지 않고 처음부터 남의 눈에 훌륭하게 보였던 문장을 가끔 8회 내지 10회에 걸쳐 수정하는 것이 버릇되어 있었으니 말이다."[3]

그는 그들에게 사람들의 마음에 가장 깊은 인상을 주고 사람들을 설득하는데 가장 적절한 증거가 되는 것이 무엇인가를 밝히고 나서, 기독교야말로 이 세상에서 의심할 여지가 없는 것으로 인정받는 다른 것과 마찬가지로 확실성과 명증성(明證性)을 갖고 있는 종교라는 것을 보여 주고자 했다.

그는 먼저 인간의 묘사로부터 시작했다. 인간의 내면이나 외면에서 마음의 가장 은밀한 움직임에 이르기까지 인간을 아는 데 유용한 것은 하나도 잊지 않고 말하였다. 다음에 그는 모든 것, 특히 자기 자신에 관해서는 언제나 완전한 무지와 무관심 속에 살아온 한 인간이 위에서 말한 묘사에 의해 도리어 자기를 돌아보고 자기가 무엇인가를 성찰하는 경우를 가정했다. 이 사람은 그때까지 자기가 미처 생각하지 못했던 수없이 많은 것을 발견하고 놀란다. 그는 파스칼이 그에게 깨닫게 하려고 생각했던 모든 것, 즉 그의 위대함과 비천함, 그의 장점과 단점, 그에게 남겨진 약간의 광명과 거의 사방을 에워싸고 있는 암흑, 그리고 끝으로 그의 본성 속에 있는 불가사의한 모순 등을 알고는 놀라지 않을 수 없었을 것이다. 만일 그에게

---

3) 《프로방시알》 제18서(書) 등은 13회에 걸쳐 고쳐 쓴 것이라고 한다.

다소의 이성(理性)이 있다면 그는 그 후로는 벌써 무관심할 수는 없게 될 것이다. 그때까지 아무리 무감각한 인간이었을지라도 이리하여 자기가 어떤 존재인가를 알게 된 이상 자기가 어디서 와서 어디로 가는가를 알고 싶어 할 것이다.

파스칼은 이 사람으로 하여금 이 중대한 의문을 풀지 않고서는 견디지 못하게 하여 처음에는 철학자들을 찾아가게 한다. 그리하여 그는 모든 학파의 대철학자들이 인간의 문제에 대해 논한 것을 이 사람에게 남김없이 말해주고 나서 그들의 제언 속에 들어있는 많은 결함·약점·모순·허위 등을 알아차리게 하여, 자기가 신뢰할 만한 철학자는 없다는 것을 깨닫게 한다.

다음에 파스칼은, 그로 하여금 전 세계와 모든 시대를 편력(遍歷)하게 하고 그곳에서 만나는 무수한 종교로 관심을 돌리게 한다. 그러나 한편 매우 명확한 이유로 그 모든 종교가 허영과 우매와 오류와 미혹과 불합리에 가득 차 있으며, 그를 만족시킬 수 있는 것이 하나도 없음을 알게 한다.

끝으로 그는 이 사람으로 하여금 유대민족에게 눈을 돌리게 한다. 그리하여 곧 그의 주의를 끄는 매우 기이한 면을 관찰하게 한다. 파스칼은 그에게 이 민족이 갖고 있는 모든 특성을 보여 주고 나서 어떤 독특한 책—그것에 의해 이 민족이 자신들을 다스리고, 그 속에 이 민족의 역사와 법률과 종교가 모두 포함된—에 주목하게 하려고 특히 오랫동안 거기에 머무르게 한다. 책을 펴자마자 그는 세계가 유일한 신의 창조물이며, 그 신이 인간을 자기의 형상대로 지었고 그 상태에 어울리는 육체적·정신적인 모든 장점을 부여했다는 것을 이해하게 된다. 그러나 그는 아직도 이 진리를 이해하지 못할 테지만 마음속으로 기뻐할 것이다.

그리고 신은 인간을 비롯하여 우주 만물의 창조주라는 가설(假說) 쪽이 이들 인간이 자신의 고유한 빛에 의해 상상해 낸 어떤 가설보다도 나은 진실한 것이라는 것을 알게 하는 데는 이성만으로 충분하다. 그를 여기에 머무르게 한 것은 인간을 묘사한 그 책에 의해 그가 창조주의 손에서 떠나 있을 때 갖고 있었던 장점을 현재는 전혀 갖고 있지 않다는 것을 깨닫게 하기 위해서였다. 그러나 그는 오래 이 의문을 그대로 품고 있을 수 없다. 왜냐하면 같은 책을 계속해서 읽어 나가는 동안에 신에 의해 무죄의 상태로 창조되어 모든 것이 완전무결했던 인간은 그 최초의 행위에서 창조주를 배반하여 신으로부터 부여받은 모든 장점을 신에게 거역하기 위해 악용했다는 것을 발견하게 되기 때문이다.

그리하여 파스칼은, 이 죄는 모든 죄 중에서 가장 큰 것이며 이에 대한 형벌은 단지 최초의 인간이 그 때문에 본래의 상태로부터 실추하여 즉시 비참하고 연약하며 오류와 미혹에 빠진 사실에서 찾아볼 수 있을 뿐만 아니라, 그 사람으로부터 대대로 그 타락을 이어받아 전달해 가는 그의 모든 자손 가운데서도 찾아볼 수 있다는 것을 이해하게 한다.

다음에 파스칼은 이와 같은 진리를 발견할 수 있는 이 책의 여러 부분을 그에게 보여 준다. 파스칼은 이 책 속에서는 인간이 이런 연약하고 혼란된 상태에 관련해서만 이야기되고 있지는 않으며, 모든 육신은 부패하고 인간은 감성(感性)에 이끌리며 태어났을 때부터 이미 악으로 기울어지는 경향이 있다고 자주 역설하고 있는 점에 주의를 기울이게 한다. 그는 또한 이 최초의 타락이야말로 인간의 본성 속에 있는 매우 불가해한 모든 것의 원인일 뿐만 아니라 인간 밖에서 그 이유를 알 수 없는 무수한 현상(現象)의 원인이라는 것을 알게 한다. 끝으로 그는 이 책에 그렇게 잘 묘사되어 있는 인간이 그가 처음에 묘사한 인간상(人間像)과 조금도 다르지 않다는 것을 보여 준다.

그러나 이 사람으로 하여금 자신의 상태가 이렇듯 비참하기 짝이 없다는 것을 알게 하는 것만으로는 충분치 않다. 파스칼은 한 걸음 나아가서

이 책 속에 그를 위로하는 것이 있음을 알게 한다. 그리고 사실상 구원은 신의 손에 달려있고 우리에게 없는 힘을 얻으려면 신에게 간구해야 하며, 신은 스스로 자비를 베풀어 인간을 위해 속죄하고 또한 인간의 무력함을 보충하기 위해 구주(救主)를 보내겠다는 내용이 이 책에 씌어 있는 것을 그에게 주목하게 한다.

이 유대민족의 책에 씌어 있는 매우 특이한 대목에 대해 여러 가지로 설명하고 나서 그는 지고(至高)한 실재(實在)에 대해 엄숙하게 말하고 참된 종교의 관념을 제공한 것은 오직 이 책뿐이라고 생각하게 한다. 그는 이 책이 교시(教示)한 것 이외에도 매우 뚜렷한 특징을 이 사람에게 이해시키고, 이 종교가 숭배의 대상인 신의 사랑 가운데 그 예배 의식의 중심을 두고 있다는데 특별한 주의를 환기한다. 이것이야말로 독특한 특성이며, 이 종교를 다른 모든 종교와 구별하는 것으로 이와 같은 본질적인 특징이 결여된 데에 다른 종교의 허위성이 드러난다는 것이다.

파스칼은 부지불식간에 이해할 수 있을 때까지 이 사람을 인도하여 그가 거기서 발견한 진리를 확신하려고 위해 별다른 말은 하지 않지만 그 진리를 받아들여야 한다는 것을 누가 알려 주기만 하면 기꺼이 받아들일 수 있는 상태에 놓아두며, 또한 그것이 그의 평안을 위해서나 그의 의문의 해결을 위해 매우 큰 공헌을 한다는 것을 알고 그 진리가 견실하고 토대가 확실하기를 마음속으로 원하는 상태에 놓아둔다.

이것은 도리(道理)를 알게 된 사람이 파스칼이 위에서 보여준 모든 내용을 일단 올바로 깨우쳤을 때 당연히 취하는 태도이다. 그렇다면 이 사람은 저자가 기독교의 토대를 이루는 것으로서 이해시키려고 한 이 중요한 진리의 진실성과 명확성을 입증하기 위해 계속해서 제시하고자 하는 모든 증거도 쉽사리 긍정하게 될 것이다.

그는 여기에 제시된 진리가 양식(良識) 있는 사람이라면 의심할 수 없는 확실한 책 속에 기록되어 있다는 것을 일반적으로 보여주고 나서, 이 증거의 몇 가지를 간단히 기술하기 위해 이러한 진리가 특히 산재(散在)되어 있는《모세의 서(書)》에 특히 주목하여 의심할 수 없는 많은 사실을 열거하면서, 모세가 거짓말을 쓰거나 또한 모세가 교활한 인물이었다는 것도 그에게서 그 책을 물려받은 유대민족이 그것에 의해 기만당한다는 것도 마찬가지로 있을 수 없는 일이라는 것을 분명히 밝히고 있다.

그는 또 이《모세의 서(書)》에 기록된 위대한 기적에 대하여도 언급하고 있다. 그리고 그것들은 거기서 교시되고 있는 종교에 큰 가치를 부여하고 있으므로 비단 그 기적을 기록하고 있는 책의 권위에 의해서 뿐만 아니라, 그 기적에 부수(付隨)되어 일어난 그 기적을 의심할 여지가 없게 한 모든 사실로 미루어 보더라도 거짓이 아니라는 것이 입증된다.

파스칼은 또 모세의 율법이 얼마나 표징적(表徵的)이었던가를, 즉 유대민족에게 일어난 일이 오직 메시아의 강림(降臨)으로 완성되는 진리의 표징이었다는 것으로, 표징을 뒤덮은 막이 일단 제거되기만 한다면 그것들이 예수그리스도를 받아들인 사람들을 위해 성취되고 완성되었다고 보는 것은 쉬운 일임을 주장한다.

이어서 그는 종교의 진리를 예언에 의해 입증하려고 한다. 이 점에 대해 그는 다른 어느 점보다 훨씬 많이 언급한다. 그는 이 문제에 대하여 많이 연구하였으며, 또 그의 독특한 견해를 갖고 있었으므로 그 설명 방법도 매우 명쾌하며 그 의미와 성과를 놀라울 만큼 독자적(獨自的)으로 해명하여 모조리 백일하(白日下)에 드러내고 이에 대해 그의 전 능력을 발휘한다.

이리하여 그는《구약 성서》의 모든 기록을 통독하고 종교의 진리의 바탕이 되고 증거가 되는 여러 가지 확실한 고찰을 한 다음 끝으로《신약 성서》에 대하여 말하고 복음서의 진리에서 이 종교의 진리의 증거를 이끌어 내고자 한다.

그는 먼저 예수그리스도로부터 시작한다. 그리스도를 예언과 모든 율법의 표징에 의해 기독교를 이미 항변할 여지가 없을 만큼 증명하고, 그것들이 그리스도에게서 완전히 이루어졌다고 주장했음에도 불구하고, 나아가서 그리스도의 인격과 그 기적과 그 설교와 그 생활 등에서 찾아낸 많은 증거를 제공한다.

다음에 그는 사도들에게 주목한다. 그들이 교활했거나 잘못을 저질렀다고 가정하지 않고서는 그들을 허위의 무리로써 책할 수 없다고 확증한 다음, 그들이 곳곳에서 소리 높여 선포한 신앙의 진실성을 설명하려면 그러한 가정은 모두가 똑같이 불가능하다는 것을 밝히고 있다.

요컨대 그는 복음서 자체에 대하여, 복음사가(福音史家)들의 문체(文體)와 그들의 인격에 대하여, 특히 사도들과 그들의 문서(文書)에 대하여, 수많은 놀라운 기적에 대하여, 순교자들에 대하여, 성도들에 대하여 한마디로 말해서 기독교가 완전히 성립되기까지 밟아온 모든 과정에 대하여 매우 훌륭한 지적을 하면서 복음 역사의 진실성에 공헌할 수 있는 것은 하나도 빠뜨리지 않았다. 그리고 단 한 번의 강연으로는 저작에서 다루고자 하는 광범위한 제목을 상세히 논할 여유가 없었음에도 그는 위에서 말한 것이 인간의 힘으로는 불가능한 일이라는 것과, 인간들 사이에 확립되도록 스스로 도래한 종교를 항변하기 어려운 방법으로 입증하기 위해 모든 다른 사건과 사물을 서로 관련지어 그것을 통합 총괄할 수 있었던 것은 신뿐임을 이해시킬 만한 것은 모두 말하였다.

이상은 파스칼이 그 강연에서, 방금 구상 중인 대(大) 저술의 요약으로서 청중에게 말한 골자이다. 나는 최근에 알게 된 당시의 참석자의 한 사람으로부터 들은 것을 여기 기록한 것이다.[4]

이제 공개되는 이들 단장(斷章) 속에서 우리는 파스칼의 이 커다란 원안(原案)의 일부를 볼 수 있을 것이다. 그러나 그것은 극히 근소하며, 게다가 매우 불완전하고 부연(敷衍)도 소화(消化)도 불충분하며, 파스칼이 취급하려던 방법 중의 극히 조잡한 개념만을 주는 것에 불과하다.

그리고 여기에 공개되는 얼마 안 되는 것 중에는 소재의 배열에 있어서 그 순서나 연결이 그대로 지켜지지 않은 것은 결코 이상한 일이 아니다. 서로 관련되는 것이 거의 없었기 때문에 순서를 고집하는 것은 무의미한 일이었다. 그리하여 현시점에서 가장 적절하고 타당하다고 생각된 방법에 따라 대강 배열하는 것으로 만족할 수밖에 없었다. 우리는 되도록 많은 사람들이 일단 저자의 원안(原案)을 잘 이해하고 나서 순서의 결함을 스스로 보충하고, 이 단장 속에 산재하는 여러 가지 자료를 자세하게 고찰하면서 쓴 사람의 사상을 더듬어 감으로써 결국 무엇에 귀착하는가를 쉽게 판단하기를 바란다.

만일 앞에서 말한 파스칼의 강연을 모두 구술(口述)된 대로 적어서 남겨 놓았더라면 이 저작의 손실은 어느 정도 보충되었을 것이며, 설사 불완전한 것이라 하더라도 적어도 그 작은 견본(見本)쯤은 되었을지 모른다. 그러나 신은 그가 우리에게 그 중의 어느 하나도 남기기를 허락하시지 않았다. 그는 그 후 얼마 안 가서 피로가 쌓여 쇠약해지더니 병마에 사로잡혀 그 생애의 마지막 4년 동안은 겉보기에는 그다지 건강이 나쁜 것 같지 않았으며, 언제나 병상을 떠날 수 없는 정도도 아니었지만 기분이 매우 언짢고 무슨 일에나 마음을 쏟는 것이 거의 불가능하게 되었다. 그리하여 그에게 되도록 집필하지 않도록 하고 조금이라도 정신을 집중하는 일은 절대로 못 하게 하여, 중요하지 않은 일이나 별로 피로를 가져오게 하지 않는 것만 이야기하게 하는 것이 주위 사람들의 최대의 배려이고 주요한 관심

---

4) 이 서문의 필자 에티엔느 페리에는 당시의 참석자 피오 드 라 시에즈로부터 들은 이야기를 토대로 앞의 내용을 쓴 것 같다.

사였다.

그런데도 이 피로와 병마의 연속인 4년 동안에 그는 당시에 구상하고 있던 이 저작의 현존하는 부분, 즉 우리가 여기에 공개하는 모든 것을 기록했다. 그는 이를 위해 충분히 일할 수 있게 하고, 또 머릿속에서 이미 소화되고 마련되어 있는 것을 쓸 수 있도록 건강이 회복되기를 기다리고 있었으나 그래도 어떤 새로운 사상·견해·관념·표현·언어 구사 등 훗날에 그의 계획을 실현하는 데 도움이 될 만한 생각이 머리에 떠오르면 그것을 잊어버리지 않도록 아무 데나 기록해 두었다. 그 무렵의 그는 건강했을 때처럼 그 일에 전념하거나 머리에 떠오르는 것을 기억 속에 깊이 새겨둘 수 있는 상태에 있지 않았기 때문이다. 그래서 그는 무엇이고 가까이 있는 종잇조각에 간략하게, 또 대부분은 불완전한 표현으로 자기의 사상을 적어 놓았다. 그는 단지 자기 자신을 위해 그것을 썼으므로 머리가 피로하지 않도록 극히 간단히 기록하였는데, 그것도 머리에 떠오른 견해나 관념을 상기하는 데 필요한 것만 적어 두면 그것으로 충분하다고 생각했다.

이 책 속 대부분의 단장은 이렇게 해서 쓰인 것이다. 그러므로 그 가운데는 매우 불완전한 것과, 너무 간단한 것, 설명이 불충분한 것, 꽤 어색하고 무미건조한 말이나 표현이 있다고 해서 놀랄 일은 아니다. 그러나 때로는 펜을 잡으면 아주 건강했을 때와 똑같은 정력과 열성을 가지고 썼다고는 할 수 없어도 자기 마음이 내키는 대로 별로 지장을 느끼지 않고 그 사상을 밀고 나가 어느 정도 전개하기도 했다. 다른 것들에 비해 더욱 잘 부연(敷衍)되고 서술된 사상이나 훨씬 연결이 잘된 완전한 장(章)이 있는 것은 그 때문이다.

이상에서 《팡세》가 쓰인 경위에 대해 말했다. 생각건대 한 병자가 가벼운 동기와 연약한 시도(試圖)에서 마음에 떠오른 사상을 놓치지 않으려고 자기 자신만을 위해 메모해 둔 채 그 후 한 번도 다시 읽어 보거나 손질도 하지 않은 것만을 보아도 누구보다도 명쾌하고 질서를 세워 사물을 처리하고, 또 그토록 특이하고 고귀한 그리고 품위 있는 표현을 자기가 말하고자 한 내용에 부여했다는 것을 알게 한 그가 지금까지의 어느 저작에 대해서보다도 힘을 다할 결의를 하고 그것을 위하여 신이 주신 모든 정력과 재능을 기울이기를 원하여 그것을 완성하려면 건강이 허락해도 10년의 세월이 필요하다고 평소에 말한 이 저작이 만일 건강이 완전히 회복되어 최후의 추고(推稿)까지 할 수 있었던들 그 저작이 어떤 형태가 되어 있으리라는 것은 누구나 상상하기가 어렵지 않으리라고 생각한다.

파스칼이 종교에 관해 집필할 계획을 하고 있다는 것을 알고 있었던 우리는 그가 죽은 후에 이 문제에 관해 쓴 것은 낱낱이 수집했다. 그것들은 모두가 몇몇 묶음으로 정리되어 있었으나 내가 이미 지적한 대로 그가 마음에 떠오르는 대로 종잇조각에 적은 그의 사상의 최초의 표현에 지나지 않았으므로 순서도 없고 연결도 잘되지 않았다. 그것들은 모두가 매우 불완전할 뿐 아니라 필적(筆跡)도 되는대로 써 놓은 것이어서 판독(判讀)하는 데 무척 고생했다.

우리가 처음에 한 일은, 그것을 있는 그대로 그 혼란된 상태 그대로 정서(淨書)하는 것이었다. 그러나 그렇게 해서 원고보다 읽기 쉽고 검토하기 쉽게 해 본즉, 우선 그것이 일정한 형식이 갖춰지지 않고 연결도 되지 않으며 또 대부분이 설명이 불충분하다는 것을 알게 되었다. 그래서 여러 식견 있는 사람들의 간청에도 불구하고 여러 해 동안 도저히 그것을 책으로 낼 엄두를 낼 수가 없었다. 왜냐하면 이 문서를 있는 그대로의 형태로 간행하면 이미 평판이 나 있는 이 저작에 대해 세상 사람들이 갖고 있는 기대와 예상을 도저히 만족시킬 수 없으리라고 생각했기 때문이다.

그러나 결국 우리는 간행을 바라는 세상 사람들의 간곡한 요청과 열망

앞에 양보하지 않을 수 없게 되었다. 그리고 이 책을 읽을 만한 사람이라면 조잡한 소묘(素描)와 완성품을 구별하고 설사 불완전한 견본(見本)이라도 그것에 의해 전체의 저작을 헤아려 볼 만한 공정한 판단력을 충분히 소유하고 있으리라고 믿고 비교적 가벼운 마음으로 일을 추진하였다. 그리하여 우리는 이것을 공표하기로 결심했다. 그러나 공표하는 데에는 여러 가지 방법이 있는데 그중에서 어떤 방법을 택할 것인가를 결정하는데 상당한 시일을 보냈다.

제일 먼저 머리에 떠오르고 확실히 가장 쉬운 방법이라고 생각한 것은 그것들을 발견된 그대로의 형태로 곧 인쇄하는 것이었다. 그러나 우리는 곧 그렇게 하면 거기서 기대할 수 있는 결과의 대부분을 모두 잃게 되리라고 생각하게 되었다. 왜냐하면 잘 연결되고 명확하게 전개된 사상이 반쯤 소화된 다른 사상 속에 뒤섞이거나 흡수되어 있는가 하면, 또 그것을 쓴 당사자 이외에는 아무도 거의 알 수 없는 것도 있어서 한쪽이 다른 쪽을 손상하지 않을까 생각되었고, 혹은 세상 사람들의 눈에 불완전한 사상을 쓸데없이 부풀린 것처럼 보이는 이 책이 순서도 맥락도 없이 아무 쓸모없는 혼란의 퇴적(堆積)으로 생각될 우려가 있었기 때문이다.

이런 기록을 공표하는 제2의 방법은, 미리 가필하여 불투명한 사상을 분명히 하고 불완전한 것을 완성해서 모든 단장(斷章) 가운데서 저자의 계획을 끄집어내어 그가 저술하려고 한 저작이 되도록 어느 정도 보충하는 것이다. 이 방법은 분명히 최선의 것이었을지도 모른다. 그러나 그 일을 훌륭히 마치기도 매우 어려운 일이었다. 아무튼 우리는 꽤 오랫동안 이 방법이 좋겠다고 생각했다. 그뿐만 아니라 실제로 그것을 시작했다. 그러나 결국 이 제2의 방법도 제1의 방법과 마찬가지로 포기하지 않을 수 없게 되었다. 왜냐하면 어떤 저자의, 더구나 파스칼과 같은 저자의 사상이나 기획(企劃) 속에 올바로 개입한다는 것은 거의 불가능하다고 생각되었기 때문이다. 그렇게 한다면 파스칼의 저작이 아니라 전혀 엉뚱한 것을 간행하게 되는 것이다.

이리하여 이 기록을 공표하는 두 가지 방법이 지닌 불편을 모두 피하기 위해 우리는 양자의 중간을 가는 제3의 방법을 취하여 이 어록을 작성하기로 했다. 우리는 많은 단장 중에서 가장 명백하고 가장 완전한 것을 모았다. 그리하여 그것에 조금도 가필이나 수정하지 않고 수집된 그대로 간행하였다. 다만 연결도 관계도 없이 여기저기 마구 흩어져 있던 것에 다소의 질서를 주어 같은 주제(主題)의 것을 같은 제목 아래 정리하는 데 그쳤다. 그밖에 너무 불분명하거나 불완전한 것은 모두 삭제하기로 했다.

삭제한 것이 별로 훌륭한 것이 아니라든가, 또 그것을 이해하는 사람에게 뛰어난 견식(見識)을 주지 않을 것이라는 이유 때문이 아니다. 다만 우리는 그것들을 명백하게 하고 완성하는데 힘을 기울이지 않기로 했으므로 그대로의 형태로는 전혀 무의미하다고 생각했기 때문이다. 이것에 대해 얼마간 이해를 돕기 위해 여기에 한 가지만 그 예를 들고자 한다. 이렇게 하면 우리가 생략한 것이 어떤 것이었는지 대개 짐작이 갈 것이다. 다음과 같은 사상이 그것이며 그 단장 속에 있었던 그대로의 형태이다.

"부(富)에 대하여 말하는 직공(職工), 전쟁·왕권 등에 대하여 말하는 율사(律士). 그러나 부자는 부에 대하여 말을 잘하고, 왕은 자기가 베푼 커다란 은혜에 대하여 태연하게 말할 수가 있으며, 신은 신에 대하여 잘 말할 수 있다."[5]

이 단장 속에는 하나의 매우 훌륭한 사상이 들어 있다. 그러나 대다수의 사람은 그것을 알 수 없다. 왜냐하면 그것은 대단히 막연하고 간결하게 생략된 형식으로 매우 불완전하게 표현되어 있기 때문이다. 그러므로 그의

---

5) 단장 799.

입을 통해 평소에 그런 사상을 들어본 적이 없는 사람에게는 이 혼란스럽게 엇갈린 표현으로는 의미가 이해되지 않을 것이다. 그것이 의미하는 것은 대개 다음과 같다.

그는 《성서》 특히 복음서의 문체에 대하여 여러 가지로 매우 색다른 특징을 지적했으며 전에는 아무도 알아차리지 못했을 것으로 생각되는 장점을 알고 있었다. 그중에서도 그가 특히 감탄한 것은 예수그리스도가 가장 중대하고 숭고한 내용, 예컨대 신의 나라 성도(聖徒)들이 천국에서 누리는 영광과 지옥의 고통 등에 관해 이야기할 때 교부(敎父)들이나 다른 사람들이 그런 것들에 관해 이야기할 때처럼 그것을 과장해서 말하지 않고 소박하고 단순하면서도, 이를테면 냉정한 태도로 말했다는 것이다.

그리고 파스칼은 우리에게는 매우 위대하고 숭고한 일이 예수그리스도에게는 반드시 그렇지도 않다는 것에 그 진정한 원인이 있다고 말했다. 그렇다면 예수가 그런 내용을 조금도 경탄하지 않고 말했다고 해서 별로 이상하게 여길 것이 못 된다. 이것과는 비교가 되지 않겠지만 누구나 알고 있는 바와 같이 일군(一軍)의 장수(將帥)가 된 자는 어떤 중요한 진지의 포위나 격전에서의 승리와 같은 일에 대하여 조금도 흥분하지 않고 예사롭게 말하며, 왕 된 자는 1,500만이나 2,000만 정도의 금액을 예사롭게 말하지만 일개 필부(匹夫)나 한 직공이 그것을 말하게 되면 매우 흥분하게 되는 것과 비슷하다.

이상이 이 단장을 구성하고 있는 몇 마디 말속에 깃들어 있는 사상이다. 그리고 도리에 합당하고 성실하게 행동하는 사람들의 마음에는 그런 생각은 그와 비슷한 다른 여러 생각과 함께 예수그리스도의 신성(神性)에 관한 몇 가지 증거로서 분명히 도움이 될 수 있는 것이다.

단지 이 하나의 예로도 우리가 생략한 단장이 대개 어떤 것이었는지 판단할 수 있을 뿐만 아니라, 또한 거의 모든 기록이 이를테면 어떤 방심(放

心)과 해이한 가운데 쓰였는가를 알 수 있을 것이다.

내가 말한 것 중에서도 특히 충분히 명심해 주기를 바라는 것은 파스칼이 이 단장들을 쓴 것은 오직 자기만을 위해서였으며 이런 형식으로 간행되리라고는 꿈에도 생각지 못했다는 것이다. 그러므로 여러 가지 결함이 눈에 띄더라도 용서해 주기를 바란다.

이 책에 다소 애매한 사상이 있다고 하더라도 조금 노력하면 그것은 쉽사리 이해할 수 있을 것이다. 그리고 그런 애매한 사상도 다른 것 못지않게 중요한 것으로 생각하여 그것에 많은 말을 보태어 명백하게 하려다가 오히려 장황하게 만들어서 풍부한 내용을 몇 마디의 말로 요약해 표현하는 데서 오는 특수한 아름다움을 잊어버리기보다는 오히려 그대로 발표하는 쪽을 택한 우리의 방법에 독자는 찬동해 줄 것으로 생각한다.

그 한 가지 예는 "예언에 의한 예수그리스도의 증거" 속에 있는 단장에서 볼 수 있다. 그것은 다음과 같은 말로 표현되어 있다.

"특수한 사건들에 대한 예언들은 메시아에 관한 예언들과 뒤섞여 버렸으므로 메시아에 관한 예언들이 증거를 갖지 않을 수 없었으며, 특수한 예언들은 이루어지지 않을 수 없었다."[6]

파스칼은 이 단장에서 메시아만을 보고 그와 그에 관한 것만을 예언해야 할 예언자들이 그들의 의도와는 전혀 관계가 없고 무익하게 보이는 특수한 사건을 때때로 예언한 이유를 말하였다. 즉 그 이유는 이런 특수한 사건이 예언자들이 예고한 대로 세상 사람들의 눈앞에서 이루어짐으로써 자신들이 분명한 예언자로서 인정받고 메시아에 관한 자기들의 예언이 진실성과 확실성을 아무도 의심하지 못하게 하기 위해서라고 그는 말하고 있다. 그런 까닭에 메시아에 관해 예고하는 예언자들은 이런 방법으로 확

---

6) 단장 712. 의미가 조금 어긋나나 여기서는 서문을 따름.

증되고 실현된 그런 특수한 예언으로써 자기들 예언의 명증성과 권위를 얼마간 보여 주었다. 그리하여 특수한 예언은 메시아의 예언을 증거하고 권위를 세우기 위해 유용했으니, 결코 무익한 것도 헛수고도 아니었다.

이상이 이 단장이 부연(敷衍)되고 전개된 의미이다. 그러나 이처럼 해설하고 설명해서 비로소 알기보다는 저자의 말만으로 독자 자신이 그 의미를 찾아낸다면 누구나 더욱 큰 기쁨을 맛볼 수 있을 것이다.

그리고 이 책 속에서 신의 존재·영혼의 불멸, 그밖에 기독교적인 신앙의 여러 가지 문제에 관한 기하학적(幾何學的) 증명이나 논증을 기대하는 사람이 있을지 모르지만 그들의 오해를 풀고 파스칼의 의도가 그런데 있지 않았다는 것을 미리 알리는 것은 매우 적절한 일로 생각된다. 파스칼은 이런 종교의 진리를 증명할 때 완고한 사람들의 고집도 설득할 수 있는 어떤 명백한 원리에 입각한 논증에 의하지 않고 정신을 이해시키기는커녕 오히려 교란하는 일이 많은 형이상학적 추리(推理)에 의하지도 않고 또한 자연의 여러 가지 현상에서 끌어낸 흔한 이유에 의하지도 않고, 오히려 정신보다는 마음에 호소하는 도덕적인 증명에 따르고자 했다. 말하자면 그는 정신을 설득하여 그것을 이해시키기보다는 마음을 움직이려고 하였다. 왜냐하면 마음과 의지를 부패하게 하는 악의 정념과 집착은 신앙에 대해 우리가 갖는 최대의 장해이며 주요한 방해물로서 이런 장해를 제거하기만 한다면 정신으로 하여금 그것을 설득할 수 있는 빛과 도리를 받아들이게 하기는 별로 어려운 일이 아님을 그는 알고 있었기 때문이다.

이 기록을 읽어 나가면 위에서 말한 것을 쉽사리 이해할 수 있을 것이다. 그러나 파스칼은 이에 대해, 이 책에는 들어 있지 않지만 그의 원고에는 섞여 있던 하나의 단장 속에서 스스로 다음과 같이 설명하고 있다.

"나는 여기서 본성적인 이성에 의해 신의 존재·삼위일체(三位一體)·영혼 불멸 등을 증명하려고 하지는 않는다. 그것은 단지 완고한 무신론자를 설득할 수 있는 무엇인가를 인간 본성에서 찾아낼 능력이 나에게 없다고 생각하기 때문이 아니라 그런 지식은 예수그리스도가 없이는 무익하고 헛일에 불과하기 때문이다. 가령 어떤 사람이 수(數)의 조화는 비물질적인 영원한 진리이며 그 본원(本源)인 인간이 신이라고 부르는 어떤 근원적인 진리에 따라 존립하고 설득되었다고 하더라도 나는 그 사람이 자신의 구원을 위해 별로 도움이 되었다고는 생각지 않을 것이다."[7]

또한 이 책에는 여러 가지 잡다한 사상이 포함돼 있으며 그중에는 파스칼이 다루려고 한 주제(主題)와는 너무나 거리가 먼 듯이 보이는 것도 적지 않아 이상하게 생각하는 사람이 있을지도 모른다. 그러나 그의 의도는 세상 사람들이 생각하는 것 이상으로 광대하여 단지 무신론자나 기독교 신앙의 진리를 받드는 사람들의 논리를 반박하는 데 그치지 않는다는 것을 고려해야 한다. 그가 종교에 대해 품고 있던 커다란 사랑과 특별한 존경심은 단지 종교를 완전히 파괴하거나 절멸시키려고 하는 것을 참을 수 없었을 뿐만 아니라, 극히 사소한 점에서 종교에 손상을 입히거나 더럽히는 것도 용납할 수 없을 정도였다.

그리하여 그는 종교의 진리 또는 성정(聖淨)을 공격하는 모든 사람에게 선전포고(宣戰布告)하였다. 이를테면 이성(理性)의 거짓 빛을 신앙에 종속시키기를 거부하고 신앙이 가르치는 진리를 인정하려고 하지 않는 무신론자·불신자·이단자들에 대해서 뿐만 아니라, 참된 교회의 조직체에 속해 있으면서 우리의 모든 행위를 다스리고 바로잡아야 하는 표본으로서 주어진 복음의 순수한 훈계에 따라 살려고 하지 않는 기독교도와 가톨릭교도에 대해서까지 선전포고했다.

이상이 그의 의도였으며, 그것은 이 수집에 흩어져 있는 대부분의 내용

---

7) 단장 556.

을 받아들일 수 있을 만큼 광대하였다. 그러나 파스칼의 원고에 있던 것이라도, 예컨대 '여러 가지 사상'의 장(章)에 수집된 대부분의 내용처럼 그의 의도와는 아무 관계도 없고 사실 그것을 위해 쓰인 것이 아닌 단장도 있다. 그러나 우리는 이 경우에 그것들도 다른 것과 같이 생각하는 것이 옳다고 생각했다. 왜냐하면 우리는 이 책을 단지 무신론자에 대해서나 혹은 종교에 관하여 쓰인 하나의 저작으로서가 아니라, '종교 및 그 밖의 여러 가지 문제에 관한 사상'이라는 수상집으로서 간행하는 것이기 때문이다.

이 머리말을 마치는 마당에 저작에 대해서는 이미 서술했으므로 저자에 대해 몇 마디 언급하고자 한다. 그것은 시기적절한 일일 뿐만 아니라 내가 쓰려고 하는 것은 파스칼로 하여금 이 저작을 쓰게 한 그의 종교에 대한 경의와 감격이 어떻게 해서 그에게 생기게 되었는가를 이해하는데 매우 유익하리라고 생각한다.

《유체평형론(流體平衡論)》의 머리말에서 그는 청춘 시절을 어떻게 보냈으며, 그가 스스로 전념하려고 한 모든 인간적·세속적인 학문 특히 기하학과 수학에 단시일 내에 얼마나 큰 진전을 이루었는가를 우리는 알 수 있다. 불과 열한두 살에 그것을 배운 그는 실로 놀라운 방법으로 그 학문을 익혔다. 그는 가끔 짤막한 논술을 쓰곤 했는데, 그것은 그와 같은 나이에 속하는 소년의 능력과 재능을 훨씬 능가하는 것이었다. 또한 그가 불과 열아홉 살인가 스무 살 때 계산기를 발명했는데, 그것에는 그의 상상력과 지능의 놀라운 노력이 나타나 있었다. 그리고 그의 부친인 재판소장 파스칼이 칙임세무장관(勅任稅務長官)으로서 루앙에 머물고 있던 얼마 동안에 파스칼은 그 거리의 유지들 앞에서 직접 '진공(眞空)'에 관한 여러 가지 실험을 해 보인 일이 있는데, 더할 나위 없이 훌륭한 것이었다. 나는 이 모든 것을 일일이 되풀이해서 열거할 생각은 없다. 다만 그 모든 학문을 무엇 때문에 그가 버렸으며 또 어떤 정신을 가지고 그 만년을 보냈는가, 전에는 그 지능의 감탄할 만한 능력을 광범하게 철저히 발휘했던 그가 어찌하여 만년에는 그의 덕과 경건(敬虔)한 신앙의 위대하고 견실함을 보여 주게 되었는가를 간단히 언급하는 데 그치려고 한다.

그는 청춘 시절을 신의 특별한 가호로 많은 청년이 빠지기 쉬운 악덕에서 벗어나 지낼 수 있었다. 이것은 그처럼 호기심이 강한 인간으로서는 실로 보기 드문 일이다. 그는 그 호기심을 언제나 자연의 사물에 돌렸으나, 종교에 관해서는 한 번도 자유사상에 빠진 일이 없었다. 그리고 그는 이 은총을 그가 받은 다른 많은 은총과 마찬가지로 부친에게서 물려받은 것이라고 말했다. 그의 부친은 종교에 대해 매우 경건하여 파스칼이 어렸을 때부터 감화를 주었다. 그는 신앙의 대상은 결코 이성(理性)의 대상이 될 수 없는 것이며, 이성에 종속될 수는 더욱 없다는 것을 교훈으로 아들에게 주었다.

그가 매우 존경하고 있던 아버지, 견실하고 강력한 추리력(推理力)을 지니고 있어 학문의 화신(化身)처럼 보였던 아버지가 자주 되풀이하여서 들려준 이 교훈은 그에게 큰 감명을 주어 자유사상가들의 어떤 강연을 들어도 그는 전혀 마음이 동하지 않았다. 그는 나이가 어리기는 했으나 그들을 가리켜 인간의 이성을 만물 위에 놓는 그릇된 원리를 숭상하여 신앙의 본질을 이해하지 못하는 자들이라고 보고 있었다.

그러나 세상 사람들의 눈에는 순진하게만 보인 이런 일로 심심풀이를 일삼으면서 청춘을 보낸 그에게 신은 드디어 역사(投事)하기 시작하여, 기독교는 우리로 하여금 오직 신을 위해서만 살도록 강요하며 신 이외의 다른 대상을 갖는 것을 불허함을 완전히 깨닫게 하셨다. 그리고 이 진리는 그것을 위해 전심 노력할 수 있도록 그가 세상에 대해 품고 있던 모든 집착(執着)에서 서서히 벗어나 절연(絶緣)하려고 결심할 만큼 분명히 유용하고 필요한 것으로 생각되었다.

이렇게 은퇴하여 더 기독교적이고 보다 규칙적인 생활을 하고 싶어 한 것은 그가 아직 어렸을 때의 일이다. 그 후부터 그는 세속적인 학문의 연구에서 일체 손을 떼고 자기의 구원과 타인의 구원을 위해 이바지할 수 있는 일에만 몰두하려고 했다. 그러나 그에게 닥친 끊이지 않는 병고(病苦)는 그의 관심을 다른 데로 돌리게 하여 30세가 될 때까지 본래의 자기 뜻을 실천하지 못했다.

그가 본격적으로 노력한 것은 그 이후의 일이다. 그리고 거기에 더욱 쉽사리 도달하고 종래의 습관을 단번에 타파하기 위해 그는 거처를 옮겨 더욱 한적한 시골[8]에 은퇴하여 이곳에 한동안 머물렀다. 시골에서 돌아온 그는 사교계에서 떠날 의사를 분명히 밝혔으므로, 드디어 사교계 쪽에서도 그를 외면하게 되었다. 그는 은퇴 생활의 규율을 모든 쾌락과 사치를 배격한다는 두 가지 중요한 계율 위에 세웠다. 그리고 그 계율을 언제나 눈앞에 놓고 항상 이를 명심하고 이에 익숙해지려고 노력했다.

이 두 가지 커다란 계율을 끊임없이 실천함으로써 그는 자기 전 생애를 통하여 거의 계속해서 그를 괴롭혀 온 병고와 쇠약한 가운데서도 그토록 큰 인내를 보여 주었으며, 그처럼 엄격한 금욕생활을 하고 또한 비단 자기의 감각에 쾌적한 모든 것을 금했을 뿐만 아니라 필요하다면 음식이건 약품이건 불쾌한 것을 괴로워하지 않고 마다하지 않았으며 오히려 기꺼이 취하였다. 또한 옷이건 음식이건 도구이건 그 밖에 무엇이든지 절대로 필요하다고 생각되는 것 이외에는 날이 갈수록 점점 이를 배격하고 가난을 열렬히 사랑하고 가난이 언제나 염두에서 사라지지 않도록 하였다. 그리하여 무슨 일을 계획하든지 가난을 생활에 옮길 수 있는가의 여부를 먼저

---

8) 데 상의 포르 르와이알 수도원.

염두에 두도록 하는 한편, 가난한 사람에 대한 사랑과 온정을 지니고 여유가 전혀 없을 때도 결코 시여(施與)를 거부하지 않고 때때로 상당한 액수의 돈을 시여했다. 또한 사람들이 언제나 안일을 바라는 것을 못마땅하게 여기고 무엇이든지 고급을 원하거나 모든 일에 일류 기술자를 쓰려고 하거나 최고품이나 귀중품을 갖고 싶어 하는 것과, 그밖에 이와 비슷한 인간의 호기적(好奇的)인 추구나 자의(恣意), 그리고 사람들이 별로 나쁘다고 생각하지 않으며 아무렇지 않게 행동하는 모든 일을 그는 결코 예사롭게 생각하지 않고 이를 책망했다.

　그는 결국 앞에서 말한 계율을 실천함으로써 대단히 철저한 기독교도다운 여러 가지 일을 했다. 그러나 나의 의도는 한 편(篇)의 전기를 쓰려는데 있지 않고 단지 파스칼을 모르는 사람들을 위해 그의 신앙과 덕에 대해 다소의 개념을 주는 데 있으므로, 이런 것들을 상세히 기록하려면 너무 길어지므로 여기서는 생략하기로 한다. 그러므로 그와 안면(眼面)이 있는 사람으로서 만년의 그를 한 번이라도 방문한 적이 있는 사람에게는, 나는 이상의 것을 가지고 아무것도 교시하려고 생각하지 않는다. 오히려 반대로 그런 사람은 내가 여기에 언급하기를 보류한 것 속에 아직 할 말이 많았을 텐데 하고 생각할 것이다.

에티엔느 페리에[9]

---

9) 원래의 서문에는 필자의 이름이 보이지 않지만, 파스칼의 누님인 질베르트의 편지에 의해 그 필자가 파스칼의 생질(甥姪)인 에티엔느 페리에임이 분명하게 밝혀졌다.

제1장 정신과 문제에 관한 고찰

1

기하학적 정신과 직관적 정신의 차이.[1] 기하학적 정신의 경우, 그 원리는 아주 명백하지만 흔히 사용되지는 않는다. 따라서 우리는 그 원리에 익숙하지 못하기 때문에 그쪽으로 관심을 돌리지 않는다. 그러나 일단 그쪽으로 관심을 돌리기만 한다면, 모든 원리가 또렷또렷하게 나타나 보일 것이다. 그리고 아주 흐리멍덩한 정신을 가진 사람이 아닌 이상 누구도 쉽게 알 수 있는 명백한 그 원리들에 따라 추리(推理)해 나간다면 그릇된 결론을 끄집어내지는 않을 것이다.

반면에 직관적 정신의 경우에는 그 원리들이 흔히 사용되고 있으므로 누구나가 쉽게 볼 수가 있다. 우리는 그 원리를 찾는 데 특별한 노력을 기울이지 않아도 된다. 그저 밝은 안목을 갖기만 하면 되는데, 이 사실 자체가 대단히 중요하다. 왜냐하면 그 원리들은 대단히 미묘한 데다가 수(數)에 있어서도 많으므로, 그것들을 하나도 빠뜨리지 않고 본다는 것은 거의 불가능한 일이기 때문이다. 그리고 그 많은 원리 중 단 하나라도 지나쳐 버릴 경우 우리는 오류를 범하게 되어 있다. 그러므로 모든 원리를 빠뜨림이 없이 보기 위해서는 훌륭한 통찰력이 필요하며, 이미 알고 있는 원리를 바탕 삼아 추리해 나가는 과정에서 그릇된 결론을 피하기 위해서는 섬세한 정신이 필요하다.

---

1) 파스칼은 인간의 정신을 둘로 분류하였다. 그중 하나는 논리적인 정신으로, 기하학이 논리적 정신의 완전한 형태를 보여 주고 있다. 거기서는 모든 것이 명백하고, 일체가 엄격한 질서에 의해 진행된다. 다른 하나는 직관적인 정신으로, 그것은 감각이나 기분이나 심정(心情)에 의해 인도된다. 파스칼은 이 구별을 친구인 슈바리에 드 메레에게서 시사(示唆)를 받았다고 한다. 슈바리에는 1658년에 쓴 것으로 생각되는 파스칼에게 보낸 편지에서 이에 대해 언급하고 있다.

그러므로 기하학자들이 훌륭한 통찰력을 가진다면 그들은 모두 직관적인 사람이 될 것이다. 왜냐하면 그들은 자기가 알고 있는 원리에 따라서 추리를 해 나가는 과정에서는 그릇된 결론을 끌어내지는 않기 때문이다. 그리고 직관적인 정신을 가진 사람이, 자신이 익숙하지 못한 기하학의 원리에 눈을 돌린다면 기하학적 정신을 가질 수 있을 것이다.

그러므로 직관적인 정신을 가진 사람이 기하학적 정신을 가질 수 없는 이유는, 그들이 기하학의 원리에 전혀 정신을 기울일 수 없기 때문이다. 그러나 기하학자가 직관적이지 못한 이유는, 그들이 바로 눈앞에 있는 것도 보지 못하기 때문이다. 왜냐하면 그들은 뚜렷하고 명백한 기하학의 원리에 익숙한 데다가, 자기들의 원리를 명확히 보고 다루고 나서야 어떤 결론을 끄집어내는 데 익숙해 있으므로, 직관을 필요로 하는 문제에 부닥치면 어찌할 바를 모르기 때문이다. 직관의 원리들은 이런 방법으로는 다루어질 수가 없다. 직관의 원리들은 쉽사리 눈에 띄지 않는다. 그것들은 눈에 띈다기보다는 본능에 의해 감지된다고 할 수 있다. 그것들을 자기 능력으로 감지하지 못하는 사람에게 전달되게 하려면 무척 힘이 든다. 그런 사물들은 매우 미묘하고 또 수가 많으므로, 그것들을 감지하고 또 그 느낌에 의해 아주 정확하게 판단하는 데는 대단히 섬세하고도 정밀한 감각이 필요하다. 그것들을 기하학에서처럼 논리적으로 설명한다는 것은 거의 불가능한 일이다. 왜냐하면 필연적인 원리들은 다루기가 힘든 데다가 그것은 한도 끝도 없는 작업이기 때문이다. 그런 사물은 첫눈에 대뜸 알아야 하며, 적어도 어느 정도까지는 점진적인 추론(推論)의 결과를 통해 알아서는 안 된다. 그러므로 기하학자가 직관적이거나, 직관적인 사람이 기하학자인 경우가 드문 것은, 기하학자는 직관적인 사물을 기하학적으로 다루려 하기 때문이며, 그들은 먼저 정의(定義)를 내리는 것에서부터 시작하고 다음에 원리에 이르려고 하여 사람들의 웃음거리가 되기 일쑤이다. 이러한 방법으로 추론해 나아가서는 안 된다. 또 직관적 정신이라고 해서 추리(推理)를 하지 않는 것은 아니다. 그것은 묵묵히 자연스럽게 꾸밈없이 추리한다. 왜냐하면 그것을 표현한다는 것은 모든 인간의 능력을 초월한 것이며, 그것을 감지하는 것은 극소수의 사람에 한정되어 있기 때문이다.

반면에 직관적인 정신을 지난 사람들은 첫눈으로 판단하는 일에 익숙하므로, 자기들이 전혀 이해할 수 없는 명제에 부닥치면 당황하여 어찌할 바를 모른다. 그리고 마침내는 거부감과 불쾌감을 느낀다.(그리고 이 명제의 필수적인 예비 행위는 정의(定義)와 원리인데, 그것들은 아주 무미건조하여 그들은 그것들을 세밀하게 관찰하려고도 하지 않는다.)

그러나 흐리멍덩한 정신을 가진 사람은 결코 직관적일 수도 기하학적일 수도 없다.

그러므로 단순히 기하학자에 불과한 사람들은 모든 것을 정의나 원리에 의해 설명을 듣는다면 올바른 판단자가 되지만, 그렇지 못할 때 그들은 근거가 빈약하여 감당하지 못하는 존재가 되고 만다. 왜냐하면 그들은 분명하게 정의된 원리를 통해서만 정확하게 추론하기 때문이다.

그리고 단순히 직관적이기만 한 사람은 이론적이고 관념적인 사물의 근본원리로 더듬어 올라갈 인내력이 없다. 그들은 그런 원리들이 활용되는 것을 본 적도 없고, 사용한 적도 전혀 없기 때문이다.

2

올바른 사고에는 여러 가지 종류가 있다. 어떤 사람들은 어떤 특정한 질서의 사물에 대해서는 올바른 사고를 하지만, 다른 질서의 사물에 대해서는 그렇지 못하다. 그들은 다른 질서의 사물에 이르러서는 방향을 잡지 못하는 것이다.

어떤 사람들은 극히 적은 원리에서도 정확한 결론을 끌어낸다. 그렇다면 이것도 하나의 올바른 사고법이다.

어떤 사람들은 많은 원리를 가진 사물에서 정확한 결론을 끌어낸다.

예컨대, 어떤 사람들은 물의 여러 가지 특성에 대해 잘 파악하고 있다. 거기서 작용하는 원리는 몇 가지에 불과하지만, 그 결과는 대단히 미묘하여 고도의 정확성이 없이는 그것들을 이해할 수가 없다. 그런데도 이 사람들은 위대한 기하학자라고는 할 수 없을 것이다. 왜냐하면 기하학은 많은 원리를 포함하고 있는데, 어떤 정신은 몇 가지 안 되는 원리에 대해서는 밑바닥까지 잘 파악할 수 있지만 많은 원리를 갖고 있는 사물에 대해서는 조금도 파악하지 못하는 경우도 있기 때문이다.

그러므로 두 가지 정신이 존재한다. 하나는 몇 가지 원리에서 결론으로 신속하게 깊이 파고들어 가는 것으로, 이것은 정밀한 정신이다. 다른 하나는 많은 원리를 혼동하지 않고 파악할 수 있는 것으로, 이것은 기하학적 정신이다. 전자(前者)는 강력하고 정밀한 정신이며, 후자는 폭넓은 정신을 나타낸다. 그런데 한쪽을 배제하고 다른 한쪽만을 갖는 것은 가능한 일이다. 왜냐하면 정신은 강하고 좁은 경우도 있고, 넓고 약한 경우도 있기 때문이다.[2]

3

직감(直感)[3]에 의해 판단하는 데 익숙한 사람들은 추리를 요하는 사항에 대해서는 조금도 이해하지 못한다. 그들은 한눈에 밑바닥까지 보려 하므로 원리를 찾는 일에 익숙하지 못하기 때문이다. 이와 반대로 원리를 바탕삼아 추리하는 데 익숙한 사람들은 직감해야 할 사항을 조금도 이해하지 못한다. 그들은 원리를 찾느라고 사물을 한눈에 통찰할 수 없기 때문이다.

---

2) 앞의 단장(斷章)과 이 단장의 사상을 혼동해서는 안 된다. 전 장(前章)에서는 직관적 정신에 광범성(廣範性)을 부여하고 있는데, 이 장(章)에서는 기하학적 정신에 많은 원리를 부여하고 있다. 따라서 전 장에서의 기하학적 정신과 이 장에서의 기하학적 정신은 그 견해를 달리한다고 보아야 한다. 이 장에서 말하는 두 가지 정신은, 요컨대 물리학적 정신과 수학적 정신을 의미하는 것이라고 브랑슈비크는 말하고 있다.
3) 파스칼은 'le sentiment(감각)'를 '직감'의 의미로 사용하고 있다.

4

기하학. 직관. 진정한 웅변은 웅변을 경멸하고, 진정한 도덕은 도덕을 경멸한다. 바꾸어 말해 판단의 도덕은 이지(理智)의 흐트러진 도덕을 경멸한다.

왜냐하면 지식이 이지와 조화하는 것처럼 판단은 본능과 조화하기 때문이다. 직관은 판단의 분야이며, 기하학은 이지의 분야이다.

철학을 경멸하는 것이야말로 진정한 철학자가 되는 길이다.

5

아무 기준도 없이 사물을 판단하는 사람들과 그렇지 않은 사람들과의 관계는 마치 시계를 갖고 있지 않은 사람들과 시계를 갖고 있는 사람들과의 관계와 같다. 한 사람은 "벌써 두 시간이 지났다"고 말하고, 또 한 사람은 "아직 45분밖에 지나지 않았다"고 말한다. 나는 내 시계[4]를 보고 먼저 사람에게, "당신은 권태에 빠져 있군" 하고 말하고, 나중 사람에게, "당신은 시간이 지나가는 것도 모르는군" 하고 말한다. 왜냐하면 사실은 시간이 한 시간 삼십 분이 지났기 때문이다. 그리고 나에게 "당신에게는 시간이 가는 것이 늦는구려. 당신 멋대로 시간을 재고 있군" 하고 말하는 사람들을 나는 대수롭지 않게 여긴다. 그들은 내가 내 시계로 시간을 재고 있는 것을 모르기 때문이다.

6

우리가 자신의 이지(理智)를 오용(誤用)하는 것처럼 우리의 감정도 오용하는 일이 있다.

---

4) 파스칼은 언제나 왼쪽 손목에 시계를 차고 있었다고 한다. 그 시계가 여기서는 이지(理智)의 일을 재는 기준의 상징으로 사용되고 있다.
5) 16세기 이래 사교(社交)는 프랑스 사회에서 중요한 위치를 차지하고 있었으며, 파스칼도 한때 사교계에 드나들었다.

우리의 이지(理知)와 감정은 사귐에 의해 길러지며, 사귐에 의해 손상된다.[5] 이처럼 좋은 사귐이냐 나쁜 사귐이냐에 따라 그것들을 길러주기도 하고 손상하기도 한다. 그러므로 그것들을 손상하지 않고 길러나가려면 선택을 잘해야 한다. 그런데 이지와 감정이 손상되지 않은 채 이미 길러져 있지 않다면 이 선택은 불가능하다. 따라서 이것은 고약한 순환(循環)을 이루고 있는데, 그 순환에서 빠져나오는 사람은 운이 좋은 사람이다.

7

인간은 이지(理智)를 많이 지닐수록 그만큼 더 많은 특이한 사람들을 발견하게 된다. 평범한 사람들은 사람들 사이의 차이를 발견하지 못한다.

8

저녁기도를 듣는 것과 같은 태도로 설교를 듣는 사람들이 많다.[6]

9

사람을 효과적으로 훈계하여 그 사람의 잘못을 지적하려면, 그가 어떤 관점에서 사물에 접근하고 있는가를 유의해야 한다. 왜냐하면 그 사물은 흔히 그의 관점에서 보면 옳기 때문이다. 그러므로 우리는 이 사실을 인정해 주어야 하지만, 그 대신 애초 그의 관점이 잘못되어 있었음을 알려 주어야 한다. 그렇게 하면 그는 만족할 것이다. 왜냐하면 그는 자기가 잘못을 범한 것이 아니라, 다만 그 문제를 여러 가지 관점에서 보는 것을 게을리했다고 생각할 테니까. 그런데 인간은 여러 가지 관점에서 보지 않은 데 대해서는 불쾌하게 여기지 않지만, 잘못을 저질렀다는 말은 듣고 싶어 하지 않는다. 그것은 아마도 인간은 천성적으로 모든 관점에서 사물을 볼 수는 없다는 것

---

6) 설교는 이지적(理智的)인 요소를 내포하고 있지만, 저녁 기도는 그렇지 않다.

과, 감성(感性)에 의한 지각은 언제나 진실하므로, 인간은 자기가 택한 관점에서는 본래 잘못을 저지르는 일이 없기 때문일 것이다.

10

인간은 대체로 다른 사람들이 발견한 이유에 의해서보다는 자기 자신이 발견해 낸 이유에 의해 더 쉽게 확신하는 법이다.

11

모든 주요한 형태의 오락은 기독교적 생활에는 위험하다. 그런데 세상 사람들이 생각해 낸 모든 오락 중에서 연극보다 두려워해야 할 것은 없다.[7] 연극은 여러 가지 정념(情念)을 매우 자연스럽고 미묘하게 표현하므로, 정념을 자극하여 우리 마음속에 격정(특히 연애 감정)을 일으키게 하기 때문이다. 그 연애가 대단히 순결하고 또 진실한 것으로 표현될 때는 특히 그러하다. 왜냐하면 그 연애가 순진한 마음에 순결하게 보일수록 그들은 그것에 의해 감동하기 쉽기 때문이다. 그 연애의 격정은 우리의 자존심(自尊心)을 즐겁게 하여, 눈앞에 교묘하게 표현된 것과 똑같은 효과를 자기도 얻어 보려는 욕망을 갖게 한다. 동시에 우리의 양심은 거기에서 보이는 흠잡을 데 없는 센티멘트(sentiment)에 의해 순화되며, 그것은 순수한 영혼을 지닌 사람들에게서 두려움을 제거하며, 그들은 순결이 아주 세심해 보이는 애정이 깃든 사랑에 의해 결코 손상당하는 일이 없으리라고 생각하게 된다.

그리하여 우리는 사랑이 온갖 아름다움과 감미로움에 충만한 상태로 극장을 나온다. 그리고 우리의 마음은 사랑의 순결을 확신하기 때문에 사랑에 대한 우리의 첫인상을 받아들일 준비와 그보다도 다른 누군가의 마음에 그런 감정을 불어넣어 줄 기회를 찾기 위한 만반의 태세가 갖추어져 있는 것

---

7) 파스칼 시대에는 연극을 이렇게 생각하는 것이 기독교도들에게 공통된 경향이었다.

이다. 그것은 그 연극 속에 아주 잘 묘사된, 우리가 본 것과 똑같은 쾌락과 희생을 우리가 직접 맛보기 위해서일 것이다.

12

자기 머릿속에 오직 하나의 생각만을 가진 스카라무슈.

하고 싶은 말을 다 하고 나서도, 말을 더하고 싶은 열정에 15분 동안이나 쉬지 않고 이야기를 계속하는 박사.[8]

13

사람들은 클레오뷜린의[9] 실수와 그녀의 정열적인 연애를 보기를 좋아한다. 그 이유는 그녀 자신은 그것을 의식하지 못하고 있기 때문이다. 만일 그녀가 자신의 실수를 알고 있었더라면 별로 재미가 없었을 것이다.

14

어떤 정념(情念)이나 느낌이 자연스럽게 표현될 때, 우리가 들은 것에 대한 진실성을 자신의 내부에서 발견하게 된다. 즉 전부터 자기 속에 깃들어 있었으나 의식하지 못하고 있던 진실을 발견하고, 그것을 느끼게 해준 사람을 좋아하게 된다. 왜냐하면 그 사람은 우리에게 자기의 행복을 보여준 것이 아니라, 우리 자신의 행복을 보여준 것이기 때문이다. 그래서 이 호의가 우리로 하여금 그를 좋아하게 하며, 게다가 우리와 그와의 이해의 공감이 우리로 하여금 그를 더욱 좋아하게 한다.

---

8) 이 단장은 파리에서 상연된 이탈리아의 연극을 보고 받은 인상을 기록한 것이다. 'Scaramouche' 와 '박사'는 그 연극의 등장인물

9) 스퀴델리의 희곡 《알타메에느》에 나오는 등장인물. 고린도의 왕녀로 후에 여왕이 되었는데, 그녀는 자신도 모르는 사이 신하인 미란트라라는 사나이를 열렬히 사랑하고 있었다. 그 실수를 깨달았을 때는 이미 그 사랑은 자기도 어찌할 도리가 없었다.

15

오만한 웅변이 아니라 부드럽게 설득하는 웅변, 왕으로서가 아니라 폭군으로서 설득하는 웅변.[10]

16

웅변이란 사물을 다음과 같이 말하는 기술이다. 첫째, 상대방이 부담 없이 기꺼이 들을 수 있게 한다. 둘째, 상대방이 이야기에 흥미를 느끼고 자발적으로 그 이야기를 더욱 진심으로 받아들이게 한다.

그러므로 웅변은 한편으로는 상대방의 이지(理智)와 감정, 다른 한편으로는 우리가 가지고 있는 사상이나 표현 사이에 우리가 조성하려고 하는 상호교류작용(交流作用) 속에서 성립된다. 그러므로 우리는 마음의 모든 동기(動機)를 알기 위해, 다음에는 그 동기에 적합한 이야기의 내용을 찾기 위해 인간의 심리를 충분히 연구해야 한다. 우리의 이야기를 들으려고 하는 사람들의 처지에서 볼 필요가 있다. 그리고 이야기의 내용과 표현이 적합한가, 듣는 사람이 분명히 설복당하고 있는가를 알기 위해 자기의 표현 방식을 잘 검토해 볼 필요가 있다. 될 수 있는 대로 자연스럽고 단순하게 말해야 하며, 작은 일을 크게 큰일을 작게 말해서는 안 된다. 말을 아름답게 표현하는 것만으로는 충분치 않다. 주제(主題)에 적절하고, 과부족(過不足)이 없도록 해야 한다.

17

강물은 우리가 가고자 하는 곳으로 데려다주는 움직이는 길이다.[11]

18

어떤 사물의 진상을 알지 못할 경우, 인간의 정신이 고정될 수 있는 공통된 오류가 있는 것은 바람직한 일이다. 예를 들면 계절의 변화나 각종 질병의 진행을 달(月)의 탓으로 돌리는 따위이다. 왜냐하면 인간의 가장 큰 병폐는 자기가 알 수 없는 것에 대하여 부단한 호기심을 갖는 것이기 때문이다. 이런 허황한 호기심을 갖기보다는 오류 속에 있는 편이 낫다.

에픽테토스나 몽테뉴나 살로몽 드 튈띠[12] 등의 문체는 가장 흔히 볼 수 있고 가장 설득력이 강해서, 가장 오래 기억 속에 남고 가장 자주 인용된다. 그런 글들은 일상생활에서 주고받는 대화에서 생긴 사상으로 채워져 있기 때문이다. 예컨대 달(月)이 모든 현상의 원인이라고 하는, 세상에 흔히 있는 공통된 오류에 관하여 이야기하려고 할 때, 사람들은 어떤 사물의 진상을 모르면 공통된 오류가 있는 것이 바람직한 일이라는 살로몽 드 튈띠의 말을 인용하는 것을 잊지 않을 것이다.

19

책을 쓸 때 우리가 부닥치는 마지막 문제는 무엇을 제일 앞에 놓아야 하느냐 하는 것이다.

20

질서. 어찌하여 나는 나의 도덕을 여섯 가지가 아니라 네 가지로 분류해야만 하는가? 어찌하여 나는 덕을 넷이나 둘이나 하나로 정의해야 하는가? 어찌하여 나는 '자연에 따르라'[13]거나 플라톤처럼 '자기의 임무를 부정(不

---

10) 단장 310, 311 참조. 파스칼에 의하면 왕은 합법적인 주권자이고, 폭군은 권력을 남용하여 자기의 권한 이외의 것을 지배하려는 군주이다. 설득력은 본래 증명을 필요로 하는 학문에 속해 있다. 그런데 웅변은 우리를 설득하려고 하지 않고 기분 좋게 하여, 인간 의지의 타락을 남용하는 것이다.

11) 파스칼에게는 '대화'가 인간이 지향하는 결론으로 정신을 스스로 인도해 가는 길이다.

12) Salomon de Tultie는 파스칼 자신의 필명(筆名). 이 필명을 파스칼은 《레 프로방시알》에서 사용했다.

13) 에피쿠로스학파와 스토아학파에 공통된 교훈.

正)없이 행하라' 거나, 그 밖의 말을 하지 않고, '절제하고 참으라'[14]고 말하는가?

그런데 이렇게 말하면 그것들 모두가 한 마디 속에 포함된다고 당신들은 말할 것이다. 그렇다. 그러나 그것은 설명되지 않으면 아무 소용이 없는 일이 되고 말 것이다. 그리하여 당신들이 그것을 설명하려고 할 때 다른 모든 교훈을 포함하고 있는 이 교훈의 뚜껑을 열자마자, 그 나머지 모든 교훈은 당신들이 피하려고 했던 저 최초의 혼란 속에 다시 빠지고 만다. 그리하여 그것들이 모두 하나 속에 포함되게 되면, 마치 상자 속에 들어 있는 것처럼 갖춰져서 쓸모없게 되고, 밖으로 나오면 본래의 혼란 그대로 나타나게 될 것이다. 자연은 그 모든 것이 어떤 하나가 다른 것 속에 갇혀 있지 않게 만들어 놓은 것이다.

21

질서. 자연은 자신의 모든 진리를 만물로 하여금 제각기 따로 지니게 했다. 그러므로 우리가 재주를 부려 어떤 진리를 다른 진리 속에 포함하려고 하는 것은 자연의 이치에 역행하는 것이다. 진리는 각기 제 자신의 독자적인 위치에 있는 것이다.

22

내가 별로 새로운 말을 하지 않았다고 아무도 말하지 말라. 자료의 배열이라도 새롭지 아니한가, 테니스를 할 때 쌍방이 사용하는 공은 같다. 그러나 그중 한 사람은 다른 사람보다 공을 더 잘 친다.

나는 차라리 낡은 말을 사용했다는 말을 듣는 편이 기쁘다. 같은 말도 배열이 달라지면 그 의미가 바뀌는 것처럼, 같은 사상도 다른 배열에 의해 다

---

14) 스토아학파의 교훈.

른 논지(論旨)를 형성하지 않겠는가!

23

말은 배열을 다르게 하면 다른 의미를 나타내게 되고, 의미는 배열을 다르게 하면 다른 효과가 있게 된다.

24

언어. 정신은 피로를 풀기 위해서만 사용해야 한다. 그것도 꼭 피로를 풀어야 할 적당한 시기에 사용해야 하며, 결코 함부로 사용해서는 안 된다. 적당한 시기가 아닌데 피로를 풀려고 하면 정신을 피로하게 하고, 적당한 시기가 아닌 때에 정신을 피로하게 하면 정신이 나른해진다. 그렇게 되면 우리는 모든 것을 포기해 버리기 때문이다. 악의가 있는 사욕은, 사람들이 우리에게 아무런 즐거움도 주지 않고 우리에게서 무엇인가를 얻고자 하는 경우 그 정반대의 것을 주는 데서 큰 즐거움을 느낀다. 그것은 우리가 그들이 원하는 모든 것을 그들에게 주는 것에 대한 대가다.

25

웅변. 웅변에는 즐거우면서도 진실한 요소가 있어야 한다. 그러나 그 즐거움은 그 자신의 진실성에서 우러나야 한다.

26

웅변은 사상의 그림이다. 그러므로 일단 완성한 후에 다시 가필(加筆)하는 것은 초상화 대신 상상화를 그리는 것이 된다.[15]

---

15) '초상화'란 여기서는 인물의 내면적인 성격을 나타내려고 한 사실적(寫實的) 작품이고, '상상화'는 외적(外的)인 효과에 중점을 둔 기교적인 작품이라고 해석해야 할 것이다.

27

잡록(雜錄)·언어. 낱말을 억지로 짜 맞추어 대구(對句)를 만드는 사람들은, 집의 대칭을 이루기 위해 불필요한 창문을 만드는 사람과 비슷하다.

그들의 취지는 올바로 말하려는 것이 아니라, 말의 형식을 올바로 갖추려는 것이다.

28

균제(均齊). 우리가 한눈에 보는 사물에서의 대칭.

그것은 달리 해야 할 이유가 없다는 사실에 바탕을 두고 있다.

그리고 인간의 얼굴에도 근거하고 있다.

그리하여 인간은 균형을 좌우에서만 구하고, 높이나 깊이에서는 구하지 않는다.

29

문체. 자연스러운 문체를 보면, 우리들은 깜짝 놀라고 매우 기뻐한다. 왜냐하면 우리는 한 사람의 작가와 만날 것을 예상하였는데, 한 인간을 발견하게 되기 때문이다. 이에 반해 책을 읽을 때 한 인간을 발견하리라고 생각하는 품위 있는 사람들은 하나의 작가를 발견하고는 무척 놀란다. "당신은 하나의 인간으로서보다는 시인으로서 말했다."

자연에게 '당신은 모든 것에 대해, 심지어는 신학까지도 이야기할 수 있다' 고 말하는 사람들은 진정으로 자연을 존경하는 사람들이다.

30

《레 프로방시알》[16]의 제2, 제4, 제5의 편지에서 장세니스트[17]들이 한 말을 보라. 그것은 진지하고 고상하다.

나는 광대놀이를 하는 사람과 허풍을 떠는 사람을 다 같이 싫어한다. 사람들은 그 어느 쪽과도 친구가 되려고 하지 않을 것이다.

성실성이 결여되어 있는 사람은 귀에다만 의논한다.

(내가 《레 프로방시알》의 제8의 편지를 쓰고 난 후에 나는 충분한 회답을 했다는 생각이 들었다.)

그의 주의는 완벽한 성실이다.

그는 시인이지 완벽하게 성실한 인간[18]은 아니다.

생략(省略)의 미(美), 판단의 미(美).

31

키케로의 글에 대해 우리가 비난하고 있는 모든 거짓된 미(美)를 찬미하는 사람들도 있다. 그것도 많이 있다.[19]

32

우리의 본성과(그것이 약하든 강하든 간에) 우리를 즐겁게 하는 어떤 사물 사이의 특정한 관계에 놓여 있는 매력과 미(美)에는 특정한 표본이 있다.

이 표본과 일치하는 것은 모두가 우리를 끌어들인다. 그것이 집이건, 노래이건, 연설이건, 시(詩)이건, 여자이건, 새이건, 강이건, 나무이건, 방(房)

---

16) 파스칼이 편지의 형식으로 쓴 제수이트(Jesuit)들과 장세니스트 사이의 종교 논쟁.

17) 네덜란드의 신학자 장세니우스(Jansénius. 1585~1638)가 주장한 교리, 즉 신의 의지를 절대시해야 한다는 주장을 지지했던 가톨릭교회 내의 개혁파.

18) 성실한 인간은 honnete homme. 17세기에는 박식다재(博識多才)하고 취미와 예절이 있고, 성실성과 신념을 겸비한 인간다운 인간을 이상형으로 삼았으며, 파스칼도 한때 honnete homme을 그의 이상으로 삼고 있었다.

19) 파스칼은 몽테뉴와 더불어 키케로의 글 가운데서 단순지도 소박하지 않은 것, 즉 화려하게 과장된 것을 비난했다.

이건, 옷이건 모두가 그렇다.

그러나 그 표본과 일치하지 않는 것은 모두가 품위 있는 사람들을 불쾌하게 한다.

또한 이 훌륭한 표본을 바탕으로 만들어진 노래와 집 사이에 완벽한 관계가 있는 것처럼—각기 그 방법에 있어서는 다르지만 동일한 표본을 닮았기 때문에—나쁜 표본을 바탕으로 만들어진 사물들 사이에도 완벽한 관계가 있다. 그릇된 표본이 오직 하나뿐이라는 얘기는 아니다. 헤아릴 수 없을 만큼 많이 있다. 그러나 예를 들어 모든 엉터리 소네트(14행 詩)는 그것이 아무리 그릇된 표본을 바탕으로 지어졌더라도, 그 표본에 따라 옷을 지어 입은 여자와 아주 똑같게 마련이다.

엉터리 소네트의 불합리성을 찾는 데는, 그 시의 본질과 표본을 깊이 생각해 보고 나서, 그 표본과 일치하는 여자나 집을 상상해 보는 것보다 더 좋은 방법이 없다.[20]

33

시적인 아름다움. 우리는 시적인 아름다움을 이야기하는 것과 아울러 기하학적인 아름다움이나 의학적인 아름다움에 관해서도 이야기해야 할 것이다. 그러나 그런 것들에 대해서는 말하지 않는다. 그 정확한 이유는 기하학의 목적이 증명에 있고, 의학의 목적이 치료에 있다는 것은 잘 알고 있으면서도 시의 목적인 매력을 무엇이 만들어 내는지를 알지 못하기 때문이다. 우리는 모방해야 할 자연의 이 표본이 무엇인지 모르고 있다. 그리고 그것을 모르기 때문에 우리는 지금까지 어떤 이상한 용어(用語)를, 이를테면 '황금시대'·'현대의 경이(驚異)'·'숙명적' 등의 용어들을 물려받아 사용

---

20) 종류가 다른 것 사이에 관계가 있고 유사성이 있다는 생각은 더욱 발전하여, 질서가 다른 것 사이에 관련이 있고 유사성이 있다는 생각으로 나아간다. 단장 119, 793 참조.

해 왔다. 그러면서도 우리는 이 애매모호한 용어들을 시적 아름다움이라고 말하고 있다.

그러나 대수롭지 않은 사물을 표현하기 위해 굉장한 용어를 사용하는 것과 같은 표본에 맞추어 옷을 입은 여자를 상상하려고 하는 사람들은 거울과 고리로 온통 장식한 예쁘고 젊은 여인을 보게 될 것이다. 그들은 그것을 보고 웃음이 터질 것이다. 우리는 시의 매력보다도 그 여인이 지닌 매력의 본질에 대해 더 많이 알고 있기 때문이다. 그러나 그것에 관해 아무것도 모르는 사람들은 그녀의 야단스러운 장식품으로 해서 그녀를 존경할지도 모른다. 심지어 세상에는 그녀를 여왕으로 착각하는 마을도 많을 것이다. 우리가 이 표본에 따라 소네트를 '마을의 여왕'이라고 부르는 것도 그 때문이다.

34

시인이라는 표시를 내보이지 않는다면 그는 세상 사람들로부터 시에 대한 전문가로 공인받지 못할 것이다. 수학자나 그 외의 다른 사람들도 마찬가지이다. 그러나 보편적인 사람들은 아무런 표시도 원치 않으며, 또한 시인과 자수사(刺繡師)의 기술 사이에 거의 구별을 두지 않는다.

보편인은 시인이라든가, 기하학자라든가, 그 밖에 무엇이라고도 불리지 않지만, 무엇이든지 될 수 있고, 그 모두의 비판자이기도 하다. 그가 어떤 일에 종사하는 사람인지는 아무도 짐작할 수 없다. 그는 어떤 곳에 들어가든지 그곳에서 화제로 삼고 있는 것에 대해 말한다. 그들에게 있어서는 하나의 특질이 다른 특질보다 돋보이는 일이 없다. 그 특질이 실행을 통해 우리에게 인식되고 그 사실이 우리의 기억에 남지 않는 한에 있어서는. 왜냐하면 언어의 문제가 생기지 않는 한 그들이 능변가라고 표현되지 않는 것도 또한 특징이라고 할 수 있으며, 언어의 문제가 생겼을 때 비로소 그들에게는 능변가라는 특징이 주어지기 때문이다.

그러므로 어떤 사람이 동석(同席)해 있는 자리에서 사람들이 그를 훌륭한 시인이라고 말한다면, 그것은 거짓된 찬사이다. 그리고 그의 어느 시구(詩句)의 비평이 문제 되었을 때 사람들의 화제의 대상이 되지 않는다면, 그것은 무시되고 있는 증거이다.

35

진실한 인간.[21] 그는 '수학자'거나 '설교자'거나, '웅변가'라고 불리지 말고, 다만 '그는 진실한 인간이다'라고 불려야 한다. 이 보편적인 특질이 내가 좋아하는 유일한 특성이다. 우리가 어떤 사람을 보는 순간 그가 쓴 책을 상기한다면 이것은 좋지 않은 징조이다. 나는 나의 특성이 저절로 주목받아 그것을 사용할(결코 지나침이 없이) 기회가 생길 때까지는 그 특성이 남들의 눈에 띄는 것을 좋아하지 않는다. 그것은 하나의 뛰어난 특성이 도드라져, 그것이 나의 상징이 되는 것이 싫기 때문이다. 나는 사람들이 능변의 문제가 야기되기 전까지는 어떤 사람을 능변가로 생각하는 것을 원치 않는다. 그런 문제가 야기되었을 때 가서 그렇게 생각하면 되는 것이다.

36

인간은 여러 가지 욕구에 가득 차 있어, 그 모든 욕구를 충족시켜 줄 수 있는 사람만을 좋아한다. '그는 훌륭한 수학자다'하고 당신들은 말할 것이다. 그런데 수학 같은 것에는 나는 아무 관심도 없다. 그는 나를 하나의 명제(命題)로 착각할지도 모른다. '저 사람은 훌륭한 군인이다.' 그는 나를 포위된 하나의 요새(要塞)로 착각할지 모른다. 그러므로 내게 필요한 것은 나의 모든 욕구에 전반적으로 응해 줄 수 있는 진실한 인간이다.

---

21) 단장 30의 주(註) 참조.

37

만사를 조금씩. 우리가 모든 것을 다 앎으로써 보편적인 존재가 될 수 없는 것은, 어떤 사물이든 알 수 없는 부분이 있기 때문이다. 우리는 모든 것에 대해 조금씩 알아 나아가야 한다. 어떤 것에 대해서 전부 아는 것보다는 모든 것에 대해 조금이나마 아는 것이 훨씬 낫기 때문이다. 그와 같은 전반성(全般性)이야말로 가장 바람직하다. 만일 양쪽을 겸할 수 있다면 그보다 좋은 일은 없겠으나, 어느 한쪽을 택해야 한다면, 전자를 택해야 한다. 세상 사람들은 이 사실을 잘 알고 있으며, 그대로 행하고 있다. 세상 사람들은 때로는 훌륭한 재판관이기 때문이다.

38

시인일 뿐 진실한 인간은 못 되는 사람.

39

만일 벼락이 낮은 곳에 떨어진다면, 시인들을 비롯하여 시(詩)와 비슷한 것밖에 논할 줄 모르는 사람들은 그것을 증명할 수 없을 것이다.

40

어떤 사물을 증명하기 위해 우리는 예(例)를 인용한다. 그리고 그 예를 증명하고자 하면, 우리는 그 예를 예증하기 위해 다른 사물을 그 실례로 사용할 것이다. 왜냐하면 우리는 언제나 자신이 증명하려고 하는 사항 속에 어려움이 있다고 생각하고 있으므로, 실례 쪽이 그 증명을 도와주는 더욱 명백한 것으로 생각하기 때문이다.

이리하여 우리는 일반적인 사실을 증명하려고 할 때는 어떤 경우의 특수한 기준을 거기에 적용해야 하며, 이와 반대로 특수한 경우를 증명하려고 하면, 일반적인 기준에서 시작해야 할 것이다. 왜냐하면 우리가 증명하려고 하는 것은 항상 애매한 것으로 보이는 데다가, 우리가 그 증명에 사용하는 것은 명백한 것으로 보이기 때문이다. 왜냐하면 우리가 어떤 사물을 증명하려고 할 때, 우리는 그 사물이 증명을 필요로 하는 그것은 틀림없이 애매모호할 것이라고 생각하며, 반면에 그것을 증명하려고 하는 어떤 사물은 명백하므로, 우리는 그것을 쉽게 이해하기 때문이다.

41

마르티알리스의 풍자시.[22] 인간은 곧잘 악의(惡意)를 품는다. 그러나 애꾸눈이나 실의에 빠진 사람들에 대해서 악의를 품지 않고, 교만하고 행복한 사람에 대해서 품는다. 그렇지 않다면 그는 뭔가 잘못되어 있는 것이다. 왜냐하면 현세의 욕망은 우리의 모든 충동의 근원이며 또한 인간성의 근원이기도 하기 때문이다.

우리는 인정이 많고 온유한 마음씨를 가진 사람들을 즐겁게 해 주어야 한다.

두 사람의 애꾸눈에 대한 저 시구(詩句)[23]는 좋지 못하다. 왜냐하면 그것은 그들을 위로하지 못하고, 그 시인의 명성만 높여 주는 데 불과하기 때문이다.

작자(作者)를 위해서만 쓰이는 작품은 모두가 무가치하다.

'그는 과장된 수식(修飾)을 벗어 버릴 것이다.'[24]

42

'왕(Prince)'을 '공(公)'이라고 부르는 것은 즐거운 일이다. 그렇게 부르면 그의 지위가 낮아지니까.

---

22) 마르티알리스는 기원 40년에서 102년경까지 생존한 스페인 태생 로마의 풍자시인.
23) 호라티우스(기원전 1세기경의 로마시인)의 편지에 있는 시구(詩句).
24) 호라티우스《피소에의 편지》447절.

43

어떤 저자(著者)는 자기의 저작을 '내 책, 내 주해서(註解書), 내 이야기……'라고 말한다. 그들은 자기 집에 살면서 언제나 '내 집에서는'을 입에 올리는 부르주아 근성을 버리지 못한다. 오히려 '우리 책, 우리 주해서, 우리 이야기……'라고 말해야 할 것이다. 왜냐하면 대체로 그중에는 그 저자들 자신의 것보다 남의 것이 더 많이 들어 있기 때문이다.

44

사람들이 당신을 좋게 생각해 주기를 바란다면 당신은 자신을 칭찬하지 말아야 한다.

45

언어는 부호(符號)이다. 그 속에서는 글자가 글자로 변하는 것이 아니라, 낱말이 낱말로 변한다. 그리하여 미지(未知)의 언어도 판독(判讀)될 수 있는 것이다.

46

위트(機智)가 대단한 사람은 인격이 천박한 사람이다.

47

말은 잘하지만, 글은 잘 쓰지 못하는 사람들이 있다. 그것은 장소나 청중이 그들을 흥분시켜, 그런 흥분이 없을 때는 참고서 하지 않을 수도 있었던 말을, 흥분으로 인하여 더 많이 하게 되기 때문이다.

48

잡록(雜錄). 어떤 담화 속에 반복되는 말이 있지만, 그것이 너무나 적절하여 정정(訂正)을 해서 오히려 그 담화를 손상할 우려가 있을 경우에는 그대로 두어야 한다. 바로 이것이 그 말이 적절하게 사용되고 있다는 증거이다. 그런데도 그것을 굳이 정정하려고 하는 것은, 그 반복이 잘못이 아님을 알지 못하는 맹목적인 기분 탓이다. 왜냐하면 말에는 일반적인 규칙은 없으니까.

49

본성(本性)에 가면을 씌우고 그것을 가장(假裝)해 보자. 이미 '왕'도, '교황'도, '사제(司祭)'도 아니고 '위세 당당한 폭군'일 뿐이다. 또 파리가 아니고 '국가의 수도'일 뿐이다.

파리를 '파리'라고 불러야 할 경우도 있고, 한편 '국가의 수도'라고 불러야 할 경우도 있다.

50

의미(意味). 똑같은 의미라도 그것을 표현하는 말에 따라 변한다. 의미가 말에 품위를 주는 것이 아니라, 말에서 품위를 부여받는다. 우리는 그 실례(實例)를 찾아내야 한다.

51

'고집이 센 자'를 '퓌론 학도(學徒)'[25]라고 한다.

52

궁정인(宮廷人)이[26] 아닌 사람들만이, '궁정인'이라는 말을 사용하고, 현학자(衒學者)가 아닌 자만이 '현학자'라고 말하며, 시골뜨기가 아닌 자만이 '시골뜨기'라고 말한다. 그러므로 《레 프로방시알(시골 친구에게 보내는 편지)》에 그런 제목을 붙인 것은 인쇄인이라고 나는 보증한다.[27]

53

'걸려서 전복된' 마차인가, '누군가에 의해 전복된' 마차인가 하는 것은 의지가 작용했느냐 아니냐에 달려 있다.

'쏟는다'와 '쏟아진다'도 의지가 있고 없는데 달려 있다. 강요로 프란체스코회 수도사가 된 사람에 관한 M. 루 메트르씨의[28] 변론.

54

잡록(雜錄). 말하는 방법 '나는…… 그것에 전념하려고 했었는데.'

55

열쇠의 '여는' 성질.
갈고리의 '끄는' 성질.

---

25) 퓌론 학도란, 그리스 철학자 퓌론(B.C. 360~270년경)의 주장에 따라 회의론(懷疑論)을 신봉하는 사람들. 그 주장의 특징은 의심하는 것 자체까지도 의심하는 데 있어, '절대 회의론'이라고도 한다.

26) 궁정인—원어는 courtisan cartésien. '데카르트 학파'로 씌어 있는 판(版)도 있으나 조정(朝庭)의 고관(高官)으로 보는 것이 좋다.

27) 파스칼은 처음에 crois(생각한다, 믿는다)라고 썼다가 gagerais(맡는다, 보증한다)로 고치고 있다. 이것은 자기가 《레 프로방시알》의 저자임을 남에게 알리지 않기 위해서였다.

28) Antoine le Maitre(1608~1658). 신학자 아르노의 생질로 변호사. 그는 당대의 웅변가로 유명했으나, 생 시랑의 감화로 포르 르와이알 수도원에 들어가 그곳에서 노동과 신학 연구와 교육에 종사하여, 그 경건과 겸손으로 은사(隱士)들의 아버지라고 불렸다. 1657년에 그의 《변론 및 연설집》이 출판되었는데, 그 6권은 《강제로 수도원에 보내진 자식들을 위하여》라는 제목이 붙어 있고, 그 첫 페이지에 '흘린다'는 말이 사용되고 있다. 파스칼에 의하면, 이 말은 오히려 '쏟는다'로 바꿔야 한다는 것이다. 왜냐하면 그 경우에 '쏟는' 것은 신이며, 거기에는 신의 의지가 개재하니까.

29) 로슈푸콜(Rochefoucauld)을 가리킴. '사람들은 남의 마음을 간파하는 것은 좋아하지만, 자기 마음이 남에게 간파되는 것은 싫어한다.' (로슈푸콜의 《잠언》 296장)

56

"내가 당신의 고통을 얼마나 많이 분담하고 있는지 상상해 보라."

추기경(樞機卿)[29]께서는 자기의 느낀 바가 사람들에게 간과되는 것을 싫어했다.

"내 마음은 불안에 가득 차 있다."—"내가 불안에 가득 차 있다"고 말하는 편이 더 낫다.

57

다음과 같은 인사의 말을 들을 때, 나는 언제나 불쾌감을 느끼게 된다. "폐를 너무 끼쳤습니다."·"지루하지 않았습니까?"·"오래 기다리게 해서 죄송합니다." 등. 이렇게 말하는 사람은 남을 설득하거나 짜증 나게 한다.

58

"용서하십시오"라는 말을 하는 것을 보면 당신은 무례하다. 그런 말을 하지 않았더라면, 나는 당신이 실례를 한 줄 몰랐을 텐데.

"죄송하지만……" 이런 말 가운데서 나쁜 것은 변명뿐이다.

59

'폭동 교사죄(敎唆罪)의 오명을 참는다.'—이 말은 너무나 아름답다.

'그의 천재(天才)의 부단(不斷).'—이 대담한 두 개의 낱말은 너무도 많은 것을 내포한다.

제2장 인간에 대한 인식

60

제1부—신이 없는 인간의 참상.
제2부—신이 있는 인간의 행복.
혹은,
제1부—인간 본성의 타락, 본성(本性) 그 자체에 의해 입증됨.
제2부—구제자(救濟者)의 존재, 《성서》에 의해 입증됨.

61

순서. 나는 이 논술(論述)을 다음과 같은 순서에 따라서 다루었더라면 쉽
게 써 나갈 수도 있었을 것이다. 제일 먼저 모든 종류의 신분(身分)의 공허
함을 보여 주고, 다음에는 일반 생활의 공허함을 보여 주고, 그리고 나서 퓌
론 학도(회의론자들)나 스토아학파 등 철학자들 생활의 공허함을. 그러나
이 순서를 따르려 했다 해도 좀처럼 지켜지지 않았을 것이다. 나는 순서가
무엇이라는 것을 어느 정도는 알고 있다. 그런데 그것을 이해하고 있는 사
람은 얼마 되지 않는다. 어떤 인간의 학문도 그것을 지킬 수 없다. 성 토마
스[1]도 그것을 지키지 못했다. 수학은 그것을 지키지만, 그 오묘한 점에서는
무익하다.

62

제1부에 대한 서론. 자기 인식의 문제를 다루었던 사람들에 대한 언급.

---

1) 중세 철학자 토마스 아퀴나스(1225~1274)를 가리킨다.

사람을 의기소침하게 하고 지리멸렬한 샤롱의 구절들.[2] 몽테뉴의 지리멸렬한 논술.[3] 그가 틀에 박힌 방법의 결함을 확실히 느끼고 있었다는 사실. 그가 하나의 주제에서 다른 주제로 뛰어넘음으로써 그 결함을 피했다는 사실. 그가 훌륭한 인물이 되고 싶어 했다는 사실.

그가 자기 자신의 초상화를 그리려 한 것은 얼마나 어리석은 생각인가! 그런데 그 점에 있어 그는 무의식적으로 또는 자기의 원칙에 역행하여 그렇게 한 것은 아니었다. 그런 실수는 누구나 범하는 것이다. 그러나 그는 자기의 뜻에 따라 처음부터 계획적으로 그렇게 했던 것이다. 왜냐하면 우연히 또는 어떤 약점 때문에 엉뚱한 말을 하는 것은 흔히 있을 수 있는 실수이지만, 고의로 그런 말을 하는 것은 참을 수 없는 일이기 때문이다. 더구나 그런 엉뚱한 말을 한다는 것은…….

63

몽테뉴. 몽테뉴의 결함은 크다. 상스러운 용어(用語)들. 구르네이양이 뭐라고 변명하든[4] 그것은 무가치하다. '남의 말을 쉽게 믿는' 다는 말 대신에 '눈이 빠진 족속들'[5]이라는 표현을 쓰고 '무지하다' 는 말을 '원(圓)의 면적

---

2) 샤롱의 《지혜》 제1권은 자기인식을 논한 것이지만, 1607년의 개판(改版) 이후 62개의 장(章)에 분류되었다.
3) 몽테뉴《수상록》은 아무 순서도 없는 서술이다.
4) 마리 드 구르네는 1565년 파리에서 태어나, 젊었을 때 몽테뉴에게 사숙(私淑)했으며, 후에 그의 수양딸이 되었다. 몽테뉴가 죽은 후에 그의 미망인이 맡겨 주는 원고를 정리하여 《수상록》의 결정판을 간행하였다(1595년). 그 《수상록》의 머리말에서 그녀는 몽테뉴의 〈연애론〉은 솔직하고 순리적(純理的)인 이론이므로 위험이 없다고 변호하고 있다.
5) 몽테뉴《수상록》 2권 12장.
6) 同 2권 14장.
7) 同 2권 12장.
8) 同 2권 3장.
9) 同 3권 12장.
10) 同 3권 2장.

을 정사각형의 면적 계산법으로 구한다'[6]느니, '더 큰 세계'[7]라는 표현으로 나타낸다. 계획적인 자살[8]이나 죽음[9]에 대한 그의 견해. 그는 신의 구원에 대하여 무관심을 고취 시키면서 '두려워할 것도 회개할 필요도 없다'[10]고 주장한다. 그의 책은 신앙심을 북돋우기 위해 쓰인 것이 아니므로, 그는 그렇게 하는 것을 자신의 임무로 여기지 않았으나, 우리는 결코 신앙심을 저하시키는 따위의 행위를 해서는 안 된다는 것을 항상 우리의 임무로 알고 있다. 어떤 사람(몽테뉴를 지칭함)은 인생에 있어서의 어떤 상황에 대한 방종한 제멋대로의 견해에 대해 변명하려 할 것이다. 죽음에 대한 철저한 이교적 견해는 변명의 여지가 없는 것이다. 왜냐하면 우리가 적어도 기독교인으로서 기꺼이 죽겠다는 결의가 서 있지 않은 한 신앙에 대한 희망은 모두 버려야 하기 때문이다. 그런데 몽테뉴는 그의 책 전반에 걸쳐 나약하고 안이한 죽음만을 생각하고 있는 것이다.

64

나는 몽테뉴의 글에서 읽는 모든 것을, 그에게서가 아니라 나 자신 속에서 발견한다.

65

몽테뉴. 몽테뉴의 장점은 쉽사리 손에 넣을 수 없다. 그러나 그의 관점(도덕관념은 별도로 치고)은 누군가가 그에게 '당신은 불필요한 말을 너무 많이 인용하고, 자신에 관해서 너무 많은 것을 말한다' 고 경고해 주었더라면 곧 고쳐졌을 것이다.

66

인간은 자기 자신을 알아야 한다. 그것은 진리를 발견하는 데는 도움이 되지 않을지 모르지만, 적어도 자신의 인생을 영위하는 데는 도움이 된다.

그리고 세상에 이보다 당연한 것은 없다.

67

지식의 공허함. 형이하학(形而下學)에 대한 지식은 내가 고뇌에 싸였을 때, 도덕에 대한 나의 무지를 위로해 주지 못할 것이다. 그러나 도덕에 대한 지식은 형이하학에 대한 나의 무지를 언제나 위로해 줄 것이다.

68

사람들은 진실한 인간이 되는 길에 대해서는 가르침을 받지 못하고, 그 밖의 것은 모두 가르침을 받는다. 그래서 그들은 진실한 인간상을 다른 어떤 것보다도 자랑스럽게 여긴다. 그들은 자기들이 배운 적이 없는 그 유일한 것(진실한 인간)을 알고 있다고 해서 자랑스럽게 여기는 것이다.

69

두 개의 무한, 중용(中庸). 너무 빨리 읽거나, 너무 천천히 읽으면 아무것도 이해할 수가 없다.

70

자연은…… 않는다.[11]
자연은 우리를 정확하게 중간의 위치에 놓았으므로, 우리가 저울의 한쪽을 가볍게 하거나 무겁게 하면, 다른 쪽도 균형을 잃게 된다. 'Je fesons

---

11) 원고에는 끊겨 있으나, 자연은 극단을 꺼린다는 의미일 것이라고 브랑슈비크는 말하고 있다.

12) 프랑스의 방언(方言)에 je(나)라는 1인칭 단수의 대명사와 fesons(하다)는 복수형 동사가 연결되는 경우도 있고, 그리스어에 zôa(동물)라는 복수형 명사와 trékei(달린다)라는 단수형의 동사가 결합하는 경우도 있다. 이 기묘한 예를 파스칼은 우리의 지적기구(知的機構) 속에서 행하여지는 시소 놀이의 원리를 나타내는 것으로 보여 주고 있다고 하겠다. 원문을 해석하면, '나는 행하고, 동물은 달리고 있다.'

zōa trékei.'[12] 이것은 나로 하여금 우리의 머릿속에는 질서정연한 메커니즘이 있어, 하나를 건드리면 반드시 반대쪽의 것도 건드리게 된다는 사실을 믿게 한다.

71

너무 많은 술과 너무 적은 술.

그에게 조금도 주지 말라. 그러면 그는 진리를 발견할 수 없을 것이다. 그 술을 아주 많이 마시게 해 보라. 같은 결과가 될 것이다.

72

인간의 불균형.[13] 자연 그대로의 지식은 우리를 불균형으로 인도한다. 만일 그것(자연적인 지식)이 진실하지 않다면 인간에게 진리는 없다. 또 그것이 진실하다면 인간은 겸손해야 할 이유를 거기서 발견하게 될 것이다. 그러므로 어떤 경우이든 인간은 자신을 낮추지 않으면 안 된다.

그리고 인간은 이 자연적인 지식을 믿지 않고서는 생존할 수 없으므로, 자연에 대한 더욱 폭넓은 탐구에 들어가기에 앞서 자연을 다시 한번 진지하게 그리고 천천히 관찰하고, 아울러 자기 자신을 돌이켜보기를 나는 바라고 있다. 그리고 자연과 자신을 비교하면서 그 양자 사이에 어떤 균형이 있는가를 판단해 주었으면 한다.

그러고 나서 인간으로 하여금 자연 전체를 그 높고 충만한 위용 그대로 바라보고, 자기 주위에 있는 하찮은 사물에서 시선을 돌리게 하라. 우주를 비추는 영원한 횃불 같은 저 눈 부신 빛을 보게 하라. 이 천체가 그리는 거대한 궤도(軌道)에 비하면 지구도 하나의 점에 불과하다는 사실을 알게 하

---

13) 이 유명한 단장은 각판(各版)에 따라 용어나 표현이 상당히 다르다. 브랑슈비크 판에는, 주석에서 포르 르와이알 판과의 차이를 일일이 지적하고 있으나, 여기서는 다만 이 장의 표제(表題)가 후자의 경우에 '인간의 무능력(Incapacité de l' homme)'으로 되어 있다는 것만 지적해 둔다.

라. 또 그 거대한 궤도 자체도, 하늘에 떠도는 모든 천체가 에워싸고 있는 궤도에 비하면 극히 희미한 한 점에 불과하다는 사실에 놀라게 하라. 그러나 우리의 눈이 거기까지밖에 볼 수가 없다면, 우리의 상상력을 발동시켜 보다 큰 세계를 보게 하라. 자연이 더욱 큰 세계를 제공하는 일에 지치기 전에, 상상력이 그 세계를 생각하는 것에 지치게 될 것이다.

눈에 보이는 전 세계도 자연의 광대한 품속에서는, 감지(感知)할 수도 없는 하나의 조그만 점에 불과하다. 어떤 관념도 거기에 접근할 수가 없다. 우리가 상상할 수 있는 한계를 초월하여 우리의 개념작용을 팽창시켜 보았자 별 효과가 없다. 우리가 생각해 내는 것은 사물의 현실에 비하면 단지 미분자(微分子)에 불과하다.

자연이란 그 중심은 어디에나 편재(遍在)해 있으나, 그 한계는 어디에도 없는 무한한 구상체(球狀體)이다.[14] 요컨대 우리의 상상력이 그 생각 속에서는 제 자신을 잃고 만다는 사실은 신의 전능하심을 우리가 감지할 수 있다는 가장 뚜렷한 표시인 것이다.

인간으로 하여금 자기 자신으로 돌아가 모든 존재하는 것에 비해 자기가 어떤 존재인가를 생각하게 하라. 인간으로 하여금 자기 자신을 상실된 존재로 간주하게 하라. 그리고 그로 하여금 자신이 갇혀있는 이 조그만 감옥(이 우주)으로부터 지구와 그 위에 있는 여러 나라 · 여러 도시 · 집들, 그리고 자기 자신의 참된 가치를 배우게 하라.

인간은 무한 속에서 대체 어떤 존재인가?

그러나 인간에게 앞의 경우 못지않게 놀라운 불가사의(不可思議)를 보여 주기 위해, 그가 알고 있는 가장 미소(微小)한 것을 찾아내게 하라. 그에게 한 마리의 진드기를 보여 주되, 그 작은 몸집을 비교도 할 수 없는 정도로

---

14) 이것은 엠페도클레스의 견해이다. 파스칼은 이 말을 몽테뉴의 《수상록》에 있는 구르네이의 머리말에서 읽었을 것이다.

세분화(細分化)해서 보여 주라. 관절이 있는 다리 · 다리에 있는 혈관 · 혈관 속의 피 · 피 속의 체액(體液) · 체액 속의 물방울 · 물방울 속의 수증기 · 그 것을 인간에게 보여주고, 그로 하여금 그의 상상력이 쇠진할 때까지 그것을 더 분해하여 세분화하게 하라. 그리고 그가 도달할 수 있는 최후의 것을 지 금 우리의 논의의 대상으로 삼도록 하자. 그는 아마도 이것이야말로 자연 속에서 가장 미소(微小)한 것이라고 생각할 것이다.

나는 그에게 새로운 심연을 보여 주려고 한다. 그를 위해 눈에 보이는 우 주뿐만 아니라, 자연에 대하여 생각할 수 있는 한의 광대무변(廣大無邊)한 것을 이 미분자(微分子)의 축도(縮圖) 속에 그려 보이려고 한다. 그는 그 속 에서 우수한 우주를 보게 될 것이며, 그 각각의 우주 속에는, 눈에 보이는 세계에서와 똑같은 비율로 하늘이 있고, 항성이 있고, 지구가 있음을 볼 것 이다. 그 지구상에서 여러 가지 동물을 보게 되고, 마지막에는 진드기를 보 게 될 것이다. 그리고 그 진드기 속에서, 앞에서 진드기가 갖고 있던 모든 것을, 그는 다시 발견하게 될 것이다.

그리고 그 밖의 것 속에서도 한없이 계속해서 같은 것을 발견해 나가면, 광대함으로 말미암아 놀라운 불가사의(不可思議)와 마찬가지로, 미소함으 로 말미암아 놀라운 이 불가사의에 대하여, 그는 깜짝 놀라, 어쩔 줄을 모를 것이다. 왜냐하면 조금 전까지만 해도 우주 속에서 감지할 수 없었고, 만유 (萬有)의 품속에서도 감지할 수 없었던 우리의 몸뚱이가 이제 인간으로서는 도달할 수 없는 무(無)에 비해 거상(巨像)이 되고, 세계가 되고, 오히려 만유 가 된다는 사실에 경탄하지 않을 사람은 없을 테니 말이다.

이 방법에 따라 자신을 돌아보면 누구든지 자기 자신에 대해서 두려움을 느끼게 될 것이다. 또한 자연으로부터 부여받은 자기의 육신이 무한과 무 (無)의 두 심연 사이에 가로놓여 있음을 발견하고는 그 불가사의에 전율을 금치 못할 것이다. 나는 그의 호기심이 놀라움으로 변함에 따라 그가 어떤 추정의 근거를 가지고 그런 불가사의를 탐구하려고 하기보다는 오히려 침묵 속에서 심사숙고하리라고 믿는다.

왜냐하면 결국 인간은 자연 속에서 대체 무엇인가? 무한에 비하면 무(無)요, 무에 비하면 일체, 무와 일체의 중간자(中間者)이다. 양극(兩極)으로부터 무한히 멀리 떨어져 있어 그 극단을 도저히 이해할 수 없는 것이 인간이다. 사물의 극과 그 원리는 인간이 도달할 수 없을 만큼 불가사의한 신비에 가려져 있다.

인간은 자신의 모체(母體)인 무(無)를 볼 수 없는 것처럼 자기를 삼켜 버리는 무한도 볼 수가 없다.

그렇다면 인간은 사물의 원리나 궁극을 알 수 없는 영원한 절망 속에서 사물의 중간자에 가까운 어떤 것을 감지하는 것 외에 또 무슨 일을 할 수 있단 말인가? 모든 사물은 무(無)로부터 생겨나서 무한을 향해 전진한다. 이 놀라운 진행 과정을 누가 이해할 수 있겠는가? 이 불가사의를 창조해 내는 절대자만이 그것을 이해할 수 있다. 그 외에는 아무도 이해하지 못한다.

이런 무한을 심사숙고하지 못했기 때문에, 인간은 마치 자연과 자신들 사이에 어떤 균형을 유지하고 있기나 한 듯이, 무모하게 자연의 탐구에 몰입해 왔던 것이다.

그들이 알고자 하는 대상만큼이나 무한한 자만심을 가지고, 사물의 원리를 이해하려 하고, 거기서 더 나아가 모든 것을 알려는 엄두까지 내게 된 것은 황당하기 그지없는 일이다. 왜냐하면 자연의 그것만큼이나 무한한 자만심이나 능력을 갖추고 있지 않은 한, 인간은 그와 같은 생각을 품을 수가 없기 때문이다.

우리가 좀 더 알게 되면, 자연은 자신의 모습과 자기의 창조자의 모습을 모든 사물에 새겨 놓았으므로, 그러한 사물은 거의 모두 자연의 이중(二重)의 무한성을 지니고 있다는 것은 이해할 수 있을 것이다. 그러므로 모든 학문은, 그 탐구의 범위가 무한하다는 것을 알 수 있다. 예컨대 기하학은 해명해야 할 명제를 무수히 갖고 있다는 것을 누가 의심할 수 있겠는가? 그러한 명제들은, 그 원리가 많고 미묘한 점에서도 무한하다. 그것은 최종적인 것으로 생각되는 명제(命題)들도 제 스스로 서 있지 못하고 다른 명제에 의존하고 있으며, 그 명제도 또한 다른 명제에 의존하고 있어, 결국 최후의 명제는 있을 수 없다는 사실은 누구나가 알고 있기 때문이다.

그러나 마치 물질계에서, 그 성질상 무한히 분할할 수 있다 하더라도 우리의 감각이 이미 그 이상의 것을 인지할 수 없을 때, 그것을 '점'이라고 부르는 것처럼, 우리의 이성(理性)에게 최후의 명제로 보이는 것을 우리는 궁극적인 명제로 다루는 것이다.

학문의 이들 두 가지 무한 중에서 극대성(極大性)의 무한이 훨씬 더 감지(感知)되기 쉽다. 그러므로 모든 것을 알고 있다고 주장하는 사람이 극소수에 불과한 것이다. "나는 모든 것을 말하려고 한다"[15]고 데모크리토스는 말하곤 했다.

그러나 극소성(極小性)의 무한은 그보다 훨씬 인지하기 어렵다. 철학자들은 거기에 도달했다고 훨씬 더 쉽게(극대성의 경우보다) 주장했지만, 모두가 거기서 좌절되고 말았다. 그리하여 《사물의 원리》또는 《철학의 원리》에 대하여[16] 그밖에 이와 비슷한 통속적인 책 이름이 생겨나게 되었다. 그것들은 겉으로는 그렇게 보이지 않지만 사실에 있어서는 대단히 허식적이다. 저 《알 수 있는 모든 사물에 대하여》[17]라는 사람의 눈을 현혹하는 책 이름과 별로 다를 바가 없다.

사물의 중심에 도달하는 것이 그 주변을 포괄하는 것보다 훨씬 쉬운 일이라고 우리는 당연한 듯이 믿는다. 그런데 눈으로 볼 수 있는 세계의 넓이는 우리보다 훨씬 더 크다. 그러나 미소한 사물보다는 우리가 더 크기 때문에,

---

15) 이 데모크리투스의 말은, 몽테뉴의 《수상록》 2권 12장에 인용되어 있다.
16) 데카르트는 1644년에 《철학 원리》를 간행하였다.
17) 이것은 피코델라 미란돌라가 1486년에 로마에서 공포하려고 했던 저술의 표제이다. 이 책은 교황에 의해 간행이 금지되었다.

그것을 파악하기는 훨씬 쉬운 일이라고 생각하지만 무(無)에 도달하려면, 전체에 도달하는 것과 같은 능력이 있어야 한다. 이 두 경우 모두 무한한 능력이 요구되는 것이다. 그리고 사물의 궁극적인 원리를 이해한 사람이라면 누구나가 무한을 인식할 수 있게 될 것이라고 나는 믿는다. 이 두 가지 중에서 하나는 다른 것에 의존하고, 다른 하나는 그것을 인도한다. 이 양극(兩極)은 서로 반대 방향으로 진행함으로써 서로 접촉하고 결합하며, 오직 신 안에서만 다시 결합한다.

그러므로 우리는 자기의 능력의 한계를 알아야 한다. 우리는 그 무엇이긴 하지만 일체(一切)는 아니다. 우리의 이러한 존재성[18]이 무에서 생겨난 첫 번째 원리에 대한 인식을 우리에게서 빼앗아 버린다. 또한 우리 존재의 미소성(微小性)은 무한한 통찰력을 우리에게 허용하지는 않는다.

우리의 지성은 우리의 육신이 자연계 전체에서 차지하고 있는 것과 똑같은 지위를 사유적(思惟的)인 질서 속에서 차지하고 있다.

모든 점에서 제한받고 있기 때문에, 우리는 이 양극단 사이의 중간자적 위치가 우리의 모든 능력 속에 반영되어 있음을 발견한다. 우리의 감성(感性)은 극단적인 것을 지각하지 못한다. 즉 너무 큰 소리는 귀를 멍하게 하며, 너무 강한 빛은 눈이 부셔 볼 수 없게 하며, 너무 멀거나 너무 가까운 것은 정확하게 볼 수가 없다. 너무 길거나 너무 짧은 이야기는 그 의미를 파악할 수 없다. 너무 진실한 것은 우리를 당황하게 하여 얼핏 믿기가 어렵다. 나는 0에서 4를 빼면 0이 된다는 것을 이해하지 못하는 사람들을 알고 있다. 첫 번째의 원리는 우리에게 너무나 명백하다. 지나친 즐거움은 오히려 불안을 초래한다. 음악에서 너무나 많은 화음(和音)은 즐거움을 주지 못한다. 지나친 친절은 우리를 불편하게 하여 그것을 빚으로 생각하고 얼른 그 이상으로 갚아 주고 싶게 한다. "친절은 그것을 갚을 수 있다고 생각되는

---

18) 일체가 아닌 부분성.

한도 내에서만 기꺼이 받아들이게 된다. 그 한계를 넘으면 고마움은 혐오로 변한다."[19]

극한적인 더위나 극한의 추위는 우리를 무감각하게 한다. 훌륭함도 지나치면 우리에게는 해로우며 감지되지 않는다. 우리는 그것을 감지하지 못하고, 거기서 해를 입는다. 너무 어리거나 너무 늙어도 정신활동이 제한받는다. 교육을 너무 많이 받거나 너무 적게 받아도 마찬가지이다.

한 마디로 극단적인 것들은 우리를 위해 존재하지 않으며, 마찬가지로 우리도 그것들을 위해 존재하지 않는다. 즉 그것들이 우리를 피하거나 우리가 그것들을 피하거나 둘 중의 하나이다.

이것이 우리 인간의 참된 위치이다. 우리가 완전히 알 수 없거나 전혀 무지일 수 없는 것은 그 때문이다. 우리는 광대한 중간에 떠돌고, 언제나 불확실하게 동요하면서 이리저리 표류한다. 우리가 자신을 고정할 수 있다고 생각하는 특정한 지점에 도달했다고 생각할 때마다, 그 지점은 우리를 떠밀어서 저 뒤로 밀어낸다. 우리가 그것을 잡으려고 하면 그것은 우리의 손을 뿌리치고 빠져나가 우리 앞에서 영원히 도망쳐 버린다. 우리를 위해 멈춰 주는 것은 아무것도 없다. 이것이 인간의 타고난 상태이지만, 인간의 성향(性向)에 정 반대되는 상태이기도 하다. 우리는 무한을 향해 탑을 쌓아 올릴 견고한 지반(地盤)과 영원히 흔들리지 않는 토대를 발견하려는 욕망에 불타고 있다. 그런데 우리의 모든 기반은 흔들리고, 땅은 갈라져 깊은 심연(深淵)이 되고 만다.

그러므로 우리는 확실성도 견고성도 추구해서는 안 된다. 우리의 이성은 외관의 불일치에 의해 언제나 기만당한다. 유한(有限)을 이들 두 무한 사이에 고정할 수 있는 것은 아무것도 없다. 그들 무한은 유한을 포괄하면서도 동시에 그것을 회피하기 때문이다.

---

19) 타키투스 《연대기》 4권 18장. 몽테뉴 《수상록》 3권 8장 참조.

우리가 일단 이 사실을 분명히 이해했다면, 우리는 각자 자연이 놓아준 위치에 조용히 머무를 수 있으리라고 나는 생각한다. 우리에게 할당된 이 중간적 위치가 양극단으로부터 항상 멀리 떨어져 있는 이상 다른 어떤 사람이 사물에 관한 지식을 약간 더 갖고 있다고 해서, 그게 무슨 대단한 일이겠는가? 만일 그가 지식을 좀 더 많이 갖고 있다고 해도 그는 여전히 목표로부터 무한히 멀리 떨어져 있지 아니한가? 우리의 수명이 10년 더 연장된다 해도 영원 속에서는 역시 극미(極微)한 찰나에 불과하지 않은가?

이 무한에서 보면, 유한한 것들은 모두가 동등하다. 그러므로 나는 사람들이 어떤 특정한 유한자에 자기의 상상력을 집중시키는 이유를 모르겠다. 단순히 우리 자신을 유한자와 비교만 하여도 우리는 괴로워진다.

만일 인간이 우선 자기 자신부터 탐구한다면, 그 이상 더 나아간다는 것이 불가능하다는 것을 알게 될 것이다. 어떻게 일부가 전체를 알 수 있겠는가. 그래도 아마 그는, 적어도 자기와 균형을 이루고 있는 다른 여러 가지 부분을 알기를 열망할지도 모른다. 그러나 세상의 각 부분은 모두가 서로 밀접하게 관련되어 있으므로, 다른 부분이나 전체를 무시하고 일부를 안다는 것은 불가능한 일이라고 나는 생각한다.

예컨대 인간과 그가 알고 있는 모든 것 사이에는 일정한 관계가 있다. 그는 자기를 수용해 줄 공간 · 생존해야 할 시간 · 살기 위한 운동 · 자기를 구성하고 있는 원소(元素) · 자기를 길러 줄 열(熱)과 음식 · 호흡하기 위한 공기를 필요로 한다. 그는 빛을 보며 물체에 지각한다.

요컨대 모든 것이 그와 연관성이 있다. 그러므로 인간을 알려면, 그가 생존하는 데 공기를 필요로 하는 것은 무엇 때문인가를 알아야 한다. 또한 공기를 알려면 그것이 인간의 생명과 밀접한 관계를 유지하고 있는 것은 무엇 때문인가를 알아야 한다. 그 밖의 것도 마찬가지이다.

불은 공기가 없이는 타오르지 못한다. 그러므로 한쪽을 알기 위해서는 다른 쪽도 알아야 한다.

그러므로 모든 사물은 서로 간에 직접 간접으로 원인이 되거나 결과가 되며, 도움을 주기도 하고 받기도 하며, 가장 멀고도 이질적인 것들을 자연적으로 그리고 감지할 수 없을 만큼 함께 연결된 고리로서 상호 간에 지주가 되어 주기 때문에, 전체를 모르면서 각 부분을 알려고 하는 것은, 각 부분을 잘 모르면서 전체를 알려는 것과 마찬가지로 불가능한 일이라고 나는 생각한다.

그 자체 안에서의 또는 신 안에서의 사물의 영원성은, 우리의 짧은 인생을 놀라게 하고야 말 것이다.

자연의 고정된 부단한 부동성(不動性)도 우리 안에서 일어나고 있는 끊임없는 변화에 비하면, 반드시 그와 똑같은 결과를 가져올 것이다.

그리고 사물을 인식하는 우리의 무능력을 결정적인 것으로 만드는 것은, 사물은 그 자체가 단순하지만 우리 인간은 종류를 달리하며 상반되는 두 가지 성질, 즉 영과 육으로 되어 있다는 사실이다. 우리 인간에게 있어 추리하는 부분은 영적일 수밖에 없다. 그러므로 인간을 단지 육체적인 존재에 불과하다고 주장한다면, 그것은 우리로 하여금 사물의 인식에서 더욱 멀어지게 할 것이다. 왜냐하면 물질이 그 자신을 인식한다고 주장하는 것처럼 터무니없는 생각은 없을 테니까. 물질이 어떻게 자기 자신을 인식할 수 있다는 것인지 우리는 도대체 알 수가 없다.

그러므로 만일 우리가 단지 물질에 지나지 않는다면, 우리는 아무것도 알수가 없고, 또 우리가 정신과 물질로 되어 있다면, 우리는 영적이든 물질적이든, 단일한 사물을 완전히 알 수가 없다.

거의 모든 철학자가 사물의 관념을 혼동하여, 물질적인 사물을 정신적으로 말하고, 정신적인 사물을 물질적으로 말하게 되는 것은 그 때문이다. 왜냐하면 그들은 물체는 아래쪽으로 기운다거나, 그 중심으로 향한다거나, 파괴를 피한다거나, 진공(眞空)을 두려워한다거나, 물질이 의지(意志)나 공감이나 반감을 품고 있다고 대담하게 주장하니 말이다. 그러나 이것들은 모두가 정신적인 것에만 속하는 것이다. 그리고 정신에 관하여 이야기하면서, 그들은 정신을 어떤 장소에 있는 것처럼 생각하고, 한 장소에서 다른 장소로 옮아가는 것을 정신의 운동으로 생각한다. 그러나 그것은 물질에만 속하는 성질이다.

우리는 이와 같은 사물의 관념을 순수하게 그대로 받아들이지 않고, 우리의 특성을 마음대로 채색하여, 우리가 생각하는 모든 단일한 사물에 우리의 복합적인 존재의 모습을 새겨 놓는다.

우리가 모든 사물을 정신과 물질로 혼합하는 것을 보고 그와 같은 혼합물이라면 우리가 완전히 이해할 수 있으리라고 생각하지 않을 사람이 어디 있겠는가? 그러나 그것이 인간이 가장 이해하기 어려운 것이다. 인간은 그 본질에 있어서 자신에게조차 가장 이해되기 어려운 기이한 존재이다. 왜냐하면 그는 육체가 무엇인지 모르기 때문이다. 게다가 정신이 무엇인지는 더욱 모르고 있다. 더구나 육체가 정신과 어떻게 결합할 수 있는가에 대해서는 전혀 이해하지 못한다. 이것이 인간이 부딪치는 가장 어려운 점이지만, 이것이 바로 인간 존재의 본질이다. "정신이 육체와 결합하는 방법은 인간이 도저히 이해할 수 없다. 그러나 이것이 바로 인간이다."[20]

끝으로 나는 이 두 가지 고찰로 인간이 약하다는 증명을 완결 지으려 한다…….

73

그러나 이 문제는 아마도 이성(理性)의 한계를 초월해 있을 것이다. 그러므로 우리는 그 이성의 힘이 미치는 사물 속에 이성이 만들어 넣은 것을 검토해 보기로 하자. 만일 이성이 제 자신의 이익을 위해 가장 진지하게 몰두해야 하는 일이 있다면, 그것은 최고 선(善)의 추구일 것이다. 그러므로 이

---

20) 어거스틴《신국》21권 10장. 몽테뉴《수상록》2권 12장.

강력하고 현명한 사람들이 최고의 선을 어디에 두었으며, 또 이에 대해 그들의 견해가 일치하였는가를 살펴보기로 하자.

어떤 사람은 최고의 선은 덕에 있다고 말하고, 다른 사람은 관능적인 쾌락에 있다고 주장한다. 어떤 사람은 본성에 따라 사는 것에 있다고 말하고, 다른 사람은 진리에 있다고 말한다.[21]—"사물의 원인을 알 수 있는 사람이야말로 행복하다."[22]—어떤 사람은 최고의 선이 완전한 무지에 있다고 말하고, 어떤 사람은 무위(無爲)에, 어떤 사람은 외관(外觀)에 대한 반항에, 어떤 사람은 절대 놀라지 않는 데 있다고 말한다.—"아무것에도 놀라지 않는 것이 행복을 얻고 그것을 지키는 유일한 길이다."[23]— 또 진정한 퓌론 학도들(회의론자)은 그들의 평정(平靜)·회의·끊임없는 판단중지(判斷中止)에 최고의 선이 있다고 주장한다. 그리고 훨씬 더 현명한 다른 사람들까지도 최고의 선은 찾을 수도 없고 바랄 수도 없다고 말한다. 그것이 가장 현명한 해답일 것이다.

(이하의 논술은 〈법률〉[24] 뒤로 옮긴다.)

그렇게 오랫동안 열심히 노력했으니, 이 훌륭한 철학이 어떤 확실한 결론에 도달했는가 아닌가를 알아보아야겠다. 어쩌면 적어도 영혼은 제 자신을 알게 될 것이다. 이 문제에 대해 세상 권위자들의 견해를 들어 보기로 하자. 그들은 영혼의 본질을 무엇이라고 생각했을까? 395.[25] 그들은 영혼의 본질을 분명히 파악하는데 우리보다 다소라도 수월했을까? 395. 그 기원, 그 과정, 그 귀착점에 대해 무엇을 발견했을까? 399. 아니면 영혼은 너무도 숭고한 것이어서 어렴풋이나마 그것을 이해할 수 없는 것일까? 그렇다면 그것을 하나의 물질의 차원까지 끌어내려서 고찰해 보기로 하자. 영혼은 자신이

---

21) 몽테뉴 《수상록》 2권 12장.
22) 베르길리우스 《게오르기카》 2권 489절. 몽테뉴 《수상록》 3권 10장.
23) 호라티우스 《서한》 1권 6장 1절. 몽테뉴 《수상록》 3권 12장.
24) 난외(欄外)의 지시. 제5장 〈법률〉 단장 294를 가리킴.
25) 몽테뉴 《수상록》의 페이지 수. 다음에 세 숫자도 마찬가지이다.

생명을 부여하고 있는 육체가 무엇으로 형성되어 있는지를 알고 있는지 고찰해 보자. 그리고 영혼은 자신이 바라보거나 자기 뜻대로 움직이고 있는 다른 사물들이 무엇으로 이루어져 있는지 알고 있을까? 이 점에 대해 알아보자. 무엇이든지 모르는 것이 없다고 주장하는 저 위대한 독단론자(獨斷論者)들은, 이에 대해 무엇을 알고 있었을까?

"이 견해 중에서 어느 것이 진리인가?"[26] 393.

만일 이성(理性)이 제구실한다면 그것으로 충분할 것이다. 이성은 자신이 이제까지 어떤 확고부동한 진리를 아직 찾아내지 못하고 있다는 것을 인정할 만한 분별력은 갖고 있다. 그러나 이성은 여전히 확고부동한 진리를 찾는 데 대한 희망을 단념하지 않고 있다. 오히려 그것은 전과 똑같이 열렬히 탐구하고 있으며, 그것을 해내는 데 필요한 모든 힘이 자기에게 있다고 확신한다.

그러니 우리는 이 논쟁을 끝내야 할 것이다. 그리고 그 결과를 통해 그 이성의 능력을 검토한 다음에, 그 능력을 인정하고, 이성은 과연 그 진리를 파악할 수 있는 힘과 능력을 갖추고 있는가를 알아보기로 하자.

74의 1

인간의 지식과 철학의 우매함에 대한 편지.

이 편지를 '기분전환' 항목 앞에 놓는다.

"사물의 이치를 알 수 있는 사람은 행복하도다."

아무것에도 놀라지 않는 자는 행복하다.[27]

몽테뉴에게 있는 280종의 최고 선.[28]

---

26) 키케로 《투스클라네스》 1권 2장. 몽테뉴 《수상록》 2권 12장.
27) 전 장(前章) 참조.
28) 몽테뉴 《수상록》 2권 12장.

철학자들에게 있어서 280종의 최고선(善).

Part. 1, L. 2, C. 1, S. 4.(제1부, 제2편, 제1장, 제4절.)[29]

75

추측(推測). 그것을 또 한 단계 낮춰서 우스꽝스러운 것으로 보이게 만드는 것은 어렵지 않을 것이다.

생명이 없는 물체가 정념(情念)이나 공포나 혐오(嫌惡)가 있다고 말하는 것보다 바보스러운 일이 있을까? 감정도 없고, 생명을 수용할 능력조차도 없는 무생물체들이 적어도 그 감정들을 받아들일 만한 지각력 있는 영혼의 존재를 전제로 하는 정념을 가질 수 있겠는가? 더구나 그 혐오의 대상이 진공(眞空)일 수 있을까? 그 진공 속에 그들을 두려워하게 하는 무엇이 있단 말인가? 이것보다 천박하고 우스운 일이 있을까?

이것만이 아니다. 무생물체는 그 자신 속에 진공을 피하기 위한 운동의 원리를 갖고 있다는 것일까? 그것은 팔과 다리와 근육과 신경을 갖고 있는가?

76

학문을 너무 깊이 탐구하는 사람들을 경계하여 글을 쓸 것. 데카르트.

77

나는 데카르트를 용서할 수 없다. 그는 그 철학 전체 중에서, 가능한 한 (限) 신(神)을 빼버리려고 했다. 그러나 그는 세계를 (질서 있게) 움직이기 위해, 신으로 하여금 한 손가락을 움직이게 할 수밖에 없었다. 그다음부터

---

29) 파스칼이 1647년에서 1651년에 걸쳐서 쓴 《진공론(眞空論)》의 장절(章節).

그는 신을 필요로 하지 않았다.

78

쓸모없고 불확실한 데카르트.[30)

79

데카르트. "그것은 형상(形狀)과 운동의 결과이다"라고 일반적으로 말해야 한다. 왜냐하면, 그것은 사실이기 때문이다. 그러나 그것이 어떤 형상과 운동인가를 명명(命名)해 놓고 거기에 맞추어 기계를 조립하려고 하는 것은 어리석은 일이다. 왜냐하면 그렇게 하는 것은 아무런 의미가 없고, 불확실하고 힘든 일이기 때문이다. 설사 그것이 진실이라고 하더라도, 우리는 철학 전체가 한 시간의 노력을 기울일 만큼의 가치가 있다고는 생각하지 않는다.[31)

80

육체적인 절름발이는 우리를 화나게 하지 않는데, 정신적인 절름발이가 우리를 화나게 하는 것은 무엇 때문일까? 육체적인 절름발이는 우리가 올바로 걷고 있다는 것을 인정하는데, 정신적인 절름발이는 마치 우리가 절뚝거리고 있는 것처럼 말하기 때문이다. 그렇지 않다면 우리는 그들을 가엾게

---

30) 쓸모없다는 것은 데카르트의 철학이 '없어서는 안 될 유일자(唯一者)'를 언급하고 있지 않기 때문이며, 불확실하다는 것은 그의 철학 체계가 결국 가설(假說)에 불과한 선천적 논리 위에 세워져 있기 때문이다.
31) 이 단장에서 파스칼이 철학에 부여한 의미를 찾아볼 수가 있다. 그와 같은 시대의 철학자, 특히 데카르트에 의하면 철학이란 자연철학, 즉 외적 사물의 지식을 의미하였다. 파스칼은 소크라테스처럼 자연철학을 도덕철학으로 전환했다. 파스칼에 의하면 인간은 우주를 인식할 능력을 충분히 갖추고 있지만, 우주는 '침묵'을 지키고 있으며, 따라서 인간을 신에게로 인도하지 않으므로, 우주를 아는 것은 신을 아는데 무익하다는 것이다.

여길지언정 화는 내지 않을 것이다.

에픽테토스는 더욱 힘을 주어 묻고 있다 "우리는 '당신은 두통이 있는 모양이군요.' 하는 말을 들으면 기분이 상하지 않는데, 우리가 하는 말이나 판단에 잘못이 있다는 말을 들으면 기분이 상한다. 왜 그럴까?"[32]라고.

그 이유는 이러하다. 우리는 머리가 아프지 않고, 절름발이가 아니라는 것은 충분히 확신하고 있으나, 올바로 판단하고 있는지에 대해서는 그렇게 확신할 수 없기 때문이다. 즉 우리로 하여금 확신을 갖게 해주는 것은 우리의 눈에 분명한 증거이기 때문에 다른 사람의 눈에 분명한 증거가 그로 하여금 우리와 정반대되는 것을 보게 되는 경우, 우리는 갈피를 잡지 못하고 곤혹(困惑)에 빠진다. 수천 명의 사람들이 우리의 선택을 비웃을 때는 더욱 그러하다. 왜냐하면, 우리는 그 많은 사람의 판단보다 자신의 판단을 택해야 하는데, 이것은 매우 대담하고 어려운 일이기 때문이다. 절름발이에 대한 감정에는 이런 의견의 충돌은 없다.

81

정신은 저절로 믿고, 의지는 저절로 사랑한다. 그래서 믿거나 사랑할 만한 참다운 대상이 없으면, 그것들은 필연적으로 거짓된 것들을 믿거나 사랑하게 마련이다.

82

상상력. 이것은 인간에게 있어서 지배적인 능력이며, 오류와 허위의 사육주(飼育主)이며, 항상 그러하지는 않기 때문에 더욱더 믿을 수가 없는 것이다. 왜냐하면 상상력이 거짓에 대한 절대적인 기준이라면, 동시에 진리에 대한 절대적인 기준도 될 테니까. 그러나 상상력은 대체로 거짓이므로 진실

---

32) 에픽테토스《어록(語錄)》4권 6장.

과 거짓에 똑같은 표시를 하여 제 특성을 조금도 나타내지 않는다.

나는 우매한 자들에 대하여 말하고 있는 것이 아니라, 가장 현명한 자들에 대해 말하고 있다. 상상력은 그들 사이에서 제 기능을 가장 잘 발휘하기 때문이다. 이성(理性)이 아무리 반대해도 헛수고이다. 이성은 사물을 평가할 수가 없으니까.

자신의 적인 이성을 지배하고 통제하는 이 오만한 힘(상상력)은 자기가 모든 분야에 얼마나 유능한가를 보여 주기 위해 인간에게 제2의 천성을 만들어 놓았다. 상상력은 인간으로 하여금 자신이 행복하다고 생각하게 하고 불행하다고 생각하며, 건강하다고, 병들었다고, 부자라고, 가난하다고 생각하게도 한다. 상상력은 우리로 하여금 믿게도 하고 의심하게도 하며, 이성을 거부하게 하기도 한다. 상상력은 감성(感性)을 정지시키기도 하고 활동하게도 한다. 상상력은 인간을 바보로 만들기도 하고 성자로 만들기도 한다. 그리고 무엇보다도 유감스러운 것은 상상력은 이성이 할 수 있는 것보다도 제 주인의 마음을 훨씬 더 충실하고 완전한 만족감으로 채워 준다는 점이다. 상상력이 뛰어난 사람들은 사려 깊은 사람들이 이성을 통해 자기 자신에게 만족하는 것보다 훨씬 더 큰 자기만족을 얻는다. 그들은 대단한 오만을 가지고 사람들을 내려다보고 대담하게 확신을 두고 이론을 전개하기도 한다. 이에 반해 이성적인 사람들은 겁이 많고 자신이 없으며, 그들의 쾌활한 태도가 때때로 듣는 사람들의 호감을 사게 한다. 왜냐하면 지혜가 풍부한 사람은 지혜가 비슷한 비판자들로부터 호의를 받기 때문이다. 상상력은 어리석은 자를 현명한 자로 만들 수는 없지만, 행복한 자로 만들 수는 있다. 이에 반해 이성은 그 동료들을 불행하게 할 뿐이다. 전자는 그들을 영광에 쌓이게 하고, 후자는 치욕을 느끼게 한다.[33]

---

33) 이 단장에는 전반적으로 몽테뉴의 영향이 강하게 풍기고 있다. 특히 《수상록》 2권 12장 3권 8장 참조.

명성을 부여하는 것은 누구인가? 우리로 하여금 사람이나, 일이나, 법률이나, 위대한 인물들을 존경(尊敬)하게 만드는 것은 무엇인가? 바로 이 상상력의 기능이 아닌가? 지상의 모든 부(富)도 상상력의 동의를 얻지 못하면 보잘 것 없는 것이 되고 만다.

여러분은 이렇게 말할지 모른다. "이 법관(法官), 나이도 지긋하고 관록(貫錄)도 갖춰 모든 민중으로부터 존경을 받는 이 법관도 순수하고 고귀한 이성(理性)으로 자기 자신을 다스리고, 또한 약자의 상상력만을 손상하는 그런 공허한 상황에 구애되지 않고, 사건을 그 진상에 비추어 판결할 것이다"라고. 그가 매우 경건한 열성을 가지고 그 견실한 이성을 열렬한 자애심에 의해 더욱 강화하면서 설교장에 들어서는 것을 보라. 그는 그곳에서 모범적인 존경심을 품고 설교를 들으려고 기다리고 있다. 지금 설교자가 나타났다고 하자. 그는 나면서부터 쉰 목소리에다 기묘한 얼굴을 하고 있다고 치자. 이발사가 그의 얼굴에 면도를 잘못 한데다가 얼굴까지 더러워져 있다고 하자. 그 설교자가 아무리 위대한 진리를 말해도, 우리의 노(老) 법관의 근엄성이 허물어질 것은 뻔한 일이다.

세계 최대의 철학자가 낭떠러지 위에 필요 이상으로 커다란 판자에 앉아 있다면, 그의 이성이 아무리 그의 안전을 보장하더라도, 그는 상상력의 지배를 받지 않을 수 없을 것이다. 많은 사람은 그 일을 생각만 해도 새파랗게 질리고 진땀을 흘리게 될 것이다.[34]

나는 상상력의 작용을 모두 열거하려고 생각하지 않는다.

고양이나 쥐를 본다거나, 탄(炭) 덩어리가 깨어지는 따위의 일이, 이성을 탈선시킨다는 것을 모르는 사람이 있을까? 말소리 하나에 현명한 사람들까지도 위압 당하며, 연설이나 시의 힘까지도 달라지게 한다.

---

34) 파스칼은 이 장(章) 이하 몇 장 속에 있는 예를 몽테뉴의《수상록》2권 12장 〈레몽·스봉의 변호〉에서 얻었다고 한다.

사랑이나 미움은 재판의 국면을 바꾼다. 그리고 미리 돈을 두둑이 받은 변호사는, 자기가 변호하는 사건을 사실보다 정당하게 생각하게 마련이다. 그의 당당한 태도는, 그 외모에 기만당한 법관들에게 그 사건이 얼마나 피고에게 유리하게 보일 것인가! 바람 부는 대로 이리저리 흔들리는 이성이야말로 얼마나 우스꽝스러운 것인가!

나는 상상력의 진동에 의해 흔들리는 인간의 행위를 열거하려면, 거의 모든 행위를 들 수 있을 것 같다. 왜냐하면 이성은 결국 굽히게 되어 있어, 가장 현명한 이성이라고 하더라도, 인간의 상상력이 대담하게도 곳곳에 도입한 것을 자신의 원리로 채택하고 있기 때문이다.

이성에만 따르려고 했던 사람들은 누구든지 자신이 바보임을 스스로 증명한 결과에 봉착했을 것이다. 이성이 그렇게 좋은 것이라면, 우리는 상상적인 것으로 인식되는 것들을 위해 온종일 일해야 하며, 잠이 우리를 이성의 노고로부터 말끔히 해주었을 때 우리는 당장 뛰어 일어나 그 환영(幻影)의 뒤를 쫓아 이 세상의 지배자가 남긴 흔적을 지켜야 한다. 여기에 오류의 한 원리가 있다. 그러나 오류의 원인은 그것 하나만은 아니다.

이렇게 화평할 때는 상상력이 이성보다 우세하기는 하지만, 인간이 이들 두 가지 힘을 화해시킨 것은 썩 잘한 일이었다. 왜냐하면, 양자가 다툴 때는 상상력이 더욱 유리해질 테니까. 상상력이 이성을 이기는 일은 보통 일이지만, 이성은 상상력에 완전히 이길 수가 없다.

우리의 법관들은 이 비밀을 잘 알고 있었다. 그들의 빨간 법복(法服), 그들이 털이 많은 괭이처럼 목을 감싸는 수달피 가죽, 그들이 재판하는 법정·백합꽃[35], 이 모든 위엄 있는 차림새는 꼭 필요한 것이었다. 만일 의사들이 슬리퍼나 긴 가운을 걸치지 않고, 또 박사들이 사각모(四角帽)나 몸집의 네 배나 되는 넓은 학복(學服)을 걸치지 않았다면, 그들은 세상을 기만할

---

35) 프랑스 왕조의 문장(紋章).

수 없었을 것이다. 세상 사람들은 그런 당당한 외모에 저항할 수가 없는 것이다. 만일 법관들이 공정한 재판을 할 줄 알고, 의사들이 참된 의술을 갖고 있다면, 사각모 따위는 필요하지 않았을 것이다. 그런 학문의 권위는 그것만으로도 충분히 존경받을 만한 것이기 때문이다. 그러나 가공(架空)의 학문밖에 갖고 있지 않으므로, 그들은 상상력이라는 허황한 도구에 의존하지 않을 수 없는 것이다. 그들의 진정한 관심은 민중의 상상력을 자극하는 것에 있으며, 그들이 존경받게 되는 것도 사실상 상상력의 덕분이다.

다만 군인만은 이런 식으로 위장하지 않는다. 그럴 수밖에 없는 것이, 실제로 그들의 역할은 훨씬 더 본질적이기 때문이다. 즉 그들은 실력으로 입신하지만, 다른 사람들은 가면에 의해 입신하기 때문이다.

왕들이 그런 위장을 하려고 하지 않은 것도 그 때문이다. 그들은 왕답게 보이기 위해 특이한 옷차림을 하지 않고, 오히려 호위병이나 창병(槍兵)을 거느리고 다녔다. 왕을 위해서만 팔과 힘을 쓰는 이 무장한 군인들, 앞장서서 나가는 나팔수나 고수(鼓手), 그리고 왕을 에워싼 저 군대, 이들은 담력이 센 사람들까지도 벌벌 떨게 한다. 왕들은 특별한 의복을 입지 않고 다만 권력을 갖고 있다. 4만의 근위병에 에워싸여 호화로운 궁전 안에서 거처하는 튀르키예 대제(大帝)를 다른 사람들과 똑같은 사람으로 생각하기 위해서는 지극히 세련된 이성이 필요한 것이다.

우리는 긴 법복을 걸치고 법모(法帽)를 쓴 변호사를 한 번 보기만 해도, 그의 권한에 관해 호의를 갖지 않을 수 없게 될 것이다.

상상력은 모든 것을 결정한다. 그것은 아름다움과 정의와 행복을 창조해 낸다. 그것은 세상의 지상선(至上善)이다.

나는 그 제목(題目)밖에 모르지만, 그 제목만으로도 많은 책에 필적하는, 《세계의 여왕인 여론(輿論)에 대하여》[36]라는 이탈리아 책을 꼭 보고 싶다.

---

36) 파스칼이 여기 예를 들고 있는 책은 출처가 분명치 않다.

나는 그 책을 알지 못하지만, 그 책의 주장에 동의한다. 그 속에 부당한 내용이 있다면 그것은 제외하고.

우리를 불가피하게 오류로 인도하기 위해 특별히 주어진 것처럼 보이는 이 기만적인 능력(상상력)의 결과는, 대체로 위에 설명한 바와 같은 것이다. 우리에게는 그 외에도 오류의 다른 원리들이 많이 있다.

낡은 인상(印象)만이 우리를 오류에 빠지게 하는 것은 아니다. 새로운 것에 대한 미혹도 같은 힘을 갖고 있다. 어렸을 때의 그릇된 인상에 따를 것인가, 새로운 것을 대담하게 따를 것인가에 대한 인간의 모든 논쟁이 여기에서 생겨난다. 과연 누가 엄정한 중용(中庸)을 지키고 있는가? 그 사람은 나서서 그것을 증명해 보라. 세상에는 아무리 자연스럽고 또한 어렸을 때부터 몸에 밴 원리라 하더라도, 교육에 의해서건, 또는 감성에 의해서건 간에, 그릇된 인상으로 간주하지 않았던 원리는 하나도 없다.

어떤 사람은 말한다. "상자 속에 아무것도 보이지 않을 때, 그것은 비어 있다고 어렸을 때부터 생각해 왔기 때문에, 당신은 진공(眞空)이 존재할 수 있다고 믿어 왔다. 그것은 당신 감성(感性)의 착각이 습관에 의해 강화된 것이므로 학문에 의해 시정되어야 한다"라고. 그러자 또 한 사람이 말한다. "진공이란 존재하지 않는다고 학교에서 배웠기 때문에 당신의 상식이 썩은 것이다. 그릇된 인상이 주어지기 전에는 그 상식이 지극히 명백했지만, 지금의 그것은 당신의 원상태로 되돌아감으로써 시정되어야 한다." 과연 어느 쪽이 기만하고 있는가? 감성인가, 아니면 교육인가?[37]

우리에게는 또 하나의 오류의 원인이 있다. 질병이 그것이다. 질병은 우리의 판단력과 감성을 해친다. 중병일수록 더욱 그것을 해치며, 경증(輕症)

---

37) 파스칼은 그의 진공(眞空)에 관한 연구와 논쟁을 상기하고 있다. 스콜라 학자와 데카르트는 진공의 불가능성을 선천적으로(원인에서) 확정할 수 있다고 생각했다. 이에 대해 파스칼은 자연의 직접적인 관찰에 의해 진공을 현실적이라고는 볼 수 없어도, 가능적(可能的)인 것으로서 허용할 수 있다고 생각했다.

도 정도에 따라 차이는 있겠으나 그것들에 영향을 주는 것은 의심할 여지가 없다.

우리 자신의 이해(利害)라는 것도 우리의 눈을 곧잘 현혹하는 놀라운 도구이다. 세계에서 가장 공평한 사람이라도 자기 자신의 이해가 얽힌 소송 사건의 재판관이 되는 것은 허용되지 않는다. 자기 자신의 이익을 위한 불공평에 빠지지 않으려고 하다가 반대로 세계에서 가장 불공평하게 된 사람들을 나는 알고 있다. 지극히 정당한 사건에서 패소(敗訴)하는 가장 확실한 방법은 그 재판을 주변의 가까운 사람들을 통해 그들에게 의뢰하게 하는 것이었다.

정의와 진리는 극히 정교한 두 개의 첨단(尖端)이며, 우리의 도구들(판단력과 감성)은 너무나 무디어서 그것들을 정확하게 절단할 수가 없다. 우리의 도구가 그것들에 접촉하면 진리 쪽보다는 거짓 쪽에 가서 닿아 그 첨단을 눌러 무디게 할 것이다.

그러므로 다행스럽게도 인간은 진리에 대한 정확한 원칙을 조금도 갖고 있지 않으며, 거짓에 대해 몇 가지 훌륭한 원칙을 갖도록 만들어진 것이다. 이제 그것이 몇 가지나 되는가를 알아보자.

그러나 인간 오류의 가장 불합리한 원인은, 감성과 이성 사이에서 일어나는 싸움이다.

83

(여기서부터 기만적인 힘에 대하여 쓰기 시작해야겠다.)[38]

인간은 신의 은총이 없이는 지워 버릴 수가 없는 천성적인 오류에 가득 찬 존재에 지나지 않는다. 인간에게 진리를 제시해 주는 것은 아무것도 없

---

38) 난외(欄外)에 쓰인 말. 이 단장은 원고에서는 앞의 단장에 계속되어 있다. 파스칼은 사상을 전개하여 나가는 중에 중요한 결론에 도달하였으며, 그것을 더욱 명확하게 하고 나서 다음 장을 시작하려고 했던 것 같다.

다. 모든 것이 그를 기만한다. 진리의 두 원리인 이성과 감성은 모두가 진실성이 결여되어 있을 뿐만 아니라, 서로를 기만한다. 감성은 이성을 위장된 외관(外觀)을 통해 기만하고, 감성이 영혼을 기만하는 것과 똑같이 이번에는 감성이 영혼에 기만당하게 된다. 결국은 보복을 받는 것이다. 감성은 정념(情念)에 의해 교란당하며, 정념은 거짓된 인상을 감성에 준다. 이들 양자는 서로 다투어 속이는 것이다.[39]

그러나 이와 같은 사실은 별도로 하고, 이들 이질적인 두 능력이 서로를 이해하지 못함으로써 생기는 오류는······.

84

상상력은 작은 사물들이 우리의 영혼을 채울 때까지 엄청난 과장(誇張)을 통하여 그것들을 확대하며, 대담한 오만을 통해 거대한 사물들을 그 본연의 크기까지 축소한다. 우리가 신에 대해 말하는 경우와 마찬가지로.[40]

85

우리의 마음속에 가장 크게 자리 잡고 있는 것들, 예컨대 자기의 얼마 안 되는 재산을 숨기는 따위는, 대개 거의 하찮은 일이다. 그것은 우리의 상상력이 무(無)를 산(山)만큼 확대한 것에 지나지 않는다. 상상력이 다시 한 바퀴 돌면 우리는 그것을 쉽사리 알아차릴 수 있을 것이다.

86

식사 중에 투덜대거나 음식을 흑 뿜는 사람들을 머리에 떠올리면, 나는

---

39) 몽테뉴의 《수상록》의 〈레몽 · 스봉의 변호〉 속에 이와 비슷한 말이 있다.
40) 파스칼이 속해 있던 포르 르와이알의 교단(敎團)에서는 신을 인간적으로 이야기하지 않고 신으로서 이야기하는 것이 신앙상 중요한 규범이었다. 파스칼의 여동생 자크린느는 언니에게 써 보낸 편지에서, '신을 신으로서 이야기하는 것은 무척 어려운 일이에요' 라고 쓰고 있다.

그들을 혐오하게 된다. 그러니 공상(空想)의 위력도 대단하다. 그것이 우리에게 무슨 도움이 되겠는가? 그것(공상)이 자연적이라 하여 우리는 그것을 따르는가? 아니다, 오히려 그것을 거부 한다.

87

"그가 자주 보는 사물은 그에게 놀라움을 주지 않는다. 그것이 어떻게 생겨나는지를 그가 모른다고 해도. 그러나 만일 그가 한 번도 본 적이 없는 어떤 현상이 일어난다면, 그것은 그에게 강한 자극을 줄 것이다."(키케로)

88

자신이 더럽혀 놓은 얼굴을 무서워하는 것이 어린이이다.[41] 어렸을 때 그렇게 약한 자가, 나이를 먹었다고 해서 어찌 강해질 수 있겠는가! 다만 상상력만이 변할 뿐이다. 점진적으로 개선되는 것은 모두가 또한 점진적으로 소멸된다. 한때 약했던 것은 무엇이든지 결코 강해질 수 없다. "그는 어른이 되었다. 그는 변했다"라고 말하는 것은 좋지 못하다. 그는 여전히 옛날의 그인 것이다.

89

습관은 우리의 천성이다. 신앙이 습관화 되어 가는 사람은, 그것을 믿고, 지옥을 무서워하지 않을 수 없게 되며, 그 외에 다른 것은 전혀 믿지 않는다.
왕을 두려운 존재라고 믿는 습관을 지닌 사람은 누구나…….
그러니 수(數)나 공간이나 운동을 보는 것에 습관화 되어 가는 우리의 영혼이 이것을 믿고 그 밖의 것을 믿지 않는 것을 누가 의심할 수 있겠는가?

---

41) 이 말은 이미 세네카가 그 편지 속에서 쓰고 있으며, 몽테뉴도 〈레몽 · 스봉의 변호〉에서 그것을 인용하고 있다.

90

"아주 어리석은 것을 말하려고 혼신의 노력을 기울이는 사람이 여기 있다."(테렌티우스)

"상상력의 지배를 받는 인간보다 더 불행한 존재는 있을 수가 없다."[42](플리니우스)

91

태양의 해면(海綿). Spongia solis.[43] 우리는 언제나 같은 결과가 생기는 것을 보면, 자연에 의해 반드시 그렇게 되리라고 결론짓는다. 예컨대 내일도 해가 뜰 것이라는 식으로. 그러나 자연은 때때로 우리를 기만하며 자신의 규칙을 따르지 않는다.

92

우리의 천성적 원리는 습관의 원리가 아니고 무엇이겠는가? 예컨대 어린이들의 경우, 동물에 있어서의 먹이 사냥처럼, 조상들의 습관을 이어받는 것이 그들의 원리인 것이다.

경험을 통해 알 수 있듯이 습관의 변화는 다른 천성적 원리를 만들어 낼 것이다. 그리고 만일 습관에 의해 근절될 수 없는 어떤 원리들이 있다면, 천

---

42) 키케로《디비나티오네》2권 27장. 몽테뉴《수상록》2권 30장.
43) 'Spongia solis'는 '태양의 흑점' '태양의 해면(海綿)'으로 해석되는데, 여기서는 후자 쪽이 타당할 것이다.
파스칼은 이 단장을 쉽게 이해시키기 위해 이 말을 인용한 것 같다. 즉 우리는 '빛은 항상 열을 동반한다'든가, '빛은 불투명한 물체의 표면을 통과할 수 없다'든가, '빛은 사물의 내부에 축적될 수 없다'는 사실을 습관에 의해 자연의 필연성으로 결론짓는다. 그런데 우연히 발견되는 하나의 사실에 의해 그 필연성이 한꺼번에 무너져 내릴 수가 있는 것이다. 가령 '빛은 사물의 내부에 축적될 수 없다'는 진리도, 1604년 이탈리아 볼로냐 지방의 파테르노산에서 '인광(燐光)'을 발하는 돌'이 발견됨으로써 난관에 부딪히게 되었다. 당시 사람들은 그 돌이 낮에 햇빛을 흡수해 두었다가 밤에 그 빛을 발산하는 것으로 믿고 있었던 것이다. 그 돌을 발견했던 빈센트 카시아룰로는 이것을 '태양의 해면'이라고 이름 붙였다.

성에 의해서도 새로운 습관에 의해서도 근절되지 않는, 습관적이며 천성에 어긋나는 다른 원리들이 있는 것이다. 그것은 모두 개인의 성격에 달려 있는 것이다.

93

부모들은 자식의 천성적인 사랑이 소멸하지나 않을까 하여 걱정한다. 그렇다면 그처럼 소멸하기 쉬운 천성이란 무엇인가?

습관은 제1의 천성을 파괴하는 제2의 천성이다. 하지만 천성이란 무엇인가? 어찌하여 습관은 타고난 천성과 다른가? 습관이 제2의 천성이라면, 똑같은 원리로 천성 자체가 제1의 습관일 것이라는 사실이 나는 몹시 두려운 것이다.[44]

*94*의 *1*

인간의 천성은 오로지 타고나는 것이며, "완전히 동물적"이다.[45]

천성적일 수 없는 것은 하나도 없으며, 또한 천성적인 것 치고 소멸하지 않는 것은 하나도 없다.

*94*의 *2*

정확하게 말해서 인간은 "완전히 동물적"이다.

95

감정. 추억이나 기쁨은 감정이다. 그리고 심지어는 수학의 명제(命題)까

---

44) 라마르크는 1809년에 출판한 《동물 철학》에서 타고난 천성은 조상의 습관에서 생긴 것이라는 의미의 말을 하고 있다.
45) 창세기 7장 14절의 인용 같다.

제2장 인간에 대한 인식 83

지도 감정이 될 수 있다. 왜냐하면 이성은 감정을 천성적인 것으로 만들며, 천성적인 감정은 이성에 의해 소멸하기 때문이다.[46]

96

인간은 자연의 여러 가지 현상을 증명하기 위해 그릇된 이유를 사용하는 일에 습관이 붙게 되면, 올바른 이유가 발견되어도 그것을 받아들이려고 하지 않는다. 예를 들어 혈액 순환의 경우에 혈관을 잡아매면 혈관이 부풀어 오르는 것은 무엇 때문인가에 대한 설명이 그것이다.[47]

97

인생에 있어 가장 중요한 것은 직업의 선택이다. 그런데 그것을 결정하는 것은 우연이다.

습관이 사람들을 석공(石工)으로 만들고, 군인으로 만들고, 미장공으로 만든다. "저 사람은 훌륭한 미장공이다"라고 사람들은 말한다. 그리고 군인을 가리켜 "저놈들은 미친놈들이다"라고 말한다. 그러나 다른 사람들은 이에 반대하여 "전쟁처럼 위대한 것은 없다. 군인 이외의 인간은 모두 무용지물이다"라고 말한다.

어렸을 때부터 어떤 직업이 인기가 있고, 다른 직업이 천시된다는 말을 듣고 사람들은 직업을 택한다. 왜냐하면 인간은 천성적으로 미덕을 좋아하고 어리석은 것을 싫어하여, 그런 말들이 우리 마음을 움직이기 때문이다. 다만 인간이 그것을 올바로 적용(適用)하지 못할 뿐이다.

---

46) 브랑슈비크는 이 단장 중의 '감정'을 '직감'으로 해석하고, '이성'을 '교육'으로 해석하고 있다.
47) 영국의 의학자 하비는 1628년에 당시의 사람들이 이 경우에 혈관이 부풀어 오르는 원인으로서 열·고통 이외에 진공(眞空)에 대한 혐오를 들었다고 하는데, 파스칼은 이것을 부적당한 원인으로 보았다.

습관의 힘은 그렇게 대단한 것이어서, 자연은 단지 인간을 창조했을 뿐인데 인간이 여러 가지 신분을 만들어 냈다.

어떤 고장에는 석공이 많고, 다른 고장에는 군인이 많았을 때도 있으니 말이다. 분명히 자연은 그렇게 한결같지 않다. 이 모든 것을 행하는 것은 습관이다. 습관이 자연을 위압하기 때문이다. 그러나 때로는 자연이 습관을 제압하고 선·악 간의 모든 습관에 항거하여 인간을 본능에 내맡겨 두기도 한다.

98

오류로 이끄는 선입견. 모든 사람이 수단만 생각하고 목적을 생각하지 않는 것은 한심한 일이다. 누구나 자기의 직업에서 어떻게 성공할 것인가를 생각한다. 그러나 직업이나 출생 국의 선택에 대해서는 운명이 우리를 대신해서 결정해 주는 것으로 생각한다.

많은 튀르키예인·이교도·비기독교인들이 저마다 이것이 최선의 길이라고 믿도록 가르침을 받으며 자라났다는 이유만으로, 그들 조상들의 전철(前轍)을 그대로 따라가는 것은 딱한 노릇이다. 그리고 이것이 바로 우리 각자를 대장장이니 군인이니 하는 따위의 특수한 신분을 결정하는 것이다.

미개인들이 프로방스를 대단치 않게 생각하는 것도 바로 그런 이유에서이다.[48]

99

의지의 행위와 다른 모든 행위 사이에는 보편적이고도 본질적인 차이가 있다.

---

48) 몽테뉴《수상록》1권 23장. 인간은 저마다 자기가 태어난 곳을 최선으로 생각하고, 프로방스와 같은 좋은 지방에도 살고 싶어 하지 않는다는 뜻.

의지는 신앙의 중요한 기관(器官)의 하나이다. 의지가 신앙을 창조해 내기 때문이 아니라, 사물은 사람들이 보는 측면에 따라서 참된 것도 되고 거짓된 것이 되기도 하기 때문이다. 의지가 한쪽 측면을 다른 측면보다 더 좋아하게 되면 그 사물의 여러 성질 가운데서 자기가 거들떠보고 싶지 않은 측면은 정신에 고찰하게 하지 않으려고 한다. 그리하여 정신은 의지와 보조를 맞추어 의지가 좋아하는 측면만을 고찰하는 것으로 만족해한다. 이렇게 해서 정신은 자기가 고찰한 측면에 의해 사물을 판단하게 된다.

100

자기애(自己愛). 자기애와 이 인간 자아의 본성은 오직 자신만을 사랑하고 자기만을 생각하는 데 있다. 그러나 그게 무슨 소용이 있는가? 자아는 자기가 사랑하는 대상이 결함과 비참에 가득 차오는 것을 보고도 어떻게 할 수가 없다. 그것은 스스로 위대해지고 싶어 하지만 자신의 미소함을 발견하게 된다. 그것은 행복하기를 원하지만 자신이 비참함을 발견하게 된다. 완전무결하고 싶지만 결함에 가득 차 있는 것을 발견하게 된다. 자아는 사람들의 사랑과 존경의 대상이 되고 싶어 하지만, 자신의 결함이 사람들의 혐오와 경멸을 받기에 알맞다는 것을 발견하게 된다. 그것이 처해 있는 곤경이 우리가 상상할 수 있는 가장 부정(不正)하고 가장 죄스러운 격정(激情)을 그의 마음속에 일으킨다. 왜냐하면 그것은 자기를 책하고 자기의 결함을 자각하게 하는 이 진실에 대해 엄청난 증오심을 품고 있기 때문이다. 그는 이 진실을 전멸시키고 싶어 하지만 진실 자체를 파괴할 수 없으므로, 자신의 의식(意識)과 남의 의식 속에서 가능한 한 그것을 파괴한다. 다시 말해 그것은 자기의 결함을 남에게는 물론 자기 자신에게까지 숨기기 위해 전력을 다하며, 그 결함을 남에게 지적당하거나 남에게 발각되는 것을 참을 수가 없는 것이다.

결함에 가득 차 있다는 것은 분명히 하나의 악이다. 그러나 결함에 가득 차 있으면서도 그것을 인정하려고 하지 않는 것은 훨씬 더 큰 악이다. 왜냐하면 그것은 고의적인 자기기만의 죄악을 그 위에 더하기 때문이다. 우리는 남에게 기만당하기를 원치 않는다. 또한 남들이 터무니없는 존경을 우리에게서 기대하는 것을 정당하다고 여기지 않는다. 그러므로 우리가 남들을 속이는 것도, 그들에게서 터무니없는 존경을 기대하는 것도 모두 정당하지 못하다.

그러므로 사람들이 우리가 실제로 갖고 있는 결함이나 악덕만을 지적할 경우, 그들이 우리에게 조금도 해를 입히고 있지 않다는 것이 분명하다. 왜냐하면 그들은 우리의 결함에 대해 아무런 책임도 없기 때문이다. 오히려 그들은 우리에게 도움을 주고 있다. 그들은 하나의 악, 즉 그런 결정을 모르고 있는 상태에서 우리가 벗어나도록 도와주고 있으니 말이다. 그들이 그런 결정을 알고 우리를 경멸한다고 해서 우리는 화를 내서는 안 된다. 그들이 우리의 참모습을 알고, 우리가 경멸받아 마땅한 경우 그들이 우리를 경멸하는 것은 정당하기 때문이다.

이런 생각은 공평과 정의에 가득 찬 마음에서 샘솟는 감정이다. 그런데 우리 마음에 그것과 정반대의 경향이 나타난다면 우리는 자신의 감정에 대해 뭐라고 말해야 할까? 우리가 진실과 진실을 말하는 사람들을 미워하고, 그들이 속아 넘어가 우리 편에 서서 우리를 좋게 생각해 주기를 바라며, 현재의 우리가 아닌 다른 사람으로 그들에게 평가받기를 바라고 있는 것은 사실이 아닌가?

여기에 나를 두렵게 하는 하나의 증거가 있다. 가톨릭교는 우리의 죄를 누구에게나 무분별하게 고백하라고 강요하지는 않는다. 다른 모든 사람으로부터 그것을 감추는 것을 허용하지만, 오직 한 사람에게만 마음의 밑바닥을 털어놓고, 있는 그대로 자기 모습을 보이라고 명령한다. 이 종교는 우리에게 이 세상에서 그 사람에게만은 거짓말을 하지 말라고 일러 준다. 그리고 그에게는 그 불가침의 비밀을 지키고 그가 우리에 대해 알고 있는 것을 모르는 체하게 한다. 이처럼 사랑이 충만하고 이처럼 너그러운 방법을 누가 상상할 수 있겠는가? 그런데도 인간의 부패는 심각하여, 사람들은 이와 같은 규칙마저도 너무 엄격하다고 생각한다. 그리고 이것이 바로 유럽의 대부분이 가톨릭교회에 반기를 들게 된[49] 중요한 이유의 하나이다.

모든 사람에게 행하는 것이 당연한 일을, 한 사람에게만 하도록 명령했다고 해서 그것을 못마땅하게 여기니 인간의 마음은 얼마나 부당하고 불합리한가! 그렇다면 우리가 그들을 당연히 속여야 한단 말인가?

진실에 대한 이와 같은 혐오에는 사람에 따라 정도의 차이는 있다. 그러나 그것은 모든 사람에게 어느 정도는 있다고 말해도 좋을 것이다. 왜냐하면 그와 같은 혐오는, 자기애와 불가분의 관계에 있기 때문이다. 다른 사람들의 잘못을 올바로 잡아 주어야 하는 사람들이 그들의 비위를 거스르지 않기 위해 돌려서 말하고 관대하게 대하는 것은 이 거짓된 동정심 때문이다. 그들은 우리의 결정을 축소해 말하고, 옹호하는 척해야 하며, 그러는 중에도 거기에 칭찬과 애정과 경의를 가미해야 한다. 그렇게까지 해도 이 약은 자기애에 대해 아직도 쓴맛으로 느껴져, 자애심은 가능한 한 이 약을 적게 마시려 하며, 항상 불쾌해하고, 심지어는 그 약을 주는 사람들에 대해 마음속에 원한을 품는 일까지 있다.

그리하여 우리들의 마음에 들려고 하는 생각이 조금이라도 있는 사람이라면 우리가 불쾌하게 여길 일은 하지 않게 된다. 그들은 우리가 대우받고 싶어 하는 대로 대우를 해 준다. 우리가 진실을 싫어하면 그것을 우리에게서 숨긴다. 우리가 아부해 주기를 원한다면 우리에게 아부한다. 우리가 기만당하기를 원하면 우리를 속인다.

우리가 이 세상에서 출세하는 행운을 잡아 점점 높은 지위에 오를수록, 그만큼 진실에서 멀어지는 것은 이 때문이다. 왜냐하면 그에게 잘 보이면

---

49) 종교개혁을 가리킴.

매우 유리하고 잘못 보이면 대단히 위험한 사람일 경우, 그 사람의 비위를 상하게 하는 것을 크게 두려워하기 때문이다. 그래서 한 왕후(王候)가 전 유럽의 웃음거리가 되어 있는데도, 그것을 모르는 것은 그 장본인뿐이라는 경우도 있을 수 있다. 나는 그것을 별로 이상하게 여기지 않는다. 진실을 그대로 말할 경우에, 그 말을 듣는 상대방에게는 유익하지만, 그 말을 하는 사람에게는 불리하다. 그 사람은 비난받기 때문이다. 그런데 왕후의 측근에 있는 사람들은, 그들이 섬기고 있는 왕후의 이익보다 그들 자신의 이익을 더욱 중요시한다. 그러므로 그들은 자기 자신을 해치면서까지 왕후에게 이로움을 주려고는 생각하지 않는다.

이와 같은 불행이 상류사회에서 가장 크고 또 가장 흔한 것은 두말할 필요가 없다. 그러나 평민사회에서도 예외는 아니다. 왜냐하면 남의 마음에 들면 언제나 다소의 이익이 있기 때문이다. 이처럼 인생은 끊임없는 속임수에 불과하다. 사람들은 서로를 속이고 아부하는 수밖에 없는 것이다. 우리가 없는 곳에서 우리에 대해 하는 말을 우리 앞에서 하는 사람은 아무도 없다. 인간관계는 오직 이와 같은 상호 기만에 바탕을 두고 이루어진다. 만일 자기 친구가, 자기가 없는 곳에서 자기에 대해 한 말을 알고 있다면, 설사 그때 그 친구가 아무리 진실하고 공평하게 말했다고 하더라도 우정을 계속하기 어려운 것이다.

그러므로 인간은 자기 자신에 대해서나 타인과의 관계에서나 위장(僞裝)과 허위와 위선을 서슴지 않는다. 그는 남에게 진실을 듣고 싶어 하지 않는다. 남에게 진실을 말하는 것도 피한다. 그리고 정의와 이성과는 거리가 먼 이 모든 성향은, 인간이 태어나면서부터 마음속에 뿌리박혀 있는 것이다.

101

나는 주장하거니와, 자기에 관해 남들이 이야기한 것을 알게 된다면, 세상에는 친구가 네 명도 있을 수 없을 것이다. 이것은 가끔 사람들이 이야기한 것을 얼떨결에 고자질하여 일어나는 싸움을 보아도 알 수 있다.

102

악덕 중에는, 다른 악덕에 의해서만 우리에게 연결되고, 그래서 그 줄기를 제거하면 따라서 제거되는 잔가지 같은 것도 있다.

103

알렉산더 정절(貞節)의 모범은, 그의 주벽(酒癖)이 많은 무절제자를 만들어 낸 것만큼, 많은 절제자를 만들어 내지는 못하였다.[50] 알렉산더만큼 유덕하지 않다는 것은 수치스러운 일이 아니지만, 알렉산더보다 악덕하지 않다는 것은 위안이 되는 모양이다. 인간은 이런 위대한 사람의 악덕을 자기 자신이 행하는 것을 발견하면, 자기의 악덕이 평범한 사람들의 악덕보다는 다소 나은 것으로 생각한다. 그래서 악덕에 있어서는 위인도 보통 사람과 다르지 않다는 사실을 알아차리지 못한다. 우리는 위인들이 범인(凡人)들을 흉내 내는 바로 그 점에서 위인들을 흉내 내고 있다. 왜냐하면 아무리 위대한 인물이라도 그들도 어떤 접점(接點)을 통하여 가장 미천한 인간과 연결되어 있기 때문이다. 그들은 우리 사회와 완전히 동떨어져 하늘 한가운데 떠 있는 것이 아니다. 그렇다, 사실 그들이 우리보다 위대하다면 그것은 다만 그들이 머리를 더 높이 들고 있는 것뿐이다. 그들의 발은 우리 발과 마찬가지로 아래에 있다. 그들은 우리와 같은 평면 위에 있고, 같은 땅 위에 서 있다. 궁극적으로는 그들도 우리나, 우리보다 더욱 비천한 사람들이나, 어린이나, 동물과 마찬가지로 낮은 곳에 있는 것이다.

---

50) 알렉산더는 다리우스 왕과의 싸움에서 이긴 후 그 가족을 기사답게 관대히 처우해 주었지만, 한편 과도한 음주로 그 친구인 코리투스를 죽였다.

104

우리의 욕정이 우리로 하여금 어떤 일을 강요하는 경우, 우리는 자신의 임무를 잊어버리기가 쉽다. 예컨대 책을 좋아하는 사람이 다른 일을 해야 할 경우에도 책을 읽고 있는 것처럼. 그러나 우리의 이 임무를 상기하기 위해서는, 뭔가 자기가 싫어하는 일을 과감하게 해야 한다. 그렇게 하면, 그 밖에 다른 해야 할 일이 있다는 구실을 만들어 자기 임무를 상기하게 된다.

105

어떤 일을 제시하여 다른 사람의 판단을 구할 경우에, 그 설명하는 방법에 따라 상대방의 판단을 한쪽으로 기울어지지 않게 한다는 것은 얼마나 어려운 일인가! 만일 우리가 "나는 그것이 아름답다고 생각한다"라거나 "나는 그것이 어둡다고 생각한다"라거나 그 밖에 이와 유사한 말을 하면, 상대방의 생각을 자기의 의견으로 유도하거나 또는 반대 방향으로 상대방의 생각을 유도하게 된다. 이 경우에는 아무 말도 하지 않는 것이 상책이다. 그렇게 하면 상대방은 사실 그대로의 상태로, 즉 그때의 상황에 따라 판단하고, 우리가 조작한 상황과는 전혀 다른 상황에서 판단하게 된다. 적어도 우리는 상대방의 판단에 아무것도 더할 수 없게 될 것이다. 다만 상대방이 우리의 침묵에 부여하려는 의미나 해석에 따라, 그리고 상대방이 인상을 중요시하는 사람이라면, 그가 표정이나 안색이나 목소리 등에서 내리는 추측에 따라서, 그 침묵이 어떤 효과를 나타낼 경우에는 별문제이다. 어떤 판단을 내릴 때 그 본래의 위치를 벗어나지 않게 한다는 것은 얼마나 어려운 일인가! 따라서 정확한 판단이란 그만큼 드문 것이다.

106

개개인의 지배적인 감정을 알게 되면, 그 사람의 마음에 들 것은 확실하다. 그러나 사람들은 저마다 행복에 대해 갖는 관념 속에 그 자신의 행복에

상반되는 환상을 갖고 있다. 그리고 이 괴팍한 성향이 우리를 당황하게 한다.[51]

107

"그는 등불로 대지(大地)를 비췄다."[52]

날씨와 나의 기분 사이에는 그다지 관계가 없다. 나는 나의 내부에 갠 날씨와 흐린 날씨를 가지고 있다. 내가 하는 일의 성공과 실패까지도 그것과는 별로 관계가 없다. 나는 때때로 행운에 거역하기 위해 자신의 동의를 얻어내려고 투쟁한다. 그것을 극복하는 영광이 나로 하여금 기꺼이 그 투쟁을 해내게 한다. 반면에 나는 일이 잘되어 갈 때는 메스꺼움을 느낀다.

108

사람들의 이해관계가 그들이 하는 말에 의해 아무런 영향을 받지 않는다 하더라도, 그들이 거짓말을 하고 있지 않다고 단정해서는 안 된다. 왜냐하면, 오직 거짓말을 하기 위해 거짓말을 하는 사람도 있기 때문이다.

109

건강할 때는 병에 걸리면 어떻게 하나 하고 걱정하지만, 실제로 병에 걸리면 기꺼이 약을 마신다. 병이 우리를 대신해서 그 문제를 해결해 주는 것이다. 기분전환이나 산책하고 싶은 욕구도 건강할 때는 일어나지만, 일단 병에 걸리면 그런 욕구는 일어나지 않는다. 건강했을 때의 욕구는 병들었을 때의 그것과 일치하지 않기 때문이다. 자연은 우리가 현재 처해 있는 상황에 맞는 욕구를 불어넣어 준다.[53] 우리가 자연의 탓으로 돌리지 말고 우리

---

51) '우리 기분의 변덕은 운명의 변덕보다 더욱 불가사의하다.' (라로슈푸코《잠언》45)
52) 호메로스《오디세이》18권 136. 몽테뉴《수상록》2권 12장.

자신의 탓으로 돌려야 하는 것이 있다면, 그것은 오직 두려움뿐이다. 두려운 감정은 우리가 현재 처해 있는 상태를 우리가 처하지 않은 상태의 욕정과 결부시킴으로써 우리를 혼란에 빠지게 한다.[54]

자연은 우리를 어떤 상태에서나 항상 불행하게 하므로, 우리의 욕망은 우리를 위해 행복한 상태를 머릿속에 그린다. 왜냐하면 그러한 욕망은 우리가 현재 놓여 있는 상태를, 우리가 현재 놓여 있지 않은 상태의 즐거움과 결부시키기 때문이다. 그리고 우리가 그 즐거움에 도달하게 되더라도 그것에 의해 행복해질 수는 없다. 왜냐하면 우리는 그 새로운 상태에 이르면 또 다른 욕망을 갖게 되기 때문이다.

이 일반적인 명제(命題)는 세분되어 각각의 경우에 적용되어야 한다.

110

현재 맛보고 있는 쾌락을 거짓된 것으로 여기고, 아직 맛보지 못한 쾌락의 공허함을 깨닫지 못하는 데서 마음의 동요가 생긴다.

111

마음의 변덕. 우리는 사람을 다루는 것이 오르간을 연주하는 것과 비슷하다고 생각한다. 인간은 오르간이긴 하지만, 묘하고 변화무쌍한 오르간이다. 오르간을 연주하는 방법만을 아는 사람들은 인간이라는 오르간의 조율(調律)을 맞출 수 없을 것이다. 키(鍵)가 어디에 있는지를 알아야 한다.

---

53) 몽테뉴 《수상록》 1권 19장.
54) '인간을 불안하게 하는 것은 사물이 아니라, 인간이 사물에 대해 갖고 있는 견해이다.' (에픽테토스 《제요(提要)》)

112

마음의 변덕. 사물에는 여러 가지 성질이 있고, 영혼에는 여러 가지 성향(性向)이 있다. 왜냐하면 영혼에 나타나는 것 중에서 단순한 것은 없고, 또 영혼은 어떤 하나의 대상에만 단순하게 몰두하는 일이 없기 때문이다. 사람들이 같은 일에 울기도 하고 웃기도 하는 이유가 여기에 있다.[55]

113

마음의 변덕과 괴팍성. 자기의 노동만으로 생계를 유지해 나가는 것과, 세계 최강의 나라를 다스리는 것은 전혀 다른 일이다.

이 두 가지 일이 튀르키예 대제(大帝)의 인품 속에 결합하여 있다.[56]

114

다양성(多樣性)에는 모든 목소리의 음조 · 모든 걸음걸이 · 기침 소리 · 코 푸는 소리 · 재채기하는 방법만큼이나 여러 가지가 있다. 사람들은 과일 중에서 제일 먼저 포도를 구별해 낸다. 그러고 나서 포도 중에서도 사향(麝香) 포도라든가, 콩드리유[57]라든가, 다음에는 데자르그[58]라든가, 또한 무엇 무엇의 잡종을 골라낸다. 그것으로 전부일까? 한 나무에 똑같이 생긴 두 송이가 열리는 일도 있을까? 한 송이에 똑같은 두 개의 열매가 열릴 수 있을까?[59]

나는 지금까지 같은 사물에 대해 똑같은 판단을 한 일이 없다. 나는 어떤

---

55) '인간은 동일한 일에 울기도 하고 웃기도 한다.' (샤롱《지혜》1권 43장).
56) 오래된 전설인데, 이미 16세기의 프랑스에서도 부정된 일이 있다.
57) 리옹으로부터 론강 하류 지방에 있는 유명한 포도의 산지.
58) 파스칼의 친구인 기하학자 데자르그는 콩드리유에 별장을 가지고 있었는데, 그것이 포도의 이름이 된 것 같다.
59) 이 사상 중에는, '자연 속에는 똑같은 두 개의 사물은 없다'는 라이프니쯔의 이론의 실마리가 엿보인다.

일을 하는 동안은 그것을 판단할 수가 없다. 화가들처럼 조금 물러나서 보아야 한다. 그렇다고 해서 너무 멀리 물러나 보아도 안 된다. 그럼 어느 정도 떨어져서 보는 것이 좋을까? 맞춰 보라.

115

다양성. 신학은 하나의 학문이다. 그러나 동시에 신학은 얼마나 많은 학문인가!

인간은 하나의 실체(實體)이다. 그러나 그것을 해부하면 무엇이 될까? 머리 · 심장 · 위 · 여러 혈관 · 각개의 혈관 · 그 혈관의 각 부분 · 피 · 그 피의 각 액체가 아닌가?

도시나 시골은 멀리서 보면 하나의 도시 · 하나의 시골이다. 그러나 가까이 다가감에 따라, 그것은 집 · 나무 · 기와 · 잎사귀 · 풀 · 개미 · 개미 다리 등 한이 없다. 이 모든 것이 '시골'이라는 이름 안에 포괄된다.

116

직업. 사상. 모든 것은 하나인 동시에 다수이다.

인간의 본성은 얼마나 다양한가! 세상에는 얼마나 많은 직업이 있는가! 그리고 사람들은 어떤 직업이 찬양받는 것을 듣고서 무작정 그 직업을 택하는 경우가 얼마나 많은가. 모양이 보기 좋은 구두의 뒤축.[60]

117

구두 뒤축. "오, 얼마나 모양이 좋은 구두인가? 얼마나 솜씨 있는 직공인가! 얼마나 용감한 병사인가!" 여기에 우리가 좋아하고 싫어하는 근원 · 직

---

60) 포르 르와이알의 은자(隱者)들은 수공업에 종사하여 어떤 사람은 구두 제작에 종사했다. 파스칼도 구두를 만든 적이 있었다.

업 선택의 근원이 있다.

"저 사람은 얼마나 대주가(大酒家)인가! 이 사람은 얼마나 절주가(節酒家)인가!" 이것이 사람들을 절주가나 대주가로 만들고, 용감한 명사나 겁쟁이로 만들기도 한다.

118

다른 모든 재능을 규정짓는 주요한 재능.

119

자연은 자신과 똑같은 것을 낳는다. 기름진 땅에 뿌린 씨앗은 좋은 열매를 맺고, 훌륭한 정신에 뿌린 원리는 훌륭한 열매를 맺는다.

수(數)는 본질이 전혀 다른 공간을 닮아 간다.

만물은 하나의 주인에 의해 창조되고 인도된다.

뿌리 · 가지 · 열매—원리 · 결과.

120

자연은 다양화하면서도 닮으려 한다.

인공(人工)은 모방하면서도 다양화한다.

121

자연은 언제나 같은 일을 되풀이해서 시작한다. 해(年) · 날(日) · 시간 등. 공간도 마찬가지이다. 수도 끝과 끝이 연이어져 있다. 그렇게 해서 일종의 무한과 영원이 생긴다. 그것은 이들 중 어떤 것이 실제로 무한하고 영원하기 때문이 아니라, 이들 유한한 존재가 무한히 늘어나기 때문이다. 따라서 그것을 증가시키는 유일한 수가 무한한 것이라고 나는 생각한다.

122

시간이 고통과 불화를 낫게 해 주는 것은 인간이 변하기 때문이다. 우리는 이전의 인간이 아니다. 감정이 상한 사람도, 상하게 한 사람도 이미 이전의 그가 아니다. 마치 전에 싸움을 걸어 온 국민이 두 세대를 지나서 서로 다시 만나게 되는 것과 같다. 그들은 아직도 프랑스인이기는 하지만, 과거와 똑같은 프랑스인은 아니다.

123

"그는 10년 전에 사랑했던 그 여자를 이제는 사랑하지 않는다." 나는 그것을 굳게 믿는다. 그녀는 전과 같지 않고, 그도 옛날의 그가 아니기 때문이다. 그 당시에 그는 젊었고 그녀도 젊었었다. 지금의 그녀는 아주 딴 사람이 되었다. 그녀가 그 당시와 같다면, 그는 지금도 그녀를 사랑할지 모른다.

124

우리는 사물을 다른 관점에서 볼 뿐만 아니라 다른 눈으로 본다. 즉 우리는 사물들이 닮아 보이는 것을 좋아하지 않는다.

125

모순. 인간은 천성적으로 쉽사리 믿으면서도 의심이 많고, 소심하면서도 대담하다.

126

인간의 묘사(描寫). 의존 · 독립하려는 욕구 · 여러 가지 욕망.

127

인간의 상태. 변덕 · 권태 · 불안.

128

우리가 심혈을 기울이던 과제를 포기했을 때 얼마나 피로를 느끼는가! 행복한 가정생활을 영위하고 있는 사나이가 자기를 반하게 한 어떤 여자에 빠져 5, 6일 동안을 황홀하게 지내다가 전에 하던 일로 되돌아간다면 그는 얼마나 비참할까. 그러나 이것은 우리 주변에서 매일 일어나는 일이다.

129

인간의 본성은 끊임없는 활동에 있다. 완전한 휴식은 죽음이다.[61]

130

활동. 만일 군인이나 노동자가 자기의 힘 드는 것에 대하여 불평한다면, 그에게 아무 일도 시키지 않는 것이 좋다.

131

권태. 욕정도 없고, 직무도 없고, 기분전환도 없고, 정진(精進)도 없이 완전한 휴식상태에 있는 것처럼 인간에게 참기 어려운 일은 없다.

그때 그는 자기의 무용(無用)과, 외로움과, 불만과, 의존과, 무력과, 공허 따위에 직면하게 된다.

그의 영혼의 심연으로부터는 당장 권태·우울·비애·고뇌·분개·절망이 솟구쳐 오는 것이다.

132

내가 보기에는, 시저는 세계 정복을 즐기기에는 너무 나이가 들어 있었다. 그러한 즐거움은 차라리 아우구스투스나 알렉산더에게 어울리는 것이

---

61) 몽테뉴《수상록》 3권 13장.

었다. 두 사람은 혈기를 억제할 수 없는 청년이었으니까. 시저는 훨씬 노숙
(老熟)해 있었을 것이다.[62]

133

두 개의 닮은 얼굴은 각각 떼어놓고 보았을 때는 우습지 않지만, 나란히
놓고 보면, 그 닮은 것이 웃음을 자아낸다.

134

실물에는 좀처럼 감탄하지 않으면서도, 그것이 그림이면 실물과 아주 흡
사한 데 대하여 감탄한다. 그림이란 지극히 공허한 것인데도 말이다.

135

우리가 즐기는 것은 경쟁이지 승리는 아니다.

인간은 동물의 싸움을 보는 것을 즐기지만, 승자가 패자를 공격하는 것은
즐거워하지 않는다. 최후의 승리가 아니라면, 우리는 무엇을 보고 싶어 한
것인가? 그런데 일단 승부가 판가름 나면 우리는 그것으로 만족해한다. 게
임의 경우에도 그렇고, 진리 탐구에서도 그렇다. 토론에서도 여러 가지 의
견들이 맞부딪치는 것을 즐겨 보지만, 일단 발견된 진리를 심사숙고하는 것
은 조금도 좋아하지 않는다. 진리를 기꺼이 인정하려면, 그것이 토론에서
생겨나는 것을 보아야만 한다.

정념(情念)의 경우도 마찬가지이다. 다시 말해 두 개의 상반되는 정념이
충돌하는 것을 구경하기는 즐겁지만, 한쪽이 지배권을 얻으면 벌써 잔인해
진다.

---

62) 알렉산더는 33세에 죽었고, 시저는 56세에 죽었다. 두 사람 모두 장차 세계 정복을 즐기려던
참이었다. 몽테뉴는 《수상록》 2권 34장에서 파스칼과 비슷한 견해를 말하고 있다.

우리는 사물 자체를 추구하지 않고, 사물의 탐구를 추구한다. 그러므로 연극에서도 아무런 난관이 없이 행복해지는 장면은 재미가 없다. 희망이 없는 극도의 참상도, 야수적(野獸的)인 정사(情事)도, 지나친 가혹(苛酷)도 마찬가지이다.

136

사소한 일이 우리를 위로하는 것은, 사소한 일이 우리의 마음을 뒤흔들기 때문이다.[63]

137

모든 일을 따로따로 검토하지 않아도, 그것을 '기분전환'이라는 이름으로 포괄하는 것으로 충분하다.

138

사람들은 자기 방에 있지 않을 때는, 자연히 기와공이나 그 밖의 여러 가지 직업인이 된다.[64]

139

기분전환. 인간의 여러 가지 활동에 관하여 생각할 때면, 때때로 그들이 궁전이나 전장(戰場)에서 직면하는 위험과 난관이 논쟁과 감정 및 대담한—가끔은 사악하기까지 한—기도(企圖) 등을 일으키기 때문에, 나는 인간의 불행의 유일한 원인은 그가 자기 방에 조용히 머무르는 방법을 모르는 것이라고 자주 말해왔다. 살아가는 데 어려움을 겪지 않을 만한 재산을 갖고 있

---

63) '사소한 일이 우리의 기분을 전환하고 눈을 돌리게 한다. 왜냐하면 사소한 일이 우리 마음을 끌기 때문이다.'(몽테뉴《수상록》3권 4장.)
64) 단장 97 및 139 참조.

는 사람은, 자기 집에 머물면서 즐겁게 지내는 방법을 안다면, 집을 떠나 배를 타거나 요새(要塞)의 포위전에 참가하는 일이 없을 것이다. 평생을 도시에서 지내는 것이 참을 수 없는 일이라고 생각되지 않는다면, 아무도 군인직(軍人職)에 그렇게 많은 세월을 낭비하지는 않을 것이다. 그리고 자기 집에서 즐겁게 지내는 방법을 모르기 때문에 그는 오직 친구나 노름 같은 심심풀이만을 추구하게 될 것이다.

인간의 모든 불행에 대한 특별한 이유를 찾으면서 좀 더 깊이 생각해 보고 난 지금에야 나는 그것의 일반적인 원인을 알게 되었다. 연약하고 죽음을 면할 수 없는 상태에 던져지는 인간의 타고난 불행—그것은 너무도 비참하여 우리가 실제로 그것에 관해 생각할 때, 우리에게 위안을 줄 수 있는 것은 아무것도 없다—속에서 대단히 긍정적인 이유 하나를 나는 발견했다.

당신이 앉고 싶은 지위를 무엇이든 상상해 보라. 거기에 당신이 부여받을 수 있는 모든 행복을 첨가해 보라. 왕의 지위가 이 세상에서 가장 훌륭한 것이다. 그러나 당신이 모든 유리한 조건이 갖추어진 지위에 앉는다 해도, 아무런 소일거리도 없이, 혼자 앉아서 자기 자신이 어떤 존재인가를 곰곰이 생각하게 버려진다면, 당신은 이 절름발이 지복(至福)에 오래 견디지 못할 것이다. 당신은 급기야는 당신이 직면하게 될 온갖 위협을 생각하게 될 것이다. 반란이 일어나지나 않을까, 병에 걸리면 어쩌나, 그리고 마침내는 피할 수 없는 죽음의 문제에까지 깊이 빠져들 것이다. 그 결과 그에게서 소위 기분전환의 방편까지 박탈해 버린다면 그는 불행해질 것이며, 오락과 기분전환을 즐길 수 있는 그의 가장 미천한 신하보다도 훨씬 더 불행할 것이다.

그러므로 인간에게 유익한 것은 오직 자신이 어떤 존재인가를 생각하는 일로부터 헤어나는 것이다. 그 생각으로부터 그들의 마음을 떼어 놓는 어떤 직업이라든가, 노름·사냥·넋을 빼앗을 정도의 구경거리, 즉 어떤 오락을 통하여 그들을 분주하게 만드는 신기하고 유쾌한 감정에 의해서 말이다.

도박이라든가 여성들과의 사교·전쟁·영달 등이 크게 추구되는 것은 그 때문이다. 그것은 이런 것들이 실제로 행복을 가져다주기 때문도 아니며, 참된 행복이 도박으로 돈을 따거나 뒤쫓아 가는 토끼를 잡는 데서 온다고 생각하기 때문도 아니다. 그런 것을 주겠다고 해도 별로 달가워하지 않을 것이다. 인간이 추구하는 것은 결국 그들이 불행한 상태를 생각하게 하는 무사 평온한 일상생활이 아니며, 또한 전쟁의 위험이나 일의 노고가 아니라, 그들의 마음을 그런 것으로부터 떼어 주고, 다른 것으로 돌려주는 분망(奔忙)이다. 우리가 포획물(捕獲物)보다 사냥 자체를 좋아하는 이유도 그 때문이다.

또 사람들이 정력적인 활동을 좋아하고, 감옥은 두려운 형벌이 되고, 고독의 즐거움을 기대할 수 없는 것도 바로 그 때문이다. 그런데 사실은 이것이야말로 왕이 되는 가장 큰 기쁨이다. 사람들은 끊임없이 그의 기분을 전환해 주려고 애쓰며, 온갖 즐거움을 그에게 바치려고 애쓰기 때문이다.

왕은 그의 기분을 풀어 주고, 그에게 자기성찰(自己省察)을 하지 못하게 하려는 사람들에게 에워싸여 있다. 왜냐하면 아무리 왕이라도 자기를 성찰하게 되면 불행해지기 때문이다.

인간이 행복을 얻기 위해 생각해 낼 수 있었던 것은, 대체로 이런 것이다. 그 문제를 철학적으로 해명하려는 사람들은 자신들이 사고 싶지도 않은 토끼를 뒤쫓느라고 온종일을 보내는 사람들을 전혀 이해할 수 없는 존재로 생각하는데, 이것은 그들이 인간의 본성에 대해 알지 못하고 있기 때문이다. 토끼 그 자체는 우리를 괴롭히는 죽음과 비참에 관한 생각으로부터 우리를 구출하지 못할지도 모른다. 그러나 토끼를 쫓는 행위가 그런 생각으로부터 우리를 벗어나게 한다. 그리하여 고대 그리스의 퓌루스 왕이 휴식을 취하도록 충고를 받았을 때, 그것을 위해 엄청난 노력을 거듭하면서 그는 그것이 얼마나 어려운 일인가를 알게 되었다.[65]

어떤 사람에게 휴식을 취하라고 말하는 것은 행복하게 살라고 말하는 것과 똑같은 말이다. 그것은 불안의 원인으로부터 완전히 탈피하여 유유자적

(悠悠自適)하며 명상에 잠길 수 있는 완전히 행복한 상태를 즐기라고 그에게 충고하는 것이다. 그것은 인간의 본성을 이해하지 못한 충고이다.

따라서 자기 자신의 상태를 있는 그대로 의식하는 사람들은 무엇보다도 휴식을 피한다. 다시 말해서 그들은 무엇이든 정신을 흩뜨리게 하는 일을 찾아서 하려고 애쓴다.

그렇다고 해서 그들을 탓하는 것은 잘못이다. 그들이 오직 기분전환을 위해 어떤 흥밋거리를 찾는다면, 그들을 그르다고 할 수가 없다. 문제는 그들이 그것을 추구하다가 일단 손에 넣게 되면, 참된 행복을 얻은 것으로 생각하는 데 있다. 이점이 바로 그들의 추구를 헛된 것이라고 부르는 사람들을 정당화해 준다. 이상의 모든 사실은 우리에게 비평을 가하는 사람들도 비평을 받는 사람들도 모두 인간의 참된 본성을 이해하지 못하고 있음을 보여 준다.

사람들이 결코 자기들을 만족시켜 줄 수 없는 어떤 것을 지나치리만큼 열렬히 추구한다는 이유로 비난받을 경우에, 그 비난에 대해 아무리 열심히 변명하려 할지라도, 그들이 할 수 있는 유일한 해명은 자기들은 자기네 마음을 자신들과 떨어지게 해주는 격렬하고 정력적인 일을 원할 뿐이며, 그렇기 때문에 자기들을 열렬한 일로 유혹하는 어떤 매력적인 대상을 선택하는 것이라는 것이다. 그렇게 되면 그들의 비난자들은 그 말에 대해 한 마디 대꾸도 못 하게 될 것이다. (허영·자기과시의 쾌감·춤·발을 어디로 옮길 것인가를 생각해야 한다.) 그러나 그들도 자기 자신을 모르기 때문에 그렇게 대답하지는 않는다. 그들은 자기들이 추구하고 있는 것은 오직 사냥이지 포획물이 아니라는 사실을 모르고 있다.[66] 귀족들은 사냥을 훌륭한 놀이, 왕들의 놀이라고 진심으로 믿고 있다. 그러나 몰이꾼들은 그렇게 느끼지 않

<hr>

65) 몽테뉴《수상록》1권 42장.
66) 몽테뉴《수상록》1권 19장.

는다. 그들은 후에 어떤 관직에 앉게 되면, 차라리 휴식을 즐기겠다고 생각한다. 그들은 인간의 욕망을 만족할 줄 모르는 본성을 알지 못한다. 그들은 자기들이 진심으로 추구하는 것이 휴식이라고 생각한다. 그러나 실제로 그들이 추구하는 것은 본능이다.

그들은 하나의 감춰진 본능을 갖고 있다. 그것은 그들로 하여금 심심풀이나 일거리를 밖에서 구하게 하는 것이며, 그 본능은 그들의 끊임없는 불행의식에서 생겨난 결과이다. 그리고 그들은 또 하나의 감춰진 본능을 갖고 있는데, 그것은 인간이 지난 최초의 본성의 위대성으로부터 넘겨받은 것으로, 그 본능은 진정한 행복은 안정 속에만 있고 소란 속에는 없다는 것을 그들에게 알리는 것이다.

그리고 이 두 가지 상반되는 본능은 그들의 영혼의 심연 속에 묻혀서 겉으로 드러나지 않는 하나의 복잡한 양상을 유발한다. 그리고 그것은 그들이 활동을 통하여 휴식을 찾도록 유도하며, 일단 그들이 어떤 크나큰 난관들을 극복하기만 하면 그들이 원하는 만족이 올 것이며, 문을 열어 휴식을 맞아들일 수 있다는 것을 상상하도록 이끌어 간다.

우리의 인생은 모두 이런 식으로 지나간다. 인간은 어떤 장애물과의 투쟁을 통하여 안정을 추구한다. 그런데 장애를 극복하고 안정을 얻은 후에는, 안정은 권태를 일으키므로 견디기 어렵게 된다. 그래서 그 안정된 휴식을 빠져나와 소란을 추구하지 않을 수 없게 된다.

인간은 현재 느끼고 있는 불행이나 앞날을 위협하고 있는 불행을 생각하게 되는데, 설사 모든 면에서 상당한 안락을 느낀다고 하더라도, 권태가 원래 뿌리박고 있던 우리 마음의 심연으로부터 독자적(獨自的)으로 솟아서, 우리의 마음 전체를 독소로 채울 수도 있는 것이다.

이처럼 인간은 매우 불행하므로 아무런 권태의 원인이 없을 때도 그 타고난 기질에 의해 권태에 빠지게 마련이다. 그리고 인간은 매우 공허하므로 권태에 빠질 수 있는 무수한 원인을 안고 있으면서도, 당구를 치는 것과 같은 시시한 놀이로도 기분전환을 할 수가 있는 것이다.

　그런데 당신들은 인간은 무엇 때문에 그런 짓을 하느냐고 물을지 모른다. 그것은 이튿날 친구들에게 자기는 누구보다도 멋지게 잘 지냈다고 자랑하기 위해서이다. 마찬가지로 다른 사람들은 그때까지 아무도 풀지 못한 대수(代數) 문제를 풀어서 그것을 학자들에게 자랑하기 위해 서재에서 땀을 흘리는 것이다. 그리고 다른 많은 사람은 어떤 요새를 점령했다는 것을 남에게 자랑하기 위해 극도의 모험을 무릅쓴다. 그러나 내가 보기에는 이것은 너무나 어리석은 일이다. 다른 한편으로는 보다 현명해지기 위해서가 아니라, 단지 유식한 것을 과시하기 위해, 모든 사물을 연구하느라고 자신을 기진맥진하게 만드는 사람들도 있다. 그런데 이들이 이런 족속 중에서 가장 어리석은 자들이다. 왜냐하면 그들은 어리석은 짓인 줄 알면서도 그렇게 하기 때문이다. 다른 사람들은 그것을 알고 있다면 그런 짓은 하지 않을 것이다.

　어떤 사람은 날마다 사소한 도박을 하여 권태를 모르고 세월을 보낸다. 그런데 절대로 도박하지 않겠다는 조건으로, 그가 딸 수 있는 만큼의 돈을 매일 아침 그에게 안겨 줘 보라. 당신은 그를 불행하게 만드는 결과가 될 것이다. 그가 추구하고 있는 것은 도박의 즐거움이지, 돈을 따는 것이 아니라고 말하는 사람이 있을지 모른다. 그렇다면 그에게 아무것도 걸지 않고 도박을 시켜 보라. 그는 그 도박에 열중하지 않을 뿐만 아니라 권태로워할 것이다. 그러니까 그가 추구하고 있는 것은 오락뿐이 아니다. 묘미가 없는 마음 내키지 않는 오락은 그를 권태롭게 할 것이다. 그는 어떤 묘미를 느껴야 하며, 도박하지 않는다는 조건으로는 받고 싶지 않은 것을 도박으로 얻는 것은 즐거운 일이라고 생각하여, 거기에 열중하면서 자기를 기만할 필요가 있는 것이다. 그렇게 함으로써 그는 자신의 욕망을 위한 어떤 목표를 설정하여, 자기가 설정한 이 목표를 위해 자기의 욕망·분노·공포를 불러일으켜야 하는 것이다. 마치 아이들이 자신이 더럽혀 놓은 얼굴을 보고 놀라는 것처럼.

　몇 달 전에 외아들을 잃었고, 오늘 아침만 해도 소송과 분쟁에 말려들어 그렇게 걱정하고 풀이 죽어 있던 사나이가, 지금은 그런 일들을 전혀 생각하지 않는 것은 무엇 때문인가? 그것은 놀랄 일이 못 된다. 그는 여섯 시간 전부터 자기의 사냥개들이 맹렬히 쫓고 있는 멧돼지가 어느 쪽으로 도망갈까 하는 것에 자기의 정신을 집중시키고 있기 때문이다. 그에게는 그것 이외에는 아무것도 안중에 없는 것이다. 인간은 아무리 슬픔에 가득 차 있어도 어떤 심심풀이에 정신이 팔리면 그동안만은 행복하다. 그리고 인간은 아무리 행복해도 기분전환을 하지 못하거나, 권태를 몰아내어 줄 오락이나, 정신을 쏟을 만한 정념이 없다면, 그는 곧 우울해지고 불행해질 것이다. 기분전환이 없이는 기쁨이 없고, 기분전환이 있으면 슬픔은 없다. 그리고 기분전환이야말로 고귀한 신분의 사람들에게 행복을 주는 것이다. 그들은 자기들의 기분을 전환해 줄 사람들을 많이 거느리고 있는 데다가, 자신을 이 상태에 계속해서 머물게 할 수 있는 능력이 있기 때문이다.

　생각해 보라. 장관·대법관·고등법원장이 된다는 것은, 아침 일찍부터 사방에서 많은 사람이 몰려와, 하루에 한 시간도 자기 자신을 돌이켜볼 여유가 없게 해주는 지위를 누리는 일이 아니고 무엇이겠는가. 그러나 일단 그 지위에서 물러나 고향 집으로 쫓겨 내려가면, 그들의 욕구를 충족시킬 만한 재산과 하인이 있다 하더라도, 그들은 반드시 불행하고 낙심할 것이다. 그들이 자신에 관한 생각에 빠져드는 것을 막아줄 사람은 아무도 없기 때문이다.

140

　아내와 외아들의 죽음을 몹시 슬퍼하고, 중대한 분쟁 사건 때문에 고민하던 사나이가, 한순간 조금도 슬퍼하지 않고, 고통스럽고 불안한 생각에서 완전히 벗어난 듯이 보이는 것은 어찌 된 일인가? 놀랄 일이 못 된다. 지금 그는 공을 치고 있기 때문이다. 그는 공을 상대방에게 다시 넘겨줘야 하는 것이다. 그는 지붕에서 공이 떨어지기를 기다렸다가 한 점을 따기 위해 열중하고 있다. 당장 해야 할 일이 따로 있는데, 어떻게 개인적인 일을 생각할 수 있겠는가?

여기에 이 위대한 영혼을 사로잡고, 그의 마음에서 다른 모든 생각을 제거하기에 충분한 하나의 관심거리가 있지 않은가! 여기에 우주를 알기 위해, 만물을 심판하기 위해, 한 나라를 통치하기 위해 세상에 태어났는데, 지금은 한 마리의 토끼를 잡는 데만 열중하여 마음을 모두 빼앗기고 있는 사람이 있다. 그리고 만일 그가 거기까지 자신을 움츠리지 않고 언제나 긴장해 있으려고 하면 더욱 어리석은 자가 될 수밖에 없을 것이다. 왜냐하면 그는 인간의 영역을 초월하려고 할 테니까. 요컨대 그는 한 인간에 불과하다. 즉 그는 사소한 일도 할 수 있고, 큰일도 할 수 있으며, 모든 일을 할 수 있기도 하고, 아무 일도 할 수 없기도 하다. 그는 천사도 아니고 짐승도 아니며, 오직 한 인간이다.

141

사람들은 한 개의 공이나 한 마리의 토끼를 쫓는 데 시간을 소비한다. 그것은 바로 왕들의 놀이이다.

142

기분전환. 왕위의 위엄은 그 자체만으로도, 그 지위에 있는 사람으로 하여금 단순히 자기의 신분을 돌아보게 함으로써 그를 행복하게 하기에 충분하지 않을까? 왕도 보통 사람처럼 자기 자신이 어떤 존재인가를 생각하는 일에서 기분을 돌릴 필요가 있을까? 나는 어떤 사람으로 하여금 춤을 잘 추는 것 이외에 아무것도 생각할 수 없게 함으로써 자신의 은밀한 불행을 깊이 생각하는 것으로부터 헤어나게 하는 것이 그를 행복하게 하는 것임을 분명히 알 수 있다. 그런데 왕의 경우도 마찬가지일까? 왕도 자신의 위대성을 생각하기보다 하찮은 오락에 마음을 돌리는 것이 행복할까? 그의 마음이 제공받을 수 있는 더욱 만족스러운 대상은 없을까? 그로 하여금 자기를 에워싼 장엄한 영광을 생각하고 조용히 즐기며 홀로 있게 하는 대신에, 노랫가락에 보조를 맞추어 스텝을 밟거나, 봉(棒)을 능숙하게 세우는 일에 마음을 쓰게 하는 것은, 그의 기쁨을 망치는 것이 되지 않을까? 한 번 시험해 보는 것이 좋겠다. 즉 왕을 혼자 있게 하고, 그의 감각을 만족시킬 수 있는 것을 제공하지 않고, 마음의 답답함을 토로할 말 상대도 없게 하고, 일체의 소일거리를 주지 말고 오로지 자기 자신이나 생각하게 해 보라. 그러면 왕도 심심풀이가 없으면 아주 비참한 인간에 불과하다는 것을 알게 될 것이다. 그러므로 그런 사태는 신중히 배려되어야 하며, 신하들은 항상 많은 사람을 거느리고, 공무(公務)가 끝난 후에는 기분전환의 기회를 마련해야 하며, 왕이 한순간이라도 공허함에 사로잡히지 않도록 한가한 시간도 그의 오락과 놀이에 할애해야 한다. 바꾸어 말해 왕의 신하들은 왕이 홀로 있어 자신에 관한 생각에 몰입할 수 없도록 지극히 세심한 배려를 기울이는 사람들을 늘 주위에 거느려야 한다. 왕이라 해도 자연에 관한 생각에 몰두하게 되면 불행해지리라는 것을 그들은 잘 알고 있기 때문이다.

이상의 문장에서 나는 기독교도로서의 왕을 이야기하지 않고, 단지 왕으로서의 왕에 대해서 이야기하고 있다는 것을 부언해 두는 바이다.

143

기분전환. 사람들은 어렸을 때부터 자기의 명예나 재산이나 친구들이나, 그리고 심지어는 친구들의 재산이나 명예까지도 보살피도록 가르침을 받고 있다.[67] 그들은 여러 가지 임무와 언어 훈련, 운동 등을 수행하도록 강요당하며, 또한 그들의 건강이나 명예나 재산 및 친구들의 그런 것들이 양호한 상태에 있지 않으면 행복할 수 없으며, 그것 중의 하나라도 모자라면 불행하게 된다는 가르침을 받고 있다. 그래서 사람들은 매일 눈을 뜨자마자 자기들을 괴롭히는 책임과 임무가 떠맡겨진다. "그렇게 하는 것이 그들을 행복하게 하는 것이라니, 참 이상하군. 그것보다 그들을 더 불행하게 하는 것이 어디 있겠는가?" 하고 당신들은 말할지도 모른다.―뭐라고? 이 이상의 방법이 없다고? 그들에게서 그런 걱정을 없애버리면 되지 않겠는가. 그렇게 하면 그들은 자기 자신을 돌이켜보고, 자기가 어떤 존재인가, 어디서 왔다가 어디로 가는가를 생각하게 될 것이다. 그러므로 그들의 마음을 지나치게 집중시킨다거나 지나치게 분산시키는 일은 있을 수 없는 것이다. 그러므로 그들은 많은 일거리를 부여받았을 때, 그것들을 처리하고 나서 조금이라도 시간의 여유가 생기면, 심심풀이하거나 내기를 하고 시간을 보내면서, 언제나 뭔가에 마음을 쏟도록 권유를 받는 것이다. 인간의 마음은 얼마나 공허하고 비열한가!

144

나는 추상적인 학문의 연구에 오랜 세월을 보냈다. 그리고 그런 학문에 관해 의사전달을 한다는 것이 거의 불가능하다는 사실을 알고는 그런 학문들을 떨쳐 버렸다. 그리고 인간의 연구를 시작했을 때[68], 나는 추상적인 학문이 인간에게 적합하지 않다는 사실과, 다른 사람들이 추상적인 학문을 몰라서 방황하는 것 이상으로 거기에 깊이 들어간 내가 훨씬 더 혼란에 빠져 있다는 것을 깨닫게 되었다. 나는 다른 사람들이 추상적인 학문에 관해 별로 모르는 것을 너그럽게 생각하게 되었다. 그러나 적어도 인간의 연구에서는 서로 통할 수 있는 많은 동지를 찾아볼 수 있다고 생각되어, 이것이야말로 인간에게 적합한 진정한 학문이라고 생각했다. 그러나 이와 같은 나의

---

67) 몽테뉴 《수상록》 1권 30장.
68) 1652년경에 파스칼은 메레의 감화에 따라 심원한 인간성에 눈이 뜨여 몽테뉴의 《수상록》을 읽으면서 인간을 연구하기 시작했다.

생각이 잘못된 것이었다. 인간을 연구하는 사람이 기하학을 연구하는 사람보다 훨씬 적다. 사람들이 다른 분야를 연구하는 것은 오로지 인간에 대해 어떻게 연구해야 할지 모르기 때문이다. 그러나 그것은 인간이 꼭 알아야 할 학문은 아니고, 또 행복해지기 위해서는 자기를 모르는 편이 낫기 때문이 아닐까?

145

한 가지 생각만으로도 인간을 사로잡을 만하다. 즉 우리는 동시에 두 가지 일을 생각할 수가 없으며, 그것은 신의 측면에서가 아니라 인간의 측면에서 우리를 위해 다행한 일이다.

146

인간은 분명히 사고(思考)를 하도록 만들어진 존재이다. 그의 품위와 그의 가치 일체가 바로 이 사고에 있는 것이다. 그의 의무 전부는 올바로 생각하는 것이다. 그런데 생각하는 순서는 자기 자신으로부터 시작하여 자기의 창조주와 자기의 목적으로 향해야 한다.

그런데 세상 사람들은 무엇을 생각하고 있는가? 그런 것은 안중에 없다. 오히려 댄스하고, 류트(lute)를 치고, 노래를 부르고, 시를 짓고, 고리 던지기 놀이하는 것 등을 생각하고, 전쟁하고, 왕이 되는 것을 생각하고 있다. 왕이 된다는 것 또는 하나의 인간이 된다는 것이 무엇을 의미하는지는 생각하지도 않으면서.

147

우리는 자기 안에서, 자기 자신의 존재 속에서 영위하는 생활에는 만족하지 않는다. 남들의 눈에 우리가 훌륭한 삶을 영위하는 것으로 보이고 싶기 때문에 허세를 부리게 되는 것이다. 우리는 끊임없이 자기의 가공스러운 존재를 장식하고 그것을 유지해 나가려고 하며, 참된 존재를 등한히 한다. 그리고 우리에게 평정(平靜)이나 관용(寬容)이나 신의의 덕이 있다면, 그러한 덕을 우리의 가공스러운 존재에 결부시키기 위해 그것들이 남에게 알려지기를 열망한다. 그리고 그것들을 가공의 존재와 결합하기 위해서는 우리의 참된 자아로부터 그것들을 떼어 버리기를 주저하지 않는다. 용감하다는 평판을 듣기 위해서는 자진하여 비겁한 자가 되기도 한다. 가공의 자아 없이는 참된 자아(自我)에 만족하지 않고 때로는 그것을 가공의 자아와 바꾸는 것은, 우리 자신의 존재가 무(無)라는 분명한 증거가 아닌가! 왜냐하면 죽음을 무릅쓰고 자기의 명예를 구출하기 위해 노력하지 않는 사람은 부끄러움을 모르는 사람이 될 테니까.

148

우리는 아주 주제넘은 존재여서 우리 자신이 전 세계에 알려지고, 자기가 죽은 후에 태어나는 사람들에게까지도 알려지기를 바란다. 또한 우리는 매우 허영으로, 우리 주변의 대여섯 사람들로부터 칭찬받으면 흐뭇하고 만족해한다.

149

인간은 한 번 지나가면 그만인 거리에서의 자신의 평판에 대해서는 개의치 않는다. 그러나 그곳에 잠시라도 머물게 되면 그것에 신경을 쓴다. 그것은 어느 정도의 시차(時差)로서 구분이 될까? 우리의 공허하고 하찮은 존재에 상응(相應)하는 만큼의 시간일 것이다.

150

허영은 인간의 마음속에 깊이 뿌리박고 있으므로 군인도, 도제(徒弟)도, 요리사도, 짐꾼도 저마다 자만하면서 자기를 존경하는 사람들을 얻으려고 한다. 철학자들까지도 마찬가지이다. 심지어는 존경 따위는 염두에 두지 말아야 한다고 글을 쓰는 사람들까지도 자신의 글이 훌륭하다는 찬양을 받고 싶어 한다. 그리고 그 글을 읽는 사람들도 자기가 그것을 읽었다는 자부심을 갖고 싶어 한다. 어쩌면 지금 이 글을 쓰고 있는 나도 존경받고 싶어 할지 모른다. 또 지금 이 글을 읽고 있는 당신들도……

151

명예. 칭찬은 우리의 어린 시절로부터 모든 것을 망친다. '정말 훌륭한 말솜씨군!', '참 잘했다!', '그는 얼마나 선량한가!' 등등.

포르 르와이알(프랑스 신교도의 식민지)의 어린이들은[69] 그런 선망(羨望)이나 영예의 자극이 주어지지 않으므로, 그런 것들에 대해 무관심하게 된다.

152

오만(傲慢). 호기심은 허영에 지나지 않는다. 우리가 늘 어떤 일에 관해 알고 싶어 하는 것은, 단지 그것에 관해 이야기할 수 있기 위해서이다. 그렇지 않다면 사람들은 바다 여행 같은 것은 하지 않을 것이다. 그것을 남에게 이야기하지 않고, 또 보고 들은 것을 혼자서 즐길 뿐, 남에게 전해 줄 가망도 없다면 말이다.

153

주변에 있는 사람들에게서 칭찬을 받고 싶다는 소원에 대하여. 우리는 이렇게 비참하고 오류투성이이면서도 당연하다는 듯이 오만에 사로잡히곤

---

69) 생 시랑 신부가 창설한 포르 르와이알 수도원 내에 있던 '소학교'의 생도들을 가리킴.

한다. 우리는 남들의 칭찬을 조금이라도 받기만 하면 목숨까지도 기꺼이 버린다.

허영—도박 · 사냥 · 방문 · 연극관람 · 명성의 거짓된 영속(永續).

154

당신 쪽이 유리한데 어째서 나를 죽이려 하는가? 나는 무기도 갖고 있지 않다.[70]

155

참된 친구는 가장 지체 높은 귀족들에게도 매우 소중한 것이어서, 친구가 자기들에 대해 좋게 말해 주고, 자기들이 없는 장소에서도 자기들을 두둔해 주도록, 그들은 친구를 위해 있는 힘을 다해야 한다. 그러나 친구는 신중하게 선택해야 한다. 왜냐하면 어리석은 자들을 위해 있는 힘을 다한다면, 설사 그 친구들이 자기들을 아무리 좋게 말해도 소용이 없기 때문이다. 그리고 어리석은 자는 자기가 불리한 처지에 있다고 생각하면, 그들에 대해 좋게 말해 주지 않을 것이다. 어리석은 자는 아무 권위도 갖고 있지 않기 때문이다. 그렇게 되면 이들은 한패가 되어 그들의 험담을 늘어놓을 것이다.[71]

156

"무기를 휴대하지 않고 생활한다는 것은 있을 수 없는 일이라고 생각하는 호전적(好戰的)인 국민." 그들은 평화보다도 죽음을 좋아하고, 다른 사람들은 전쟁보다 죽음을 좋아한다.

모든 세론(世論)은 생명과도 바꿀 수 없다고 생각되는 경우가 있다. 세론

---

70) 라푸마 판(版)에 따라 번역함. 이것은 단장 293의 일부이다.
71) 이러한 견해는 라 브뤼에르의《귀족에 대하여》속에 전개되어 있다.

에 대한 애착은 그만큼 강하고 자연스러운 것인가 보다.

157

모순. 우리의 존재에 대한 경멸, 하찮은 일을 위해 목숨을 던지는 일, 우리의 존재에 대한 혐오.

158

직업. 명예는 아주 달콤하여, 명예를 위해서라면 사람들은 죽음도 무릅쓰게 된다.

159

아름다운 행위는 세상에 드러나지 않을 때 가장 존경할 만한 것이 된다.[72] 이런 행위의 몇 가지를 184페이지[73]에 나와 있는 것처럼 역사나 전기에서 읽어 보면, 나는 무척 기쁨을 느끼게 된다. 그런데 그것들이 세상에 알려진 것을 보면, 결국 완전히 숨겨져 있지는 않았다. 또 그것을 숨기기 위해 온갖 수단을 다했다 하더라도 조금만 밖으로 새게 되면, 모든 것이 깨어지고 만다. 왜냐하면 거기서 가장 아름다운 것은 그것을 숨기려는 마음이었으니 말이다.

160

재채기는 전신의 모든 기능을 흡수하는 점에서 성행위와 비슷하다. 그러나 거기서 인간의 위대성을 반증하는 결론은 끌어낼 수 없다. 왜냐하면 재

---

72) '완전한 용기란, 사람들 앞에서 할 수 있는 일을 목격자가 없는 곳에서 하는 것이다.' (라 로슈 푸코《잠언》216)
73) 몽테뉴《수상록》1652년 판의 페이지 수. 그것은 현재《수상록》1권의 4장으로 되어 있다.

채기는 자기의 의지와 상관없이 나오는 것이기 때문이다. 즉 우리가 재채기를 '한다' 고 하지만, 자의적(自意的)으로 하는 것은 절대 아니다. 재채기는 그 자체가 목적이 아니라, 달리 목적이 있다. 그러므로 재채기는 인간이 연약하다는 증거가 아니며, 인간이 이 행위에 예속되어 있다는 증거도 아니다.

인간이 고통을 이기지 못한다는 것은 부끄러운 일이 아니다. 오히려 쾌락에 굴복하는 것이야말로 부끄러운 일이다. 이것은 쾌락은 우리가 추구하는 것인 반면에 고통은 외부로부터 우리에게 오기 때문이 아니다. 왜냐하면 인간은 고통을 추구하여 일부러 고통에 굴복하고, 그런 열등감을 느끼지 않을 수도 있기 때문이다.

그렇다면 이성(理性)은 어째서 고통의 압력에 굴복하는 것은 명예로운 일이지만, 쾌락의 압력에 굴복하는 것은 부끄러운 일이라고 믿는 것일까? 그것은 우리를 유인하는 것은 고통이 아니라는 사실 때문이다. 즉 그 경우의 주체가 되기 위해, 자기의 뜻에 따라 고통을 택하고, 고통으로 하여금 우리를 지배하게 하는 것은 바로 우리 자신이기 때문이다. 그렇게 함으로써 인간은 자기 자신에게 굴복하는 셈이 된다. 그러나 쾌락의 경우는, 인간이 그것에 굴복하는 것이다. 따라서 명예는 오로지 주체와 통제력으로부터 오며, 수치는 오직 복종으로부터 오는 것이다.

161

공허. 사람들은 이 세상은 공허한 것이라는 명백한 사실을 거의 인식하지 못하는 데다가, 권력을 추구하는 것은 어리석은 일이라는 말을 들으면 이상하고 놀라운 표정을 짓는다. 이 얼마나 놀라운 일인가!

162

인간의 공허함을 충분히 알려면 연애의 원인과 결과를 생각해 보면 된다.

그 원인은 '나로서는 뭔지 알 수 없는 것(코르네이유)'[74]이다. 그런데 그 결과는 무서운 것이다. 이 '나로서는 뭔지 알 수 없는 것', 인간이 인식할 수도 없을 정도로 사소한 것이, 온 땅덩어리와, 왕후(王候)와, 군대와, 전 세계를 움직인다.

클레오파트라의 코가 조금만 낮았던들, 지구의 전체 사정이 달라졌을 것이다.

*163*의 *1*

공허. 연애의 원인과 결과. 클레오파트라.

*163*의 *2*

인간의 공허함에 대한 증거로는 연애의 원인과 결과를 생각해 보는 것이 상책이다. 왜냐하면 연애로 해서 전 세계가 달라지기 때문이다. 클레오파트라의 코.

164

이 세상의 공허함을 깨닫지 못하는 사람은, 그 사람 자신이 바로 공허한 것이다. 남들의 평판과, 여러 가지 오락과, 앞날의 꿈에 마음을 빼앗기고 있는 청년은 제외하고, 그것을 깨닫지 못하는 사람이 있을까?

그렇지만 그들에게서 오락을 제거해 보라. 권태로 진저리를 내는 것을 당신들은 목격하게 될 것이다. 그리고 그때 그들은 인생이 공허함을 은연중에 느끼게 될 것이다. 왜냐하면 인간이 아무런 오락의 수단도 없이 자기반성에

---

74) 코르네이유《메데》2막 6장에 나오는 말.
75)《구약 외경(舊約外經)》벤 시라의 〈지혜서〉 24장 7절.
76) '죽음의 공포는 죽음 자체보다 타격이 크다.' (메레《잠언》76)

빠져드는 순간 참을 수 없는 의기소침에 빠지는 것보다 더 비참한 일은 없기 때문이다.

*165*의 *1*

사상. "이 모든 것 속에서 나는 휴식을 찾았다."[75]
만일 우리의 처지가 참으로 행복하다면, 우리 자신을 행복하게 하기 위해 자기의 처지를 생각하지 않도록 기분을 전환할 필요는 없을 것이다.

*165*의 *2*

만일 우리의 처지가 참으로 행복하다면, 그것을 생각하지 않도록 기분을 전환할 필요는 없을 것이다.

166

기분전환. 죽음은 그것을 생각하지 않고 받아들이는 편이, 죽음의 위험 없이 죽음을 생각하는 것보다 쉽다.[76]

167

이 모든 것(여러 가지 오락)들은 인간 존재의 비참에 그 바탕을 두고 있다. 즉 사람들은 인간의 비참함을 깨닫기 때문에 기분전환을 추구하는 것이다.

168

기분전환. 인간은 죽음과 참혹과 무지에서 결코 벗어날 수 없기 때문에, 자기의 행복을 위해 그런 것들을 전혀 생각하지 않기로 결심한 것이다.

169

이처럼 비참함에도 불구하고, 인간은 행복하기를 아니 행복하기만을 원하며, 또 그것을 원하지 않을 수가 없다.

그런데 사람들은 행복을 어떻게 얻으려고 하는가? 행복해지는 최선의 방법은 자신을 영원불멸의 존재로 만드는 것이다. 그러나 그렇게 할 수는 없으므로, 그것에 관해 생각하는 일을 그만두기로 결심한 것이다.

170

기분전환. 인간이 행복해질 수 있다면, 성자와 신처럼 오락하는 일이 적으면 적을수록 행복할 것이다.—하긴 그렇다. 하지만 기분전환에서 즐거움을 찾을 수 있다고 그 사람이 행복하지 않다는 말인가?

아니, 그렇지 않다. 기분전환은 다른 어떤 곳, 즉 외부로부터 오는 것이기 때문이다. 그러므로 인간은 의존적(依存的)이다. 따라서 그는 항상 여러 가지 사건들에 의해 마음이 흐트러지기 쉬우며, 그것은 불가피하게 불안을 야기한다.

171

비참. 비참한 우리를 위로해 주는 유일한 것은 기분전환이다. 그러나 그것이 우리의 가장 큰 비참이다. 왜냐하면 우리가 자기 자신에 관해 생각하는 것을 방해하여, 우리를 부지불식간에 멸망으로 인도하는 것이 바로 이 기분전환이기 때문이다. 기분전환이 없으면 우리는 권태에 빠질 것이며, 이 권태는 우리로 하여금 거기서 벗어나는 더욱 확실한 수단을 찾아내게 할 것이다. 그러나 기분전환은 우리의 세월을 흘려보내어, 우리를 부지불식간에 죽음으로 인도한다.

172

우리는 결코 현재에만 집착하지 않는다. 우리는 과거를 돌이켜본다. 너무도 빨리 지나가 버린 그 순간에 머물러 있기를 바라듯이. 또 우리는 미래를 기다린다. 빨리 와 주지 않아 우리가 끌어당겨 오기라도 할 것처럼. 우리는 얼빠지게도 자기 것이 아닌 시간 속에서 헤매며, 자기 것인 유일한 시간(현재)은 염두에도 두지 않는다. 그리고 우리는 너무나 공허하여 현재 존재하지 않는 시간을 꿈꾸며, 현존하는 유일한 시간을 맹목적으로 도망쳐 버린다. 이것은 현재가 대체로 우리를 괴롭히기 때문이다. 우리가 그것을 외면하려고 하는 것은, 그것이 우리를 괴롭히기 때문이다. 만일 그것이 우리에게 즐거운 것이라면 그것이 사라지는 것을 보고 아쉽게 생각할 것이다. 우리는 현재에게 미래라는 지주(支柱)를 주려고 애쓰며, 우리가 도달할 수 있다고 보장할 수도 없는 시간을 위해 힘겨운 일을 준비하려고 한다.

각자 자기 생각을 한번 검토해 보라. 그러면 자기 생각을 과거와 미래가 차지하고 있는 것을 알게 될 것이다. 우리는 현재에 대해서는 거의 생각하지 않는다. 간혹 생각하는 경우가 있다면 그것이 미래를 위한 우리의 계획에 어떤 빛을 던져줄 것인가를 알아보기 위함에 불과하다. 현재는 결코 우리의 목적이 아니다. 과거와 현재는 우리의 수단이고 미래만이 우리의 목적이다.[77] 그러므로 우리는 실제로는 살고 있는 것이 아니라 살기를 바라고 있는 것이다.[78] 그리고 어떻게 해야 행복해질 것인가를 항상 설계만 하고 있으니 행복해질 수 없는 것은 어쩔 수 없는 일이다.

<h1 style="text-align:center">173</h1>

그들은 일식(日蝕)이나 월식을 불행의 징조라고 말한다. 그런데 세상에 재앙이 자주 일어나고, 불행이 자주 생기기 때문에 그들의 예상은 자주 들어맞게 되는 것이다. 이와 반대로 만일 그것들을 행운의 징조라고 말한다면, 그들은 자주 거짓말을 하는 것이 될 것이다. 그들은 행운을 전체의 보기

---

77) 몽테뉴《수상록》1권 3장. 라 브뤼에르《인간에 대하여》.
78) '우리는 살고 있는 것이 아니라, 살기를 기다라고 있다.' (볼테르의 시구)

드문 합(合)에서 비롯된다고 한다.

이 점에 있어서는 그들의 예상이 크게 빗나가는 일이 드물다.

174

비참. 솔로몬[79]과 욥[80]은 인간의 참상을 가장 잘 알고, 또 가장 잘 말한 사람이다. 솔로몬은 가장 행복한 사람이었고, 욥은 가장 불행한 사람이었다. 전자는 경험에 의해 쾌락의 공허함을 알고, 후자는 고뇌의 현실성을 알고 있었다.

175

우리는 자기 자신을 거의 알지 못하므로, 많은 사람은 자신이 건강할 때는 죽은 것으로 생각하고, 임종에 처해서는 건강하다고 생각한다. 열이 나고 종기가 생기려고 하는데도 알지 못한다.

176

크롬웰은 전 기독교도를 짓밟으려고 했다. 왕가(王家)는 멸망되었고, 만일 조그마한 모래알이 그의 담낭(膽囊)에 들어가지 않았더라면, 그의 일가가 언제까지나 권세를 누릴 것 같았다. 로마(교황청)도 그의 발밑에서 벌벌 떨 지경이었다. 그러나 그 조그마한 결석(結石)이 담낭에 들어갔기 때문에 그는 죽고, 그의 일가는 쇠퇴하고, 나라는 평화를 찾고, 왕은 복위되었다.[81]

---

79) 다윗의 아들이며 이스라엘의 3대 왕. 영화가 극치에 이르렀다.

80) 《구약 성서》 〈욥기〉의 주인공. 신의 시련을 겪어 전 재산과 전 자녀를 잃고 자신은 중병에 걸려, 아내의 비웃음을 당하고 친구의 비난을 받았으나, 신에 대한 신앙을 잃지 않았다.

81) 크롬웰은 1658년에 담낭 결석(結石) 때문이 아니라 열병 때문에 죽었다. 그러나 당시에 이런 소문이 떠돌았던 것 같다. 그가 죽은 후에 그의 아들 리처드가 부친의 뒤를 이어 집정관(執政官)이 되었으나 몇 달밖에 지속되지 못하고 1660년 찰스 2세의 즉위와 동시에 왕정이 복귀되었다. 따라서 이 단장은 빨라야 1660년에 쓰인 것으로 생각된다.

177

세 사람의 주인. 영국 왕과 폴란드 왕과 스웨덴 여왕의 은총을 받고 있던 자가, 이 세상에 숨을 집도 피난처도 없는 때가 오리라고 생각했을까?[82]

178

마크로비우스.[83] 헤롯에 의해 학살된 어린이들에[84] 대하여.

179

헤롯이 죽이게 한 2세 이하의 어린이 중에서, 헤롯 자기 아들이 있다는 말을 들었을 때 아우구스투스는, 그 아이가 헤롯의 아들이 되기보다는 그의 돼지가 되는 편이 나았을 것이라고 말했다.(마크로비우스의 《사투르날리아》 2권 4장.)

180

위대한 사람이나 비천한 사람을 막론하고 같은 사고(事故) · 같은 불만 · 같은 욕망을 갖고 있다. 그러나 이를테면 전자는 차바퀴 가장자리에 자리 잡고 있고, 후자는 그 중심 근처에 있다. 그러므로 후자는 같은 회전에서도 조금밖에 움직이지 않는다.

181

우리는 매우 불행하므로 한 가지 일을 즐기는데도, 그것이 잘못되면 어쩌

---

82) 영국 왕 찰스 1세는 1649년에 참수(斬首)되고, 스웨덴 여왕 크리스티나는 1654년에 양위(讓位)하고, 폴란드 왕 요한 카시미르는 1656년에 폐위되었으나, 같은 해에 복위되었다. 그래서 이 단장은 1656년에 쓰인 것으로 보인다.

83) 5세기 로마의 신플라톤학파의 학자. 《사투르날리아》라는 책의 편저를 남겼는데, 이것은 고대를 아는 데 중요한 문헌이다.

84) 〈마태복음〉 제2장 참조.

나 하고 걱정한다. 그것은 수많은 일들이 언제나 잘못될 수 있고, 또 잘못되어져 가고 있기 때문이다. 일이 잘되어 갈 때는 기뻐하고, 잘 안되어 갈 때도 불안해하지 않는 비결을 발견해 낸 사람이 있다면, 그는 극치의 지혜의 도(道)를 터득한 사람이다. 그러나 그것은 영원한 운동과 같은 것이다.[85]

182

일이 잘 안되어 갈 때도 항상 낙천적이고, 일이 호전되면 기뻐서 어쩔 줄 모르는 사람들이 불행을 당하여도 역시 실의에 빠지지 않으면, 그들은 행여나 실패를 낙으로 삼고 살아가는 사람들이 아닌가 하는 의혹을 자아낼지도 모른다. 그들은 자기들이 낙천주의를 좋아한다는 사실을 보여주기 위해 그것에 대한 구실을 발견하고는 기뻐하며, 그것은 자기들의 일이 실패로 끝나는 것을 보고는 자신들의 진짜 기쁨을 위장된 기쁨으로 은폐하기 위해서이다.[86]

183

우리는 낭떠러지(위험)가 우리의 눈에 보이지 않도록, 우리의 눈을 가리고 아무 생각 없이 그 속으로 뛰어든다.

---

85) 영원한 운동이 불가능한 것처럼 그것은 불가능한 일이다.
86) 이 단장은 난해하여 뜻이 좀 불투명하지만, 브랑슈비크에 의하면 인간이 사건의 나쁜 면에 시달리지 않고 좋은 면만을 생각해야 한다는 격언을 실천하고 있는 듯이 보일 경우에도, 그것은 공평하게 철학적으로 그렇게 하는 것이 아니라, 오히려 반대의 사건에 흥미를 갖고 있으면서도 그것을 표면에 나타내지 않으려고 하는 데 불과하다는 것이다.

제3장 불신자(不信者)들을 공박함

184

사람들로 하여금 신을 찾도록 하기 위한 편지.

그렇다면 그들로 하여금 신을, 철학자들·회의론자·독단론자(獨斷論者)들 가운데서 찾게 해 보라. 그런 자들은 신을 찾는 사람들을 초조하게 할 것이다.

185

모든 일을 자비를 가지고 처리하시는 신께서는 이성의 작용에 의한 논의로써 종교를 우리의 마음속으로 스며들게 하시며, 은총으로써 우리의 가슴에 스며들게 하신다. 그러나 종교를 폭력과 위협으로써 우리의 마음과 심장 속으로 스며들게 한다면, 그것은 종교가 아닌 공포를 스며들게 하는 것이다.[1] "종교가 아닌 공포를."

186

교화(教化)에 의하지 않고, 공포에 따라 인도된다면, 지배도 압제로 보인다.(아우구스티누스《편지》48 또는 49, 4권. 콘센티우스에게 부치는《거짓을 공박하는 글》)

---

[1] 장세니즘의 지도자들에 의하면 기독교의 근본 가르침은, 유대인의 종교인 율법의 공포 대신에 사랑의 지배에 있었다.

187

순서. 사람들은 종교를 경멸하고 있다. 그것을 증오하고, 그것이 진실이면 어쩌나 하고 두려워하고 있다. 이것을 시정하려면 우선 종교가 이성에 위배되는 것이 아니라 종교가 존귀한 것임을 보여 주어, 종교에 대해 경의를 품게 해야 한다.

그리고 나서 종교에 이끌리게 하고, 선량한 사람들로 하여금 종교가 진실이기를 바라게 해야 한다. 그다음에는 종교가 진실하다는 것을 보여 주어야 한다.

종교는 인간의 본성을 잘 알고 있기 때문에 존경할 만한 가치가 있다는 것을.

종교는 참된 행복을 약속하기 때문에 이끌릴 만하다는 것을.

188

모든 대화나 담화에 있어서, 불쾌하게 여기는 사람들에게, "무엇이 못마땅하냐?"고 물을 수 있어야 한다.

189

불신자를 불쌍히 여기는 것으로부터 시작하라. 믿지 않고 있는 그들의 상태가 그들을 이미 불행하게 만들고 있기 때문이다.

그들을 비난하는 것이 별 도움이 안 된다면, 그들을 비난해서는 안 된다. 그것은 그들을 해롭게 할 뿐이다.

190

진리를 찾으려는 무신론자를 동정하라. 왜냐하면 그들은 아주 불행하니까. 그것(무신론)을 자랑하는 자들을 통렬히 비난하라.

191

이 사람(신앙인)이 저 사람(무신론자)을 비웃을 것이라고!

누가 비웃는단 말인가! 오히려 전자는 후자를 비웃지 않고, 가엾게 여기고 있다.

192

신의 꾸짖으심에도 감동하지 못하는 미똥[2]을 비난하라.

193

작은 것을 경멸하고 큰 것을 믿지 않는 사람들은 장차 어떻게 될까?

194의 1

종교를 공격하기 전에, 적어도 자기가 공격하는 이 종교가 어떤 것인지를 그들로 하여금 알게 하라. 만일 이 종교가 신에 대해 분명한 관념을 갖고 있거나 신의 존재에 대한 분명하고 확실한 증거를 가지고 있다고 자랑한다면, 신의 존재를 그렇게 명백하게 증명할 수 있는 것은 이 세상에 없다고 말하는 것이 효과적인 공격이 될 것이다. 그러나 반대로 이 종교는 사람들이 신으로부터 멀리 떠나 암흑 속에 있다고 말하기 때문에, 신은 그들의 이해로부터 자신을 감춘 것이다. 그리하여 《성서》 속의 '숨은 신(Deus absconditus)'[3]이라는 바로 그 이름은 신이 자신에게 부여한 이름이다. 그리고 한마디로 말해 이 종교가 두 가지 사실—신은 진심으로 자기를 찾는 자들에게 자신을 인식시켜 주기 위해 교회 안에 뚜렷한 표지들을 만들어 놓으셨다는 사실과, 그런데도 신은 심혈을 기울여 자기를 찾는 자들에게만 감지되도록 그런 표지들

---

2) 파스칼의 친구로 회의론자.
3) 〈이사야서〉 45장 15절. 단장 242 참조.

제3장 불신자(不信者)들을 공박함 125

을 숨겨 놓으셨다고 하는 사실—을 똑같이 확립하기 위해 노력한다면, 그들이 자기들이 진리라고 공언하는 것을 찾는 데는 아무 관심도 없이, 자기들에게 그런 표지들을 보여 주는 것은 아무것도 없다고 항의한다 해서 그들이 어찌 유리한 위치를 점(占)할 수 있겠는가. 왜냐하면 그들이 그 속에서 자신을 발견하고 교회에 반대하는 공격수단으로써 사용하는 그 모호성은, 교회가 주장하는 위의 두 사실 중 한쪽을 다른 한쪽에 아무런 영향을 주지 않고서도, 또 그 가르침이 거짓임을 입증하지 않고서도 그것을 쉽게 확립하고 확신시켜 주기 때문이다.

그 진리를 올바로 공격하기 위해서는 그들은 자기들이 도처에서, 심지어는 교회가 설교를 통하여 제공하는 것 속에서조차 진리를 찾으려고 온갖 노력을 기울였으나 아무런 만족을 구할 수 없었노라고 주장하지 않으면 안 될 것이다. 또 그들이 그렇게 주장한다 해도 그들은 실제에 있어 기독교의 주장 가운데 한 가지만을 공격하는 데 불과할 것이다. 그러나 여기서 나는 이성이 있는 사람이라면 어느 누구도 그렇게 말할 수 없다는 것을 보여 주고 싶다. 심지어 나는 감히 말하거니와 이제껏 그것을 해낸 사람이 아무도 없다. 그런 정신을 가진 사람들이 어떻게 행동한다는 것은 우리가 너무도 잘 알고 있다. 그들은 《성서》의 몇 편을 읽는 데 불과 몇 시간을 보내고, 신앙의 진리에 관해 몇 가지 질문을 하고는 진리를 터득하기 위해 대단한 노력이라도 한 것으로 생각하는 것이다. 그러고 나서 그들은 《성서》와 성직자들 가운데서 진리를 찾으려 했으나 허사였다고 오만을 부린다. 그러나 그런 사람들에게 나는 평소에 내가 흔히 말하던 것을 그대로 말해 주는 도리밖에 없다 "그렇게 태만한 자세로는 진리를 터득할 수 없다"고. 지금 우리가 문제 삼고 있는 것은 그런 행동을 부추기는 어떤 낯선 사람의 대수롭지 않은 관심이 아니다. 그것은 우리 자신의, 우리 모두의 문제인 것이다.

영혼의 불멸은 우리를 깊이 감동하게 하고 우리에게 대단히 중요한 것이기 때문에, 모든 감각을 잃지 않는 한 그 문제에 관한 사실들을 아는 것에 무관심할 수는 없을 것이다. 우리의 모든 행위와 사상은 영원한 행복에 대한 희망이 있느냐 없느냐에 따라 서로 다른 길을 가야 하기 때문에, 감성과 판단을 가지고 행동할 수 있는 유일한 방법은, 이 점을 고려하여 우리의 길을 결정하는 것이며, 이것이 우리의 궁극적인 목표가 되어야 한다.

그러므로 우리의 첫 번째 관심과 가장 주요한 임무는 우리의 모든 행위가 달려 있는 이 문제를 바탕으로 교화를 추구해 나가는 것이다. 내가 진리를 터득하기 위해 전력을 기울이는 사람들과 그런 문제로 골치를 썩이기가 싫어서 생각조차 하지 않으려는 사람들 사이에 절대적인 구별을 두고자 하는 이유가 바로 그것이다.

나는 자신의 회의를 진심으로 후회하고, 그것을 최대의 불행으로 생각하며, 그 회의로부터 탈피하기 위해 온갖 노력을 아끼지 않고, 진리 추구를 자신의 가장 중요하고 으뜸가는 일로 삼는 사람들에 대해서는 연민의 정을 느낄 뿐이다.

그러나 인생의 궁극의 목표인 바로 이 진리 추구를 염두에 두지 않고 자신의 생애를 헛되이 보내는 사람, 단지 자신의 내부에서 확신의 빛을 찾을 수가 없다는 이유에서 다른 곳을 둘러보고, 자신의 그런 생각이 경솔한 믿음에 의해 받아들여지는 것인지 아니면 자신의 내부에서는 모호하지만 그럼에도 불구하고 가장 확고하고 흔들리지 않는 기초를 가진 것인가를 철저히 검토해 보는 일을 등한히 하는 그런 사람들에 대해서는 나는 전혀 다른 입장을 취한다.

그들 자신과 그들의 영원과 그들과 관련된 모든 것이 달린 이 문제에 대해 그렇게 태만한 것을 보면 나는 그들을 연민하기는커녕 화가 치밀어 오른다. 그것은 나를 경악과 두려움에 떨게 한다. 그런 행위는 내게 아주 기괴한 것으로 보인다. 내가 이렇게 말하는 것은 영적인 신앙에 대한 경건한 열의에서가 아니다. 아니 오히려 나는 우리가 인간의 관심과 자존(自尊)의 원칙에서 이런 감정을 갖게 되어야 한다고 주장하고 있는 것이다. 그렇게 되기 위해서 우리는 가장 교화가 덜 된 사람들이 보는 것만을 볼 필요가 있는 것이다.

현세에는 진실하고 확고한 만족은 있을 수 없다는 사실과, 우리의 모든 쾌락은 공허한 것에 지나지 않는다는 것, 인간의 고뇌는 무한하다는 것과, 마지막으로 매 순간 우리를 위협하는 죽음은 몇 해 안 가서 반드시 우리로 하여금 파멸이나 영원한 비참의 불가피하고 소름 끼치는 사태에 직면하게 하리라는 사실들을 깨닫는 데는 영혼이 지고(至高)의 능력까지 필요한 것은 아니다.

그것보다 더 현실적이고 더 끔찍스러운 것은 있을 수가 없다. 우리가 원하는 만큼의 대담한 자세를 취해 보라. 그것이 세상에서 가장 찬란한 인생을 기다리는 목적이다. 이런 문제들을 숙고해 보고 나서, 현세에서의 유일한 행복은 내세에 대한 희망이라는 사실과, 우리가 그것을 향해 좀 더 가까이 다가갈 때만 행복하다는 사실과, 불행이 영원한 삶을 확신하는 사람들을 더 이상 기다리지 않는 것처럼 그것을 어렴풋이나마 알아차리지 못하는 사람들에게는 행복이란 있을 수 없다는 사실에 대해 의심의 여지가 있는지 없는지를 이야기해 보자.

그러므로 그런 회의를 품는 것은 확실히 하나의 큰 불행이지만, 적어도 우리가 언제 그런 회의를 품게 되는가를 탐구해 나가는 것은 불가피한 임무이다. 그러므로 그것을 탐구하려 하지 않는 회의론자는 매우 불행한 동시에 아주 그릇된 사람이다. 게다가 만일 그가 은근한 만족을 느끼며 그것을 공언한다면, 그리고 심지어는 그것을 기쁨과 공허에 대한 이유로 간주한다면, 그렇게 어처구니없는 사람을 뭐라고 표현해야 좋을지 모르겠다.

어떻게 해서 그런 감정이 생겨날 수 있는 것일까? 어쩔 수 없는 비참만을 기다리는 삶 속에서 기쁨의 근거가 어떻게 발견될 수 있단 말인가? 한 줄기 빛조차 새어들 수 없는 암흑 속으로 뛰어드는 행위 속에 공허에 대한 이유가 어찌 있을 수 있단 말인가? 그리고 합리적인 인간이라면 어떻게 다음과 같이 말할 수 있겠는가?

"누가 나를 이 세상에 내보냈는지, 이 세상이 어떤 것인지, 나 자신은 어떤 존재인지 나는 아무것도 모른다. 나는 모든 사물에 관해서 끔찍스러울 만큼 무지하다. 나는 내 육신이 어떤 것인지도 모르며, 내 감성·나의 영혼이 어떤 것인지도 모르며, 심지어는 내가 지금 말하고 있는 것을 생각하고, 모든 사물과 제 자신에 관해 깊이 생각하는 내 몸의 그 부분조차도, 제 자신에 관해서나 그 밖의 다른 것들에 관해 똑같이 알지 못한다.

나는 우주의 무시무시한 공간이 나를 에워싸는 것을 본다. 그리고 나는 어째서 내가 다른 장소가 아닌 바로 이곳에 놓였는지도 알지 못하고, 또 어째서 내게 할당된 이 짧은 인생이, 내 앞에 이미 지나가 버렸고, 내 뒤를 따라오는 모든 영원의 세월 중에 다른 시기가 아닌 바로 이 시점(時點)에 배정되었는지도 알지 못하지만, 어쨌든 나는 나 자신이 이 거대한 공간의 한쪽 구석에 붙어 있음을 발견한다. 단지 나는 사면팔방에서 나를 마치 하나의 원자(原子)처럼 또는 덧없는 순간의 그림자처럼 나를 에워싸는 것을 본다. 내가 아는 것이라곤 내가 조만간 틀림없이 죽으리라는 사실이며, 내가 가장 알지 못하는 것은 바로 그 죽음을 피할 수 없다는 사실이다.

또 나 자신이 어디서 왔는지 알지 못하는 것처럼, 어디로 가는지도 알지 못한다. 내가 알고 있는 것이라곤 내가 이 세상을 떠날 때, 나는 영원히 무(無)로 전락하든가 분노에 찬 신의 손아귀에 떨어질 것이라는 사실뿐이며, 이 두 가지 중 어느 쪽이 나의 영원한 운명이 될지는 나도 모른다. 약함과 불확실로 가득 찬 이것이 바로 나의 처지이다. 이 모든 사실로부터 끌어낼 수 있는 나의 결론은, 나는 장차 어떤 일이 닥쳐올지는 염두에 두지도 않고 나의 하루하루를 보내지 않으면 안 된다는 사실이다. 어쩌면 나의 회의 속에서 어떤 빛을 발견하게 될지는 모르나, 그것을 찾기 위해 고생할 생각도 없고, 한 걸음 더 나아가고 싶지도 않다. 그랬다가 나중에 내가 이 목표에 도달하기 위해 각고의 노력을 기울이는 사람들을 비웃게 되면─(그들이 어떤 확실성을 가지고 있건, 그것은 공허가 아닌 절망을 야기 시킬 것이다)—
나는 아무런 공포나 미래에 대한 통찰 없이 대단히 중대한 사건에 기꺼이
직면할 것이며, 영원 속에서의 나의 미래의 상태도 잘 모르는 채 맥없이 나
자신을 죽음을 향해 질질 끌려가게 버려둘 것이다."

　이상과 같이 말하는 사람을 자기의 친구로 사귀고 싶어 할 사람이 어디
있겠는가? 자기의 고민을 의논할 상대로서 그런 사람을 택할 자가 어디 있
겠는가? 역경에 처하여 누가 그런 사람에게 구원을 청하겠는가? 인생을 살
아감에 있어 그런 사람이 무슨 쓸모가 있겠는가?

　종교가 그렇게 불합리한 인간들을 적으로 여긴다는 것은 정말 영광스러
운 일이다. 그들의 반박은 조그만 위험을 나타낼 뿐이므로, 그것도 오히려
종교의 진리를 확립하는 데 도움이 되기 때문이다. 왜냐하면 기독교적인 신
앙은 거의 전적으로 두 가지 사실―인간 본성의 타락과 그리스도의 구원―
을 확립하는 일에 달려 있기 때문이다. 여기서 나는 주장하거니와 만일 그
들이 신성한 행위에 의해 구원의 진리를 입증하는 데 도움이 되지 않는다
하더라도, 최소한 그들은 지극히 비뚤어진 정신 자세에 의해 본성의 타락을
입증하는 데는 상당한 구실을 할 것이다.

　인간에게 있어 자신의 상태만큼 중요시되는 것은 아무것도 없다. 또 영원
보다 두려운 것도 없다. 그러므로 자기 존재의 상실과 영원한 비참의 위험
에 냉담한 사람들이 존재한다는 사실은 그들의 본성에 위배된다. 그들도 그
밖의 다른 모든 것에 대해서는 전혀 그렇지 않다. 다시 말해 그들은 가장 사
소한 것들을 두려워하고 예견하고 감지한다. 바로 그런 사람들은 어떤 지위
를 잃거나 자신의 명예에 큰 손상을 당하면 며칠씩이나 분노와 절망 속에
보내며, 죽음을 통해 모든 것이 상실된다는 사실을 알면서도 아무런 불안이
나 마음의 동요를 느끼지 않는 것이다. 동일한 사람이 동시에 사소한 일에
대해서는 대단히 민감하면서도 가장 중요한 일에 대해서는 전혀 무감각한
것을 보면 끔찍스러운 생각이 든다. 그 원인을 어떤 전능한 힘으로 돌리는

것은 이해할 수 없는 주문(呪文)이며 초자연적인 우둔이다.

　그런 상태에 놓이는 것을 영광으로 여기는 것을 보면, 인간의 본성은 이상하게 전도되어 있음이 분명하다. 그러나 나는 경험을 통해 그와 같은 경우를 너무도 많이 보아 왔기 때문에, 이 점에 관계되는 사람들은 대부분이 겉으로만 그런 척하는 것이지 실제로는 그렇지 않다는 사실을 모른다면, 그것은 놀라운 일일 것이다. 그들은 그런 엉뚱한 태도를 나타내 보이는 것이 훌륭한 태도라고 말하는 것을 들어 온 사람들이다. 이것을 일러 그들은 "굴레를 벗는다"고 말하는데, 그들도 이것을 흉내 내려 하는 것이다. 그러나 그런 식으로 존경을 받으려는 것은 잘못된 생각임을 그들에게 가르쳐 주는 것은 그다지 어려운 일이 아니다. 그것은 진정으로 존경받는 방법이 아니며, 심지어는 사물을 감각적으로 판단하고, 성공하는 유일한 길은 남들의 눈에 정직하고 성실하고 공정하고, 자기 친구들에게 유용한 도움을 줄 수 있는 사람으로 보이는 것으로 생각하는 세상 사람들 사이에서조차도 그것은 존경받을 수 없다고 말하고 싶다. 인간은 본성적으로 자기들에게 쓸모가 있으리라고 생각되는 것만을 좋아하기 때문이다. 그런데 누군가가 우리에게 "나는 굴레를 벗었다"라든가, "나는 나의 일거일동을 지켜보는 신이 있다고는 믿지 않는다"든가 "나는 내 행위의 주인은 나뿐이라고 생각한다"든가, "나는 나 자신 이외에 누구에게도 내 행동의 책임을 돌리지 않는다"라고 말한다면, 그것이 우리에게 무슨 도움이 되겠는가? 그렇게 함으로써 그는 우리의 신임을 듬뿍 얻었다고 생각할까? 그리고 우리가 일생을 살아가는 데 필요한 위안과 충고와 조력(助力)을 자기에게서 기대하게 되었으리라고 그는 생각할까? 또 그들은 우리에게 "나는 당신들의 영혼을 바람이나 연기 이상의 것으로는 생각지 않는다"고 말함으로써, 그것도 건방지고 통쾌한 어투로 말함으로써 자기들이 우리에게 큰 즐거움을 주었다고 생각할까? 가령 그런 말을 한다고 하더라도 그것이 과연 즐거운 표정으로 해야 할 말일까? 그것은 오히려 이 세상에서 가장 슬픈 일이기 때문에 서글픈 표정으로 말해야 하는 것이 아닐까?

좀 더 신중히 생각한다면 그들은 자신들의 태도가 너무도 잘못된 것이고, 너무도 분별없는 행위이며, 너무도 천박한 행위이며, 모든 면에서 그들이 추구하는 훌륭한 태도와는 너무도 거리가 멀기 때문에, 그들의 말에 따라 주고 싶은 충동을 느낄지도 모르는 사람들을 타락시키기보다는 그들을 개조시켜 줄 공산이 더 크다는 사실을 알게 될 것이다. 그리고 실제로 그들로 하여금 종교에 관해 회의를 품게 하는 감정과 이유가 어떤 것인가를 표현하게 해보라. 그들이 하는 말은 너무도 미약하고 너무도 용렬하여 오히려 그 반대의 것을 당신들에게 믿게 할 것이다. 그래서 언젠가 그들에게 "당신들이 계속해서 그런 식으로 말한다면, 나를 실제로 종교에 끌어들일 것이다"라고 대단히 적절하게 말한 사람이 있다. 그의 말이 옳다. 왜냐하면 그렇게 경멸스러운 사람들에게 공감하고 싶은 사람은 없을 테니까.

그러므로 그렇게 느끼고 있는 것처럼 위장하는데 그치는 사람들은, 만일 그들이 가장 뻔뻔스러운 인간이 되기 위해 자신의 본성을 깬다면, 그들은 정말 불행해질 것이다. 그들이 좀 더 명백하게 볼 수 없는 것에 대해 마음속 깊이 괴로워한다면, 그들은 그것을 감추기 위해 또 다른 위장을 하려 해서는 안 된다. 그것을 수긍하는 것은 부끄러운 일이 아니다. 오히려 그것을 감추는 일이야말로 수치스러운 일이다. 신이 없는 인간의 불행을 깨닫지 못하는 것보다 정신이 극도로 약함을 나타내는 더 확실한 증거는 없다. 영원한 약속이 진리이기를 바라지 못하는 것보다 더 사악한 마음의 확실한 증거도 없다. 신에 대하여 강한 척하는 것보다 더 비겁한 행위도 없다. 그러므로 그들로 하여금 그런 불경스러운 행위는, 진심에서 그렇게 할 수 있을 만큼 사악한 자들에게 넘겨주게 하라. 그들이 기독교 신자가 될 수 없다면, 최소한 진실한 인간이 되게 하라. 다시 말해 '이성적인 인간'이라고 불릴 수 있는 사람 중에는 두 부류의 사람들만이 있다는 것을 그들에게 인식시켜라. 한 부류는 자기들이 신을 알기 때문에 온 마음을 기울여 신을 받드는 사람들이고, 다른 한 부류는 신을 모르기 때문에 온 마음을 기울여 신을 찾는 사람들이라는 것을.

　그러나 신을 알지도 못하고 구하지도 않고 살아가는 사람들로 말하면, 그들은 자신을 거들떠볼 가치조차 없는 자라고 스스로 생각하므로, 다른 사람들이 그들을 거들떠보려고 하지도 않는 것은 당연하다. 그러므로 그들을 그 우매한 가운데 버려둘 만큼 경멸하지 않으려면, 그들이 경멸하고 있는 이 종교의 사랑이 필요한 것이다. 그러나 이 종교는, 그들이 이 세상에서 살아가고 있는 이상, 그들의 마음을 밝혀 줄 수 있는 은혜에 접할 가능성이 있다고 항상 간주해야 한다는 것을 우리에게 명하며, 또 그들도 머지않아 현재의 우리보다 더욱 깊은 신앙으로 충만할 수 있는 반면에, 우리도 현재의 그들과 마찬가지로 어둠에 빠질 수 있다는 것을 우리로 하여금 믿게 한다. 그러므로 만일 우리가 그들의 위치에 있다면 자기를 위해 해주기를 바라는 것을, 그들에게 해주어야 한다. 그리고 그들이 자기 자신을 불쌍히 여겨 광명을 찾기 위해 몇 발짝이라도 앞으로 내디딜 수 있도록 믿어 주어야 한다. 그들도 다른 일을 위해 헛되이 쓰고 있는 시간의 일부를, 이것〔本書〕을 읽기 위해 쓰기를 바란다. 그들은 거기에 다소의 반감을 느끼겠지만, 혹시 무엇인가 마음에 문득 떠오르는 것이 있을지도 모른다. 적어도 커다란 시간 낭비는 없을 것이다. 그러나 진리를 찾으려는 대단한 성의와 진실한 소원을 가지고 이것을 읽는 사람들에게는, 그들이 만족을 얻고, 이렇듯 신성한 종교의 증거에 의해 확신을 갖게 되기를 바란다. 그 증거들을 나는 여기에 기록하고 대체로 다음과 같은 순서에 따라……

*194*의 *2*

　1. 어느 편에 대해서나 동정해야 한다. 그러나 한 편에 대해서는 애정에서 우러난 동정을 베풀어야 하며, 다른 편에 대해서는 경멸에서 비롯된 동정을 베풀어야 한다.

2. 내가 그렇게 생각하는 것은 굳어 버린 신앙에서가 아니라, 인간의 마음의 구조에 의해서이며, 신앙과 구원의 열성에서가 아니라, 인간적인 원리, 즉 이해(利害)와 자애에 의해서이다. 왜냐하면 일생의 모든 불행 중에서 우리를 시시각각으로 위협하고 있는 피할 수 없는 죽음이 머지않아…… 무서운 필연 속에서…… 반드시 다가온다는 것은 우리에게 중대한 관계를 갖고 있어, 우리의 마음을 움직이기에 충분하기 때문이다.

3. 신을 모르고는 행복이 있을 수 없으며, 신과 가까워질수록 인간은 그만큼 더 행복해지고, 최고의 행복은 신을 확실히 아는 데 있으며, 신을 멀리할수록 인간은 불행하게 되고, 가장 큰 불행은 신을 조금도 알지 못하는데 있다는 것은 의심할 여지가 없다.

그렇다면 의심하는 것은 불행한 일이지만, 의심하면서도 구해야 한다는 것은 면할 수 없는 의무이다. 따라서 의심하면서도 구하지 않는 사람은 불행하면서도 죄를 짓고 있다. 그런데도 명랑하고 자부심이 강하다면, 이렇게 어처구니없는 사람을 뭐라고 표현해야 할지 모르겠다.

4. 구원할 수 없는 불행을 기다릴 뿐이라는 것이 어찌하여 기쁨의 조건이 될 수 있겠는가! 모든 위로에 절망하게 되는 것이 어떻게 위로가 될 수 있겠는가!

5. 그러나 종교의 영향에 등을 돌리고 있는 듯이 보이는 사람들까지도 그런 점에서는 다른 사람들에게 전혀 무익한 존재는 아니다.

우리는 그들에게서 어떤 초자연적인 것이 있다는 최초의 논거(論據)를 찾을 수 있는 것이다. 왜냐하면 그러한 맹목적인 행위는 그냥 지나쳐 버릴 것이 아니기 때문이다. 또 그들의 어리석음이 그들을 참된 행복에서 완전히 어긋나게 하지만, 그런 어리석음은 그토록 통탄할 실례(實例)와 동정할 여지가 있는 어리석음을 혐오하게 함으로써 다른 사람들로 하여금 그런 상태에서 자신을 지키게 하는 역할을 할 것이다.

6. 그들은 자기 마음을 움직이는 모든 일에 무감각할 정도로 강한 것일

까? 재산이나 명예를 잃게 하여 그들을 시험해 보라. 뭐! 그건 미혹…….

7. 그러나 인간은 그 본성을 잃은 것을 은근히 기쁨의 대상으로 삼을 정도로 그 본성을 잃고 있다.

8. 이런 사람들은 아카데미 학파나 그 모방자들이며, 내가 알고 있는 한 가장 악질적인 사람들이다.

9. 현대적인 기질은 남에게 친절을 베풀지 않는 경향으로 흐르고, 훌륭한 신앙은 남에게 친절을 베푸는 경향으로 흐르고 있다.

10. 다음과 같이 말하는 것은 방종하거나 기뻐하거나 자만하는데 알맞는다. "그러니까 우리는 즐겨야 하지 않는가. 두려움도 불안도 없이 살고, 그 밖의 일은 확실치 않으니 죽을 때를 기다릴 수밖에 없지 않은가. 사후(死後)의 일은 그때 가서 알면 된다……. 그 결과가 우리의 눈에 보이는 것도 아니고."

11. 이런 말은 즐거운 마음으로 해야 할까? 오히려 슬픈 마음으로 해야 한다.

12. 그런 것은 결코 시대에 앞서가는 기질이 아니다.

13. 당신들은 나를 종교의 문에 들어서게 할 것이다.

14. 화도 내지 않고 사랑하지도 않는다는 것은 정신이 약한 증거이며, 의지가 매우 사악한 증거이다.

15. 연약함과 고통에 싸여 죽어가면서, 전능하고 영원하신 신을 경멸하는 것이 과연 인간의 용기일까?

16. 이렇게 되면 그들에게 할 말이 없어진다. 그들을 경멸하기 때문이 아니다. 그들에게 상식이 결여되어 있기 때문이다. 이런 경우에는 신이 그들과 접촉해야 한다.

17. 그들을 경멸하지 않기 위해서는, 그들이 경멸하는 종교에 깊숙이 들어가야 한다.

18. 내가 그런 상태에 놓여 있다고 가정하고, 누군가 나의 어리석음을 가

엽게 여겨 나의 의사(意思)에 어긋나면서까지 호의를 베풀어 나를 구출해
준다면 얼마나 행복할까!

19. 어떤 곳에서 기적이 일어나고, 어떤 민족에게 신이 나타났다는 것만
으로도 충분하지 않은가?

*194*의 *3*

1. 나는 그들에게 묻고자 한다. "당신들은 실제로 당신들이 공격하고 있
는 신앙의 기초, 즉 인간의 본성은 타락해 있다는 것을 스스로 입증하고 있
는 것이 아닌가?" 하고.

2. 이것만큼 중요한 일이 없는데, 이것만큼 사람들이 소홀히 하는 일도
없다.

3. 이 새로운 사실이 거짓이라는 것이 확인되었을 경우에 사람들이 할 수
있는 일은 하나뿐이다. 그때에도 그는 즐거워하기는커녕 낙심할 것이다.

4. 이것을 이성의 증거라고 주장해서는 안 된다.

5. 세 가지 상태.

*195*의 *1*

기독교의 여러 가지 증거들을 파고들기에 앞서, 인간에게 이처럼 중요하
고 이처럼 절박한 문제에 대하여 사람들이 그 진리를 찾는데 무관한 채 살
고 있는 부당성을 지적할 필요가 있다고 생각한다.

그들의 모든 이상(異常) 중에서, 이것은 분명히 그들에게 어리석음과 맹
목성(盲目性)을 가장 잘 입증하는 것이며, 그 속에 빠진 그들을 당황하게 하
는 것은, 간단한 상식의 적용에 의해서나 자연적인 본능에 의해서도 쉽사리
할 수 있다. 왜냐하면 이 세상의 생활은 한 순간에 지나지 않으며, 죽음의
상태는 그 성질이 어떤 것이라도 영원하다는 것은 의심할 여지가 없기 때문
이다. 따라서 이 영원한 상태가 어떤 것인가에 의해 우리의 모든 행위와 사

상은 크게 다른 길을 가야 하므로, 우리의 궁극의 목적인 이 한 가지 진리에 의해 자기의 방향을 정하지 않는 한, 올바른 의식과 판단으로 한 발짝도 전진할 수 없는 것이다.

세상에 이처럼 명백한 것은 없다. 그러므로 이성의 원리에 비추어 보더라도 인간은 다른 길을 택하지 않는 한 아주 합리적으로 행동하고 있는 것이다. 그렇다면 인생의 궁극의 목적에 대하여 아무것도 생각하지 않고 살아가는 사람들, 반성도 불안도 없이 자기의 성향(性向)과 쾌락에 몸을 맡기고 있는 사람들, 그리고 영원(永遠)에서 생각을 돌림으로써 마치 영원을 소멸시키기라도 할 수 있는 것처럼 현세에서 순간순간을 행복하게 사는 것만을 염두에 두고 있는 사람들에 대해 판단해 보자.

어쨌든 영원은 존재한다. 그리고 영원의 시작이며 모든 순간을 부단히 위협하는 죽음은 머지않아 그들을 영원히 멸망하든가 불행하게 되든가 둘 중 하나를 선택하지 않으면 안 되는 무서운 필연(必然) 속에 그들을 던져 넣을 것이다. 그런데도 그들은 이들 두 형태의 영원 중 어느 것이 그들을 영원히 맞이하기 위해 준비되어 있는지 모르고 있다.

그 결과는 분명히 끔찍스러운 것이다. 그들은 영원한 비참이라는 위험 속에 놓여 있다. 그런데도 그들은 이 문제를 걱정할 필요가 없는 듯이 생각하고, 그것(기독교)이 민중의 너무나 안이하고 경솔한 믿음에서 받아들여지고 있는 가르침인가, 아니면 그 자체는 알기 어렵지만 매우 튼튼한 토대를 갖고 있는 가르침인가를 검토하는 것을 게을리하고 있다.

그러므로 그들은 기독교가 진리인가 오류인가, 또 그 증거 속에 강점이 있는 것인지 약점이 있는지조차 모르고 있다. 그 증거가 그들의 눈앞에 있는데도 그들은 그것을 거들떠보려고 하지도 않는다. 그리고 이런 무지 속에서, 그들이 불행이 닥치면 그 속에 빠질 수밖에 없는 모든 일을 스스로 택하고, 그 증거들을 검토해 보지도 않고서 죽음을 기다리고 있다. 한편 그런 상태에 크게 만족하고 그것을 남에게 공언하며, 나아가서는 그것을 자랑하기까지 한다. 이 문제의 중요성을 진지하게 생각해 볼 때 이처럼 무모한 행동에 대해 두려움을 느끼지 않을 수 있을까?

이런 무지 속에서도 이처럼 태평하다는 것은 기괴한 일이 아닐 수 없다. 그러므로 그런 생애를 보내는 사람들에게 이 사실을 알려 주고 그 무모함과 어리석음을 깨닫게 하여, 그들이 자신의 우매함에 스스로 어리둥절하게 해야 한다. 왜냐하면 그들이 자신이 어떤 존재인지 알지도 못하고 광명을 찾으려고 하지 않고 살아가기를 원할 때, 그들은 대개 "나는 모르겠다⋯⋯." 고 말하기 때문이다.

195의 2

우리의 상상력은 언제나 현재라는 시간에 집착해 있기 때문에 그것을 지나치게 확대하고, 영원에 대해서는 조금도 생각하지 않기 때문에 그것을 과소평가한다. 그래서 우리는 영원을 무(無)처럼 생각하고 무를 영원처럼 생각한다. 이런 것들이 모두 우리들 속에 강력하게 뿌리를 내리고 있으므로 우리의 어떤 이성도 그것으로부터 우리를 구제할 수 없으며⋯⋯.

196

이 사람들은 냉정하다.

우리는 그들과 친구가 되어서는 안 된다.

197

대단히 중요한 일도 경멸할 만큼 무감각하며, 우리에게 가장 중요한 일에 대해서까지 무감각하게 된다는 것.

198

사소한 일에 대한 인간의 민감성과 가장 큰 일에 대한 무감각은, 기묘한 전도(顚倒)의 표시이다.

199

많은 사람이 사슬에 매여 모두 사형선고를 받고 있으며, 그중에서 몇 사람이 날마다 다른 사람들 앞에서 학살되고, 나머지 사람들은 자기 운명도 동료의 그것과 같다는 생각에서 슬픔과 절망에 사로잡혀, 서로 얼굴을 마주쳐다보며 자기 차례가 돌아오기를 기다리고 있다고 상상해 보라. 이것이 바로 인간의 처지를 그대로 묘사한 것이다.

200

한 사나이가 감옥에 있으면서, 자기에 대한 선고가 내렸는지 안 내렸는지 모르고 있다. 그것을 알려면 앞으로 한 시간밖에 남아 있지 않으나, 만일 선고가 내려진 것을 안다면, 그 후 한 시간 안에 충분히 선고가 취소될 수 있는 경우에, 이 사나이가 그 시간을 선고가 내려졌는지의 여부를 알기 위해 쓰지 않고 피케(카드놀이의 일종)를 하는데 써 버린다면, 그것은 자연에 위배되는 일이다.

그것은 인간이……[4] 자연을 초극하는 것이다. 그야말로 신의 구원의 손길을 무겁게 하는 것이다.[5]

그러므로 신을 찾는 사람들의 열성만이 신의 존재를 증명할 뿐만 아니라, 신을 찾지 않는 사람들의 맹목(盲目)도 신의 존재를 증명하는 것이다.[6]

---

4) 브랑슈비크는 이 공백에 다음과 같은 문구를 보충하는 것이 좋을 것이라고 말하고 있다. '눈앞에 닥친 심판을 개의치 않고 심심풀이로 나날을 보내는 것은'
5) 신은 자기를 거역하는 자를 구원하지 않는다는 뜻.
6) 단장 202 참조.

201

양편이 서로 상대에게 반박을 가하는 경우, 그것은 모두가 그들 자신에 대한 것이지 결코 종교에 대한 것은 아니다.

불신자가 하는 말은 모두…….

202

자기에게 신앙이 없는 것을 불행하게 생각하는 사람들을 보면 신이 그들에게 빛을 주고 있지 않다는 것을 알 수 있다. 그러나 다른 사람들을[7] 보면, 그들을 눈멀게 하는 신이 존재한다는 것을 알 수 있다.

203

허영의 매혹.[8] 정념에 의해 해를 입지 않기 위해, 자기의 생명이 일주일 밖에 남지 않은 것처럼 행동하자.

204의 1

만일 인간이 그 생애의 한 주일을 포기해야 한다면, 100년도 포기해야 할 것이다.

204의 2

만일 인간이 한 주일을 포기해야 한다면, 전 생애도 포기해야 할 것이다.

205

내 생애의 짧은 기간이 그 이전과 그 이후의 영원 속에 흡수되고, 내가 차

---

7) 신앙이 없는 것을 자랑하고 있는 사람들.
8) 《구약 외경》 〈솔로몬의 지혜〉 4장 12절.

지하고 있으며 현재 눈으로 볼 수 있는 이 조그마한 공간이, 내가 알지 못하며 또 나를 알지 못하는 무한한 공간 속에 가라앉는 것을 생각할 때, 나는 내가 이곳에 있고 저곳에 있지 않은 사실에 두려움과 놀라움을 느끼게 된다. 왜냐하면 어찌하여 나는 저곳에 있지 않고 이곳에 있으며, 그때 있지 않고 바로 지금 있는지 그 이유를 알 수 없기 때문이다.

누가 나를 이곳에 놓아두었는가? 누구의 명령과 의지로 해서 바로 이곳과 이 시간이 나에게 주어졌는가?(단 하루만 머물고 간 나그네의 추억)

206

이 무한한 공간의 영원한 침묵이 나를 두려움으로 가득 차게 한다.[9]

207

얼마나 많은 왕국이 우리를 모르고 있는 것일까!

208

어찌하여 나의 지식에는, 키에는 한계가 있는 것일까? 어찌하여 나의 수명은 1000년이 아니라 100년인가? 무슨 까닭에 자연은 그렇게 만들어 놓았는가? 무한 속에서 보면 어느 것도 다른 것보다 나을 수 없는 이상, 다른 것을 버리고 어느 하나를 택할 이유가 없는데, 그 무한 속에서 다른 수(數)보다 이 수를 택한 것은 무엇 때문인가?

---

9) 이 비통한 외침은 과학자로서 기독교인으로서의 파스칼의 마음속에서 우러난 것이다. 기하학자에게 우주는 무한과 영원의 영상(影像)이며, 그런 의미에서 신성한 것의 속성을 내포하고 있는 듯이 보인다. 그러나 기독교인의 신은 도덕적인 존재이며, '심정에 직감되는 신이다. 이 우주는 이에 대해 침묵하고 있다. 우주는 도덕적인 요소가 결여되어 있으므로, 심정에 대해 말하지 않고 살아 있는 신을 보여 주지 않는다. 따라서 과학자의 정신을 충족시키는 우주도 신을 찾는 자에게는 사막과 같다.

209

너는 주인[10]의 사랑을 받고, 그가 너를 부추겨 준다고 해서 이미 노예가 아니라고 생각하는가? 노예여, 너는 참으로 행복하구나, 주인이 너를 부추겨 주니. 그러나 얼마 안 가서 너를 때릴 것이다.

210

이 연극은 다른 장면은 매우 아름다워도, 마지막 장면은 피로 더럽혀진다. 드디어 당신의 머리 위에 흙이 덮이고, 그것으로 영원히 끝나는 것이다.

211

우리는 비슷한 사람들과 교제할 때는 마음을 놓을 수 있어 기뻐한다. 그런데 우리와 마찬가지로 비참하고 우리와 마찬가지로 무능한 그들은 우리에게 전혀 도움이 되지 못할 것이다. 사람들은 저마다 혼자서 죽어갈 것이다.

그러므로 인간은 외톨이인 것처럼 행동해야 한다. 그렇다면 우리는 굉장한 저택을 짓는 따위의 일을 해야만 할까? 서슴지 말고 진리를 구해야 한다. 이것을 거부하는 사람이 있다면, 그것은 진리의 추구보다도 사람들의 존경을 존중한다는 증거이다.

212

소멸. 자기가 소유하고 있는 모든 것이 소멸하여 가는 것을 느끼는 것은 지극히 두려운 일이다.

213

우리와 지옥이나 천국 사이에는 이 세상에서 가장 연약한 것인 불완전한

---

10) '주인' 은 '쾌락' 을 뜻함.

삶이 가로 놓여 있을 뿐이다.

214

부당(不當). 가정(假定)이 필연(必然)을 수반하지 않으면 안 된다는 것은 지극히 부당한 일이다.

215

위험이 없을 때는 죽음을 두려워하고, 위험이 있을 때는 죽음을 두려워하지 말라. 우리는 인간이어야 하기 때문이다.

216

뜻하지 않은 죽음만을 두려워해야 한다. 그래서 대귀족의 집에는 고해신부(苦解神父)가 상주(常住)하고 있다 .

217

어떤 상속인이 자기 집 재산 증명서를 찾아냈다고 하자. 그가, "이것은 아마 가짜 서류일 것이다" 하고 그 문서들을 검토해 보는 것조차도 귀찮아할까?

218

시초. 감옥. 나는 코페르니쿠스의 주장[11]은 더 자세히 검토될 필요가 없다고 생각한다.

그러나 영혼이 죽는 것인가 죽지 않는 것인가를 아는 것은, 우리의 전 생애에 관계되는 중대한 일이다.

---

11) 단장 72에 의하면 파스칼은 천동설(天動說)을 믿고 있었던 것 같다. 그는 코페르니쿠스의 지동설(地動說)을 단지 하나의 가설로 알고 있었다. 이것은 파스칼뿐만 아니라, 당시 학자들의 공통된 태도였다.

219

영혼은 죽는 것인가 죽지 않는 것인가 하는 것이 도덕에 근본적인 차이를 가져오는 것은 의심할 여지가 없다. 그런데도 철학자들은 이 문제와는 관계없이 그들의 도덕을 세우려고 했다.

그들은 단지 시간을 보내기 위해 사색하고 있을 뿐이다.

사람들을 기독교에 기울어지게 하는 플라톤.[12]

220

영혼의 불멸을 논하지 않았던 철학자들의 오류.

몽테뉴에게서 볼 수 있는 여러 가지 딜레마의 오류.[13]

221

무신론자는 철저하게 명백한 것들을 말해야 할 것이다. 그런데 영혼이 물질적이라는 것은 철저하게 명백한 것이 아니다.

222

무신론자들. 무슨 근거에서 그들은 인간은 부활할 수 없다고 말하는가? 탄생하는 것과 부활하는 것, 즉 전에 없던 것이 생겨나는 것과, 전에 있던 것이 다시 있게 되는 것은 어느 쪽이 더 어렵겠는가? 없다가 있게 되는 것이 있다가 다시 있게 되는 것보다 어려운 일이 아닌가? 습관은 우리에게 전자가 쉽다고 생각하게 하고, 그런 습관이 없기 때문에 후자를 불가능하다고 생각하게 한다.

---

12) 플라톤은 적어도 영혼의 불멸을 주장함으로써 사람들을 기독교에 기울어지게 한다는 것이다.
13) 몽테뉴 《수상록》 2권 12장. 영혼이 죽는 것이라면 괴로움은 없을 것이고, 죽지 않는 것이라면 차츰 잘 되어갈 것이라고 지적한 철학자들의 양단논리(兩斷論理)를 들어서 파스칼은 몽테뉴가 나쁘게 되는 경우를 고려하지 않고 있다고 비난한 것이다.

얼마나 통속적인 판단인가!

어찌하여 처녀는 아이를 낳지 못한다는 말인가? 암탉은 수탉이 없어도 알을 낳지 않는가? 누가 외관상으로 그 알을 보고 다른 달걀과 구별할 수 있겠는가? 그리고 암탉이 수탉과 마찬가지로 태종(胎種)을 만들 수 없다고 누가 말할 수 있겠는가?

223

그들은 부활에 반대하고 처녀강탄(處女降誕)에 반대하여서 할 말이 무엇이겠는가? 인간 또는 동물을 낳는 것과 그것을 재생시키는 것은 어느 쪽이 더 어렵겠는가? 만일 그들이 어떤 종류의 동물을 전혀 보지 않았다면 그 동물이 서로 교배(交配)하지 않고 새끼를 낳을 수 있는지 어떻게 추측할 수 있는가?

224

성찬식(聖餐式)이나 그 밖의 의식을 믿지 않는 어리석음을 나는 얼마나 미워하는지 모른다. 복음이 진실이고 예수그리스도가 신이라면, 그것을 믿는데 무슨 어려움이 있는가?

225

무신론은 이지의 힘을 강조한다. 그러나 그것은 어떤 한계를 넘지 못한다.

226

불신자들은 이성(理性)에 따를 것을 주장하므로 이성적으로는 상당히 강할 것이다. 그런데 그들은 무엇이라고 말하는가?

"우리는 짐승들도 인간과 마찬가지로 생사를 되풀이하고, 튀르키예인들(이슬람교도)도 기독교인과 마찬가지로 생사를 되풀이하고 있는 것을 보지 않는가? 그들도 우리와 마찬가지로 그들의 의식(儀式)·그들의 예언자·그들의 박사·그들의 성자·그들의 수도 생활 등을 갖고 있다"고 말한다.

그것이 《성서》와 어긋난단 말인가? 《성서》가 그 모든 일에 대해 말하고 있지 않는가.

만일 당신들이 진리를 알려는 마음이 없다면, 당신들을 조용하게 내버려 두는 것으로 족할 것이다. 그러나 당신들이 참으로 진리를 알고자 한다면, 그것만으로는 부족하다. 좀 더 자세히 고찰해 보아야 한다. 철학의 문제라면 그것으로 충분하겠지만, 이것은 당신들이 전존재(全存在)에 관계되는 문제이다. 그런데도 그렇게 피상적인 고찰에 그치고 안이하게 지낼 수가……

이 종교를 좀 더 깊이 연구해 보라. 그렇게 하면 그 모호한 일면을 말끔히 씻어 주지는 못한다고 하더라도 어느 정도의 도움은 될 것이다.

227

대화에 의한 순서.

"나는 어떻게 하면 좋은가? 어디를 보아도 나에게는 불투명한 것밖에 보이지 않는다."

"나 자신을 무(無)라고 믿어야 할까, 아니면 신이라고 믿어야 할까?"

"모든 사물에는 변화와 계승(繼承)이 있다."

"당신은 잘못 생각하고 있다. 거기에는……"

228

무신론자들의 반박.

"그러나 우리에게는 아무런 빛도 없다."

229

이것이야말로 내가 보고 있는 것이요, 그로 인해 내가 괴로워하는 것이다. 나는 사면팔방을 둘러본다. 그러나 캄캄한 암흑밖에 보이지 않는다. 자연은 의혹과 불안의 씨만을 나에게 제공할 뿐이다. 만일 내가 거기서 신의 암시를 전혀 볼 수 없다면, 부정적(否定的)인 결론에 도달하고 말 것이다. 만일 내가 곳곳에서 창조주의 표지를 본다면 신앙에 안주해야 할 것이다. 그러나 부정하기에는 너무나 많은 것을 보았고, 확신을 갖기에는 너무나 적은 것을 보았기 때문에, 나는 가련한 상태에 놓이고 말았다. 이러한 상태에서 나는 몇백 번이나 마음속으로 기원했다. 만일 하나의 신이 자연을 지탱하고 있다면 자연이 명확하게 그 신을 나타내 주기를, 또 자연이 주는 표지가 기만적이라면 자연이 그런 짓을 완전히 그만두어 주기를, 그리고 나로 하여금 어느 편에 따라가야 하는 것인지 알게 하기 위해 모든 것을 말해 주거나 그렇지 않다면 아무 말도 하지 말기를.

그러나 자신이 어떤 존재이며 무엇을 해야 할지 모르는 상태에서는, 나는 자신의 처지를 알 수 없고 의무도 알 수 없다. 내 마음은 참된 선을 수행하기 위해, 참된 선이 어떤 것인가를 알려고 전력을 다하고 있다. 내세(來世)를 위해 치르는 대가라면 어떤 값이라도 비싼 것은 아닐 것이다.

나는 신앙심 깊은 사람들이 모든 재능을 별로 활용하지도 않고 아주 무관심하게 살아가는 것이(내 눈에는 그렇게 보인다) 부럽다. 나라면 그들과는 달리 그것을 활용할 것이다.

230

신이 존재한다는 것은 이해할 수 없는 일이고, 신이 존재하지 않는다는 것도 알 수 없는 일이다. 영혼이 육체와 함께 존재한다는 것도 알 수 없는 일이고, 우리에게 영혼이 없다는 것도 알 수 없는 일이다. 세계가 창조된 것인지 창조된 것이 아닌지도 알 수 없는 일이다. 그리고 원죄(原罪)가 있는 것인지 없는 것인지도 알 수 없는 일이다.[14]

231

신이 무한하고 불가분의 존재일 수는 없다고 하는 사실을 당신들은 믿는가?—그렇다고—그럼 당신에게 무한하고 불가분(不可分)한 것을 보여 주겠다. 그것은 무한한 속도로 모든 곳을 움직이고 있는 하나의 점(點)이다.

왜냐하면 그것은 하나이며, 모든 위치에서 똑같은 것이고, 각각의 장소에서는 전체이다. 전에는 당신 눈에 불가능하게 보였던 이 자연현상으로부터 당신들이 아직 모르고 있는 다른 일들이 있을 수 있다는 것을 알아야 한다. 당신들의 그 작은 지식에서 자기에게는 더 배워야 할 것이 아무것도 남아 있지 않다는 결론을 내려서는 안 된다. 오히려 배워야 할 것이 무한히 남아 있다고 결론을 내려라.

232

무한한 운동. 무한한 운동·편재(遍在)해 있는 한 점·정지의 순간·양(量)이 없는 무한·불가분(不可分)하고도 무한한 무한.

233

무한—무. 우리의 영혼은 육체 속에 투입되어 거기서 수(數)와 시간과 크기를 발견하게 된다. 영혼은 이런 것들을 추리(推理)하여, 그것을 자연이니 필연(必然)이니 하고 부른다. 그리고 그 이외의 것은 일절 믿지 않는다.

무한에 하나를 더하여도 무한은 조금도 늘어나지 않는다. 무한한 길이에 1피트를 더하여도 마찬가지이다. 유한은 무한 앞에서는 소실되어 순수한 무

---

14) 여기서 파스칼은 네 가지 이율배반(二律背反)을 들고 있는데, 칸트의 〈순수이성의 이율배반〉과 비슷하다. 그러나 정립(定立)의 불가해성(不可解性)과 반정립의 불가해성 사이에는, 칸트와는 달리 본질적인 차이가 있다. 정립의 불가해성은 논리적이어서, 우리는 신의 존재를 이성의 힘으로는 알 수 없다. 신은 이성을 초월한 존재이기 때문이다. 이와 반대로 반정립의 불가해성은 사실적이어서 자연의 사실 중에는 신의 존재를 허용하지 않으면 설명할 수 없는 것이 있다. 따라서 인간은 이성과 사실의 어느 하나를 택해야 하며, 파스칼은 아무 주저 없이 정립을 택하였다.

(無)로 돌아간다. 우리의 정신도 신 앞에서는 그와 마찬가지이며, 우리의 정의도 신의 정의 앞에서는 그러하다. 우리의 정의와 신의 정의 사이에는, 단일(單一)과 무한 사이처럼 그렇게 큰 불균형은 없다.

신의 정의는 그의 자비만큼이나 광대한 것임이 틀림없다. 그런데 저주를 받은 자들에 대한 신의 정의는 그에게 선택받은 자들에 대한 자애만큼 크지도 않으며, 우리에게 덜 자극적이다.[15]

우리는 무한의 본질은 알지 못하면서도 무한이 존재한다는 사실은 안다. 수(數)가 유한하다는 것이 사실이 아님을 잘 알고 있는 것처럼. 마찬가지로 하나의 무한수가 있다는 것은 사실이지만 우리는 그것이 어떤 것인지는 알지 못한다.[16] 그것이 짝수라고 생각하는 것도 잘못이고, 그것이 홀수라고 생각하는 것도 잘못이다. 왜냐하면 무한에 하나를 더하여도 무한의 본질은 달라지지 않기 때문이다. 그런데도 그것은 하나의 수이며, 모든 수는 짝수가 아니면 홀수이다(이것은 모든 유한수에 적용되는 진리이다).

마찬가지로 신이 무엇인지는 알 수 없다고 해도, 신이 존재한다는 것은 충분히 알 수 있다.

우리는 진실한 사물들을 많이 보고 있는데, 그것들 자체가 진리는 아니다. 그렇다고 본질적인 진리는 존재하지 않는 것일까?

그런데 우리는 유한의 존재와 그 본질을 알고 있다. 우리 자신도 유한하며, 유한한 공간을 차지하고 있기 때문이다.

우리는 무한의 본질은 모를지언정 그런 것이 존재한다는 사실은 알고 있

---

15) '신에게 저주받은 자에 대한 정의' 란 인류의 시조 아담 한 사람에 의해 저질러진 죄가 전 인류에게 미친 것이며, 이것은 자연계를 지배하고 있는 유전이나 유대(紐帶)의 법칙과 합치하고 있으며, 오히려 합리적이다. 이와 반대로 '신에게 선택받은 자에 대한 자애' 란 예수그리스도에 의해 구원과 행복이, 이에 전혀 해당하지 않는 자에게 주어지는 것으로, 이것은 자연의 질서에 어긋나며, 원인이 없는 결과이다.

16) '실제로 인간이 자연히 알 수 있는 것은 거짓뿐이며, 인간은 허위라고 생각되는 것의 반대를 진실이라고 생각할 수밖에 없다.' (파스칼《기하학적 정신에 대하여》)

다. 왜냐하면 무한도 또한 우리처럼 공간을 차지하고 있으나, 우리와는 달리 한계를 갖고 있지 않기 때문이다.

그러나 우리는 신의 존재도 본질도 모른다. 왜냐하면 신에게는 공간성도 한계도 없기 때문이다.

그러나 신앙에 의해 우리는 신의 존재를 알며, 영광에 의해[17] 그의 본질을 알게 될 것이다.

이로써 나는 이미 어떤 사물의 본질은 알지 못하고서도 그 존재를 충분히 알 수 있다는 것을 입증해 보였다.

이제부터는 자연의 빛에 따라 이야기하기로 하자.

만일 신이 존재한다면, 신은 우리의 이해를 무한히 초월해 있는 존재일 것이다. 왜냐하면 신은 부분도 한계도 갖고 있지 않으므로 우리와 아무런 관련도 없기 때문이다. 그러므로 우리는 신이 무엇이며, 존재하는지 존재하지 않는지조차 알 수 없다. 그렇다면 누가 이 문제를 감히 해결하려고 하겠는가? 분명 우리 인간은 그것을 해낼 수가 없다. 우리는 신과 아무런 관련이 없으니까.

그렇다면 기독교인이 자기의 신앙에 대한 합리적인 근거를 밝히지 못한다고 해서 누가 그들을 비난할 수 있겠는가? 그들은 합리적인 근거를 밝힐 수 없는 그것을 종교라고 공언한다. 그들은 그 종교를 세상 사람들에게 설명하는 것을 '어리석은 짓'[18]이라고 단언한다. 그런데도 당신들은 그들이 그것을 증명하지 않는다고 불평할 것인가! 만일 그들이 그것을 증명한다면 그것은 그들이 약속을 어기는 것이 될 것이다. 증명하지 않는 것이야말로 그들이 지각 있는 사람이라는 증거이다. "좋다, 그러나 그것은 이 종교를 그러한 것으로 제공하는 사람들의 변명이 되고, 또한 합리적인 근거 없이

---

17) 내세에서 신과 함께 보내는 생활을 의미한다.
18) 〈고린도 전서〉 1장 21절.

종교를 전도한다는 비난을 그들에게 받지 않게 될지 모르지만, 이 종교를 받아들이는 사람들의 변명은 되지 못한다." 그렇다면 이 점을 검토하여 "신은 있는가, 또는 없는가?"에 대해 말해 보기로 하자. 우리는 어느 쪽으로 기울어질 것인가? 이성이 이 문제를 결정지어 줄 수는 없다. 이성을 가지고 판단하려 한다면 우리를 멀리 떼어 놓는 무한한 혼돈이 있을 뿐이다. 이 무한한 거리의 극단에서 하나의 동전이 던져져, 앞면이 아니면 뒷면이 나오게 되어 있다. 당신은 어느 쪽에 도박을 걸 것인가? 이성에 따르면 당신은 양쪽 모두에 걸 수는 없다. 또 이성은 양쪽 모두를 그르다고 판정할 수도 없다.

그렇다면 어느 한쪽을 택한 사람을 잘못이라고 비난해서는 안 된다. 당신은 이에 대해 아무것도 모르기 때문이다. 당신은 이렇게 말할지도 모른다. "그렇다, 그러나 내가 그들을 비난하는 것은 어느 한쪽을 택한 것에 대해서가 아니라, 택하는 것 그 자체이다. 왜냐하면 앞면을 택하건 뒷면을 택하건 모두가 잘못이기 때문이다. 올바른 태도는 아예 도박하지 않는 것이다."

하긴 그렇다. 그렇지만 이 경우 도박은 하지 않을 수가 없다. 여기에는 선택의 여지가 없다. 당신은 이미 그렇게 운명 지어져 있는 것이다. 그렇다면 어느 쪽을 택할 것인가? 그렇다, 어차피 선택하지 않을 수 없다면, 어느 쪽이 이득이 적은지 생각해 보자.[19] 당신이 잃게 될지도 모르는 두 가지는 진리와 행복이고, 도박에 거는 것도 두 가지, 당신의 이성과 의지 즉 당신의 인식과 행복이다. 그리고 당신의 본성이 피하려고 하는 두 가지는 오류와 비참이다. 어차피 택하지 않을 수 없기 때문에, 한쪽을 택하고 다른 쪽을 버린다고 해서 당신의 이성이 손상되지는 않는다. 이것으로 한 가지 문제가 말끔히 정리된다. 그러나 당신의 행복은 어떻게 되는가? 신은 존재한다는

---

19) 이것은 파스칼이 무신론자를 설득하기 위해 택한 하나의 방법이다. 즉 이성과 진리의 문제에서 잠시 떠나, 의지와 이해(利害)의 입장에 서는 것이다.

동전의 앞면에 노름의 패를 걸어 득실(得失)을 따져 보기로 하자. 두 가지 경우를 생각해 보라. 만일 당신이 이기면 당신은 모든 것을 얻게 된다. 또 당신이 진다고 해도 당신은 아무것도 잃는 것이 없다. 그러므로 주저하지 말고 신은 존재한다는 쪽에 패를 걸라.

"그건 썩 잘한 일이다. 그렇게 도박을 걸어야 한다. 그런데 지나치게 많은 것을 기대하면서 걸지나 않는지 모르겠다." 그렇다면 살펴보자. 승리와 패배에 똑같은 운(運)이 따르는 이상, 하나의 삶을 걸어 두 개의 삶을 얻을 수만 있어도 당신은 도박할 수 있을 것이다. 그런데 만일 세 개의 삶을 얻을 수 있다면 도박하는 것은 당연하다(당신은 어차피 도박을 하려고 하니까).

그리고 승리와 패배에 같은 운이 따르고 불가피하게 패를 걸 수밖에 없는데, 세 삶을 얻기 위해 당신의 하나가 삶을 걸지 않는다면, 당신은 현명치 못하다는 비난을 받게 될 것이다. 그러나 여기에는 영생과 행복이 있는 것이다. 그렇다면 수많은 운(運) 중에서 하나만이 당신의 몫이라고 하더라도, 당신이 둘을 얻기 위해 하나를 거는 것은 당연할 것이다. 또 무수한 운 중에서 하나만이 당신의 것이 될 수 있는 승부에서 무한히 행복한 영생을 얻을 수 있다면, 어차피 도박하지 않을 수 없는 이상, 세 삶을 얻기 위해 한 삶을 걸기를 거부한다면 이치에 벗어난 행위일 것이다.[20] 그러나 여기서 무한히 행복한 영생이 주어지는 것이며, 패운(敗運)이 유한한 데 반하여 승운(勝運)은 하나뿐이고, 당신이 거는 것은 하나이다. 이래서는 결코 도박이 되지 않는다. 무한이 있는 곳, 승운이 무한한 데 반하여 패운이 무한하지 않을 때에는 망설일 필요가 없을 것이다. 이 경우에는 모든 것을 걸어도 좋다. 그러므로 당신은 패를 걸도록 강요받고 있기 때문에 아무것도 잃는 것이 없는 동

---

20) 이것도 앞에 나온 '세 생명을 얻기 위하여 당신의 한 생명을 걸지 않는다면' 이라는 대목과 병행시키고 있다. 단지 무한을 앞에 두고 세 생명이라고 말한 것은 무한을 3배로 해도 무한이므로 이해하기 어려워 여러 가지로 설명되고 있다.

시에, 무한한 것을 얻을지도 모르는 일에 당신의 삶을 걸지 않고 이것을 아낀다는 것은 이치에 어긋나는 행위일 것이다.

　왜냐하면 당신이 이길는지 질는지 불확실하다고 말하는 것, 당신이 위험을 무릅쓰고 도박하고 있음이 분명하다고 말하는 것, 당신이 모험을 하는 것의 확실성과 당신이 얻을지도 모르는 것의 불확실성 사이의 무한한 간격이, 당신이 분명히 위험을 무릅쓰고 내거는 유한한 행복을, 틀림없이 얻으리라고 확신할 수도 없는 무한한　행복과 동등하게 만든다고 말하는 것은 아무 소용이 없기 때문이다. 그러나 앞의 경우는 이와는 다르다. 패를 거는 사람은 누구든지 불확실한 것을 얻기 위해 확실한 것을 걸게 된다. 그러나 그들은 이성에 역행하는 죄를 범하지 않고서도 불확실한 유한소득(有限所得)을 위해 확실한 유한의 위험을 거는 것이다. 그런데 확실한 위험과 불확실한 소득 사이에는 결코 무한한 거리가 있는 게 아니다. 그건 사실과 다르다. 실제에 있어서는 승리의 확실성과 패배의 확실성 사이에는 무한한 거리가 있긴 하지만, 승리의 불확실성과 위험을 거는 것의 확실성 사이의 균형은 승운이나 패운에 비례한다. 그러므로 양쪽에 똑같은 운이 작용한다면 당신은 공정한 도박을 하고 있는 것이다. 그리고 이 경우 당신이 거는 위험의 확실성은 당신이 이기는 것의 불확실성과 같아지는 셈이다. 다시 말해 그 사이에 결코 무한한 거리가 있는 것이 아니다. 그러므로 승운과 패운이 똑같은 도박에서, 거는 패는 유한하고 받는 상(賞)은 무한한 경우, 우리의 주장은 무한한 힘을 갖는다.

　이것은 확고한 사실이며, 인간이 어떤 진리를 수용할 수 있는 능력이 있다면, 이것이야말로 바로 그 진리이다.

　"나도 그 사실을 인정하며, 그것이 진리임을 믿는다. 그러나 그 카드가 어떤 것인지 볼 수 있는 방법이 실제로 없을까?"

　"물론 있다.《성서》와 그 밖에도…….."

　"그렇겠군. 하지만 나의 두 손은 묶여 있고, 내 입술은 봉해져 있다. 나는 패를 걸도록 강요받고 있으면서도 자유롭지 못하다. 나는 단단히 죄어져 있으며, 너무도 속박되어 있어 믿을 수가 없다. 그런데 당신은 당신이 이렇게 하길 원하는가?"

"그건 사실이다. 하지만 당신이 믿을 수 없다면 최소한 그것은 당신의 정념(情念) 때문이라는 사실을 머릿속에 주입하라. 왜냐하면 이성이 당신에게 믿기를 강요하지만 당신 스스로가 그것을 해내지 못하기 때문이다. 그러니 신의 존재에 대한 여러 가지 증거들을 긁어모음으로써 당신 자신으로 하여금 믿음을 갖게 하려고 애쓰지 말고, 당신의 정념들을 없앰으로써 믿음을 갖게 하도록 주력하라. 당신은 신앙을 찾고 싶어 하면서도 그 길을 모르고 있다. 당신은 불신이 치료되기를 바라면서도 그 치유책을 강구하지 않고 있다. 그렇다면 한때 당신처럼 묶여 있었으나 지금은 자신이 지닌 것을 모두 도박에 거는 사람들로부터 배우라. 그들은 당신이 걷고자 하는 그 길을 알고 있으며, 당신이 치유되기를 바라는 그 고통에 빠졌다가 치유된 적이 있는 사람들이다. 그들이 출발했던 그 길을 따라가라. 그들은 성수(聖水)를 받고 미사를 올리는 등, 마치 전부터 믿어 온 것처럼 행동한다. 당신도 그렇게 하면 아주 자연스럽게 믿게 될 것이며, 더 온유하게 될 것이다."[21]

"그러나 그것이 바로 내가 두려워하는 것이다."

"그건 어째서인가? 그렇게 한다고 해서 당신이 무엇을 잃는단 말인가? 이것이 바로 그 길임을 당신에게 가르쳐 주는 것, 이것이 당신의 커다란 장애물인 정념들을 소멸시켜 주리라는 사실 등은……."

이 토론의 결말.

"그렇다면 이쪽 길을 택한다고 해서 당신에게 무슨 해(害)가 돌아온단 말

---

21) '온유하게 된다—이것은 설익은 학자의 빈약한 지혜로는 접근하기 어려운 지고한 진리에 도달하기 위해 어린이로 돌아가는 것을 의미한다.' (브랑슈비크)

인가? 오히려 당신은 충실하고, 정직하고, 겸허하고, 감사할 줄을 알고, 많은 훌륭한 면모를 갖추게 될 것이며, 진실하고 참된 친구가 될 것이다. 또 당신은 불건전한 쾌락을 버릴 것이며, 허영과 안일한 삶을 버리게 될 것이다. 그 대신에 당신은 다른 많은 것들을 얻게 될 것이다. 정말이지 당신은 현세의 삶에서까지도 그 모든 것들을 얻게 될 것이며, 당신이 이 길을 따라 한 걸음 한 걸음 옮길 때마다 당신의 소득(所得)이 너무나 확실하고 당신의 위험이 너무도 하찮음을 알게 될 것이며, 결국에 가서는 당신은 자신이 아무런 대가도 치르지 않고 확실하고 무한한 것에 패를 걸었구나 하고 깨닫게 될 것이다."

"당신의 그 말을 들으니 나는 황홀경에 빠지고 광희(狂喜)에 넘쳐 어찌할 바를 모르겠소!"

"내 말이 당신을 기쁘게 하고 기꺼이 수긍이 간다면, 당신은 나의 말들이 이 무한하고 불가분한 존재에게 기도하기 위해 무릎을 꿇고 있는 한 인간에게서 나온 것이라는 사실을 알아야 한다. 그 절대자에게 그는 자신의 전 존재를 바치며 당신의 행복과 절대자의 영광을 위하여 당신 자신의 전 존재 또한 그 절대자에게 바치기를 기도하는 것이다. 그리고 힘이 겸허와 일치하도록 기도한다."

234

확실한 것을 얻으리라는 보장 없이는 아무것도 해서는 안 된다면, 종교를 위해서는 아무것도 하지 말아야 할 것이다. 종교는 확실하지 않기 때문이다. 그러나 우리가 불확실한 것을 위해 행하고 있는 일이 얼마나 많은가! 항해도 그렇고 전쟁도 그렇다. 그러므로 나는 말하고자 한다. 확실한 것이 아무것도 없는 이상 아무 일도 하지 말아야 한다고. 그리고 우리가 내일까지 살 수 있다는 것보다 종교에 더 확실성이 많다고.

왜냐하면 우리가 내일까지 산다는 것은 확실하지 않지만, 우리가 내일까지 살지 못하리라는 것은 분명 가능하니까. 종교에 대해서는 이와 같은 말을 할 수가 없다. 종교가 참되다[22]는 것은 확실하지 않지만 종교가 참되지 않다는 것은 분명 가능하다고 누가 단언할 수 있겠는가?

그런데 우리는 내일을 위해, 즉 불확실한 것을 위해 일할 경우에 이성적으로 행동한다. 왜냐하면 이미 증명된 '확률 계산의 규칙'[23]에 따라 우리는 불확실한 것을 위해 일해야 하기 때문이다.

성 아우구스티누스는 인간이 불확실한 항해나 전쟁을 위해 일하는 것을 보았으나, 그는 사람들이 그렇게 하지 않을 수 없다는 것을 증명하는 '확률 계산의 규칙'을 알지 못했다. 몽테뉴는 인간이 편파적인 정신 때문에 괴로움을 당하고, 습관은 무슨 일이든 해낼 수 있다는 것을 보았으나, 어찌하여 그렇게 되는지는 알지 못하였다.

이들은 저마다 결과는 보았으나 그 원인은 보지 못했다. 원인을 찾아낸 사람들과 그들을 비교하면 그것은 마치 눈알만을 가지고 있는 사람들과 정신을 가지고 있는 사람들을 비교하는 것과 같다. 왜냐하면 결과는 말하자면 감성(感性)으로 느낄 수 있지만, 원인은 정신에 의해서만 감지될 수 있기 때문이다. 그리고 이들 결과들은 정신에 의해서 볼 수 있지만, 이 정신과 원인을 보는 정신을 비교하는 것은, 육체의 감성과 정신을 비교하는 것과 같다.

235

그들은 결과는 보았으나 그 원인은 보지 못했다.[24]

---

22) A.F. Stuart의 해석에 의함.
23) 파스칼이 도박이 중지될 경우에, 그때까지의 게임에 따라서 내기에 건 돈을 어떤 몫으로 나눠 갖느냐 하는 것을 계산해 내는, 그 자신의 연구에 기초를 둔 확률 계산법을 말한다.
24) 아우구스티누스 《페라기우스 반박》 4권 60장.
25) 이 다섯 가지의 내용 중 파스칼은 안에 있는 구절들을 지운 자국이 있으며, 2,3,4의 항목은 번호만을 기록하고 있다.

236

선택의 문제에 관한 한 당신은 진리를 찾는 일에 노고를 아껴서는 안 된다. 왜냐하면 참된 근원〔신〕을 섬기지 않고 죽는다면 당신은 멸망을 면할 수 없기 때문이다. "그러나 신이 만일 나에게 경배하기를 원했다면, 그런 의지의 증거를 나에게 보여 주었을 것이다" 하고 당신은 말할 것이다. 그렇다, 신은 분명히 그렇게 했다. 그러나 당신이 그것에 주의를 기울이지 않고 있었다. 그러므로 그것들을 찾아내라. 그것은 찾을 만한 가치가 충분히 있다.

237

선택. 현세에서의 우리의 삶은 다음의 여러 가지 가정에[25] 따라 달라지게 마련이다.

1. (우리가 영원히 여기에 있게 되리라는 것이 확실하다면) 우리가 영원히 여기에 있을 수 있다면.

2. (우리가 영원히 여기에 있게 될지 그렇지 않을지가 확실치 않다면).

3. (우리가 영원히 이 세상에 있지는 못하리라는 것이 확실한데도, 우리가 여기에 오래 있으리라고 확신한다면).

4. (우리가 영원히 여기에 있지는 못하리라는 것이 확실하고, 우리가 오랫동안 여기에 있게 될지 아닐지 불확실하다면—거짓임).

5. 우리가 이곳에 오랫동안 있지 않으리라는 것이 확실하고, 심지어는 한 시간 동안도 여기에 있게 될지 그렇지 않을지 불확실하다면.

위의 다섯 가지 중 마지막 것이 우리 인간의 경우이다.

238

결국 당신은 자애심(自愛心)만으로 보낸 10년 동안(10년이 당신이 도박에 건 몫이었으니까) 어떻게 해서든지 그 자애심을 만족시키려고 열심히 애쓰면서도 성공을 거두지 못하고 고통만 남았다는 것 이외에 무엇을 나에게 약속하는가?

239

항의(抗議). 자기의 구원을 원하는 사람들은 그 점에서는 행복하다. 그러나 그 대신 그들은 지옥을 두려워해야 하는 것이다.

회답. 지옥을 두려워해야 할 이유를 더욱 많이 갖고 있는 사람은 누구일까? 지옥이 있는지 없는지는 모르지만, 만일 지옥이 있다면 그 고통을 반드시 받을 사람일까, 아니면 지옥이 있다는 것을 굳게 믿고 거기서 구원받기를 원하는 사람일까?

240

"나는 신앙을 얻게 되면 곧 쾌락을 버릴 것이다"라고 사람들은 말한다. 그러나 나라면 당신에게 이렇게 말할 것이다. "당신은 쾌락을 버리면 곧 신앙을 얻게 될 것이다"라고. 그러므로 시작은 당신에게 달렸다. 가능하기만 하다면 나는 당신에게 기꺼이 신앙을 주고 싶다.

그러나 나로서는 그것이 불가능하며, 당신이 하는 말의 진실성을 시험해 볼 수도 없다. 그러나 당신은 쾌락을 쉽게 버릴 수 있고, 내 말이 진실인지 아닌지 시험해 볼 수 있다.

241

순서. 나는 기독교를 진리라고 믿는 잘못을 저지르는 것보다는 일단 잘못을 저질러 놓고 기독교가 진리라고 믿는 편이 훨씬 두렵다.[26]

---

26) 불신자가 전에 기독교를 진리라고 믿었다가 혹시 잘못을 저지르는 것이 아닌가 하여 두려워했으나, 기독교를 점점 알게 되자 이제는 기독교를 비진리라고 믿었던 것이 잘못임을 알고 두려움을 느끼게 된다는 뜻.

제4장 신앙의 방법에 대하여

242

제2부의 머리말. 이 문제를 다룬 사람들에 대하여 논함.

이들이 신에 관하여 얼마나 대담하게 말하는지 나는 놀랍기만 하다.

그들이 불신자들에게 의론을 발표하는 경우에 제일 먼저 자연의 조화(造化)에 의해 신의 존재를 증명하려고 한다.[1] 만일 그들이 그런 의도를 신앙인들에게 편다면, 나는 그들의 의도에 대해 놀라지 않을 것이다. 왜냐하면 마음속에 산 신앙을 가지고 있는 사람들은 존재하는 모든 것은 자기들이 섬기는 신의 창조물임을 곧 알아차릴 것이 분명하기 때문이다. 그러나 신앙의 빛이 마음속에서 꺼져 우리가 그것에 다시 불을 붙여 주려 하는 사람들, 자기들을 이 인식으로 이끌어 주리라 믿고 자연 속에서 보는 모든 사물을 자신의 빛으로 관찰하지만, 애매와 암흑만을 발견하는 신앙과 은총을 잃은 사람들, 그런 사람들에게 "당신들은 주위에 있는 가장 사소한 사물을 관찰하기만 하면 된다. 그러면 당신들은 그 속에서 신의 모습을 또렷하게 보게 될 것이다"라고 말해 준다거나, 이 중대한 문제에 대한 증거로서 달과 행성의 운행 따위를 그들에게 제시한다거나, 그런 논술로서 완전한 증거를 제시했다고 주장하는 것, 이상과 같은 행위는 그들에게 우리의 종교〔기독교〕에 대한 증거가 너무도 미약하다고 생각하게 하는 원인을 제공하는 것이며, 그것보다 그들의 눈에 경멸로 받아들여지기 쉬운 것은 없다고 하는 사실을 나는

---

1) 자연의 조화(造化)에 의해 신의 존재를 증명하려는 방법은 스토아 철학, 키케로나 세네카의 저서 등에서 많이 찾아볼 수 있다. 파스칼은 이와 같은 증명은, 첫째 상대방에게 오히려 신앙을 잃게 하고, 둘째 상대방이 이것을 받아들였다고 해도, 자연의 신은 은혜의 신이 아니므로 신의 개념을 흐리게 한다는 것이다.

이성과 경험을 통해 잘 안다. 《성서》는 신에 관한 것들을 더 잘 알고 있으므로 이런 식으로는 말하지 않는다. 그와는 반대로 《성서》는 신을 '숨은 신'이라고 말하며, 자연이 타락한 이래 신은 인간을 눈먼 상태에 방치해 왔으며, 인간은 오직 예수그리스도를 통해서만 그 상태에서 벗어날 수 있으며, 그리스도 없이는 신과의 모든 교제는 단절되고 만다고 가르친다. "하느님을 아는 자는 그의 아들과, 그 아들을 통해 하느님을 현시(顯示) 받는 자들뿐이다."

이것이 《성서》가 여러 부분에 걸쳐 "신을 찾는 자만이 신을 발견할 것이다"라고 말할 때, 그것이 우리에게 보여 주는 바로 그것이다. 이것은 우리가 대낮의 햇빛이라고 말하는 그런 빛이 아니다. 우리는 "대낮에 햇빛을 구하는 자, 바다에 가서 물을 구하는 자는 그것을 얻을 것이다"라고는 말하지 않는다. 그러므로 자연 속의 신의 증거가 그와 같은 것이 아님은 필연적이다. 성경은 다른 부분에서 우리에게 이렇게 말한다. "진실로 당신은 자신을 숨기시는 신이십니다."

243

정전(正典)의 저자들이 신을 증명하기 위해 자연을 이용하지 않은 것은 경탄할 만한 일이다. 그들은 모두 사람들로 하여금 신을 믿게 하려고 노력하고 있다. 다윗 · 솔로몬, 그 밖의 사람들은, "세상에 진공(眞空) 같은 것은 존재하지 않는다. 그러므로 신은 존재한다"[2]고는 절대 말하지 않았다. 그들은 자연으로부터 증거를 끌어내려 했던 그들의 모든 후계자 중 가장 현명한 사람들보다도 더욱 현명했던 것이 분명하다. 이것은 크게 주목할 만한 일이다.

---

2) 이와 같은 논법이 그로티우스의 《기독교의 진리에 대하여》에도 나와 있다.
3) 천체의 위치 · 운행 등에서 볼 수 있는 정연한 질서와 새의 비행 · 둥지의 마련 등에서 볼 수 있는 놀라운 능력을 의미한다.

244

"뭐라고! 당신은 하늘과 새들이 신을 증명하고 있다[3]고 말하지 않는가?" "그렇다." "그럼 당신의 종교도 그렇게 말하지 않는가?" "그렇다, 왜냐하면 신이 이런 방법으로 빛을 부여한 사람들에게는 그것은 어느 의미에서는 진실할지 모르지만, 그 밖의 대다수 사람에게는 거짓이기 때문이다."

245

신앙에는 세 가지 방법이 있다. 즉 이성과 습관과 영감(靈感)[4]이다. 기독교는 이성을 가진 유일한 종교인데, 영감이 없이 믿는 자들을 자기의 진정한 자식으로 받아들이지 않는다. 이것은 기독교가 이성과 습관을 배척하기 때문이 아니라 오히려 정반대로 여러 가지 증거들을 향해 우리의 마음을 활짝 열어, 습관을 통해 우리 자신으로 하여금 그것을 확신하게 해야 하기 때문이다. 동시에 여러 가지 겸허를 통하여 자신을 영감에 맡겨야 한다. 이 방법에 따라서만 참되고 유익한 결과를 얻을 수가 있다. "그리스도의 십자가를 헛되지 않게 하기 위하여."[5]

246

순서. "신을 추구해야 한다"는 편지를 쓴 다음에는, "장애물을 제거하는 것에 대하여"라는 편지를 써라. 그것은 '기계'[6]에 관한 논술이며, 그 기계를 어떻게 조종할 것이며, 신의 추구를 위해 이성을 어떻게 사용하느냐에 대한 논술이기도 하다.

---

4) 이 말을 파스칼은 처음에 '계시' 라고 썼다가 '영감' 이라고 바꿔 썼다.
5) 〈고린도 전서〉 1장 17절.
6) 기계작용(la machine)은 데카르트 학파에서 사용하고 있는 말이지만, 파스칼은 그것을 그들의 동물기계설(動物機械說)과는 다른 의미로 사용하였다. 즉 파스칼은 깊이 생각된 사상에서 비롯되지 않는 일체의 심리적인 것, 따라서 상상이나 정념으로서 나타나는 것을 '기계작용'이라고 불렀다.

247

순서. 한 친구로 하여금 신을 구하게 하는 권고의 편지. 이때 그는 회답할 것이다. "신을 추구한들 무슨 소용이 있는가? 아무런 득도 없지 않는가?"라고. 그에게 회답하라. "절망하지 말라"고. 그는 다시 말할 것이다. "어떤 빛이 발견되면 다행한 일이지만, 그 종교 자체가 그런 식으로 믿어서는 소용이 없다고 하니 차라리 구하지 않으려고 한다." 이에 대한 대답은 '기계 작용.'[7]

248

기계 작용에 의해 증거의 효용을 보여 주는 편지. 신앙이란 증거와는 다르다. 증거는 인간적이고 신앙은 신의 선물이다. "의인은 신앙으로 살 것이다."[8] 이것은 신 자신이 인간의 마음속에 넣어 주는 신앙이며, 증거는 때때로 그 도구로 사용된다. "신앙은 듣는 데서 온다."[9] 그러나 이 신앙은 우리의 마음속에 있으며, 우리로 하여금 '나는 안다'가 아니라, '나는 믿는다'고 말하게 한다.

249

형식에 자기의 희망을 두는 것은 미신이다. 그러나 형식을 따르기를 거부하는 것은 오만이다.

250

신으로부터 무엇이든 얻기 위해서는 외적(外的)인 것을 내적(內的)인 것

---

7) 기계작용은 장애를 제거하기만 하면, 처음에는 불가능하게 생각된 영혼의 변화를 가능하게 하는 경우가 가끔 있다는 의미.
8) 〈로마서〉 1장 17절.
9) 〈로마서〉 10장 17절.

에 결합해야 한다. 바꾸어 말해 우리는 무릎을 꿇고 입으로 기도해야 한다. 그렇게 함으로써 신에게 복종하지 않으려는 오만(傲慢)한 자는 이제는 신의 피조물에 복종해야 하는 것이다. 우리가 이런 외적인 것으로부터 구원을 기대한다면 그것은 우리가 미신적이기 때문이며, 그것을 내적인 것과 결합하기를 거부한다면 그것은 우리가 오만하기 때문이다.

251

이교도들의 종교와 같은 다른 종교들은 외적인 것으로 이루어져 있기 때문에 더 대중적이긴 하나, 지적(知的)인 사람들에게는 설득력이 없다. 또 순수하게 지적인 종교는 지적인 사람들에게 더 적합하며, 일반 대중들에게는 별로 도움이 안 된다. 기독교만은 외적인 것과 내적인 것이 결합한 종교이므로 만인에게 적합하다. 기독교는 사람들을 내적으로 고양하며, 외적으로는 오만한 자들을 겸허하게 하며, 둘 중 어느 하나가 배제되어도 완전하지 못하다. 왜냐하면 일반 대중들은 형식 속의 정신을 이해해야 하며, 반면에 지적인 사람들은 자신의 정신을 형식에 복종시켜야 하기 때문이다.

252

왜냐하면 우리는 자기 자신을 잘못 인식해서는 안 되기 때문이다. 우리는 정신인 동시에 자동기계[10]이다. 따라서 증명만이 우리를 확신시키는 유일한 도구는 아니다. 증명될 수 있는 것이 이 세상에 몇 가지나 되는가! 증거는 정신으로 하여금 확신하게 할 뿐이다. 그리고 습관이야말로 가장 유력하고 가장 신뢰할 수 있는 증거가 된다. 습관은 자동기계로 하여금 한쪽으로

---

10) '자동기계(automate)'란 글자 그대로 스스로 움직이는 기계이다. 그것은 자발성(自發性)을 의미하며, 종속과 반성에 대립된다. 따라서 그것도 습관에 의해 발달하여 기계적으로 작용하는 것, 결국 지성의 자발적인 모순 작용을 포함한 신체와 동의어이다. 이렇게 보면 파스칼이 자동기계와 정신을 대립시킨 이유를 알 수 있을 것이다.

기울게 하며, 정신은 저도 모르는 사이에 자동기계에 따라 이끌려 간다. 내일도 날이 밝아올 것이라든가, 우리는 죽으리라는 것을 누가 증명했는가? 그런데도 그 이상으로 굳게 믿어 의심치 않을 일이 또 어디 있는가? 그러므로 우리로 하여금 확신하게 하고, 그렇게 많은 기독교인을 생겨나게 하는 것은 습관이다.

튀르키예인(이슬람교도) · 이교도 · 직공 · 병사 등을 만들어 내는 것도 또한 습관이다. (세례를 통해 신앙을 얻는다는 점에서 이교도보다는 기독교도 쪽이 더 훌륭하다) 요컨대 일단 정신이 진리의 소재(所在)를 알게 되면 시시각각으로 도망치려는 이 신앙에 우리를 매어 두고 침투시키려면 습관에 의존하지 않으면 안 된다. 언제나 증거를 눈앞에 놓아두어야 한다는 것은 너무나 번거로운 일이기 때문이다. 좀 더 손쉬운 신앙, 즉 습관적인 신앙을 가져야만 한다. 그것은 무리 없이, 기교 없이, 논란 없이 우리로 하여금 믿게 하며, 우리의 모든 능력을 이 신앙에 기울이게 하여 우리의 영혼을 스스로 신앙에 빠지게 한다. 우리가 확신의 힘에 의해서만 믿고, 자동기계가 그 반대를 믿는 쪽으로 기울어지는 경우, 확신만으로는 충분하지 못하다.

그러므로 우리의 두 부분 모두로 하여금 믿게 해야 한다. 이성에 의해 정신으로 하여금 믿게 해야 하며(이것은 일생에 단 한 번 보는 것만으로 족하다), 습관에 의해 자동기계로 하여금 믿게 해야 한다(이 경우 자동기계가 반대쪽으로 기울게 내버려 두어서는 안 된다). "신이여, 내 마음을 당신의 언약으로 기울게 하소서."[11]

이성은 서서히 여러 가지 견해로 많은 원리에 근거하여 작용하고 있지만, 그 원리는 언제나 현존하는 것이어야 한다. 왜냐하면 그 원리가 모두 현존해 있지 않으면 이성은 언제나 졸고 있거나 혼미에 빠지게 되기 때문이다. 그러나 감성은 그렇게 작용하지는 않는다. 그것은 순간적으로 작용하며 언

---

11) 〈시편〉 119편 36절.

제나 작용할 태세를 취하고 있다. 그러므로 우리의 신앙을 감성 속에 두어야 한다. 그렇지 않으면 신앙은 언제나 흔들릴 것이다.

253

두 가지의 지나친 행위. 이성을 배격하는 것과 이성만을 용인하는 것.

254

지나치게 순종한다는 이유로 사람들을 비난해야 하는 경우도 종종 있다. 그것은 믿음을 갖지 않는 것과 마찬가지로 악덕이며 또한 해로운 것이다.
미신.

255

신앙은 미신과는 다르다.
신앙심을 미신에까지 끌어가는 것은 신앙을 파괴하는 행위가 된다.
이단자들은 우리가 이 미신적인 복종을 하고 있다고 해서 비난한다. 그리고 이 미신적인 복종은 그들이 우리를 비난하는 행위이다.
성체(聖體)가 눈으로 확인할 수 없는 것이라 하여 그것을 믿지 않는 불경(不敬).
확실한 명제(命題)들을 믿는 미신.
신앙 등.

256

참된 기독교인은 아주 적다. 심지어는 신앙까지도 그렇다. 믿고 있는 사람은 많지만, 그것은 미신에 의해서이다. 믿지 않는 사람도 많지만, 그것은 자유사상으로 인해서이다. 그 양자에 속하지 않는 사람은 극히 적다.
그러나 일상생활의 행위에서 참된 신앙심으로 경건한 덕성을 지닌 사람들이나 마음의 직관에서 믿고 있는 사람들까지 이 속에 포함하려는 것은 아니다.

257

세상에는 세 부류의 사람들이 있을 뿐이다. 하나는 신을 발견하고 섬기는 사람들과, 또 하나는 신을 발견하지 못하여 신을 애써 찾는 사람들, 그리고 또 하나는 신을 찾으려 하지도 않고 따라서 발견하지도 못하는 사람들이다. 첫 번째 부류의 사람들은 도리에 합당하고 행복하며, 마지막 부류의 사람들은 어리석고 불행하며, 두 번째 부류의 사람들은 도리에 합당하지만 불행하다.

258

허식적인 신을 만들어 내는 인간.[12]
혐오.

259

보통 사람들은 생각하고 싶지 않은 것에 대해서는 생각하지 않을 수 있는 능력이 있다. "메시아에 관한 장절(章節)을 생각하지 말라"고 유대인은 그 자식에게 말했다. 우리 시대 사람들도 때때로 그렇게 한다. 그렇게 해서 거짓 종교는 물론이고, 참된 종교도 많은 사람에게 보존되어 왔다.

그러나 세상에는 자신으로 하여금 사고(思考)를 멈추게 하는 능력이 없는 사람들이 있다. 그들은 사고 활동을 금지당하면 당할수록 그만큼 더 사고에 몰입한다. 그런 사람들은 거짓된 종교를 버리며, 견고한 논거(論據)를 찾아내지 못하는 경우 참된 종교까지도 버린다.

---

12) 《구약 외경》 〈솔로몬의 지혜〉 15장 16절.

그들은 군중 속에 묻혀 그들의 도움을 구한다. 소란.

권위. 어떤 이야기를 남에게서 들었다고 해서 그것을 당신 신앙의 기준으로 삼지 말고 오히려 그 이야기를 전혀 듣지 않은 상태에서 신앙을 가져야 한다.

당신으로 하여금 믿게 만드는 것은, 당신 자신의 내적 동의와 당신의 이성의 철저한 믿음의 음성이어야 하며, 결코 타인의 것이어서는 안 된다.

신앙이란 그처럼 중요한 것이다.

백 가지 모순도 진실일 수 있는 것이다.[13]

만일 고대성(古代性)이 신앙의 기준이라면 고대인에게는 그 기준이 없었다는 얘기가 된다.

만일 모든 사람의 동의가 신앙의 기준이라면, 인간이 멸망할 경우에 어떻게 될까?

죄를 범하는 사람들의 형별. 과오.

거짓된 겸손, 오만.[14]

막을 올려라!

당신은 시간을 낭비하고 있다. 당신은 믿든가, 부정하든가, 의심하든가, 이 세 가지 중 하나를 택해야만 한다.

그렇다면 우리는 기준을 갖고 있지 않은가?

동물들이 어떤 일을 할 때, 우리는 그들이 잘하고 있는지 그렇지 않은지를 판단할 수 있다. 그렇다면 인간을 판단하는 기준은 없을까?

---

13) 신앙에 대한 기준이 없었던들 여러 가지 신앙 사이의 백 가지 모순도 동시에 진실이 될 수 있었을 것이다.

14) 자기가 판단을 내리려고 하지 않고 남의 판단에 따르려고 하는 것은 거짓된 겸허이며, 그것은 의심하고 질문을 시인하기를 두려워하는 것으로 결국 오만이다.

인간이 부정하고, 믿고, 의심하는 것은 말에 있어서 달리는 것에 해당하는 행위이다.

261

진리를 달가워하지 않는 사람들은 거기에 이론(異論)이 있다거나 많은 사람들이 그것을 부정하고 있다는 것을 구실로 삼는다. 그들의 잘못은 그들이 진리와 사랑을 달갑게 여기지 않는 데서 비롯된다. 따라서 그런 말은 변명에 지나지 않는다.

262

미신과 사욕(邪慾).

양심의 가책과 그릇된 욕망.

부질없는 두려움.

인간이 신을 믿는 데서 오는 두려움이 아니라, 신이 존재할까 존재하지 않을까 하고 의심하는 데서 오는 두려움. 올바른 두려움은 신을 믿는 데서 비롯되며, 거짓된 두려움은 회의로부터 온다. 참된 두려움은 신앙에서 생겨나기 때문에 또 자기가 믿는 신에게 희망을 걸고 있기 때문에 희망과 결부된다. 그릇된 두려움은 자기가 믿지 않는 신을 두려워하므로 절망과 결부되어 있다. 전자(前者)는 신을 잃지 않을까 하여 두려워하고, 후자(後者)는 신을 찾게 될까 봐 두려워한다.

263

"기적을 보게 되면 내 신앙이 깊어질 텐데" 하고 사람들은 말한다. 사람들이 이렇게 말하는 것은 기적을 보지 못했을 때이다.

멀리서 보면 우리의 시야를 막는 것처럼 보이는 이성(理性)도 있다. 그런데 거기에 이르면 또다시 그 저편을 바라보게 된다.

우리 정신의 회전을 막을 수 있는 것은 없다. 세상에는 전혀 예외가 따르지 않는 규칙은 없으며, 또 다소의 결함이 있는 측면을 갖지 않는 일반적인 진리도 없다고 사람들은 말한다. 그것이 절대로 보편적인 것이 아니라고 하면, 우리는 현재의 문제에 예외를 적용해 보거나 또는 "그것은 언제나 진리라고는 볼 수 없다. 즉 그것은 진리가 아닌 경우도 있을 수 있다"고 말할 수도 있다. 다만 남은 문제는 현재의 경우가 그 예외라는 것을 증명하는 것뿐이다. 그리고 이를 위해 어떤 묘법(妙法)을 찾아내지 못하면, 우리는 아주 못나고 불행한 사람이 되고 말 것이다.

264

사람들은 날마다 반복되는 먹고 자는 일에 대해 싫증을 느끼지 않는다. 그것은 굶주림과 졸림이 재생되기 때문이다. 그렇지 않다면 사람들은 그 일에 싫증을 느낄 것이다.

이와 마찬가지로 영적인 것들에 대한 굶주림이 없다면 우리는 그것들에 대해 싫증을 느낄 것이다. 정의에 대한 굶주림 · 제8의 정복(淨福).[15]

265

신앙은 분명히 감성(感性)의 힘으로는 알 수 없는 것을 알게 해준다. 그러나 감성이 보는 것과 반대되는 것을 말하지는 않는다. 신앙은 감성 이상의 것이지, 감성에 맞서는 것이 아니다.

266

망원경은 옛날 철학자들이 볼 수 없었던 것을 얼마나 많이 우리에게 보여

---

15) 〈마태복음〉 5장의 '산상수훈'에 나오는 제4의 정복을 잘못 안 것으로 생각된다. '의에 주리고 목마른 자는 복이 있나니, 저희가 배부를 것이다.'

주는가! 사람들은《성서》에 별이 많이 있다고 기록된 것을 공공연히 비웃고 "별은 우리가 알고 있는 한 1,022개밖에 없다"[16]라고 말했다.

땅 위에는 풀이 있다. 우리 눈에는 그것이 보인다.—달에서는 그것이 보이지 않을 것이다.—그리고 그 풀 위에는 털이 있고, 그 털 속에는 자그마한 생물이 있다. 그러나 그 이상은 아무것도 없다.—아 인간은 얼마나 주제넘은 존재인가!—화합물은 원소로 되어 있으나, 원소는 아무것으로도 이루어지지 않았다.—아, 주제넘은 인간들이여, 바로 여기에 미묘한 점이 있는 것이다.—보이지 않는 것을 존재한다고 말해서는 안 된다.—그러므로 말은 다른 사람들과 마찬가지로 해야 하지만, 생각은 그들과 마찬가지로 해서는 안 된다.

267

이성의 최후의 일보(一步)는, 이성을 초월하는 것이 얼마든지 있다는 것을 인정하는 일이다. 그것을 인정하는 데까지 이르지 못하면, 이성은 빈약한 것에 지나지 않는다.

자연의 사물이 이성을 초월해 있다면, 초자연적인 사물에 대해서는 무엇이라고 말해야 하겠는가?

268

복종. 의심해야 할 경우에 의심하고, 확신해야 할 경우에 확신하며, 승복(承服)해야할 경우에 승복해야 한다. 그렇지 못한 사람은 이성의 힘을 이해하지 못하고 있다. 이 세 가지 원칙에서 벗어나는 사람들이 있다. 즉 논증(論證)이 무엇인지조차 모르면서 모든 것을 논증할 수 있다고 생각하며, 승복해야 할 경우를 모르고 모두 의심하고, 판단해야 할 경우를 모르고 모든

---

16) 〈창세기〉 15장 5절. 〈예레미야〉 33장 22절 등.

것에 승복하기도 하는 것이다.

269

이성의 승복(承服)과 이성을 행사하는 일, 거기에 참된 기독교는 성립되어 있다.

270

성 아우구스티누스.[17] 이성은 자기가 승복해야 할 경우가 있다는 것을 스스로 판단하지 않으면 절대 승복하지 않을 것이다. 그러므로 이성이 승복해야겠다고 스스로 판단을 내렸을 때 승복하는 것은 옳은 일이다.

271

지혜는 우리로 하여금 어린애로 되돌아가게 한다. "당신 스스로 어린애와 같이 되지 않는다면."

272

이와 같은 이성의 부인(否認)처럼 이성에 적합한 것은 없다.

273

사람들이 모든 일을 이성으로만 처리해 버린다면, 우리의 종교에는 신비적이고 초자연적인 면은 하나도 없게 될 것이다.

인간이 이성의 원리에 벗어난다면 우리의 종교는 불합리한 웃음거리가 될 것이다.

---

17) '신앙이 이성에 앞서야 한다는 것은, 그대로 이성의 원리이다.' (아우구스티누스 《편지》 125의 5)

274

우리의 모든 이성의 활동은, 결국은 감성에 굴복하게 마련이다.

그러나 공상은 감성과 비슷하면서도 전혀 다르다. 그래서 우리는 이들 두 가지 대립하는 것(이성과 감성)을 분간하지 못한다. 어떤 사람은 자기의 감성을 공상에 불과하다고 말하고, 어떤 사람은 자기의 공상을 감성이라고 말한다. 여기에는 하나의 기준이 있어야 한다. 이성은 그 기준으로서 적합하지만, 어떤 방향으로도 기울어질 수가 있다.

따라서 기준은 없는 것이 된다.

275

사람들은 때때로 자기의 상상을 자기의 본심으로 착각한다. 그리고 개종(改宗)하겠다고 생각하자마자, 이미 개종한 것으로 믿는 것이다.

276

M. 드 로아네즈[18]는 말한다. "그 이유는 나중에야 내가 알게 된다. 그러나 그 이유는 모르지만 무엇보다도 이 사실이 나를 즐겁게도 하고 또 충격을 주기도 한다. 나는 나중에야 알게 되는 그 이유로 해서 충격을 받는 것이다." 그렇다고 해서 나중에야 그 이유를 알게 된다는 사실 때문에 그가 충격을 받는 것이라고는 생각지 않는다. 다만 그것이 충격을 주기 때문에 그는 그 이유를 알게 되는 것이다.

277

감정은 그 자신의 이성을 가지고 있는데, 이성은 그것에 대해 아무것도 모르고 있다. 우리는 수많은 방법으로 이 사실을 알고 있다.

---

18) 파스칼이 처음 사람들의 시선을 끌던 당시 그와 친분이 있던 공작.

나는 이렇게 말하고 싶다. 감정이 그 도리에 따라 절대적 존재(神)나 또는 제 자신을 사랑하는 것은 당연한 일이며, 감정은 제 뜻에 따라 이들 양자(兩者)에 대해 자신을 스스로 무감각하게 만든다. 당신은 이미 전자(절대적 존재)를 거부하고 후자(자신)를 택했다. 당신으로 하여금 당신 자신을 사랑하도록 만드는 것은 이성인가?

278

신을 지각(知覺)하는 것은 감성이지 이성이 아니다. 이것이 바로 신앙이다. 이성이 아니라 감성에 의해 감지되는 신.

279

신앙은 신의 선물이다. 그것을 이성의 선물이라고 생각하는 것은 잘못이다. 다른 여러 가지 종교는 그들의 신앙에 대하여 이렇게는 말하지 않는다. 그런 종교는 신앙에 도달하는 길로서 이성만을 내세우지만, 이성은 결코 거기까지 인도하지는 못한다.

280

신을 아는 것과 신을 사랑하는 것 사이에는 얼마나 먼 거리가 있는가!

281

감성.
본능.
모든 원리.

282

우리가 진리를 알게 되는 것은 이성에 의해서 뿐만 아니라 또한 감성에 의해서이다. 그런데 이 후자의 길을 통하여 우리는 기본적인 원리를 알게 된다. 그러므로 그것과 아무런 관계도 없는 이성이 그 원리를 반박하려고 하는 것은 쓸데없는 일이다. 따라서 이 반박을 유일한 목적으로 삼고 있는 회의론자(懷疑論者)들은 헛된 노력을 하는 셈이다. 우리는 우리가 몽상에 빠져 있지 않다는 것을 알고 있다. 그러나 이성에 의해 그것을 증명하는 것은 우리로서는 불가능하다고 하더라도, 이 무능력은 우리의 이성의 빈약함을 입증할 뿐이고, 그들이 주장하는 것처럼 우리의 모든 지식의 불확실함을 입증하는 것은 아니다. 왜냐하면 공간 · 시간 · 운동 · 수와 같은 일차적인 원리들에 대한 지식은 이성을 통해서 인출해 낸 어떤 지식 못지않게 확실하기 때문이다. 그리고 그것은 감정과 본능으로부터 나오는 지식을 토대삼고 있기 때문에, 이성은 이 지식의 모든 의론에 의존하고 그것을 바탕으로 삼지 않으면 안 된다.

감성[19]은 공간에는 세 개의 차원이 있고, 수는 무한하게 연속된다는 것을 느낌을 통해 알며, 이성은 두 개의 평방수(平方數) 가운데 한쪽이 다른 쪽의 두 배가 되는 수는 없다는 것을 증명한다. 이렇듯 원리는 감각으로 알게 되는 것이며, 명제(命題)는 증명되는 것이다. 그리고 방법은 다르지만, 이들 양자는 확실하게 행하여진다.

그러므로 이성이 감성에 기본적인 원리를 인정하고 싶으니 그것들을 증명해 달라고 요구하는 것은, 감성이 이성에게 후자가 증명하는 모든 명제를 받아들이고 싶으니 그것들을 직감시켜 달라고 요구하는 것과 마찬가지로 무의미하고 우스꽝스러운 일이다.

그러므로 우리의 무능은 무슨 일에 대해서나 판사 노릇을 하려고 하는 이성을 겸손하게 만드는 일에만 그 역할을 해야 하며, 우리가 확실히 알고 있는 것을 논박하는 행위를 해서는 안 된다. 마치 이성이 우리가 배울 수 있는

---

19) 감성은 이런 기본적인 원리의 직감 또는 직관을 의미한다.

유일한 방편인 것처럼! 오히려 바람직한 것은 우리가 반대로 이성을 필요로 하지 않고, 모든 것을 본능과 감각에 의해서만 알 수 있었으면 하는 것이다. 그러나 자연은 우리가 이 행복을 누리는 것을 거부했다. 자연은 반대로 이러한 인식력을 조금밖에 부여하지 않았다. 그 밖의 모든 지식은 이성의 작용을 통해서만 습득할 수가 있다.

신이 저들의 마음을 움직여 종교적인 신앙을 불어넣어 준 그 사람들이 행복하며, 자신들의 신앙이 아주 확고함을 느끼게 되는 것은 바로 그 때문이며, 신앙을 갖지 않는 사람들에게는 신이 그들의 마음을 움직여 신앙을 불어넣어 줄 때까지는 우리는 다만 이성의 작용을 통해서만 그와 같은 신앙을 줄 수가 있는 것이다. 그리고 신이 주시는 신앙 이외의 신앙은 모두 인간적인 것에 불과하므로 그것을 통해서는 인간의 영혼이 구원받을 수가 없는 것이다.

283

순서. 《성서》에는 순서가 없다는 반론(反論)에 반대함.

감성에는 그 자체의 질서가 있다. 정신에도 그 자체의 질서가 있는데, 그것은 여러 가지 원리와 증명을 사용한다. 감성이 가지고 있는 질서는 이것과는 다르다. 사랑의 원인을 질서정연하게 낱낱이 설명해도 우리는 당연히 사랑을 받아야 한다는 것을 증명할 도리는 없다. 그렇게 하는 것은 어리석은 일이기 때문이다.

예수그리스도와 성 바울은 마음의 질서가 아니라 박애의 질서를 갖고 있다. 그들은 교화하려고 하지 않고 자신을 스스로 낮추려고 했다.

성 아우구스티누스도 마찬가지이다. 이 질서는 하나하나 볼 때는 대체로 본체(本體)에서 이탈해 있지만, 그것은 결국은 목표와 연관되어 있다. 그리하여 이것은 항상 우리의 눈에 드러나 보인다.

284

단순한 사람들이 이론(異論)의 여지도 없이 믿는 것을 보아도 놀라지 말라. 신이 그들로 하여금 자기를 사랑하고 자기들 자신을 혐오하게 하여, 그들의 마음을 신앙으로 기울어지게 하기 때문이다. 만일 신이 그들의 마음을 신앙으로 기울어지게 하지 않았다면, 인간은 진정한 믿음과 신앙을 가지고 믿게 되지는 않았을 것이다. 그리고 신이 그들의 마음을 신앙으로 기울어지게 하는 순간 그들은 곧 믿게 되는 것이다. 이것은 바로 다윗이 잘 알고 있었던 사실이다. "신이여, 내 마음을 당신의 가르침으로 향하게 해 주옵소서."[20]

285

이 종교는 어떤 부류의 인간에게도 적용한다. 어떤 사람들은 다만 그 성립에만 유의한다. 이 종교는 그 성립 과정만 보아도 그 진리성(眞理性)을 증명하기에 충분하다. 또 어떤 사람들은 그리스도의 십이사도들에까지 거슬러 올라간다. 그리고 가장 학식 있는 부류의 사람들은 세상이 만들어지던 태초까지 거슬러 올라간다. 끝으로 천사들은 그것을 훨씬 더 잘 알고 있으며, 더 먼 옛날로 거슬러 올라간다.

286

《신약 성서》·《구약 성서》를 읽지 않고 믿는 사람들은, 그 내면적인 성품이 정말 성스럽고, 자기들이 종교에 관해 듣는 것이 자기들의 성품에 잘 맞기 때문에 믿는 것이다. 그들은 신이 자기를 만들었다는 것을 느끼고 있다. 그리하여 신을 사랑하고 자신을 혐오하려고 할 뿐이다. 그들은 자신의 힘이 이 일을 해낼 수 있을 만큼 충분히 강하지 못하다는 것과 신에게까지 이를

---

20) 〈시편〉 119편 36절.

수 없다는 것을 느껴서 알며, 신이 그들을 가까이하지 않으면 신과의 어떤 교류도 불가능하다는 것을 느낌으로 안다. 그들은 신이 우리가 신을 사랑하고 우리 자신을 혐오해야만 한다는 사실을 우리의 종교 가운데서 말씀하신 것을 듣는다. 반면에 우리는 모두 타락하여 신에게까지 이를 수 없기 때문에, 신은 자기 자신을 우리 인간과 결속시키기 위해서 자신을 인간화시켰다는 사실도 우리는 알고 있다. 이와 같은 마음가짐으로 자기의 의무와 무능력을 이처럼 잘 알고 있는 사람들을 설득하는 데는 이 이상 아무것도 필요치 않을 것이다.

287

신에 대한 이해. 예언과 증거를 모르면서 기독교인이 된 사람들을 볼 수 있는데, 그들도 그런 것을 알고 있는 사람들과 마찬가지로 이 종교를 잘 판단할 수 있다. 후자가 이지(理智)로 그것을 판단하는 것을 전자는 감각으로 판단한다. 그들로 하여금 신앙으로 기울어지게 한 것이 바로 신 자신이기 때문에, 그들이 가장 굳은 확신을 가지고 있다.

이와 같은 판단의 방법은 정확하지 않으며, 이교도와 불신자들이 방황하는 것은 이 방법을 쫓기 때문이라고 말할지도 모른다.

"그렇다면 이교도와 불신자들도 똑같은 말을 할 수 있지 않겠는가."

이 말에 대해 나는 이렇게 해명하려 한다.

"신은 자기가 사랑하는 사람들만을 기독교를 받도록 진심으로 인도하신다. 그리고 불신자들은 자기들이 하는 말에 대해 아무런 증거도 내세우지 못한다. 그러므로 우리가 그들과 똑같은 말로 주장한다 해도 우리는 아주 완벽한 증거를 가지고 있지만 저들은 아무런 증거도 가지고 있지 않은 점이 다르다"라고.

"사랑하는 자들에 대하여—신은 자기가 사랑하는 사람들의 마음을 기울게 하신다." 그를 사랑하는 사람에 대하여, 그가 사랑하시는 사람에 대하여.

증거 없이 믿는 이들 기독교인 중의 한 사람이, '그런 정도라면 나도 말할수 있다'고 주장하는 불신자를 아마도 설득하지 못하리라는 것은 나도 충분히 인정한다. 그러나 그런 신자는 자신이 그것을 증명할 수는 없더라도, 신으로부터 영감(靈感)을 받았다는 것은 이 종교의 증거를 알고 있는 사람들이 쉽사리 증명해 줄 수가 있다.

왜냐하면 신은 그의 예언자들(그들은 분명히 예언자였다)을 통해 예수그리스도의 권세 안에서 그는 자기 성령을 모든 국가에 부어 주고, 교회의 아들딸과 그리고 어린이도 예언할 것이라고[21] 말했으므로, 신의 성령이 그들에게 임하고 다른 사람들에게 임하지 않는 것은 의심할 여지가 없기 때문이다.

288

신이 그 자신을 숨긴 것을 불평하는 대신에, 신이 그 자신을 이처럼 드러낸 것을 감사해야 한다. 그리고 이처럼 성스러운 신을 알기에 적합하지 않은 교만한 지식인들에게 신이 자신을 드러내지 않는 것을 감사해야 한다.

신을 아는 사람들 가운데는 두 부류가 있다. 겸허한 마음을 가지고, 자신들의 지혜의 정도가 높건 낮건 자신의 미천한 신분을 사랑하는 사람들과, 아무리 진리를 보지 못하도록 방해받아도 진리를 볼 수 있을 만큼 충분한 지혜를 가진 사람들이 그들이다.

289

증거 1. 자연에 완전히 어긋나 있으면서 그 제도에 의해서나 그 자체로서도 대단히 견고하게 그리고 우아하게 성립된 기독교.

2. 기독교 정신의 성스러움과 숭고함과 겸허함.

---

21) 〈요엘〉 2장 28절.

3. 《성서》의 여러 가지 기적들.

4. 특히 예수그리스도.

5. 특히 그 사도들.

6. 특히 모세와 예언자들.

7. 유대민족.

8. 여러 가지 예언들.

9. 영속성. 다른 어떤 종교에도 영속성은 없다.

10. 모든 것을 밝히는 교리.

11. 그 신성한 율법.

12. 세계의 질서에 의해서.

이상의 것을 알고 나서 인생이란 무엇인가, 이 종교가 어떤 것인가를 생각하고, 이 종교를 따르려는 마음이 생기면, 그것을 거부할 이유가 없는 것이다. 그리고 이 종교를 따르려는 사람들을 비웃을 이유가 없는 것이다.

290

종교의 증거.—도덕 · 교리 · 기적 · 예언 · 표징(表徵).

제5장 법 률

291

'불공평'에 대한 편지에는 다음과 같은 내용이 들어 있을지도 모른다.

장남이 모든 것을 소유하는 불합리.

"벗이여, 자네는 산(山)의 이쪽에서 태어났네. 그러니 자네 형님이 모든 것을 소유하는 것은 당연한 일이 아닌가."

"어째서 자네는 나를 죽이는가."

292

그는 강 건너에 살고 있다.

293

"자네는 무엇 때문에 나를 죽이려고 하는가? 나는 무기도 갖고 있지 않아 자네 쪽이 유리한데." "뭐라고! 자네는 강 저쪽에 살고 있지 않은가? 친구여, 만일 자네가 강 이쪽에 살고 있다면, 나는 살인자가 될 것이며, 자네를 이렇게 죽인다는 것은 부정이 될 것이다. 그러나 자네가 강 저쪽에 살고 있는 이상, 나는 용사요, 내가 하는 일은 정당하다."

294

사실상 법률이란 너무나 헛된 것이어서 인간은 그것을 깨어 버리고 자유로워지려고 한다. 그러므로 인간을 속이는 것은 무모한 일이다.

인간은 그가 통치하려는 세계의 기구(機構)를 어떤 토대 위에 두려고 하는가? 각 개인의 일시적 기분에 두려고 하는가? 그렇다면 얼마나 큰 혼란이 올까? 정의의 토대 위에 두려고 하는가? 인간은 정의가 무엇인가를 모른다. 만일 인간이 정의가 무엇인지 알고 있다면, 그는 사람들 사이에 널리 퍼져 있는 격언, 즉 우리는 모름지기 자기 나라의 풍습에 쫓아야 한다는 격언을 만들어 내지는 않았을 것이다. 참된 공정(公正)의 광휘가 모든 민족을 순종케 했을 것이며, 입법자들은 이 불변의 정의 대신에 페르시아인이나 독일인의 공상이나 일시적 기분을 본보기로 삼는 일은 없었을 것이다. 기후가 바뀌면 그 성질도 바뀌는 정의나 불의를 보는 대신에 지상의 어떤 국가나 어떤 시대에도 통하는 불변의 정의가 수립되는 것을 보았을 것이다. 위도가 3도만 달라져도 모든 법률이 뒤집히고, 자오선(子午線) 하나가 진리를 결정한다. 몇 해 동안만 강제로 시행되던 기본적인 법률은 변하며, 법률에도 통용되는 기간이 있고, 사자좌(獅子座)에 토성(土星)이 들어가면 어떤 범죄가 발생하는 징조가 되는 것이다. 그 한계가 한 줄기 강물에 의해 정해지는 정의는 우스운 것이기도 하다. 즉 피레네산맥의 이쪽에서는 진리인 것이 저쪽에서는 진리가 아니다.

그들은 정의란 그런 습관 속에 있는 것이 아니라, 모든 국가에서 통용되고 있는 자연법 속에 있다고 말한다. 만일 인간의 법률을 제정한 무모한 우연이 보편적인 법률의 단 하나에라도 해당하는 일이 있게 되면, 그들은 분명히 그것을 강력하게 주장할 것이다. 그러나 우습게도 인간의 일시적 기분은 너무나 다양하여 그런 법률은 하나도 없는 것이다.

절도·불륜(不倫)·유아 살해—이 모든 일은 일찍이 덕행(德行)으로 생각된 적도 있었다. 어떤 사람이 강 저쪽에 살고 있고 또 그의 영주(領主)가 나의 영주와 싸웠다는 이유만으로 나는 그와 싸운 적도 있는데, 그가 나를 죽일 권리를 갖고 있다고 주장하는 것처럼 우스운 일이 있을까?

물론 자연법이 있기는 하다. 그러나 우리의 훌륭한 이성이 타락했기 때문에 그것도 타락했다. "세상에 우리 것은 하나도 없다(우리가 우리 것이라고 주장하는 것은 관례(慣例)에 의한 것이다.)"[1] "범죄가 저질러지는 것은 원로원의 판결과 국민투표 때문이다."[2] "우리는 옛날에는 악덕 때문에 시달림을 받았으나 지금은 법률에 따라 괴로움을 당하고 있다."[3]

이와 같은 혼란의 결과를 보고 어떤 사람은 정의의 본질은 입법자의 권위라고 말하고, 또 다른 사람은 군주의 편의(便宜)라고 말하고, 또 다른 사람은 현행의 관례라고 말하게 된다. 그런데 이 마지막 견해가 가장 정확하다. 이성에만 따르면 올바른 것은 하나도 없게 된다. 모든 것은 시간과 함께 변한다. 관례는 그것이 받아들여지고 있다는 오직 그 한 가지 이유만으로 아주 공정한 것이다. 이것이 관례가 가지는 권위의 신비적인 바탕이다. 관례를 그 기원까지 더듬어 올라가면 그것은 소멸하고 만다. 잘못을 바로잡으려고 하는 법률처럼 잘못되기 쉬운 것은 없다. 법률을 정의라고 하여 거기에 복종하고 있는 사람은, 자기가 상상하고 있는 정의에 복종하고 있는 것이지, 법률의 본질에 복종하고 있는 것은 아니다. 법률은 어디까지나 그 자체 속에 집중되어 있다. 법률은 법률이지 그 이상의 것이 아니다. 누구나 그 유래를 살펴보면, 그것이 대단히 박약하고 경솔한 것임을 알게 될 것이다. 그리고 만일 그 사람이 인간의 상상력이 불가사의(不可思議)함을 잘 알지 못하면, 그 법률이 불과 1세기 사이에 이렇게 큰 영광과 존경을 받게 되는데 대해 놀라게 될 것이다.

국가에 반기를 들고 이를 뒤엎는 길은, 기존의 관습을 기원까지 탐구하여 그것에 권위와 정의가 결여되어 있음을 지적하고, 이를 뒤흔들어 놓는 것이다. 어떤 사람들은 말할 것이다. "그릇된 습관에 의해 폐지된 국가의 기본적 · 원초적 법률로 돌아가야 한다"고. 이것은 틀림없이 모든 것을 파멸시키고 말 고약한 장난이다. 그런 저울에 달아 보면 옳은 것이라고는 하나도

---

1) 키케로 《피니브스론》 5권 21장.
2) 세네카 《편지》 95.
3) 타키투스 《연대기》 3권 25장.

없을 것이다. 그러나 민중은 그런 의론에 귀가 솔깃해진다.

그들은 속박받고 있음을 알아차리자마자 그것을 벗어 버리려고 한다. 그리고 귀족들은 이것을 이용하여 민중을 파멸시키고 현행 습관을 검토해 보려는 자들을 파멸시킨다. 그리하여 입법자 중에서 가장 현명한 사람은 말한다. 백성의 행복을 위해서는 가끔 그들을 기만해야 한다[4]고. 그리고 다른 훌륭한 정치가는 말하고 있다. "자기를 구제할 진리를 모를 바에는 차라리 기만당하는 편이 낫다"[5]고. 민중에게 찬탈(簒奪)의 사실을 알게 해서는 안 된다. 법률은 옛날에는 강제로 채택되었으나 지금은 정당한 것이 되어 있다. 그것을 곧 폐지하려고 생각하지 않는다면, 그것을 영원한 것으로 간주하고, 그 기원을 숨길 필요가 있다.

295

나의 것, 당신의 것.—"이것은 내 강아지야"라고 이 불쌍한 어린이들은 말했다. "그곳은 내가 햇볕을 쬐는 데야." 이것이야말로 모든 지상에 있어서 부당한 찬탈의 기원이고, 또 그 축도(縮圖)이기도 하다.

296

전쟁을 해 많은 사람을 죽여야 할 것인가, 많은 스페인인을 사형에 처해야 할 것인가를 판단해야 하는 문제가 일어났을 때, 그것을 판단하는 것은 오직 한 사람, 그것도 거기에 이해관계를 가지고 있는 사람이다. 이 판단은 공평한 제삼자가 내려야 할 것이다.

---

4) 플라톤《국가론》2권.
5) 아우구스티누스《신국》4권 27장에 나오는 말의 부정확한 인용.

297

참된 법률. 우리는 이미 그것(참된 법률)을 갖고 있지 않다. 만일 그것을 갖고 있었더라면, 자기 나라의 풍습을 따르는 것을 정의의 기준으로 삼지는 않았을 것이다.

그리하여 사람들은 정의를 찾아볼 수 없고, 힘이나 그 외의 것만을 보게 된 것이다.

298

정의 · 힘. 올바른 사람을 따르는 것은 당연한 일이며, 강한 자를 따라가는 것은 필연적인 일이다. 힘이 없는 정의는 무력하고, 정의가 없는 힘은 강압이다.

힘이 없는 정의는 반항을 가져온다. 왜냐하면 세상에는 악한 자가 많기 때문이다. 정의가 없는 힘은 공격받는다. 그러므로 정의와 힘은 결합하여야 한다. 또한 그렇게 되려면 올바른 것을 강하게 하거나, 강한 것을 올바르게 해야 한다.

정의는 논의의 대상이 되기 쉬우나, 힘은 인정받기 쉽고 논의의 대상이 되지 않는다. 그래서 인간은 정의에 힘을 줄 수 없었다. 힘은 정의에 반항하여, "너는 부정(不正)하다. 나야말로 의롭다"고 주장했기 때문이다. 그리하여 인간은 정의를 강하게 할 수 없었기 때문에, 강한 것을 정의로 간주하게 되었다.

299

유일한 보편적인 기준은 일반적인 일에 대해서는 국법이며, 그 밖의 일에 대해서는 다수성(多數性)이다. 어째서 그런가? 다수성에는 힘이 있기 때문이다.

그 때문에 다른 힘을 소유한 국왕이, 그 각료들의 다수성에 따르지 않는 경우도 생기게 된다.

분명히 재산의 평등은 올바른 일이다. 그러나 인간은 정의를 주는 것을 힘으로 여기지 않았기 때문에, 힘을 주는 것을 정의로 여기게 되었다. 정의를 강하게 하지 못하고, 힘을 정의라고 여긴 것이다. 그것은 올바른 것과 강한 것을 결합해 지상선(至上善)인 평화를 얻기 위해서였다.

300

"강한 사람이 무장하고 자기 재산을 소유하고 있을 때, 그 재산은 안전하다."[6]

301

힘. 어찌하여 인간은 다수(多數)에 따르는가? 그것에 도리어 합당하기 때문인가? 아니다. 더욱 강한 힘이 있기 때문이다.

어째서 인간은 옛날의 법률이나 옛사람의 의견을 좇는가? 그것이 가장 건전하기 때문인가? 아니다. 그것이 단일(單一)하고 의견의 불일치를 제거해 주기 때문이다.

302

그것은 힘의 결과이지 관습의 결과는 아니다. 왜냐하면, 창조할 수 있는 사람은 소수이고, 대다수는 추종하려고 할 뿐이며, 그러면서도 자기의 독창으로 영예를 얻으려고 하는 창조자들에게 영예를 부여해 주기를 거부하기 때문이다. 그리하여 만일 창조자들이 애써 영예를 차지하려고 하여 창조하지 못하는 사람들을 경멸하면, 후자는 전자를 조소하고, 심지어 막대기로

---

6) 〈누가복음〉 11장 21절의 라틴어 번역. 라틴어는 '자기 집을 지킬 때'로 되어 있으나, 파스칼은 위에서와 같이 번역하고 있다.

때리려고 할 것이다. 그러므로 그런 재능을 가지고 있는 사람은 그것을 자랑하지 말고 자기 혼자서 마음속으로만 만족해야 한다.

303

이 세상을 지배하는 것은 권력이지 세론(世論)이 아니다. 그러나 권력을 이용하는 것은 세론이다.

세론을 만드는 것은 권력이다. 그러나 세론에 따라 무난하게 살아가는 것이 좋을 수도 있다. 왜냐고? 줄타기 곡예를 하려는 사람은 외로운 법이니까. 그래서 나는 보다 강력한 집단의 사람들을 모아놓고, 줄타기하는 것이 좋지 않은 일이라고 말해 줄 수도 있다.

304

사람들 상호 간의 존경을 결속시키는 끈들은 대체로 필연의 끈이다. 왜냐하면 사람들은 저마다 지배자가 되려고 하지만, 누구나 다 그렇게 될 수는 없고 일부 사람들만 그렇게 되므로, 여러 가지 계급이 생기지 않을 수 없기 때문이다.

가령 이렇게 계급이 형성되는 과정을 보고 있다고 가정하자. 더욱 강한 일파가 약한 일파를 타도할 때까지 싸움이 계속되고, 드디어 지배적인 일파가 생길 것은 분명하다. 그런데 일단 그것이 결정되면 지배자들은 싸움이 계속되는 것을 달가워하지 않고 그들의 수중에 있는 지배권을 자기들의 뜻대로 계승할 수 있는 제도를 마련한다. 어떤 자는 그것을 국민투표에 부치고, 어떤 자는 세습이나 그 밖의 방법을 취한다.

그리고 여기서 상상력이 그 역할을 연출하기 시작한다. 그때까지는 권력이 일을 강행한다. 그 후부터는 어떤 당파, 예컨대 프랑스에서는 귀족계급, 스위스에서는 평민계급의 상상력에 의해 권력이 유지된다.

그러므로 사람들이 존경심을 특정한 개인에게 연결해 주는 끈은 상상력

의 끈이다.[7]

305

스위스인은 귀족이라는 말을 들으면 기분이 상하고, 중직(重職)을 맡기에
합당하다고 인정받기 위해 순수한 평민임을 표명하고 싶어 한다.

306

공작의 작위나 왕권, 그리고 사법직(司法職)은(권력이 모든 것을 다스리
고 있는 한) 현실적이고 필요하며, 어느 시대 어느 곳에나 존재한다. 그러나
특정한 누구를 그 자리에 앉힌다는 것은 일시적 기분에 지나지 않으므로,
그것은 확고부동하지 않고 변동되기 쉽다.

307

대법관은 위엄 있게 예복을 걸치고 있다. 그것은 그의 지위가 비현실적이
기 때문이다. 그러나 왕은 그렇지 않다. 그는 실력을 갖추고 있어 상상력에
호소할 필요가 없다. 법관 · 의사들은 상상력에 호소한다.

308

왕을 볼 때는 근위병(近衛兵) · 군악대 · 장교단, 그 밖에 민중으로 하여금
스스로 존경과 두려움을 불러일으키게 하는 모든 것을 갖추고 있는 것이 관
례이므로, 그가 간혹 그런 것을 거느리지 않고 혼자 있을 때도 그 얼굴은 신
하의 마음에 존경과 두려움을 느끼게 한다. 왜냐하면 인간은 그 관념 속에
서 왕 자신과 왕에게 언제나 따르는 종자(從者)들을 떼어서 생각하지 못하
기 때문이다. 그런 결과가 관례에서 생긴다는 것을 모르는 세상 사람들은,

---

7) 단장 82를 참조.

그것을 왕의 능력에서 비롯된다고 생각하여, 여기서 다음과 같은 말이 생겨난다.

"거룩한 기품이 그 얼굴에 새겨져 있다……운운."

309

정의(正義). 습관[8]은 쾌적함을 만드는 것처럼 정의도 만든다.

*310*의 *1*

왕과 폭군. 나는 내 생각을 머릿속에 숨겨 둘리라.

나는 여행을 할 때마다 조심하리라.

제도(制度)의 위대함, 제도에 대한 존경.

귀족의 즐거움은 사람들을 행복하게 할 수 있는 것이다.

부(富)의 진정한 기능은 아낌없이 주는 데 있다.

각 사물의 진정한 기능을 탐구해야 한다. 권력의 진정한 기능은 남을 보호하는 것이다.

힘이 가면을 벗길 때, 한 사병(私兵)이 최고법원 재판장의 각모(角帽)를 접어서 창밖에 내던질 때.

*310*의 *2*

일시적 기분에 의한 복종.

311

세론(世論)과 상상력에 바탕을 둔 왕권은, 일시적으로만 통치할 수 있으

---

8) 이 말은 '유행(mode)'이지만 파스칼은 그것을 '습관(coutume)'과 같은 뜻으로 사용하였다고 브랑슈비크는 말하고 있다.

9) 이 사상은 파스칼의 소품(小品)《귀족 신분에 대하여》에 상세히 전개되어 있다.

며, 그런 왕권은 온건하고 자발적이다. 그러나 힘에 의한 왕권은 영원한 통치력을 갖는다. 그러므로 세론은 이 세상의 여왕과 같은 것이지만 힘은 세상의 폭군이다.

<h2 style="text-align:center">312</h2>

정의는 수립되는 것이다. 그러므로 이미 수립된 우리의 모든 법률도 그것이 수립되었다는 이유만으로, 아무 검토도 없이 필연적으로 정당한 것으로 간주할 것이다.

<h2 style="text-align:center">313</h2>

민중의 건전한 여론. 최대의 재앙은 내란이다. 만일 인간이 공적(功績)의 보상(報賞)을 바란다면, 내란은 피하기 어렵다. 왜냐하면 모든 사람이 그 보상을 받기에 적합하다고 주장할 테니까. 출생의 신분으로 해서 상속이 어떤 바보에게 물려질 경우, 그 재앙은 엄청나게 큰 것도 아니며, 또 반드시 재앙이 일어나는 것도 아니다.

<h2 style="text-align:center">314</h2>

신은 만물을 자기 자신을 위해 창조했으며,

고통과 행복의 기능을 자기 자신을 위해 부여하였다.

당신은 그것을 신에게 드릴 수도 있고, 당신 자신에게 줄 수도 있다.

신에게 드리면 복음서가 규범이 된다.

자신에게 주면 당신이 신의 지위를 차지하는 셈이 된다.

신은 그 권능 안에 있는 사랑의 축복을 신에게 비는, 사랑으로 충만한 사람들에 둘러싸여 있다.

그러므로 당신은 자신을 알고, 자신이 세속적인 욕망의 왕에 불과함을 인정하고, 그 욕망의 길을 따르는 것이 좋을 것이다.[9]

315

원인과 결과. 비단옷을 걸치고 7, 8명의 시종을 거느리고 있는 사람을 나로 하여금 존경하지 못하게 하려는 사람이 있다. 이 얼마나 놀라운 일인가! 그런데 더 놀라운 일이 있다. 이 사람은 내가 자기에게 굽실거리지 않으면 가죽 채찍으로 때릴 것이다. 그가 입고 있는 옷은 권력을 상징한다. 그것은 훌륭한 마구(馬具)를 갖춘 말과 그렇지 못한 말과의 차이와 같은 것이다. 몽테뉴가 거기에 어떤 차이가 있는지를 모르고, 남들이 그 차이를 인정하고 있는 것을 이상히 여겨 그 까닭을 물은 것은 우스운 일이다. "어떻게 그런 일이······"[10] 하고 그는 말하고 있다.

316

민중의 건전한 여론. 성장(盛裝)을 한다는 것은 결코 헛된 일은 아니다. 그것은 많은 사람이 당신을 위해 일하고 있다는 것을 보여주는 것이니까. 그 머리매무새에 의해 하인이나 향료사(香料師) 등을 거느리고 있다는 것을 표시하고, 가슴 장식·수실·장식끈 등에 의해 그런데 많은 사람을 고용하고 있다는 것은 단순한 외견(外見)이나 허식은 아니다. 거느린 사람이 많을수록 그는 강자이다. 성장을 한다는 것은 자기 실력의 표시이다.

317

존경이란 자기 자신을 남에게 내맡기는 것을 의미한다. 그것은 요령 없는 행위처럼 보일지 모르나 아주 올바른 행위이다. 왜냐하면 그것은 "당신이 원한다면 나 자신을 기꺼이 내맡기겠습니다. 당신이 원치 않을 때도 나는 그렇게 하니까"라고 말하는 것과 마찬가지이기 때문이다. 게다가 존경은 훌륭한 사람을 구별하는 역할도 한다. 존경이란 것이 안락의자에 앉아 있는

---

10) 몽테뉴《수상록》1권 42장.

것을 의미한다면, 우리는 모든 사람을 존경해야 할 것이며, 그렇게 되면 훌륭한 사람과 그렇지 못한 사람을 구별하는 방법이 없게 된다. 그러나 우리는 자신을 내맡김으로써 그 구별을 아주 명백하게 할 수가 있는 것이다.

318

그에게는 4명의 하인이 있다.

319

세상 사람들이 내면적인 품성에 의하지 않고 외관(外觀)에 의해 사람을 구분하는 것은 얼마나 정당한 일인가! 우리 두 사람 중에서 누가 먼저 지나갈 것인가? 누가 상대방에게 양보할 것인가? 재능이 부족한 쪽일까? 그러나 내가 상대방과 똑같이 유능하다면 싸움이 벌어지지 않을 수 없을 것이다. 상대방이 네 사람의 시종을 거느리고 있고, 나는 한 사람밖에 거느리지 못했다면 누가 양보해야 할지는 뻔하다. 시종의 수를 세어 보면 된다. 양보해야 하는 것은 바로 나다. 만일 내가 여기에 이의(異議)를 제기한다면 내가 바보이다. 이렇게 해서 우리는 평화를 유지하고 있다. 이것은 최대의 행복이다.

*320*의 *1*

사람들은 승객 중에서 선장(船長)을 뽑는다면 가장 가문이 좋은 사람을 택하지는 않는다.

*320*의 *2*

인간의 마음이 불안정함으로써 이 세상에서 가장 불합리한 것들이 가장 합리적인 것으로 되는 경우가 있다. 한 나라의 통치자로서 왕비의 맏아들을 택하는 것보다 더 불합리한 일이 있을까? 사람들은 선장으로서 승객 중에서 가장 가문이 좋은 사람을 택하지는 않는다. 그러나 인간은 본래 무질서하며, 언제나 그러하므로 이와 같은 법률이 합리적이고 정당한 것이 되어 있다. 통치자로서 가장 덕망 있고 유능한 인물이라고 자처할 테니까. 그러므로 이 자격에 대해 논쟁의 여지가 없게 해야 한다. 그는 왕의 장자이다. 이것은 분명한 사실이며 논란의 여지가 없다. 이성도 이 이상 더 잘 처리하지는 못한다. 왜냐하면 내란은 최대의 재앙이기 때문이다.

321

어린이들은 자기 또래의 아이들[11]이 존경받는 것을 보면 그 영문을 모른다.

322

귀족들은 얼마나 큰 이득을 보고 있는가. 그들은 18세만 되면, 다른 사람들은 50세가 되어도 얻을지 모르는 명예와 존경을 얻어 훌륭한 신분이 된다. 그러니 그들은 아무런 노력도 하지 않고 30년이나 이득을 보는 셈이다.

323

'나' 란 무엇인가?

어떤 사람이 창가에 기대어 지나가는 사람들을 내다보고 있을 때 마침 내가 그곳을 지나가게 되었다면, 그는 나를 보기 위해 그곳에 있다고 말할 수 있을까? 아니다. 왜냐하면 그는 나만을 특별히 생각하고 있는 것은 아니기 때문이다. 그런데 어떤 여인이 아름답기 때문에 그녀를 사랑하는 사람의 경우는 어떤가? 그는 과연 '그 여인'을 사랑하고 있는 것일까? 아니다. 왜냐하면 천연두가 그 여인을 죽이지 않고 그 아름다움만 앗아갔더라면, 그는 그

---

11) 특권계급의 자제들.

여인을 사랑하지 않았을 테니까.

그리고 어떤 사람이 내 판단력이나 기억력 때문에 나를 사랑한다면 그는 과연 나를 사랑하고 있는 것일까? 나를, 나 자신을 말이다. 아니다. 왜냐하면 나는 그런 능력을 잃어버리고 내 자아를 잃어버리지 않을 수도 있으니까. 그런데 이 '자아' 라는 것이 육체 속에도 없고 영혼 속에도 없다면 대체 어디에 있는 것일까? 또한 이런 능력은 소멸할 수 있어서, 나의 본질을 형성하고 있지 않은데, 그런 능력 때문이 아니라면 어떻게 육신이나 영혼을 사랑할 수 있을까? 인간은 어떤 사람 영혼의 본체를, 그 속에 어떤 성질이 있든지 추상적으로 사랑할 수 있을까? 그런 일은 불가능하고 또 부당한 행위일 것이다. 그렇다면 인간은 결코 인간 자신을 사랑하는 것이 아니라, 그 능력만을 사랑하고 있는 것이다.

그러므로 우리는 지위나 관직 때문에 존경받는 사람들을 경멸해서는 안 된다. 왜냐하면 인간은 어떤 사람을 그가 빌려 받은 능력을 배제하고는 사랑하지 않을 테니까.

324

민중은 다음과 같은 점에서 매우 건전한 사고방식을 갖고 있다.

1. 기분전환으로 사냥할 때, 그들은 포획물보다는 사냥 그 자체를 더 좋아한다. 얼치기 식자(識者)는 그것을 비웃고, 그 얕은 지식을 써서 세상 사람들의 어리석음을 지적하고 의기양양해한다. 그러나 이런 얼치기 식자가 통찰할 수 없는 어떤 이유로 해서 민중은 정당하다.

2. 인간을 가문이나 재산과 같은 외적인 것에 의해 구별한다. 세상 사람들은 그것이 얼마나 불합리한가를 지적하여 의기양양해한다. 그러나 이것은 지극히 합리적인 일이다.(식인종은 어린 왕을 비웃는다.)[12]

---

12) 몽테뉴《수상록》1권 31장.

3. 뺨을 얻어맞고 모욕을 느끼며, 영예를 대단히 열망한다. 그러나 영예는 그것이 수반하는 다른 중요한 이득 때문에 매우 바람직한 것이다. 그리고 뺨을 얻어맞고도 아무렇지 않게 여기는 인간은 모욕과 궁핍에 압도될 것이다.

4. 불확실한 것을 위해 모험을 하며, 항해에 나서며, 판자 위를 건너간다.[13]

325

몽테뉴의 생각은 잘못이다. 우리가 관습을 따라야 하는 이유는 그것이 합리적이라거나 옳다고 해서 따르는 것이 아니라, 단지 그것이 관습이기 때문이다. 그러나 사람들은 오직 그것이 옳다고 생각하기 때문에 따르고 있다. 그렇지 않다면 아무리 습관이라도 따르려고 하지 않을 것이다. 왜냐하면 인간은 도리나 정의에만 복종하려고 하기 때문이다. 그것이 없다면 습관도 압제(壓制)로 생각될 것이다. 그러나 도리와 정의의 지배는 쾌락의 지배처럼 압제가 아니다. 그것은 인간의 천성적인 원리이다.

그러므로 인간이 법률이기 때문에 법률에 따르고, 관습이기 때문에 관습에 따르는 것은 좋은 일이다. 또 새로 채택되어야 할 참된 법률이나 올바른 법률은 없으며, 또 이것을 우리는 전혀 알 수 없기 때문에 이미 받아들인 것에 따를 수밖에 없다는 것을 아는 것도 바람직하다. 그렇게 하면 인간은 그 법률이나 관습을 버리지 않아도 된다. 그러나 민중은 이런 주장을 받아들이려고 하지 않는다. 그리고 진리는 발견할 수 있으며, 그것은 법률과 관습 속에 있다고 생각하는 데서 그것을 믿고, 그것이 오랫동안 유지되어 온 것을 진리의 증거라고 생각한다(진리에서 떠나, 단지 그것들의 권위를 증거로 해서가 아니라). 이렇게 해서 그들은 그것들에 따르고 있다. 그러나 그것들이

---

13) 이 항목은 나중에 첨가한 것으로, 육지에서 배에 걸친 판자 위를 건너가는 것을 의미함.

아무 가치도 없다는 것을 자기 눈으로 확인하는 순간, 그들은 그것들에 반항하려 한다. 이것은 어느 면에서 보면 모든 법률이나 관습에서 찾아볼 수 있다.

326

불공정(不公正). 법률이 공정하지 않다고 민중에게 말하는 것은 위험한 일이다. 왜냐하면 그들은 법률이 공정하다고 생각하기 때문에 그 법률에 따르고 있기 때문이다. 그러므로 그들에게 법률은 법률이기 때문에 지켜야 한다고 말해야 한다. 마치 윗사람에게는 그들이 옳기 때문이 아니라 다만 윗사람이라는 이유로 복종해야 하는 것처럼. 민중으로 하여금 그것을 이해하도록 만들고, 그것이 '공평'에 대한 정확한 정의라는 것을 인식시켜 줄 수 있다면, 어떤 폭동도 예방할 수 있을 것이다.

327

세상은 사물의 훌륭한 재판관이다. 그것은 인간이 실제로 속하는 타고난 무지의 상태에 있기 때문이다. 지식에는 두 가지의 극단적인 것이 있는데, 이들 양자(兩者)는 서로 잇닿아 있다. 그중 하나는 인간이 태어날 때 타고나는 순수한 무지(無知)이며, 다른 하나는 인간 지식의 전체적인 범주를 꿰뚫는 위대한 사람들이 도달하는 극단적인 지식인데, 그들마저도 결국에 가서는 자신들이 알고 있는 것이라고는 아무것도 없으며, 자기들이 맨 처음 출발할 때의 바로 그 순수한 무지로 되돌아오고 말았음을 알게 된다. 그러나 무지 그 자체를 아는 것은 현명한 무지이다. 그런데 이 양자 사이에 어중되게 서 있는 자들은 후자를 얻지도 못한 주제에 자신이 타고난 순수한 무지를 뒤로 제쳐 놓고는, 어설픈 지식을 조금 가지고 있으면서 무엇이든지 아는 체한다. 그들은 세상을 뒤집어 놓고 모든 것을 어지럽힌다.

평범한 민중과 현자(賢者)들이 이 세상을 이끌어 간다. 전자(前者)는 세상을 경멸하기도 하고 반대로 경멸당하기도 한다. 그들의 모든 판단은 옳지 못하여, 세상이 그것들을 올바로 판단한다.

328

원인과 결과. 정(正)에서 반(反)으로의 끊임없는 전환.

우리는 지금까지 인간이 실제로 아무런 문제도 되지 않는 것들에 헛되이 지나치게 관심을 쏟는 것과, 이 모든 견해가 논박 받는 것을 보여 주었다. 그러고 나서 우리는 이 모든 견해는 지극히 건전하며, 따라서 이 모든 공허의 표본들이 완전하게 정당화되는 것을 보여 주었다. 평범한 민중은 사람들이 말하는 것처럼 그렇게 공허하지 않다는 것도 보여 주었다. 그리하여 우리는 민중의 견해를 논박했던 그 견해를 다시 논박했다.

그러나 이제 우리는 이 최후의 명제(命題)를 논박하여, 민중의 견해는 건전하기는 하지만 공허한 것이라는 것이 언제나 진실임을 보여 주어야 한다. 왜냐하면 그들은 진리가 눈앞에 있어도 보지 못하며, 진리가 아닌 것을 진리라고 생각하므로, 그들의 견해는 언제나 크게 잘못되어 있으며 매우 불건전하기 때문이다.

329

원인과 결과. 인간의 연약함은 인간이 만들어 내는 많은 미(美)의 기준에 대한 원인이 된다. 예컨대 류트(lute)를 잘 켜는 경우가 그것이다. 그것을 나쁜 것으로 만드는 것은 오로지 우리 인간의 연약함이다.

330

왕들의 권력은 민중의 이성과 어리석음을 기반으로 삼고 있는데, 그중에서도 특히 어리석음에 토대를 두고 있다. 이 세상에서 가장 위대하고 중요한 것이 연약한 것에 토대를 두고 있다. 게다가 이 토대는 놀라울 만큼 확고하다. 왜냐하면 민중은 미래에도 약할 것이라는 사실만큼 확실한 것은 없기 때문이다. 건전한 이성 위에 토대를 두고 있는 것은 무엇이나, 지혜를 숭상하는 것만큼이나 매우 위험하다.

331

우리는 플라톤이나 아리스토텔레스라고 하면, 학자의 당당한 옷차림을 하고 있었던 사람으로만 머릿속으로 그려 본다. 그러나 그들은 보통 사람보다 다소 나은 사람들로, 그들도 친구들과 어울려 담소하기를 즐겼다. 또한 그들이 《법률》이나 《정치학》을 저술했을 때는 재미로 즐기면서 썼던 것이다. 그것은 그들의 생애에서 가장 철학자답지 않은, 가장 진지하지 못한 부분이었다. 가장 철학자다운 시기는 성실하게 조용히 살아갈 때였다.

그들이 정치학에 관해 썼다고 하면, 그것은 이를테면 정신병원의 규칙을 만드는 것과 같은 일이었다.

또 그들이 자신들의 그 행위가 매우 중대한 것인 듯한 태도를 취했다면, 그것은 그들의 이야기 상대인 미친 사람들이 자기들을 왕이나 황제로 생각하리라는 것을 알고 있었기 때문이다. 그들은 광인들의 미친 짓에서 생기는 해악(害惡)을 되도록 적게 하여 가라앉히기 위해 이와 같은 신념들을 비위 맞췄다.

332

압제는 순리(順理)를 무시하고 모든 것을 지배하려는 데서 생긴다.

강한 사람·아름다운 사람·현명한 사람·믿음이 두터운 사람은 제각기 다른 분야를 갖고 있어, 각자가 제 분야에서만 주인 행세를 하고, 그 밖의 다른 분야에서는 그렇지 못하다. 그런데 그들은 때때로 충돌하여 강한 자와 잘생긴 자가 서로 지배자가 되기 위해 싸운다. 그러나 두 사람의 지배권은 종류가 다르기 때문에 그들이 서로 싸우는 것은 바보짓이다. 그들은 서로를 이해하지 못하며, 그들의 잘못은 남의 분야까지 장악하려는 데 있다. 그런 일은 무엇으로도, 권력으로도 할 수 없다. 권력은 지식인의 세계에서는 아무런 영향력도 없다. 그것은 다만 외적(外的)인 행위를 지배할 뿐이다.

압제. 압제란 다른 방법에 의해서만 얻을 수 있는 것을 어떤 특정한 방법에 의해 얻으려고 하는 것이다. 사람들은 공로에 따라 각기 다른 대가를 준다. 그래서 매력을 사랑하며, 힘을 두려워하며, 지식을 믿는 것이다.

이들 대가는 당연히 치러져야 하는 것이다. 그것을 거부하는 것도 옳지 못하며, 그 이상의 다른 대가를 요구하는 것도 부당하다. 그러므로 다음과 같이 말하는 것은 잘못이며 압제적이다.

"나는 아름답다. 그러므로 당신은 나를 두려워해야 한다. 나는 강하다. 그러므로 당신은 나를 사랑해야 한다. 나는……" 마찬가지로 다음과 같이 말하는 것도 잘못이며 압제적이다. "그는 강하지 않다. 그러므로 나는 그를 존경하지 않는다. 그는 현명하지 못하다. 그러므로 나는 그를 두려워하지 않는다."

333

당신은 이런 사람들을 만난 적이 없는가. 당신이 자기를 별로 대단치 않은 존재로 여기는 것을 못마땅하게 여겨 당신에게 자기를 존경하는 유명 인사들의 이름을 쭉 늘어놓으며 으스대는 사람들 말이다. 나라면 그들에게 이렇게 대답할 것이다.

"그런 사람들을 사로잡히게 한 당신의 진가(眞價)를 보여 주시오. 그러면 나도 그들과 마찬가지로 당신을 존경하겠소."

334

원인과 결과. 사욕(邪欲)과 힘은 우리의 모든 행위의 원천이다. 사욕은 임의로 행위를 하게 하고, 힘은 마음에도 없는 행위를 하게 한다.

335

원인과 결과. 그러므로 세상 사람들이 모두가 착각의 희생물이라고 말하는 것은 진실이다. 왜냐하면 민중의 여론이 건전하다고 하더라도, 그들의 머릿속까지 건전한 것은 아니기 때문이다. 그들은 진리가 아닌 것도 진리인 것으로 생각하니 말이다. 이와 같은 여론 속에는 틀림없이 어떤 진리가 있기는 하지만, 그것은 그들의 생각에서 나온 것은 아니다. 귀족을 존경해야 한다는 것은 사실이지만, 훌륭한 가문이 현실적으로 유리한 위치를 갖는다는 이유에서 그들을 존경해서는 안 된다.

336

원인과 결과. 우리는 보다 깊은 동인(動因)을 가지고 그것에 따라 모든 사물을 판단해야 하며, 그러면서도 평범한 사람과 같이 이야기해야 한다.

337

원인과 결과. 변화의 단계. 민중은 가문이 좋은 사람을 존경한다. 어설픈 식자(識者)는, 가문은 개인의 장점이 아니라 우연적이라 하여 그들을 경멸한다. 참된 식자는 민중들과 똑같은 이유에서가 아니라, 더욱 깊은 동인(動因)으로 해서 그들을 존경한다. 지식보다도 열성이 대단한 신앙인은 식자들로 하여금 귀족을 존경하게 만드는 이유를 무시하고 그들을 경멸한다. 왜냐하면 그들은 신앙에서 얻은 새로운 빛에 의해 판단하기 때문이다. 그러나 완전한 기독교인들은 자기들은 그보다 훨씬 더 높은 빛에 의해 인도받고 있다는 이유에서 그들을 존경한다.

이처럼 자신을 인도하는 빛에 따라 여론은 이쪽저쪽으로, 그리고 정(正)에서 반(反)으로 바뀌어 간다.

그러나 진정한 기독교인은 이 우매함을 따라간다. 그것은 그들이 우매함을 존중하기 때문이 아니다. 인간을 벌하기 위해 그들을 그와 같은 우매함에 인간을 복종케 하는 신의 질서를 존중하기 때문이다. "만물은 허무에 복종하도록 만들어졌기 때문이다."[14] "모든 피조물은 멸망의 사슬에서 풀려날 것이다."[15] 그래서 성 토마스[16]는 〈야고보서〉의 부자를 우대하는 대목[17]의 주해(註解)에서, 그들이 그 일을 신의 눈앞에서 하지 않으면 자기 종교의 규율에 어긋난다고 말했다.

---

14) 〈로마서〉 8장 20절.
15) 〈로마서〉 8장 21절.
16) 토마스 아퀴나스 〈야고보서 주해〉.
17) 〈야고보서〉 2장 1~4절.

제6장 철학자들

*339*의 *1*

나는 손도 발도 머리도 없는 인간을 충분히 상상할 수 있다. 머리가 발보다 더 필요한 것이라고 우리에게 가르쳐 주는 것은 오로지 경험뿐이기 때문이다. 그러나 나는 생각을 지니지 않은 인간은 상상할 수가 없다. 그런 인간은 돌덩이나 짐승과 같을 것이다.

*339*의 *2*

우리의 몸에서 쾌락을 느끼는 것은 어느 부분일까? 손일까? 팔일까? 살일까? 아니면 피일까? 그것은 물질로 되어 있는 것이 아닌 어떤 것임에 틀림없다.

340

계산기는 동물의 어떤 행위보다도 사고(思考)에 가까운 것을 해낼 수가 있다. 그러나 동물처럼 의지를 가지고 어떤 행위를 해내지는 못한다.

341

리앙쿠르 공(公)의 사어(梭魚)와 개구리의 이야기.[1] 이것들은 언제나 똑같은 짓을 되풀이하고, 결코 다른 일은 하지 않는다. 그래서 지능을 가진 놈으로는 보이지 않는다.

---

1) 리앙쿠르 공은 당시의 대(大)귀족으로, 포르 르와이알의 유력한 후원자가 되었다. 여기 씌어 있는 것은 동물들의 싸움은 본능 이외의 아무것도 아니라는 것을 말하고 있는 것으로 보인다.

342

만일 어떤 동물이 사냥터에서 자기가 잡아먹을 수 있는 다른 동물을 발견했다거나 놓친 것을 동료에게 알릴 때, 본능으로 하던 행동을 이성에 따라 했다면, 또는 본능으로 하던 이야기를 이성으로 했다면, 그 동물은 자기를 더욱 깊이 감동하게 한 것들에 관해 이야기를 계속할 것이다. 예컨대 "나를 동여매고 있는 이 밧줄을 풀어서 끊어 주게. 이놈 때문에 괴로운데도 나는 거기까지 입이 닿지 않으니까" 하고.[2]

343

앵무새는 부리가 깨끗해도 그것을 닦곤 한다.

344

본능과 이성, 두 가지 본성의 표정.

345

이성의 명령은 어떤 주인의 명령보다도 훨씬 더 위압적이다. 이성에게 복종하지 않는 사람은 불행하지만, 주인에게 복종하지 않는 사람은 어리석기 때문이다.

346

사고(思考)는 인간을 위대하게 만든다.

---

2) 이 단장은 동물에게는 언어가 있다는 데카르트 학파의 근본 명제에 대하여 수렵인 리앙쿠르 공과 같은 동물기계설(動物機械說) 반대론자가 제기한 항의에 대한 답변으로 보인다. 사냥개는 서로 의사를 교환하는 일종의 언어를 갖고 있다. 게다가 그들은 말을 번역할 수도 있다. 그것은 그 말이 보편성을 갖고 있지 않기 때문이다. 즉 정신을 갖고 있지 않기 때문이다.

인간은 한 개의 갈대에 지나지 않는다. 자연 가운데서 가장 연약한 것이 인간이다. 그러나 인간은 생각하는 갈대이다. 그를 무찌르기 위해서 전 우주가 무장할 필요는 없다. 한 줄기의 증기·한 방울의 물도 그를 죽이기에 충분하다. 그러나 우주가 그를 무찔러도, 인간은 자기를 죽이는 우주보다 훨씬 고귀할 것이다. 왜냐하면 인간은 자기가 죽어가고 있다는 사실과 우주가 자기를 능가하고 있다는 사실을 알고 있지만, 우주는 그것을 전혀 모르기 때문이다.

그러므로 인간의 모든 존엄성은 사고에 있는 것이다. 우리는 결코 우리가 채울 수 있는 공간이나 시간에 의해서 자기회복을 할 것이 아니라, 바로 이 사고에 의존해서 해야 한다. 그러므로 우리는 사고를 잘하려고 노력해야 한다. 그것이 바로 도덕의 기본 원칙이다.

생각하는 갈대. 나는 나의 존엄성을 공간에서 구해서는 안 된다. 나의 존엄성은 공간에서가 아니라 나의 사고를 규제하는 데서 찾아야 한다. 영토를 소유하는 것이 내게 유리한 조건이 될 수는 없는 것이다. 우주는 공간을 통해서 나를 꽉 잡고 한 개의 알갱이처럼 나를 삼킨다. 그리고 나는 사고를 통하여 우주를 잡는다.

영혼의 비물질성. 철학자들[3]이 자신의 감정을 억제한다면 어떤 물질적 존재가 능히 그렇게 할 수 있겠는가?

---

3) 스토아학파의 철학자들.

350

스토아학파. 그들은 인간이 때때로 할 수 있는 일은 언제든지 할 수 있으며, 명예욕은 그것에 집착하는 사람들에게 무슨 일이나 거뜬히 해내게 하므로, 그렇지 않은 다른 사람들도 그렇게 할 수 있다고 생각한다.

그것은 건강한 사람으로서는 흉내도 낼 수 없는 열병적인 행위이다.

에픽테토스는 확고한 기독교인이 있다는 사실을 토대로 해서, 누구나 그렇게 될 수 있다는 결론을 내린다.

351

영혼이 때때로 도달할 수 있는 저 위대한 정신적인 노력은 영혼이 언제나 머물 수 없는 곳이다. 영혼은 단지 한 순간만 거기에 뛰어오를 따름이다. 그것도 왕좌에 오르는 것처럼 오랫동안이 아니라 단지 한 순간만.

352

인간의 덕의 한계는 그의 노력에 의해서가 아니라, 그의 일상적인 행동에 의해서 측정되어야 한다.

353

한 가지 덕, 예컨대 큰 용기를 갖고 있어도 비상한 용기와 대단한 관용을 함께 지니고 있었던 에파미논다스[4]처럼 그와 반대의 덕을 아울러 소유하고 있지 않으면, 나는 결코 그를 존경하지 않을 것이다. 왜냐하면 그렇지 못하면 향상이 아니라 타락이기 때문이다. 인간은 하나의 극단에 머물러 있을 때 그 위대성을 나타내는 것이 아니라, 동시에 두 극단에 도달하여 그 양자

---

4) 몽테뉴《수상록》3권 1장. '나는 에파미논다스를 가장 우수한 인물로 꼽는다. 그는 인간의 가장 거친 행위에 선의와 인간미를 결부시켰다.'

사이의 공간을 모두 점유할 때 비로소 그 위대성이 나타나는 것이다.

그러나 그것은 하나의 극단으로부터 다른 극단으로 영혼의 갑작스러운 섬광에 불과한지도 모른다. 그리고 위대성은 마치 타다 남은 불똥 속에서처럼 단 하나의 점에 만[5] 영원히 머물러 있을지도 모른다. 그러나 그것이 영혼의 범위를 표시하지 않는다고 하더라도 최소한 영혼이 얼마다 민첩한가를 보여 준다.

354

인간의 본성은 반드시 발전한다고는 볼 수 없다. 그것은 발전도 하고 후퇴도 한다.

열병은 오한(惡寒)에 떨게도 하고 땀에 흠뻑 젖게도 한다. 그리고 오한은 고열과 마찬가지로 열병의 열의 높이를 나타낸다.

오랜 세월에 걸친 인간의 여러 가지 발명들도 이와 마찬가지이며, 세상 사람들의 선과 악도 이와 마찬가지이다. "변화는 대체로 귀인(貴人)을 만족시킨다."[6]

355

웅변도 오래 계속하면 권태를 느끼게 한다.

영주(領主)나 왕자(王者)도 때때로 오락을 즐긴다. 그들은 언제나 왕좌에 앉아 있기만 한 것이 아니다. 그들은 왕좌에 권태를 느낀다. 자기의 위대함을 깨닫기 위해서는 거기서 떠날 필요가 있다. 계속하면 무엇이든지 지루해진다. 따뜻함을 느낄 수 있으려면 추운 것도 즐거움이 된다.

---

5) 타다 남은 불을 빨리 돌리면 불빛이 선을 그리는데, 그것은 눈의 착각에 불과하며, 사실은 하나의 점에 의한 것이다.

6) 호라티우스《가요》3권 29장. 몽테뉴《수상록》1권 42장.

자연은 점진적으로 변화한다. 그것은 이리저리 왔다 갔다 하다가는 좀 더 멀리 간다. 그러고는 절반쯤 멀리, 그러고는 전보다 더 멀리.

바닷물의 만조(滿潮)도 마찬가지로 이렇게 일어나며, 태양도 마찬가지로 운행하는 것처럼 보인다.

356

육체는 영양을 조금씩 섭취한다.

엄청난 음식과 적은 양분.[7]

357

덕을 양극단에까지 추구하려고 하면 무한소(無限小)의 쪽에서부터 악덕이 나타나서 느끼지 못하게 몰래 잠입한다. 그리고 악덕이 무한대 쪽에서 떼를 지어 나타나므로 사람들은 그 악덕 속에 빠져 덕을 보지 못하게 된다. 인간은 완전한 덕 자체까지도 비난한다.[8]

358

인간은 천사도 아니고 동물도 아니다. 그리고 불행한 것은, 천사의 흉내를 내면 동물이 되어 버리는 것이다.

359

우리가 덕을 유지하고 있는 것은 우리 자신의 힘에 의해서가 아니다. 오히려 서로 마주치는 두 바람 사이에 똑바로 서 있는 것처럼 상반되는 두 악덕의 균형에 의한 것이다. 이 악덕 중 하나를 제거해 보라. 우리는 다른 악

---

7) 너무 많이 먹으면 소화할 수 없다. 튼튼해지려면 조금씩 먹어야 한다는 의미.
8) 난외에 있는 문장. 이 단장은 전체의 의미가 분명치 않으며 특히 '무한소'와 '무한대'의 의미를 잘 알 수 없다.

덕에 빠지게 될 것이다.

360

스토아학파에서 제창하고 있는 것은 매우 어렵고 공허하다!

스토아학파에서는 주장하고 있다. "높은 지혜에 도달하지 못한 자는 모두가 어리석고 부덕하다. 마치 두어 치밖에 안 되는 물속에 빠진 자와 같다"[9] 고.

361

최고의 선(善). 최고의 선에 대한 논의.

"네가 네 자신과 너에게서 나온 선에 만족하기 위하여."[10]

거기에 모순이 있다. 왜냐하면 그들은 결국 자살을 권유하니까.

아! 얼마나 즐거운 인생인가, 페스트처럼 우리가 떨쳐 버리려고 하는 이 인생은!

362

"원로원의 결의와 국민투표의 지지를 받고……." 이와 같은 구절을 찾아낼 것.

363

"원로원의 결의와 국민투표에 의해 범죄가 판결 난다." 세네카. 588.[11]

---

9) 스토아학파에서는 덕의 단계를 인정치 않고, 높은 덕에 도달하지 못한 자는 똑같이 부덕한 사람으로 간주한다.

10) 세네카 《루키리우스에게 보내는 편지》 20의 8.

11) 세네카 《루키리우스에게 보내는 편지》 95. 몽테뉴 《수상록》 3권 1장. 숫자는 1652년 판 《수상록》의 페이지.

"어떤 철학자도 언급하지 않았을 정도로 부조리한 것은 세상에는 없다." [12] 점술(占術).

"특정한 주장을 신봉하고 있는 사람들은 자기가 믿지 않는 것까지도 옹호하지 않을 수 없다."[13] 키케로.

"무엇이나 지나치면 그러하듯이 학문도 지나치면 우리를 괴롭힌다."[14] 세네카.

"각자에게 가장 어울리는 것이 그 자신을 위해 존재하는 바로 그것이다." [15] 588.

"자연은 무엇보다도 먼저 이 굴레들을 주었다."[16] 게오르기카.

"착한 마음을 갖기 위해서는 많은 학문이 필요치 않다."[17]

"부끄럽지 않던 일도 대중에게 칭찬을 들으면 부끄러운 일이 된다."[18]

"이것이 내가 하는 방식이다. 당신은 당신 좋을 대로 하라."[19] 테렌티우스.

364

"인간이 자신에게 충분한 존경을 나타낸다는 것은 드문 일이다."[20]

"많은 신들이 오직 하나의 우두머리 자리를 놓고 법석을 떨고 있다."[21]

"이해하기도 전에 동의하는 것처럼 부끄러운 일은 없다."[22] 키케로.

"나는 그들과는 달라, 내가 모르는 것을 모른다고 고백하는 것을 부끄럽

---

12) 키케로 《점술》 2권 58장.
13) 키케로 《투스크라눔》 2권 2장.
14) 세네카 《편지》 106.
15) 키케로 《직무론》 1권 31장.
16) 빌기리우스 《게오르기카》 2권 20장.
17) 세네카 《편지》 106.
18) 키케로 《피니브스론》.
19) 테렌티우스 《헤아우톤치몰메노스》 1막 1장. 몽테뉴 《수상록》 1권 28장.
20) 몽테뉴 《수상록》 1권 39장에 인용된 《퀸틸리아누스》 10권 7장의 구절.
21) 몽테뉴 《수상록》 2권 13장에 인용된 마르쿠스 세네카의 구절. 《스아소리알므(설득술)》 1권 4장.
22) 몽테뉴 《수상록》 3권 13장에 인용된 키케로의 구절. 《아카데미아》 1권 45장.

게 생각하지 않는다."[23)]

"시작하지 않는 것이 도중에 그만두는 것보다 낫다."[24)]

365

사고(思考). 인간의 모든 존엄성은 사고 속에 있다. 그런데 도대체 사고란 무엇인가? 그것은 얼마나 바보스러운 것일까!

그러므로 사고는 바로 그 본성으로 해서 훌륭한 것이며, 다른 그 무엇과도 비교할 수 없는 것이다. 어떤 결함이 없는 한 사고는 경멸받지 않는다. 그러나 사고는 더할 나위 없이 어이없는 결함을 가지고 있다. 사고는 그 본성이 얼마나 위대한가! 또 그 결함이 얼마나 큰가!

366

세계 최고 법관의 정신도 그의 주위에서 일어나는 소음(騷音)에 의해 교란되지 않을 만큼 초연한 것은 아니다. 그의 사고를 훼방하는 데는 대포 소리가 필요 없다. 풍향기(風向器)나 도르래의 소리만으로도 족하다. 그 순간 그의 사고 작용이 장해를 받는다고 해서 놀랄 필요는 없다. 한 마리의 파리가 그의 귓가에서 붕붕거리며 날아다니고 있다. 그의 머리에 좋은 생각이 떠오르지 않게 하려면 그것으로 충분하다. 만일 당신들이 그가 진리를 찾아내게 하려고 생각한다면 그 파리를 쫓아내라. 그놈이 그의 이성의 작용을 방해하여 수많은 도시와 왕국을 통치하는 이 유력한 지성을 어지럽히고 있는 것이다.

그는 얼마나 우스운 신인가! "아, 가소롭기 짝이 없는 영웅이여!"

---

23) 몽테뉴《수상록》3권 11장에 인용된 키케로의 구절.《투스클라네스》1권 25장.
24) 몽테뉴《수상록》3권 10장에 인용된 세네카《편지》72의 구절.

367

파리들은 전투를 승리로 이끌고, 우리의 영혼을 마비시키고, 우리의 육신을 먹어 치울 만큼 강하다.

368

열(熱)이란 어떤 구상분자(球狀分子)의 운동이며, 빛은 우리가 느끼는 '원심력(遠心力)' 이라고 사람들이[25] 말한다면, 우리는 놀랄 것이다. 뭐라고! 쾌락은 정신의 춤 이외의 아무것도 아니라고! 우리는 이에 대하여 전혀 다른 개념을 갖고 있었다. 더구나 그런 느낌은 우리가 그와 동일한 것이라고 말하는 다른 느낌과는 아주 다른 것처럼 보인다. 불에 대한 감각·접촉과는 전혀 다른 방법으로 우리에게 전해지는 열·소리나 빛의 감응(感應), 이런 모든 것은 우리에게 신비롭게 보인다. 그러나 그것은 돌을 던지듯이 직진한다. 털구멍 속까지 들어가 박히는 미세한 정기(精氣)가 다른 신경을 건드리는 것은 사실이지만 그것들도 역시 신경인 것이다.

369

기억은 이성의 모든 작용에 있어서 필요하다.

370

사고(思考)는 순서 없이 왔다가 순서 없이 간다. 따라서 그것들을 붙잡아 두거나 간직할 수는 없다.

하나의 사고가 도망쳐 버렸다. 나는 그것을 기록해 두려고 애쓰고 있었다. 그런데 나는 그것이 내게서 도망쳐 버렸다고 기록한다.

---

25) 데카르트파를 가리킨다.

371

나는 어렸을 때 나의 책을 밀쳐 버리곤 했다. 그리고 때때로 그랬기 때문에 내가 그렇게 했었다고 생각할 때면, 나는 의심하기를……

372

내 생각을 적어 두려고 하면, 그것이 도망쳐 버릴 때가 있다. 이것은 나에게 언제나 잊어버리기를 잘하는 자신의 연약함을 느끼게 한다. 이것은 잊어버린 생각 못지않게 나한테는 교훈적이다. 왜냐하면 내가 언제나 명심하고 있는 것은, 나 자신이 텅 빈 존재라는 것을 아는 것이기 때문이다.

373

퓌로니즘. 나는 여기에 나의 사상을 무질서하게, 그러나 무계획적인 혼란에 빠지지 않도록 쓰려고 한다. 이것이 참된 질서이며, 그것은 바로 자신의 무질서에 의해 언제나 나의 목적을 제시할 것이다.

나는 다만 퓌로니즘에는 질서가 있을 수 없다는 사실을 보여 주려고 하는 것이므로, 만일 내가 퓌로니즘(회의론)의 문제를 질서 정연하게 다룬다면, 그것을 지나치게 존중하는 것이 될 것이다.

374

무엇보다도 나를 당황하게 하는 것은, 세상 사람들이 자기 자신의 연약함에 별로 당황하지 않는 것이다. 사람들은 저마다 신중하게 행동하고 자기 분수를 지키고 있다. 유행에 맞추어 분수를 지키는 것이 실제로 좋다는 이유에서가 아니라, 마치 저마다 도리나 정의가 어디 있는지 정확하게 알고 있는 것처럼 행동하고 있기 때문이다. 인간은 부단히 실망하며 살고 있다. 그리고 우리로 하여금 자신을 책망하게 하는 것은 우리가 항상 뽐내는 수완이 아니라 불합리한 겸손이다. 그러나 이런 사람들이 세상에는 얼마든지 있지만, 그들이 퓌론 학도가 아니라는 것은, 퓌로니즘의 명예를 위해 다행한 일이다. 이에 따라 퓌로니즘은 인간이 가장 엉뚱한 견해를 가질 수 있다는 사실을 보여 줄 수가 있는 것이다. 인간은 자신이 천성적으로 불가피하게 연약한 것이 아니라 반대로 천성적으로 현명하다는 것을 믿을 수 있기 때문이다.

세상에 퓌론 학도가 아닌 사람들이 있다는 사실만큼 퓌론 학도들에게 힘이 되는 것은 없다. 만일 모든 사람이 퓌론 학도라면, 퓌론 학도들은 모두 그 반대자가 될 것이다.

375

나는 정의 같은 것이 있다는 사실을 믿는데 내 생애의 오랜 기간을 보내왔다. 이렇게 한 나의 소행이 잘못된 것은 아니었다. 왜냐하면 신이 우리에게 정의를 보여 주기로 작정한 이상 정의는 존재하기 때문이다. 그러나 나는 그렇게는 생각하고 있지 않았다. 내가 잘못 생각한 것은 바로 그것이었다. 나는 우리의 정의를 본질적으로 올바른 것으로 생각하고, 나 자신이 정의를 알고 또 판단하는 힘을 가지고 있다고 생각했으니 말이다. 그러나 나는 너무 자주 올바른 판단을 내리지 못하는 것을 알아차리고, 드디어 나 자신을 그리고는 남들까지도 불신하기 시작했다. 나는 모든 국가나 사람들이 변하는 것을 목격하였다. 그리하여 참된 정의에 대한 마음의 변화를 여러 번 겪고 나서, 인간의 본성은 끊임없이 변화한다는 것을 알게 되었다. 그 후로 나는 마음을 바꾸지 않기로 했다. 만일 변한다면 나의 견해를 확고히 할 뿐이다. 다시 독단론자로 되돌아간 퓌론 학도 아르케실라우스.[26]

---

26) B.C. 3세기경 그리스 철학자로 신 아카데미파의 창시자. 퓌론의 회의설을 플라톤 철학에 도입했다.

376

퓌론 학도들은 그 추종자에 의해서보다 반대자에 의해 오히려 강화된다. 왜냐하면 인간의 연약함은, 그것을 지각하고 있는 사람들보다 지각하지 못하는 사람들에게 더욱 뚜렷이 나타나기 때문이다.

377

겸손에 관한 대화는 교만한 사람에게는 교만의 기회가 되고 겸손한 사람에게는 겸손의 기회가 된다. 그와 마찬가지로 퓌로니즘에 대한 논의도 긍정적인 사람들에게는 긍정하는 기회가 된다. 겸손에 대해 겸손하게 말하는 사람은 극히 드물고, 순결에 대해 순결하게 말하는 사람도 적고, 회의론에 대하여 회의적으로 말하는 사람도 적다. 우리는 거짓말쟁이 · 이중적(二重的) 존재 · 모순에 찬 존재에 불과하며, 우리는 우리 자신으로부터 자신을 감추고 위장한다.

378

퓌로니즘. 극도의 재지(才智)는 극도의 무지와 마찬가지로 어리석다는 비난을 받는다. 중용(中庸)보다 좋은 것은 없다. 대중은 중용을 주장하여 그것에서 벗어나 극단을 지향하는 사람을 비난한다. 나도 어리석기를 바라지는 않으며, 중용에 놓이기를 기꺼이 동의하며 바닥의 극단에 남기는 싫다. 그것이 바닥이기 때문이 아니라 끝이기 때문이다. 마찬가지로 나는 상단에 놓이는 것도 원치 않기 때문이다. 중간에서 벗어나는 것은 인도(人道)에서 벗어나는 것이다.

인간의 영혼의 위대성은 어떻게 해야 중용에 머물 수 있는가를 아는 데 있다. 위대성은 중용에서 벗어나는 데 있지 않고, 오히려 중용 속에서 벗어나지 않는 데 있다.

379

너무 자유로운 것은 좋은 일이 못 된다.

필요한 것을 모두 갖는 것도 좋은 일이 못 된다.

380

세상에는 훌륭한 격언이 많다. 사람들은 그런 격언을 올바로 적용하지 못할 뿐이다.

예컨대 인간 공통의 선(善)을 지키기 위해서는 목숨까지도 던져야 한다는 것을 사람들은 믿어 의심치 않는다. 또한 많은 사람이 그렇게 하고 있다. 그러나 신앙을 위해서 목숨을 던지지는 않는다.

인간 사이에는 불평등이 반드시 존재한다. 이것은 사실이다. 그러나 일단 이것이 인정되면, 문호(門戶)는 가장 절대적인 폭군에게도 열린다.

정신은 다소 느슨하게 해 둘 필요가 있다. 그러나 그렇게 하면 최대의 무절제에까지 문호가 열린다.

그 한계를 정하는 것이 좋다. 사물에는 아무 한계도 없다. 법률은 거기에 어느 정도 한계를 정하려고 한다. 그러나 정신은 이것을 견딜 수가 없는 것이다.

381

인간은 나이가 너무 어리면 올바른 판단을 내릴 수 없다. 나이가 너무 많아도 마찬가지이다.

생각이 모자라거나 너무 지나쳐도 완고해지거나 열광하게 된다.

자기가 어떤 일을 끝낸 직후에 그것을 돌이켜보면, 그때까지도 지나치게 그 일에 빠져 있음을 알게 된다. 아주 먼 후일에 생각하면 일을 했을 당시의 기분을 느낄 수조차 없다.

그것은 그림을 너무 멀리서 보거나 너무 가까이서 보는 것과 마찬가지이다. 가장 알맞은 이상적인 지점은 하나밖에 없다.

그 밖의 지점은 너무 가깝거나, 너무 멀거나, 너무 높거나, 너무 낮다. 그림의 기법에서는 원근법이 그것을 결정한다. 그러나 진리나 도덕에서는 어떻게 이것을 결정할 것인가?

382

모든 것이 일제히 움직일 때는 아무것도 움직이지 않는 것처럼 보인다. 배를 타고 있을 때가 바로 그렇다. 모든 사람이 타락해 가면 누구도 타락하지 않는 것처럼 보인다. 그러나 누군가가 멈춰 선다면, 그는 고정된 하나의 점과 같이 다른 사람들이 움직인다는 사실을 지적할 수가 있다.

383

불규칙한 생활을 하는 사람들은 규칙적인 생활을 하는 사람들에게, 당신들은 인간의 본성에서 떠나 있다고 말하고, 자기들은 본성에 따르고 있다고 말한다. 마치 배에 올라탄 사람이 육지에 있는 사람이 멀어져 간다고 생각하는 것과 같다. 양쪽이 다 그렇게 말할 수 있다. 이것을 정확히 판단하려면 고정된 한 점이 있어야 한다. 항구는 배에 올라탄 사람들의 재판관이다. 그러나 도덕의 문제에서는 어디에서 항구를 찾을 것인가?

384

모순은 진리의 표시로서는 빈약하다.

확실한 것에도 모순은 많이 있다.

허위에서도 모순을 찾아볼 수 없는 경우가 있다.

모순이 허위의 표시가 아닌 것은, 모순이 없는 것이 진리의 표시가 못 되는 것과 마찬가지다.

385

퓌로니즘. 이 세상에서는 모든 사물이 부분적으로는 진리이지만 부분적으로는 허위이다. 그런데 본질적인 진리는 그런 것이 아니다. 그것은 아주 순수하고 또 아주 진실하다. 그런데 이와 같은 혼합은 진리를 파멸하고 절멸시킨다. 순수하게 진실한 것은 아무것도 없으며, 따라서 순수한 진리라는 의미에서 보면 진실한 것은 아무것도 없다. 어떤 사람은, 살인이 악이라는 것은 진실이라고 말할지 모른다. 그렇다. 우리는 악이나 허위가 어떤 것인지 잘 알고 있으니 말이다.

그런데 당신은 선(善)을 어떻게 정의하겠는가? 순결인가? 나는 그렇지 않다고 말하고 싶다. 세계에는 종말이 있을 테니까. 결혼인가? 아니다, 금욕 쪽이 더 나을 것이다. 살인하지 않는 것이 선인가? 아니다, 그것은 잔인한 무질서를 야기하며, 잔인한 자들은 모든 선인을 죽여 버릴 테니까. 그럼 살인인가? 아니다, 그것은 인간의 본성을 파괴하니까. 우리는 진리나 선을 조금씩밖에 갖고 있지 않으며, 그나마 악이나 거짓이 섞인 것이다.

386

만일 우리가 밤마다 같은 꿈을 꾼다면, 그것은 우리가 낮에 보고 있는 일과 마찬가지로 우리에게 영향을 줄 것이다. 만일 어떤 직공이 밤마다 열두 시간씩 계속하여 자기가 왕이 된 꿈을 어김없이 꾼다면, 그는 밤마다 열두 시간 계속해서 자기가 직공이 된 꿈을 꾸는 왕과 마찬가지로 행복할 것이다.

만일 우리가 밤마다 적에게 쫓겨 그 괴로운 환상에 시달리거나, 또는 여행하고 있을 때처럼 여러 가지 다른 일로 분주히 보내는 꿈을 꾼다면, 우리는 그 일을 사실처럼 여겨 괴로워하기 때문에, 마치 실제로 그런 불행에 빠지지 않을까 하고 걱정하는 사람이 잠에서 깨어나는 것을 두려워하는 것처럼 잠들기를 두려워할 것이다. 또 실제로 그 꿈은 현실과 거의 다름없는 고통을 줄 것이다.

그러나 꿈은 모두 다르고, 하나의 꿈속에도 여러 가지 변화가 있으므로, 꿈속에서 보는 것은 깨어서 보는 것처럼 우리에게 영향을 주지는 않는다. 이것은 연속성 때문이다. 그러나 이것은 그렇게 연속적이지 않으며, 여행을 할 때와 같이 드문 경우를 제외하고는 그것은 갑작스럽게 변화하지 않는다. 그래서 그런 예외적인 경우에 우리는 이렇게 말한다. "어쩐지 꿈이라도 꾸고 있는 것 같다"고. 왜냐하면 인생은 하나의 꿈이지만 변화가 다소 덜하기 때문이다.

387

진리로서의 논증 같은 것이 있을지도 모르지만 그것은 확실치가 않다.

그러므로 그것은 다만 세상만사는 불확실하다는 사실마저도 확실치 않다는 것을 입증할 뿐이다. 회의론에 더욱 큰 영광 있을진저.

388

양식(良識). 그들[27]은 이렇게 말하지 않을 수 없다. "당신들은 참된 신앙에 따라 행동하고 있지 않다. 우리는 잠자고 있는 것이 아니다." 나는 이렇게 오만한 이성이 기가 죽어서 애원하는 모습을 얼마나 보고 싶어 했던가! 왜냐하면 이것은 자기의 권리가 도전을 받았을 때 그 권리를 무력으로써 지키려고 하는 인간의 말이 아니기 때문이다. 그런 사람이라면 당신이 참된 신앙에 따라 행동하지 않는 것을 탓하는 데 시간을 낭비하지 않고, 당신의 그릇된 신앙을 힘으로 처벌하려 할 것이다.

---

27) '그들'은 스토아학파의 독단론자. '당신들'은 회의론자.

389

〈전도서〉의 가르침[28]에 의하면, 신을 찾지 못한 인간은 완전히 무지한 상태에 있으며 피할 수 없는 불행에 빠져 있다고 하였다. 왜냐하면 노력하면서도 해내지 못하는 사람은 누구나 불행한 사람이기 때문이다. 그런데 인간은 행복하기를 바라고, 어떤 진리에 대하여 확신을 두고 있지만, 그는 똑같이 알 수가 없으며, 알기를 단념할 수도 없다. 그렇다고 해서 그는 회의를 품을 수조차 없는 것이다.

390

제기랄, 얼마나 어리석은 논쟁인가! 신은 세상을 벌하기 위해 만들었을까? 신은 이렇게 연약한 인간에게 이처럼 많은 요구를 하는 것일까? 회의론은 이러한 병에 대한 치료법이며, 그 자리에 이 허영을 대치할 것이다.[29]

391

회화(會話). 종교에 대한 거창한 말. 나는 그것을 부인한다.
회화. 회의(懷疑)는 종교의 보조역할을 한다.

392

퓌로니즘을 반박함. 우리가 이 사물들을 모호하게 함이 없이 깔끔하게 정의할 수 없다는 사실은 이상한 일이다. 우리는 그것들에 대해 언제나 이야기한다. 우리는 모든 사람이 그것들을 한결같이 생각하고 있다고 가정하고

---

28) 〈전도서〉 8장 17절.
29) 여기에 합리주의의 입장에서 기독교에 대한 항의가 제시되어 있다. 그러나 신의 정의(正義)의 처지에서 보면 인간이 절대적 정의의 의미를 알고 있다고 생각하는 것은 주제넘은 일이다. 여기에 회의파에 의해 타파되어야 할 허영이 있다. 회의파는 신에 대한 인간의 교만을 막기 때문이다.

있다. 그러나 그것은 지극히 근거 없는 가정이다. 우리는 이에 대해 아무런 증거도 갖고 있지 않기 때문이다. 나는 이런 말을 같은 경우에 적용하는 것을 실제로 본다. 즉 하나의 물체가 그 위치를 바꾸는 것을 두 사람이 볼 때마다, 두 사람 모두 이 같은 대상의 관찰을 같은 말로 표현하여 "그것은 움직였다"고 말하는 것이다. 그리고 이러한 적용(適用)의 일치는 관념의 일치라는 강력한 추정(推定)을 낳게 한다. 그러나 양쪽이 모두 옳다고 하더라도 결정적인 확신을 하기에는 절대적인 힘이 부족하다. 왜냐하면 서로 다른 가정으로부터 때때로 같은 결론이 나오곤 하는 것을 우리는 알고 있기 때문이다.

이것은 이러한 것을 우리에게 확인시켜 주는 자연의 빛을 아주 꺼버리지는 않는다고 해도, 적어도 이 문제를 혼란에 빠지게 하는 데는 충분하다. 플라톤학파[30] 사람들은 그쪽에 가담했을지도 모른다. 그러나 그로 인해 그 빛은 더 희미해지며, 독단론자들을 혼란에 빠지게 하여 모호성을 옹호하는 회의론자들에게 승리의 영광을 안겨주게 할 뿐이다. 그리고 우리로 하여금 회의를 갖게 하는 어떤 모호성은 그 빛을 완전히 제거할 수가 없다. 마치 자연의 빛이 암흑을 완전히 퇴치할 수 없는 것처럼.

393

신과 자연의 모든 법칙을 버린 후에 자기 손으로 법률을 만들어 잘 지켜나가고 있는 사람들이 이 세상에 있다는 것을 생각해 보면 재미있다. 그들은 자기들이 만든 법률에 철저하게 복종한다. 예를 들어 마호메트의 병사·도적과 이단자들이 그들이다. 논리학자들도 마찬가지이다.

그들이 이렇게 정당하고 장식적인 그 많은 한계를 뛰어넘는 것을 보면,

---

30) 독단적인 회의론자를 가리킴. 그들은 자기 자신의 회의에 대해서도 회의하는 것을 반대한다.

그들의 방종에는 아무런 한계나 장벽도 없는 것처럼 보인다.

394

퓌론 학도 · 스토아학파 · 무신론자들의 모든 논거(論據)는 정당하다. 그러나 그들의 결론은 잘못되어 있다. 왜냐하면 그들의 반대되는 논거도 또한 정당하기 때문이다.

395

본능 · 이성. 우리에게는 독단론이 해결할 수 없는 어떤 것에 대해서도 그것을 증명할 만한 능력이 없다.

또 우리에게는 회의론이 해결할 수 없는 진리에 대해 하나의 관념을 가지고 있다.

396

본능과 경험, 이 두 가지가 인간에게 그 모든 본성을 가르쳐 준다.[31]

397

인간의 위대성은 자기 자신이 비참한 존재라는 것을 알고 있는 것으로부터 온다. 나무는 자신이 비참한 존재임을 알지 못한다.

그러므로 자신의 비참함을 안다는 것은 비참한 일이다. 그러나 인간이 자기의 비참함을 안다는 것에 그의 위대성이 있는 것이다.

398

이 모든 비참의 실례가 인간의 위대성을 증명한다. 그런데 그것은 대영주(大領主)의 비참함이며, 폐위된 국왕의 비참이다.

399

지각력이 있는 사물만이 비참할 수가 있는 것이다. 그러므로 폐허가 된 집은 비참하지 않다. 비참한 것은 인간뿐이다. "나는 온갖 고난을 겪은 인간이다."[32]

400

인간의 위대성. 인간의 영혼에 대한 우리의 관념은 아주 고귀한 것이어서 우리는 경멸을 받으면 견딜 수가 없으며, 주어진 영혼의 존경을 누릴 수가 없는 것이다. 인간의 모든 행복은 바로 이 존경에 놓여 있는 것이다.

401

영예. 동물은 서로 존경하지 않는다. 말(馬)은 동료에게 경의를 표하지 않는다. 그것은 그들이 달음질칠 때 그들 사이에 경쟁심이 없기 때문이 아니라, 그런 것이 별로 중요한 결과를 가져오지 않기 때문이다. 왜냐하면 외양간 안에서는, 인간이 다른 사람에게 해 주기를 바라는 것처럼, 걸음이 가장 더디고 못생긴 말이 다른 말에게 먹이를 양보하는 일은 없으니까. 말에게 있어서는 자신을 존경하는 것이 미덕이다.

402

인간은 정욕 속에서도 위대하다. 인간은 거기서 하나의 훌륭한 규범을 끄집어낼 줄 알고, 또 그 정욕을 참된 박애의 상(像)으로 삼는다.

---

31) 본능이란 선에의 갈망, 타락 이전의 인간 본성의 회고이고, 경험은 인간의 비참과 타락의 자각이다.

32) 〈예레미야〉 애가 3장 1절.

403

위대성. 정욕에서 이처럼 훌륭한 질서를 만들어 냈으니, 이러한 결과야말로 인간의 위대함을 표시하는 것이다.

404

인간의 가장 천한 모습은 영예를 추구하는 것이다. 그런데 한편 이것이야말로 그들의 탁월성을 가장 크게 나타내는 것이기도 하다. 왜냐하면 인간은 아무리 많은 것을 지상에서 소유하여도, 아무리 건강하고 아무리 쾌락을 즐길지라도, 남들의 존경을 받지 못하면 만족하지 못하니 말이다. 인간은 이성(理性)을 대단히 높이 평가하기 때문에 지상에서 아무리 특권을 누려도 이성 속에서 그와 같이 높이 평가되지 않으면 결코 행복하지 못하다. 이것이야말로 세상에서 가장 훌륭한 자리이며, 따라서 이 욕망으로부터 인간을 물러나게 할 수 있는 것은 없다. 그리고 영예욕은 인간의 마음속에서 가장 지워버리기 어려운 것이다.

인간을 가장 경멸하여 동물과 다를 것이 없다고 말하는 사람들도 타인의 존경과 신임을 받고 싶어 한다. 이리하여 인간은 그들이 타고난 감정으로 말미암아 자가당착(自家撞着)에 빠지고 만다. 무엇보다도 강한 그들의 본성은, 이성이 그들로 하여금 자신의 비천함을 자각하게 하는 것보다 훨씬 더 강하게 인간의 위대성을 확신시켜 주기 때문이다.

405

모순. 오만은 모든 비참과 저울의 양 끝에서 균형을 이룬다. 다시 말해 인간은 자신의 비참을 숨기거나 드러내며, 자기가 그것을 의식하는 것을 자랑스럽게 생각한다.

406

오만은 모든 형태의 비참과 균형을 이루며, 그것의 해독제이다. 여기에 이상한 괴물이 있어 얼핏 보기에도 아주 변태적이다. 그것은 제 본연의 지위에서 떨어져, 다시 그 자리를 찾으려고 발버둥 친다. 이것이 모든 인간의 진면목(眞面目)이다. 누가 제 본연의 지위에 복귀했는가를 살펴보자.

407

사악이 이성을 가지면 그것은 제 스스로에게 만족하며, 그 이성을 자신의 모든 광채로 장식한다.

고행이나 엄격한 선택이 참된 선을 이루지 못하고, 인간의 본성으로 돌아가지 않을 수 없을 때, 이번에는 앞의 경우와는 반대의 입장에서 제 스스로에게 만족한다.

408

악이란 저지르기 쉬운 것이며, 또 그 형태도 무수히 많다. 반면에 선은 거의 단일(單一)하다. 그런데 어떤 종류의 악은 선이라고 불리는 것과 마찬가지로 찾아보기 어렵다. 그래서 그런 특수한 악이 종종 선으로 통용된다. 그리고 그런 종류의 악에 도달하려면 선에 도달하는 것과 마찬가지로 영혼의 아주 뛰어난 위대성까지도 필요로 한다.

409

인간의 위대성. 인간의 위대성은 그의 비참 속에서도 찾아볼 수 있을 만큼 분명한 것이다. 동물에게는 자연스러운 것을, 인간의 경우에는 비참하다고 말하고 있다. 인간의 본성이 오늘날 동물의 그것과 같다고 본다면, 인간은 일찍이 자기가 소유했던 다소 나은 상태로부터 타락했다는 것을 인정하지 않을 수 없다.

폐위(廢位)된 왕을 제외하고 누가 자신이 왕이 아닌 것을 불행하게 생각하겠는가. 파울루스 에밀리우스[33]가 집정관(執政官)을 그만두었다고 해서 그를 불행하다고 생각한 사람이 있는가? 반대로 사람들은 그가 집정관이었던 것을 행복하다고 생각했다. 그의 직위는 영원한 것일 수는 없기 때문이다. 그러나 페르세우스[34]가 왕위에서 물러난 것을 사람들은 매우 불행한 일이라고 생각했다. 그의 지위는 영구적인 것으로, 또 그가 괴로움을 견디며 계속해서 인생을 살아가는 것을 보고 깜짝 놀랐기 때문이다. 입이 하나밖에 없는 것을 불행하게 생각하는 사람이 있을까? 그리고 눈이 하나밖에 없는 것을 불행하게 생각하지 않는 사람이 있을까? 사람들은 눈이 세 개가 아닌 것을 슬퍼하지는 않을 것이다. 그러나 눈이 하나도 없는 사람에 대해서는 위로할 방도가 없다.

410

마케도니아의 왕 페르세우스와 파울루스 에밀리우스. 사람들은 페르세우스가 자살하지 않은 것을 비웃었다.

411

우리를 억압하고 우리의 목을 조이는 모든 참상을 눈으로 보았는데도, 우리는 자신을 지탱하려고 하는 억제할 수 없는 본능을 갖고 있다.

412

이성과 감정 사이에 일어나는 인간의 내적 투쟁.

만일 그가 감정을 소유하지 않고 이성만 소유하고 있다면.

---

33) B.C. 2~3세기경에 생존한 로마 장군. 마케도니아 군을 격파한 공로로 집정관이 되었다.
34) B.C. 168년 에밀리우스에 패하여 포로가 된 마케도니아 왕.

만일 그가 이성을 소유하지 않고 감정만 소유하고 있다면.

그러나 그 양쪽을 다 소유하고 있으므로 인간은 내적 투쟁으로부터 벗어날 수 없는 것이다. 인간은 그중 한쪽과 싸우지 않고서는 다른 쪽과 화해할 수 없기 때문이다.

그리하여 인간은 언제나 내적 분열과 모순에 의해 찢기는 것이다.

443

감정에 대항하는 이성의 내적인 투쟁은, 평화를 원하는 사람들을 두 파로 갈라놓았다. 한쪽은 감정을 버리고 신이 되기를 원하고, 다른 쪽은 이성을 버리고 야수가 되기를 원했다(데 바로).[35] 그러나 그들은 어느 쪽도 뜻을 이루지 못했다. 그리고 이성은 여전히 남아서 감정의 비열과 부정을 비난하고, 감정에 몸을 내맡기고 있는 자들의 화평을 교란한다. 또한 감정은 그것을 버리려는 사람들의 마음속에 항상 남아 있는 것이다.

444

인간은 누구나 미치는 것을 피할 수가 없기 때문에, 미치지 않은 사람도 다른 형태의 광증으로 보아 미쳤다고 할 수 있다.

445

인간의 본성은 두 가지로 볼 수 있다. 하나는 인간을 개체에 따라 본 것으로, 이 경우에 인간은 위대하여 비교의 여지가 없다. 또 하나는 인간을 하나의 집단[36]으로 묶어서 본 것으로, 예컨대 말이나 개의 성질을, 그 달리는 모습이나 낯선 사람에 대한 '반격 본능'을 보고 그 종족을 판단하는 경우가

---

35) Des Barreaux(1602~73). 파스칼과 같은 시대의 시인이자, 무신론자.
36) 집단이란 일반성을 의미하며, 이상적인 본성에 대하여 현실적인 본성을 말한다.

그것이다. 이 경우 인간은 비천하고 쓸모없는 존재이다. 이 두 갈래의 길은 인간을 여러모로 판단하게 하여, 철학자들의 논의의 대상이 되고 있다. 왜냐하면 양자는 상대방의 가정(假定)을 부정하기 때문이다.

한쪽에서는 말한다. "인간은 그런 목적을 위해 태어난 것이 아니다. 그의 모든 행동은 그 목적에 어긋나기 때문이다." 또 다른 쪽은 말한다.

"인간은 그렇게 비열하게 행동하는 것으로 보아, 자기의 목적에서 멀리 벗어나 있는 것이다."

416

A.P.R.[37] **위대함과 비참함.** 비참함은 위대함의 결과이며, 위대함은 비참함의 결과가 되므로 어떤 사람들은 인간이 그것을 증명하기 위하여 자기의 위대성을 이용했기 때문에 비참해진 것이라고 결론을 지으려 하는 반면, 다른 사람들은 자기들의 증거의 바탕을 비참에 둠으로써 인간이 위대하다고 훨씬 더 강력한 결론을 내렸다. 한쪽의 위대함을 증명하려는 모든 것은 다른 쪽의 비참함을 결론지으려는 논거(論據)에 도움을 줄 뿐이다. 왜냐하면 인간은 높은 데서 떨어지면 그만큼 더욱 비참하고, 그 반대도 마찬가지로 진리이기 때문이다.

그들은 끝없는 원을 그리며 서로 뒤쫓아 가고 있다. 왜냐하면 인간의 통찰력이 증대함에 따라 인간은 자신의 내부에 있는 위대함과 비참함을 둘 다 발견하게 되기 때문이다.

요컨대 인간은 자기가 비참하다는 것을 알고 있다. 그러므로 그는 비참하다. 왜냐하면 사실 그는 비참하니까. 그러나 인간이 진정으로 위대한 것은 그가 그 사실을 알고 있기 때문이다.

---

37) A Port Royal(포르 르와이알에서)의 약칭. 이 단장은 1658년 단장 430과 마찬가지로 포르 르와이알에서 열린 회의에서 파스칼이 그의 변명을 위해 준비한 노트의 일부를 형성하고 있다.

447

인간의 이와 같은 이중성(二重性)은 너무도 명백하기 때문에, 인간에게는 두 개의 영혼이 있다고 생각하는 사람들이 있을 정도이다.

그들에게는 이중성이 없는 단순한 존재는 확고한 단정으로부터 엄청난 실망으로의 갑작스러운 변화와 위대함을 수용할 수 없는 것으로 생각되기 때문이다.

448

인간에게 그 위대성을 지적해 주지 않고, 그가 얼마나 동물에 가까운가를 너무 분명하게 설명해 주는 것은 위험한 일이다. 또한 그에게 그의 비열함을 보여 주지 않고, 그의 위대함을 대단한 것으로 여기게 하는 것도 위험한 일이다. 그리고 그 양자 중 어느 하나도 느끼게 하지 않는 것은 더욱 위험한 일이다. 그러나 양쪽을 다 느끼게 해주는 것은 매우 유익한 일이다.

인간은 자기를 동물과 같다고 생각해도 안 되고 천사와 같다고 생각해도 안 된다. 그리고 양쪽을 다 의식하지 못해도 안 된다. 양쪽 다 알아야 한다.

449

나는 인간이 어느 한쪽에[38] 안주(安住)하도록 허락하지 않겠다. 그러므로 정착하거나 휴식할 곳이 없이……

420

그가 자신을 스스로 높이려 하면, 나는 그를 겸손하게 할 것이다.
그가 자신을 스스로 낮추려 하면, 나는 그를 높여 줄 것이다.

---

38) 위대함과 비열함 중에서.

그리고 나는 그를 반박할 것이다.

자기가 불가해(不可解)한 괴물이라는 것을 인정할 때까지.

421

나는 인간을 칭찬하는 사람들과 인간을 비난하는 사람들과, 인생을 향락하려고 하는 사람들까지 옳지 않게 생각할 것이다. 내가 옳게 여기는 사람은 끙끙거리며 진리를 추구하는 사람들뿐이다.

422

참된 선이 무엇인가를 추구하다가 결실도 없이 지쳐 버리는 것은 좋은 일이다. 그런 사람은 결국은 구세주를 향해 손길을 뻗을 테니까.

423

모순. 인간에게 그가 얼마나 천박하고 위대한가를 보여 주고 난 후에 이제 인간으로 하여금 자신의 가치를 판단하게 해야 하며, 자기 자신을 사랑하게 해야 한다. 왜냐하면 인간의 내부에는 선을 행할 수 있는 본성이 있기 때문이다. 그러나 그렇다고 해서 자기에게 있는 천박함을 사랑하게 해서는 안 된다. 이 역량이 채워지지 않았다면 인간으로 하여금 자신을 경멸하게 해야 한다. 그러나 그런 이유로 해서 이 타고난 능력을 경멸하게 해서는 안 된다. 그로 하여금 자기 자신을 미워하게도 하고 사랑하게도 해야 한다. 그는 진리가 무엇인가를 알고 행복해질 수 있는 능력을 갖추고 있다. 그러나 영속적인 진리나 만족할 만한 진리는 갖고 있지 않다.

그러므로 나는 진리를 찾아내려는 욕구를 인간의 마음속에 일으키고 싶다. 그리고 격정에서 풀려나, 자신의 지식이 격정의 구름에 얼마나 두껍게 싸여 있는가를 깨닫고, 진리를 찾기 위해서라면 어디까지도 그것을 따라가려는 마음의 자세를 갖게 해 주고 싶다. 나는 인간이 그의 의사(意思)의 결정권을 쥐고 있는 사욕(邪慾)을 미워하게 하고 싶다. 그가 선택하려고 할 때 사욕에 그를 눈멀게 하지 않고, 일단 그가 선택한 후에 사욕이 그의 행동을 방해하는 일이 없게 하기 위해서이다.

424

종교의 인식에서 나를 더욱 멀리 떼어 놓은 것처럼 보였던 이 모든 모순이, 참된 종교로 나를 가장 빨리 인도해 주었다.

제7장 도덕과 교의(敎義)

425

제2부. 신앙이 없는 사람은 진정한 선(善)도 정의도 알 수가 없다.

인간은 누구나 행복을 추구한다. 여기에는 예외가 없다. 그들이 행복을 얻기 위해 사용하는 방법은 아무리 달라도 그들은 모두 이 목적을 지향하고 있다. 어떤 사람은 전쟁터에 나가고 어떤 사람은 나가지 않는다. 이들 양자에게 있어 행복을 얻기 위한 목적은 같은데 다만 서로 다른 방법으로 설명될 뿐이다. 의지는 이 목적을 향하지 않는다면 한 발짝도 움직이려고 하지 않는다. 이것은 모든 사람의 모든 행동의 동기이다. 심지어 목을 매어 죽으려는 사람까지도 그렇다.

그런데 오랜 세월에 걸쳐서 모든 사람이 부단히 지향하고 있는 이 목표에 신앙 없이 도달한 사람은 하나도 없었다. 사람들은 누구나 한탄하고 있다. 왕후(王侯)도, 신하도, 귀족도, 평민도, 노인도, 청년도, 강자도, 약자도, 학자도, 무식한 사람도, 건강한 사람도, 병든 사람도, 모든 나라 · 모든 시대 · 모든 연령 · 모든 신분의 사람들이 한탄하고 있다.

중단이나 변화가 없이 아주 오랜 세월에 걸쳐 지속되어 온 하나의 실험이 우리 자신의 힘만으로는 선에 도달할 수 없다는 것을 우리에게 충분히 이해하게 한다. 그런데 이런 전례(前例)는 우리에게 별로 교훈이 되지 않는다. 약간의 미묘한 차이도 없을 만큼 똑같은 두 개의 표본은 있을 수 없다. 바로 이 점이 우리로 하여금 이번에야말로 그 전처럼 기대에 어긋나는 일이 없을 것이라고 기대하게 한다. 이리하여 현재가 우리를 만족시켜 주지 않는 한편, 경험이 우리를 속여 불행에서 불행으로 인도하여, 드디어 궁극적이며 영구적인 클라이맥스로서 죽음이 우리에게 닥치는 것이다.

도대체 이 열망과 어쩌지 못하는 상태가, 한때는 인간에게 참된 행복이 있었으나, 현재 남아 있는 것은 텅 빈 발자취와 흔적뿐이라는 사실 외에 무엇을 주장할 수 있겠는가? 이것을 인간은 자기를 에워싸고 있는 모든 것으로 채우려 애쓰지만, 존재하는 것에서 조차 찾을 수 없는 구원을 존재하지도 않는 것에서 찾기 때문에 헛수고로 끝나고 만다. 이 무한한 심연(深淵)은 오직 무한하고 불변의 존재, 즉 신으로만 채울 수가 있기 때문에 아무도 구해 줄 수 없는데도 말이다.

신만이 인간의 참된 행복이며, 인간이 신을 버렸기 때문에, 삼라만상 중에서 어떤 것도 신의 자리를 대신할 수 없었다는 사실은 이상한 일이 아닐 수 없다. 별·하늘·땅·원소·식물·양배추·파·동물·곤충·송아지·뱀·열병·페스트·전쟁·기아·악덕·간음·불륜(不倫) 등 어떤 것도. 그리고 인간이 참된 행복을 잃어버렸기 때문에 인간은 어떤 것에서도 참된 행복을 볼 수 있는 것이다. 심지어는 신과 이성과 본성에 위배되는 자살행위에서까지 참된 행복을 보는 것이다.[1]

어떤 사람들은 참된 행복을 권위에서 찾고, 어떤 사람들은 지적인 활동과 지식에서 찾고, 어떤 사람들은 쾌락에서 찾고 있다.

또 그런 행복에 실제로 좀 더 접근한 다른 사람들은, 모든 사람들이 추구하는 보편적인 행복은 단 한 개인만이 소유할 수 있는 특정한 사물, 일단 한 번 소유하면 그 소유자로 하여금 자기들이 소유하고 있는 부분을 향유함으로써 얻는 만족보다는, 소유하고 있지 않은 부분의 결핍에 대한 슬픔을 더 느끼게 하는 그런 사물 속에 들어 있을 수는 없다는 것을 깨달았다. 그들은 참된 행복이란 모든 사람이 손실도 선망(羨望)도 하지 않고 동시에 소유할 수 있고, 아무도 자기의 의사에 반(反)해서는 그것을 잃어버리는 일이 없어야 하는 그런 것이어야 한다는 것을 이해하게 되었다. 그들의 생각은 이러

---

1) 자살은 스토아학파에서는 허용되고 있었다. 그리고 쾌락주의 학파에서는 권장되고 있었다.

하다. 즉 모든 인간은 불가피하게 이와 같은 욕망을 느끼므로, 그것이 인간에게는 당연하며, 따라서 그런 욕망 없이는 인간은 존재할 수가 없으며, 결과적으로 그들은……

426

참된 본성을 상실했으므로 모든 것이 인간의 본성이 될 수가 있는 것이다. 마치 참된 행복이 상실되면, 모든 것이 인간의 참된 행복이 될 수 있는 것처럼.

427

인간은 자기를 어떤 위치에 두어야 하는지 알지 못하고 있다. 인간은 분명히 어찌할 바를 몰라 헤매고 있다. 그는 자신의 진정한 위치에서 전락하여, 그것을 다시 찾아내지 못하고 있다. 인간은 앞을 내다볼 수 없는 어둠 속에서 초조하게 사방을 헤매며 자신의 위치를 찾고 있으나 헛수고로 끝날 뿐이다.

428

자연에 의해 신을 증명하는 것이 약함의 표시라면 《성서》를 경멸하지 말라.[2] 이와 같은 모순을 인식했다는 것이 강압의 표시라면 《성서》를 존중하라.

429

인간은 짐승들에게 엎드려 절을 해야 할 만큼, 아니 심지어는 그들을 숭배해야 할 만큼이나 천박하다.

---

2) 《성서》는 신을 '숨어 있는 신'이라고 부르고 있다.

A.P.R. 이해할 수 없는 것을 설명한 후에 쓰기 시작한 것.

인간의 위대함과 비참함은 아주 명백하므로, 참된 종교는 인간에게는 위대함에 대한 훌륭한 원칙과 비참함에 대한 훌륭한 원칙이 있다는 것을 반드시 우리에게 가르쳐 주어야 한다.

그리고 종교는 이 놀라운 모순이 어째서 생기는지도 분명히 설명해 주어야 한다.

인간을 행복하게 하기 위해서는 참된 종교는 인간이 사랑하지 않으면 안되는 신이 존재한다는 사실과, 인간의 참된 행복은 신의 품에서 살아가는데 있고, 우리의 유일한 불행은 신으로부터 떠나는 데 있다는 것을 보여 주어야한다. 참된 종교는 우리가 어둠에 둘러싸여 있기 때문에 신을 알고 사랑하는데 장해를 받고 있으며, 우리의 의무는 우리에게 신을 사랑하라고 강요하지만, 우리의 사욕(邪欲)이 우리를 신으로부터 등을 돌리게 하므로 우리는 불의에 가득 차 있다는 것을 인식시켜 주어야 한다. 참된 종교는 우리가 신과 우리 자신의 참된 행복에 대해 이처럼 반대하고 있는 이유를 분명히 밝혀야 한다. 그것은 우리의 무력(無力)을 치료해 주는 약과 그 약을 손에 넣는 방법을 우리에게 가르쳐 주어야 한다. 이 점과 관련지어 세계의 모든 종교를 검토하고, 그것들을 만족시켜 주는 것이 기독교 이외에 다른 종교가 있는지 생각해 보기 바란다.

철학자들은 우리의 선(善)에 대한 대가로 우리의 내부에 있는 선 이외에 아무것도 제공하는 일이 없지 않은가? 그들은 우리의 병에 대한 치료법을 찾아냈는가? 인간을 신과 동등한 위치에 올려놓음으로써 인간의 오만을 치료할 수 있는가?[3] 우리를 짐승의 차원으로 끌어내리려는 사람들이나, 우리의 선의 대가로 현세의 아니 심지어는 영원한 내세의 쾌락 외에 아무것도

---

3) 에픽테토스나 세네카의 사상에는 이러한 경향이 있다.

제공하지 못하는 회교도들은 우리에게 사욕을 버리는 치료법을 가르쳐 주었는가?[4]

그렇다면 어떤 종교가 우리에게 오만과 사욕에 대한 치료법을 가르쳐 줄 것인가? 단적으로 말해서 어떤 종교가 참된 선과, 우리의 의무와, 우리를 방황으로 이끄는 허약과, 이들 허약의 원인과, 그것들을 치료할 수 있는 치료법과, 그런 치료법을 습득할 방법을 우리에게 가르쳐 줄 것인가? 모든 다른 종교들은 그것을 해내지 못했다. 신의 지혜가 어떻게 하는가를 살펴보기로 하자.

신의 지혜는 이렇게 말한다.

"인간들이여, 인간에게서는 진리나 위안을 기대하지 말라. 너희를 창조한 것은 나이니, 너희에게 너희의 존재를 가르쳐 줄 수 있는 것은 오직 나뿐이니라.

그러나 너희는 이제 내가 애초 너희를 창조했던 상태에 있지 않다. 나는 인간을 성스럽고, 죄 없고, 완전무결한 존재로 창조했으며, 빛과 이해로 가득 채웠으며, 그에게 나의 영광과 나의 기적을 보여 주었다. 당시에는 인간의 눈은 거룩한 신을 보았다. 그때는 인간은 암흑 속에서도 볼 수 있었으나, 지금은 그 암흑에 장님이 되고 만다. 또 그를 괴롭히는 죽음과 재난에 시달리지 않아도 되었다.

그러나 인간은 그렇게 큰 영광을 받으면 오만에 떨어지고 만다. 인간은 자신을 자기의 핵심으로 삼아 나의 도움 없이 살아가기를 원했다. 그리하여 인간은 나의 지배를 벗어나 제 자신을 나와 동등한 위치로 끌어올려 자신에게서 행복을 찾으려고 했으며, 나는 그가 제멋대로 하게 내버려 두었다. 나는 그에게 복종하던 나의 피조물들로 하여금 그에게 반항하게 하여 그의 적으로 만들었다. 그리하여 오늘날 인간은 짐승과 다를 바 없이 되어 버렸으

---

4) 보슈에의 《죽음에 대한 설교》 참조.

며, 내게서 너무 멀리 떨어져 나갔기 때문에 그의 창조자인 나에 대한 가물거리는 기억만이, 죽어 버렸거나 깜박거리는 그의 모든 지식 속에 남아 있을 뿐이다. 이성으로부터 독립하여 흔히 그 이성의 주인행세를 하는 감정은 인간으로 하여금 쾌락을 추구하게 만들었다. 모든 피조물은 인간을 괴롭히거나 유혹하며, 강제로 그를 복종시킴으로써 그를 지배하거나 달콤한 행위로 그를 유혹하는데, 이 후자가 인간에게는 훨씬 더 무섭고 해로운 멍에이다.

이것이 바로 오늘날 인간들이 처한 상태이다. 그들은 타고난 본성의 행복으로부터 연약한 본능을 유지하며, 맹목과 사욕의 비참 속으로 뛰어들어, 이것이 그들의 제2의 본성이 되었다."

내가 당신들에게 제시하는 이 원리를 근거로, 당신들은 모든 인류를 놀라게 하고 그들을 여러 부류의 서로 다른 사상의 학파로 갈라놓은 많은 모순에 대한 이유를 인식할 수 있을 것이다. 자, 이제 그 많은 비참의 경험이 진압할 수 없는, 위대하고 영광스러운 모든 힘을 관찰하라. 그리고 그것들이 반드시 또 다른 본성에 의해 야기되는 것인지 아닌지를 살펴보라.

A.P.R. 내일을 위하여. 의인법(擬人法).

"아, 인간들이여, 너의 비참함을 치료하는 방법을 네 자신 속에서 찾는 것은 헛일이다. 너의 모든 지식은 네 자신 속에서는 진리도 행복도 찾아볼 수 없다는 것을 깨닫게 하는데 지나지 않는다.

철학자들은 그것을 너에게 약속했지만 그 약속을 지키지 못했다.

그들은 너의 참된 행복이 무엇이며 너의 참된 상태가 무엇인지 알지 못하고 있다.

저들도 알지 못하는 너의 불행의 치료법을 어떻게 너에게 제공할 수 있겠는가? 너의 주된 멍은 너를 신으로부터 떼어놓는 교만, 너를 현세에 속박하는 사욕이다. 그들이 이제까지 해준 것은 오직 적어도 이들 질병 중의 하나를 지속시켜 주는 일뿐이었다. 그들이 어떤 목적으로 너에게 신을 주었다면, 그것은 오직 너의 오만을 단련시키기 위해서였다. 그들은 너로 하여금 네가 신과 흡사하여, 본질이 신과 동등하다고 생각하게 했다. 그런데 그러한 허세의 허망함을 본 사람들은 너를 다른 심연으로 던지고, 너의 본성이 동물의 그것과 같다고 생각하게 하여, 너로 하여금 행복을 동물의 본질인 사욕 속에서 찾게 했다.

이것은 이런 현자들(?)이 너의 내부에서 깨닫지 못했던 너의 불의를 고치는 방법이 아니다. 오로지 나만이 너로 하여금 네가 어떤 존재인지 깨달아 알게 할 수 있다.

'나는 네게 맹목적인 믿음을 요구하지는 않는다.'

아담 · 예수그리스도.

만일 당신이 신과 결합하여 있다면, 그것은 신의 은혜에 의한 것이지, 당신의 본성에 의한 것이 아니다.

당신이 겸손해졌다면, 그것은 회개(悔改)에 의한 것이지, 본성에 의한 것이 아니다.

그러므로 이 이중의 능력은…….

당신은 지금 당신이 창조되던 당시의 상태에 있지 않다.

이런 두 가지 상태가 계시된 이상, 당신은 그것들을 인정하지 않을 수가 없다.

당신 자신의 충동에 따르라. 당신 자신을 관찰하라. 그리고 거기서 이 두 가지 본성의 생생한 특정을 찾아볼 수 없는지 알아보라.

이처럼 많은 모순이 단일한 주체 속에서 발견될 수 있을까?

이해할 수가 없다. 모든 불가해한 것은 그래도 존재한다. 무한한 수, 유한과 동등한 무한한 공간.

신이 스스로 우리와 결합한다는 것은 믿기 어렵다.

이렇게 생각하는 것은 우리의 비천함을 깨닫는 데서만 생겨난다. 그러나 만일 당신이 그것을 성실하게 믿는다면, 내가 하는 것만큼 그것을 철저히 추구하여, 우리가 정말로 천박하여 혼자 남겨져서, 신의 자비가 우리로 하여금 자기에게 도달하게 하려는지 아닌지조차 알 수가 없다는 사실을 인식하도록 하라. 왜냐하면 나는 자기의 연약함을 인식하는 이 동물(인간)이 무슨 권리로 신의 자비를 측정하며, 그것을 자신의 공상에 의해 암시받은 한계 속에 제한하는가를 알고 싶기 때문이다. 인간은 신이 무엇인지 거의 알지 못하기 때문에 자기 자신이 무엇인지는 더구나 알지 못한다. 그래서 자신의 상태를 너무 골똘히 생각하여 정신이 혼란한 나머지 신은 인간을 그와의 접촉에 참여시킬 수 없다고 감히 말하는 것이다.

그러나 나는 그에게 묻고 싶다. 신이 인간에게 요구하는 것은 신을 알고 사랑하게 되는 것 이외에 또 있는가, 그런데 무엇 때문에 그는 신이 인간에게 자기를 알려서 사랑을 받게 할 수가 없다고 생각하는가? 인간은 태어나면서부터 사랑하고 아는 힘을 갖고 있는 것이 아닐까? 인간은 적어도 자기가 존재한다는 것과 어떤 대상을 사랑하고 있다는 것을 알고 있다는 것에는 의심의 여지가 없다. 그러므로 만일 그가 자기를 둘러싼 어둠 속에서 뭔가를 보고, 지상의 사물 중에서 어떤 사랑할 대상을 찾을 수 있다면, 그리고 신이 그에게 그의 본질의 빛을 어느 정도 보여 주었다면, 신이 우리와 교류하려고 하는 것과 같은 방법으로, 인간이 신을 알고 신을 사랑할 수가 없단 말인가? 그러므로 이러한 의존은 겉으로는 겸손에 기반을 둔 듯이 보여도, 그 속에는 참을 수 없는 오만이 들어 있다는 것은 의심할 여지가 없다. 그리고 그 겸손은 우리로 하여금 그것을 신으로부터만 배울 수 있다는 것을 인정하게 만들지 못한다면—우리는 우리 자신이 어떤 존재인지를 모르기 때문에—그것은 진실한 것도 합리적인 것도 아니다.

나는 네가 까닭도 없이 무조건 나를 믿게 하고 싶지는 않다. 너를 억압적으로 복종시킬 생각은 없다. 또한 나는 너에게 모든 사물의 이치를 밝히고 싶지도 않다. 오히려 이러한 모순을 일치시키기 위해, 나는 내 안에 있는 신성(神性)의 표시를 설득력 있는 증거에 의해 너에게 분명히 보여 주려고 한다. 그러한 표시는 내가 어떤 존재인가를 너에게 확신시켜 줄 것이며, 네가 부정할 수 없는 기적과 증거로 나의 권위를 세워 줄 것이다. 그 후에 너는 그 표시가 참인지 아닌지 분별할 수 없다는 너 자신의 무능 이외에는 그것을 부정할 이유를 발견하지 못하게 되고, 따라서 내가 너에게 가르치는 것을 믿게 될 것이다.

신은 인간을 구속(救贖)하여 구원을 찾는 사람들에게 그 길을 열어 주려고 하였다. 그러나 인간이 모두 그 은총을 받아들일 자격을 스스로 포기했기 때문에, 신이 어떤 자들에게는 저들의 완고한 마음으로 하여 은총 베풀기를 거절하였고 또 어떤 사람에게는 자비로써 은총을 베푼 것은 지당한 일이다.

만일 신이 가장 완악한 사람들의 고집을 꺾으려고 하였다면 그들이 신의 본질에 대한 진리를 의심할 수 없게 하기 위해 그들에게 명백하게 자기를 계시하여 그렇게 하였을 것이다. 마치 마지막 날에 죽은 자가 다시 살아나고, 눈이 어두운 자도 신을 볼 수 있으리만큼 심한 우레와 번개와 자연의 격동을 수반하여 자기 모습을 나타내듯이.

그러나 신은 그런 식으로 자신을 드러내기를 원치 않으신다. 그는 온화한 가운데 자신을 나타내고 싶어 한다. 많은 사람이 신의 은총을 받을 만한 자격을 상실했다고 스스로 생각하므로, 신은 그들이 원치 않는 행복을 그들로부터 제거하려고 하였다. 그러므로 신이 모든 사람을 설득할 수 있는 신성하고 절대적인 방법으로 자기를 나타내려고 하는 것은 올바른 방법이 못된다. 또한 진심으로 신을 찾는 사람들까지도 볼 수 없을 만큼 숨어서 나타난다는 것도 역시 옳지 못하다. 신은 이런 사람에게는 자기를 완전히 알리려고 한다. 그리하여 마음을 다하여 신을 찾는 사람에게는 분명히 나타나고, 마음을 다하여 신을 외면하는 사람에게는 자기를 숨기려고 하였기 때문에,

신은 자신에 대한 인식을 조절하여 신의 표시를, 신을 찾는 사람에게는 보이게 하고, 찾지 않는 사람에게는 보이지 않게 하였다."

430의 2

이해할 수 없는 것이라 하여 존재하기를 멈추지는 않는다.

431

다른 어떤 종교도 인간이 가장 뛰어난 피조물이라는 것을 깨닫지 못했다. 한편 인간의 우월성을 충분히 인식한 사람들은, 비겁과 배은망덕을 인간의 천성적으로 비천한 속성이라고 생각하는 반면, 이 비천함이 얼마나 실재적(實在的)인 것인가를 충분히 인식하고 있는 사람들은, 인간에게 똑같이 천성적인 위대성의 감정을 오만한 조소 거리로 생각했다.

그들 중 어떤 사람들은 말한다. "당신들의 눈을 신에게 돌리라. 당신들과 비슷하면서도 당신들의 숭배를 받기 위해 당신들을 창조한 그를 쳐다보라. 당신들은 자신을 그와 똑같이 만들 수 있다. 당신들이 그를 따르려고 하면, 지혜는 당신들을 그와 똑같게 만들어 줄 것이다"라고. 에픽테토스는 말했다. "자유인이여, 머리를 들라"고. 그리고 다른 사람들은 말한다. "당신들의 눈을 땅으로 돌리라. 당신들은 하찮은 벌레에 지나지 않으니, 당신들의 동류(同類)인 짐승들을 쳐다보라"고.

그렇다면 인간은 어떻게 되는 셈인가? 신과 같게 되는가? 아니면 짐승과 같게 되는가? 이는 얼마나 엄청난 간격인가! 그렇다면 인간은 무엇이 되는가? 이 모든 점으로 보아 인간은 방황하고 있으며, 그 본래의 위치에서 떨어져 있어, 초조한 마음으로 그것을 되찾으려 애쓰지만 되찾지 못하고 있다는 것을 깨닫지 않는 자가 있을까? 그럼 누가 그를 본래의 위치에 데려다 줄 것인가? 아주 위대한 인물들도 그것을 해내지 못했다.

432

회의론은 정당한 것이다. 왜냐하면 결국 인간은 예수그리스도가 강림하기 전에는 자기가 어떤 상태에 있었으며, 자기가 위대한지, 하찮은 존재인지 알지 못했으니 말이다. 그리고 인간을 위대하다고 주장한 사람이나 비소하다고 주장한 사람을 막론하고, 그것을 참으로 알지 못하고, 근거 없이 막연히 추측하는데 지나지 않았다. 그리고 그들은 그것 중에서 어느 하나를 제거함으로써 언제나 잘못을 저지르고 있었다.

"당신들이 알지도 못하면서 구하고 있는 것을 종교가 당신들에게 알려 줄 것이다."[5]

433

인간의 본성을 다 알고 난 후에. 어떤 종교가 진리이기 위해서는 그것은 우리의 본성을 알고 있어야 한다. 그것은 인간의 위대함과 비소함, 그리고 그 양자에 대한 이유를 알고 있어야 한다. 기독교 이외에 어떤 종교가 그것을 알고 있는가?

434

회의론자들의 주장들 가운데 가장 큰 강점은 다소 천성적인 직관을 통해 얻은 원리를 제외하고는 그 원리들이 진실하다는 것을(신앙과 계시는 별도로 하고) 확신할 수가 없다는 것이다. 그런데 이 천성적인 직감은 그 원리가 진리임을 이해하게 하는 증거는 주지 못한다. 인간이 선한 신에 의해 창조되었는지 사악한 악마에 의해 창조되었는지, 혹은 우연히 생겨났는지는 신앙을 떠나서는 확인할 도리가 없으므로, 우리가 타고난 이러한 원리가 참인지 거짓인지, 아니면 불확실한 것인지 우리의 기원(起源)에 대해서는 의문

---

5) 〈사도행전〉 17장 23절에 있는 바울의 말을 약간 바꾼 것.

이 되기 때문이다.

　게다가 누구도 신앙을 떠나서는 자기가 깨어 있는지 잠들어 있는지조차 확신할 수 없다. 그것은 우리가 잠들어 있으면서도 깨어 있다고 굳게 믿고 있는 경우가 있는 것을 보아도 알 수 있다.

　인간은 (꿈속에서) 공간 · 형상(形狀) · 운동을 보고 있다고 생각하며 시간이 지나가는 것을 느끼며, 그것을 측정하기까지 한다. 사실 우리는 깨어 있을 때와 마찬가지로 행동한다. 그리하여 인생의 절반은 꿈속에서 지나가고, 거기서 어떤 일이 일어나도 참된 관념은 찾을 수 없음을 알 수 있다. 그렇다면 우리의 직관은 모두가 착각이며, 우리가 깨어 있다고 생각하는 인생의 다른 절반도, 우리가 자면서도 깨어 있다고 생각하는 처음의 절반과는 조금 다른 또 하나의 잠이 아닌지 누가 정확히 알 수 있겠는가?

　그리고 어떤 사람이 다른 사람과 같이 꿈을 꾸고 우연히 그 꿈이 일치했을 경우에(그것은 충분히 있을 수 있는 일이다) 그리고 그중의 한 사람이 깨었을 경우에, 그 사람이 꿈과 현실의 두 가지 사실을 거꾸로 생각할 수도 있지 않는가? 요컨대 우리가 때때로 꿈속에서 꿈을 꾸어, 꿈에 꿈이 겹치는 것처럼 우리가 깨어 있다고 생각하는 인생의 절반도, 그 자체가 하나의 꿈에 지나지 않으며, 우리는 그 위에 꿈을 겹치곤 하다가 드디어 죽음에 이르러야 깨어나게 되며, 그때까지는 보통의 수면과 마찬가지로 우리는 진리와 행복의 원리를 거의 갖지 못하고 있는 것이 아닐까? 우리를 움직이는 이런 여러 가지 상념(想念)도, 우리가 꿈속에서 경험하는 시간의 흐름이나 헛된 환상과 마찬가지로, 하나의 착각에 불과한 것이 아닐까?[6]

　바로 여기에 방법의 중요한 점이 있다. 나는 회의론자들이 인습이라든가, 교육이라든가, 그 나라의 풍속이라든가 그밖에 이와 유사한 것들의 영향에

---

6) 이 대목의 원고는 파스칼이 지웠다 써넣었다 하여 혼란되어 있으며, 판에 따라 표현이나 순서가 다르다.

대해 반대하려는 따위의 사소한 것은 문제로 삼지 않으려고 한다. 그러한 것은 공허한 기초 위에서만 독단적인 의견을 세우는 대다수의 일반 사람의 마음을 끌지만, 회의론자의 약한 입김만으로도 곧 뒤집히고 만다. 이 점에 관해 충분히 이해가 되지 않는 사람은 회의론자가 쓴 책을 읽어 보면 곧 알 수 있을 것이다. 아마 지나칠 정도로 이해가 될 것이다.

나는 독단론자들의 유일한 강점에 대해 좀 더 깊이 살펴보려고 한다. 그 것은 성의와 진실을 가지고 말하기만 하면 자연의 원리를 의심할 수 없다는 것이다.

이에 대하여 회의론자들은 한마디로 말해서 인간의 본성의 기원까지도 포함한 인간의 기원의 불확실성을 가지고 반박한다. 이에 대항해 독단론자 들은 세상이 생긴 이래로 반론(反論)을 중지하지 않았다.

(회의론에 대해 좀 더 큰 지식을 원하는 사람은 그들이 쓴 책을 읽어야 할 것이다. 그러면 곧 이해가 될 것이며, 많은 것을 알게 될 것이다.)

이리하여 논쟁이 사람들 사이에 전개된다. 각자는 거취(去就)를 결정하 여, 독단론이 아니면 회의론에 가담하게 마련이다. 왜냐하면 중립을 지키려 고 하는 사람은 똑같이 회의론자가 될 테니까. 이와 같은 중립이야말로 회 의파의 특성이다. 그들에게 반기를 들지 않는 자는 그들의 편이다. [여기에 그들의 유리한 점이 있는 것 같다.] 그들은 자기 자신의 편도 들지 않는다. 그들은 모든 일에 중립을 지키고 무관심하며, 결단을 내리지 않는다. 이것 은 그들 자신에 대해서도 예외가 아니다.

그렇다면 인간이 이러한 상태에서 어떻게 해야 할 것인가? 모든 것을 의 심해야 할까? 자신이 깨어 있다는 것도, 꼬집히고 있다는 것도, 불에 타고 있다는 것도 의심해야 할까? 자기가 의심하고 있다는 것도 의심해야 할까? 자기가 존재한다는 것도 의심해야 할까?

인간이 그렇게까지 할 수는 없다. 나는 주장하거니와 철두철미한 회의론 자는 존재하지 않는다. 자연이 무력한 이성으로 하여금 거기까지 독단으로 달리지 못하도록 저지하고 있다.

그렇다면 인간은 진리를 확실히 소유하고 있다고 말할 수 있을까? 조금만 억눌리면 자기의 주장을 내세우지도 못하고 손에 꽉 붙잡고 있는 것까지도 놓치지 않고서는 견디지 못하는 것이 인간이 아닌가?

인간이란 얼마나 괴물 같은 존재인가! 얼마나 진기(珍奇)하고 얼마나 요괴(妖怪)하고, 얼마나 혼동하고, 얼마나 모순투성이고, 얼마나 불가사의한 존재인가! 만물의 심판자이며 연약한 지렁이요, 진리의 수탁자(受託者)이면서 의심과 오류의 시궁창, 우주의 영광이면서 우주의 폐물, 이것이 바로 인간인 것이다.

누가 이처럼 뒤엉킨 것을 풀 수 있겠는가? 이것은 분명히 독단론이나 회의론이나 그 밖의 모든 인간의 철학을 초월해 있다. 인간이 인간을 초월해 있는 것이다. 그렇다면 회의론자들이 그처럼 큰소리로 부르짖은 것을 양보해서 인정해 주자. 즉 진리는 우리 힘이 미치는 범위 안에 있지 않고, 손에 넣을 수 있는 목적물도 아니다. 그것은 지상에 상존하는 것이 아니라, 신의 무릎을 베고 누워 있는 하늘의 존재여서, 신이 진리를 계시해 보일 때에만 인간은 그것을 알 수 있다. 그러므로 우리는 창조되지도 않고 형체도 갖추고 있지 못한 진리로부터 우리의 참된 본성을 배우자.

우리가 이성을 통하여 진리를 찾는다면 이들 세 학파 중 하나를 택하지 않을 수 없다. 자연을 무시하지 않고서는 회의론자나 아카데미파가 될 수 없으며, 이성에 등을 돌리지 않고서는 독단론자가 될 수 없는 법이다.

자연은 회의론자와 아카데미파를 당황하게 하고, 이성은 독단론자를 당황하게 한다. 그렇다면 인간이여, 자연의 이성을 통해 자기의 참된 상태가 어떤 것인지 찾아내려고 하는 그대들은 대체 어떻게 되겠는가? 그대들은 이 세 학파 중 어느 하나도 피할 수가 없고, 어느 것에도 속할 수가 없으니 말이다.

그렇다면 오만한 인간이여, 그대들은 자기 자신에 대하여 얼마나 역설적인 존재인가를 알라. 겸손해져라, 무력한 이성이여! 입을 다물라, 연약한 본성이여! 인간이 인간을 무한히 초월해 있다는 것을 배우라. 그리고 그대들이 알지 못하는 그대들의 참된 모습을 그대들의 주(主)로부터 배우라.

신에게 귀를 기울이라.

인간의 상태가 이원적(二元的)이라는 사실은 명약관화하지 않은가? 요컨대 인간이 타락하지 않았더라면, 결백한 상태에서 진리와 행복을 여유만만하게 누릴 수 있었을 것이며, 인간이 처음부터 타락했더라면 진리와 축복 같은 것은 생각조차 하지 않았을 테니 말이다. 그러나 우리가 불행하기 때문에(우리의 상태에 위대함의 요소가 없다면 그래도 덜 불행하겠지만), 우리는 행복을 꿈꾸지만 그것을 손에 넣을 수가 없는 것이다.

우리는 진리라는 것의 이미지를 감지(感知)하지만 절대적으로 무지할 수도 없고, 그렇다고 해서 확실한 지식을 가질 수도 없기 때문에 우리가 얻는 진리는 고작 거짓된 것에 불과하다. 우리는 분명히 한때는 완전무결한 상태에 있었으나, 불행하게도 거기에서 이탈해 버리고 만 것이다.

그러므로 인간의 상태가 이원적이라고 생각해 두기로 하자. 그리고 생각을 이렇게 굳히기로 하자. 즉 인간은 인간을 무한히 초월할 수 있으며, 신앙의 구원을 통하지 않고서는 인간은 자신의 존재에 대해서 생각조차 할 수 없는 상황에 빠지고 만다. 인간의 본성의 이원성(二元性)을 깨닫지 못한다면 우리가 자신에 관한 진리에 대해 어쩔 수 없는 무지에 빠지고 말 것이라는 사실은 누구나 알 수 있기 때문이다.

그러나 우리의 지력(知力)으로는 상상도 못 할 불가사의, 즉 원죄 유전(原罪遺傳)은 우리가 그것 없이 우리 자신을 알 수 없다는 것은 참으로 놀라운 일이다.

최초 인간(아담과 이브)의 원죄가, 그 후예들이 분담할 수 없는 것처럼 보이는 그 원죄로부터 지금에 이르기까지 죄지은 많은 사람에게 연루(連累)되어 있다고 말하는 것보다 우리의 이성에 더 큰 충격을 주는 것은 없다.

이와 같은 원죄의 계승은 우리에게 불가능한 것으로 보일 뿐만 아니라, 매우 부당하게도 생각된다. 아무런 의지도 갖고 있지 않은 어린아이를, 그 애가 세상에 태어나기 6천 년 전에 그의 조상이 범한, 그 애와는 조금도 관계가 없는 것으로 보이는 죄 때문에 영원히 정죄(定罪)한다는 것처럼 우리의 한심한 정의의 척도에 위배되는 것이 또 어디 있겠는가? 분명히 이와 같은 교리보다 우리에게 더 큰 충격을 주는 것은 없다. 그러나 이 세상에서 가장 납득이 안가는 이 불가사의가 없다면, 우리는 자신에게조차도 불가해한 존재로 남게 될 것이다. 우리의 처지를 풀어 나가는 실마리의 매듭은 이 혼돈 속에 뒤얽혀 있는 것이다. 그러므로 이 불가사의 없이 인간을 생각한다는 것은, 인간이 불가사의를 자기 자신으로 생각하는 것보다도 더 어려운 일이다.

이상의 사실로 보아, 신은 우리의 존재에 대한 난문제를 우리 자신이 이해할 수 없게 하려는 의도에서, 그 해결의 실마리를 우리가 닿을 수 없는 높은 곳에, 아니 오히려 아주 낮은 곳에 숨겨 놓아 우리가 도저히 그곳에 미치지 못하도록 했다. 우리는 이성의 오만한 활동을 통해서가 아니라, 이성의 단순한 복종에 의해 참으로 자신을 알 수 있는 것이다.

종교의 불가침한 권위 위에 굳게 세워진 이 근본적인 사실들은 우리에게 신앙 속에는 두 가지 동등한 영원의 진리가 들어있다는 것을 가르쳐 준다.

하나는 창조되던 당시의 상태의 인간, 즉 은총의 상태에 있던 인간은 모든 자연 위에 군림했으며, 따라서 신과 거의 동등하여 그 신성(神性)까지도 공유했다는 것이며, 다른 하나는 인간이 그 최초의 상태에서 이탈하여 타락과 죄악의 상태에 있는 것으로, 이 경우 인간은 짐승들과 같게 된다는 것이다. 그리고 이 두 명제는 똑같이 확고하고 명백하다.

《성서》는 이것을 분명히 우리에게 선언하고, 어느 대목에서 이렇게 말하고 있다. "사람이 거처할 땅에서 즐거워하며, 인자(人子)들을 기뻐하였느니라."[7] "내가 내 신을 만민에게 부어 주리니"[8] "너희들은 신들이며"[9] 등등.

또 다른 대목에서 이렇게 말하고 있다. "모든 육체는 풀이요……."[10] "사람은 존귀하나 영구치 못함이여, 멸망하는 짐승과 같도다."[11] "내가 심중에 이르기를, 인생의 일에 대하여……."[12]

이상에서 보듯 인간은 은총을 입으면 신과 접하게 되며, 그의 신성(神性)에 접할 수 있지만, 은총을 입지 못하면 짐승과 같다는 것을 분명히 알 수 있다.

435

이와 같은 신에 대한 지식이 있다면, 인간은 어떻게 자기들이 과거에 위대했던 것에 대한 불요불굴의 내적 감각에 있어서 의기양양할 수 있으며, 현재의 연약함에 접하여 낙담할 줄을 알겠는가?

전체적인 진리를 보지 못하기 때문에 그들은 완전한 덕에 도달할 수 없는 것이다. 어떤 사람들은 인간의 본성은 타락하지 않은 것으로 보고, 또 다른 사람들은 본성을 회복할 수 없는 것으로 보았기 때문에, 그들은 오만이나 태만에서 벗어날 수 없었다. 그들은 비겁한 행위를 통해 굴복하거나 오만하게 외면해 버리기 때문에 이 양자는 모든 악덕의 근원이 되는 것이다. 그들은 인간의 우월성은 알았지만, 그 타락을 알지 못했다. 그 결과 그들은 태만은 변했으나 오만에 빠지게 되었다. 또한 본성의 연약함은 알았으나 그 존엄성을 알지 못했다. 그 결과 그들은 허영을 피할 수 있었으나 거꾸로 절망에 빠지고 말았다.

그리하여 스토아학파와 에피쿠로스학파, 독단론자와 아카데미파 등 여러

---

7) 〈잠언〉 8장 31절.
8) 〈요엘〉 2장 28절.
9) 〈시편〉 82편 6절.
10) 〈이사야〉 40장 6절.
11) 〈시편〉 49편 12, 20절.
12) 〈전도서〉 3장 18절.

가지 학파가 생겨난 것이다.

오직 기독교만이 이 두 가지 악덕을 해결할 수가 있었다. 그것도 현세의 지혜로 어느 한쪽을 몰아냄으로써가 아니라, 단지 복음을 통해서 이 양자를 모두 몰아냄으로써 말이다. 왜냐하면 기독교는 올바른 사람들—기독교는 그들을 심지어는 신의 경지에까지 끌어올려 주는데—에게 이 최고의 숭고한 상태에서까지 그들은 전 생애를 통하여 그들에게 과오와 불행과 죽음과 최악을 드러내 보여 주는 모든 타락의 근원을 벗어나지 못한다는 사실을 가르쳐 주기 때문이다. 그리고 기독교는 가장 신앙심이 없는 사람들에게 그들도 구원자인 신(神)의 은총을 받을 수 있다고 주장하기 때문이다. 이처럼 기독교는 그것이 정당하다고 인정하는 사람들을 두려움에 떨게 하고, 그것이 단죄하는 자들을 위로하기 때문에, 그것은 은총과 죄악이라는 만인에게 공통된 이 두 가지 능력을 통하여 공포와 희망을 아주 적절하게 베풀기 때문에 단지 이성이 할 수 있는 것보다 사람들을 무한히 겸손하게 하면서도 절망에 빠뜨리지 않고, 또한 본성의 오만이 할 수 있는 것보다 인간을 무한히 높이 끌어올리면서도 오만에 빠지지 않게 한다. 이 사실은 기독교가 오류와 악덕에서 벗어나 있으므로, 이 종교만이 인간을 교화하고 바로잡아 줄 수 있다는 사실을 보여 준다.

그렇다면 그와 같은 하늘의 교화에 대해 신앙과 숭배를 누가 거부할 수 있겠는가. 왜냐하면 우리는 자기의 내부에서 지워 버릴 수 없는 우월의 특성을 느끼고 있는 것은, 불을 보듯 명백하지 않은가. 또한 우리가 자기 자신의 비참한 상태의 결과를 부단히 경험하고 있다는 사실도 마찬가지로 사실이 아닌가.

그렇다면 이 카오스(혼돈)와 이 기괴한 혼란이 반박할 수 없을 정도로 높은 소리로 외치고 있는 것은, 이 두 가지 상태에 대한 진리 이외에 또 무엇이겠는가?

436

연약함. 인간은 오로지 행복을 추구하는 일에만 사로잡혀 있지만, 행복을 손에 넣겠다고 하는 자신들의 주장을 정당화하지는 못한다. 왜냐하면 그들은 인간으로서 행복에 대한 공상만 가지고 있을 뿐, 그것을 확실하게 소유할 수 있는 능력이 없기 때문이다.

이것은 지식에 대해서도 같은 말을 할 수 있다. 질병이 그것을 앗아가 버리기 때문이다.

우리는 진리도 행복도 소유할 수가 없는 것이다.

437

우리는 진리를 원한다. 그러나 우리는 불확실한 것만을 발견할 뿐이다.

우리는 행복을 추구한다. 그러나 불행과 죽음을 발견할 뿐이다.

우리는 진리와 행복을 구하지 않고는 살아갈 수가 없다. 그러나 확실한 진리나 행복을 얻을 수는 없다.

이 욕구가 우리에게 남아 있는 것은 우리를 벌하기 위해서이며, 또 우리가 무엇 때문에 타락하게 되었는지를 알게 하기 위해서이다.

438

만일 인간이 신을 위해 창조되지 않았다면, 어찌하여 신의 품속에서만 행복할 수 있단 말인가?

만일 인간이 신을 위해 창조되었다면, 어찌하여 이렇게 신에게 거역하고 있는가?

439

타락한 본성.

인간은 자기의 본성을 이루고 있는 이성에 따라 행동하지 않는다.

이성의 부패는 많은 서로 다른 나쁜 습관에서 찾아볼 수 있다.

인간이 자기 자신 속에서 살지 못하게 하기 위해 진리(그리스도)가 와야만 했다.

나로서는 이렇게 고백하지 않을 수 없다. 즉 기독교가 인간은 본성부터가 타락한 것이어서 신으로부터 멀리 이탈했다는 원리를 나타내 보여 준 순간, 이것이 사람의 눈을 뜨게 하여, 이 진리의 표시를 도처에서 또렷이 보게 했다고 말이다. 인간의 본성은 그러하기 때문에 그것은 항상 인간의 내외부에서 상실된 신과 타락한 본성을 둘 다 지향하기 때문이다.

인간의 참된 본성·그의 참된 행복·참된 미덕·참된 종교는 서로 떼어서는 이해될 수 없는 성질의 것들이다.

위대함과 비참함. 인간은 계화(啓化)가 되면 될수록 그만큼 자신에게서 많은 위대함과 천박함을 발견하게 된다.

평범한 사람들.

좀 더 교양 있는 사람들.

철학자들. 이들은 세상의 평범한 사람들을 놀라게 한다.

그리고 기독교인들. 그들은 철학자들을 놀라게 한다.

그렇다면 우리가 좀 더 계화 됨으로 해서 좀 더 분명하게 인식하는 어떤 것에 대한 깊은 지식을 줄 수 있는 것은 오직 종교뿐이라고 하는 사실을 알고 놀랄 사람이 있겠는가?

444

인간들이 가장 계화 된 상태에서 겨우 이해할 수 있었던 것을, 기독교는 그 자녀들에게 가르쳤다.

445

원리는 인간의 눈에는 대수롭지 않은 것으로 보인다. 그러나 그럴수록 그것은 그만큼 더 두드러져 나타나는 것이다. 그러므로 당신들은 이 논리가 이치에 맞지 않는다고 해서 나를 비난해서는 안 된다. 나는 그것이 이치에 맞지 않기 때문에 더 내세우려 하는 것이다. 그러나 나의 이 어리석음이 모든 인간의 지혜보다도 더 현명하다. '그것은 인간 그 자체보다도 더 현명하다.'[13] 이것 없이 인간이 어떤 존재인가를 말할 수 있겠는가? 인간의 상태는 오로지 지각할 수 없는 이 한 점에 달려 있다. 이것을 어떻게 이성의 힘으로 알 수 있단 말인가? 그것이 이성에 위배되는 것인 데다가, 인간의 이성은 자신의 방법으로는 도저히 그것을 발견해 낼 수 없기 때문에 그 문제에 부딪히면 그것을 회피해 버리려 한다는 사실을 알면서도 말이다.

446

유대인들에 전해 내려오는 원죄에 대한 엄청난 전설.[14]

〈창세기〉 8장 21절. "인간 마음의 상상력은 어린 시절로부터 온 사악이라."

랍비 모세 하다르샨.—"이 사악의 효모[15]는 인간이 창조되던 순간부터 인

---

13) 〈고린도 전서〉 1장 25절.
14) 이 단장 중의 여러 항목은 모두 중세기의 《신앙의 단도(短刀)》라는 책에서 인용한 것이다. 이 책은 13세기에 도미니크파의 수도사 레몬 마르틴이 쓴 것이다.
15) 〈고린도 전서〉 5장 8절.

간 속에 주입되어 있었다."

마사쉐트 수카.—"이 사악의 효모는 일곱 가지 이름을 가지고 있다.《성서》속에서 그것은 악·포피(包皮)·더러움·적(敵)·치욕·돌 같은 마음·매서운 돌풍 따위로 불리고 있다. 이 모든 것은 인간의 마음속에 숨겨져 있고 새겨져 있는 사악(邪惡)을 의미한다." 미드라슈 틸림도 같은 말을 하고 있는데, 거기에 덧붙여 "신이 인간의 착한 본성을 나쁜 본성으로부터 구출해 줄 것이다"라고 말을 하고 있다.

이 사악이 날마다 인간에게 맞서 새로운 형태로 나타난다는 것은 〈시편〉 37편 32절에 기록된 바와 같다. "사악한 자들은 의로운 사람들을 엿보아 살해할 기회를 찾으나, 신은 저를 그대로 버려두지 아니하신다."

이 사악은 현세에서는 인간의 마음을 유혹하고, 내세에서는 인간을 정죄(定罪)할 것이다.

이것은 모두《탈무드》에 기록되어 있다.

미드라슈 틸림의 〈시편〉 4편 4절. "너희는 두려워하여 죄짓지 말지어다." 당신의 사욕(邪慾)을 두려워하고 물리쳐라, 그렇게 하면 사악은 당신을 죄에 빠지게 하지 않을 것이다. 또한 〈시편〉 36편 1절에 "사악한 자들은 마음속으로 이렇게 말했다. '내 눈앞에 신이 나타나도 두려워할 필요가 없다'고" 씌어 있다. 바꾸어 말하면 인간의 천성적인 사악이 사악한 자들에게 그렇게 말한 것이다.

미드라슈 엘 코헬렛트.—"가난하면서도 지혜로운 어린애가 미래를 예측할 줄 모르는 어리석고 늙은 왕보다 낫다."[16] 어린이는 덕이고 왕은 인간의 사악이다. 그것이 왕이라고 불리는 것은, 모든 사람이 그것에 순종하기 때문이며, 그것을 늙었다고 하는 것은, 어린 시절부터 노년기에 이르기까지 그

---

16) 〈전도서〉 4장 13절.

것이 인간의 마음속에 깃들어 있기 때문이다. 그리고 어리석다고 하는 것은 그것이 인간이 예측도 하지 못하는 파멸의 길로 인간을 인도하기 때문이다.

똑같은 말이 미드라슈 틸림에도 있다.

베레쉬트 라바의 〈시편〉. 35편 10절에는 "주여, 내 모든 뼈로써 말하겠사온데, 강한 자들로부터 불쌍한 자들을 구하시니 당신 같은 이 누구이겠나이까? 또 사악의 효모보다 더 강한 폭군이 있겠나이까?"라고 있다.

또한 〈잠언〉 25장 21절에는 "네 원수가 배고파하거든 먹는 빵을 주라"고 했는데, 이것은 〈잠언〉 제9장에서 말한 "사악의 효모가 배고파하거든 그에게 지혜의 빵을 주라"고 한 것과 같으며, 그것은 또 〈이사야서〉 55장에 기록된, "목마른 자에게는 물을 주라"는 말과도 통한다.

미드라슈 틸림도 똑같은 말을 하고 있는데, 우리의 적에 대해 말할 때《성서》는 사악의 효모라고 표현했으며, 그에게 빵과 물을 준다는 것은 그의 머리 위에 숯불을 올려놓는 것을 의미한다고 덧붙여 말하고 있다.

미드라슈 엘 코헬렛트의 〈전도〉 9장 14절.—"큰 왕이 작은 성을 포위 공격하니라." 여기에서 큰 왕은 사악의 효모이며, 그가 성을 포위한 큰 성채들이란 바로 여러 가지 유혹을 뜻한다. "그리고 지혜로운 한 가난한 사람이 거기에 있어 그 성을 구했다"라고 했는데, 이것은 곧 미덕을 말한다.

〈시편〉 41편 1절.—"가난한 사람들을 깊이 생각해 주는 자 복 받을지어다."

〈시편〉 78편 39절.—"(인생이란) 한 번 훌쩍 지나가 버리면 다시는 되돌아오지 못하는 바람이니라." 어떤 사람들은 이 말을 오해하여 영혼의 불멸을 반박하는 이유로 삼았다. 그러나 그 의미는 이러하다. 여기에서의 바람이란 사악의 효모를 뜻하며, 그것은 인간이 죽을 때까지 그를 따라다니며, 부활할 때도 다시 돌아오지 못한다는 뜻이다.

〈시편〉의 103편 16절에도 같은 말이 있다. 그리고 〈시편〉 16편 10절에도.

랍비들의 가르침.—두 분의 메시아.

447

정의가 땅에 떨어졌다고 사람들이 말한다고 해서 그들이 원죄를 인정했다고 할 수 있을까? "아무도 죽을 때까지는 행복하지 않다."[17] 이 말은 영원하고 절대적인 축복은 죽음의 시점에서 시작된다는 것을 그들이 인정한 것이 될까?

448

미똥[18]은 인간의 본성이 타락되어 있으며, 인간이 성실의 반대편에 있다는 것을 잘 간파하고 있다. 그러나 어찌하여 인간은 더욱 높이 날아오를 수 없는가는 모르고 있다.

449

순서. 타락의 장(章) 다음에 이렇게 말한다. "이런 상태에 있는 사람들은, 그것을 달가워하건 불만스럽게 여기건 어쨌든 모두가 그 일을 잘 알고 있어야 한다는 것은 정당하다. 그러나 모든 사람이 구원받아야 한다고 생각하는 것은 잘못이다."

450

만일 인간이 자신이 오만과 야심과 사욕(邪欲)과 유약(柔弱)과 비참과 부정(不正)으로 가득 차 있다는 것을 알지 못한다면, 그는 정말로 눈면 사람이다. 그리고 이 모든 것을 알고 있으면서도 구원받으려고 노력하지 않는다

---

17) 오비디우스 《메타모르포세스》 3권 135에 나오는 말.
18) Daniel Mitton. 파스칼의 사교계의 친구로, 철저한 회의론자. 파스칼은 어느 면에서 그를 존경하여 플라톤이나 데카르트 이상으로 평가하고 있다.

면, 그런 사람에게 뭐라고 말할 수 있겠는가?

그렇다면 우리는 인간의 결함을 이처럼 잘 알고 있는 종교를 존경하고, 또한 이에 대해 그처럼 바람직한 구원의 길을 약속하는 종교의 진리를 구하는 것 이외에 무엇을 할 수 있겠는가?

451

모든 인간은 천성적으로 서로를 미워한다. 우리는 사욕(邪慾)을 공공(公共)의 복지에 유용하게 하려고 최대한의 노력을 해왔다. 그러나 그것은 겉치레요 사랑의 허상(虛像)에 지나지 않는다. 왜냐하면 사실 그 밑바닥에는 증오밖에 없기 때문이다.

452

불행한 사람들을 딱하게 여기는 것은, 사욕(邪慾)에 반대되는 행위를 하는 것이 아니다. 반대로 그들은 그런 호의를 보임으로써 아무것도 주지 않고 인정이 많다는 평판을 얻으려는 것이다.

453

사람들은 정치 · 윤리 · 재판에 대한 찬양할 만한 규칙을 사욕에서 만들고 또 발전시켰다. 그러나 근본적으로 인간의 사악한 뿌리, 즉 '우리'를 이루고 있는 이 사악한 본체는 가려져 보이지 않을 뿐이지 제거된 것이 아니다.

454

부정(不正). 그들은 남들을 해치지 않고는 자신의 사욕을 만족시키는 방법을 찾아내지 못하였다. 욥(히브리의 족장. 인내와 믿음의 전형적 인물)과 솔로몬.

"자아는 증오스러운 것이다. 미똥군, 자네는 그것을 덮어 감추려 하지만, 그렇게 한다고 해서 그것을 제거한 것은 되지 않네. 그러니까 자네는 더욱 더 증오스러운 존재인 걸세."

"그럴 리가 있나. 우리가 하는 것처럼 모든 사람에게 친절히 대하면 사람들의 미움을 받을 리가 없지 않은가."

"자아에 있어 유일한 증오의 대상은, 그것이 우리에게 가져다주는 불쾌함이라면 물론 자네의 말이 옳지. 그러나 그것이 제 자신을 만사의 중심으로 삼으려 하는 것이 부당하다는 이유로 내가 그것을 증오하는 것이라면, 나는 앞으로도 계속해서 자아를 증오할 걸세. 요컨대 자아에는 두 가지 특성이 있네. 그것은 제 자신을 만사의 중심으로 삼으려는 것 자체가 부당하네. 그리고 그것이 타인을 종속시키려고 한다는 점에서 그것은 타인에게는 불쾌한 것이 되네. 왜냐하면 각자의 자아는 서로 적이며, 다른 모든 자아의 폭군이 되려고 하기 때문일세. 자네는 남에게 불쾌한 것으로서의 자아는 제거하지만, 그 부당함은 제거하지 못하네. 그러므로 자아가 부당하다 하여 그것을 증오하는 사람들에게 그것을 즐거운 것으로 만들어 줄 수는 없네. 그것을 더 이상 자기 적으로 생각하지 않는 부정한 사람들에게만 그것을 사랑하게 할 수 있을 뿐일세. 그러므로 자네는 여전히 부정하며, 부정한 사람들을 기쁘게 해줄 수 있을 뿐일세."

자기 자신을 모든 다른 사람들 위에 군림시키려고 하지 않는 사람이 단 한 사람도 없으니, 도대체 사람들의 판단이 얼마나 뒤죽박죽인가. 게다가 남들의 행복과 생존보다는 자신의 그것을 더 앞세우지 않는 사람이 없으니……

457

사람은 누구에게나 자기 자신이 이 세상의 전부이다. 왜냐하면 자기가 죽으면, 자기와 더불어 모든 것이 죽는 것과 같으니까. 그래서 사람마다 다른 모든 사람에 대하여 자기가 전부라고 생각하는 것이다. 자연을 우리의 기준으로 판단할 것이 아니라 그 자체의 기준에 의해 판단해야 한다.

458

"이 세상에 존재하는 모든 것은 육신의 정욕이며, 두 눈의 정욕이며, 이생(生)의 오만이다."[19] 즉 "관능욕 · 지식욕 · 지배욕"[20] 이 세 가지 불(火)의 강에 의해 물을 받지 못하고 오히려 물이 말라버리는 이 저주받은 땅은 얼마나 비참한가! 그러나 이들 세 강의 옆에 있으면서도 강물에 잠기지도 휩쓸리지도 않고, 서 있지 않고 앉아서 이 세 강줄기 옆에서 낮고 편안한 자세로 꼼짝하지 않고 끈질기게 버티는 사람들은 얼마나 행복한가! 그들은 빛(神)이 오기 전에는 자리에서 일어나지 않을 것이며, 평화 속에 휴식을 취한 후에는 자기들을 일으켜 저 거룩한 예루살렘의 성문 앞에 세우려는 그분을 향해 두 손을 뻗친다. 그곳에서는 오만도 더 이상 그들에 맞서 싸워서 그들을 쓰러뜨릴 수가 없다. 그러나 그들은 눈물을 흘린다. 이 세 강물의 격류에 휩쓸려 멸망할 모든 것을 보았기 때문이 아니라, 그 오랜 유랑의 세월 동안 한순간도 잊지 않고 그리워해 온 그들의 사랑하는 고향 거룩한 예루살렘에 대한 추억 때문에.

---

19) 〈요한 1서〉 2장 16절.
20) 장세니우스의 《아우구스티누스》에 나오는 말. 그러나 이 책에는 마지막 말인 '지배욕'이 '우월욕'으로 되어 있다.
21) 거룩한 시온성, 하늘의 예루살렘이 천국의 상징이지만 바빌론 강은 세속의 상징이다. 〈시편〉 137편 참조.

바빌론 강물[20]은 흐르고, 떨어지고, 또 휩쓸어 간다.

아, 거룩한 시온(천국)이여, 그곳에서는 모든 것이 확고하며, 아무것도 멸망하는 법이 없다!

우리는 강줄기 옆에 앉아야 한다. 아니 그 강줄기 밑에도 속에도 아니고 바로 위에, 꼿꼿이 서 있지 말고 앉아 있어야 한다. 우리는 앉아 있음으로써 겸허해질 수 있으며, 위에 있음으로써 안전하지만 우리는 예루살렘의 정문 앞에서는 꼿꼿이 서 있을 것이다.

이 즐거움이 영원한 것인지 변하는 것인지를 살펴보자. 그것이 흘러간다면 그것은 바빌론의 강이다.

육신의 정욕 · 두 눈의 정욕 · 오만 등.

사물에는 세 가지 질서가 있다. 육체 · 정신 · 의지가 그것이다.

육체적인 것은 부자나 왕들이다. 그들의 관심의 대상은 육신이다.

탐구자와 학자들의 관심은 '마음'에 있다.

현자들은 올바른 것에 관심을 둔다.

신은 만물을 지배해야 하며, 만물은 신에게 귀의(歸依)해야 한다.

육체적인 것들은 본래 사욕(邪欲)의 지배를 받는다.

정신적인 것들은 본래 호기심의 지배를 받는다.

지혜는 오만의 지배를 받는다.

이것은 인간이 부(富)나 지식에서 기쁨을 느낄 수 없다는 말이 아니다. 다만 그것은 오만이 깃들 장소가 못 된다는 것이다. 왜냐하면 어떤 사람이 박식한 경우, 그가 자신의 학문을 뽐내려 하면, 우리는 그에게 그것이 그릇된 것임을 이해시킬 수 있기 때문이다.

오만이 깃드는 곳은 지혜이다. 왜냐하면 우리는 어떤 사람이 자신의 지혜를 뽐낸다고 하여 그를 현명한 사람이 못 된다고 생각할 수는 없기 때문이다. 그가 뽐내는 것은 당연한 일이니까.

그러므로 지혜를 줄 수 있는 것은 오직 신뿐이다. 그래서 《성서》에 "자랑하는 자는 주(主) 안에서 자랑하라"[22]고 기록되어 있다.

461

세 가지 사욕(邪欲)은 세 가지 학파[23]를 생겨나게 했다. 그러므로 철학자들이 해낸 일은 이 세 가지 사욕 중 어느 하나를 따르는 것 이외에 아무것도 없다.

462

참된 행복의 추구. 평범하게 살아가는 사람들의 경우, 그들의 행복은 행운이나 외적인 부(富)나, 아니면 기분전환에 있다.

철학자들은 그 모든 것이 얼마나 공허한 것인가를 보여 주었으며, 최선을 다해서 행복에 대한 정의를 내렸다.

463

(예수그리스도 없이 신을 믿는 철학자들에 항의함)

철학자들. 그들은 신만이 사랑을 받고 찬미 받을 가치가 있다고 믿는다. 그러면서도 자신들 또한 다른 사람들로부터 사랑을 받고 찬미 되기를 바라고 있다. 그리고도 자신의 타락을 깨닫지 못한다. 만일 그들이 신을 사랑하고 공경하는 감정에 충만해 있다면, 그리고 이것이 그들의 가장 큰 기쁨이라면, 그들은 자신을 스스로 선하다고 생각해도 좋다. 그러나 만일 그들이

---

22) 〈고린도 전서〉 1장 31절.
23) 에피쿠로스학파, 회의학파, 스토아학파.

그것에 혐오를 느끼고, 사람들의 존경을 한 몸에 받고 싶다는 마음밖에 없다면, 그리고 그들이 '완전무결'한 상태라고 생각하는 유일한 길이, 사람들을 강요하지 않고 단순히 설득함으로써 그들의 행복은 자기들(철학자들)을 사랑하는 데 있다고 믿게 하는 것이라면, 나는 그런 '완전무결'은 끔찍스러운 것이라고 말하리라. 뭐라고! 신을 알고 있다는 자들의 유일한 욕망이, 인간들이 신을 사랑하는 것이 아니라, 인간들이 자기들(철학자들)에게 관심을 쏟아 주는 것이라고! 그렇다면 그들은 자신들이 인간들이 갈망하는 행복의 대상이 되기를 원했던 셈이다.

464

철학자들. 우리는 우리를 억지로 외부로 내던지는 사물로 충만 되어 있다. 우리의 본능은 우리로 하여금 행복을 자기 밖에서 구해야 한다고 각성시킨다. 우리의 정념은 저들을 흥분시키는 대상이 없이도 우리를 외부로 내쫓는다. 외부의 사물들은 우리가 그것들을 생각하지 않을 때도 자신들 속으로 우리를 유인하고 끌어들인다. 그리하여 철학자들이, "당신을 자신 속으로 끌어들이라. 당신들은 거기서 당신의 행복을 찾아내게 될 것이다" 하고 말해도 소용이 없다. 사람들은 그들을 받지 않을 테니까. 그들을 믿는 자들은 가장 허황하고 어리석은 자들이다.

465

스토아학파의 사람들은 말한다. "당신을 자신에게로 끌어들이라, 당신들은 거기서 평안을 찾게 될 것이다"라고. 그러나 이것은 사실과 다르다.

다른 사람들은 말한다. "밖으로 나가라. 기분전환에서 행복을 찾으라"라고. 그러나 이것도 옳지 않다. 이 경우 병이 드는 수도 있기 때문이다.

행복은 우리 안에도 있지 않고 밖에도 있지 않다. 그것은 우리의 내부인 동시에 외부인 신(神) 속에 있다.

466

에픽테토스는 도(道)를 완전히 깨쳤다고 해도, 사람들에게 이렇게밖에 말하지 못한다. "당신들은 길을 잘못 가고 있다"라고. 그는 또 다른 길이 있다고 말하지만, 우리를 거기까지 인도해 주지는 못한다. 올바른 길은 신이 원하는 대로 가는 길이다. 예수그리스도만이 우리를 그곳으로 인도해 준다. "길이요, 진리요"[24]

제논[25] 자신의 악덕.

467

원인과 결과. 에픽테토스. "자네는 두통이 생겼군"[26] 하고 말하는 사람들. 그것은 이렇게 말하는 것과 전혀 같지 않다. "우리는 건강에 대해서는 확신을 갖지만 정의에 대해서는 확신을 갖지 못한다. 그러므로 그는 분명히 난센스를 말한 셈이다."

그런데도 그는 "그것은 우리의 능력 안에 있을 수도 있고 그렇지 않을 수도 있다고 말함으로써 자신의 논지(論旨)를 입증한 것으로 생각하고 있다. 그러나 그는 우리의 마음은 우리 자신의 능력으로 조정할 수 있는 것이 아니란 사실을 알지 못했으며, 그가 기독교인이 존재한다는 사실에서 자신의 결론을 내린 것은 잘못이 있다."[27]

468

어떤 다른 종교도 자신을 증오할 것을 가르치지는 않았다.

---

24) 〈요한복음〉 14장 6절.
25) 스토아학파의 시조(B.C. 4세기경). 에레아학파의 철학자 제논(B.C. 5세기경)에 대해서는 '키프로스의 제논'으로 알려져 있다. 에픽테토스는 그의 학설을 이어받은 사람 중의 한 사람이다.
26) 에픽테토스 《어록》 4권 6장.
27) 에픽테토스 《어록》 4권 7장.

그러므로 그런 종교들은 자신을 증오하고 참으로 사랑할 가치가 있는 존재를 구하는 사람들의 마음을 만족시킬 수 없다. 그리고 이런 사람들이 겸손한 신의 종교(기독교)에 대하여 한 번도 들은 적이 없다면, 그들은 그 종교를 즉시 받들 것이다.

469

나는 내가 존재하지 않을 수도 있었으리라는 생각이 들 때가 있다. 왜냐하면 나의 자아는 나의 사고(思考) 속에 존재하기 때문이다. 그러므로 내가 태어나기 전에 나의 어머니가 죽었더라면, 이렇게 사고하는 '나'는 존재하지 않았을 것이다. 그렇다면 나는 반드시 존재해야만 하는 존재는 아니다. 나는 영원한 존재도 아니고 무한한 존재도 아니다. 그러나 자연 속에는 영원하고 무한한 필연적인 존재가 있다는 것을, 나는 알 수가 있다.

470

"기적을 보았더라면 나는 개종을(기독교로) 했을 텐데" 하고 말하는 사람들이 있다. 그들은 어찌하여 자기가 알지도 못하는 것을 행하겠다고 장담하는 것일까? 그들은 그와 같은 개종(改宗)은 그들이 멋대로 상상하는 어떤 거래나 상담(商談) 같이 행해지는 신의 숭배에 있다고 생각한다. 참된 개종은 빈번히 우리 논란의 대상이 되어왔고, 언제라도 우리를 파멸시킬 수 있는 권한을 쥐고 있는 절대적 존재 앞에서의 자기 무시에 있다. 또한 참된 개종은 그분이 없이는 우리는 아무것도 할 수 없다는 것과, 우리는 오직 그의 노여움만 받을 가치밖에 없는 존재라는 것을 인식하는 데 있다. 또 참된 개종은 신과 인간 사이에는 일치시킬 수 없는 반대 요소가 있다는 사실과 중개자(예수그리스도) 없이는 신과 인간 사이에는 어떤 교류도 있을 수 없다는 사실을 아는 것에 있다.

471

사람들이 내게 집착한다는 것이 내게는 못마땅하다. 비록 그들이 자발적으로 기쁜 마음에서 집착하더라도 그렇다. 나는 내가 그런 욕망을 불러일으키게 한 사람들을 잘못 인도하게 될 것이다. 왜냐하면 나는 어떤 사람의 목적일 수도 없고, 그들을 만족시킬 아무것도 갖고 있지 않기 때문이다. 나는 어차피 죽을 몸이 아닌가. 그렇다면 그들의 집착의 대상도 죽어 버리는 것이다. 그러므로 비록 내가 올바른 방법으로 사람들을 설득하고, 그들도 그것을 믿는 것이 즐겁고 나도 그것에 기쁨을 느낀다고 하더라도 내가 그들에게 거짓을 믿게 한다면, 죄를 면할 수 없는 것과 마찬가지로 사람들의 마음을 끌어 나를 사랑하게 하는 것도 또한 죄악이다. 그리고 내가 사람들을 홀려서 그들로 하여금 내게 집착하게 만든다면, 그렇게 함으로써 어떤 큰 이익을 얻는다고 해도, 나는 그 위선에 따르려는 사람들에게 그렇게 해서는 안 된다고 경고해 주어야 한다. 동시에 그들에게 내게 집착해서는 안 된다고 경고해 주어야 한다. 그들은 신을 즐겁게 하고 신을 추구하는 데에 자기들의 생애와 온갖 노력을 바쳐야 하기 때문이다.

472

의지 그 자체는 모든 일을 자기 뜻대로 할 수 있는 경우에조차도 결코 만족을 가져다주지 못할 것이다. 그러나 인간은 자기 의지를 버리는 순간 만족한다. 그것이 없어지면 인간은 불만을 느낄 수 없게 된다. 그러나 그것이 있으면 인간은 만족을 느낄 수가 없다.

473

사고(思考)하는 수많은 지체(支體)로 이루어진 하나의 몸뚱이[本體]를 상

---

28) 〈고린도 전서〉 12장 12, 27절.

상해 보라.[28]

474

지체. 여기서부터 시작된다. 인간이 자기 자신에게 베풀어야 할 사랑을 조절하려면 사고하는 수많은 지체로 이루어진 하나의 몸뚱이를 상상해 보아야 한다(우리는 전체를 이루고 있는 하나의 구성원이므로). 그리고 각 지체가 그 자신을 얼마만큼 사랑해야 하는가 등을 알아야 한다…….

475

두 발이나 두 손이 각기 자신의 의지를 가지고 있다면, 그것들은 그 몸뚱이 전체를 다스리고 있는 제1의 의지에 각기 자신의 의지를 복종시키지 않고서는 질서를 유지할 수 없을 것이다. 그렇게 하지 않으면 그것들은 그 조직을 파괴하고 불행하게 된다. 그것들은 그 몸뚱이 전체의 행복을 추구하는 데서만 각자의 행복도 얻을 수 있는 것이다.

476

신만을 사랑하고 자신만을 증오해야 한다.

만일 발이 자기가 하나의 몸뚱이에 속해 있으며 자기가 의존하고 있는 것은 그 몸뚱이라는 것을 모르고, 제 자신만을 알고 사랑하다가 자기가 의존하는 신체에 속해 있다는 것을 알게 된다면 발은 자기 과거의 생활에 대해 얼마나 후회하고 부끄러워하겠는가! 이제껏 그 몸뚱이가 자기에게 생명을 주었는데도 자기는 그 몸뚱이에 아무런 도움을 주지 못했으니 말이다. 발이 스스로 그 몸뚱이에서 이탈할 경우도 그러한데, 신체가 발을 떼어 버렸더라면 발은 멸망했을 것이다. 그러므로 발은 계속해서 그 몸뚱이에 연결되어 있기를 얼마나 간절히 바랄 것인가! 또한 그 본체를 다스리고 있는 의지의 다스림을 받기 위해 얼마나 그것에 복종하고 헌신할 것인가! 만일 필요하다면 자기가 절단되는 것까지도 불사할 것이다. 그렇게 하지 않으면 몸뚱이의 일부로서의 성질을 잃게 되기 때문이다. 왜냐하면 모든 지체는 전체를 위해서는 기꺼이 자신을 희생시켜야 하며, 오직 그 몸뚱이 전체를 위해서만 각 지체는 존재하는 것이기 때문이다.[29]

477

우리가 남의 사랑을 받을 자격이 있다고 생각하는 것은 잘못이며 사랑받기를 바라는 것도 잘못이다. 우리가 나면서부터 분별이 있고 공정하여 자기 자신과 타인을 잘 알게 되었더라면, 우리는 우리의 의지에 이런 편견을 주지는 않았을 것이다. 그런데 우리는 나면서부터 그런 편견을 갖고 있다. 즉 인간은 나면서부터 불공정하다.

왜냐하면 모든 것이 자기중심적이니까. 이것은 모든 질서에 위배된다.

우리는 보편적인 것을 지향하지 않으면 안 된다. 자아 쪽으로 기울어지는 편견은 전쟁이나 정치·경제, 그리고 인간 개개인의 육체에서도 모든 무질서의 발단이 된다.

그러므로 그러한 의지는 타락한 것이다. 만일 공동체의 각 일원(一員)이 전체의 행복을 지향하고 있다면, 공동체들은 자기들이 구성하고 있는 또 다른 더욱 보편적인 전체를 위해 노력해야 한다. 그러므로 인간은 이 보편적인 것을 지향해야만 한다. 따라서 우리는 나면서부터 불공정하고 타락한 것이다.

478

우리가 신에 대해 생각하려고 할 때 우리 마음을 딴 데로 돌려 그것을 생각하도록 유인하는 것은 없는가? 그것은 모두가 악으로 우리가 천성적으로

---

29) 〈고린도 전서〉 12장 15절 참조.

가지고 태어난 것이다.

479

유일한 신이 있다면 그 신만을 사랑해야 하며, 언젠가는 변해 버리는 피조물을 사랑해서는 안 된다. 〈지혜의 서(書)〉에 나오는 불신자들의 의론은 신이 존재하지 않는다는 가정을 토대로 하고 있다. 그들은 말한다. "그러니까 그 사실을 인정하고 피조물로 즐기도록 하자"[30]라고. 이것은 차선(次善)의 의론이다. 그러나 만일 사랑해야 할 유일한 신이 존재한다면, 그들은 그런 결론을 내리지 않고 정반대의 결론을 내렸을 것이다. 그런데 이것이야말로 지자(智者)들이 내리는 결론이다. "유일한 신이 존재한다. 그러므로 피조물로 즐겨서는 안 된다."

그러므로 우리를 유인하여 피조물에 집착하게 하는 것은 모두가 악이다. 왜냐하면 그것은 우리가 신을 알면 신을 섬기는 것을 방해하고, 우리가 신을 모르면 신을 찾는 것을 방해하기 때문이다. 그런데 우리는 사욕(邪欲)에 가득 차 있으므로, 악에도 가득 차 있다. 따라서 우리는 우리 자신과, 우리를 유인하여 유일한 신 이외의 것에 집착하게 하는 것을 증오해야 한다.

480

각 지체(支體)를 행복하게 하려면, 그것이 하나의 의지를 갖게 해야 하며, 그 의지를 본체에 복종시켜야 한다.

481

스파르타인이나 그 밖의 사람들이 훌륭한 죽음의 본보기는 우리를 감동하게 하지 않는다. 왜냐하면 그것은 우리에게 아무 이익도 주지 않기 때문

---

30) 〈솔로몬의 지혜〉 2장 6절.

이다.

그러나 순교자들의 모범적인 죽음의 예는 우리를 감동하게 한다. 왜냐하면 그것은 "우리의 지체"이므로.[31] 우리는 그들과 공통된 유대가 있다. 그들의 결의는 우리의 결의를 고무시킬 수 있다. 그들의 본보기에 의해서 뿐만 아니라, 그들의 결의가 우리의 결의에 해당할 것이기 때문이다.

이교도의 본보기에서는 이런 것은 찾아볼 수 없다. 우리는 그들과는 아무 유대도 갖고 있지 않다. 이것은 제삼자가 부자인 것을 보았다고 해서 자기도 부자가 되는 것은 아니지만, 자기 아버지나 남편이 부자라면 자기도 부자가 되는 것과 마찬가지이다.

482

도덕. 신은 하늘과 땅을 창조했을 때, 하늘과 땅은 자신의 존재에 대해 행복을 느끼지 못하므로, 신은 그것을 의식하는 존재들을 사고하는 지체들로 이루어진 하나의 본체를 지으려고 하였다. 왜냐하면 우리 자신의 지체들은 자기들이 하나로 결합하여 있는 이 행복, 자기들이 무엇이든지 훌륭히 이해할 수 있는 이 행복, 자연의 배려로 그들에게 정신을 주입하거나 자기들을 성장시켜 삶을 영위하게 해 주는 이 행복을 의식하지 못하기 때문이다. 그 지체들이 이 모든 것을 느끼고 그것을 알 수 있다면 그들은 얼마나 행복할까! 그러나 그러기 위해서는, 지체는 그것을 인식하는 지혜와 보편적인 영혼의 의지에 부합하는 선한 의지가 필요할 것이다.

그러나 지혜가 주어진다 해도, 지체가 그것을 자기의 양분으로 흡수하는 데 사용하고 다른 지체에는 보내 주지 않는다면, 그것은 그릇된 행위일 뿐만 아니라 불행한 일이기도 하며, 따라서 그것들은 자신을 사랑하기는커녕 오히려 증오하게 될 것이다. 지체의 기쁨은 그 의무와 마찬가지로, 그것들

---

31) 〈로마서〉 12장 5절.

이 속해 있는 전체의 영혼, 즉 지체들이 자신을 사랑하는 것 이상으로 그것들을 사랑하고 있는 전체 영혼의 인도(引導)에 따르는 데 있다.

483

지체라는 것은 본체의 정신을 통하지 않고서는, 그리고 본체를 위한 일이 아니고는 생명과 존재와 운동을 가질 수가 없는 것이다. 지체가 따로 떨어져서, 자신이 속해 있는 본체를 전혀 돌아보지 않는다면, 그 지체는 멸망해 가고 죽어가는 존재에 지나지 않는다. 그런데도 그것은 자기를 전체로 알고, 자기가 의존하고 있는 전체를 돌아보지 않으므로, 제 자신에 의존해서 존재하는 줄 알고, 자기를 전체의 중심, 즉 본체로 만들려고 한다. 그러나 자기 안에 생명의 근거를 가지고 있지 않으므로 지체는 길을 잘못 들어 방황할 수밖에 없다. 또한 자기가 전체가 아니라는 것을 느끼면서도 자기가 전체의 한 지체라는 것을 깨닫지 못하기 때문에, 자기의 존재가 불확실한 것에 놀라게 된다. 드디어 자신을 알게 되면, 말하자면 제 본연의 자세로 돌아오면 그것은 전체를 위해서만 자신을 사랑하고, 지난날의 방황을 후회하게 된다.

지체는 그 본질상 자기 자신을 위해서만, 그리고 다른 것을 장악하기 위해서만 자신 이외의 다른 것을 사랑할 수가 있다. 왜냐하면 모든 사물은 자기 이외의 어떤 것보다도 자기 자신을 더 사랑하기 때문이다.

그러나 본체를 사랑하는 것은 자기 자신을 사랑하는 것이다. 왜냐하면 지체는 본체 속에서만, 또 본체를 통해서만, 본체를 위해서만 존재하기 때문이다. "주와 합하는 사람은 그와 한 영이 된다."[32]

본체는 그 손을 사랑한다. 손이 만일 의지(意志)를 갖고 있다면, 손은 자신을 사랑하여도 영혼이 손을 사랑하는 것같이 사랑해야 한다. 그것을 초과

---

32) 〈고린도 전서〉 6장 17절.

하는 사랑은 모두가 부정하다.

"신과 합하면 하나의 영이 된다."[33] 우리는 그리스도의 지체이기 때문에 자기를 사랑한다. 우리는 그리스도가 본체이며 자신이 그 지체이기 때문에 그리스도를 사랑한다. 모두가 하나이다. 삼위일체와 같이 전체는 하나이며, 하나는 다른 것 속에 있다.

484

두 개의 율법[34]은 모든 정치적인 법률보다 기독교 국가를 다스리기에 충분하다.

485

참된 유일한 덕은 자신을 증오하는 것이다. 왜냐하면 인간은 사욕 때문에 남을 증오하게 되기 때문이다. 그리고 그를 사랑하기 위해 참으로 사랑할 가치가 있는 존재를 추구하는 것이다. 그러나 우리는 자기 밖에 있는 것을 사랑할 수 없으므로, 우리 안에 있으면서도 우리의 자아가 아닌 존재를 사랑해야 하는 것이다. 이것은 인류의 모든 개인에게 들어맞는 진리이다. 그런데 그런 것은 보편적인 존재뿐이다. 즉 신의 왕국은 우리 안에 있다.[35] 보편적인 선도 우리 안에 있다. 그런데 이들 양자는 우리 자신이면서 우리가 아니다.

486

인간의 존엄성은 그 타락 이전에는 피조물들을 사용하고 지배하는 데 있었다. 그러나 지금은 피조물에서 떠나 그것에 복종하는 데 있다.[36]

487

그 신앙에 있어서 유일한 신을 만물의 본원(本源)으로써 공경하지 않는 종교, 그 도덕에 있어서 유일한 신을 만물의 목적으로써 사랑하지 않은 종교는 모두가 허위이다.

488

……그러나 신이 시원(始源)이 아니라면, 결코 종극(終極)일 수도 없다. 인간은 그 눈은 하늘로 향하고 있으나 몸은 모래 위에 서 있다. 그러므로 땅이 꺼지면 인간은 하늘을 쳐다보면서 떨어질 것이다.

489

만일 만물의 유일한 본원이 있고, 만물의 유일한 목적이 있다면, 다시 말해 만물이 그에 의해 또 그것을 위해 존재한다면, 참된 종교는 우리로 하여금 그것만을 공경하고 그것만을 사랑하라고 가르쳐야 한다. 그러나 우리는 자기가 모르는 것을 공경할 수 없고, 자기 이외의 것을 사랑할 수 없으므로, 이런 의무를 가르치는 종교는 우리의 이런 무력(無力)도 아울러 가르치고, 그 구제법도 제시해 주어야만 한다. 그것은 한 사람(아담)에 의해 모든 것이 상실되었고, 신과 인간 사이의 결속이 깨졌으며, 한 사람(그리스도)에 의해 그 결속이 회복된 것을 우리에게 가르쳐 주고 있다.

우리는 나면서부터 신의 사랑을 이처럼 배반한 존재이기 때문에—신의 사랑은 절대로 필요한데도—우리는 날 때부터 원죄를 짓고 있음이 분명하다. 그렇지 않다면 신이 불공정한 셈이 될 것이다.

---

33) 〈고린도 전서〉 6장 17절.
34) 신을 사랑하고 이웃을 사랑하라는 계명(〈마태복음〉 22장 35절 이하 및 〈마가복음〉 12장 28절 이하).
35) 〈누가복음〉 17장 21절.
36) 피조물에서 떠나는 것은 신과 결합하기 위해서이고, 피조물에 복종하는 것은 겸손하기 위해서이다.

490

사람들은 선행을 하는데 길들어 있지 않고, 선행이 행하여지면 거기에 보답하는 일에만 길들어져 있으므로, 신에 대해서도 자기 기준에 따라 판단한다.[37]

491

참된 종교는 인간에게 신을 사랑하도록 강요하는 것을 그 특징으로 삼아야 한다. 그것은 매우 정당한 요구인데도 불구하고 어떤 종교도 그것을 요구하지 않았는데, 우리의 종교(기독교)는 그것을 요구했다.

참된 종교는 인간의 사악과 무력도 알고 있어야 한다. 우리의 종교는 그것을 알고 있었다.

참된 종교는 그 구제법을 제시해야 한다. 그 하나가 기도이다. 다른 어떤 종교도 신에게 우리로 하여금 신을 사랑하고 신을 따르게 해 주기를 기도하지 않았다.

492

자기 속에 있는 자애심(自愛心)을 증오하지 않고, 자기를 신으로 만들려는 본능을 증오하지 않는 사람은 진정 눈이 먼 것이다. 이보다 정의와 진리에 더 어긋나는 것은 없다는 사실은 누구나가 다 알고 있는 바이다. 왜냐하면 인간이 신의 자리를 차지하기에 합당하다고 생각하는 것은 터무니없는 일이니까. 거기까지 도달한다는 것은 부당하고 또 불가능한 일이다. 왜냐하면 모든 사람이 똑같이 그것을 요구하기 때문이다.[38] 그러므로 인간은 피할

---

37) 신의 은혜는 어디까지나 자발적 · 선행적(先行的)이며, 인간의 행위에 의해 좌우되지 않지만, 인간은 자기의 타산적인 태도에서 신이 인간의 행위에 따라 은혜를 베푸는 것으로 생각하기 쉽다.

38) 신이 되려고 하는 것은, 모든 것을 지배하려는 것이다. 그런데 모든 사람은 태어나면서부터 보편적인 지배욕을 갖고 있으므로. 그것은 서로 충돌하지 않을 수 없다.

수 없으면서도 피하지 않으면 안 되는 지극히 부당한 상황 속에 태어난 것이다.[39]

그런데도 다른 어떤 종교도 이것이 죄이며, 그것은 우리가 타고난 것으로 보지 않았으며, 인간은 그것을 물리쳐야 한다고 가르치지 않고 그 구제법도 제시하려고 하지 않았다.

493

참된 종교는 우리의 의무와 우리의 무력(無力), 오만과 사욕을 지적해 보여 주고, 그 구제법, 즉 겸허와 금욕을 가르친다.

494

참된 종교는 인간의 위대함과 비참함을 동시에 가르치고, 자기 존경과 자기 경멸, 사랑과 증오를 가르쳐야 한다.

495

인간이 무엇인지 탐구하지 않고 살아간다는 것이, 무지한 맹목적인 생활 태도라고 한다면, 신을 믿으면서 올바르게 살려고 하지 않는 것은 무서운 맹목적인 생활 태도이다.

496

신앙과 선(善)[40] 사이에는 엄청난 차이가 있다는 것을 경험은 우리에게 가르쳐 주고 있다.[40]

---

39) 종교는 인간에게 신의 능력에 의하지 않으면 도저히 불가능한 책무를 부과한다.
40) 파스칼은 종교적인 신앙을 도덕적인 선(善) 이상으로 생각하고 있었다.

신의 자비를 믿고 선행을 하지 않고 방종하게 살아가는 사람들에 대한 항의.

우리가 범하는 죄악의 두 가지 원천은 오만과 태만이다. 그러므로 신은 그것을 구제하기 위해 신의 두 가지 특성, 즉 자비와 정의를 우리에게 보여 주었다. 정의의 올바른 기능은 그 행위가 아무리 신성해도(당신의 종에게 심판하지 마소서)[41] 오만을 물리치는 데 있다. 그리고 자비의 올바른 기능은 선행을 권면하여 태만을 물리치는 데 있다. 이에 대한 성구(聖句)로서는 "신의 선하심이 너희를 인도하여 회개하게 하시리라"[42]와 니느웨 사람들의 다른 구절, "신이 격한 노여움을 풀고 우리에게 자비를 베풀어 주실는지 아닌지를 알 자가 없으니, 우리 모두 회개하자"[43]가 있다.

이처럼 신의 자비는 방종을 용납하지 않을 뿐만 아니라, 반대로 방종과 단호히 싸우는 것이 특색이다. 그러므로 "신에게 자비가 없었더라면 덕을 위해 모든 노력을 기울일 터인데" 하고 말하는 대신에, 오히려 "신께서 자비를 베풀어 주시기 때문에 모든 노력을 기울여야 한다"고 말해야 한다.

신앙생활에 들어갈 때 처음에는 고통이 따르는 것이 사실이다. 그러나 이 고통은 우리에게 싹트기 시작한 신앙에서 오는 것이 아니라, 우리에게 아직도 남아 있는 불신에서 오는 것이다. 만일 우리의 감성이 회개에 반대하지 않고, 우리의 타락이 신의 정결에 반대하지 않는다면, 신앙의 길에 들어서는데 아무런 고통도 따르지 않을 것이다. 우리가 나면서부터 가지고 있는 악덕이 초자연의 은혜에 저항하는 한, 우리 인간은 고통에서 벗어날 수 없

---

41) 〈시편〉 144편 2절.
42) 〈로마서〉 2장 4절.
43) 〈요나〉 3장 9절에 의거한 구절로 생각된다.

게 된다.

우리는 이 상반되는 두 개의 힘 사이에서 가슴이 찢기는 것을 느낀다. 그러나 이 횡포(橫暴)는 우리를 제지하는 이 세상에 돌리지 않고, 우리를 당신에게로 끌어 주시는 신에게로 돌리는 것은 지극히 부당한 일이다. 그것은 강도의 팔에서 어머니에 의해 억지로 강탈당하는 어린애의 경우와 똑같다. 그 어린애는 아무리 고통스럽더라도 사랑에 찬 구원자의 당연한 폭력을 사랑해야 하며, 악의로 자기를 붙잡고 매달리는 강도의 위협적이고 난폭한 폭력만을 증오해야 한다. 우리의 인생에 있어 신이 인간에게 부과할 수 있는 가장 참혹한 싸움은, 신이 가져다줄 이 싸움을 그들로 하여금 치르지 않게 내버려 두는 것이다. "나는 평화를 주러 온 것이 아니라 칼을 주기 위해 왔노라"[44] 하고 그는 말하였다. 또한 이 싸움의 무기로서, "나는 이 땅 위에 칼과 불을 던지기 위해 왔노라"[45]고 말하였다. 그가 오기 전에는 사람들은 거짓된 평화 속에서 살고 있었다.

499

외적(外的) 행위. 신과 인간 양쪽을 모두 즐겁게 해주는 것처럼 위험한 일은 없다. 왜냐하면 신과 인간을 기쁘게 하는 경우에 신을 기쁘게 하는 것과 인간을 기쁘게 하는 것은 각각 다른 것으로 이루어져 있기 때문이다. 예컨대 테레사 성녀[46]의 위대성이 바로 그것이다. 신을 기쁘게 한 것은 그녀가 계시받았을 때의 깊은 겸허이고, 인간을 기쁘게 한 것은 그녀의 계화(啓化)였다. 그래서 사람들은 그녀처럼 되기 위해 그녀의 말투를 닮으려고 열심히 애쓰며, 그녀처럼 신이 사랑하는 것을 사랑하고, 신의 사랑을 받는 상태에

---

44) 〈마태복음〉 10장 34절.
45) 〈누가복음〉 12장 49절.
46) 테레사(1515~1582) 종교개혁에 대항하여 스페인에 가톨릭의 신앙을 부흥시킨 성녀. 그녀는 때때로 신의 음성[靈音]을 듣고 황홀경에 빠지기도 했다.

이르려고 온갖 노력을 다하는 것이다.

단식(斷食)하고 스스로 만족하기보다는, 단식하지 않고 그로 인해 겸허해지는 편이 바람직하다.

바리새인, 세리(稅吏).[47]

신이 자기를 위해 행해진 것에 대해서만 자기의 기준. 자기의 방법에 따라 어느 쪽을(이로움과 해로움 중에서) 베풀어 주실까 생각하는 것이, 나를 해롭게 할 가능성과 이롭게 할 가능성이 똑같다면, 그리고 모든 것이 신의 뜻에 달려 있다면, 그것을 생각하는 것이 내게 무슨 이로움이 있겠는가?

한 가지 일이 행하여지는 방법은, 그것을 행하는 것 못지않게, 아니 그 이상으로 중요하기 때문에, 그리고 신은 악에서 선을 끌어낼 수 있는데, 인간은 신이 없이는 선에서 악을 끌어내기 때문이다.

500

'선'과 '악'이라는 두 가지 말에 대한 설명.

501

제1단계.─악을 행하여 책망받는 것, 아니면 선을 행하여 칭찬받는 것.
제2단계.─칭찬도 책망도 받지 않는 것.

502

아브라함은 자기 자신을 위해서는 아무것도 취하지 않고, 다만 자기 하인들을 위해서만 취하였다.[48]

이와 마찬가지로 의인(義人)도 자기 자신을 위해서는 세상에서 아무것도

---

47) 〈누가복음〉 18장 9절에서 14절에 이르는 예수의 비유를 가리킨다.
48) 〈창세기〉 14장 24절.

취하지 않고 세상의 칭찬도 받지 않으며, 오직 그의 정념을 위해서만 취하되, 그는 스스로 주인으로서 자기의 정념을 부리며, 그 하나에게는 "가라"고 말하고 다른 하나에게는 "오라"고 말한다.[49] "당신은 당신의 욕망을 다스려야 한다."[50] 이처럼 지배된 정념은 그대로 덕이 된다. 다시 말해 탐욕·질투·분노는 신까지도 자기의 속성(屬性)으로 삼고 있다. 그리고 이것들도 똑같은 정념인 자비·연민·절개와 똑같이 훌륭한 덕이다. 우리는 그것들을 노예로 부리고, 그것에 먹이를 주어야 하지만, 그 먹이를 영혼이 빼앗지 못하게 해야 한다. 왜냐하면 정념이 주인이 되면 그것들은 악덕이 되며, 그렇게 되면 정념이 영혼에 자기의 먹이를 제공하여, 영혼이 그것을 먹고 중독을 일으키기 때문이다.

503

철학자들은 악덕을 신의 탓으로 돌려, 이것을 성화(聖化)하였다. 기독교인들은 미덕을 성화하였다.

504

의인은 작은 일이라도 신앙에 따라 행한다. 그는 종을 책망할 때도 신의 성령(聖靈)에 의해 그들이 회개하기를 원하며, 신이 그들의 마음을 고쳐 주기를 기도한다. 그리고 그가 책망한 데 대해 기대하는 동시에 신에게 기대하며, 신이 자기의 뜻대로 하인들을 올바로 잡아 주기를 기도한다. 그의 다른 행위에서도 마찬가지이다.

505

어떤 것이든 우리에게 치명적일 수 있다. 심지어는 우리에게 유용한 사물

---

49) 〈마태복음〉 8장 9절.
50) 〈창세기〉 4장 7절 참조.

들까지도 우리에게 치명적인 타격을 줄 수 있다. 예컨대 자연의 세계에서는, 벽도 우리를 죽일 수 있고, 계단도 헛디디면 우리를 죽일 수 있다.

아주 작은 운동도 자연 전체에 영향을 준다. 돌덩이 하나가 바다 전체를 변화시킬 수 있다.

이와 마찬가지로 은혜의 세계에서도 극히 작은 행위가 그 결과를 모든 것에 미치게 한다. 그러므로 모든 것이 중요하다.

모든 행위에 있어서 우리는 그 행위 자체를 초월하며, 우리의 현재·과거·미래의 상태 및 그것에 의해 영향을 받는 다른 상태를 관찰해야 하며, 이 모든 것들이 서로 어떻게 관련지어져 있는가를 살펴보아야 한다. 그렇게 하면 우리는 상당히 신중해질 것이다.

506

신이 우리의 죄, 무서운 우리 죄의 모든 결과와 귀결을 우리에게 돌리지 말기를! 극히 작은 잘못이라도 무자비하게 추궁하면 두렵기 짝이 없다.

507

은혜. 은혜의 작용, 완악한 마음, 외적 사정.[51]

508

한 인간을 성도(聖徒)로 만들기 위해서는 신의 은총이 꼭 필요하다. 그리고 그것을 의심하는 사람은 성도가 무엇이고 인간이 무엇인지를 정확하게 모르는 사람이다.

---

51) 기독교인의 영혼은 신의 은혜의 작용과 타고난 궁휼심 사이에서 신의 섭리의 표시인 외적 사정에 의해 결정을 강요당하는 경우가 흔히 있다.

509

철학자들. 제 자신조차 알지 못하는 사람에게 제 발로 걸어서 신에게 가라고 외치는 것도 좋은 일이긴 하지만……! 그리고 자기 자신을 알고 있는 사람에게 그렇게 말하는 것도 좋은 일이긴 하지만……!

510

인간은 신에게 합당한 존재가 못 된다. 그러나 그렇게 될 수 없는 것도 아니다.

신이 비참한 인간과 교류하려는 것은 신답지 않은 일이다. 그러나 인간을 그 비참한 처지에서 끌어내는 것은 신답지 않은 일이 아니다.

511

인간이 신과 교류하기에는 너무나 보잘것없는 존재라고 말한다면, 그렇게 판단할 수 있다는 것은 대단히 위대한 것이다.

512

'성체(聖體)'는 기독교의 전문 용어로는 전적으로 그리스도의 몸을 가리키지만, 그렇다고 해서 그리스도의 전신(全身)을 뜻한다고는 말할 수 없다.

두 개의 사물이 아무런 변화도 없이 결합했다고 해서 한쪽이 다른 쪽이 되었다고 말할 수는 없다.

이렇듯 영혼은 육체와 결합하며, 불은 아무런 변화 없이 장작과 결합한다.

그러나 한쪽의 형태가 다른 쪽의 형태가 되려면 어떤 변화가 필요하다.

신의 말씀과 인간의 결합이 바로 그 경우이다.

내 몸은 내 영혼이 없이는 인간의 형태를 이루지 못하므로, 내 영혼은 어떤 물질과 결합하여 내 몸을 구성할 것이다.

그는 필요조건과 충분조건을 구별하지 않는다. 즉 결합은 필요조건이지 충분조건은 아니다.

왼팔은 오른팔이 아니다.

불가입성(不可入性)은 모든 물체의 본질이다.

'수(數)'의 동일은 동시성(同時性)의 측면에서 물질의 통일을 요구한다.

그러므로 만일 신이 내 영혼을 중국(中國)에 있는 어떤 육체에 결합했다면 '수의 동일성에 있어서' 바로 그 육체는 중국에 있을 것이다.

그곳을 흐르고 있는 바로 그 강은 동시에 중국을 흐르고 있는 그 강과 '수에 있어서' 똑같다.

513

신이 기도를 설정하신 이유.

1. 그의 피조물에 인과(因果)의 존엄을 알리기 위해.

2. 우리가 누구에게서 덕을 받았는가를 가르쳐 주기 위해.

3. 우리의 노력으로 다른 여러 가지 덕을 얻게 하기 위해. 그러나 신은 자기 최고의 권한을 보유하기 위해, 그 마음에 드는 자에게 기도의 능력을 주신다.

항의.─그러나 인간은 자기 능력으로 기도한다고 생각하고 있다.

그것은 불합리한 일이다. 인간은 신앙을 가졌다고 해서 반드시 덕을 갖췄다고 할 수는 없는데, 어째서 그 신앙을 얻으려고 하는가? 신앙에서 덕까지의 거리보다 불신앙에서 신앙까지의 거리가 더 먼 것이 아닐까?

'가치가 있다'[52]는 말은 애매한 말이다.

"그는 구세주를 받아들일 자격이 있다."[53]

"그는 이처럼 성스러운 지체(肢體)에 접촉할 만한 자격이 있다."[54]

"나는 이처럼 성스러운 지체에 접촉할 만한 자격이 있다."[55]

"주여, 나는 자격이 없는 자입니다.[56] 자격이 없는데도 먹고 있습니다."[57]

"당신은 영광을 누릴 만한 분이십니다."[58]

"나를 자격이 있는 자가 되게 해 주소서."[59]

신은 자신의 약속에 따라 베푸실 뿐이다.

신은 기도하는 사람에게 정의를 주실 것을 약속하셨다.[60]

신은 기도할 능력을 주신다고는 약속하지 않았다. 약속의 자녀에게만 그것을 약속하였다.[61]

성 아우구스티누스는 분명히 말하였다. "능력은 의인에게서 제거될 것이다"[62]라고.

그러나 그는 우연히 그렇게 말한 것이다. 왜냐하면 그런 말을 할 기회가 주어지지 않을 수도 있었을 테니까. 그러나 그 기회가 와서 그는 그렇게 말을 하지 않을 수 없었을 것이며, 그 반대를 말할 수도 없었으리라는 것은 그의 기본 방침에 의해 명백하다. 그렇다면 그는 기회가 왔을 때 그렇게 말했다기보다는, 기회가 온 이상 그렇게 말하지 않을 수 없었던 셈이 된다. 전자는 우연이고 후자는 필연이다. 그러나 이 두 가지 경우가 모두 인간이 요구할 수 있는 전부이다.

---

52) 인간이 구원받을 자격이 있다는 의미이다. 그것이 애매하다는 것은 인간이 예수그리스도의 공적에 의지할 때에만 구원받을 자격이 주어지기 때문이다.

53) 성 토요일(부활제의 전날)의 일도(日禱).

54) 성 금요일의 일도.

55) 찬가 Vexilla-regis에 있는 말.

56) 〈누가복음〉 7장 6절.

57) 〈고린도 전서〉 11장 29절.

58) 〈계시록〉 4장 11절.

59) 성 금요일의 일도.

60) 〈마태복음〉 7장 7절.

61) 〈로마서〉 9장 8절.

62) 의인은 자기의 공적을 인정치 않고, 다만 구세주 공적에만 의지하려고 한다.

514

"두렵고 떨리는 마음으로 자신의 구원에 힘쓰라."[63]

은혜를 입은 불쌍한 사람들.

"구하라, 주어질 것이다." 그렇다고 구하는 것이 우리의 능력 안에 있는 것일까? 아니다, 그 반대이다. 그것은 우리의 능력 안에 있지 않다. 왜냐하면 얻는 것은 우리의 능력에 속해 있지만, 기도하는 것은 우리의 능력에 속해 있지 않기 때문이다. 왜냐하면 우리의 기도에 대한 대답을 얻는 것은 우리의 능력 안에 있지만 구원은 우리의 능력에 속해 있지 않기 때문에, 기도는 우리의 능력 안에 있지 않은 것이다.

그러므로 의인은 더 이상 신에게 희망을 걸 필요가 없을 것이다. 왜냐하면 그는 신이 주시기를 바라지 않고, 자기가 요구하는 것을 얻으려고 노력만 하면 될 테니까.

그러므로 이렇게 결론을 내려 보자. 지금 인간은 이 가장 가까운 능력을 사용할 수가 없으며, 신도 인간이 자기(신)에게서 이탈하지 않는 것이 이 때문이기를 원치 않기 때문에, 인간이 신을 떠나지 않는 것은 오직 유효한 능력에 의해서라고.

그러므로 신으로부터 떠난 사람은 이 유효한 능력—그것이 없으면 인간이 신에게서 떨어지는 것—을 갖고 있지 않은 것이며 신으로부터 떠나지 않는 사람은 이 유효한 능력을 갖추고 있다.

따라서 이 유효한 능력에 의해 은혜를 받고 있으면서도 기도를 하지 않는 사람은 이 능력을 갖추고 있지 않은 것이다.

그리고 이런 의미에서 신이 먼저 인간으로부터 떠나신다.[64]

515

신으로부터 택함을 입은 사람은 자기의 덕을 알지 못하고, 신에게 버림을 받은 사람은 자기 죄의 중함을 알지 못할 것이다. "주여, 우리가 언제 주께서 주리신 것을 보고 잡수실 것을 드렸으며, 목마른 것을 보고……."

516

신의 영광. 〈로마서〉 3장 27절. "우리가 자랑할 것이 무엇이 있습니까? 전혀 없습니다. 어떠한 법으로 의롭게 됩니까? 행위의 법으로 입니까? 아닙니다, 믿음의 법으로 입니다." 그러므로 신앙은 율법의 행위처럼 우리의 능력 속에는 없다. 그것은 각기 다른 방법으로 우리에게 주어진다.

517

마음을 평안히 가지라. 너희가 그것(은혜)을 기대하는 것은 너희 자신에게서가 아니다. 오히려 반대로 자신에게서 아무것도 기대하지 않음으로써 그것을 바라야 한다.

518

인간의 모든 상태는, 심지어는 순교자의 그것까지도 《성서》에 의하면 두려운 것이다.

연옥(煉獄)의 가장 큰 고통은, 심판이 미정(未定)이라는 것이다. "숨어 있는 신"[65]

519

〈요한복음〉 8장.

"많은 사람이 그를 믿었다. 거기서 예수는 말씀하시기를, '만약…… 너희가 내 말대로 살면 참으로 내 제자가 되고 진리를 알게 될 것이요, 진리가

---

63) 〈빌립보서〉 2장 12절.
64) 이 단장은 전체적으로 의미가 분명치 않은 브랑슈비크 판과 다른 판들 사이에 차이가 크다.
65) 〈이사야〉 45장 15절.

너희를 자유롭게 할 것이다.' 유대 사람들이 예수께 말했다. '우리는 아브라함의 후손이요, 아무에게도 종노릇 한 일이 없는데 왜 우리에게 자유롭게 될 것이라고 말합니까?'라고."[66]

'제자'와 '참된 제자' 사이에는 큰 차이가 있다. 우리는 그들에게 진리가 그들을 자유롭게 풀어 줄 것이라고 말해 줌으로써 그들로 하여금 이 말을 인정하게 할 수가 있다. 왜냐하면 그들은 자기들은 자유로우며, 악마의 굴레를 언제라도 떠날 힘을 가지고 있다고 대답하기 때문이다. 그들도 분명히 제자이기는 하지만 참된 제자는 아니기 때문이다.

520

율법은 인간의 본성을 파괴하지 않고 오히려 그것을 교화했다. 은총은 율법을 파괴하지 않고 오히려 그것을 실행하게 했다.

세례 때에 받은 신앙이야말로 기독교인과 개종자(改宗者)들의 전 생애를 인도하는 원동력이다.

521

신의 은총은 영원히 이 세상에 존재할 것이다. 그리고 인간의 본성도 또한 그럴 것이다. 어느 의미에서 보면 그것은 당연하다. 그러므로 세상에는 언제나 펠라기우스[67]파가 있고, 가톨릭교도가 있으며, 그리하여 논쟁이 그치지 않을 것이다.

왜냐하면 우리의 제1의 탄생이 전자를 만들고, 제3의 탄생인 신의 은총이 후자를 만들기 때문이다.

---

66) 〈요한복음〉 8장 30~33절.
67) 펠라기우스(기원전 4, 5세기)는 아우구스티누스의 논적(論敵). 그는 인간은 나면서부터 가지고 있는 힘으로 선을 행할 수 있다고 주장하여 교회로부터 이단의 선고를 받았다.

522

율법은 자기가 인간에게 주지도 않은 것을 갖도록 강요한다. 그러나 은총은 자기가 강요한 것을 갖게 해 준다.

523

모든 신앙은 예수그리스도와 아담 속에 있으며, 모든 도덕은 사욕과 은총 속에 있다.

524

인간은 언제나 절망과 오만의 이중 위험에 직면해 있으므로 인간에게 그가 신의 은총을 받을 수도 있고, 받은 은총을 잃을 수도 있다고 하는, 인간의 이 이중의 능력을 가르치는 것보다 인간에게 더 적절한 교리는 없다.

525

철학자들은 두 가지 상태에 적응하는 마음가짐을 가르치지 않았다.

그들은 철저한 위대함의 충동을 고취했으나, 그것은 인간의 상태가 아니다.

그들은 철저한 굴욕의 충동을 고취했으나, 그것도 인간의 상태가 아니다.

인간의 본성에 의해서가 아니라 회개에 의해 부추김을 받는, 또 고질적인 상태로서가 아니라 위대함에 이르는 단계로서의 자기 비하(自己卑下)의 충동이 틀림없이 있다. 그리고 자기 비하의 단계를 거친 후에, 인간의 공덕에 의해서가 아니라 신의 은총에 의해 부추김을 받는 위대함의 충동이 틀림없이 있다.

526

비참은 절망을 낳는다.

오만은 억측을 낳는다.

그리스도가 인간의 아들로 현현(顯現)한 것은, 인간이 얼마나 큰 구원을 간구했는가를 통하여, 그의 비참이 얼마나 극진한 것인가를 보여 준다.

527

우리 자신의 비참함을 모르고 신을 알게 되면 오만해진다.

신을 모르고 자신의 비참함을 알게 되면 절망에 빠지게 된다.

예수그리스도를 알게 되면 그 중간을 취하게 된다. 왜냐하면 그를 통해서만 자신의 비참함과 신을 모두 발견하기 때문이다.

528

예수그리스도는 인간이 오만해지지 않고 접근할 수 있고, 절망하지 않고서도 그의 앞에 엎드릴 수 있는 신이다.

529

우리로 하여금 선을 행할 수 없게 할 정도의 자기 비하(卑下)도 깊은 신앙심도 악을 완전히 배제할 수는 없다.

530

어떤 사람이 어느 날 자기는 고해(告解)하고 나자 큰 기쁨과 믿음이 충만한 것을 느꼈다고 말했다. 다른 사람은 자기는 더 큰 두려움을 느꼈다고 말했다. 이에 대해 나는 생각했다. 이 두 사람을 하나로 묶으면 한 훌륭한 사람이 될 것이라고. 양자가 모두 상대편의 느낌을 공감하지 못하기 때문이다. 다른 관계에서도 이와 똑같은 일이 일어난다.

주인이 원하는 것을 잘 알고 있는 사람은 (잘못을 저질렀을 때) 더욱 많이 얻어맞게 될 것이다.[68] 알고 있으면 그만큼 행할 수 있다는 이유로 해서.

의로운 자는 더욱더 의를 행하게 하고"[69] 그의 의(義)는 그로 하여금 의를 행할 수 있게 하기 때문이다.

가장 많이 받은 자는 가장 많은 것을 요구받게 될 것이다. 이 도움은 그로 하여금 도울 수 있게 해 주기 때문이다.

《성서》는 모든 상태에 있는 사람들을 위로하고 모든 상태에 있는 사람들을 두렵게 하기 위해 그 장구(章句)를 제공했다.

자연도 자연적인 것과 정신적인 것의 두 개의 무한을 통해 같은 일을 한 것처럼 보인다. 왜냐하면 우리가 높은 것과 낮은 것, 잘하는 것과 못하는 것, 훌륭한 것과 초라한 것을 언제나 지니고 있는 것은 우리의 오만을 끌어내리고, 우리의 비굴을 높이기 위한 것일 테니까.

"마음을 겸손하게 가지라"(성 바울). 이것이야말로 기독교의 특징이다. "알바는 당신들을 지명했으므로, 나는 이제 당신들과 상관이 없다.(코르네이유)"[70] 이것이야말로 비인간성의 특징이다. 인간성의 특징은 그 반대이다.

---

68) 〈누가복음〉 12장 47절.

69) 〈계시록〉 22장 11절.

70) 코르네이유의 《오라스》 2막 3장. 그 속에서 오라스는 비인간적 성격을 나타내고, 퀴리아스는 인간적인 성격을 나타내고 있다. 그러나 그밖에 제3의 성격이 있다. 그것은 기독교적인 겸허라고 할 수 있다.

534

두 부류의 인간만이 있을 뿐이다, 하나는 자신을 죄인이라고 생각하는 의인, 다른 하나는 자기를 의인이라고 생각하고 있는 죄인이다.

535

우리는 우리의 결점을 지적해 주는 사람들에게 크게 은혜를 입고 있는 것이다. 그들은 우리를 연단시켜 주기 때문이다. 그들은 우리가 멸시받고 있었다는 것을 알려 주지만, 앞으로 우리가 그런 일을 당하는 것을 막아 주지는 못한다. 왜냐하면 우리는 멸시받을 만한 결점을 그 밖에도 많이 갖고 있기 때문이다. 그러나 그들은 우리가 지닌 결점을 바로잡고 제거하는 계기를 만들어 준다.

536

인간은 남들에게서 당신은 바보라는 말을 자주 들으면 정말로 그렇게 믿게 되며, 또 나는 바보라고 자기 자신에게 자주 들려주면 정말로 그렇게 확신하게 된다. 왜냐하면 인간은 혼자 있을 때는 자신과 내적인 대화를 하기 때문이다. 그러므로 그것을 잘 조절해야 한다. "나쁜 교제가 선한 습성을 망친다."[71] 우리는 되도록 침묵을 지켜, 우리가 진리라고 인정하는 신에 대해서만 자신과 대화를 나누어야 한다. 그렇게 함으로써 우리는 신이 존재한다는 사실을 자신에게 확신시킬 수가 있다.

537

기독교는 기묘하다. 그것은 인간에게 자기는 비천하고 혐오해야 할 존재라는 것을 인정하라고 명령하는가 하면, 신을 닮기를 원하라고 명령한다.

---

71) 〈고린도 전서〉 15장 33절.

그 균형을 잡는 추(錘)가 없다면, 그 오만은 그로 하여금 엄청난 공허를 느끼게 하거나, 그의 겸허함은 그를 크게 비굴하게 할 것이다.

538

기독교인은 자기가 신과 결합하여 있다고 믿고 있으면서도 결코 오만하지 않지 않은가! 또 자신을 지렁이와 같은 존재라고 생각하면서도 얼마나 비굴하지 아니한가!

삶과 죽음, 행복과 불행을 받아들이는 태도가 얼마나 훌륭한가!

539

복종하는 면에서 병사와 샤르트르[72]의 수도사(修道士) 사이에는 얼마나 큰 차이가 있는가! 그들은 한결같이 순종하고 의존적이며 비슷한 고행을 하고 있다. 그러나 병사는 언제나 자기 주인이 되기를 원하지만 그렇게 되지는 못한다. 왜냐하면 대장이나 군주도 언제나 예속자이며 의존자이기 때문이다. 그런데도 병사는 언제나 자기의 목적을 이루기 위해 안간힘을 쓴다. 반면에 샤르트르의 수도사는 오로지 영원한 의존자이기를 맹세하고 있다. 그러므로 양자는 영원한 예속자라는 점에서는 차이가 없으나―이것은 그들의 공통된 운명이니까―한쪽은 예속에서 벗어나려고 애를 쓰는데, 다른 한쪽은 그러지 않는다는 점에서 서로 다르다.

540

무한한 행복을 소유하고 싶어 하는 기독교인의 소망에는 두려움은 물론 현실적인 기쁨도 섞여 있다. 왜냐하면 자신들은 종이기 때문에 그 일부나마 차지할 수 없는 왕국을 소망하는 사람들과는 달리 기독교인들은 성스러움

---

72) 1084년 퀼른의 성 부루노가 알프스 산간의 불모지에 창설한 수도회. 엄격한 규율로 유명함.

을 소망하며, 불의로부터 풀려나기를 원하는데, 이 소원 중 일부는 이미 성취하고 있는 것이다.

541

참된 기독교인만큼 행복하고, 도리에 합당하고, 유덕하고, 사랑스러운 사람은 없다.

542

인간을 동시에 사랑스럽고 행복하게 만드는 것은 기독교뿐이다. 성실만으로는 인간은 동시에 사랑스럽고 행복한 자가 될 수는 없다.

543

서론. 신의 존재에 대한 형이상학적(形而上學的)인 증거는 인간의 추리에서 너무 멀리 떨어져 있을 뿐만 아니라 매우 복잡하여 별로 감명을 주지 못한다. 그 증거들은 어떤 사람들에게는 유용하지만, 그들이 그 증거를 보고 있는 순간에만 유용할 뿐이다. 한 시간만 지나면 기만당하지 않았나 하여 두려움에 빠지게 된다.

"호기심에 의해 얻은 것을 오만에 의해 잃어버렸다."[73]

이것이 예수그리스도 없이 신을 알게 된 결과이다. 다시 말해서 중재자 없이 알게 된 신과의 중재자 없는 교류의 결과이다.

이와 반대로 중재자를 통하여 신을 알게 된 사람들은 자신의 비참함을 안다.

---

73) 아우구스티누스《설교》141.

544

기독교인의 신은 영혼으로 하여금 자기가 영혼의 유일한 행복이라는 것과, 영혼은 자기 안에서만 평안을 찾을 수 있다는 것과, 자기를 사랑하는 데서만 기쁨을 찾을 수 있다는 것을 인식시킨다. 그리고 동시에 신은 영혼을 억제하고 온 힘을 다해 신을 사랑하지 못하게 막는 여러 가지 장애물에 대한 혐오로 영혼을 가득 채우신다. 자기애와 사욕은 영혼을 억제하는 것으로, 그것들은 참기 어려운 것들이다. 이 신은 영혼으로 하여금 그것을 파괴하는 자기애를 인식하게 하며, 신만이 그것을 구원할 수 있다는 사실을 깨닫게 한다.

545

예수그리스도는 다음과 같은 것을 사람들에게 가르쳤을 뿐이다. 즉 사람들은 자기 자신을 사랑하고 있다는 것, 그들은 종이고, 장님이고, 병자이고, 불행한 자이고 죄인이라는 것과, 자기는 그들을 구원하고, 일깨워 주고, 축복해 주고, 치료해 줘야 한다는 것과, 이것은 인간이 자기 자신을 미워하고 십자가의 고난과 죽음을 통하여 자기를 따름으로써 성취될 것이라는 것이다.

546

인간의 본성은 타락했다.

그리스도 없이는 인간은 악덕과 비참 속에 빠져 있을 수밖에 없다. 그리스도와 함께 있으면 인간은 악덕과 비참에서 벗어난다.

그리스도 안에 우리의 모든 덕과 모든 행복이 있다.

그리스도를 떠나면 악덕·비참·오류·암흑·죽음·절망이 있을 뿐이다.

예수그리스도를 통해서 아는 신. 우리는 예수그리스도를 통해서만 신을 알 수 있다. 이 중재자(仲裁者)가 없으면 신과의 교류는 모두 깨어지고 만다. 예수그리스도를 통하여 우리는 신을 알게 된다. 예수그리스도가 없이 신을 알고 신을 증명할 수 있다고 주장한 사람들은 모두 엉터리 증거를 갖고 있을 뿐이다.

그런데 예수그리스도를 증명하는 것으로서 우리는 예언을 갖고 있다. 그것은 확실하고 명백한 증거이다. 이러한 예언들은 성취되어, 사실에 의해 그것이 참이라는 것을 입증했으므로, 이런 진리들의 정확성을, 따라서 예수그리스도 신성(神性)의 증거를 보여주고 있다. 그러므로 그를 통해, 그에게서 우리는 신을 알게 된다. 이 사실을 떠나서, 《성서》가 없이, 원죄가 없이, 신의 약속에 따라 강림한 중보자가 없이는, 인간은 신이 존재한다는 사실을 증명할 수 없고, 올바른 교리와 도덕을 가르칠 수도 없다. 그러나 예수그리스도를 통하여, 또 예수그리스도에게서 인간은 신의 존재를 증명하고 도덕과 교리를 가르칠 수 있는 것이다. 그러므로 예수그리스도야말로 인간의 참된 신이다.

그러나 동시에 우리는 우리 자신의 비참함을 알고 있다. 왜냐하면 이 신은 우리를 비참으로부터 구원하는 구제자이기 때문이다. 그러므로 우리는 자신의 죄를 앎으로써만 신을 분명히 알 수 있다.

따라서 자신의 비참함을 알지 못하고 신을 안 사람들은 신을 찬미한 것이 아니라, 자기를 공경한 것이다.

"이 세상 사람들이 자기 지혜로 하느님을 알지 못하므로 하느님은 어리석다고 하는 선교(宣敎)를 통하여 믿는 자들을 구원하시기를 기뻐하셨습니다."[74]

---

74) 〈고린도 전서〉 1장 21절.

548

우리는 오직 예수그리스도를 통해서만 신을 알게 될 뿐만 아니라, 예수그리스도를 통해서만 우리 자신을 알게 된다. 우리는 예수그리스도를 통해서만 삶과 죽음을 알게 된다. 예수그리스도를 떠나서는 우리는 우리의 삶과 죽음·신·우리 자신이 무엇인지 알 수 없다.

그러므로 예수그리스도가 그 유일한 목적인《성서》가 없으면 우리는 아무것도 알지 못한다. 신의 본질에 대해서나 우리 자신의 본성에 대해서도 애매하고 혼란한 것만을 발견할 뿐이다.

549

그리스도를 통하지 않고 신을 아는 것은 불가능할 뿐만 아니라 또한 아무 소용없는 일이다. 그런 사람들은 그리스도로부터 멀어지지 않고 오히려 더 가까워졌다. 그들은 겸손해진 것이 아니라……

"우리를 착하게 해주는 이유를 자기 자신에게서 찾는다면 비록 착한 사람이라도 나빠질 것이다."[75]

550

나는 모든 사람을 내 형제처럼 사랑한다. 그들은 모두 죗값을 치르고 있기 때문이다.

나는 가난을 사랑한다. 그(그리스도)도 그것을 사랑했으니까. 나는 부(富)를 사랑한다. 그것은 불쌍한 사람들을 돕는 수단이 되어 주니까. 나는 모든 사람에게 신의를 지킨다. 나는 나에게 악을 저지르는 사람들에게 악으로 보답하지 않는다. 오히려 나는 인간에게서 선도 악도 받아들이지 않는 나와 같은 처지가, 그들에게도 주어지기를 바란다. 나는 모든 사람에게 공정하

---

75) 성 베르나르《아가(雅歌) 강해 설교》84장.

고, 성실하고, 참되고, 신의를 지키려고 애쓴다. 그리고 신이 나에게 가장 친밀하게 결합해 준 사람들에게 특별한 애정을 느낀다.

또한 혼자 있건 사람들 앞에서건, 나의 모든 행위를 그것들을 심판해 주실 신, 그리고 내가 모든 것을 바친 신의 눈앞에서 행한다. 이것이 나의 심정이다.

나는 이런 심정을 나에게 심어 주신 나의 구주(救主), 연약함과 비참함, 사욕과 오만과 야심에 가득 찬 인간을 은총의 힘으로 그 모든 악에서 벗어나게 해 주신 구주를 내 모든 생애를 바쳐 찬미한다. 나에게서는 비참과 오류만이 나올 뿐이기 때문에, 이 모든 영광은 그 은총의 덕분이다.

551

"입을 맞추기보다 뺨을 맞기에 알맞지만, 나는 두려워하지 않는다. 왜냐하면 나는 사랑하고 있으니까."[76]

552

예수그리스도의 무덤. 예수그리스도는 죽었지만, 십자가 위에 보인다. 그는 죽어서 무덤 속에 숨겨졌다.

예수그리스도는 성도들에 의해서만 묻혔다.

예수그리스도는 무덤 속에서는 아무 기적도 행하지 않았다.

그 무덤에 들어가 본 것은 성도들뿐이었다.[77]

예수그리스도가 새로운 생명[78]을 얻은 것은 십자가 위에서가 아니라 그 무덤 속에서였다.

그것은 고난과 구원과 신비의 극치이다.

---

76) 성 베르나르 《아가 강해 설교》 84장.
77) 예수의 무덤은 동굴이었다.
78) 부활한 생명.

예수는 살아서도 가르치셨고, 죽어서도 묻혀서도 부활해서도 가르치셨다.

예수그리스도가 지상에서 휴식할 장소는 무덤뿐이었다.

그의 적들은 무덤에 들어갈 때까지 그를 계속해서 괴롭혔다.

553

예수의 비의(秘義).[79] 예수는 그 수난 속에서도 인간이 그에게 주는 고통을 당하셨다. 그러나 그 수난 전의 고뇌 속에서는, 자기가 자신에게 준 고통을 받으셨다. "그는 심히 비통해하셨다."[80] 그것은 인간이 주는 형벌이 아니라, 전능(全能)하신 신의 손길에서 오는 형벌이다. 따라서 전능하신 그 분만이 그것을 견뎌낼 수가 있는 것이다.

예수는 그의 가장 사랑하는 세 사람의 벗(제자)에게 다소의 위로를 구하고 있다. 그러나 그들은 잠들어 있다. 예수는 그들에게 잠시 자기와 더불어 참기를 요구한다. 그러나 그들은 그다지 동정심이 없었으므로, 한순간도 졸림을 이겨내지 못하여 그를 완전히 외면하고 돌아보지 않는다. 이리하여 예수는 혼자 버려져 신의 분노를 직면하게 된다.

예수는 지상에서는 완전 외톨이이다. 지상에는 그의 고뇌를 함께 느끼고 그것을 함께 당할 자가 없을 뿐만 아니라, 그것을 아는 자도 없다. 이것을 알고 있는 것은 오직 하늘과 예수뿐이다.

예수는 동산에 있다. 아담이 자기와 전 인류를 타락하게 한 쾌락의 동산

---

79) '예수의 비의'는 기독교의 특성을 감동적으로 깊이 있게 부각하고 있다.
80) 〈요한복음〉 11장 33절.

이 아니라, 그가 자기와 전 인류를 구원한 고뇌의 동산에 있는 것이다.

그는 이 고통과 이 고독을 암흑의 공포 속에서 참는다.

예수가 불평한 것은 이때 한 번뿐이라고 나는 믿는다. 그러나 그때 그는 자신의 넘치는 슬픔을 더 이상 감당할 수 없는 것처럼 불평하였다. "내 영혼의 슬픔이 지나치도다. 죽음에 이를 만큼."[81]

예수는 인간에게서 우정과 위안을 구한다.

이런 일은 그의 일생에 오직 한 번밖에 없었다고 나는 생각한다. 그러나 그는 그것을 얻을 수 없다. 제자들이 잠들어 있기 때문이다.

예수는 세상 마지막 날까지 고뇌 속에 있을 것이다. 그동안에는 잠도 잘 수 없으리라.

예수는 자신이 선택했던 제자들로부터도 버림을 받았으나, 그들이 예수에게 준 위험 때문이 아니라 그들 자신에게 준 위험 때문에, 그들이 잠들어 있는 것을 보고는 안절부절못했다. 그리고 그들이 이렇게 은혜를 저버리고 있는 동안에도 그들에 대한 깊은 애정을 가지고 그들 자신의 안전과 그들의 행복에 대하여 일깨워 주시고, "마음은 원하지만 육신이 약하구나"[82] 하고 가르친다.

예수는 그들이 그를 생각하건 또는 그들 자신을 생각하건 깨어나지 못하

---

81) 〈마가복음〉 14장 34절.
82) 〈마태복음〉 26장 41절.

고 여전히 잠들어 있는 것을 보고, 그들을 불러일으키지 않고 계속해서 휴식을 취하게 내버려 둔다.

예수는 아버지의 뜻이 어떤 것인지를 몰라 기도하고, 또 죽음을 두려워한다. 그러나 일단 그 뜻을 알게 되자, 나아가 그것을 받아들여 자진하여 자신을 바친다. "일어나 가자, 그분이 앞서가셨으니."[83]

예수는 인간에게 구하였으나, 그것은 인간의 귀에 들리지 않았다.

예수는 제자들이 잠들어 있는 동안에 그들을 구원하였다. 그는 의인들이 태어나기 전에는 무(無) 속에서, 태어난 후에는 죄악 속에 잠들어 있는 동안에 그들을 차례로 구원하였다.

그는 단 한 번 "이 잔을 면케 해 주소서" 하고 기도한다. 그리고 다시 "내 원대로 마옵시고 아버지의 원대로 하옵소서"[84] 하고 두 번째로 기도한다.

마음이 지친 예수.

예수는 그 제자들이 모두 잠들고, 그 적들이 모두 깨어 있는 것을 보고, 자기 자신을 아버지에게 완전히 맡겨 버린다.

예수는 유다의 적의(敵意)를 아랑곳하지 않고, 그에게서만 신의 뜻을 보고 그것을 사랑한다. 그를 '친구'라고 부를 정도였으니까.

---

83) 〈마태복음〉 26장 46절, 〈요한복음〉 18장 4절.
84) 〈마태복음〉 26장 39~42절.

★

예수는 제자들을 억지로 떼어놓고 자신의 고통 속으로 들어간다. 따라서 우리도 예수를 따르려면 가장 가깝고 친한 사람들에게서 기어이 떠나야 한다.

★

예수께서 고뇌와 최대의 고통 속에 빠져 있으니, 우리는 좀 더 오래 기도하자.

★

우리는 신의 자비를 간구하자. 신이 우리를 악덕 속에 안주하게 하지 않고, 그 속에서 우리를 구출해 주시도록.

★

만일 신이 손수 우리에게 스승을 보내 주셨다면, 얼마나 기꺼이 그들을 따라가야 할 것인가! 필연적인 일과 우연히 일어나는 일이 꼭 그와 같은 것들이다.[85]

★

"안심하라, 너희가 나를 발견하지 않았더라면, 너희는 나를 찾으려고 하지도 않았을 것이다."[86]

★

"나는 나의 수난 전 고뇌에 빠져 있을 때 너희를 생각했다. 나는 너희를 위해 피를 흘렸다."

★

"아직 일어나지도 않은 일에 대해 너희가 행하는 것이 옳은 일인지 아닌지를 의심하는 것은 너희 자신을 시험하는 것이 아니라, 나를 유혹하는 것

---

85) 이 대목은 파스칼이 예수의 비밀 의식을 묵상하고 있을 때 마음속에 떠오른 격언으로, 자기를 위해 기록한 것이며, 이 단장의 본질적인 부분을 이루는 것이 아니다.

86) 아우구스티누스 《고백》 10권 18, 20장.

이다. 실제로 그런 일이 일어나면 내가 너희 안에서 그것을 행하리라."

"나의 규범(規範)에 따라 인도받도록 하라. 나로 하여금 저들 안에서 일하게 한 성모(聖母)나 성도들을 내가 얼마나 잘 인도했는가를 보라."

"아버지께서는 내가 하는 일을 모두 기뻐하신다."

"너희는 눈물 한 방울도 흘리지 않으면서, 내가 인성(人性)의 피를 언제까지나 흘리기를 바라느냐?"

"너희의 회심(回心)이야말로 나의 관심사이다. 두려워하지 말라, 나를 위해 기도할 때처럼 확신을 두고 기도하라."

"나는《성서》속의 내 말을 통해, 교회 속의 내 성령을 통해, 영감(靈感)을 통해, 사제(司祭)들 속의 내 능력을 통해, 신도들 속의 내 기도를 통해 너희와 함께 있다."

"의사는 너희를 고치지 못할 것이다. 왜냐하면, 너희는 끝내는 죽을 테니까. 그러나 나는 너희를 고쳐 너희 몸을 영생케 한다."

"육신의 사슬과 멍에를 참고 견디라. 나는 지금은 영혼의 굴레로부터만 너희를 해방할 뿐이다."

"나는 누구보다도 좋은 너희의 친구이다. 왜냐하면 나는 너희를 위해 누구보다도 많은 일을 했으니까. 그들은 내가 너희를 위해 괴로워한 만큼 괴로워하지 않았으며, 너희가 불신자로서 냉담했을 때도 내가 너희를 위해 죽은 것처럼 그들이 너희를 위해 죽지는 않을 테니까. 그리고 그 죽음이야말로 내가 택한 사람들과 성스러운 성사(聖事) 속에서 내가 하고자 했고 또 지금도 하는 일이니까."

★

"만일 너희가 너희 죄를 안다면 너희는 기운을 잃고 말 것이다."

"그렇게 되면, 주여, 저는 기운을 잃고 말 것입니다. 저는 당신의 증인으로 저의 죄가 사악함을 믿게 되니까요."

"그래서는 안 된다. 너에게 그것을 알게 한 나는 너희의 죄를 고칠 수 있으니까. 그리고 내가 너희에게 그것을 알린 것은 내가 너희를 고치고자 원해서이다. 너는 너의 죄에 대해 속죄하는 데 따라 그 죄를 알게 될 것이다. 그리고 '보라, 너의 죄는 사함을 받았다' 는 말을 듣게 될 것이다.

그러므로 너의 숨은 죄를 위해, 그리고 네가 알고 있는 사악한 죄를 위해 참회하라."

★

주여, 저는 당신에게 모든 것을 바치나이다.

★

"너희가 자신의 더러움을 사랑한 이상으로 나는 너희를 더욱 뜨겁게 사랑하리라." "진창에 들어가 더러워졌으므로."[87]

★

"나에게 영광을 돌리라. 벌레요 흙덩이에 불과한 너희에게 돌리지 말라."

★

"내 말이 너희에게 악과 허영 또는 호기심(好奇心)의 기회가 되면, 너희 지도자에게 물어보라."

★

나는 나 자신 속의 오만과 의심과 사악의 심연을 본다. 나와 신 또는 의로

---

87) 〈베드로 후서〉 2장 22절.

운 예수그리스도 사이에는 연결의 고리가 없다. 그러나 그는 나를 위하여 정죄(定罪)되었다. 당신의 천벌이 모두 그분 위에 떨어졌다. 그는 나보다 더욱 미움을 받아야 할 존재가 되었지만 나를 미워하기는커녕, 내가 그 밑에 가서 그를 도와주는 것을 영광으로 생각한다. 그러나 그는 스스로 자기를 고치셨다. 그러니 나를 고쳐 주실 것은 더더욱 명백한 일이다. 나는 나의 상처를 그의 상처에 결합해 나를 그에게 연결해 놓아야 한다. 그렇게 하면 그는 자신을 구원함으로써 동시에 나도 구원하게 될 것이다.

그러나 앞으로는 그 이상 상처를 가해서는 안 된다.

"너희들은 하느님과 같이 되어서 선악을 아는 자가 될 것이다."[88] 사람들은 "이것은 선이다, 이것은 악이다"라고 판단하고, 또 여러 가지 일에 대해 지나치게 슬퍼하거나 기뻐함으로써 마치 신처럼 행동한다."

작은 일도 큰일처럼 행하라. 그 일을 우리 안에서 행하시고 우리의 생애를 함께 하시는 예수그리스도의 위엄으로 인하여. 그리고 큰일도 쉽고 작은 일처럼 행하라. 그의 전능하신 힘으로 인하여.

554

예수그리스도는 부활한 후에 그의 상처에 접촉하는 것만 허용한 것으로 나는 생각한다. "나를 만지지 말라"[89] 우리는 그의 고통을 함께하기만 해야 한다.

그는 최후의 만찬에서는 죽음을 면할 수 없는 하나의 인간으로서, 엠마오에 있는 제자들에게는 죽음에서 부활한 자로서, 전교회에는 승천한 자로서 교류하기 위해 자신을 맡기셨다.

---

88) 〈창세기〉 3장 5절.
89) 〈요한복음〉 20장 17절.

555

"너희는 자기 자신을 타인과 비교하지 말고 나와 비교하라. 만일 너희가 자신과 비교하는 사람들 속에서 나를 발견하지 못한다면 너희는 혐오스러운 자들과 자신을 비교하고 있다. 만일 너희가 거기서 나를 발견한다면, 네 자신을 그들과 비교해 보라. 그런데 너희는 거기서 누구를 비교하려고 하는가? 너희냐, 너희 속의 나이냐? 만일 너희라면 그것은 미움을 받아야 할 짓이다. 그것이 나라면, 너희는 나를 내 자신과 비교하는 셈이다. 이제 나는 만물 속의 신인 것이다.

나는 때때로 너희에게 말하고, 너희에게 충고한다. 그것은 너희 지도자가 너희에게 말할 수 없기 때문이다. 나는 너희가 지도자 없이 지내는 것을 원치 않기 때문이다.

그리고 내가 그렇게 하는 것은 그의 간청에 응답하는 것이니, 이처럼 그는 너희의 눈에 보이지 않아도 너희를 인도하는 것이다. 너희가 나를 소유하지 않는다면 나를 찾지 않을 것이다.

그러니 마음에 근심하지 말라."

제8장 기독교의 기초

556

······그들은 자기가 알지도 못하는 것을 비난하고 있다. 기독교는 두 가지 점에서 성립되어 있다. 그것을 안다는 것은 인간에게 매우 중요한 일이며, 그것을 모른다는 것은 매우 위험한 일이다. 그리고 신이 그 두 가지에 대한 암시를 준 것은 똑같이 자비에 의한 것이다.

그런데 그들은 그 두 가지 점에서 한쪽을 긍정해야 할 논거에서, 다른 쪽을 부정하는 논거를 끄집어내고 있다. 세상에는 유일한 신만이 존재한다고 말한 지자(智者)들은 박해받고, 유대인은 혐오를 당하고, 기독교인은 더욱더 미움을 받았다. 그들은 자연의 빛에 의해 지상에 유일한 참된 종교가 있다면, 모든 사물의 질서는 그 중심인 이 종교를 지향해야 할 것이라고 생각했다. 사물의 모든 질서는 이 종교의 확립과 그 위대성을 목적으로 삼아야 할 것이다. 인간은 이 종교가 가르쳐 주는 내용과 일치되는 관념을 가져야 한다. 요컨대 이 종교가 만물이 지향하는 목적이 되고 중심이 되어야 하며, 그 의리를 아는 사람은 특수적으로는 인간의 모든 성질을 설명할 수 있고, 일반적으로는 세계의 모든 동향을 설명할 수 있게 될 것이다.

그들은 이상과 같은 논거를 가지고, 기독교를 비난하는 자료로 삼는다. 그것은 그들이 기독교를 알지 못하고 있기 때문이다. 그들은 기독교가 위대하고 전능하고 영원하다고 생각되는 유일신을 예배하는 데서만 성립된다고 생각한다. 그것은 본래 이신론(理神論)으로, 기독교와 거리가 멀다는 점에서는 그 정반대인 무신론과 별로 다를 것이 없다. 그들은 거기서 이 종교는 진실하지 못하다는 결론을 내린다. 왜냐하면 신이 그렇게 분명히 자신을 인간에게 나타내 보이지 않고 있다는 점을 모든 사물이 확증하려고 협력하고 있는데, 그들은 이 점을 간과하고 있기 때문이다.

그러나 이신론에 대해서라면 마음대로 결론을 내리는 것도 좋겠지만, 그것은 기독교에 대한 결론이 될 수는 없다. 기독교는 본래 구주(救主)의 비의(秘義)에 성립되며, 이 구주는 자기 안에 두 가지 성질, 즉 인간성과 신성(神性)을 결합해, 그 신성에 의해 인간을 신과 화해시키기 위해 그들을 죄의 타락에서 구원해 내는 것이다.

그러므로 기독교는 다음의 두 가지 진리를 동시에 인간에게 가르친다. 유일한 신이 존재하며, 인간은 그 신을 알 수 있었다는 것과 인간의 본성이 부패하여, 그것이 인간에게 신을 알지 못하게 가로막는다는 사실이다. 이 두 가지 점을 동시에 아는 것은 인간에게 매우 중요한 일이다. 그리고 자기의 비참함을 모르면서 신을 아는 것과 비참함을 고칠 수 있는 구주를 모르고 자기의 비참함을 아는 것은 인간에게 매우 위험한 일이다. 이러한 인식의 어느 한쪽에 머물러 있기 때문에 신을 알고 자기의 비참함을 모르는 철학자의 오만과, 구주를 모르고 자기의 비참함을 아는 무신론자가 절망에 빠지게 되는 것이다.

그러므로 이 두 가지 점을 똑같이 아는 것이 인간의 필요 사항인 것처럼 그것을 우리에게 가르쳐 주신 것은 신의 자비이다. 기독교는 그것을 가르치는 종교이며, 그것에 의해 성립되어 있다.

이러한 입장에서 세상의 질서를 검토하고, 모든 사물이 이 종교의 두 가지 주요한 교회를 확립하는 방향으로 나아가고 있는가의 여부를 살펴보아야 한다.

예수그리스도는 만물의 목적이고 만물이 지향하고 있는 중심이다. 그를 아는 사람은 모든 사물의 이치를 알 수 있다.

방황하고 있는 자들은 모두 이 두 가지 중에서 한쪽만 보기 때문이다. 즉 인간은 자신의 비참함을 모르고도 신을 알 수 있고, 신을 모르고도 비참함을 알 수 있다. 그러나 신과 자신의 비참함을 동시에 알지 못하고는 예수그리스도를 알 수 없다.

그러므로 내가 여기에서 인간의 본성으로부터 나온 이성에 의해서 신의 존재·삼위일체·영혼의 불멸 등 이러한 문제를 증명하려 하지 않는 것도 그 때문이다. 즉 단지 완고한 무신론자를 설득할 수 있는 논거를 인간의 본성에서 찾아낼 만한 능력이 나에게 없다고 생각하기 때문만이 아니라, 그러한 지식은 예수그리스도가 없이는 무익하며 헛일이기 때문이다. 설사 어떤 사람이, 수의 조화는 비물질적이며, 영원한 진리이며, 그 본원인 신이라고 하는 어떤 근본적인 진리에 의존하고 있다는 것을 이해하였다고 하더라도, 나는 그가 자신의 구원을 향해 크게 다가섰다고는 생각하지 않을 것이다.

기독교인의 신은 단지 기하학적 진리나 여러 원소의 질서의 창조자에 불과한 신이 아니다. 그것은 이교도와 에피쿠로스학파가 해결할 문제이다. 기독교의 신은 단지 인간의 생명과 재산에 그 섭리를 작용시켜 자기를 숭배하는 사람에게 행복한 삶을 허용하는 신도 아니다. 그것은 유대교도의 분야이다. 그러나 아브라함의 신·이삭의 신·야곱의 신·기독교인의 신은 사랑과 위안의 신이다. 그는 자기의 품에 있는 사람들의 영혼과 마음을 충족시켜 주는 신이다. 그들에게 자신들의 비참함과 신의 무한한 자비를 내적(內的)으로 느끼게 하는 신이다. 그들의 영혼의 심연 속에서 그들과 함께 결합하여 그들을 겸허와 기쁨과 믿음과 사랑으로 채워 주고, 그들로 하여금 신 이외의 다른 목적을 가질 수 없게 하는 신이다.

예수그리스도를 떠나서 신을 찾아 자연 속에 머물러 있는 사람들은 자신을 만족시킬 수 있는 아무런 빛도 찾아볼 수 없거나, 또는 중보자가 없이 신을 알고 섬기는 방법을 스스로 만들어 내게 마련인데, 따라서 무신론이나 이신론(理神論)에 빠지게 된다. 이 두 가지 이론은 기독교가 거의 동등하게 혐오하는 것들이다.

예수그리스도가 없이는 세상이 존재하지 못할 것이다. 왜냐하면 이 경우에 세계는 붕괴하거나 지옥처럼 되어 버릴 테니까.

만일 세상이 인간에게 신을 가르치기 위해 존재한다면, 신의 위엄은 반박의 여지가 없이 분명히 모든 방면에 빛나 있었을 것이다. 그러나 세상은 예수그리스도를 통해, 예수그리스도를 위해서만 존재하고, 인간에게 그 타락과 구속(救贖)을 가르치기 위해서만 존재하기 때문에, 만물은 이 두 가지 진리를 증명하는 증거로서 반짝이는 것이다.

지상에서 볼 수 있는 것은 신성을 완전히 배제하지도 않고, 또 그것을 분명히 나타내고 있지도 않다. 다만 자신을 감추고 있는 신의 존재를 나타내 보여 준다. 만물은 이 특성을 띠고 있다.

이 본성을 아는 존재만이, 오로지 비참해지기 위해 그것을 아는 것일까? 그것을 아는 자만이 유일하게 불행한 자가 되는 것일까?

그는 전혀 아무것도 보지 않을 수는 없다. 그리고 자기가 신을 소유하고 있다고 생각할 만큼 충분히 보아서도 안 되며, 그는 자기가 신을 상실했다는 것을 인식하는데 충분할 만큼만 보아야 한다. 왜냐하면 자기가 무엇인가를 상실했다는 것을 알기 위해서는 보아야 할 것과 보지 않아야 할 것이 있기 때문이다. 그리고 이것이야말로 자연인(自然人)의 상태이다.

그가 어느 길을 택하건, 나는 그를 그곳에 안주하게 하지는 않을 것이다.

557

그러므로 모든 사물이 인간에게 그의 상태를 가리키고 있다는 것은 사실이다. 그러나 인간이 이것을 올바로 이해하여야 한다. 왜냐하면 모든 사물이 신을 나타내고 있다는 것은 사실이 아니며, 또 모든 사물이 신을 감추고 있다는 것도 사실이 아니기 때문이다. 그러나 신은 자기를 유혹하는 자에게

---

1) 유혹한다는 것은 마치 신을 아는 것이 자기의 권리라도 되는 것처럼 자기의 지혜나 능력에 의해 신을 알려고 하는 것이며, 신을 찾는다는 것은 자기에게 신을 알 수 있는 자격이 없다는 것을 깨닫고, 추리보다 기도에 의해 신에게 가까이 다가가는 것을 말한다.

는 자기를 숨기고, 신을 찾는 자에게는 자기를 나타낸다는 것은 모두가 진리이다.[1] 왜냐하면 인간은 신을 알 자격은 없지만 한편 신을 알 수 있는 능력은 있기 때문이다. 즉 타락으로 인하는 신을 알 자격은 없지만, 그 최초의 본성에 의하여 신을 알 능력은 있는 것이다.

558

우리가 자기를 에워싸고 있는 어둠에서 결론을 내릴 수 있는 것은 우리의 무가치가 아니고 무엇이겠는가?

559의 1

만일 신의 암시가 전혀 나타나지 않았다면, 그와 같은 영원한 상실은 애매모호한 상태에 남게 되었을 것이며, 동시에 모든 신성의 결핍과 인간이 신을 알 자격이 없다는 사실의 탓으로 돌려질 것이다. 그러나 신은 항상 나타나지 않고 때때로 나타난다는 사실이 모든 모호성을 제거해 버린다. 신은 일단 나타나기만 하면 영원히 존재한다. 따라서 우리가 내릴 수 있는 유일한 결론은, 신은 존재하며, 인간은 신을 알 자격이 없다는 것이다.

559의 2

영원한 존재자는 일단 존재하면 영원히 존재한다.

560의 1

우리는 아담의 영광스러운 상태도, 그의 죄의 본질도, 그 죄가 우리에게 유전된 경로도 이해하지 못한다. 그것들은 우리와는 전혀 다른 성질의 상태 속에서 일어난 것이며, 우리의 이해력을 초월해 있기 때문이다.

이 모든 일은 우리가 안다고 해서 거기서 벗어나는 데 도움이 되지는 못한다. 우리가 반드시 알아야 하는 중요한 일은 다음과 같은 점이다. 즉 우리는 비참하며 타락하여 신으로부터 떠나서 있지만, 예수그리스도에 의해 구원을 받으며, 이에 대하여 우리는 지상에 분명한 증거를 갖고 있다는 것이다.

이처럼 타락과 속죄의 두 증거는, 종교와 담을 쌓고 살아가는 불신자와, 종교가 화해하기 어려운 적과 같은 유대인에게서 끌어낼 수 있다.

*560*의 *2*

이렇듯 온 우주는 인간에게 그가 타락해 있다는 것과 또한 그가 구원받고 있다는 것을 가르쳐 준다. 모든 사물이 그에게 그의 위대성과 아울러 비참함을 가르쳐 주고 있다. 신의 포기는 이교도에게 나타나 있고, 신의 보증은 유대인에게 나타나 있다.

561

우리 종교의 진리를 이해시키는 방법에 두 가지가 있다. 하나는 이성의 힘에 의한 것이고, 또 하나는 말하는 사람의 권위에 의한 것이다.

인간은 후자를 사용하지 않고 전자를 사용한다. 우리는 "이것을 믿어야 한다. 그것을 기록하고 있는 성경은 신성하니까"라고 말하지 않고, "그것은 이러저러한 이유로 믿어야 한다"고 말한다. 이것들은 약한 논거이다. 이성은 어떤 방향에서든 굽혀질 수 있는 것이기 때문이다.

562

지상에는 인간의 비참함과 신의 자비를 나타내지 않는 것이 하나도 없고, 신을 떠난 인간의 무력과 신을 가까이한 인간의 능력을 나타내지 않는 것은 하나도 없다.

563

저주받은 자들이 혼란에 빠지는 길 중의 하나는 그들이 자신들의 이성에 의해 자신이 비난받는 것을 보게 된다는 점이다. 그들은 바로 그 이성을 가지고 기독교를 강력히 비난했다.

564

우리 종교의 예언들, 심지어는 그 기적과 증거까지도 절대적으로 수긍해야 하는 그런 것이라고 말할 수 없는 성질의 것이다. 그렇다고 해서 그러한 증거는 믿는 것이 불합리하다고 말할 수 있는 성질의 것도 아니다. 즉 거기에는 어떤 사람들을 계화 시키고, 다른 사람들을 혼란에 빠뜨리는 빛과 어둠이 함께 깃들어 있다. 그러나 그 빛은 반대의 증거 이상의 것이거나, 적어도 그것과 동등한 것이다. 그러므로 거기에 따르지 않으려고 결심하게 하는 것은 이성이 될 수가 없다. 따라서 그것은 탐욕과 간악한 마음일 수밖에 없다. 이처럼 정죄(定罪)하기에는 충분한 빛이 있고, 설득하기에는 불충분한 일이 있다. 그것은 거기 따르는 사람들에게 그들을 따르게 하는 것은 은총이지 이성이 아님을 분명히 해주어, 그것을 외면하는 사람들에게 그들을 외면하게 하는 것은 사욕이지 이성이 아님을 분명히 밝히기 위해서이다.

"참된 제자, 참된 이스라엘인, 참된 자유, 참된 빵"[2]

나는 이들 중 적어도 하나는 기적을 믿으리라고 생각한다.

565

그러므로 종교의 희미한 모호성 가운데서, 종교에 대해 우리가 던질 수 있는 희미한 불빛 속에서, 종교를 아는 데 대한 우리의 무관심 속에서 종교의 진리를 인식하도록 하라.

---

2) 〈요한복음〉 8장 31절, 1장 47절, 8장 36절, 6장 32절.

566

신이 어떤 사람들의 눈은 보이지 않게 하고, 어떤 사람들의 눈은 열어 주려고 하셨다는 것을 원칙으로써 인정하지 않는 한, 인간은 신이 하시는 일을 전혀 이해하지 못한다.

567

두 개의 상반되는 이유. 거기서부터 시작해야 한다. 그렇지 않으면 우리는 아무것도 이해하지 못하며, 모든 것이 이단적이다. 그리고 각각의 진리의 결말에 이르러서까지 반대의 진리가 마음속에 남게 된다는 사실을 덧붙이지 않으면 안 될 것이다.

568

항의. 분명히 《성서》는 성령에 의해 구술(口述)되지 않은 것들로 가득하다.

대답. 그렇다고 해서 그런 것들이 신앙에 해가 되는 것은 아니다.

항의. 그런데 교회는 《성서》의 내용이 모두 성령에서 비롯되었다고 단정했다.

대답. 나는 두 가지로 대답하려고 한다. 하나는 교회가 그런 단정을 하지 않았다는 것이고, 또 하나는 교회가 그런 결정을 했다고 하여도 그것은 지지를 받을 수 있다는 것이다.

569

정전(正典). 교회의 초기에는 이단자들이 성전을 증명하는데 일역(一役)을 담당했다.[3]

---

3) 이단적인 사람들이나 문서까지도 성서를 그릇되게 해석할 경우에도 성서에 따라 그 권위를 입증하고 있기 때문이다.

570

'기독교의 표징(表徵)들'의 장에 있는 표징을 사용하는 이유에 관한 것이 '기독교의 기초'의 장에도 부가되어야 한다. 예수그리스도가 강림하신다는 것이 왜 예언되었는가? 또 그 강림의 방법에 대해 애매하게 예언된 이유는 무엇일까?

571

표징을 사용하는 이유. 그들(예언자들)은 육체적(肉體的)인 민족을 상대하여, 이 민족을 영적인 성약(聖約)의 수탁자(受託者)로 삼아야 했다.[4]

메시아에 대한 신앙을 고취하기 위해, 이에 앞서 예언이 있어야 했으며, 또 그 예언들은 의심이 없는 사람들, 양심적인 인물이라고 널리 알려진 사람들, 진실하고 매우 열성적인 사람들에 의해 전승되지 않으면 안 되었다.

이 모든 일을 성취하기 위해, 신은 이 육체적인 민족(유대인)을 택하여, 그들로 하여금 메시아를 구주(救主)로서, 또한 육체적인 행복의 부여자(附與者)로서 보내겠다고 예언하게 했다.

그리하여 그들은 예언자들에 대해 대단한 열의를 표시하고, 그들의 메시아를 예고한 책(《성서》)을 사람들 앞에 펴들고 메시아가 오리라는 것, 그것도 그들이 전 세계에 공표한 책에 예언된 방법대로 오리라는 것을 모든 국민에게 확언했다. 그러나 이 민족은 메시아가 비천하고 가난한 모습으로 강림한 것을 보자 기대에 어긋나, 그의 가장 잔인한 적이 되었다. 그 결과 이 세상의 모든 민족 중에서 그들이 우리에 관한 호의를 가장 잘 베풀 수 있었으며, 그들이 타락시키지 않고 잘 보존해 온 율법과 예언자들에 대한 가장 철저하고 열성적인 준수자(遵守者)인 것이다.

그러므로 자기들에게 곤욕의 원인이 되었던 그리스도를 배격하고 십자가

---

4) 이 구절은 파스칼에 의해 지워져 있으나 1678년 판에 수록되어 있다.

에 못 박은 그 사람들이야말로 그리스도에 대한 증언이 담긴, 그리고 그가 배격을 당할 것이며, 곤욕의 원인이 될 것이라고 기록했던 그 책들을 전승시킨 바로 그 사람들이다.

그리하여 그들은 그를 받아들이지 않음으로써, 그가 메시아임을 보여 주었으며, 그리스도는 자기를 받아들인 의로운 유대인들에 의해 증명된 것 못지않게 그를 배척한 부정한 유대인에 의해서도 한결같이 증명되었다. 이것 역시 예언되어 있었던 바와 같은 것이다.

예언들이 유대인들이 좋아한 육체적(肉體的)인 의미 밑에 숨겨진 하나의 영적인 의미가 있는 것도 이 때문이며, 그것에 대해 유대민족은 적개심을 품었던 것이다. 만일 영적인 의미가 밖에 드러났더라면, 그들은 마음을 고쳐먹을 수 없었을 것이다. 그리고 그것을 마음에 지닐 수가 없기 때문에 그들의 책과 의식(儀式)을 보존하려는 열의도 갖지 못했을 것이다. 그리고 만일 그들이 이 영적인 약속을 마음에 새겨, 메시아가 올 때까지 그것을 순수하게 보존했다면, 그들의 증언은 효력을 잃어버렸을 것이다. 왜냐하면 그들은 메시아의 편에 있었을 테니까.

영적인 의미가 가려진 것이 오히려 바람직했던 이유가 바로 그것이다. 그러나 반면에 이 의미가 완전히 가려져서 조금도 드러나지 않았더라면, 그것은 메시아의 증거로서 쓸모가 없었을 것이다. 그랬더라면 어떻게 되었겠는가?

영적인 의미는 많은 장절(章節) 속에서는 현세적(現世的)인 의미에 의해 가려졌으며, 한두 장절에는 분명히 표현되었다. 그리고 강림의 시기와 세상의 상태가 분명하게 예언되었다. 그리고 이 영적인 의미는 어떤 대목에서는 매우 분명히 설명되어 있으므로, 그것을 인식하지 못했다면 그것은 육에 의해 영이 어두워진 탓이라고 하지 않을 수 없다.

따라서 이것은 신의 행하심이다. 이 영적인 의미는 많은 대목에서 육체적인 의미에 의해 가려지고, 어떤 대목에는 드물게 드러나 있다. 그런데 그것이 가려져 있는 대목들은 애매모호하기도 하고 두 가지로 해석할 수 있게 되어 있는 곳도 있다. 반면에 그것이 드러나 있는 대목은 모호성이 없어 오로지 그 영적인 의미에만 부합할 수 있게 되어 있다.

그러므로 이것이 오해로 인도되는 일은 없었다. 유대인처럼 육체적인 민족만이 그것을 오해로 유도할 수 있을 뿐이었다.

왜냐하면 도대체 행복이 풍족히 약속된 경우에, 그것을 참된 축복으로 해석하는 것을 가로막는 것은, 그 의미를 지상의 행복으로만 해석하게 하려는 그들의 탐욕이 아니고 무엇이겠는가? 그러나 신 가운데서만 행복을 찾은 사람들은 그런 행복을 오직 신이 주신 것으로만 받아들였다.

거기에는 인간의 의지를 나누는 두 개의 원리, 즉 욕망과 사랑이 있기 때문이다. 그렇다고 해서 욕망은 신앙과 양립될 수 없다거나, 사랑은 지상의 행복과 공존할 수 없다는 것이 아니다. 다만 욕망은 신을 이용하여 이 세상을 즐기지만, 사랑은 그 반대라는 것이다.

그런데 《성서》에서는) 궁극적 목적에 따라 사물에 명칭이 주어진다. 따라서 우리가 그 목적을 이루는 데 방해가 되는 것은 적이라고 부를 수가 있다. 그러므로 아무리 좋은 피조물이라도 의인을 신으로부터 등을 돌리게 한다면 그것은 의인의 적이다. 신이라도 신에 의해 그 탐욕을 자극받는 사람들에게는 적이 되는 것이다.

이처럼 '적'이라는 말은, 최후의 목적 여하에 달려 있으므로, 의인들은 '적'을 그들의 '욕정'이라고 해석했으며, 육체적인 인간은 바빌로니아인이라고 생각했다. 그러므로 이런 말은 의롭지 못한 자들에게는 모호할 뿐이다.

이것이 바로 이사야가, "율법을 나를 택한 사람 중에 봉함하라"[5]고 한 말이다. 그리고 예수그리스도는 발에 걸리는 돌이 될 것이라고 말하고 있다.[6]

---

5) 〈이사야〉 8장 16절.
6) 〈이사야〉 8장 14절.

그러나 "그에게 걸려 넘어지지 않는 사람은 복이 있다!"[7]

호세아의 마지막 대목이 이것을 완벽하게 묘사하고 있다. "누가 지혜가 있어 이런 일을 깨달으며, 누가 총명이 있어 이런 일을 알겠느냐, 여호와의 길은 바른길이니, 의인이라야 그 길을 걸을 것이다. 그러나 죄인은 그 돌에 걸려 넘어지리라."[8]

572

사도들은 사기꾼이라는 주장.

시기는 명백하게, 그 방법은 애매하게.

표징(表徵)의 다섯 가지 증거.[9]

$$2000년 \begin{cases} 1600년 \ 예언자들 \\ 400년 \ 흩어진 \ 자들[10] \end{cases}$$

573

《성서》의 맹목성(盲目性).

유대인들은 말했다. "그리스도가 어디서 오실지 모른다고 《성서》에 기록되어 있다"고(〈요한복음〉 7장 27절). 그리고 12장 34절에 "그리스도는 언제까지나 살아 계신다고 《성서》에 씌어 있다. 그런데 이 사람(예수)은 자기가 죽을 것이라고 말한다"고 되어 있다.

또한 성 요한은, "예수께서 그렇게 많은 기적을 행하셨으나, 그들은 예수를 믿지 않았습니다. 이것은 선지자 이사야가 한 말을 이루려 한 것입니다.

---

7) 〈누가복음〉 7장 23절.
8) 〈호세아〉 14장 9절.
9) 10)은 다음 단장에 전개된다.
11) 〈요한복음〉 12장 37~40절.

주께서 그들의 눈을 멀게 하시고……."[11]

574

위대함. 종교란 실로 위대한 것이므로 그것이 분명치 않다고 해서 구하려고 힘쓰지 않는 사람은 그것(종교)을 얻지 못하는 것이 당연하다. 종교는 구하는 자가 얻게 되어 있는 이상, 그것을 불평할 수 있을까?

575

세상만사는 택함을 입은 사람들에게 유리한 쪽으로 바뀐다. 《성서》의 신성하고 명료한 부분들로 해서 그 모호한 부분들까지도 그들은 존경하는 것이다. 그러나 그렇지 못한 사람들에게는 세상만사가 심지어는 명료한 부분들까지 해로운 것으로 바뀐다. 그들은 자기가 이해할 수 없는 분명치 않은 것으로 해서 명료한 부분들까지도 모독하기 때문이다.

576

질서. 교회를 향하는 세상 사람들의 일반적인 태도. 신은 사람의 눈을 보이지 않게도 하고 또 밝게도 한다.

이런 예언들이 신성한 것이라는 사실은 여러 가지 사건들이 증명하고 있으므로, 그 밖의 예언들도 믿어져야 할 것이다. 그리하여 우리는 세상의 질서를 다음과 같이 볼 수가 있는 것이다.

즉 천지창조와 대홍수의 기적이 잊혀 버렸기 때문에 신은 모세의 율법과 기적을 보내 주셨으며, 특수한 사건들을 예언하는 예언자 들을 보내 주셨다. 그리고 끊임없는 기적을 준비하기 위해 여러 가지 예언과 그 성취를 준비하셨다. 그러나 예언은 의심받을 수 있으므로, 신은 그것을 의심할 여지가 없게 하려고 하셨다.

577

신은 택한 자들을 위하여 이 민족의 맹목(盲目)을 이용하셨다.

578

눈을 멀게 한다, 눈을 밝게 한다. 성 아우구스티누스, 몽테뉴, 〈스봉을 위한 변호.〉[12]

택함을 입은 사람들을 비추는데 충분한 빛이 있고, 그들을 겸손하게 하는데 충분한 어둠이 있다. 하느님의 버림을 받은 사람들을 눈멀게 하는데 충분한 어둠이 있고, 그들을 정죄하고 구실을 삼지 못하게 하는데 충분한 빛이 있다.

《구약 성서》에 나오는 예수그리스도의 계보(系譜)는 다른 많은 무용한 것들 속에 섞여서 분간하기 어렵게 되어 있다. 만일 모세가 예수그리스도의 조상들만을 기록했더라면, 그것은 아주 명확했을 것이다. 그러나 그가 예수그리스도의 계보를 기록하지 않았더라면, 그것은 너무나 불확실했을 것이다. 그러나 이것을 세밀히 고찰하는 사람은 예수그리스도의 계보가 다말이라든가 룻을 통해 잘 구별된 것을 알게 될 것이다.

이들 희생을 확정한 사람들은, 그것이 얼마나 쓸데없는 일이라는 것을 알고 있었으며, 그 무용함을 선언한 사람들도 그것의 집행을 중단하지 않았다.[13]

만일 신이 오직 하나의 종교만을 허용했다면, 그것은 너무 쉽게 인식될 수 있었을 것이다. 그러나 세밀히 고찰하는 사람은, 이 모든 혼란 속에서도 참된 종교를 쉽게 분간해 낼 수 있다.

원리. 모세는 현명한 사람이었다. 그러므로 그가 자신을 이지(理智)로 다

---

12) 몽테뉴의 〈레몽 · 스봉의 변호〉에 나오는 아우구스티누스의 의미.
13) 〈히브리서〉 5장~12장 참조.

스리고 있었더라면, 이지에 정면으로 어긋나는 것은 분명히 말하지 않았을 것이다.

이처럼 극히 명백한 약점까지도 모두가 강점이 되는 것이다. 예컨대 성 마태와 성 누가의 두 계보.[14] 이것들이 공모(共謀)에 의해 만들어진 것이 아 니라는 사실은 너무도 명백하지 않은가?

579

오만의 씨에 의해 이단이 생긴다는 것을 예견하고, 그 이단이 자기 자신 의 말에서 생기는 경우를 막기 위해, 신과 사도들은 《성서》와 교회의 기도 서 속에 상반되는 말, 즉 상반되는 씨를 뿌려 그것이 때를 맞아 열매를 맺도 록 하셨다.

이와 마찬가지로 신은 윤리에도 사랑을 가하여, 그것이 탐욕에 대적하여 열매를 맺게 하셨다.

580

자연 속에는 자신이 신의 영상(影像)임을 보여 주는 어떤 완전성(完全性) 이 깃들어 있으며, 자신이 신의 영상에 불과하다는 것을 보여 주는 어떤 불 완전성이 깃들어 있다.

581

신은 정신보다 의지를 활동시키기를 원한다. 완전한 명확성은 정신에는 유용하겠지만 의지에는 유해할 것이다.

그것들의 오만을 억제할 것.

---

14) 〈마태복음〉 1장 1절~16절. 누가복음 3장 23절~37절.

582

인간은 진리 자체를 우상화한다. 왜냐하면 사랑을 떠난 진리는 신이 될수 없으며, 그것은 신의 영상에 지나지 않는 우상 이외의 아무것도 아니기 때문이다. 이런 우상을 사랑하거나 숭배해서는 안 된다. 하물며 진리의 반대인 허위를 사랑하거나 숭배해서는 안 된다.

나는 완전한 암흑을 사랑할 수는 있다. 그러나 신이 나를 박명(薄明) 속에 놓아두신다면, 그런 희미한 어둠은 나를 불쾌하게 할 것이다. 나는 완전한 암흑 속에 있는 장점을 거기서는 찾아볼 수 없으며, 그와 같은 상태는 나를 불쾌하게 하기 때문이다. 이것이 바로 내가 신의 질서에서 벗어나 암흑을 우상으로 삼고 있는 결함이요 증거이다. 따라서 우리가 숭배해야 하는 것은 신의 질서뿐이다.

583

약자란 진리를 알아보기는 하지만 자기의 이익(利益)이 그 진리에 합치해야만 그것을 지지하는 사람들을 가리킨다. 그렇지 않게 되면 그들은 진리를 버린다.

584

세상은 신의 자비와 심판을 행하기 위하여 존속되고 있다. 그것은 마치 그 속의 인간들이 신의 손길에 의해 창조된 것과 같은 것이 아니라, 그들이 마치 신의 적으로서 살아가는 것과 같다. 신은 그들에게 그들이 신을 추구하고 신에게 순종하기를 원하기만 하면 신에게 돌아가는데 충분한 빛을 은혜로 제공하지만, 그들이 신을 추구하고 순종하기를 거부한다면 그들을 벌하는데 충분한 빛도 주신다.

신이 자신을 숨기려고 하셨다는 것. 만일 종교가 하나밖에 없다면, 신은 분명히 자신을 드러낼 것이다.

만일 우리 종교에만 순교자가 있다고 해도 마찬가지일 것이다.

신은 이처럼 숨겨져 있기 때문에, 이것을 주장하지 않는 종교는 모두가 참된 종교가 아니다. 또한 신이 숨어 있는 이유를 분명히 밝히지 않는 종교도 교화를 주지 못한다. 우리의 종교는 이 모든 것을 해내고 있다. "당신 자신을 숨기시는 이여, 당신이야말로 진정한 신이시옵니다."[15]

586

만일 희미함이 없다면 인간은 자신의 타락을 알아차리지 못할 것이다. 만일 빛이 없다면 인간은 구원을 바랄 수가 없을 것이다. 따라서 신이 반쯤 숨어 있고 반쯤 드러나 있다는 것은 우리에게 정당할 뿐만 아니라 또한 유익하기도 하다. 왜냐하면 자신의 비참함을 모르고 신을 알거나, 신을 알지 못하고 자신의 비참함을 아는 것은 똑같이 인간에게는 위험한 일이기 때문이다.

587

기독교는 기적과, 순수하고 완벽한 성도들과, 학자들, 그리고 훌륭한 증인들과 순교자들에 있어 대단히 위대하며, 다윗과 왕족 이사야를 옹립했다. 또 지식에 있어 위대하며, 이 종교의 모든 기적과 그 모든 지혜를 보여 준 후에 그것들을 모두 배격하면서 기독교는 지혜도 암시도 주지 않고 다만 십자가와 어리석음만을 제공할 뿐이라고 말한다.[16]

왜냐하면 이 지혜와 이들 표징으로 당신들의 신뢰를 얻고, 또 그 특성을

---

15) 〈이사야〉 45장 15절.
16) 〈고린도 전서〉 1장 18절~25절. 갈라디아서 5장 11절.

당신들에게 입증한 사람들이 다음과 같이 선언하기 때문이다. 즉 '이들 중 어떤 것도 지혜와 표징이 없는 십자가의 우매함 속에 들어 있는 미덕이 없이는, 우리에게 신을 알게 하고 사랑하게 할 수도 없다.' 그리고 이 미덕이 없이는 어떤 표징도 우리로 하여금 그렇게 하게 할 수가 없다.

그러므로 기독교는 그 인과관계로 판단한다면 어리석지만, 그것에 대비하는 지혜로 판단하면 현명하다.

*588*의 *1*

기독교는 현명하기도 하고 어리석기도 하다. 현명하다는 것은, 그것이 지식이 가장 풍부하고 기적과 예언을 바탕삼고 있는 면에서는 가장 강하기 때문이다. 어리석다는 것은, 사람들로 하여금 그것에 귀의하게 하는 것은 지식이나 기적이나 예언이 아니기 때문이다. 이런 것들은 이 종교에 귀의하지 않는 자를 정죄하는 충분한 이유가 되지만, 이 종교에 귀의하는 사람들로 하여금 믿게 하는 이유는 되지 못한다. 그들을 믿게 하는 것은 십자가이다. "그리스도의 십자가가 헛되지 않게 하기 위하여."[17]

그러므로 지혜도 표징도 가지고 온 성 바울은 자기는 지혜도 표징도 가지고 오지 않았다고 말했다. 왜냐하면 그는 사람들을 개종시키기 위해 왔기 때문이다. 그러나 단지 설득하기 위해 온 사람은 자기는 지혜와 표징을 가지고 왔다고 말할지 모른다.

*588*의 *2*

모순. 종교의 무한한 지혜와 무한한 어리석음.

---

17) 〈고린도 전서〉 1장 17절.

제9장 영속성

589

기독교가 유일한 종교가 아니라는 주장에 대하여.

이것은 기독교가 참된 종교가 아니라는 것을 믿게 하는 이유가 되기는커녕, 오히려 그것이 참된 종교라는 것을 증명한다.

590

모든 종교에 있어서 진실성은 필수적인 요소이다. 참된 이교도 · 참된 유대인 · 참된 기독교인.

591

예수그리스도

이교도 | 마호메트교도

신에 대한 무지!

592

다른 종교의 허위성. 다른 종교들은 증인을 갖고 있지 않다. 이 사람들은 증인을 갖고 있다. 신은 다른 여러 종교에 도전하여 그런 증거를 제시하게 하셨다. 〈이사야서〉 43장 9절, 44장 8절.

593

중국의 역사.[1] 나는 증인이 그것을 위해서는 죽어도 좋다는 역사만을 믿는다.

둘 중에서 어느 쪽을 더욱 믿을 수 있는가, 모세인가 중국인가?

문제는 그것을 개관(槪觀)하는 것이 아니다. 내가 당신들에게 말하고 싶은 것은, 거기에 사람의 눈을 어둡게 하는 것과 눈을 밝게 하는 것이 있다는 것이다.

이 한마디로 나는 당신들의 모든 추론을 타파한다. "그렇지만 중국은 그 문제를 모호하게 한다"고 당신들은 말하지만, 나는 대답한다. "그렇다, 중국은 모호함을 느끼게 한다. 그러나 거기서 빛을 찾아볼 수 있다. 그것을 찾아라."

따라서 당신들이 말하는 것은 모두가 하나의 의도를 받들 뿐이고 다른 의도에 어긋나지는 않는다. 따라서 그것은 도움은 될지언정 손해는 되지 않는다.

그러므로 우리는 그것을 자세히 살펴볼 필요가 있다. 우리는 이에 대한 증명을 잠시 연기해야만 한다.

594

중국 역사와 멕시코의 역사가들, 다섯 태양설에 대한 반박. 다섯 태양 중 마지막 태양은 800년밖에 지나지 않았다.[2]

한 민족에 의해 받아들여진 책과 한 민족을 만들어 내는 책과의 차이.

595

다른 종교들의 허위성. 마호메트에게는 권위가 없었다. 그러므로 그의 이론은 그의 고유한 힘에만 의존했으므로 대단히 강력했을 것이다.

---

1)《중국의 역사》는 1658년 뮌헨에서 출판된 마르티니 신부의 라틴어 저서이다. 저자에 따르면 중국 최초의 왕조는 노아의 홍수 후 인류가 세계에 분산했을 때보다 600년 전에 존재했다. 이것은 성서의 기록과 모순된다. 이 문제에 대해 파스칼이 자신의 소견을 피력하고 있다.
2) 몽테뉴《수상록》3권 6장과 비교해 볼 것.

그렇다면 그는 무엇이라고 말했는가? 자기를 믿어야 한다고 말했을 뿐이다.

596

〈시편〉은 온 세상에 울려 퍼지고 있다.[3]

마호메트의 증언을 하는 것은 누구인가? 그 자신이다. 예수그리스도는 자기 자신의 증언은 참되지 못하다고 말씀하셨다.[4]

증인은 그 자격상 언제나 어디에나 존재해야 하며 불행해야 한다. 그런데 그(마호메트)는 혼자이다.

597

마호메트에 대한 반박. 《코란》이 마호메트의 것이듯이 〈복음서〉는 성 마태의 것이다. 왜냐하면 〈복음서〉는 많은 저자들에 의해 여러 세기에 걸쳐 끊임없이 인용되고 있기 때문이다. 심지어 그 적인 케르소스[5]와 포르피리오스[6]까지도 그것을 부인하지 않았다.

《코란》은 성 마태는 선인(善人)이었다고 말한다. 그러므로 선인을 악인이라고 말한 것이나, 그들이 예수그리스도에 대해 한 말에 동의하지 않은 것으로 보아 그(마호메트)는 거짓 예언자였다.

598

나는 마호메트가 심판받되, 그가 내포하고 있는 모호함이나 그가 주장하는 신비적인 것으로 해서가 아니라, 명백한 것, 그가 주장하는 낙원이라든

---

3) 《구약 성서》의 〈시편〉은 메시아의 예언에 충만해 있으므로, 그것은 예수 그리스도의 증언이기도 하다.
4) 〈요한복음〉 5장 31절.
5) 2세기경의 철학자. 기독교를 공격한 저서 《진리의 말씀》이 있다.
6) 3세기경의 신플라톤학파의 철학자. 기독교를 공격한 사람으로 알려져 있다.

가 기타 모든 것으로 해서 심판받기를 바란다. 그것이야말로 그가 웃음거리가 되는 점이다. 그러므로 그의 뚜렷한 것이 웃음거리라면, 그의 막연한 것이 신비적으로 해석된다는 것이 부당함도 그 때문이다. 《성서》의 경우는 절대 그렇지 않다. 그 속에도 마호메트의 막연함과 마찬가지로 기이한 막연성이 있다는 것을 나도 인정하지만, 어떤 것들은 분명히 성취된 예언들로 해서 아주 명백하다. 그러므로 이들 양자는 대등한 경쟁을 벌일 수가 없다. 이들 양자가 그 모호함에 있어 비슷하다는 이유만으로 혼동되거나 동등하게 취급되어서는 안 된다. 《성서》는 그 모호성을 존경으로 승화한다는 점에서 코란과 크게 다르다.

599

예수그리스도와 마호메트의 차이. 마호메트는 예언되어 있지 않았고, 예수그리스도는 예언되어 있었다.

마호메트는 남을 죽였는데, 예수그리스도는 자기 추종자들을 살해당하게 했다.[7]

마호메트는 독서를 금했는데, 사도들은 독서를 명했다.

요컨대 양자는 전혀 상반되어 있으므로, 마호메트가 인간적으로 말해서 성공하는 길을 택하였지만, 예수그리스도는 인간적으로 죽음의 길을 택하였다.[8] 마호메트가 성공을 거두었으니까, 예수그리스도도 충분히 성공을 거두었을 것이라고 결론을 내리는 대신, 마호메트가 성공을 거두었으니까 예수그리스도는 당연히 죽어야 했을 것이라고 결론을 내려야 한다.

600

마호메트가 행한 일은 인간이라면 누구나 할 수 있다. 그는 기적도 행하

---

7) 8) 기독교인은 자기를 죽이고 그리스도의 피로 다시 산다.

지 않았으며 예언되지도 않았으니까. 그러나 예수그리스도가 행한 일은 아무도 할 수가 없다.

601

우리 신앙의 기초. 이교는 오늘날에는 기초를 가지고 있지 않다. 전에는 말에 의한 신탁(神託)이라는 기초를 가지고 있었다고 한다. 그런데 그것을 우리에게 보증하는 책은 어떤 것인가? 그 책들은 저자들의 덕망으로 보아 믿을 만한 가치가 있는가? 그것들은 절대 타락하지 않았다고 확신할 만큼 매우 조심스럽게 보존되어 왔는가?

마호메트교는 그 기초로서 《코란》과 마호메트를 가지고 있다. 그러나 세계 최후의 희망이어야 했던 이 예언자는 과연 예언되어 있었는가? 그는 자칭 예언자라고 불리는 사람들에게서는 볼 수 없는 어떤 증거를 보여 주었는가? 어떤 기적을 행하였다고 그는 스스로 주장하고 있는가? 자신의 전통에 따라 그는 어떤 신비를 가르쳤는가? 어떤 도덕관과 어떤 행복관을?

유대교는 두 가지 서로 다른 관점에서 고찰되어야 한다. 하나는 유대교 성전(聖典)의 전통에 따른 고찰이고, 다른 하나는 유대민족의 전통에 따른 것이다. 도덕과 행복에 대한 유대교의 관념은 민족적 전통의 측면에서 보면 우스운 것이지만, 그들의 성전의 전통 면에서는 가히 존경할 만한 것이다. 따라서 유대교의 토대는 아주 굳건하다. 유대교의 성전은 세계에서 가장 오래된 것이며, 가장 신빙성이 큰 것인데 반해, 마호메트는 아무도 자기의 경전을 읽지 못하게 함으로써 그것을 보존하려고 했으며, 모세는 모든 사람으로 하여금 성경을 읽게 함으로써 그것을 보존하려 했다. 그리고 그 경전을 보존하려 애썼다는 점에서는 어떤 종교나 마찬가지이다. 기독교는 《성서》와 궤변가들의 말에 있어 두 가지 아주 다른 요소를 지니고 있다.

기독교는 대단히 신성하여, 또 다른 신성한 종교(유대교)는 다만 기독교의 기반을 제공할 뿐이다.

602

질서. 유대인의 전모(全貌)에서 명백한 것과 논쟁의 여지가 없는 것을 살펴보라.

603

유대교는 그 권위·그 기간·그 영속·그 윤리·그 교리·그 효과에 있어서 완전히 신성하다.

604

상식과 인간의 본성에 반대되는 유일한 지식이야말로 인간들 사이에 언제나 존속되어 온 유일한 것이다.

605

본성에 어긋나고, 상식에 어긋나고, 우리의 즐거움에 어긋나는 유일한 종교야말로 언제나 존재해 온 유일한 것이다.

606

기독교 이외의 어떤 종교도, 인간이 죄를 지으며 태어났다는 사실을 가르치지 않았다. 철학자들의 어떤 학파도 그런 주장을 하지 않았다. 따라서 아무도 그 진실을 말하지 않았다.

기독교 이외에는 어떤 학파도 어떤 종교도 지상에 영존(永存)하지 못했다.

607

유대교를 그 증가하는 신도의 수를 기준 삼아 판단하려고 하는 사람은 그것을 오해하게 될 것이다. 그것은 《성서》와 예언자들의 전통에서 명백한데, 이들 양자는 예언자들이 율법을 글자 그대로만 해석하지 않았다는 것을 명확히 밝혀 주었다. 기독교도 또한 복음과 사도와 전통에 있어서는 신성하지만, 그 취급 방법을 그르치면 우스꽝스러운 것이 되고 만다.

육체적인 유대인에 따르면 메시아는 이 세상의 위대한 군주여야 했다. 육체적인 기독교도에 의하면 예수그리스도는 우리로 하여금 신을 사랑하는 의무에서 벗어나게 하고, 우리의 도움 없이도 모든 권능을 나타내는 기적을 보여 주기 위해 온 것이라고 한다. 그것은 기독교도 아니고 유대교도 아니다.

진실한 유대교도와 진실한 기독교도들은 그들로 하여금 신을 사랑하게 하고, 그 사랑으로 적을 이기게 해 줄 메시아를 꾸준히 기다려 왔다.

608

육체적인 유대인들은 기독교도와 이교도 사이의 중간적 위치를 차지하고 있다. 이교도는 신을 알지 못하여 세속적인 것만을 사랑한다. 유대인들은 참된 신을 알고 있으면서도 세속적인 것만을 사랑한다. 기독교도는 참된 신을 알고 세속적인 것을 사랑하지 않는다. 유대인과 이교도는 똑같이 행복을 사랑한다. 유대인과 기독교도는 같은 신을 인정한다.

유대인에게는 두 종류가 있었다. 하나는 이교적 감정밖에 갖고 있지 않았으나, 다른 하나는 기독교적인 감정을 가지고 있었다.

609

어떤 종교에 있어서나 두 종류의 인간들이 있다.

이교도 사이에는 동물의 숭배자와 자연 종교에서의 유일신의 숭배자가 있다.

유대인 사이에는 육체적인 사람들과 전통적인 율법을 따르는 기독교도인 영적인 사람들이 있다.

기독교도 사이에는 새로운 율법을 좇는 거친 유대인들이 있다.

육체적인 유대인들은 육체적인 메시아를 대망하였다. 거친 기독교인은 메시아가 그들로 하여금 신을 사랑하는 것을 면제해 주었다고 생각한다. 진실한 유대인과 진실한 기독교도는 그들로 하여금 신을 사랑하게 하는 메시아를 공경한다.

610

진실한 유대인과 진실한 기독교인은 유일한 종교를 가지고 있음을 보여주기 위하여.

유대인의 종교는 근본적으로 아브라함의 부성(父性) · 할례(割禮) · 제물 · 의식 · 언약궤 · 신전 · 예루살렘, 그리고 모세의 율법과 언약으로 이루어진다고 생각되어 왔다.

나는 말한다, 그것은 결코 그런 것으로 이루어지지 않고 오직 신의 사랑으로만 이루어지며, 신은 그 밖의 모든 것을 버리셨다고.

신은 아브라함의 부성(父性)을 인정하지 않으실 것이다. 유대인이 만일 신을 거역하면, 이방인과 마찬가지로 신으로부터 벌을 받을 것이다.

〈신명기〉 8장 19절.—"만일 네가 네 하느님 여호와를 잊어버리고 다른 신들을 쫓아 그들을 섬기며 그들에게 절하면, 내가 너희에게 증명하노니 너희가 정녕 멸망할 것이다."

이방인이 만일 신을 사랑한다면, 유대인과 마찬가지로 신이 받아들일 것이다.

〈이사야〉 56장 3절.—"이방인의 아들로 하여금, '여호와께서 그의 백성들로부터 나를 아주 떼어 놓으셨다'고 말하지 말게 하라. 여호와를 섬기고 여호와의 이름을 사랑하기 위해 자신들을 여호와께 귀의시킨 이방인의 자손들, 내가 그들을 나의 성스러운 산으로 인도하여, 그들의 제물을 받으리라. 내 집은 '기도의 집'이기 때문이다."

참다운 유대인들은 저들의 공덕(功德)이 아브라함으로부터 부여받은 것이 아니라 오직 신으로부터 받은 것으로 생각했다.

〈이사야〉 63장 16절.―"아브라함이 우리를 모르고 이스라엘이 우리를 인정치 아니할지라도 여호와여, 당신은 우리의 아버지이십니다. 상고(上古)부터 주의 이름을 우리의 구속자(救贖者)라 하셨거늘."

모세도 신은 사람들을 차별하여 보지 않으신다고 몸소 말하였다.

〈신명기〉 10장 17절.―"하느님은 사람을 차별하여 보지 아니하시며, 뇌물을 받지 아니하신다."

안식일은 하나의 표징에 지나지 않았다. 〈출애굽기〉 31장 13절. 또한 이집트(애굽)에서 탈출한 기념에 지나지 않았다. 〈신명기〉 5장 15절. 그러므로 그것은 더 이상 필요치 않다. 이집트는 잊어야 하므로.

할례는 표징에 지나지 않았다. 〈창세기〉 17장 10절. 그러므로 광야에 있을 때는 그들은 할례를 받지 않았다. 왜냐하면 그들이 다른 민족과 혼교(混交)할 수 없었기 때문이다. 할례는 예수그리스도가 강림한 후에는 이미 필요치 않다. 마음의 할례가 요구되고 있다.

〈신명기〉 10장 16절, 〈예레미야〉 4장 4절.―"너희들 마음에 할례를 행하라. 너희 마음의 껍질을 벗겨 버려라. 그리고 더 이상 고집부리지 말지니라. 너희들의 신 여호와는 모든 신 가운데 신이요, 전능하고 무서운 신이어서 사람을 받아들이려 하시지 않기 때문이다."

신은 어느 날엔가는 그것을 행하리라고 말씀하셨다.

〈신명기〉 30장 6절.―"신께서 네 마음과 네 자손의 마음에 할례를 베푸셔, 너로 마음을 가하고 성품을 다하여 너의 신 여호와를 사랑하게 하리라."

마음의 할례를 받지 않은 자는 심판을 받을 것이다.

〈예레미야〉 9장 26절.―"신은 할례를 받지 않은 백성과 이스라엘의 모든 백성들을 심판할 것이다. 왜냐하면 이스라엘 백성은 마음의 할례를 받지 않기 때문이다."

외면적인 것은 내면적인 것이 없이는 소용없다.

〈요엘〉 2장 13절.―"너희들은 옷을 찢지 말고 마음을 찢어라." 등.

〈이사야〉 63장 3~4절 등.

신을 사랑하라는 것은 〈신명기〉의 전체에 걸쳐 권면하고 있다.

〈신명기〉 30장 19절.—"내가 오늘 천지를 불러 내가 네 앞에 생명과 죽음을 두었다고 기록하게 할 것인즉…… 너는 생명을 택하라. 그리하여 너의 신 여호와를 사랑하고 그의 음성에 복종하라. 그분은 네 생명이시니."

유대인은 이 사랑의 결핍으로 저들의 죄로 해서 버림을 받고, 그 대신 이교도가 택함을 입을 것이다.

〈호세아〉 1장 10절. 〈신명기〉 32장 20절.—"내가 그들의 최후의 죄를 보고, 그들에게서 나의 얼굴을 감추리라. 그들은 지극히 고집이 세고 믿음이 없는 백성이기 때문이다. 그들은 신이 아닌 자를 모셔 나의 분노를 자아냈다. 나 또한 나의 백성이 아닌 백성으로 그들에게 질투를 일으키며, 배우지 못하고 슬기롭지 못한 백성을 돌보아 저들이 질투를 자아내게 하리라." 〈이사야〉 65장 1절.

이 세상의 행복은 거짓이며, 진정한 행복은 신과의 결합에 있다. 〈시편〉 144편 15절.

신은 유대인들의 제사를 달가워하시지 않는다. 〈아모스〉 5장 21절. 신은 유대인의 제물을 기뻐하시지 않는다. 〈이사야〉 66장 1~3절 1장 11절, 〈예레미야〉 6장 20절.

다윗 "나를 불쌍히 여기소서" 〈시편〉 51편. 선인의 경우에도. 〈이사야〉 5장 7절, 〈시편〉 50편 8, 9, 10, 11, 12, 13, 14절.

신은 그들이 완악하기 때문에 그것(제물)을 정하셨다. 〈미가〉 6장은 훌륭하다.

〈열왕기 상(上)〉 15장 22절, 〈호세아〉 6장 6절.

신은 이교도의 제물을 받아 주셨으나 유대인의 제물은 마음에 들지 않았다. 〈말라기〉 1장 11절.

신은 메시아를 통해 새로운 언약을 맺으셨으나, 낡은 언약을 버리실 것이다. 〈예레미야〉 31장 31절.

"좋지 않은 규정" "에스겔"[9]

옛날 일은 잊힌다. 〈이사야〉 43장 18~19절, 65장 17~18절.

언약궤는 잊힐 것이다. 〈예레미야〉 3장 15~16절.

신전은 버림받을 것이다. 〈예레미야〉 7장 12~14절.

제물은 거절되고, 다른 순수한 제물이 새로 정해질 것이다. 〈말라기〉 1장 11절.

아론의 사제직(司祭職)은 박탈되고, 멜기세댁의 사제직이 메시아에 의해 임명될 것이다.

이 사제직은 영원히 계속될 것이다. 〈시편〉 110편.

예루살렘은 버림을 받고 로마는 인정받는다. 〈시편〉 110편.

유대인이라는 이름은 버림받게 되고, 새 이름이 주어진다. 〈이사야〉 65장 15절.

이 나중 이름은 유대인이라는 이름보다 뛰어나 영원할 것이다. 〈이사야〉 56장 5절.

유대인은 예언자도 없고(아모스)[10], 왕도 없고, 군주도 없고, 제물도 없고, 우상도 없게 될 것이다.

유대인은 그럼에도 불구하고 하나의 민족으로서 영원히 존속할 것이다. 〈예레미야〉 31장 36절.

611

국가. 기독교 국가는 유대인의 국가와 마찬가지로 그 지배자가 신뿐이었다. 유대인 퓌론[11]이 《왕국론》에서 지적하고 있는 바와 같이.

---

9) 20장 25절.

10) 8장 11절.

11) 1세기경의 철학자로 알렉산드리아학파의 선구자. 유대의 전설과 희랍 철학을 조화시키려고 했음.

그들이 전쟁했다면, 그것은 신을 위해서였다. 그들은 오직 신에게 희망을 걸었다. 그들은 자기 마을을 오직 신에 속한 것으로 생각하고, 신을 위해 그것을 지켰다. 〈역대기 상(上)〉 19장 13절.

612

〈창세기〉 17장 7절. "나는 나와 너의 사이에 영원한 언약을 세워 너희의 하느님이 되리라."

"너희는 나의 언약을 지키지 않으면 안 된다."

613

영속성. 기독교는 인간이 신과의 교분이라는 영광의 상태에서 타락하여 비애와 회한과 신으로부터 이탈된 상태에 떨어졌으나, 그와 같은 생활을 한 후에 약속된 메시아에 의해 다시 본래의 위치로 돌아갈 것이라고 믿는 데서 성립되며, 언제나 지상에 존재해 왔다.

만물은 사라졌으나, 만물의 존재 목적인 이 종교는 존속되었다.

이 세상의 초기에 인간은 온갖 악행에 빠졌으나, 한편으로는 예수ㆍ라멕, 그 밖에도 성스러운 사람들이 있었다. 이들은 처음부터 약속된 그리스도를 끈기 있게 기다린 성도(聖徒)들이었다. 노아는 인간의 악이 극도에 달한 것을 보고, 그 자신이 그 표징이었던 메시아를 기대하여 스스로 사람들을 구제하게 되었다. 아브라함이 우상 숭배자들에게 에워싸여 있을 때, 그가 그 출현을 축복한 메시아의 비의(秘義)를 신으로부터 계시받았다.

이삭과 야곱의 시대에는 증오할 만한 일들이 온 땅에 가득하였지만, 이 성도들은 신앙으로 살았다. 그리고 야곱은 임종 때 그 아들들을 축복하여

---

12) 〈창세기〉 49장 18절.
13) 몽테뉴《수상록》 1권 22장 1절.

감격스러운 목소리로 외쳤다. "오, 나의 하느님이여, 나는 당신이 약속하신 구세주를 기다리고 있습니다."[12] 이집트인은 우상숭배와 마술에 사로잡혀 있었다. 신의 백성들까지도 그들의 폐습에 휘말리고 있었다. 그러나 모세와 그 밖의 사람들은 이집트인들이 보지 못한 신을 보았으며, 신이 그들을 위해 마련한 영원한 선물을 기다리면서 신을 경배하였다.

다음에 그리스인과 로마인이 거짓 신들을 섬겼다. 시인들은 몇 백 가지나 되는 신학을 창안하고, 철학자들은 수천 가지 서로 다른 학파로 분열되었다. 그래도 유대의 중심에는 택함을 받은 사람들이 언제나 존재하여 그들만이 아는 메시아의 강림을 예언하고 있었다.

드디어 때가 되어 그는 강림하였다. 그 후로 사람들은 많은 분파(分派)와 이단, 많은 국가의 멸망과 모든 사물의 허다한 변화를 목격하였다. 그러나 언제나 섬겨온 신을 예배하는 교회는 끊임없이 존속되었다. 그리고 기독교가 언제나 공격을 받아 오면서도 영원히 살아남을 수 있었다는 것은 얼마나 놀랍고 신성한 기적인가! 교회는 수천 번이나 전면적인 파괴에 직면하였다. 그러나 그런 처지에 놓일 때마다 신은 그 권능의 비상한 발동으로 그것을 구원하셨다. 동시에 놀라운 일은, 그것이 폭군의 뜻에 굴복하지 않고 끊임없이 자신을 지켜 왔다는 점이다. 국가라면 그 법률을 필요에 따라 때때로 바꿈으로써 존속되어 갈 수도 있겠지만……(몽테뉴가 지시한 대목[13]을 보라).

614

국가는 필요에 따라 그 법률을 때때로 고치지 않으면 멸망할 것이다. 그러나 종교는 그것을 허용하지 않았으며, 또 그렇게 하지도 않았다. 그러므로 타협이나 기적이 필요한 것이다.

굽힘으로써 자신을 보존한 예는 드물지 않지만 엄격히 말해서 그것은 자신을 보존하는 것이 못 되며, 어떤 경우이든 그들은 결국 완전히 파멸한다. 천 년 동안이나 계속된 나라는 하나도 없다. 그러나 기독교가 굽히지 않고도 꾸준히 보존되어 왔다는 사실은 이 종교가 신성한 종교라는 것을 보여주는 것이다.

615

기독교에 어떤 놀라운 면이 있다는 것을 인정해야 한다. "그것은 당신이 그 안에서 태어났기 때문이다" 하고 말하는 사람이 있을지 모른다. 천만의 말이다. 나는 그 때문에 그 선입견(先入見)에 사로잡히지 않을까 하여 크게 경계하고 있다. 그러나 내가 그 안에서 태어났다고 해도 그것이 놀랍다는 것은 인정하지 않을 수 없다.

616

영속성. 메시아는 언제나 신앙의 대상이 되어 왔다. 아담의 전설은 노아와 모세에 이르러서는 훨씬 새로운 것이었다. 그 후로 예언자들은 메시아에 대하여 예언하고, 이에 덧붙여서 다른 것도 언제나 예언했다. 그 예언의 내용은 때때로 사람들의 눈앞에서 일어나, 그들의 사명이 진실이었으며, 나아가서는 메시아에 대한 그들의 약속이 진실함을 보여 주었다. 예수그리스도는 기적을 행하고, 사도들도 기적을 행하여 모든 이교도를 회심시켰다. 이리하여 모든 예언은 성취되고 메시아는 영구히 증명되었다.

617

영속성. 다음과 같은 점을 생각해 보기 바란다. 세상의 시초부터 메시아에의 갈망과 예배가 끊임없이 계속되었고, 그 백성을 구원할 구세주가 태어날 것이라는 계시를 신으로부터 받았다고 말한 사람들이 있었으며, 드디어 아브라함이 나타나 그의 자손 중에서 메시아가 나타날 것이라는 계시를 받고, 야곱이 그의 열두 아들 중에서 유다의 혈통에서 메시아가 태어날 것이라고 말했으며, 다음에 모세와 예언자들이 나타나 메시아가 강림할 시기와 방법에 대해 언명하고, 그들이 지키는 율법은 메시아의 율법의 준비에 불과하고, 그때까지 그들의 율법은 여전히 존속되지만, 메시아의 율법은 영원히 존속되며, 이리하여 그들의 율법 또는 그것이 약속한 메시아의 율법은 언제까지나 지상에 존재할 것이라고 말했고, 사실 그것은 언제나 존속되었으며, 드디어 예수그리스도가 예언된 그대로 오셨다는 것—이것은 놀라운 일이다.

618

이것은 사실이다. 모든 철학자가 여러 학파로 갈라져 있는 동안에 세계의 한 구석의 세상에서 제일 오랜 민족에 속하는 사람들이 있어 그들은 전 세계는 오류에 빠져 있고, 신은 자기들에게 진리를 계시했는데, 이 진리는 언제까지나 지상에 존재할 것이라고 선언했다. 사실 다른 학파들은 모두 종막을 고했으나, 이 민족은 아직도 존재하며, 그들은 4천 년에 걸쳐 다음과 같이 선언했다. 인간은 타락하여 신과의 교류를 상실하고 신으로부터 멀리 떨어지게 되었으나, 신은 그들의 구원을 약속하셨다는 것을 그들은 조상들로부터 전해 들었다. 이 교리는 언제까지나 지상에 존속될 것이다. 그들의 율법은 이중(二重)의 의미를 지니고 있다.

1600년 동안, 그들이 예언자로 믿고 있던 사람들이, 그 시기와 방법을 예언했다. 400년 후에 그들은 사방에 흩어졌다. 그것은 예수그리스도를 곳곳에서 예언하기 위해서였다.

예수그리스도는 예언된 방법대로 그 시기에 맞춰서 강림했다.

그 후로 유대인은 저주받은 민족으로 사방에 흩어져 살고 있으나, 지금도 존속하고 있다.

619

나는 기독교가 그보다 앞선 종교(유대교) 위에 기초를 두고 있다는 것을 인정한다. 그리고 그 사실에서 나는 다음 사실들을 발견한다.

(나는 여기서 모세·예수그리스도·사도들의 기적에 대해서는 말하지 않으려고 한다. 그것은 애초부터 사람들을 충분히 설득할 수 있지 못하며, 또 내가 여기서 분명히 밝히려고 하는 것은 기독교의 모든 기초, 즉 아무도 의심할 여지가 없는 명백한 것뿐이기 때문이다.)

우리가 세계의 여러 곳에서 다른 모든 민족으로부터 분리된 특수한 한 민족을 볼 수 있는 것은 사실이다. 그리고 이 민족이 바로 유대민족이다.

그리고 나는 세계의 여러 곳과 모든 시대에 걸쳐 여러 가지 종교의 창시자들을 보게 된다. 그러나 그들의 도덕은 나를 만족시키지 못하며, 내 관심을 끌 만한 증거도 없다. 그래서 나는 마호메트의 종교도 중국의 종교도 고대 로마인과 이집트인의 종교도 인정하지 않았다. 그것은 이 종교들의 어느 하나도 진리의 증거를 다른 것보다 더 소유하고 있지 못하며, 또한 이것이 아니면 안 된다는 어떤 것도 소유하고 있지 않으므로, 이성은 나로 하여금 그 어느 하나에도 관심을 두게 하지 않기 때문이다.

그러나 이렇게 시대가 바뀜에 따라 기묘하게 변화를 나타내는 풍습과 신앙을 깊이 생각하면서, 나는 세계의 한구석에, 지상의 다른 모든 민족으로부터 분리되어 있으며, 그런 민족 중에서 역사가 가장 깊은 특수한 한 민족을 발견하게 된다. 이 민족의 역사는 우리가 갖고 있는 가장 오랜 역사보다 몇 세기나 앞서는 것이다.

그리고 나는 이 위대한 민족이 단 한 사람에게서 생겨났으며, 유일한 신을 경배하고 신에게서 직접 받았다고 주장하는 하나의 율법에 따라 생활하고 있다는 것을 발견하게 된다. 그들은 신으로부터 그 비의(秘義)를 계시받은 세계에서 유일한 민족이고, 모든 인간은 타락하여 신의 은총을 잃었으며, 인간은 누구나 자기의 감성과 타고난 이지(理智)에 방임되어 있고, 이 때문에 종교나 습관에 있어서 인간들 사이에 이상한 미망(迷妄)이나 기풍이 없는 변화가 생겼으며, 그런데도 그들은 그 행위를 고칠 줄 모르고 변함없는 태도를 취하고 있으나, 신은 다른 여러 민족을 언제까지나 이런 어둠 속에 방치하지 않고, 모든 사람을 위해 구주(救主)가 오게 되어 있다고 주장한다. 그리고 그들은 이 소식을 사람들에게 전하기 위해 이 세상에 살고 있으며, 이 위대한 강림의 선구자 빛의 전령자(傳令者)가 되어 모든 민족으로 하여금 그들과 함께 이 구주를 대망하게 하기 위해 특별히 창조되었다고 주장한다.

이 민족과의 만남은 나를 놀라게 하였으며, 또한 충분히 주목할 만한 일이라고 생각되었다.

그들이 신으로부터 받았다고 자랑하고 있는 율법을 고찰하면서 나는 그것이 매우 훌륭하다는 것을 알게 되었다. 그것은 모든 율법 중에서 최초의 것이며, 그리스인들 사이에 '법률'이라는 말이 통용되기 약 1천 년 전에 그들이 받아들여 고스란히 지켜 왔다. 또한 내가 기이하게 생각하는 것은, 세계에서 최고(最古)의 법률이 가장 완벽한 것이라는 사실이다. 그리하여 세계 최대의 입법자들이 유대인의 율법을 차용(借用)한 것은 아테네의 12계율[14]에도 나타나 있다. 이것은 그 후 로마인에 의해 채용되었으며, 요세푸스[15]와 그 밖의 사람들이 이 문제를 충분히 논하지는 않았지만, 이것을 증명하는 것은 쉬운 일이다

620

유대민족의 장점. 이 연구에서 무엇보다도 나의 관심을 끄는 것은 이 민족에서 발견되는 놀랍고 특이한 많은 사건이다.

처음에 내 관심을 끄는 것은 이 민족 전체가 형제로서 구성되어 있다는 사실이다. 다른 많은 민족은 무수한 가족 집단으로 이루어져 있는데, 이 민

---

14) 아테네에는 '12 계율'이라는 것이 없었다. 파스칼은 그로티우스에게서 부정확하게 인용하였을 것이다. 그의 《종교의 진리에 관하여》에는 '아테네의 대단히 낡은 이 법률은 그 후 로마인들의 법률의 기초가 되었는데, 그 기원은 모세의 율법이다'라고 되어 있다.
15) 《아피온에의 반론》 2장 16절.

족은 수가 많지만 단 한 사람으로부터 생겨났다. 그리하여 모두가 같은 혈육이고 서로 지체(肢體)를 이루고 있기 때문에 그들은 하나의 강력한 가족 국가를 형성하고 있다. 이것이 독특한 점이다.

이 가족이자 민족은 인간이 알고 있는 범위 안에서는 가장 오랜 민족이다. 내가 보기에는 이 점이 이 민족에게 특별한 경의를 품게 하는 것 같다. 우리가 현재 하는 연구에서는 특히 그러하다. 왜냐하면, 만일 신이 어느 시대에나 인간들과 교류했다면, 우리가 그 전승(傳承) 과정을 알아보기 위하여 찾아가야 하는 것은 바로 이 민족이기 때문이다.

이 민족은 그 오랜 역사에 있어서 중요한 비중을 차지하고 있을 뿐만 아니라, 이 민족은 처음 생긴 이후로 오늘에 이르기까지 줄곧 존속되어 온 그 영속성에서도 유례를 찾아볼 수 없다. 그리스 · 이탈리아 · 스파르타 · 아테네 · 로마, 그밖에 훨씬 나중에 나타난 다른 민족들도 이미 오래전에 멸망되었는데, 이 민족은 끊임없이 존속되어 왔다.

그리고 유대인의 역사가들이 입증하고 있는 것처럼, 또한 오랜 세월에 걸친 사물의 자연스러운 귀추에서 쉽사리 판단할 수 있는 것처럼, 많은 강력한 왕들이 수백 번이나 그들을 멸망시키려고 별별 수단을 다 써 보았지만, 그들은 언제나 보존되었으며 또 이 보존은 예언되어 있었다. 그리고 그들의 역사는 가장 오랜 시대에서부터 최근에 걸쳐 있으므로, 그것은 우리의 모든 역사를 포함하고 있다.

이 민족을 다스리는 율법은, 세계의 율법 중에서도 가장 오래되고, 가장 완전하며, 또한 한 국가에서 끊임없이 준수되어 온 유일한 것이다. 이것은 요세푸스가 《아피온에의 반론》이라는 글[16]에서, 그리고 유대인 퓌론이 여러 가지 문장[17]으로 훌륭히 입증하고 있다. 여러 부분에서 그들은 유대인의 율

---

16) 요세푸스 《아피온에의 반론》 2권 15장.
17) 퓌론 《모세전》 2권.

법이 대단히 오래된 것이고, '법률'이라는 명칭도 그보다 천 년 이상이 지난 후에야 처음으로 알려졌을 정도라고 지적한다.

그러므로 여러 나라의 역사를 쓴 호메로스도 '법률'이라는 명칭을 사용하고 있지 않다. 그리고 그 완전성을 알려면 그것을 한 번 읽는 것으로 충분하다. 그 율법은 모든 것이 비상한 지혜와 대단한 공정성과 극도의 판단력에 의해 서술되어 있으므로, 그것을 어렴풋이 알고 있던 고대 그리스·로마의 입법자들은 그들의 주요한 법률을 유대의 율법에서 빌려 올 정도이다. 이것은 12 계율이라고 불리는 법률이나 요세푸스가 들고 있는 다른 증거에 의해서도 분명히 알 수 있다.

그러나 이 율법은 그들의 종교적 제의(祭儀)에 관해서는 모든 법률 중에서 가장 엄격하고 가혹하며, 이 민족으로 하여금 그 의무를 지키게 하기 위해 수천 가지 시행세목(施行細目)을 '사형'이라는 극형에까지 호소하여 그 계율의 집행을 요구하고 있다. 그런데도 이 율법이 그처럼 반항적이고 참을성이 없는 민족에 의해 몇 세기에 걸쳐 유지되어 왔다는 것은 실로 놀라운 일이다. 그동안에 다른 모든 나라에서는 그들의 법률이 훨씬 관용적인 것이었음에도 불구하고 자주 개정되던 것이다.

모든 법률 중에서 최초의 법을 포함하는 이 책은 그 자체가 세계에서 가장 오래된 책이며, 호메로스·헤시오스, 그 밖의 사람들의 저술은 이보다 6, 7백 년이나 늦게 나왔다.

624

천지창조와 대홍수가 기왕에 이루어졌으므로, 신은 이미 세계를 파괴하거나 그것을 다시 창조하는 것과 같은 그런 큰 표징을 줄 생각이 없었다. 신은 특별히 형성된 한 민족을 지상에 세워 메시아가 그 성령으로 만드시는 한 민족이 생겨날 때까지, 그들을 존속시키려고 한 것이다.

622

세계의 창조가 이미 과거의 일이 되기 시작했으므로, 신은 같은 시대의 한 역사가[18]를 내세워, 한 민족에게 그의 책을 지킬 책임을 맡기시고, 그 역사가 세계에서 가장 확실한 것이 되고, 전 인류가 반드시 알아야 할 어떤 것을 그 책에서 배울 수 있게 하고, 그 책에 의하지 않고서는 알 수 없게 하셨다.

623

야벳(노아의 셋째 아들)에서부터 계보(系譜)가 시작된다.
요셉은 그의 양 팔을 교차시켜 작은아들을 택하였다.[19]

624

모세의 증거. 모세는 왜 사람들의 수명을 이처럼 길게 하고, 그들의 세대를 그토록 적게 했을까?[20]

여러 가지 사물이나 사건을 모호하게 만드는 것은 한 세대의 길이가 아니라 세대의 수(數)이기 때문이다. 진리란 인간이 변할 때만 바뀌기 때문에.

그러나 인간이 상상할 수 있는 일 가운데 가장 기억해 둘 만한 두 가지 사건, 즉 천지창조와 대홍수를 모세가 너무 가까이 밀착시켰기 때문에, 우리는 이 두 사건이 잇따라 일어난 것으로 혼동하는 것 같다.[21]

625

셈(노아의 세 아들 중 맏아들)은 라멕을 보고, 라멕은 아담을 보았는데, 그 셈이 또 야곱을 보고[22] 야곱이 모세를 본 사람들을 보았다. 그러니까 대홍수와 천지창조는 사실이었다. 이것은 그것을 올바로 이해하는 사람들이라면 저마다 그렇게 결론을 내릴 수 있는 일이다.

또 다른 계보. 족장(族長)들의 수명이 길다는 것은, 지난날의 사실의 역사를 상실하게 하기는커녕, 오히려 그것을 보존하는 데 유용하다. 왜냐하면, 사람들이 조상의 일을 잘 모르는 경우가 있는 것은, 그들과 함께 오래 생활하지 않았기 때문이며, 또한 조상들은 사람들이 사물을 올바로 판단할 나이가 되기 전에 세상을 하직하는 일이 많았기 때문이다. 그런데 사람들이 매우 장수하던 당시에는 자식도 오랫동안 부모들과 함께 생활하였다. 그들은 오랫동안 서로 대화를 나누었다. 그렇다면 그들은 조상들의 역사를 빼고 무엇을 말했겠는가? 모든 이야기는 조상의 이야기로 돌아왔으며, 그들은 오늘날 우리의 일상생활 대화의 대부분을 차지하고 있는 연구나 학문이나 기예를 전혀 갖지 못했으니 말이다. 그러므로 이 시대에는 사람들이 자기네 계보를 보존하기 위해 특별히 유의했다는 것을 알 수 있다.

내가 보기에는 여호수아는 신의 백성 중에서 이 이름[23]을 가진 최초의 사람이며, 예수그리스도는 신의 백성 중에서 신의 택함을 받은 최후의 사람이다.

유대인의 고대성(古代性). 책들 사이에는 얼마나 많은 차이가 있는가! 나

---

18) 모세를 지칭함.
19) 〈창세기〉 48장 12~19절.
20) 〈창세기〉에 기록된 아담에서 야곱까지의 시조 및 족장의 계보는 22대 2315년이다.
21) 두 사건은 연대로 말하면 상당히 멀지만 세대로 말하면 매우 가깝다.
22) 이것은 〈창세기〉의 기사와 일치되지 않으므로 포르 르와이알 판에서는 '적어도 아브라함을 보고, 아브라함은 야곱을 보고' 라고 정정하고 있다.
23) '여호수아' 와 '예수' 는 히브리어로 같은 뜻이며, 모두가 '구세주' 를 의미한다.

는 그리스인이 《일리아스》를 쓰고 이집트인이나 중국인이 그들의 역사를 쓴 것에 대해 별로 놀라지 않는다. 다만 어찌하여 그것을 쓰게 되었는가는 살펴볼 필요가 있다. 이들 전설적인 역사가들은 그들이 기록한 사건과 동(同)시대의 사람들이 아니다. 호메로스가 쓴 것은 지어낸 이야기이다. 허구의 이야기로써 세상에 발표되고, 세상 사람들은 그렇게 받아들였다. 트로이도 아가멤논도 실제로 살아 있었던 사람이 아니라는 것은 황금사과가 실제로 있지 않았다는 것과 같다. 이것을 의심하는 사람은 하나도 없을 것이다. 그러므로 호메로스도 역사를 쓰려고 생각한 것이 아니라 단지 흥밋거리를 지어내려고 했다. 그만이 자기 시대의 유일한 작가이고, 또 그 작품이 아름답기 때문에 그 이야기들이 오늘날까지 전해지고 있다.

그리하여 많은 사람이 그것을 배워 알게 되고, 또한 그것에 대해 이야기하게 되었다. 그것은 반드시 알아야 하는 이야기이며, 어떤 사람들은 그것을 꼭 알아야겠다고 해서 저마다 암기하였다. 400년 후에는 그 내용의 증인들은 이마 생존하지 않는다. 아무도 자기의 지식으로는 그것이 지어낸 이야기인지 역사인지 알 수 없다. 사람들이 그것을 조상으로부터 이어받았다는 이유만으로 그것은 진실로서 통한다.

같은 시대의 기록이 아닌 모든 역사, 예컨대 《시빌의 서》·《트리스메기스투스의 서》[24], 그밖에 세상에서 믿어 온 많은 책은 위서(僞書)이며, 시간이 흐름에 따라 그 정체가 드러난다. 그러나 같은 시대의 저자들의 경우는 그렇지 않다.

한 개인이 써서 자기 민족에게 전승하는 책과, 한 민족이 스스로 만든 책 사이에는 커다란 차이가 있다. 그런 책이 그 민족과 똑같이 오래된 것임은 의심할 여지가 없다.

---

24) '시빌' 은 무당을 의미하며 《시빌의 서》는 고대 로마의 신탁집(神託集)이다. '트리스메기스투스' 는 그리스에서는 헤르메스 신의 별명이며, 《트리스메기스투스의 서》도 신탁집.

요세푸스는 자기 민족의 수치를 감춘다.

모세는 자기 자신의 수치도 숨기지 않고……

"여호와께서 모든 백성으로 하여 예언자가 되게 하소서!"[25]

그(모세)는 백성에게 지쳐 있었다.

630

유대인의 순진성.

그들에게 이미 예언자가 나타나지 않게 된 후의 마카베오가(家)[26]의 사람들.

예수그리스도 이후의 마소라.[27]

"이 책은 너희를 위해 하나의 증거가 되리라."[28]

결함이 있는 마지막 글자.[29]

자기들의 명예에 역행하고 그것을 위해 죽음을 불사하는 순진성.

이것은 세계에서 유례를 찾아볼 수 없고, 자연에 뿌리를 내리고 있지도 않다.

631

유대인들의 순진성. 그들은 모세가 다음과 같은 일을 분명히 밝힌 이 책에 애정을 느끼고 충실히 후세에 전하였다. 모세는 그들이 한평생 신의 은

---

25) 〈민수기〉 11장 29절.

26) 마카베이가는 B.C. 2세기경 예루살렘을 통치한 일가로, 당시의 시리아 왕의 학정에 반항하여 유대인의 종교적 자유를 위해 싸웠음.

27) 히브리어로 '전승(傳承)'이라는 뜻. 히브리어로 구약성서의 본문을 확립한 학자를 가리키는 말로서, 이들을 '마소라 학자'라고 부른다.

28) 〈이사야〉 30장 8절.

29) 단장 687, 688을 참조.

총을 알지 못했으며, 자기가 죽은 후에는 더욱 그렇게 될 것을 알고 있었다. 그래서 자기는 하늘과 땅을 불러서 그들에 대한 증인으로 삼을 것이며, 자기는 그들에게 그것을 충분히 일러 주었다고 언명하였다.

모세는 분명히 선언했다. 결국 신은 그들에 대해 진노하여, 그들을 이 땅의 여러 백성 가운데 흩어지게 하실 것이라고. 그들이 자기들의 신이 아닌 제신(諸神)을 섬겨 신의 분노를 산 것처럼, 신도 그의 백성이 아닌 다른 백성을 찾음으로써 그들을 분노케 할 것이다. 신은 자신의 모든 말씀이 영구히 보존되기를 원하며 또한 그 책이 그들에게 언제까지나 증거로 유용하도록, 언약궤에 넣어 두기를 바라고 계신다고 언명한다.[30]

이사야도 30장 8절에서 같은 내용의 말을 하고 있다.

632

에스라에 관하여. 여러 책이 사원과 함께 불타 버렸다는 전설. 〈마카베오서〉에 의하면 허위.[31] "예레미야는 그들에게 율법을 주었다."

그가 전부를 암기했다는 전설. 요세푸스[32]와 에스라[33]는 "그는 그 책을 읽었다"고 지적하고 있다.

바로니우스의 《연대기(年代記)》 A.D. 180년. "모든 책이 소실되어 에스라에 의해 재편(再編)되었다는 주장은 〈에스라서 제5권〉 이외에는 고대 히브리인 중에 한 사람도 말하지 않았다."

그가 글자를 바꿨다는 이야기.

퓌론은 《모세전》에 "옛날 율법이 기록되었을 때의 그 언어와 문자는 70년까지 그대로 존속되었다"라고 기록했다.

---

30) 〈신명기〉 31, 32장.
31) 《구약 외경》 제1 〈마카베오서〉 2장 2절.
32) 요세푸스 《고대사》 11권 5장.
33) 《구약 외경》 제2 〈에스라서〉 8장 8절.

요세푸스는 율법은 70인에 의해 번역되기까지는 히브리어로 씌어졌다고 말한다.[34)

안티오쿠스와 베시파시아누스의 치하에서는 여러 책을 없애 버리려 했으며, 그때는 예언자가 없었는데도 그것은 실패하고 말았다. 바빌로니아인의 치하에서는 아무런 박해도 없었으며, 예언자들도 많았는데, 그 책들이 불타 없어지는 것을 그대로 내버려 두었을까?

요세푸스는……을 견디지 못한 그리스인[35)]을 비웃고 있다.

텔투리아누스.[36)]—"바빌로니아의 침략을 받아 예루살렘이 멸망한 후에, 유대의 여러 책을 에스라가 히브리어로 모두 다시 꾸민 것처럼, 노아는 대홍수의 위력 앞에 파손된 여러 책을 기록(〈에녹의 서〉)을 통하여 다시 쉽게 재편할 수 있었다."

그는 에스라가 포로가 된 동안에 없어진 《성서》를 재편할 수 있었던 것처럼, 자기도 홍수로 잃어버린 에녹의 책을 성령에 의해 쉽게 재편할 수 있었다고 말한다.

유세비우스.—"느브갓네살의 시대에 백성들은 포로가 되고 율법은 불태웠지만, 신은 레위족의 제사장 에스라에게 성령을 주어, 전에 있었던 예언자들의 말을 모두 다시 기록하고, 백성을 위해 모세로부터 받은 율법을 다시 세우셨다."[37)]

그는 이것을 인용하여 다음과 같이 증명하려고 한다. 즉, '70인의 번역가들의 놀라운 협조로 《성서》를 일관성 있게 해석했다는 것은 그다지 놀라운 일도 아니다.' 그는 이것을 〈이레네우스〉 3장 25절에서 인용했다.[38)]

---

34) 요세푸스 《고대사》 11권 2장.
35) 'Grecs(그리스인)' 을 브랑슈비크판에서는 '유대인' 이라고 부르고 있다.
36) 텔투리아누스 《데 크루츠 페미나룸》 1장 3절.
37) 이 글은 그리스어로 씌어 있음.
38) 이레네우스 《이단을 반박함》 3장 21절.

성 힐라리우스[39]는 〈시편〉의 서문에, 에스라가 〈시편〉을 올바로 배열했다고 말했다.

이 전설의 기원은 〈제4 에스라서〉 14장에서 나왔다.

"모든 사람이 처음부터 끝까지 같은 말로 그것을 인용하고 있으므로, 신은 찬미 되고 참된 《성서》는 믿어지게 되었다. 그러므로 사람들은 《성서》가 신의 성령에 의해 해명되고, 신이 그렇게 하신 것은 이상한 일이 아니라는 것을 알 수 있다. 느브갓네살에 의해 백성들이 포로가 되었을 때 여러 책이 파손되었으나, 70년 후에 유대인이 고국으로 돌아오고, 이어서 페르시아 왕 알타크세룩스 시대에 신은 레위족의 제사장 에스라에게 성령을 주어, 전에 있었던 예언자들의 말을 모두 상기시켜 모세를 통해 유대민족에게 부여한 율법을 그 백성들에게 다시 일으켰다."

633

에스라에 관한 이야기[40]를 반박함.

〈제2 마카베오서〉 2장.

요세푸스 《고대사》 2권 1장. 키루스는 이사야 예언의 능력을 믿고 이 민족을 해방했다. 유대인은 키루스 치하(治下)의 바빌론에서 그 재산을 평화롭게 유지했다. 그러므로 그들이 율법을 지켰을 가능성은 충분히 있다.

요세푸스는 에스라에 관한 이야기 속에서 이 재편(再編)에 대해서는 한마디도 언급하지 않았다. 〈열왕기 하(下)〉 17장 27절.

---

39) 4세기에 생존한 서방 교회의 교부.
40) 에스라의 이야기란 《구약 외경》 제4 〈에스라서〉에, 에스라가 바빌론의 포로로 잡혀 있는 동안 소각한 《성서》를 재편했다는 기록이다.

634

만일 에스라에 관한 이야기가 믿을 만하다면 《성서》가 그야말로 성스러운 경전임을 더욱 굳게 믿어야 한다. 왜냐하면 그 이야기는 70인의 권위를 주장하는 사람들의 권위를 바탕삼고 있고, 이 사실은 《성서》가 성스러운 경전임을 입증하고 있기 때문이다.

그러므로 이 말이 진실이라면 우리는 스스로가 바라고 있는 것을 얻게 될 것이고, 그렇지 않더라도 우리는 그것을 다른 방법으로 입증할 수 있는 것이다. 모세의 율법에 바탕을 두고 있는 기독교의 진실을 파괴하려는 사람들은, 그들이 공격하는 데 사용하는 그 권위에 의해 사실상 기독교의 진리를 확립해 주고 있으며, 그리하여 이와 같은 신의 섭리에 의해 우리의 종교는 언제나 존속하는 것이다.

635

랍비 교리의 연대기(年代記) (페이지의 표시는 《푸기오》 책에 의함.)

p.27 제2의 율법인 구전(口傳) 율법 미쉬나의 저자 랍비 하카도시— 200년

미쉬나에 대한 주석(註釋) { 하나의 시프라 / 바라에토트 } 340년 / 예루살렘의 탈무드 / 토세프타

《베레시트 라바》.—랍비 오사이아 라바 저(著), 《미쉬나》의 주해.

《베레시트 라바》, 《발 나코니》 등은 재미있고 치밀한 역사와 신학에 대한 논술이다.

이 저자는 또 《라보트》라는 책을 썼다.

《예루살렘의 탈무드》가 나온 지 100년 후(440년) 랍비 아시가 《바빌론의 탈무드》를 썼다. 그것은 모든 유대인의 전반적인 찬동을 얻었으며, 유대인은 거기 기록된 모든 것을 반드시 지켜야 하는 의무가 있다.

랍비 아시의 부록은 《게마라》라고 불린다. 그것은 《미슈나》의 주해이다. 또한 《탈무드》에는 《미슈나》와 《게마라》가 모두 포함되어 있다.

636

'만약'이라는 말은 무관심을 의미하지는 않는다. 〈말라기〉[41]

〈이사야〉.—"만일 너희가 원한다면"[42] 등.

"그날에는"[43]

637

예언. 바빌론에 포로가 되어 있을 때도 왕권은 중단되지 않았다. 귀환(歸還)이 약속되고 예언되어 있었기 때문이다.

638

예수그리스도의 증거. 70년 후에 석방된다는 확신을 두고 포로가 된 것은 참으로 포로가 된 것은 아니었다. 그러나 지금 그들은 아무 희망도 없이 사로잡힌 몸이다.

신은 그들에게 약속하셨다. "비록 내가 너희를 이 세상 끝까지 흩어지게 하더라도, 만일 너희가 내 율법을 충실히 지키면 너희를 다시 모으리라"고. 그들은 율법을 아주 충실하게 지키지만 역시 계속해서 압박받고 있다.

---

41) 1장 2절.
42) 1장 19절.
43) 〈창세기〉 2장 17절.
44) 〈이사야〉 29장 11절.

639

느브갓네살 왕이 유대민족을 멀리 인도할 때, 왕권이 유대에서 사라졌다고 사람들이 생각할까 염려되어, 신은 그들에게 제일 먼저 "너희는 포로가 되었지만, 그 기간이 짧고 다시 돌아오게 될 것이다"라고 말씀하셨다.

그들은 언제나 예언자들에 의해 위로받고 그들의 왕실은 존속 되었다.

그러나 제2의 파멸은 회복의 약속도 없고, 예언자도 없고, 왕도 없고, 위로도 없고, 희망도 없는 것이었다. 왕권이 영원히 제거되었기 때문이다.

640

유대민족이 그렇게 오랜 세월 동안 생존을 유지해 온 것과, 늘 비참한 상태에 처해 있는 것을 보는 것은 놀라운 일이며, 특별히 유의할 만한 일이다 그러나 그들이 살아남아야 한다는 것, 그리고 비참하다는 것은 그리스도의 증거로서 필요한 일이다. 그들은 그를 십자가에 못 박았기 때문이다. 비참하다는 것과 살아남아야 한다는 것은 모순된 일이지만, 이 민족은 비참함에도 불구하고 여전히 존속하고 있다.

644

그들은 분명히 메시아의 증인으로서 쓰이기 위해 창조된 민족이다.(《이사야》 43장 9절, 44장 8절.) 그들은 여러 가지 책들을 물려오고 있으며, 그것을 사랑하면서도 이해하지는 못한다. 이것은 모두 예언되어 있었다. 신의 심판은 그 책들에 위임되었지만, 그것은 봉해진 채로였다.[44]

제10장 표징(表徵)

642

구약과 신약을 동시에 증명하는 것.[1] 이 둘을 동시에 증명하려면, 한쪽의 예언들이 다른 쪽에서 성취되어 있는가를 보기만 하면 된다.

예언을 검토하려면 그것들을 이해해야 한다.

왜냐하면 만일 그것들이 오직 한 가지 의미만 지녔다고 믿는다면, 메시아가 강림하지 않은 것은 분명하지만, 그것에 이중의 의미가 있다면 메시아가 예수그리스도로 강림한 것이 분명하니까.

그러므로 문제는 예언에 이중의 의미가 있는지 없는지에 달려 있는 것이다.

《성서》에 예수그리스도와 사도들이 준 이중의 의미가 있는 것은 마음에 의해 증명된다.

1. 《성서》 자체에 의한 증명.

2. 랍비들(유대의 율법 학자)에 의한 증명. 모세 마이모니데스[2]는 《성서》에는 두 가지 면이 있으며, 예언자들은 예수그리스도에 대하여만 예언하였다고 말한다.

3. 카발라(《구약》에 대한 전설)에 의한 증명.

4. 랍비들 자신이 《성서》에 내리는 신비적인 해석에 의한 증명.

5. 랍비들의 근본 원리에 의한 증명. 즉 이중의 의미가 있는데, 그들의 태도에 따라 메시아는 영광스러운 강림이 되거나 비천한 강림이 된다. 예언자

---

1) 장세니우스에 의하면 '신약은 구약 속에 숨어 있고, 구약은 신약 속에 드러나 있다' 는 것이다.
2) 유대의 철학자.

들은 메시아만을 예언했다.—율법은 영구적이 아니라, 메시아의 강림과 더불어 변하게 되어 있다.—그때 가서는 아무도 더 이상 홍해(紅海)를 기억하지 않을 것이며, 유대인과 이방인은 뒤섞일 것이다.

6. 예수그리스도와 사도들이 우리에게 주는 열쇠에 의한 증거.

643

표징. 〈이사야〉 51장. 속죄의 상징인 홍해(紅海).

"인자(人子)가 땅에서 죄를 사하는 권세를 가지고 있음을 너희에게 알게 하겠다." 그리고 나서 예수께서 중풍 환자에게 말씀하셨다. "내가 네게 명하노니, 일어나 침상을 들고 집으로 가라."[3]

신은 눈에 보이지 않는 성스러움으로 백성들을 성스럽게 창조할 수 있다는 것과, 그 민족에게 영원한 영광을 채워줄 수 있다는 것을 보여 주기 위해 눈으로 볼 수 있는 사물을 창조하셨다. 자연은 은혜의 영상이므로, 신은 은혜를 베푸는 가운데 하실 일을 자연 속에서 행하였다. 이것은 신이 눈에 보이는 것을 창조하는 것을 인간에게 보여 줌으로써 눈에 보이지 않는 것도 창조할 수 있다는 것을 사람들에게 깨닫게 하기 위해서이다.

그리하여 신은 대홍수로부터 사람들을 구하셨으며, 아브라함을 통하여 그들이 태어나게 하고, 적으로부터 저들을 구출하여 평안을 누리게 하셨다.

신은 단지 이 민족을 기름진 땅으로 인도하기 위해 대홍수에서 건져내고 아브라함을 통하여 태어나게 하신 것은 아니었다.

그리고 은혜도 영광의 표징에 불과하다. 왜냐하면 그것은 궁극의 목적이 아니기 때문이다. 그것은 율법에 따라 표징 되었으며, 그 자체가 또한 영광을 표징 했지만, 은혜는 영광의 표징이며 그 기원, 즉 원인이다.

사람들의 일상생활은 성자들의 생활과 비슷하다. 그들은 누구나 자기의

---

3) 〈마가복음〉 2장 10~11절.

만족을 추구한다. 다만 그 만족을 어디에 두고 있는가가 다를 뿐이다. 그들은 자기를 방해하는 사람을 적이라고 부른다. 그러므로 신은 눈에 보이는 것들에 대해 축복을 베풀어 줌으로써, 눈에 보이지 않는 베푸심에도 그 능력이 있다는 것을 보여 주신 것이다.

644

표징. 신은 성스러운 백성을 창조하여 그들을 다른 모든 민족으로부터 떼어놓고, 적에게서 구하여 안식의 땅으로 인도할 것을 약속하고, 예언자들을 통하여 메시아가 강림할 시기와 방법을 예언하게 하였다. 그러나 세월이 흘러도 자기가 선택한 백성들의 희망이 흔들리지 않도록 하기 위해 신은 이 모든 것에 대한 표징을 그들에게 보여 주어, 그들을 구하려는 신의 능력과 의지에 대해 그들이 확신을 잃지 않게 하였다. 왜냐하면 인간이 창조되었을 때, 아담은 이에 대한 증인이었으며, 여인에게서 구주가 태어날 것이라는 약속의 수탁자(受託者)였기 때문이다.

그때 사람들은 천지창조 직후의 상황에 있었기 때문에 자기들의 창조와 멸망을 잊을 수 없었다. 아담을 본 사람들이 이미 이 세상에서 모두 사라졌을 때, 신은 노아를 보내어 하나의 기적에 의해 그를 구하고 온 땅을 물에 잠기게 하였다. 이 기적은 신이 세상을 구할 능력을 소유하고 있으며, 또한 그렇게 할 의사가 있다는 것과, 여자의 뱃속에서 그가 약속한 구주를 탄생시킬 의지를 다지고 있음을 분명히 나타낸 것이다.

이 기적은 선민(選民)의 희망을 확고히 하기에 충분했다.

대홍수에 대한 기억이 아직 사람들 사이에 생생하고, 노아도 아직 살아 있는 동안에 신은 아브라함에게 약속했으며, 또한 생이 아직 살아 있는 동안에 신은 모세를 보내어……[4]

---

4) 유대민족의 역사가 여기서 신의 목적과 관련하여 해석되고 있다.

645

표징. 신은 자기의 백성들로부터 소멸할 수 있는 행복을 빼앗고자 하나, 그 것이 무능 때문에 그런 것이 아님을 보여 주기 위해 유대민족을 만드셨다.

646

유대인의 회당(會堂)이 멸망되지 않은 것은 그것이 표징이었기 때문이다. 그러나 그것은 표징에 불과했기 때문에 예속의 상태에 빠졌다.

표징은 진리가 나타날 때까지 존속되었다. 그것은 진리의 강림을 약속한 표징으로 또는 실제적인 효과를 위하여, 교회가 항상 사람들의 눈에 띄게 하기 위해서였다.

647

율법은 표징이었다.

648

두 가지 오류.—첫째는 모든 것을 직해(直解)하는 것이고, 둘째는 모든 것을 영적으로 해석하는 것이다.

649

표징의 남용을 반박하여 말할 것.

650

어떤 표징들은 명료하고 단호하지만, 다소 억지처럼 생각되어 이미 개종을 한 사람들을 확신시키는 데 불과한 그런 표징들도 있다.

이러한 표징들은 계시록의 표징들과 흡사하다.

그러나 그 차이점은 그것들이 전적으로 믿을 만한 표징들을 갖고 있지 않다는 것이다. 따라서 그것들이 우리의 표징이 어떤 것과 마찬가지로 확실한 기초를 가지고 있다고 말하는 것처럼 부당한 일은 없다. 그것은 우리의 표징의 어떤 것처럼 논증적이 아니기 때문이다.

그러므로 승부(勝負)는 대등하지 않다. 이들 양자는 혼동되어서도 안 되며 동등하게 취급되어서도 안 된다. 왜냐하면 양자는 한쪽 측면에서 보면 비슷하게 보이지만, 다른 측면에서는 전혀 다르기 때문이다. 분명한 것은 그것이 신성한 경우, 모호한 것이 받을 존경까지도 독차지하게 된다는 사실이다.

그것은 마치 어떤 종류의 모호한 언어를 사용하는 사람들과 비슷한 것으로, 그것을 이해하지 못하는 사람들은 엉뚱하게 받아들일 뿐이다.

651

계시론자 · 아담 이전의 인류 존재론자 · 천년지복론자(千年至福論者)[5]들의 부조리(不條理).

《성서》에 따라 엉뚱한 주장을 세우려는 사람들은 이를테면, '이 세대가 지나가기 전에 이 모든 것이 이루어질 것이다'[6]라는 말에 바탕을 두고 그 주장을 세우려고 한다. 이에 대해 나는 이 세대 이후에는 다음 세대가 오며, 이렇게 해서 끊임없이 계승된다고 말하고 싶다.

〈역대 하(下)〉에는 솔로몬과 왕이 두 명의 서로 다른 인물이었던 것처럼 기록되어 있다.[7] 그들은 실제로 두 사람이었다고 나는 대답하는 바이다.

---

5) 천년지복설이란 세상이 끝나기 전에 천 년 동안 그리스도가 세계를 다스려 이상적인 왕국을 실현한다는 주장.
6) 〈마태복음〉 24장 34절.
7) 〈역대〉 하 1장 14절.
8) 〈예레미야〉 13장 1절. 〈다니엘〉 3장 27절.
9) 〈누가복음〉 14장 12절.
10) 〈누가복음〉 1장 26절.

652

특수한 표징. 이중(二重)의 율법 . 이중의 계율 표 · 이중의 신전 · 이중의 포로 .

653

표징. 예언자들은 허리띠 · 수염 · 불에 그슬린 머리칼 등의 표징으로 예언했다.[8]

654

오찬과 만찬의 차이.[9]

신에 있어서는 말씀과 의도가 어긋나지 않는다. 신은 진실하기 때문이다. 또 말씀과 결과도 어긋나지 않는다. 신은 전능하기 때문이다. 수단과 결과도 어긋나지 않는다. 신은 현명하기 때문이다. 성 베르나르 "보내어진 자에 대한 최후의 설교"[10]

성 아우구스티누스 《신국》 5권 10장. 신은 전능하다는 이 기준은 일반적이다. 죽는다거나, 기만당한다거나, 기만하는 등 그가 그것을 행하면 전능하지 않은 것이 되는 것만 제외하고.

진리의 확증을 위한 몇 사람의 복음서 저자들.

유용한 그들 사이의 불일치.

최후의 만찬 후의 성찬, 표징에 따른 진리.

예루살렘의 멸망, 세계 멸망의 표징.

예수의 죽음 이후 40년.

인간도 신의 사자도 알지 못하는 것처럼 예수도 알지 못한다.(《마가복음》 13장 32 절)

유대인과 이방인들에 의해 정죄 받은 예수.

두 사람의 아들에 의해 표징 된 유대인과 이방인들.(아우구스티누스 《신

655

여섯 시대 · 여섯 시대의 여섯 명의 조상. 여섯 시대의 처음 여섯 개의 경이(驚異). 여섯 시대의 처음 여섯 개의 서광.[11]

656

장차 오실 분의 표징이었던 아담.[12] 한쪽을 만들기 위해 6일, 다른 쪽을 만들기 위해 여섯 시대. 아담의 창조 과정에 대해 모세가 묘사한 6일은 바로 그리스도와 교회를 형성하기 위한 여섯 시대의 표상이었다. 만일 아담이 죄를 범하지 않고, 예수그리스도가 강림하지 않았더라면, 언약은 오직 하나밖에 없고 인간의 시대도 오직 하나밖에 없었고, 천지창조는 오직 한순간에 이루어졌다고 기록되었을 것이다.

657

표징. 유대와 이집트의 두 민족은 모세가 만난 두 사람의 개인에 의해 분명히 예언되어 있다. 이집트인이 유대인을 때리자, 모세가 유대인을 위해 보복하여 그 이집트인을 죽였으나, 유대인이 그 은혜를 알지 못했다는 것이다.[13]

658

병든 영혼의 상태를 나타내는 복음서의 표징은 병든 몸의 그것이다. 그런데 단 하나의 몸만으로는 병들어 있는 상태를 정확히 나타내기에 부족하므로, 많은 병든 몸이 필요했다. 그리하여 귀머거리 · 벙어리 · 장님 · 중풍 환자 · 죽은 나사로 · 악령이 들린 자들이 등장하게 되었다. 이 모든 사람은 병든 영혼 속에 포함되어 있다.

659

표징. 《구약 성서》가 표징에 지나지 않는다는 것과, 예언자들이 현세의 행복이라고 말하는 것이 내세의 행복을 의미함을 보여 주고 있는 것은 다음과 같은 점에서이다.

첫째로 그것은 신에게 어울리지 않으리라는 점이고, 둘째로 그들의 주장은 현세의 행복을 분명히 약속하고는 있지만, 그런데도 그 주장은 막연하여 그 의미를 결코 이해하지 못할 것이라고 그들이 말하고 있는 점이다. 여기서 우리가 알 수 있는 것은 이 숨겨진 의미는 그들이 분명히 드러내지 않았으며, 따라서 그들은 다른 제물·다른 구주 등에 대해 말하려고 했다는 것이다. 그것은 시대의 종말에 가서야 비로소 사람들이 이해하게 될 것이라고 그들은 말하고 있다. 〈예레미야〉 33장[14] 끝.

이 중 두 번째 증거는 그들의 주장이 모순되어 서로가 상쇄해 버리려 한다는 것이다. 그 때문에 그들이 말하는 '율법'이나 '제물'이 단순히 모세의 그것을 의미한다고 생각하면 큰 모순이 생기게 된다. 그러므로 그들이 같은 장구(章句)에서 서로 모순되는 주장을 하고 있을 때는 다른 것을 의미하였다.

그런데 어떤 저자가 의미하는 것을 이해하려고 하면…….

660

사욕(邪慾)은 우리에게 자연스러운 것이 되고, 우리의 제3의 천성이 되어 버렸다. 그리하여 우리에게는 두 가지 천성이 있다. 하나는 좋은 것이고 다른 하나는 나쁜 천성이다. 신은 어디 계시는가? 당신들이 없는 곳에 있다.

---

11) 아우구스티누스가 말하는 여섯 개의 경이란 천지창조·방주하선(方舟下船)·아브라함의 소명(召命)·다윗의 치세·바빌론 이주·예수의 선교이다.
12) 〈로마서〉 5장 14절.
13) 〈출애굽기〉 2장 11~14절.
14) 30장의 오기(誤記).

그리고 신의 왕국은 당신들 속에 있다.[15] 랍비들.

661

회개는 모든 신비 가운데서 선구자 성 요한에 의해 유대인들에게 명백히 선포된 유일한 것이며, 그 후에는 모든 인간과 전 세계에서 회개가 행해져야 한다는 것을 보여 주기 위하여 다른 신비들이 생겨났다.

662

육체적인 유대인은 그들의 예언 속에 일러진 메시아의 위대함도 비천함도 이해하지 못하였다. 그들은 예언된 메시아의 위대성을 인식하지 못했다. 예컨대 메시아는 다윗의 자손이라고 하지만 그의 주(主)라거나[16], 그리스도가 아브라함보다 먼저 있었으므로 그를 보았다고[17] 말씀한 경우가 그것이다. 그들은 메시아가 영원하리만큼 위대하다고는 믿지 않았다. 그리고 또한 메시아의 비천과 죽음도 인식하지 못했다.

"메시아는 영생하시리라"고 그들은 말했으나, 그분 자신은 "나는 죽으리라"고 말씀하셨다.[18] 따라서 그들은 메시아를 생명이 유한한 존재로도 믿지 않고 또한 영생할 존재라고도 믿지 않았다. 그들은 다만 메시아에 대해 육적인 위대성만을 구하였다.

663

표징적인 것. 탐욕처럼 사랑과 흡사한 것이 없고, 또 탐욕처럼 사랑에 어긋나는 것이 없다. 그리하여 자기들의 탐욕을 즐겁게 하는 부(富)에 충만한

---

15) 〈누가복음〉 17장 20~21절 참조.
16) 〈마태복음〉 22장 45절.
17) 〈요한복음〉 8장 56~58절.
18) 〈요한복음〉 12장 34절.

유대인은 기독교인과 흡사하면서도 전혀 상반되어 있었다. 그러므로 그들은 반드시 가져야 하는 두 가지 특성, 즉 메시아를 표징하기 위해 그를 꼭 닮는 것과, 의심스러운 증인이 되지 않기 위해 그와 전혀 상반되는 것을 가지고 있었다.

664

표징적인 것. 신은 유대인으로 하여금 예수그리스도에게 유용한 존재가 되게 하기 위해 그들의 사욕을 이용하셨다. (그리스도는 사욕의 구치법(救治法)을 가지고 왔으므로)

665

신의 사랑은 표징 적인 훈계가 아니다. 표징 적인 것들을 진리로 대신하러 오신 그리스도가 단지 전에 사랑의 본체가 있었던 그 자리에 신의 사랑의 표징을 세우기 위해 오신 것이라고 말한다면, 그것은 정말 무서운 일이다.

"빛이 어둠이라면, 어둠은 무엇이 될 것인가?"

666

미혹. "그들은 잠을 잤다." "이 세상의 상태."

성찬. "너희들은 너희들의 빵을 먹을 것이다." "우리들의 양식."

"하느님의 적(敵)은 땅을 핥으리라." 죄인이 땅을 핥는다는 것은 지상의 쾌락을 사랑하는 것이다.

《구약 성서》는 내세의 기쁨에 관한 표징을 내용으로 삼고 있지만 《신약 성서》는 그것을 얻는 방법을 내용으로 삼고 있다.

표징은 기쁜 것이고 방법은 회개와 관계되어 있었다. 그러나 유월절(逾越節)에 어린 양을 먹을 때는 "씀바귀를 곁들여" 먹었다.

"나는 도피하기까지는 다만 홀로이다." 예수그리스도는 죽기 전에는 아주 외로운 순교자였다.

667

표징적인 것. 검(劍)·방패 따위의 말들. "오, 전능하신 이여."

668

인간은 사랑에서 멀어질 때만 그에게서 멀어진다.

우리의 기도와 덕은 예수그리스도의 기도와 덕이 아니라면, 신 앞에서는 혐오스러운 것이 되고 만다. 그리고 우리의 피는, 그것이 예수그리스도의 죄가 아니라면, 신의 자비를 받기는커녕 신의 심판을 받게 될 것이다.

그는 우리 죄를 떠맡으셨으며, 우리에게 그와의 결합을 허용하셨다. 왜냐하면 그에게 덕은 고유한 것이고 죄는 거리가 먼 것이지만, 우리에게는 덕은 거리가 먼 것이고 죄는 고유의 것이기 때문이다.

우리가 지금까지 선을 판단하기 위해 적용해 온 기준은 바뀌어야만 한다. 우리는 자기의 의지를 그 기준으로 삼아 왔으나, 이제는 신의 의지를 기준으로 삼기로 하자. 신이 원하는 것은 우리에게 선이고 의이며, 신이 원치 않는 것은 불의와 악이다.

신이 원치 않는 일은 모두가 금지되어 있다. 죄는 신이 원치 않는다고 말씀하신 일반적인 선언에 따라 금지되어 있다. 신이 일반적으로 금지하지 않고 방치하신 것이라고 해서 허용된 것은 아니다. 왜냐하면 신이 어떤 것을 우리에게서 제거하실 때, 그리고 우리가 그것을 지니는 것이 신의 뜻이 아니라는 사실이 그 행위를 통해 명백해질 때, 그것은 죄와 똑같이 금지되어 있기 때문이다. 그 이유는 신의 의지가 그 어느 것도 행하여서는 안 된다고 우리에게 전하기 때문이다.

이 두 가지 사이의 유일한 차이점은 신이 죄를 원치 않으신다는 것은 분명하지만, 반면에 신이 다른 쪽을 절대 원치 않는다는 것은 확실하지 않다는 것이다. 그러나 신이 그것을 원치 않으시고 그것이 선과 의(義)의 유일한 근원인 신의 뜻에 어긋나 그것을 악과 불의로 단정하시는 한 우리는 그것을 죄로 간주해야 한다.

669

우리는 약하기 때문에 표징을 바꾼다.

670

표징. 유대인들은 다음과 같은 세속적인 생각 속에서 삶을 보냈다. 즉 신은 그들의 조상인 아브라함과 그의 육신 및 그에게서 태어난 자손을 사랑하였다. 그 때문에 신은 그들을 번성하게 하시고, 다른 여러 민족과 구별하고, 그들의 잡혼(雜婚)을 허락하시지 않았다. 그들이 이집트에서 시달리고 있을 때, 신은 그들을 위해 큰 기적을 행하여 거기서 끌어내셨다. 그리고 광야에서는 만나로 키워 주시고 기름진 땅(가나안)으로 인도해 주셨다. 신은 그들에게 왕과 신전을 주셨다. 그것은 제물을 바치고 그 피를 뿌리게 함으로써 그들을 정죄하기 위해 훌륭히 세워진 것이었다. 그리고 다음에는 그들을 전세계의 지배자로 만들기 위해 메시아를 보내 주시기를 작정하고, 그가 강림할 시기를 예언하셨다.

사람들이 이와 같은 육체적인 오류 속에서 세월을 보내고 있을 때, 예수 그리스도는 예언된 시기에 강림하였지만, 사람들이 기대했던 영광의 빛은 찾아볼 수 없었다. 그래서 그들은 그가 메시아라고는 생각하지 않았다. 그리스도가 죽은 다음 성 바울이 사람들에게 그를 증명하기 위해 나타났다. 즉 이 모든 일은 표징으로서 일어났으며, 신의 왕국은 육신이 아니라 영속에 있고, 인간의 적은 바빌론인이 아니고 자기의 정욕이며, 신이 기뻐하는 것은 인간의 손으로 만든 신전이 아니라 순수하고 겸손한 마음이라고 가르쳤다. 그리고 육체의 할례(割禮)는 소용없고 마음의 할례가 행하여져야 하며, 모세는 그들에게 하늘로부터의 양식을 주지는 않았다고 주장했다.

그러나 신은 이러한 것들을 깨달을 자격이 없는 이 민족에게 그것들을 나타내 보여 주실 뜻이 없는 데다가, 이런 일들을 믿도록 그들을 감동하게 하고, 그 시기를 분명히 예언하시고, 어떤 때는 그것들을 분명히 나타내 보이신 적도 있지만 주로 표징을 통해 나타내 보이셨다. 그렇게 하신 이유는 표징을 좋아하는 사람에게 그것을 유의하게 하고, 표징 되는 것을 사랑하는 사람에게 그것을 볼 수 있게 하기 위함이었다.[19]

사랑에까지 이르지 못하는 것은 모두가 표징이다.

《성서》의 유일한 목표는 오직 사랑이다.

이 유일한 선(善)에 도달하지 못하는 것은 모두가 표징이다. 왜냐하면 목적은 하나밖에 없으므로, 거기까지 이르지 못하는 것은 정확하게 말해서 모두가 표징이기 때문이다.

이리하여 신은 사랑이라는 하나의 교훈에 다양성(多樣性)을 주어 우리에게 필요한 그 유일한 존재에게로 항상 인도해 주는 이 다양성을 통해, 다양성을 요구하는 우리들의 호기심을 만족시키려고 한다. 왜냐하면 필요한 것은 오직 하나이지만, 우리는 다양성을 좋아하기 때문이다. 그리하여 신은 필요한 유일한 것으로 인도하는 이 다양성에 의해 쌍방의 욕구를 만족시켜 준다.

유대인은 여러 가지 표징들을 대단히 좋아하여 그것을 열심히 대망(待望)했기 때문에, 그 실체가 예언된 시기와 방법으로 나타났을 때 그것을 알아보지 못했다.

랍비들은 신부의 유방(乳房)을 표징으로 삼았다. 그들의 유일한 목적, 즉 지상의 재보(財寶)를 나타내지 않는 것을 모두 표징으로 삼듯이.

---

19) '표징'은 외면적 · 현장적 · 시간적인 것이고, '표징 되는 것'은 내면적 · 본질적 · 영원적인 것이다.

여러 나라들과 왕들을 제어하도록 소명(召命)을 받은 유대인들은 죄의 노예였다. 그리고 봉사와 복종을 사명으로 한 기독교인은 자유의 아들이다.

672

형식주의자가 아닌 사람들. 성 베드로와 사도들이 할례(割禮)의 폐지에 대해 의논했을 때[20] 그것은 신의 율법에 어긋나지 않는가 하는 문제가 제기되었으나, 그들은 예언자들의 의견을 듣지 않고 오직 할례를 받지 않은 사람이 성령을 받은 사실에 유의했다.

그들은 율법을 지켜야 한다는 것보다 신이 그 성령을 채워 준 사람들을 인정하는 것이 더 틀림없다고 판단하였다.

율법의 유일한 목적은 성령이며, 사람들이 할례를 하지 않고도 성령을 받는 이상, 할례는 필요 없다는 것을 그들은 알고 있었다.

673

너는 삼가 이 산에서 네게 보인 식양(式樣)대로 할지니라.[21]

그러므로 유대인의 종교는 메시아의 진리를 표본으로 형성되었으며, 메시아의 진리는 그 표징이었던 유대인의 종교에 의해 인정되었다.

유대인에게는 진리가 유일한 표징인데, 그것은 하늘에 나타난다.

교회에서는 그것이 숨겨지고 표징과의 관계에 의해서만 인식된다.

표징은 진리로부터 나왔다.

진리는 표징에 의하여 인정되었다.[22]

---

20) 〈사도행전〉 15장 7절 이하.
21) 〈출애굽기〉 25장 40절.
22) 진리는 원리적으로 보면 표징보다 앞에 있다. 그러나 역사적으로 보면 표징이 진리보다 먼저 이 세상에 존재하였다. 《구약》이 《신약》보다 앞선 것이 그것이다.

성 바울은 사람들이 결혼을 금하리라고[23] 스스로 말하고 나서, 고린도 사람들에게는 마치 걸리어 넘어지기를 기다리기라도 하는 것처럼 자기 입으로 결혼하지 말라고 말하고 있다.[24] 만일 어떤 예언자가 앞서와 같이 말하고, 나중에 성 바울이 뒤에서 그런 말을 했었더라면, 그는 비난받았을 것이다.

674

표징적인 것. "산에서 네게 보인 그 본을 따라 모든 것을 만들라."[25] 이에 대해 성 바울은 유대인들이 천상의 것을 본받았다고 말하고 있다.

675

……좌절될 것이다. 그러나 어떤 사람들의 눈을 어둡게 하고, 다른 사람들의 눈을 밝게 하기 위해 만들어진 이《성서》는, 남들이 알아야 했던 진리에 눈멀게 한 사람들 속에 하나의 암시를 던졌다. 그들이 신으로부터 받은 눈에 보이는 행복은 위대하고 신성한 것이었으므로, 신이 그들에게 눈에 보이지 않는 행복과 메시아를 주시는 것도 가능하다고 생각되었기 때문이다.

왜냐하면 자연은 은혜의 영상(影像)이며, 눈에 보이는 기적은 눈에 보이지 않는 기적의 영상이니까. "너희들을 가르치기 위해…… 너희에게 이르노니 일어나라."

속죄는 홍해(紅海)를 걸어서 건너는 것과 같다고 〈이사야〉 51장에서 말하고 있다.

그래서 신은 이집트와 홍해로부터의 탈출·왕들의 패배·만나·아브라

---

23) 〈디모데 전서〉 4장 1~3절.
24) 〈고린도 전서〉 7장 35~37절.
25) 〈히브리서〉 8장 5절.
26) 〈고린도 후서〉 3장 12~18절.

함의 전계보(全系譜) 등에 의해 신이 구원할 수 있으며, 하늘로부터 빵을 줄수 있다는 것을 보여 주신 것이다. 그러므로 적국의 국민은 그들이 알지 못하는 바로 그 메시아의 표징이며 출현(出現)이다.

그리하여 신은 이 모든 것이 표징에 지나지 않으며, '참된 자유'·'참된 이스라엘인'·'참된 할례'·'하늘에서 내리는 참된 빵'의 의미를 우리에게 가르치셨다.

이와 같은 약속들 가운데서 각 개인은 자신의 마음 깊숙한 곳에 자리 잡고 있는 것이 무엇인지—세속적 행복인지 영적인 행복인지, 신(神)인지 피조물인지—를 발견하게 된다. 그러나 이런 차이가 있다. 거기에서 피조물을 찾으려고 하는 사람들은 정말로 그것들을 발견하지만 많은 모순이 따른다. 즉 그들은 피조물을 사랑하지 말고 신만을 공경하고 사랑하도록 명령받으며, 메시아가 자기들을 위해 강림하지 않았다는 사실을 발견하게 된다. 반면에 신을 찾으려는 사람들은 아무런 모순 없이 신을 발견하여 자기들이 신만을 사랑하도록 명령받고 있다는 사실과, 메시아가 자기들이 요구하는 행복을 가져다주기 위해 예언된 시기에 강림했다는 사실을 발견하게 된다.

이처럼 유대인들은 기적과 예언이 성취되는 것을 보았다. 그리고 그들의 율법의 가르침은 오직 신만을 경배하고 사랑하라는 것으로, 이것 역시 영속적이었다. 따라서 그것은 참된 종교의 모든 특징을 갖추고 있었으며, 사실상 참된 종교였다. 그러나 유대인들의 가르침과 유대인의 율법이나 가르침은 구별해야 한다. 그런데 유대인의 가르침은 기적이나 예언이나 영속성을 내포하고 있었음에도 진실하지 못했다. 왜냐하면 그것은 신만을 경배하고 사랑하라는 또 하나의 관점이 빠져 있었기 때문이다.

676

유대인을 위해 이 책(《성서》)들 위에 씌워진 베일[26]은 사악한 기독교인과 자기를 증오하지 않는 모든 자들을 위해서이기도 하다. 그러나 인간이 참으로 자기 자신을 증오할 때 얼마나 《성서》를 잘 이해하고, 예수그리스도를 분명히 알게 되는가!

677

표징은 부재(不在)와 존재, 유쾌와 불쾌를 모두 포함한다.

이중의 의미를 지닌 암호, 그중 하나는 명백하여 그 의미가 감추어져 있다고 말한다.

678

그림은 부재와 존재, 유쾌와 불쾌를 포함하며, 실물은 부재와 불쾌를 배제한다.

표징. 율법과 제물이 실제적인가 표징 적인가를 알기 위해서는, 예언자들이 이에 대해 말할 때, 더 깊이 생각하지도 더 멀리 내다보지도 않고 단지 옛날의 그 언약만을 본 것이나 아닌지, 아니면 그들이 그것이 그 영상을 이루는 어떤 것을 보았는지를 고찰해야만 한다. 왜냐하면 그림 속에서는 거기에 묘사된 것만을 볼 수 있기 때문이다. 이것을 알려면 그들이 그것에 대해 말하고 있는 것을 검토해 보기만 하면 된다.

그들이 율법은 영원하리라고 말할 때, 그것은 변할 것이라고 그들이 말하는 바로 그 언약을 의미하는 것일까? 그리고 제물 따위에 대하여도 마찬가지일까?

부호(符號)는 이중의 의미가 있다. 우리가 중요한 편지를 받고 거기에 명백한 뜻을 인정하면서도 그 뜻이 가려지고 애매해져서, 그 편지를 보고도 보지 못하고 들어도 듣지 못한다고 주위 사람들이 말한다면, 그것은 이중의 의미를 지닌 부호라고 생각할 수밖에 없지 않을까!

하물며 정확한 의미 속에 명백한 모순이 드러났을 때는 더욱 그렇지 않을까!

예언자들은 분명히 이스라엘은 언제나 신의 사랑을 받고, 율법은 영원히 변치 않을 것이라고 말했다. 또한 그들은 아무도 자기들의 말을 이해하지 못할 것이며, 그 의미는 가려져 있을 것이라고 말했다.

그렇다면 부호를 우리에게 분명히 밝혀 주고, 숨어 있는 의미를 알도록 가르쳐 주는 사람들을 우리는 얼마나 존경해야 할 것인가. 특히 그들이 이끌어내는 원리가 지극히 당연하고 명백할 경우에는! 이것이 바로 예수그리스도와 그 사도들이 행한 바이다. 그들은 봉인(封印)을 풀고, 장막을 찢고, 영혼을 보여 주었다. 이리하여 그들은 인간의 적(敵)은 자신의 정념이고, 구주는 영적이며, 그 지배도 영적이고, 두 차례의 강림이 있을 것인즉, 첫 번째는 교만한 자를 겸손하게 하기 위한 비천한 강림이고, 두 번째는 겸손한 자를 높이기 위한 영광의 강림이며, 예수그리스도는 신이면서 인간이라는 것을 우리에게 가르쳐 주었다.

679

표징. 예수그리스도는 《성서》를 이해시키기 위해 그들의 마음을 열어 주셨다.

2대(二大) 계시는 다음과 같은 것이다.

첫째, 모든 것은 그들에게 표징으로서 나타났다. '참된 이스라엘'·'참된 자유'·'하늘에서 내린 참된 빵.'

둘째, 십자가에 달릴 만큼 겸허한 신. 그리스도는 영광에 이르기 위해 고난을 받아야만 했다. '그는 죽음을 통해 죽음을 멸하였다.' 두 차례의 강림.

680

표징. 일단 이 비밀이 벗겨지면 그것을 보지 않을 수 없다. 이런 견지에서 《구약 성서》를 읽어 보라. 그리고 그 제물들이 정말로 있었는가, 아브라함을 조상으로 태어난 것이 신의 은총을 받는 참된 원인이었는가, 그리고 약속한 땅이 참으로 안식할 장소였는가를 살펴보라. 그렇지 않았다고? 그렇다면 그것들은 모두 표징이었다.

마찬가지로 정해진 모든 의식(儀式), 사랑에 관한 것 이외의 모든 계명을 살펴보라. 그것들이 표징 적임을 알 수 있을 것이다.

그러므로 이 모든 의식과 제물은 표징이 아니면 바보짓이었다. 그런데 지금에 와서는 어떤 것들은 너무도 명백하고 고귀하여 바보짓으로 볼 수 없는 경우가 있다.

예언자들이 그들의 견해를 《구약 성서》에 한정시켰는가, 아니면 거기에서 다른 어떤 것을 보았는가를 알아보라.

681

표징적인 것들. 부호(符號)를 풀이하는 열쇠.

"진실한 예배자."[27] "보라, 세상 죄를 지고 가는 하느님의 어린양을."[28]

682

〈이사야〉 1장 21절.—선을 악으로 바꾸는 일과 신의 보복.

〈이사야〉 10장 1절.—악법을 제정하는 자들아, 너희에게 화가 있으리라.

〈이사야〉 26장 20절.—내 백성아, 어서 네 골방에 들어가서 네 문을 닫고, 주의 분노가 지나기까지 잠깐 숨을지어다.

〈이사야〉 28장 1절.—오만한 면류관이여, 화 있을진저.

기적들.

〈이사야〉 33장 9절.—산천(山川)은 메말라 지치고 레바논 숲은 병들어 마르고……

---

27) 〈요한복음〉 4장 23절.
28) 〈요한복음〉 1장 29절.

〈이사야〉 33장 10절.─여호와께서 가라사대,

내가 이제 일어난다.

내가 이제 몸을 일으킨다.

내가 이제 지극히 높이우리니.

〈이사야〉 40장 17절.─주 앞에서는 모든 나라가 아무것도 아니니라. 그는 그들을 없는 것같이 빈 것같이 여기시느니라.

〈이사야〉 41장 26절.─누가 처음부터 이 일을 고하여 알게 하였느뇨. 누가 이전부터 우리에게 고하여 '이가 옳다'고 말하게 하였느뇨.

〈이사야〉 43장 13절.─내가 행하리니 누가 막으리오.

〈이사야〉 44장 20절.─그는 '나의 오른손에 있는 것이 허깨비나 아닐까'하고 반성하지도 못 하리라.

〈이사야〉 44장 21절~24절.─야곱아, 이 일을 새겨 두어라. 이스라엘아, 너는 내 종이니라. 내가 너를 지었으니, 너는 내 종이니라. 이스라엘아, 나는 너를 결코 잊지 아니하리라.

내가 네 허물을 먹구름처럼 흩어 버렸고 네 죄를 안개 걷히듯 날려 보냈다. 내게로 돌아오라. 내가 너를 구속(救贖)하였음이니라.

하늘아, 노래할지어다. 여호와께서 이 일을 행하셨으니…… 여호와께서 야곱을 구속하셨으니, 이스라엘로 자기를 영화롭게 하실 것이로다. 네 구속자(救贖者)요 모태에서 너를 창조한 나 여호와가 말하노라. 나는 만물을 지은 여호와라, 나와 함께한 자 없이 홀로 하늘을 폈으며 땅을 베풀었노라.

〈이사야〉 54장 8절.─ '내가 넘치는 진노로 내 얼굴을 잠시 숨겼으나 영원한 자비로 너를 긍휼히 여기리라.' 네 구속자 여호와의 말씀이니라.

〈이사야〉 63장 12절.─그 영광의 팔로 모세의 오른손을 잡아 이끄시며, 백성을 앞에서 물을 가르시어 영원한 명성을 떨치신 이.

〈이사야〉 63장 14절.─여호와께서는 당신의 백성을 편히 쉴 곳으로 이끄시어 당신의 이름을 영광되게 하셨다.

〈이사야〉 63장 16절.—아브라함은 우리를 모른다고 하고 이스라엘은 우리를 인정치 아니할지라도 여호와여, 주는 우리의 아버지이십니다.

〈이사야〉 63장 17절. —어찌하여 우리의 마음을 굳게 하시어 주를 경외하지 않게 하시나이까.

〈이사야〉 66장 17절.— '여사제의 뒤를 따라 동산에 들어가려고 목욕재계하는 자들과 돼지 · 길짐승 · 들쥐의 고기를 먹는 자들이 다 함께 망하리라.' 여호와의 말씀이니라.

〈예레미야〉 2장 35절.— '내게 무슨 죄가 있는가, 내가 벌 받을 짓을 했단 말인가' 하고 너는 말하지만, 죄가 없다고 한 바로 그 죄로 하여 내가 너를 벌하리라.

〈예레미야〉 4장 22절.—악을 행하기에는 명석하나 선을 행하기에는 무지하도다.

〈예레미야〉 4장 23~24절.—내가 땅을 본즉 혼돈하고 공허하며, 하늘을 우러른즉 빛이 없으며, 산들을 본즉 다 진동하며, 언덕까지도 떨고 있습니다. 아무리 둘러보아도 사람이 없으며, 공중의 새도 다 날아갔으며, 좋은 땅이 황무지가 되었으며, 그 모든 성읍이 여호와의 맹렬한 진노 앞에 무너졌으니, 이는 여호와의 말씀에 '이 온 땅이 잿더미가 되리라. 나는 세상을 멸망시키기로 하였다.'

〈예레미야〉 5장 4절.—내가 말하기를 이 무리는 비천하고 우둔한 것들뿐이라. 여호와의 길 · 자기 하느님의 법을 알지 못하나니, 내가 귀인(貴人)들에게 가서 그들에게 말하리라. 그들은 여호와의 길 · 자기 하느님의 법을 안다 하였더니, 그들도 일제히 그 멍에를 벗고 결박을 끊은지라, 그러므로 수풀에서 나오는 사자가 그들을 죽이며 사막의 이리가 그들을 멸하며, 표범이 성읍을 엿본즉.

〈예레미야〉 5장 29절.—내가 이 일들로 인하여 벌하지 아니하겠으며, 내 마음이 이 같은 나라에 복수하지 않겠느냐. 여호와의 말이니라.

〈예레미야〉 5장 30절.—이 땅에 기괴하고 놀라운 일이 있도다.

〈예레미야〉 5장 31절.—선지자들은 거짓을 예언하며, 제사장들은 자기 권력으로 다스리며, 내 백성은 그것을 좋게 여기니 결국에는 너희가 어찌하려느냐.

〈예레미야〉 6장 16절.—여호와께서 이같이 말씀하시되 너희는 길에 서서 보며, 옛적 길 곧 선한 길이 어디인지 알아보고, 그리고 행하라. 너희 심령이 평안을 얻으리라. 그런데 그들의 대답이 우리는 그리로 행치 않겠노라 하였도다.

내가 또 너희 위에 파수꾼을 세웠으니, 나팔 소리를 들으라고 하나, 그들의 대답이 우리는 듣지 않겠노라 하였도다. 그러므로 모든 민족은 들어라. 회중아, 그들의 당할 일을 알라. 땅이여, 들으라. 내가 이 백성에게 재앙을 내리리니.

외적 의식(儀式)에 대한 믿음.

〈예레미야〉 7장 14절.—그러므로 내가 실로를 해치웠듯이 이곳을 해치우고 말리라. 자손 대대로 살라고 내가 너희 조상들에게 준 이 땅을 해치우리라. 그런즉 너는 이 백성을 위해 기도하지 말라.

〈예레미야〉 7장 22절~24절.—내가 너희 선조를 애굽 땅에서 인도하여 데려올 때 번제(燔祭)나 제물에 대하여 그것을 바치라고 한 번이라도 시킨 일이 있더냐? 나는 내 말을 들으라고만 하였다. 그래야 나는 너희 하느님이 되고 너희는 내 백성이 되리라 하였다. 너희는 내가 명하는 길을 따라야 한다고 하였을 뿐이다. 그런데 너희는 악한 생각에 끌려 나를 외면하였다.

많은 설교.

〈예레미야〉 11장 13절.—유다야, 네 신들이 네 성읍의 수만큼이나 많고 바알의 산당은 예루살렘 거리의 수만큼이나 많구나. 이런 백성을 너그럽게 보아 달라고 비느냐? 너는 백성을 위하여 기도하지 말라.

〈예레미야〉 15장 2절.—그들이 만일 네게, '우리가 어디로 가야 하나요'

라고 묻거든, 너는 그들에게, '여호와의 말씀에 어디로 가든 염병으로 죽을 자는 염병에 걸리고, 칼을 받을 자는 칼에 맞고, 굶어 죽을 자는 굶어 죽을 것이며, 포로 될 자는 포로가 될 것이니라' 고 했다 이르라.

〈예레미야〉 17장 9절.―사람의 마음은 천 길 물속이라, 아무도 알 수 없지만 이 여호와만은 그 마음을 꿰뚫어 보고 그 행실에 따라 갚아 주신다.

〈예레미야〉 17장 15절.―이 백성이 저를 비꼬아 말합니다. '여호와가 위협을 하더니, 어찌 되었느냐? 그렇게 야단치더니 어디 한번 해 보시지' 하고.

〈예레미야〉 17장 17절.―주는 내게 두려움이 되지 마옵소서. 재앙의 날에 나의 피난처는 주님이 아니십니까.

〈예레미야〉 23장 15절.―나 여호와가 말한다. '예루살렘 예언자들이 썩어, 온 나라도 따라서 다 썩었다. 이제 그들에게 소태를 먹이고 독약을 마시게 하리라.'

〈예레미야〉 23장 17절.―내 말을 듣기 싫어하는 자들에게는 잘 되어 간다고만 하고, 제멋대로 사는 자들에게도 재앙이 내릴 리 없다고 한다.

683

표징. 문자(文字)는 사람을 죽인다.―모든 것은 표징으로 나타났다.―그리스도는 고난을 받아야 했다.―겸손한 신.―이것은 성 바울이 우리에게 주는 암호이다.

마음의 할례(割禮) · 참된 단식 · 참된 공물(供物) · 참된 신전 · 이 모든 것은 영적임이 틀림없다고 예언자들은 가르쳤다.

썩는 살이 아니라, 썩지 않는 살.

"너희는 참으로 자유롭게 될 것이다." 그러므로 다른 자유는 이 자유의 표징에 지나지 않는다.

"내가 곧 하늘에서 내려온 참된 빵이로다."

모순. 우리의 모든 모순되는 것을 일치시키지 않으면 훌륭한 인간상을 이룰 수 없다. 또한 상반되는 것을 일치시키지 않고, 서로 양립할 수 있는 성질들을 따르는 것으로는 불충분하다. 어떤 저자(著者)가 뜻하는 바를 이해하기 위해서는 모든 모순되는 구절을 일치시켜야 한다.

그러므로《성서》를 이해하는데 모든 모순되는 구절을 일치시키는 하나의 의미를 파악해야 한다. 몇 가지 양립할 수 있는 구절을 해명하기에 적합한 하나의 의미를 파악하는 것만으로는 부족하다.

상반되는 구절까지도 일치시키는 하나의 의미를 파악해야만 한다.

어떤 저자는 모든 상반되는 구절을 일치시키는 하나의 의미를 지니고 있다. 그렇지 않다면 전혀 의미를 갖지 않는 것이 된다.《성서》나 예언자에 대해서는 그렇게 말할 수가 없다. 그들은 분명히 훌륭한 의미를 지니고 있다. 그러므로 모든 모순되는 것들을 일치시키는 하나의 의미를 찾아내야 한다.

그렇다면 참된 의미는 유대인이 해명한 것이 아니며, 그리스도에게 있어서만 모든 모순이 일치된다.

유대인들은 호세아가 예언한 왕이나 제후들의 종말을 야곱의 예언과 일치시킬 수는 없었다.

만일 율법·공물·왕국 등을 실재적인 것으로 해석한다면, 그 모든 구절을 일치시킬 수는 없을 것이다. 그러므로 그것들은 아무래도 표징일 수밖에 없다. 사람들은 때로는 같은 저자·같은 저술, 때로는 같은 장(章)의 어구조차도 일치시킬 수가 없다. 이것은 저자가 뜻하는 바가 무엇이었던가를 명백하게 밝혀 줄 뿐이다. 예컨대〈에스겔 서〉20장에, 인간은 신의 계명에 따라 살아야 한다고 말하고, 또 살아서는 안 된다고 말하고 있는 경우가 그것이다.

685

표징. 만일 율법과 공물이 진리라면, 그것은 신을 기쁘게 할지언정 결코 불쾌하게 하지는 않을 것이다. 만일 그것들이 표징이라면, 그것들은 신을 기쁘게도 하고 불쾌하게도 할 것이다.

그런데 《성서》 전반에 걸쳐 그것들은 신을 기쁘게 하기도 하고 불쾌하게 하기도 한다. 성경에는 율법도 변할 것이며, 공물도 변할 것이며, 그들에게 는 왕도 없고, 제후도 없고, 공물도 없을 것이며, 새로운 언약이 주어질 것이며, 율법은 새롭게 바뀔 것이며, 그들이 받은 훈계는 좋은 것이 아니며, 그들의 공물은 혐오스러운 것이며, 신은 그런 것들을 요구하지 않았다고 기록되어 있다.

이와 반대로 다음과 같이 기록되어 있기도 하다. 즉 율법은 영원히 지속되고, 이 언약은 영원히 남고, 공물도 영원히 바쳐질 것이다. 왕권은 결코 그들에게서 떠나지 않을 것이다. 왜냐하면 영원한 왕이 강림하실 때까지 그것은 그들에게서 떠나서는 안 되기 때문이다.

이 구절들은 모두가 실재적인 것을 의미하고 있을까? 그렇지 않다. 그것들은 모두가 표징 적인 것을 나타내고 있을까? 아니다. 그것 중에는 실재적인 것을 나타내는 것도 있고, 표징 적인 것을 나타내는 것도 있다. 그러나 실재적인 의미의 가능성을 배제함으로써 첫 번째 구절들은 표징 적인 것만 이 있음을 보여 주고 있다.

이 구절들이 모두 실재에 관해 말한 것이라고 말할 수는 없다. 그것들은 표징에 관해 말한 것이라고도 할 수 있다. 그러므로 그것들은 실재에 관해 말한 것이 아니라 표징에 관해 말한 것이다.

"세상의 시초부터 도살된 어린 양이 희생의 의미를 결정한다."

686

표징. 메시아의 강림까지는 왕권은 있으나, 왕도 없고 제후도 없다.

영원한 율법, 변화된 율법.

영원한 연약, 새로운 언약.

좋은 율법, 나쁜 계명.(《에스겔》20장)[29]

687

표징. 신의 말씀은 진리로서 문자적으로는 틀려도 영적으로는 옳다. "너는 내 오른쪽에 앉으라." 이 말씀은 문자적으로는 잘못되어 있지만 영적으로는 진실이다.

이와 같은 표현에서는 신이 인간의 말로 이야기가 된다. 그리고 이것은 인간이 자기 오른쪽에 누군가를 앉힐 때 갖는 것과 같은 의향을 신도 갖는다는 것을 뜻할 따름이다. 그러므로 그것은 신의 의향을 가리키며, 그 실행 방법의 표시는 아니다.

다음과 같이 기록된 경우도 마찬가지이다. "신은 너희의 향(香)의 훈기를 기꺼이 받아들였다. 그 보답으로 기름진 땅을 주시리라." 그것은 어떤 사람이 당신의 향을 기뻐하여, 그 보답으로서 비옥한 땅을 당신에게 주고 싶다는 의향을 갖는 것처럼, 신도 인간과 같은 의향을 갖고 있다는 것을 의미한다. 당신이 그에 대해 똑같은 의향을 갖고 있기 때문에, 어떤 사람이 자기가 향을 제공하는 사람에 대해 갖는 것과 똑같은 의향을, 신도 당신에 대해 가질 것이다.

"신이 진노하셨다" '질투하시는 신' 등도 마찬가지이다. 왜냐하면 신에 관한 것들은 설명이 불가능하며, 오늘날까지도 교회가 설명하는 방법 이외에 다른 방법이 없기 때문이다. "주가 네 성문의 빗장을 잠그셨으니."

《성서》가 그런 뜻이라는 것을 우리에게 계시하고 있지 않은 의미를 《성서》에게 부여하는 것은 허용될 수 없다. 〈이사야 서〉에 '멤(mem)'[30]이 600

---

29) 이런 모순된 예는 다음의 여러 단장에서 해명하고 있다.

을 의미한다는 것은 신에 의해 계시된 진리가 아니다. 어미의 'tsadhe'[31]와 앞부분이 생략된 형태의 'he'[32]가 비의(秘義)를 의미한다고 말할 수도 없다.[33] 그러므로 그렇다고 단언하는 것은 허용되지 않고, 이것이 '화금석(化金石)'[34]과 같은 것이라고 말하는 것은 더욱 용납되지 않는다. 그러나 우리는 예언자를 자신도 그렇게 말했기 때문에 문자 그대로의 의미가 진리가 아니라고 강조해서 말한다.

688

나는 '멤(mem)'이 신비적이라고는 말하지 않는다.

689

모세는 〈신명기〉 30장에서 다음과 같이 약속하고 있다. 신은 그들로 하여금 신을 사랑할 수 있게 하기 위해 그들의 마음에 할례를 행하실 것이다.

690

'신은 저들의 마음에 할례를 행하실 것이다' 와 같은 다윗이나 모세의 한 마디 말로 그들의 사고방식을 판단할 수 있다.

그 이외의 그들의 말은 모두 막연하여, 그들이 과연 철학자인지 기독교도인지 알 수 없게 한다. 그러나 이러한 한 구절이 다른 모든 것을 결정한다. 마치 에픽테토스가 말한 한 구절이 다른 모든 어구(語句)를 반대의 의미로 결정하는 것처럼. 모호함은 그런 정도까지는 지속되지만 거기서부터는 애매함이 없어진다.

---

30) 히브리어 알파벳의 제13자.
31) 히브리어 알파벳의 제18자.
32) 히브리어 알파벳의 제3자.
33) 라푸마 판에 따름.
34) 옛사람들은 열등 금속을 황금으로 만드는 힘이 있다고 믿었다.

691

실없는 이야기를 나누고 있는 두 사람 중에서 한쪽이 그 친구들 사이에 통용되는 두 가지 의미가 있는 말을 사용하고 다른 쪽이 한 가지 뜻만 있는 말을 사용했다고 치자. 그때 그 내막을 전혀 모르는 어떤 사람이 나타나 두 사람이 그렇게 주고받는 이야기를 들었다면, 그는 양쪽에 대해 똑같은 판단을 내릴 것이다. 그러나 그 이야기의 끝머리에서 한쪽이 천사와 같은 이야기를 하고, 다른 쪽이 여전히 범속한 이야기를 했다면, 한쪽은 신비를 말하고 다른 쪽은 그렇지 못하다고 판단하게 될 것이다. 한쪽은 그런 황당한 이야기를 하지 못하더라도 신비를 말할 수 있다는 것을 보여 준 데 반해, 다른 한쪽은 신비는 말할 수 없고 황당한 이야기를 하는데 능하다는 것을 충분히 보여 주었기 때문이다.

《구약 성서》는 하나의 암호이다.

692

세상에는 자기로 하여금 신으로부터 등을 돌리게 하는 사욕(邪欲) 이외에는 다른 적(敵)이 없으며, 신 이외에는 다른 행복이 없으며, 풍요한 땅이 행복일 수 없다는 사실을 분명히 알고 있는 사람들이 있다. 인간의 행복은 육체에 있고, 불행은 관능적인 쾌락으로부터 등을 돌리게 하는 모든 것에 있다고 믿는 사람들은, 그런 쾌락에 마음껏 빠지도록 버려두라.

그러나 마음을 다하여 신을 구하고, 신을 볼 수 없는 것만을 유일한 고통으로 생각하여, 신을 갖는 것이 유일한 소망이며, 신으로부터 등을 돌리게 하는 것들을 적으로 알고, 자기가 그런 적에게 에워싸여 지배받고 있는 것을 보고 슬퍼하는 사람들은, 스스로 안심하기를 바란다. 나는 그들에게 반가운 소식을 전하려고 한다. 그들에게는 구주(救主)가 있다. 나는 그 구주를 그들에게 보여 주려고 한다. 그들에게 유일한 신이 있다는 것을 보여 주려고 한다.

다른 사람들에게는 신을 보여 주지 않으려고 한다. 나는 그들을 적의 손에서 구해낼 메시아가 약속되어 있다는 것과, 그 메시아는 그들을 죄에서 구해내기 위해 오셨으며, 적의 손에서 구해내기 위해 오신 것이 아니라는 것을 알리려고 한다.

메시아가 그 백성을 적의 손에서 구해낼 것이라고 다윗이 예언했을 때, 그것은 이집트인으로부터의 구출이라고 육체적으로 생각할 수도 있다. 그렇게 되면 예언이 성취된 것을 증명할 수가 있다. 그러나 그 예언은 죄로부터의 구출이라고 생각할 수도 충분히 있다. 왜냐하면 사실상 적은 이집트인이 아니라 죄악이기 때문이다.

그러므로 '적'이라는 말은 모호하다. 그러나 만일 다윗이 이사야나 그 밖의 예언자들과 마찬가지로 메시아는 그 백성을 죄에서 건져낼 것이라고 다른 데서 말하고 있다면, 그 모호함은 제거되고 적에 대한 이중의 의미는 '죄'라는 한 가지 의미로 줄어든다. 왜냐하면 그가 마음에 죄를 느끼고 있다면, 그것을 '적'이라는 말로 표현할 수가 충분히 있지만, 만일 그가 마음에 적을 생각하고 있었다면 그것을 '죄'라고 부를 수는 없기 때문이다.

그런데 모세와 다윗과 이사야는 똑같은 용어를 사용했다. 그렇다면 그런 말이 똑같은 의미를 지니고 있지 않다고 누가 말할 수 있겠는가? 그리고 다윗이 '적'이라고 말할 때, 분명히 '죄'의 뜻으로 사용하는데, 그것이 모세가 말하는 '적'과 같은 의미가 아니라고 누가 단언할 수 있는가?

다니엘은 9장에서 그 백성이 적의 포로에서 해방되도록 기도하고 있다. 그러나 그는 죄에 대해 생각하고 있었다. 그리고 그것을 입증하기 위해, 천사 가브리엘이 그에게 나타나 그의 기도는 상달되었다. 이제 70주 만 기다리면 된다고 일러 주었다고 말했다. 그것이 지나면 백성은 죄에서 해방되어, 죄는 종말을 고하며 성스러운 구주는 영원한 정의를, 즉 율법적인 정의가 아닌 영원한 정의를 가지고 올 것이라고 전했다고 말하고 있다.

제11장 예언

693

인간이 눈이 멀고 비참한 상태에 있는 것을 보고도 침묵하고 있는 전 우주를 바라볼 때, 인간이 아무 빛도 없이 고립되어 이 우주의 한 모퉁이를 헤매도록 누가 자기를 그곳에 버려두었으며, 자기가 무엇을 하러 그곳에 왔으며, 죽으면 어떻게 되는지도 모르고 모든 인식을 박탈당한 채 방황하고 있는 것을 볼 때, 나는 잠들어 있는 동안에 무시무시한 황폐한 섬에 끌려와, 눈을 떠보니 자기가 어디 있는지 알지 못하고 그곳에서 벗어날 방법도 알지 못하는 사람처럼 두려움에 사로잡힌다. 그러고 나서는 이다지도 비참한 인간이 어떻게 절망에 빠지지 않고 살아가는지 매우 놀라게 된다. 나는 내 주위에서 나 자신과 똑같이 되어가는 사람들을 본다. 그들에게 나보다 더 많은 것을 알고 있느냐고 물어보면 그들은 아니라고 대답한다. 그리하여 이 버림받고 비참한 방황하는 사람들은 자기 주위를 둘러보고 마음이 끌리는 어떤 대상을 발견하면 거기에 전념하고 집착하는 것이다. 그러나 나는 그런 것에 집착할 수가 없었다. 그리하여 내가 눈으로 볼 수 있는 것 이외에 어떤 것이 존재할 가능성이 다분히 있다고 생각되어 나는 신이 자신의 흔적이라도 남기고 있지 않나 해서 그것을 찾아내려고 노력해 왔다.

나는 많은 종교가 서로 갈등을 이루는 것을 본다. 그리고 그중 하나만이 진실한 것이며 다른 것들은 모두 거짓된 것이라고 믿는다. 각각의 종교는 그 자신의 권위에 의해 신앙을 요구하고 불신자를 위협한다. 그러므로 나는 그런 이유로 해서 그것들을 믿지 않는다. 누구나 그런 말은 할 수 있다. 누구나 자기를 예언자라고 부를 수 있다. 그러나 기독교를 보면 거기에는 예언들이 있다. 그 예언들은 아무나 할 수 있는 그런 성질의 것이 아니다.

694

기독교를 영광되게 하는 것은 그 예언이다. 따라서 누구도 그것이 우연의 결과라고 말할 수는 없을 것이다.

누구를 막론하고 1주일밖에 살 수 없는 사람은 이것을 오로지 우연의 소치라고 믿지는 않을 것이다.

그런데 우리가 감정에 사로잡혀 있지 않다면 살날이 1주일 남은 사람이나 100년 남은 사람이나 마찬가지이다.

695

예언. 위대한 판[1]은 죽었다.

696

"그들은 간절한 마음으로 말씀을 받아들였으며, 그 말씀들이 다 사실인가 알아보려고 날마다 성경을 자세히 공부했습니다."[2]

697

"예언을 읽어라."

"이미 이루어진 것을 보라."

"장차 이루어져야 할 것을 견주어 보라."

698

예언된 내용이 실제로 이루어지는 것을 보고도 사람들은 예언을 이해하는데 그친다. 따라서 묵상·근신·침묵 등의 증거는 그것을 알고 또한 믿는 사람들에게만 유효하다.

---

1) 그리스 신화에 나오는 목양신(收羊神).
2) 〈사도행전〉 17장 11절.

완전히 외적인 율법 속에 있어서 극히 내적이었던 성 요셉.

외적인 참회는 내적인 참회로의 준비이다. 마치 비하(卑下)가 겸허로의 준비인 것처럼. 따라서……

699

유대교의 회당은 기독교의 교회에 선행(先行)되고, 유대인은 기독교도에 선행되었다. 예언자들은 기독교도에게 예언했고, 성 요한은 예수그리스도에게 예언했다.

700

헤롯이나 시저의 이야기는 신앙의 눈으로 보면 얼마나 훌륭한 것인가!

701

자신들의 율법과 신전에 대한 유대인의 열성.

요세푸스와 유대인 퓌론의 《카이우스에게 주는 글》.

다른 어떤 민족이 그런 열성을 가졌는가? 그들은 열성적일 수밖에 없었다.

그 강림의 시기와 당시의 세계정세가 예언되어 있었던 예수. "유대민족 사이에서 나온 통치자"[3] 및 제4왕국.[4]

우리는 암흑 속에서 이 빛을 가졌으니 얼마나 행복한가?

다리우스와 키루스·알렉산드로스·로마인·폼페이우스와 헤롯이 복음의 영광을 위해 자신도 모르는 가운데 일하고 있는 것을 신앙의 눈으로 보는 것은 얼마나 즐거운 일인가!

---

3) 〈창세기〉 49장 10절.
4) 〈다니엘〉 2장.

702

율법에 대한 유대민족의 열성, 특히 예언자가 나타나지 않게 된 이후의 열성.

703

예언자들이 율법을 수호하려고 나타나던 동안에는 민중은 냉담했다. 그러나 더 이상 예언자들이 나타나지 않게 되자, 그 냉담함이 열성으로 변하였다.

704

악마도 예수그리스도 이전에는 유대인들의 열성을 방해하였다. 예수가 그들에게 이로움을 줄지도 모르기 때문이었다. 그러나 그 이후에는 방해하지 않았다.

이방인의 비웃음을 산 유대민족, 박해받은 기독교도.

705

증거. 성취된 예언.

예수그리스도 이전에 일어난 일과 그 이후의 일들.

706

예수그리스도에 대한 가장 확실한 증거는 여러 가지 예언이다. 신도 예언을 위해 최대의 준비를 하였다. 왜냐하면 그 예언을 성취한 것은 하나의 기적으로 그것은 교회의 발생에서 종말에 이르기까지 계속되기 때문이다. 그래서 신은 1600년 동안 예언자들을 보내셨으며, 그 후 400년 동안 그 모든 예언을 모든 유대인에게 퍼지게 하셨으며, 유대인들은 그 예언들을 세계 곳곳에 전파하였다. 이것은 예수그리스도의 강림에 대한 정지작업이었다. 그의 복음은 전 세계 사람들이 믿어야 했으므로, 그것을 믿게 하기 위해 예언이 필요했을 뿐만 아니라, 그것을 전 세계 사람들이 받아들이게 하기 위해 그 예언들이 전 세계에 널리 전파될 필요가 있었다.

707

그러나 예언이 있었다는 것만으로는 충분하지 못했다. 그 예언들이 온 세상에 두루 전파되고, 모든 시대를 통해 보존되어야 했다.

그리고 메시아의 강림이 우연의 결과라고 생각되지 않기 위해 그것은 반드시 예언되지 않으면 안 되었다.

신이 이를 위해 저들을 보호하셨다는 사실은 차치하고, 유대인들이 메시아의 영광에 대한 증인이요 도구이기도 하다는 사실은 메시아를 더욱더 영광되게 하는 것이다.

708

예언. 유대민족의 상태와, 이교 민족의 상태와, 신전의 상태와 햇수(年數)에 의해 예언된 메시아 강림의 시기.

709

동일한 것을 여러 가지 방법으로 예언하기 위해서는 대담해야 한다.

우상숭배거나 이교적인 네 왕국과 유대 치세의 종말과 70주(週), 이것들은 모두 동시에 일어나야만 했으며, 또한 이것들은 모두 신전이 파괴되기 전에 이루어져야만 했다.

710

예언. 단 한 사람만이 예수그리스도 강림의 시기와 방법을 예언하는 책을 쓰고, 예수그리스도가 그 예언대로 강림하셨다고 하여도 그것은 매우 유력한 사실일 것이다.

그러나 여기 훨씬 더 중요한 사실이 있다. 그것은 역대의 사람들이 4000년에 걸쳐서 끊임없이 또 변함없이 나타나 이와 같은 내용을 예언하고 있다. 한 민족 전체가 그것을 주장하고 있으며, 그들은 자기네가 갖고 있는 확신을 한 덩어리가 되어 입증하기 위해 4000년 동안이나 존속해 왔다. 그것으로 인해 생기는 그들에 대한 어떤 위협이나 박해도 그들로 하여금 그 확신을 저버리게 할 수는 없었다. 이것은 전혀 다른 성질의 것으로 대단히 중요한 일이다.

711

특수한 내용의 예언들. 그들은 이집트에서는 사유재산이 전혀 없는 이방인이었다. 하긴 그들은 그 나라뿐만 아니라 다른 어느 곳에서도 그러했다. ─(왕권에 대해서도 그들이 산헤드린이라고 부르는 70인의 사사(士師)로 구성된 최고회의에 대해서도 당시로서는 아무런 징조가 보이지 않았으며, 왕권은 오랜 후에야 그 징조가 보였으며, 산헤드린은 모세에 의해 구성되어 그리스도가 강림하실 때까지 계속되었다. 이 모든 것들은 당시 그들의 처지로부터 너무도 요원하게 동떨어져 있었다)─그때 야곱은 임종을 맞아 열두 아들에게 축복하고, 그들은 넓은 땅을 차지하게 될 것이라고 말하였다. 그리고 특히 유다(넷째 아들)의 가족에게 후일에 그들을 다스리는 왕들이 그의 자손 중에서 나올 것이며, 그의 형제들은 모두 그에게 복종할 것이라고 예언했다. (모든 민족의 희망이 될 메시아도 그의 가문에서 태어날 것이며 대망하는 메시아가 그의 가문에 태어날 때까지 왕권은 유다의 자손에게서 빼앗기지 않고 통치자와 입법자도 그 자손으로부터 제거당하지 않을 것이라고 예언했다.)

야곱은 장차 소유할 땅을 분배해 주면서(마치 자기가 지금 주인인 것처럼) 다른 아들들보다 요셉에게 한 사람 몫을 더 주며 말했다.

"나는 너에게 다른 형제들보다 한몫을 더 준다"[5]고. 그리고 요셉이 야곱

앞에 자기의 두 아들 에브라임과 므낫세를 데리고 와서 형 므낫세를 오른쪽에, 동생 에브라임을 왼쪽에 세워 축복받게 하려 하자 야곱은 양손을 서로 엇갈리게 하여 오른손을 에브라임의 머리 위에 왼손을 므낫세의 머리 위에 얹어 두 사람을 축복했다. 그러자 요셉은 아버지에게 이 애가 맏이인데 왜 작은 아이를 더 축복하시느냐고 항의했더니, 야곱은 엄한 얼굴로 대답했다. "알고 있다, 아들아. 나도 잘 알고 있다. 그러나 에브라임은 므낫세보다 더 크게 번창하리라."[6] 이 말은 훗날 그대로 실현되었다. 왜냐하면 에브라임이 이룩한 일가는 하나의 왕국을 이루는 두 혈통만큼이나 크게 번성했기 때문이다. 그리하여 그들은 모두 에브라임이라는 하나의 이름으로만 불렸다.

요셉은 임종 때 그의 아들들에게 그 땅에 들어갈 때 그의 뼈를 함께 가지고 갈 것을 당부했으나, 이 당부는 200년 후에야 겨우 실천에 옮겨졌다.

모세는 이 모든 일들이 일어나기 훨씬 전에 그것을 기록했으나, 마치 자기가 그 주인인 것처럼, 그 땅에 들어가기에 앞서 그 몫을 모든 종족에게 할당하였다. 그리고 마침내 그는 신이 예시했던 한 사람의 예언자를 그들의 나라, 그들의 종족으로부터 배출시킬 것이며, 자기는 그 예언자의 표징이라고 선언하고, 또 그가 죽은 후에 그들이 들어갈 땅에서 일어나게 되어 있는 모든 일과, 신이 그들에게 줄 승리와 신에 대한 그들의 배은망덕과, 그 때문에 그들이 받게 될 형벌과, 그 밖에 그들이 당하게 될 모든 일을 신을 대신하여 정확하게 선언했다. 모세는 그들에게 그 땅을 공정하게 분배해 줄 사사(士師)들을 주었다. 그들이 수호해야 할 통치기구의 전체적인 형태, 그들이 세워야 할 도피의 성(城) 등을 규정했다.

712

예언 중에 특수한 사항에 관한 것이 메시아에 관한 것과 뒤섞여 있는 것

---

5) 〈창세기〉 48장 22절.
6) 〈창세기〉 48장 19절.

은, 메시아에 관한 예언에 충분한 증거를 세우기 위해서이며, 특수한 예언이 틀림없이 성취되게 하기 위해서이다.

*713*의 *1*

유대인들의 바빌론 유수(幽囚)와 끝없는 유랑. 〈예레미야〉 11장 11절.—내가 유다의 가문에 재화(災禍)를 줄 것인즉, 그들은 이를 피할 수 없으리라.

표징. 〈이샤야〉 5장.—주는 포도밭을 가지고 계셨는데, 주는 거기서 좋은 포도가 결실되기를 대망하셨다. 그런데 열매를 맺은 것은 들 포도뿐이었다. 그러므로 나는 포도밭을 황폐시키고 파멸시키리라. 땅에서는 다만 가시나 무만이 나리라. 내가 구름에 명하여 그곳에 비를 내리지 않게 하리라.

주의 포도밭은 이스라엘(유다의 아버지 야곱)의 집이며, 유다 가문의 사람들은 그의 기뻐하시는 새싹이다. 나는 그들에게 의를 행하기를 바랐지만, 이들이 행한 것은 불의의 행동뿐이었다.

〈이사야〉 8장 13절.—공포와 전율로써 주를 경배하라. 다만 주를 두려워하라. 그러면 주는 너희들에게 성소(聖所)가 되리라. 그러나 이스라엘의 두 집안에 대해서는 걸려 넘어지는 돌, 부딪치는 바위가 되실 것이다.

그는 예루살렘 사람들에게는 함정과 덫이 되시리니, 그들 가운데 많은 사람들이 여기에 걸려 넘어지고, 상하고, 함정에 빠지고, 멸망하리라.

내 제자들을 위해 증언을 삼가고 율법을 봉함하라.

이제 나는 야곱의 집에서 그 얼굴을 돌리시는 주를 인내로써 기다릴 것이다.

〈이사야〉 29장 9절.—이스라엘의 백성들아, 너희들은 현혹되고 놀랄지어다. 비틀거리다 넘어지리라. 그것은 술에 취해서가 아니라 주께서 너희에게 깊은 잠의 영혼을 부어 주셨기 때문이다. 주께서는 너희들의 눈을 감기고 너희들의 임금과 우상을 섬기는 예언자들의 눈을 멀게 하리라.

〈다니엘〉 12장.—악한 자들은 그것을 깨닫지 못하지만, 올바른 가르침을 받은 자는 그것을 깨달으리라.

〈호세아〉 마지막 장 마지막 절에 현세의 여러 가지 행복에 대해 말하고 나서 이렇게 덧붙였다. "슬기 있는 자는 어디 있는가. 그 사람은 이런 일을 깨닫게 되리라."

〈이사야〉 29장.—그리하여 모든 예언자의 환상은 너희들에게는 봉해진 책처럼 되리라. 사람들이 그것을 읽을 줄 아는 학자에게 주어도 그들은 '이 것은 봉해져 있기 때문에 읽을 수가 없다'고 말하리라. 또한 그 책을 읽을 수 없는 사람에게 넘기면, 그는 '나는 글자를 모른다'고 하리라.

여기서 주는 나에게 말씀하시기를, "이 백성은 입으로는 나를 존경하지만, 그 마음은 나로부터 멀리 떠났도다. 그들은 인간의 방법으로만 나를 섬겼을 뿐이다(이것은 이유이자 원인이다. 왜냐하면 그들이 진심으로 신을 섬긴다면 그 예언을 이해할 것이기 때문이다). 이런 까닭에 나는 다른 놀라운 일을 더 하여 이 백성에게 무섭고 불가해한 큰 기적을 행하리라. 왜냐하면 저들 중 지혜로운 사람들의 슬기는 사라지고 그 깨달음은 희미해지리라."

예언. 신성(神性)의 증거. 〈이사야〉 41장.—만일 너희가 신이라면 가까이 와서 장차 닥칠 일을 나에게 고하라. 우리는 너희들의 말에 마음을 기울이리라. 태초에 있었던 일을 우리에게 고하고 앞으로 일어날 일을 우리에게 예언하라. 우리는 그것에 의해 너희들이 신들이라는 것을 알 것이다. 너희들이 할 수 있다면, 선이나 악을 행해 보라. 그러면 이를 보고 우리는 판단하리라. 그것 봐라, 너희들은 아무것도 아니지 않느냐. 너희들은 가증스러운 자에 지나지 않는다. 너희들 가운데 누가(사건과 동시대의 저자들에 의해) 태초부터 행하여진 일들을 우리에게 가르쳐 주어 우리로 하여금 "그분이 정의로우시다"고 말할 수 있게 해준 자가 있는가. 그렇다, 닥쳐올 일을 예시하고 선언한 자는 아무도 없다.

〈이사야〉 42장.—내가 참된 주로다. 나는 나의 영광을 다른 사람에게 주지 않으리라. 보라, 내가 일찍이 선언했던 일들이 이미 닥쳤고, 이제 앞으로 일어날 일을 예언한다. 온 세상에 걸쳐 주를 향해 새로운 노래를 불러라.

〈이사야〉 43장 8절.—눈이 있어도 보지 못하고, 귀가 있어도 듣지 못하는 이 백성을 여기에 데리고 오너라. 모든 백성을 한곳에 모아라. 그들과 그들의 신 가운데 누가 지난날의 일과 앞으로의 일을 가르쳐 줄 자가 있는가? 그들이 자신이 옳다는 것을 입증하거나, 내 말을 듣고 '그것이 진리입니다'라고 말할 수 있도록 저들의 증인을 데려오게 하라.

주께서 말씀하셨다. "너희들은 나의 증인이요, 너희로 하여 나를 알고, 내가 주(主)임을 믿게 하기 위해 내가 택한 종이로다.

나는 예언하고 구원했으며, 나만이 너희들이 보는 앞에서 이런 기적들을 행하였다. 그러므로 너희들은 내가 신임을 입증하는 증인이라고 나 여호와는 말한다. 나는 너희들을 사랑하기 때문에 바빌론의 우리를 파멸시킨 것이다. 나는 주(主)요, 거룩한 이요, 이스라엘의 창조자이니라. 물속, 바닷속 그 격랑 속에 너희들을 위해 길을 만든 것이 바로 나이며, 너희들을 적대하는 강한 자들을 영원히 물에 빠뜨려 멸한 것이 바로 나니라. 그러나 이런 옛 은혜를 생각지 말라. 다시는 옛날의 일들을 생각지 말라.

보라, 이제 내가 새로운 기적을 행하리라. 너희가 그것을 볼 것인즉 모른다 하겠느냐? 내가 황야에 큰길을 내리라. 그리고 사막에 강을 이루리라. 나는 이 백성을 나를 위해 지었노라. 나의 영예를 알리고자 그물을 세웠노라…….

나는 나 자신을 위해 너희들의 죄를 씻어 주었으니, 너희들의 죄를 기억에서 지워 버리리라. 너희들은 자신을 위해 너희의 불경(不敬)을 기억하고 자신이 정당화될 수 있는지 아닌지를 돌이켜 보라. 너희들의 첫 번째 조상은 죄를 범하였고, 너희들의 스승은 한결같이 나를 배반하였다."

〈이사야〉 44장.—주께서 말씀하셨다.

"나는 첫 번째요 끝이니라. 누가 나와 동등해지고자 하는가. 그런 자는 내가 최초의 백성을 지은 후로 지금껏 해 내려온 일을 차례대로 말해 보라.

또한 앞으로 닥칠 일을 고하도록 하라.

아무것도 겁내지 말라. 나는 이런 일을 다 너희들에게 들려주지 않았느냐. 너희들은 나의 증인이니라."

키루스에 대한 예언. 〈이사야〉 45장 4절.―내가 나의 종 야곱, 나의 택한 자 이스라엘을 도우라고 너를 지명하여 불렀다.

〈이사야〉 45장 21절.―와서 함께 상의해 보자. 이 일을 이전부터 예언한 자가 누구냐? 예로부터 고한 자가 누구냐? 나 여호와가 아니냐?

〈이사야〉 46장.―너희들 태초의 일을 상기하라. 그리고 나와 동등한 자 없음을 알라. 나는 종말에 일어날 일을 처음부터 알렸고, 아직 행하여지지 아니한 것들까지도 예언했노라. 나의 결심은 변하지 않을 것이며, 내가 기뻐하는 일은 모두 해내리라.

〈이사야〉 42장 9절.―보라, 전에 말한 일들이 예언했던 대로 일어났다. 그리고 이제 새로운 것을 예언하겠다. 또한 그 일이 일어나기 전에 그것을 너희에게 알게 하리라.

〈이사야〉 48장 3절.―내가 처음부터 일어날 일들을 예고하였고, 홀연히 그 일을 행하여 이루었느니라. 너희가 완고하고, 너희의 목이 무쇠 심줄 같고, 네 이마가 놋쇠임을 내가 알기 때문에, 내가 이 일을 처음부터 너희에게 알렸느니라. 그 일이 일어나기 전에 그것을 네게 보였느니라. 네가 '그런 일들은 내 우상이 이미 했으며, 내 신상(神像)이 명령했다'고 말하는 것을 막기 위해서 말이다.

너희는 이 모든 것이 성취되는 것을 보았도다. 그러니 이를 널리 알리지 않겠느냐? 나는 이제 새로운 일, 즉 나의 능력 속에 감추어 두었던 것, 따라서 너희들이 알고 있지 못한 것을 알리려 하노라. 그것들은 애초부터 정해져 있던 것이 아니라, 내가 지금 만들어 낸 것이다. 너희들이 '그건 진작부터 알고 있었던 것이다' 라고 말할까봐 나는 지금까지 그것을 숨겨 왔노라. 그렇다. 너희들은 듣지도 못하고 알지도 못했다. 그때부터 너의 귀는 열리지 않았으니까. 왜냐하면 나는 네가 매우 배신을 잘하는 존재라는 것과 뱃속에서부터 죄인이라고 불리는 사실까지도 잘 알고 있기 때문이다.

유대인의 배척과 이방인의 회심(回心). 〈이사야〉 65장.—나는 나를 찾지 않은 자에게 추구되고, 나를 추구하지 않은 자에게 발견된다.

나의 이름을 부르지 않은 백성에게 나는 말했다. '나를 보라. 나를 보라'고.

나는 자기 생각대로 악한 길을 걷는 불신자들에게 종일 손길을 뻗쳤다. 이 백성들은 내 앞에서 우상을 떠받드는 죄를 범함으로써 언제나 나로 하여금 분노를 일으키려 했다.

이들은 내가 노하는 날에는 연기와 같이 흩어질 것이다.

나는 너희들과 너희 조상들의 죄를 모아 너희가 저지른 죄상(罪狀)에 따라 너희들의 가슴에 갚아 주리라.

주께서 말씀하셨다. "나는 나의 종들을 사랑하고 있으므로, 이스라엘을 모조리 멸망시키지는 않을 것이다. 그들 중에서 어떤 자들은 남길 것이다. 사람들이 포도송이 중에서 한 알을 남겨 두고, '이것을 따지 말라, 그 속에는 축복이 들어 있기 때문이다'고 말하는 것처럼.

나는 야곱과 유다의 자손 중에서 내 땅의 상속자를 택하리라. 내가 택한 자가 그것을 물려받을 것이며, 내 종들을 거기에 살게 하리라. 나의 들판은 기름지고 풍성하게 열매 맺으리라. 그러나 너희가 너희 신을 잊고 낯선 신들을 섬겼기 때문에 나머지는 모두 멸하리라. 내가 너희들을 불렀을 때 너희들은 대답하지 않았다. 내가 말할 때 너희들은 듣지 않았다. 너희들은 내가 금한 일을 택했다."

그러므로 주께서 이렇게 말씀하셨다. "보라, 나의 종들은 포식하겠지만 너희들은 굶주릴 것이다. 나의 종들은 기뻐할 터이지만, 너희들은 부끄러워할 것이다. 나의 종들은 마음에 흡족한 기쁨으로 노래 부를 터이지만, 너희들은 슬퍼 큰 소리로 울며 마음이 아파서 울부짖을 것이다.

그리고 너희들의 이름을 내가 선택한 자들에게도 저주의 이름으로 남기리라. 주께서 너희들을 멸하시리라. 그리고 종들을 다른 이름으로 부르리라. 땅에서 축복받는 자들이 신의 축복도 받게 될 것이다.

처음의 고통은 잊히기 때문이다.

보라, 내가 새 하늘과 새 땅을 창조할 것인즉, 지나간 일을 기억에 남기지 않고, 마음에 떠오르지 않게 하리라.

그러나 너희들은 내가 창조하는 새로운 것을 영원히 기뻐하라. 이는 내가 예루살렘을 만들어 기쁨으로 삼고, 그 백성으로 낙을 삼기 때문이다. 나는 예루살렘과 내 백성을 기뻐할 것인즉, 거기에는 울음소리와 고함이 들리지 않을 것이다.

그들이 부르기 전에 내가 먼저 대답할 것이요, 그들이 말하기 전에 내가 들으리라. 이리와 어린 양이 같이 풀을 뜯고, 사자와 소는 같은 짚을 먹고, 뱀은 먼지만 먹게 될 것이다. 그리하여 나의 신성한 땅의 어디서도 살생과 파멸은 없을 것이다."

〈이사야〉 56장.—주께서 말씀하셨다 "나의 구원의 날이 가까워져 오고, 나의 의가 나타나리니, 너희는 공평을 지키고 정의를 행하라. 그렇게 행하고 안식일을 더럽히지 않고 나쁜 짓을 하지 않는 자에게는 복이 있으리라. 자신을 주님께 귀의시킨 이방인의 아들로 하여 '주께서 나를 그의 백성으로부터 아주 떼어놓으시리라'고 말하지 않게 하라."

주는 이렇게 말씀하셨기 때문이다. "그 누구도 나의 안식일을 지키고, 나의 뜻에 따라 행하기를 택하고, 나의 언약을 지키는 자에게는 내 집에 있을 장소를 마련하고, 내 아들딸에게 준 이름보다 나은 이름을 주리라. 그 이름은 영원한 것이 되어 끊이지 않으리라."

〈이사야〉 59장 9절.—우리들의 죄악 때문에 의는 우리로부터 멀어졌다. 우리는 빛을 기다렸으나 어둠을 볼 뿐이며, 광명을 바랐지만 어둠 속을 걸을 뿐이다. 우리는 장님처럼 손으로 벽을 더듬고 대낮에도 밤중처럼 넘어지며, 죽은 자들처럼 외따로 떨어져 있다.

우리는 모두 곰처럼 울부짖고, 비둘기처럼 구슬피 운다. 공평을 구하나 찾을 수 없고, 구원을 바라지만 우리에게서 멀리 떨어져 있다.

〈이사야〉 66장 18절.—내가 저들의 업적과 사상을 알기 때문이다. 내가 모든 나라와 모든 국민을 함께 모이게 하는 날, 그들은 나의 영광을 보게 되리라.

나는 그들 중 구제받을 자들에게 표시를 주어 그들을 아프리카·리비아·이탈리아·그리스 및 이제껏 나의 명성을 들은 적도 없고 나의 영광을 본 일도 없는 백성들에게로 보내 주리라. 그러면 그들은 너희 형제들을 데리고 오리라.

신전의 폐기. 〈예레미야〉 7장.—너희들은 내가 내 이름을 처음 세웠던 실로에 가서, 나의 백성의 죄에 대해 내가 실로를 어떻게 했는가를 보라. (왜냐하면 나는 그것을 버리고 몸소 다른 곳에 신전을 세웠기 때문이다.)

주께서 말씀하셨다. "너희들은 같은 죄를 저질렀으니, 지금 나는 내 이름으로 불리고 있는 너희들이 스스로 믿는 이 신전에 대해, 또 내가 너희와 네 조상들에게 준 이 신전에 대해 내가 실로에 행하였던 것과 같은 일을 행하리라.

나는 너희들의 형제, 에브라임의 자식들까지도 내쫓은 것과 같이 너희들을 내 눈앞에서 쫓아 버리리라. (영원한 추방)

그러므로 이 백성을 위해 기도하지 말라."

〈예레미야〉 7장 22절.—제물에 번제(燔祭)를 더하는 것이 너희에게 무슨 이득이 되겠느냐. 내가 너희 조상을 이집트 땅에서 인도 해냈을 때, 제물과 번제에 관해 이야기한 적이 없고 또한 그렇게 하라고 명령한 바도 없다. 다만 나는 다음과 같은 계율을 주었을 뿐이다. '너희는 나의 계명을 따르고 이에 충실하라. 그러면 나는 너희들의 하느님이 되고, 너희들은 나의 백성이 되리라.' (그들이 금송아지에 제물을 바치게 된 후, 나는 나쁜 습관을 좋은 습관으로 바꾸기 위해 비로소 제물을 받았노라.)

〈예레미야〉 7장 5절.—너희들은 '이것들이 여호와의 신전이다' 라고 말하는 사람들의 거짓말을 믿지 말라.

713의 2

〈스바냐〉 3장 9절.—그때 가서 나는 백성들의 입을 깨끗하게 하여, 그들로 하여금 모두 여호와의 이름을 부르며 일심으로 섬기게 하리라.

〈에스겔〉 37장 25절.—내 종 다윗이 영원히 그들의 왕이 되리라.

〈출애굽기〉 4장 22절.—이스라엘은 내 아들이요, 그것도 맏아들이라.[7]

714

성취된 예언. 〈열왕기 상〉 13장 2절. 〈열왕기 하〉 23장 16절.

〈여호수아〉 6장 26절.—〈열왕기 상〉 16장 34절.—〈신명기〉 23장.

〈말라기〉 1장 11절. 유대인의 제물은 받아들여지지 않았고, 이교도의 제물은 예루살렘 이외의 어디에나 있다.

모세는 죽기 전에 이방인의 소명(신명기 32장 21절)과 유대인이 버림을 받으리라는 것을 예언했다.

모세는 각 부족에게 일어날 일에 대해 예언했다.

신의 증인으로서의 유대인. 〈이사야〉 43장 9절, 44장 8절.

"그들의 마음을 완고히 하라."[8] 어떻게? 그들의 사욕을 기쁘게 하고, 그 충족을 바라게 함으로써.

예언. 너희들의 이름은 나의 선민들에게 증오의 대상이 되리라. 나는 그들에게 다른 이름을 주리라.

---

7) 파스칼이 번역한 이 성구는 현행 번역 성서와 다소 다르다.
8) 〈이사야〉 6장 10절.

715

예언. 아모스와 스가랴. 그들(유대인)은 의인을 팔아넘겼다. 그러므로 결코 다시 부름을 받지 못 하리라.

배신당한 예수그리스도.

사람들은 이집트에서 있었던 일을 다시 상기하지 않을 것이다.
〈이사야〉 43장 16~19절, 〈예레미야〉 23장 6~7절.

예언. 유대인들은 사면팔방으로 분산될 것이다. 〈이사야〉 27장 6절. 새로운 율법. 〈예레미야〉 31장 32절.[9]

영광스러운 제2의 신전. 예수그리스도는 거기 오시리라. 〈학개〉 2장 7~10절. 〈말라기〉 그로티우스.[10]

이방인의 소명. 〈요엘〉 2장 28절. 〈호세아〉 2장 24절. 〈신명기〉 32장 21절. 〈말라기〉 1장 11절.

716

〈호세아〉 3장.

〈이사야〉 44장, 48장. '나는 그들에게 내가 누구인지를 알리기 위해 일찍이 예언했다.' 54장, 60장, 61장 및 종장(終章).

알렉산더에 대한 야두스.[11]

717

예언. 다윗에게는 그 후손들이 그치지 않을 것이라는 서약. 〈예레미야〉.

---

9) 31장 31절의 오기(誤記).
10) 그로티우스《기독교의 진리에 대하여》5권 14장.
11) 알렉산더 대왕이 예루살렘 신전에 참배했을 때의 대제사장.

718

다윗 혈통의 영원한 통치. 〈역대기 하〉. 모든 예언에 의해서, 게다가 언약까지. 그런데 그것은 현세적으로는 성취되지 않았다. 〈예레미야〉 33장 20절.

719

예언자들이 왕권은 영원한 왕(메시아)이 강림할 때까지 유대민족에게서 절대로 떠나지 않을 것이라고 예언했을 때, 그들은 민중들의 비위를 맞추기 위해 그렇게 말한 것이며, 헤롯이 즉위함으로써 그들의 예언은 잘못이었다는 것이 드러났다고 사람들은 생각할 것이다. 그러나 예언자들은 그런 뜻으로 말한 것이 아니라 오히려 현세적인 왕국이 단절되리라는 것을 그들이 잘 알고 있었다는 것을 표시하기 위해, 유대인은 왕도 없고 군주도 없이 오래 존속될 것이라고 말했다. 〈호세아〉.

720

"우리의 왕은 카이사르뿐입니다." 그러니까 예수그리스도가 메시아였던 것이다. 왜냐하면 그들은 벌써 외국인 왕밖에는 섬겨 본 일이 없었으며, 다른 왕을 바라지도 않고 있었으니까.

721

"우리에게는 카이사르 이외에는 왕이 없다."

722

〈다니엘〉 2장 27절.—"왕께서 요구한 꿈의 해몽은 어떤 점술사(占術師)도 지자(智者)도 왕에게 올바로 해명할 수 없습니다. 그러나 하늘에는 유일한 신이 있어 이 일을 해명해 주실 수 있습니다. 신은 후일에 일어날 일을

꿈으로 왕에게 보여 주신 것입니다." 〔이 꿈은 틀림없이 왕의 마음을 심히 괴롭혔을 것이다.〕[12]

"내가 이 비밀을 알게 된 것은 나의 지혜에 의한 것이 아니라 바로 그 신의 계시에 의한 것입니다. 신이 나에게 이것을 계시하여 왕 앞에서 이것을 해명해 드리라고 한 것입니다. 폐하의 꿈은 다음과 같습니다. 당신은 하나의 크고 높고 무서운 상(像)이 당신 앞에 서 있는 것을 보셨습니다. 그 머리는 순금, 가슴과 양팔은 은, 배와 넓적다리는 놋쇠, 다리는 무쇠로 되어 있는데, 발은 무쇠와 진흙을 섞어서 만든 것이었습니다. 당신이 잠자코 이 상을 보고 있는데, 하나의 돌이 사람의 손을 빌지 않고 날아 들어와 그 상의 쇠와 흙을 섞어 만든 발을 때려 이를 산산조각을 내 버렸습니다. 그리하여 그 쇠와 흙과 은과 금은 모두 분쇄되어 왕겨처럼 바람에 날려 버렸습니다. 그러나 그 상을 때린 돌은 커다란 산이 되어 온 땅에 가득 차게 되었습니다. ─이것이 당신이 꾸었던 꿈입니다. 제가 이제 이 꿈을 폐하께 해명해 드리겠습니다. 당신은 왕 중의 왕이십니다. 하느님께서는 당신에게 위대한 힘을 주셨으며, 만백성이 당신을 두려워합니다. 꿈속에서 당신이 보았던 그 상의 금으로 된 머리가 바로 당신이십니다. 그러나 당신의 다음에는 그 권력이 당신보다 못한 다른 왕국이 일어납니다. 그리고 놋쇠로 된 제3의 나라가 일어나 온 세상을 다스리게 됩니다.

그러나 제4의 나라는 무쇠처럼 강할 것입니다. 무쇠가 만물을 분해하고 꿰뚫는 것처럼, 그 나라도 모든 것을 분해할 것입니다. 당신은 그 발과 발가락을 보고, 일부는 흙이고 일부는 쇠라고 했는데 이것은 이 나라가 갈라져서 쇠와 같이 강한 나라와 흙과 같이 약한 나라가 된다는 것을 뜻하고 있습니다. 쇠와 흙은 굳게 뭉쳐질 수 없는 것처럼 쇠와 흙으로 나타난 것은 비록 혼인에 의해 결합하여도, 오랜 동맹을 유지할 수는 없음을 의미합니다.

---

12) 13) 14) 15)의 〔〕안은 파스칼 자기의 주석.

그런데 이 왕들의 시대에 신은 하나의 나라를 세우실 것입니다. 이 나라는 영원히 멸망하지 않고, 다른 백성들에게 귀속되는 일도 없을 것입니다. 이 나라는 다른 모든 왕국을 조각내어 멸망시킬 것입니다. 그러나 그 나라는 영원히 존속될 것입니다. 그 돌이 사람의 손을 빌리지 않고 저절로 산에서 굴러 내려와 쇠와 흙과 은과 금을 분쇄하여 왕겨처럼 날려 버리는 것을 보셨을 것인즉, 그것은 신께서 후일에 일어날 일을 당신에게 보여 주신 것입니다.

이 꿈은 진실하고 저의 해몽도 정확합니다."

그러자 느브갓네살 왕은 땅에 엎드려…….

〈다니엘〉 8장 8절.—다니엘이 숫양과 숫염소가 싸우는 것을 보고 있었는데, 숫염소가 숫양에게 이겨 땅을 지배하였다. 그런데 그 큰 뿔이 꺾이고 다른 네 개의 뿔이 생겨 하늘의 사방을 향하였다. 그리고 그 뿔의 하나에서 하나의 작은 뿔이 생겨나서 남쪽으로 향하고 동쪽으로 향하더니 이번에는 이스라엘 땅을 향하여 대단히 커지고 천군(天軍)과도 대적할 만큼 높아져서 별들을 땅에 떨어뜨려 발로 짓밟고, 드디어는 그의 군주를 타도하고 날마다 드리는 제물을 폐지하고 성소(聖所)를 황폐하게 만들었다.

다니엘이 본 것은 이러한 것이었다. 그것이 무엇을 의미하는 것인지를 몰라 안절부절못하는데, 하나의 목소리가 다음과 같이 부르짖었다. "가브리엘아, 그에게 그가 본 것을 설명해 주거라." 그러자 가브리엘이 그에게 말했다. "네가 본 숫양은 메데이아와 페르시아의 왕이다. 또 숫염소는 그리스 왕이고, 그 눈 사이에 있는 큰 뿔은 그 나라의 초대 왕이다. 그리고 그 뿔이 꺾이고 그 대신 네 개의 뿔이 생긴 것은 그 왕의 뒤를 이을 이 나라의 네 왕이다. 그러나 그들의 힘은 초대 왕에게 미치지 못 하리라.

그런데 그들 왕국의 말기에, 불의가 가득 차 한 왕이 일어난다. 그는 오만하고 강력하지만, 그것은 결코 자기 힘에 의한 것이 아니다. 그는 모든 일을 제 뜻대로 행하리라. 신성한 백성을 못살게 굴고, 표리부동의 속임수로 그 뜻하는 바를 성취하고 많은 사람을 죽일 것이다. 그리고 결국에 가서는 왕 중의 왕에게 항거하여 일어나겠지만 그는 폭력에 의하지 않고서도 비참하게 멸망할 것이다."

〈다니엘〉 9장 20절.—내가 마음을 다해 신에게 기도하여 내 죄와 나의 모든 백성의 죄를 고백하면서 신 앞에 무릎을 꿇고 있을 때 내가 지난번 환상으로 본 그 가브리엘이 저녁 제물을 드릴 무렵에 나에게 와서 나를 스치면서 말했다. "다니엘아, 나는 지금 네가 알고자 하는 것에 대해 깨닫게 하려고 왔다. 네가 기도하기 시작했을 때부터 대답이 내렸는데, 나는 그 대답을 일러 주기 위해 왔다. 너는 신의 크나큰 사랑을 받는 자이기 때문이다. 그러므로 그것을 이해하고 환상의 의미를 깨치도록 하라. 너의 백성과 너의 신성한 성(城)을 위해 70주(週)가 정해져 있다. 이는 그 잘못을 제거하고, 죄악에서 벗어나게 하고, 불의를 깨뜨리고, 영원한 의를 펴고, 환상과 예언을 성취하고, 지극히 성스러운 자에게 기름을 부어 주기 위해서이다." 〔그 후부터 이 백성은 벌써 너의 백성이 아니고 이 성은 성스러운 성이 되지 않으리라. 진노의 때가 지나가고 은총의 세월이 영원히 오리라.〕[13]

"그러므로 너는 깨달아 알라. 예루살렘을 재건하라는 명령이 내려진 후부터 너의 왕 메시아가 나타나시기까지 7주와 62주가 지나리라." 〔히브리인은 수를 구분하여 작은 수를 앞에 놓는 것이 상례이다. 그러므로 이 7주와 62주를 합하면 69주가 된다. 그렇다면 70주 중에서 제70주, 즉 마지막 7년이 남는다. 이에 대해서는 그가 다음에 언급할 것이다.〕[14] 거리와 돌담은 고통과 수난 속에서도 재건되리라. 그 62주(처음의 7주에 이어지는) 후에는 메시아가 죽임을 당할 것이며, 〔그러므로 그리스도는 69주 후, 즉 마지막 주에 죽임을 당할 것이다.〕[15] 장차 임하실 왕의 백성이 성(城)과 성소(聖所)를 멸할 것이며, 그 종말에는 홍수가 모든 것을 뒤덮을 것이다. 이 전쟁의 종말에는 극도로 황폐하리라. 그런데 그는 1주(나머지 제70주) 동안에 많은 사람과 성약을 맺을 것이다. 그리고 그 주일의 중간에(즉 최후의 3년

반) 희생과 제물을 멈추게 할 것이며, 혐오스러운 것들을 온통 펼치기 위해 이 땅을 극도로 황폐케 할 것이며, 그 황폐 위에 결심하신 것들을 부어 넣으시리라.

〈다니엘〉 11장.—천사는 다니엘에게 말했다. "이후에 키루스 다음에(지금은 키루스의 시대니까) 페르시아에서 캄비세스, 스메르디스, 다리우스의 세 왕이 탄생할 것이다. 그리고 그 후에 올 제5의 왕 크셀크세스는 다른 어떤 왕보다도 훨씬 더 부유하고 힘이 강하여 그 온 백성을 동원하여 그리스를 공격하리라. 그러나 한 사람의 강한 왕(알렉산더)이 일어나, 그 영토를 확장하고 왕은 자기 욕망에 따라 행할 것이다. 그러나 그 왕이 설 때 그 나라는 멸망하고 넷으로 분열되어 하늘 사방을 향하리라(이미 7장 6절, 8장 8절에서 천사가 말한 것처럼). 그러나 그의 혈통에 속하는 어떤 사람에게도 귀속되지 않을 것이다. 그의 후계자는 그의 권력에 미치지 못하고, 그의 나라는 분열되어 후계자(저 네 사람의 주요한 후계자)가 아닌 자에게 돌아가고 말 것이기 때문이다.

그의 뒤를 이어 남국(이집트)의 왕이 되는 자(라고스의 아들 프톨레메우스)는 강하게 되리라. 그러나 다른 한 사람(시리아의 왕 셀레우쿠스)이 그보다도 더 강하여 그의 통치가 대국(大國)을 이루리라(아피아누스의 말에 의하면 그는 알렉산더의 후계자 중에서 가장 강했다.)"

"오랜 세월이 흐른 뒤 그들은 동맹을 맺으리라. 남국의 공주(프톨레메우스의 후손인 또 다른 프톨레메우스의 아들인 프톨레메우스 필라델프스의 딸 베레니케)가 북국의 왕(셀레우쿠스 라기다스의 조카인 시리아와 아시아의 왕 안티오쿠스 데우스)과 결혼함으로써 그들 사이에 화친이 이루어질 것이기 때문이다."

"그러나 그 여자도 그녀의 자손도 오랫동안 권좌를 지키지는 못할 것이다. 그녀와, 그녀를 보낸 자와, 그 자식과, 그의 친구들은 살해될 것이기 때문이다(베레니케와 그 아들은 셀레우쿠스 칼리니쿠스에 의해 죽임을 당한다)."

"그러나 그녀의 뿌리에서 하나의 싹이 돋아나(프톨레메우스 에우에르게 테스는 베레니케와 같은 아버지에게서 태어났다), 강력한 대군을 이끌고 북쪽 나라의 영토를 공격하여 모든 것을 그 지배하에 두게 될 것이다. 그리고 그들의 포로와 신들·군주들·금은 및 모든 귀중한 전리품을 이집트에 가지고 갈 것이다. 그리고 북쪽 왕은 그에 대하여 아무런 대응도 못 하고 여러 해를 보내게 될 것이다.(만일 그가 국내의 사정으로 인하여 이집트로 소환되지 않았더라면 셀레우쿠스의 약탈은 하나도 이루어지지 않았을 것이라고 유스티누스는 말하고 있다.)"

"이리하여 남국의 왕은 자기 나라로 돌아갈 것이다. 그러나 북쪽 임금의 아들들(셀레우쿠스·케라우누스·안티오쿠스 대왕)은 분격하여 대군을 집합시킬 것이다. 그들의 군대는 쳐들어와서 모든 것을 짓밟아 버릴 것이다. 그리고 남국의 왕(프톨레메우스 필로파로르)은 크게 분노하여 대군을 이끌고 반격하여(라피아에서의 안티오쿠스 대왕과의 대결), 이를 물리칠 것이다. 그의 군대는 이 때문에 교만해지고, 그는 기고만장할 것이다(요세푸스에 따르면 이 프톨레메우스가 신전을 짓밟았다). 그는 수만 명의 적을 무찔렀으나 그것으로 해서 더 강해지지는 못할 것이다. 그것은 북쪽 왕(안티오쿠스 대왕)이 처음보다 더 많은 대군을 이끌고 반격해 올뿐더러 이때 수많은 사람들이 일어나 남쪽 왕(젊은 프톨레메우스 에피파네스의 치세)에게 대적할 것이기 때문이다. 그리고 너희 백성(그가 스코파스로 군대를 보냈을 때 에우에르게테스를 기쁘게 하기 위해 자신들의 종교까지 버렸던 배신자들) 중에 강도들까지도 그 환상을 입증하기 위해 오만해질 것이나, 그들은 멸망하리라."〔왜냐하면 안티오쿠스가 스코파스를 탈환하고 그들을 무찌를 것이기 때문이다.〕

"이리하여 북쪽 왕은 성벽을 파괴하고 난공불락의 도시들을 점령할 것이며, 남국의 모든 군대는 버티지 못할 것이다. 그는 모든 일을 자기 뜻에 따라 행할 것이며, 이스라엘 땅을 장악하고 그 땅은 그에게 항복할 것이다. 그리하여 그는 이집트 전국의 왕이 되려고 할 것이다."〔에피파네스가 어리다고 깔보았다고 유스티누스는 말하고 있다.〕

"그 때문에 그는 이집트 왕과 동맹을 맺고 자기 딸 클레오파트라를 이집트 왕에게 줄 것이다.〔그녀로 하여금 그 남편을 배반하게 하기 위해서이다. 이에 대하여 아피아누스는 말하였다. '안티오쿠스는 이집트가 로마의 보호 아래 있었으므로 힘으로는 그 왕이 될 자신이 없어 술책으로 뜻을 이루려고 했다'고.〕 그는 그녀를 타락시키려 하지만, 그녀는 그의 뜻대로 움직이지 않을 것이다."

"그리하여 그는 다른 계략을 써서 몇 개의 섬들〔즉 해안의 여러 마을〕의 군주가 되기 위해 많은 성을 공격할 것이다(아피아누스의 말대로)."

"그러나 한 사람의 장군이 그의 공략에 반항하여(스키피오 아프리카누스, 이 사람은 안티오쿠스 대왕의 진격을 저지했다. 대왕이 로마의 동맹국을 침공하여 로마인의 감정을 상하게 했기 때문이다.) 그에게서 받은 온갖 치욕을 그에게 되돌려 줄 것이다. 이리하여 그는 자기 나라로 돌아가 그곳에서 죽어(그는 신하에게 살해된다.) 세상에서 사라질 것이다."

"그리고 그를 계승할 자(안티오쿠스 대왕의 아들 셀레우쿠스 필로파토르, 일명 소테르)는 폭군으로서 무거운 세금을 거둬 나라의 영광(이것은 백성들의 것)을 훼손시킬 것이다. 그러나 그는 얼마 안 가서 반란이나 전쟁도 겪지 않고 죽게 되리라."

"그의 뒤를 잇는 자는 비천한 자로 왕의 영예를 받을 만한 위인(爲人)이 못 된다. 그는 교묘한 감언(甘言)으로 치리(治理)에 임하리라. 모든 군대가 그 앞에서 쓰러져 그는 그들을 격파하고, 전에 동맹을 맺고 있던 군주까지도 싸워 이기리라. 그는 동맹을 다시 맺고 그 군주를 기만하며, 얼마 안 되는 정예부대를 이끌고 조용히 그 영토에 들어가 가장 기름진 땅을 빼앗고, 일찍이 그의 조상도 하지 않았던 일을 서슴없이 행하리라. 그는 그곳 주민들에게 전리품들을 미끼로 뿌려 줄 것이며, 잠시나마 엄청난 계략을 세우리라."[16]

723

예언. 다니엘의 70주일은 예언의 말이므로, 시작되는 시기가 막연하며, 연대학자(年代學者)들 사이에 견해가 다르기 때문에 끝나는 시기도 그러하다. 그러나 이 모든 차이는 기껏해야 200년을 넘지 못한다.

724

예언. 제4 왕국의 지배하에서 제2 신전이 파괴되기 전, 유대인의 주권이 무너지기 전 다니엘의 제70주에, 즉 제2 신전이 존속하는 동안에 이교도는 가르침을 받고 유대인이 경배하는 신을 알게 될 것이라는 사실. 신을 사랑하는 사람들은 자기들의 적으로부터 해방되어, 신에 대한 경외와 사랑으로 충만하리라는 사실.

그리하여 제4 왕국 당시에, 제2 신전이 파괴되기 전에 이교도가 떼를 지어 신을 경배하고 천사와 같은 생활을 영위하게 되었다. 그들의 딸들은 정조와 생애를 신에게 바치고, 남자들은 모든 쾌락을 버렸다. 플라톤이 소수의 택함을 받은 교양 있는 인사들에게도 믿게 할 수 없었던 것을, 어떤 신비한 힘이 불과 몇 마디 말로 수백만의 무지한 사람들로 하여금 믿게 했던 것이다.

부자는 그 재산을 버리고, 아이들은 아버지의 호화스러운 집을 버리고 황야로 고행을 위해 떠났다. (유대인 퓌론의 책을 보라.)

대체 이 모든 사실은 무엇을 의미하는가? 그것은 이미 오래전에 예언되

---

16) 이 단장은 파스칼이 〈다니엘〉 2,8,9,11장의 여러 구절을 자유롭게 불어로 번역하고, 예언이 성취된 것을 증명하려고 쓴 것이다. 그러나 근대의 연구에 의하면 〈다니엘 서〉의 중요 부분은 예언이 아니라 박해 시대에 유대인을 격려하기 위한 묵시문학이라는 것이 일반적인 견해이다.

어 있었던 일이다. 2000년 동안은 한 사람의 이교도도 유대인의 신을 경배하지 않았다. 그런데 예언된 시기가 되자, 다수의 이교도가 유대인의 신, 즉 유일신을 경배하게 되었다. 여러 신들의 신전은 파괴되고 왕들까지도 십자가 앞에 무릎 꿇었다. 대체 이 모든 사실은 무엇을 의미하는 것일까? 그것은 신의 성령이 땅 위에 온통 부어졌기 때문이다.

모세의 시대로부터 예수그리스도에 이르기까지 한 사람의 이교도도 랍비들을 따라 믿지 않았다. 그런데 예수그리스도 이후에 많은 이교도가 모세의 책을 믿어, 그 본질과 정신을 준수하고, 그중에서 무익한 것만 거부하였다.

725

예언. 이집트인들의 개종(改宗).
〈이사야〉 제19장 19절.
이집트에 있는 참된 신의 제단.

726

예언. (이집트의 《푸기오》 659페이지), 《탈무드》.—"우리 사이에 하나의 전해 내려오는 말이 있다. 메시아가 강림할 때 그 말씀을 널리 전하기 위해 세워진 신의 집은, 불결과 부정에 가득 차고, 율법 학자들의 지혜는 타락하고 부패하며, 죄를 범하기를 두려워하는 자는 백성들로부터 비난받게 되고, 바보와 미친놈 취급을 받게 될 것이라는 전설이 그것이다."[17]
〈이사야〉 제49장.—들으라, 멀리 떨어져 있는 백성들아, 너희들 바닷가의 족속들아. 주께서는 내가 어머니의 배에서 나왔을 때부터 나의 이름을 부르고 나를 찾으셨다. 그는 나를 그의 손아래 그늘에 숨기시고 내 입을 예

---

17) 《푸기오 피데이》 중의 라틴어 번역. 〈시편〉 22편 17절의 주해이다.

리한 칼날처럼 만들어 주셨다. 그리고 나에게 말씀하셨다. "너는 나의 종이다, 너를 통하여 내 영광을 나타내리라." 그래서 나는 말했다. "주여, 저는 헛수고만 한 것입니까? 저는 공연히 힘만 소모한 것입니까? 저의 심판은 분명 여호와께 있나이다. 저의 업적은 하느님께 있나이다." 그때 주께서 말씀하셨다. 자궁 속에서부터 나를 당신의 종으로 삼으시고 다시 야곱과 이스라엘을 당신에게로 부르신 그 주께서. "너는 내 앞에서 영광되리라. 나는 너에게 힘이 되어 주리라. 네가 야곱 족속을 회개하게 하기는 쉬운 일이니라. 또한 나는 너를 세워 이방인의 빛으로 삼고, 나의 구원의 능력을 땅끝까지 펴게 하리라." 또 주님께서는 자신의 영혼을 겸손하게 하는 자, 인간에게서 멸시를 받는 자, 이방인들이 두려워하는 자, 통치자들의 종, 이 모든 사람들에게 말씀하셨다.

"군주와 제왕이 너희를 경배하리라. 너희의 주가 진실하기 때문이며, 너희는 그의 택함을 입으리라."

주께서 말씀하셨다. "내가 구원의 날, 은혜의 날에 너희의 말을 다 들었다. 나는 백성들과의 언약을 위해 너희를 보내어 그 땅을 차지하며 황폐한 땅을 물려받게 하려 함이다. 또한 너희로 하여금 갇혀 있는 자들에게 '어서 나오라' 고 말하고, 어둠 속에 있는 자들에게 '네 몸을 드러내라' 고 말하게 하며, 기름진 땅을 차지하게 하기 위해서이다. 그들은 배고프거나 목마르지 아니하리라. 열풍이나 햇볕으로 하여 괴로워하는 일도 없을 것이다. 그들을 측은히 여기는 그가 그들을 인도하여 샘솟는 곳으로 이끌어갈 것이며, 산들도 그들 앞에 평탄한 길을 만들 것이기 때문이다. 보라, 사람들이 동·서·남·북 사방 곳곳에서 모여들 것이다. 하늘이여, 노래하라. 땅이여, 기뻐하라. 주께서 그 백성을 위로하여 기뻐하시고 주에게 희망을 품는 고난 받는 자들에게 자비를 베풀 것이니."

그러나 시온은 감히 말하였다. '주께서 나를 버리고 나를 잊으셨다' 고. 어머니가 어찌 자기의 자식을 잊을 수 있으며, 자기 몸에서 나온 자식을 사랑하지 않을 수 있겠는가? 만에 하나 어머니는 자식을 잊는 경우가 있을지라도 시온이여, 나는 너를 절대 잊지 않으리라. 보라, 나는 양손 바닥에 너를 새겨 두었다. 너의 성벽은 언제나 내 앞에 있다. 너를 다시 세우고자 하는 자는 급히 돌아오고, 너를 황폐하게 하는 자는 급히 떠나가리라. 눈을 들어 사방을 둘러보라. 이들이 모두 모여서 네게로 오는 것을 보라. 나는 맹세하노니, 이들 무리를 장식으로써 너에게 주고, 너는 언제까지나 그들로 몸을 단장하리라. 너의 황폐했던 땅, 핍박받던 땅은 이제 너무 비좁아 그 많은 너의 백성이 살지 못 하리라. 아이 못 낳는 시절에 너희가 갖게 될 어린것들이 말 하리라. "이 땅은 너무 좁으니 국경을 넓혀 우리가 살 곳을 줘요." 그때 너는 마음속으로 말하리라. "누가 내게 이렇게 많은 자식을 주었는가. 내가 이리저리 쫓겨 다니고 아이들을 잃고, 낳을 수도 없었으며, 포로가 되어 있었음을 알진대, 누가 이 아이들을 길러 주었는가? 나는 혼자 남아 있었는데, 이 아이들은 모두 어디서 왔는가?" 주께서 말씀하시리라. "보라, 나는 이방인에게 내 손을 들어 나의 깃발을 만백성에게 들었다. 그들은 그 팔과 품에 너의 아이들을 안고 네게로 오리라. 열국의 왕들은 너의 양부가 될 것이며, 여왕들은 너의 양모가 되리라. 그들은 얼굴을 땅에 대고 너에게 절하고 네 발의 먼지를 핥을 것이다. 그리하여 너는 내가 주(主)임을 알리라. 나를 대망(待望)하는 자는 부끄러워하지 않으리라. 강한 힘을 가진 자에게 빼앗은 것을 누가 다시 빼앗을 수 있겠는가. 비록 그것을 빼앗긴다 하더라도 내가 너의 아들을 구제하고 너의 적을 멸하는데, 방해할 자는 하나도 없으리라. 왜냐하면 여호와인 내가 너희의 구세주요, 너희의 구속자(救贖者)요, 야곱의 전능자임을 만백성이 알게 될 것이기 때문이다."

〈이사야〉 50장.—주께서 말씀하셨다. "내가 너희 희망을 버린 절연장(絕緣狀)은 무엇이냐? 어찌하여 내가 그것을 너희 적들의 손에 넘겨주었겠느냐? 내가 그것을 버린 것은 그 회당의 불신앙과 죄 때문이 아니냐? 내가 왔을 때, 아무도 나를 반가이 맞아 주지 않았다. 내가 불렀을 때, 아무도 내 말에 응하지 않았다. 내 팔이 짧아서 구원할 능력이 없다는 것이냐? 그러므로 나는 진노의 표시를 하리라. 어둠으로 하늘을 덮고 삼베로 이를 감추리라."

주께서 가르침을 받은 자의 혀를 내게 주신 것은 비탄에 빠져 있는 자를 말로써 위로할 수 있게 하기 위함이었다. 그는 내 귀를 일깨워 배운 자로서 들을 수 있게 하셨다.

주께서는 나에게 그 의지를 나타내 보이셨다. 나는 이에 거역할 수 없었다. 나는 나를 때리려는 자에게 내 몸을 내맡겼다. 내 머리를 잡아 뽑으려는 자들에게 나의 뺨을 내맡기고, 모욕을 주고 침을 뱉는 자들로부터 나는 얼굴을 돌리지 않았다. 그러나 주께서 나를 도와주셨으므로 나는 미혹되지 않았다.

나를 의롭게 하는 이가 나와 함께 계시니 누가 내게 죄를 과하겠는가? 여호와 하느님 자신이 나의 수호자이시니.

인간은 누구나 세월과 더불어 사라져 가고 소멸한다. 그러나 주를 두려워하는 자들로 하여 신의 종이 하는 말을 귀 기울여 듣게 하라. 어둠 속을 헤매는 자로 하여 주께 의지하게 하라. 그러나 신의 노여움이 네 위에 불붙게 하는 자들이여, 너희들은 그 불빛 속에 걷고, 스스로 피운 불길 속을 걸어가라. 이런 재앙이 너희에게 닥치게 한 것은 나의 손길이다. 너희는 슬픔 속에 쓰러지리라.

〈이사야〉 51장.—의를 추구하고 주를 찾는 자여, 내 말을 들으라. 너희가 쪼개고 나온 바위와, 너희가 끌려 나온 굴을 상기해 보라. 너희의 조상 아브라함과 너희를 낳은 사라를 생각해 보라. 보라, 그에게 아직 자식이 없을 때 나는 그를 불러 이렇게 많은 자손을 주었다. 보라, 내가 얼마나 많은 축복을 시온에 행하였으며, 얼마나 풍족한 은총과 위안을 그에게 주었느냐.

나의 백성들아, 이 모든 일을 유의하고 내 말에 귀를 기울이라. 율법이 내게서 비롯되고 이방인에게 빛이 될 심판도 내게서 비롯될 것이기 때문이다.

〈아모스〉 8장 9절.—(예언자는 이스라엘의 모든 죄상을 열거한 다음, 신께서 이를 보복할 것을 서약했다고 말했다.)

여호와 하느님께서 말씀하신다. "그날에 나는 한낮에 해를 지게 하여 어둠으로 지상을 덮고, 너희들의 엄숙한 제사를 눈물로 바꾸고 너희들의 모든 노래를 탄식으로 바꿀 것이다. 너희로 하여 허리에 삼베를 두르고 외아들을 잃은 것과 같은 슬픔에 빠지게 하여 그 마지막 날을 쓰라린 시간이 되게 하리라."

여호와 하느님께서 말씀하신다. "보라, 그날이 오면 나는 이 나라에 기근 (饑饉)을 보낼 것이다. 그것은 빵과 물에 굶주리고 목마르게 되는 것이 아니라, 나의 말을 듣지 못하는 굶주림과 갈증일 것이다. 그들은 바다에서 바다로 헤맬 것이며, 북쪽에서 동쪽으로 헤맬 것이며, 나의 말을 찾아 이리저리 헤매지만 찾지 못할 것이다."

"그날에 숫처녀와 총각들이 이 갈증으로 쓰러질 것이다. 저 사마리아의 우상들을 섬긴 자와 단(Dan)에서 경배받던 신에게 맹세한 자, 바엘세바의 의식을 따른 자, 이들 모두가 쓰러져 다시는 일어나지 못 하리라."

〈아모스〉 3장 2절.―땅 위의 모든 종족 가운데 나는 너희들만을 나의 백성으로 알아 왔느니라.

〈다니엘〉 12장 7절.―다니엘은 메시아의 치세의 전기간(全期間)을 기록하고 나서 말했다. "이러한 모든 일은 이스라엘 백성들을 다 분산시켰을 때 끝맺음 되리라."

〈학개〉 2장 4절.―'너희들, 이 제2의 성전을 첫 번째 영광의 성전과 비교하여 그것을 멸시하는 자들이여, 이제 기운을 내라'고 주께서 학개를 시켜 말씀하신다. '즈루바벨아, 대제사장 여호수아야, 이 땅의 모든 백성아, 너희들은 힘쓰기를 그치지 말라. 내가 너희들과 함께하기 때문이다'고 만군의 주께서 말씀하셨다. '내가 너희들을 이집트에서 인도해 냈을 때 내가 했던 언약에 따라, 내 영은 너희들 가운데 있다. 두려워하지 말라. 나 만군의 여호와가 말하노라. 이제 얼마 지나면, 나는 하늘과 땅과 바다와 견고한 육지를 진동시키리라(위대하고 엄청난 변화를 예고함). 그리고 나는 만국을 진동시키리라. 그때 만백성이 바라는 대로 되리라. 그리고 나는 영광을 이 신전에 가득 채울 것이다'고 주께서 말씀하셨다.

'은과 금도 나의 것'이라고 주께서 말씀하셨다. (즉 이런 것에 의해 내가 경배 되기를 원치 않는다는 뜻이다. '뜰에 있는 짐승도 나의 것이다. 그런 것들을 제물로 바친들 나에게 무슨 소용이 있겠느냐'고 다른 곳에 씌어 있는 것과 같다.) 이 제2 신전의 영광은 첫 번째 신전의 영광보다 큰 것이라고 만군의 여호와께서 말씀하셨다. '이곳에 나는 나의 신전을 세울 것이다'고 주께서 말씀하셨다.

〈신명기〉 18장 16~19절.—호렙에서 너희가 모였던 날에 너희는 말하였다. "우리가 죽지 않도록 주 여호와의 음성을 다시는 듣지 않게 해 주십시오. 또한 다시는 이 무서운 불을 보지 않도록 해 주십시오." 여기서 주는 나에게 말씀하셨다. "그들의 기도는 옳도다. 내가 너희에게 했듯이 저들의 동포 가운데서 한 사람의 예언자를 그들을 위해 세우고 나의 말을 그의 입에 담아 주리라. 그는 내가 명하는 바를 모두 그들에게 고하리라. 그가 나의 이름으로 하는 말에 순종하지 않는 자는 누구를 막론하고 내가 심판하리라."

〈창세기〉 49장 8~10절.—"유다야, 너는 형제들에게 칭찬받으리라. 네 손은 네 적의 목을 잡을 것이며, 네 아비의 자식들이 너를 숭배하리라. 유다는 사자(獅子)의 새끼로다. 내 아들아, 너는 네 먹이로부터 일어섰도다. 그는 수사자처럼 웅크리고 성난 암사자와 같도다."

"왕의 홀(笏)이 유다에게서 떠나지 않으며, 입법자들이 그의 두 발 사이에 있으리라. 실로가 올 때까지 그리고 만백성이 그에게로 모여들어 복종할 때까지."

*727*의 *1*

메시아의 일생을 통하여. 하나의 수수께끼. 〈에스겔〉 17장.

그의 선구자. 〈말라기〉 3장.

그는 어린 아기로 태어나리라. 〈이사야〉 9장.

그는 베들레헴에서 태어나리라. 〈미가〉 5장.

그는 주로 예루살렘에 나타나 유다와 다윗의 가문에 태어날 것이다.

그는 현자와 학자의 눈을 어둡게 할 것이다. 〈이사야〉 6장, 8장, 29장 등. 그는 복음을 가난한 자와 비천한 자들에게 전할 것이다. 〈이사야〉 29장, 장님의 눈을 뜨게 하고 병자를 낫게 하며, 어둠 속에서 헤매는 자를 빛 가운데로 인도하리라. 〈이사야〉 61장.

그는 완전한 도를 가르치고, 이방인의 스승이 된다. 〈이사야〉 55장, 42장 1~7절.

예언은 불신자들에게는 이해되지 않는다. 〈다니엘〉 12장, 〈호세아〉 14장 9절. 그러나 가르침을 잘 받은 자는 이해할 수 있다.

메시아를 가난한 자로써 나타내는 예언들은 그를 모든 국민이 주로서 나타내고 있다. 〈이사야〉 52장 14절, 동 53장. 〈스가랴〉 9장 9절.

메시아 강림의 시기를 예고하는 예언들은 그를 이방인의 주ㆍ수난받는 자들의 주로서 예고할 뿐, 구름을 타고 오는 심판자로서 예고하고 있지는 않다. 그리고 그를 심판자ㆍ영광의 주로써 표현하는 예언들은 그 시기를 제시하지 않는다.

그는 온 세상 사람들의 죄로 해서 희생이 되리라. 〈이사야〉 39장, 53장 등.

그는 귀중한 머릿돌(礎石)이 되리라. 〈이사야〉 28장 16절.

그는 걸려 넘어지는 돌이 되고, 가로막는 바위가 되리라. 〈이사야〉 8장. 예루살렘은 이 돌에 부딪힐 것이다.

집 짓는 자들은 이 돌을 버리리라. 〈시편〉 118편 22절.

신은 이들을 한 구석의 머릿돌로 하시리라.

또한 이들은 자라서 큰 산이 되고, 온 땅에 가득하리라. 〈다니엘〉 2장.

이리하여 그는 버림을 받고 거절당하고 배반당하리라. 〈시편〉 109편 8
절. 팔려 가리라. 〈스가랴〉 11장 12절. 침 뱉음을 당하고 얻어맞고, 조롱을
받고, 온갖 방법으로 괴로움을 당하고, 쓴 국물을 마시리라. 〈시편〉 69편
21절. 찔리리라. 〈스가랴〉 12장 10절. 두 발과 두 손이 찔리고, 죽임을 당하
고, 그 옷을 제비를 뽑아 나눠 갖는다. 〈시편〉 22편.

그는 다시 살아나리라. 〈시편〉 16편. 사흘 만에. 〈호세아〉 6장 3절.

하늘에 올라 신의 오른편에 앉으리라. 〈시편〉 110편.

왕들은 그에 대항하여 무기를 든다. 〈시편〉 2편.

그는 아버지이신 신의 오른편에서 그 적을 물리친다.

땅의 왕들과 모든 백성이 그를 경배하리라. 〈이사야〉 60장.

유대인은 한 민족으로서 영원히 존속하리라. 〈예레미야〉.

그들은 통치자 없이 방황하리라. 〈호세아〉 3장.

예언자가 없이. 〈아모스〉.

구원을 바라면서도 그것을 찾지는 않는다. 〈이사야〉.

예수그리스도를 통해 이방인이 받은 신의 부르심. 〈이사야〉 52장 15절.

〈이사야〉 55장 5절, 60장 등. 〈시편〉 71편.

〈호세아〉 1장 9절.—"너희들이 흩어지고 널리 퍼진 뒤에는 벌써 나의 백
성이 아니며, 나는 너희들의 신이 아니다. 나의 백성이 아니라고 말하는 그
곳에서 나는 그들을 나의 백성이라 말하리라."

727의 2

"……은 쉬운 일이다." 예수그리스도를 통해 이방인이 신의 부름을 받게
됨. 〈이사야〉 52장 15절.

728

주가 선택한 장소인 예루살렘 밖의 땅에서 제물을 바치는 것은 용납되지

않고, 십일조[18]의 헌물을 먹는 것도 금지되어 있었다. 〈신명기〉 12장 5절, 14장 23절, 15장 20절. 16장 2, 7, 11, 15절.

호세아는 그들에게는 왕이 없고, 군주도 없고, 제물도 없고, 우상도 없어질 것이라고 예언했다. 이 모든 것은 예루살렘 밖의 땅에서 정식 제물을 바칠 수 없게 된 오늘날 성취된 셈이다.

729

예언. 메시아의 시대가 되면, 그는 그들이 이집트에서 어떻게 탈출했는지 잊어버리게 할 정도의 새로운 언약을 세우기 위해 오실 것이라고 예언되어 있었다. 〈예레미야〉 23장 7절, 〈이사야〉 43장 16절.

그는 자기 율법을 외부의 사물에 새기지 않고, 마음속에 새기게 될 것이며, 그때까지 외면적인 것에 불과했던 메시아에 대한 두려움을 그는 마음속에 느끼게 할 것이라고 예언되어 있었다.

이 모든 것 속에서도 기독교의 율법을 보지 못할 자가 있을까?

730

그때 가서는 우상숭배는 폐기될 것이다. 이 메시아는 모든 우상을 타도하고, 사람들로 하여금 참된 신을 경배하게 할 것이다.[19]

우상들의 사원은 타도되고, 세계의 모든 국민과 모든 장소에서 그에게 순수한 제물이 바쳐지고 동물은 바치지 않게 되리라.[20]

그는 유대인과 이방인의 왕이 되리라. 그런데 이 유대인과 이방인의 왕은 살해의 음모를 꾸미는 쌍방으로부터 박해받게 될 터이지만, 쌍방의 지배자인 그는 모세의 숭배를 그 중심인 예루살렘에서 파괴하고, 그곳에 그의 최

---

18) 유대인이 신에게 바치는 1년 소득의 10분의 1.
19) 〈에스겔〉 30장 13절.
20) 〈말라기〉 1장 11절.

초의 교회를 세우게 될 것이다. 또한 우상숭배의 중심인 로마에서 우상숭배를 파괴하고, 그곳에 그의 으뜸가는 교회를 세우리라.[21]

731

예언. 예수그리스도는 신이 그의 적을 그에게 순종할 때까지 신의 오른편에 앉게 하시리라.

그러므로 그는 몸소 그들을 순종케 하지는 않을 것이다.

732

"그때가 되면 그들은 자기 이웃의 모든 사람에게 '너희 주를 알라'고 더 이상 말하지 않을 것이다. 그것은 신이 모든 사람에게 자신을 알리기 때문이다."[22]—"너희들의 자녀는 예언되리라."[23]—"나는 나의 영과 나를 두려워하는 심정을 너희들의 마음속에 심으리라."[24]

이것들은 모두 같은 일이다.

예언이란 신에 대해 말하는 것이며, 외적인 증거에 의해서가 아니라, 내적이고 직접적인 직관에 의해 말하는 것이다.

733

신은 인간들에게 완전한 길을 가르쳐 주시리라.[25]

그리고 그(그리스도)의 앞이나 뒤에도 이에 가까운 신성한 것을 가르친 사람은 전혀 없었다.

---

21) 〈시편〉 72편 11절.
22) 〈예레미야〉 31장 34절.
23) 〈요엘〉 2장 28절.
24) 〈예레미야〉 32장 40절.
25) 〈이사야〉 2장 3절.

734

예수그리스도는 처음에는 작지만 나중에는 크게 되리라. 〈다니엘〉의 작은 돌.[26]

비록 내가 메시아에 대하여 한마디도 듣지 못했다고 하더라도, 세상의 갈 길에 대하여 이처럼 놀라운 예언이 이루어지는 것을 보고는 이것이 신의 뜻임을 인정하지 않을 수 없다. 그리고 이와 같은 책들이 한 메시아를 예언하고 있다는 사실을 알게 되면, 그의 재림을 확신하지 않을 수 없다. 또한 이들 책이 그가 강림할 시기를 제2의 신전이 파괴되기 전이라고 한 것을 보면, 그는 이미 와 있다고 말해야 할 것이다.

735

예언. 유대인은 예수그리스도를 버렸기 때문에 신의 버림을 받았다. 선택된 포도나무는 들 포도밖에 열매를 맺지 못한다. 택함을 받은 백성은 신앙이 없고, 신의 은혜를 모르고, 불신자가 될 것이다. "믿지 않고 반항하는 백성"[27]이 되리라.

신은 그들을 벌하여 눈이 어둡게 하고, 그들은 장님처럼 대낮에도 더듬거릴 것이다.[28]

한 사람의 선구자가 그의 앞에 나타날 것이다.[29]

736

예언. "내 가슴을 찌른 그들" 〈스가랴〉 12장 10절.

악마의 머리를 때려 부수고, 그 백성을 "모든 사악(邪惡)"[30]에서 해방해

---

26) 〈다니엘〉 2장 34절.
27) 〈이사야〉 65장 2절. 〈로마서〉 10장 21절.
28) 〈신명기〉 28장 29절.
29) 〈말라기〉 4장 5절.
30) 〈시편〉 130편 8절.

줄 구주가 강림하신다. 새로운 언약이 맺어지고, 그것이 영속된다. 멜기세덱의 법통을 잇는 다른 제사장직이 정해지고[31] 그것이 영원히 계속되리라.

그리스도는 번영하고 권능을 갖고 강해질 것이다. 그러나 비참하게도 인간들은 그를 알아보지 못한다. 인간들은 그를 메시아로 생각하지 않고 그를 거부하고 끝내는 죽여 버릴 것이다. 그를 부인한 백성들은 이미 그의 백성이 될 수 없다. 우상을 섬기던 교도가 그를 받아들이고 그에게 도움을 청한다. 그는 시온을 떠나 우상숭배의 중심지에 군림하게 될 것이다. 그런데도 불구하고 유대인은 영원히 존속된다. 그는 유대족 가운데 태어날 것이며, 그곳에는 더 이상 왕이 없을 것이다.

---

31) 〈시편〉 110편 4절.

제12장 예수그리스도에 대한 증거

737

그러므로 나는 다른 모든 종교를 거부한다.

그리하여 나는 모든 항의에 대해 하나의 대답을 발견하게 된다.

지극히 신성한 신은 마음이 깨끗한 사람들에게만 자신을 나타내시는 것은 당연한 일이다.

그러므로 이 종교는 나의 마음을 매료한다. 그리고 이 종교가 신성한 윤리에 의해 이미 충분히 권위가 주어져 있지만, 나는 그 이상의 것을 거기서 발견하게 된다.

인간의 기억이 비롯된 이래로, 여기 다른 어떤 민족보다도 오래된 민족이 존속하고 있다는 것을 나는 발견한다.

인간은 모두 타락했다고 끊임없이 이야기되고 있지만, 이윽고 구세주가 오리라는 것도 예고되어 왔다. 이것을 예언한 것은 한 사람이 아니라, 헤아릴 수 없을 만큼 많으며, 한 민족 전체가 4000년에 걸쳐 이것을 분명히 예언하고 있다. 이 민족은 이 예언을 위해 택함을 입었다. 그 책자는 400년에 걸쳐 곳곳에 배포되었다.

나는 그 책들을 깊이 탐구할수록 그만큼 더 많은 진리가 담겨 있는 것을 발견하게 된다. 그가 오시기 전에 한 민족 전체가 그에 대해 예언하고, 그가 강림한 후에는 한 민족 전체가 그를 경배했다. 그가 오시기 전에 있었던 일과 그가 오신 후에 일어난 일. 그가 오시기 전에 있었던 유대 교회와 그가 오신 후에 생겨난 예언자도 없는 많은 비참한 유대인들. 그들은 모두가 적이었으므로, 그들의 비참과 맹목이 예언되어 있던 여러 가지 예언의 진실성을 우리에게 입증하는 놀라운 증인이 된다. 결국 그들은 우상도 없고 왕도 없게 된다.

유대인에게 예언된 무서운 암흑. "너희들은 대낮에도 손으로 더듬으리라."[1] "이 책을 유식한 사람에게 주어도 그들은 '나는 읽을 수 없다'고 말하리라."[2]

왕권이 아직 최초의 이방인 찬탈자(簒奪者)의 손에 있는데도 그리스도가 강림했다는 소문.

나는 이 원초적이고 거룩한 종교가 그 권위에 있어서나, 그 존속된 기간에 있어서나, 그 영속성에 있어서나, 그 윤리에 있어서나, 그 운영에 있어서나, 그 교리에 있어서나, 그 결과에 있어서 완전히 신성한데 경탄한다.

그러므로 나는 구주에게 두 손을 뻗친다. 그는 4000년 동안 예언되고 나서 예언된 시기와 예언된 상황에 따라 나를 위해 이 땅에 강림했으며, 나를 위해 괴로움을 당하고 죽기까지 했다. 그리고 나는 그의 은혜에 의해 그와 영원히 하나가 되리라는 소망을 가지고 평안히 죽음을 기다릴 수가 있다. 그러나 이제 그가 기꺼이 내게 주신 행복 속에서, 또는 그가 나를 위해 보내주시고 또 그 자신의 본보기에 따라 참는 것을 가르쳐 주신 불행 속에서도 기쁨을 가지고 산다.

738

예언자들은 메시아가 강림하실 때 분명히 일어나게 될 여러 가지 표징을 분명히 제시했기 때문에, 그러한 표징은 모두 동시에 일어나야만 했다. 그러므로 다니엘의 70주가 끝나면 제4의 왕국이 도래해야 했으며, 왕권은 유대로부터 넘겨지지 않으면 안 되었다.

그리하여 이 모든 일이 아무런 어려움도 없이 일어났다. 그때 메시아가

---

1) 〈신명기〉 28장 29절.
2) 〈이사야〉 27장 11절.

오시게 되어 있었는데, 예수그리스도가 와서 자기가 메시아라고 말씀하셨다. 이런 일도 또한 어려움 없이 일어났다. 이것은 예언이 진실함을 분명히 보여 주고 있다.

739

예언자들은 예언했으나 그들 자신이 예언되어 있지는 않았다. 그 후에 성자들이 왔는데, 그들은 예언되어 있었으나 예언하지는 않았다. 예수그리스도는 예언되어 있었으며, 또한 예언하였다.

740

두 《성서》는 한결같이 예수그리스도를 그 중심으로 삼고 있다. 《구약 성서》는 그 소망으로서, 《신약 성서》는 그 모범으로서.

741

세계에서 가장 오래된 두 권의 책은 모세와 욥의 것이다. 한 사람은 유대인이고, 또 한 사람은 이교도이지만, 양자는 함께 예수그리스도를 그 공통된 중심 및 목적으로 삼고 있다. 모세는 아브라함과 야곱 등에 대한 신의 언약과 그의 예언을 이야기함으로써, 욥은 "바라건대 나의 말이 기록되기를……. 나는 나를 구속(救贖)해 주실 이가 살아 계심을 알고 있다"[3] 하고 말함으로써.

742

복음서는 성모의 처녀성에 대해서는 예수그리스도의 탄생 때까지밖에 이야기하지 않는다. 모든 것을 예수그리스도와 관련지어 이야기한다.

---

3) 〈욥기〉 19장 23~25절.

743

예수그리스도의 증거. 어찌하여 '룻기' 는 보존되었을까?

어찌하여 타말의 이야기는?[4]

744

"유혹에 빠지지 않도록 기도하라." 유혹당하는 것은 위험한 일이다. 유혹당하는 사람은 기도하지 않기 때문이다.

"네가 내게 다시 돌아온 후에는 네 형제에게 힘이 되어다오." 그러나 먼저 "예수께서 몸을 돌려서 베드로를 바라보셨다."

성 베드로는 말고를 치게 해 달라는 허가를 청하고, 그 대답을 듣기도 전에 그의 귀를 잘라 버렸다. 그리하여 예수그리스도의 대답은 그 후가 되었다.

유대인 군중이 빌라도 앞에서 예수그리스도를 고발했을 때 거의 우연하게 부르짖은 '갈릴리' 라는 말은 예수그리스도를 헤롯에게 보내는 구실을 빌라도에게 제공했다. 이 때문에 메시아가 유대인과 이방인 모두에게 심판받으리라는 비의(秘義)는 성취되었다. 얼핏 보기에 우연한 것 같은 이 일이 비의를 성취한 원인이 되었다.

745

신앙을 갖기를 망설이는 사람들은, 유대인도 메시아를 믿지 않는다는 것을 그 이유로 삼는다. 그들은 말한다. "그 일이 그렇게 명백하다면 그들(유대인)은 왜 믿지 않는가?"라고. 그리고 유대인이 그(그리스도)를 거부했다는 선례(先例) 때문에, 자기들이 망설이지 않도록 그들이 믿어 주었더라면

---

4) 타말과 룻은 모두가 유대인이 보기에는 달갑지 않은 여자들이지만, 유다에서 다윗에 이르는 계보를 일관시키는 데 필요한 여인이며, 따라서 그리스도가 유다의 혈통에서 태어나리라는 예언을 성취시키는데 없어서는 안 되는 여인이다.

하는 아쉬움을 표명하는 듯이 보이기도 한다.

그러나 유대인의 거부야말로 우리 신앙의 기초가 된다. 만일 그들이 우리들처럼 되었더라면 우리는 신앙을 등한시했을 것이다. 그때에는 더 그럴 듯한 구실을 내세울 것이다.

유대인을 예언에 대한 큰 애호자로 만든 동시에 그 예언의 실현에 대해 적개심을 품게 만든 것은 실로 놀라운 일이다.

746

유대인들은 크고 눈부신 기적에 익숙해 있었다. 그리하여 홍해나 가나안 땅에서의 위대한 이변도, 앞으로 나타날 그들 메시아의 대업(大業)을 전조(前兆)라고 생각했으므로, 그들은 더욱 놀라운 기적, 즉 모세의 기적도 그 표본에 불과하다고 생각될 엄청난 기적을 대망하고 있었다.

747의 1

육체적인 유대인과 이교도에게는 고통이 따랐으며 기독교도들도 그렇다. 이교도에게는 구세주란 존재하지 않는다. 그들은 그런 것을 바라지도 않기 때문이다. 유대인에게도 구세주는 존재하지 않는다. 그들은 구세주를 바라고 있으나 헛수고이다. 구세주는 기독교도를 위해서만 존재한다.

747의 2

'영속성'의 항목에 들어 있는 두 종류의 사람들을 보라.

747의 3

어떤 종교에 있어서나 두 종류의 인간이 있다('영속성'을 보라). 미신, 사욕(邪欲).

748

메시아의 시대에 백성들은 둘로 갈라졌다. 영적인 사람들은 메시아를 받아들었으나, 속된 사람들은 받아들이지 않고, 메시아의 목격자로서 그 증인에 그쳤다.

749

"만일 이 일이 그렇게 분명히 유대인에게 예언되어 있었다면, 어찌하여 그들은 그것을 믿지 않았을까? 그리고 그들은 그처럼 분명한 사실을 거부하였는데도 어찌하여 전멸되지 않았을까?"

나는 대답한다. "첫째로 그들이 그렇게 분명한 사실을 믿지 않을 것이며, 그들이 멸망되지 않으리라는 것은 모두 예언되어 있었다. 그리고 이처럼 메시아의 영광을 높이는 일은 없다. 왜냐하면 예언자들이 존재한 것만으로는 충분치 못하며, 그들의 예언이 의심받지 않고 보존될 필요가 있었기 때문이다. 그런데……."

750

만일 유대인이 모두 예수그리스도에 의해 개종당하였더라면, 우리에게는 믿을 수 없는 증인밖에 없었을 것이다. 또 만일 그들이 전멸되었더라면 우리에게는 증인이 전혀 없었을 것이다.

751

예언자들은 예수그리스도에 대하여 무엇이라고 말하고 있는가? 그는 분명히 신이라고 말했는가? 아니다, 그는 진정 숨어 있는 신이다. 사람들은 그를 알아볼 수 없을 것이며, 이 사람이 그(메시아)라고는 믿지 않을 것이다. 그는 땅에 박힌 돌이 되어 많은 사람이 그것에 걸려 넘어질 것이라고 말하고 있다.

그렇다면 명확성이 모자란다고 우리를 탓하지 말기를 바란다. 우리는 그 것을 공언하고 있으니까. '그러나 어쩐지 애매한 면이 있다. 그것이 없었더 라면 아무도 예수그리스도라는 돌에 걸려 넘어지지는 않았을 것이다' 라고 그들은 말한다. 이 막연함은 예언자들의 틀에 박힌 의도의 하나이다. "저들 이 눈을 뜨지 못하게 하라."

752

모세는 제일 먼저 삼위일체 · 원죄 · 메시아를 가르친다.

위대한 증인, 다윗.

착하고 자비로운 왕 · 고귀한 영혼 · 현명한 정신 · 유능한 인물 · 그는 예 언하고, 그의 기적은 일어난다. 그것은 무수히 많다.

그에게 만일 허영심이 있었더라면, 자기는 메시아라고 말하기만 하면 되 었다. 그에 관한 예언들은 그리스도에 관한 것보다 명백했으니까.

성 요한도 마찬가지이다.

753

헤롯은 메시아의 강림을 믿었다. 그는 유대의 왕권을 빼앗았으나 유대 출 신은 아니었다. 이 때문에 하나의 유력한 당파가 생겨났다.

바르코스바[5]와 유대인에게 받아들여졌던 다른 한 사람의 사나이. 그리고 당시에 널리 퍼졌던 풍설.

수에토니우스 · 타키투스 · 요세푸스.

메시아에 의해 왕권이 영구히 유대에 존재하고, 또한 그의 강림으로 왕권 이 곧 유대에서 탈취되었다면 메시아는 어떤 인물이어야 했을까?

보고도 알지 못하고 들어도 깨닫지 못하는 그들을 만들기 위해서는 이 이

---

5) 바르코스바는 바도리아누스 대제 시대에 유대의 반란(132~135)을 지도한 인물.

상의 좋은 방법이 없었을 것이다.

시대를 3기로 나누는 사람들에 대한 그리스인[6]의 저주.

754

"당신은 인간이면서 자신을 신으로 생각한다."

"너희는 신들이다" 하신 기록이 있지 않느냐.—《성서》는 폐지될 수 없다."

"이 병은 죽음으로 인도되지 않고 삶으로 통하리라."

"나사로는 잠들었다." 그러고 나서 다시 그는 말했다. "나사로는 죽었다."

755

복음서 사이 외관상의 불일치.

756

후에 일어날 일을 분명히 예언하고, 사람들의 눈을 어둡게 하는 동시에 눈을 밝게 한다는 의도를 공언하고, 후에 일어날 명백한 일속에 막연한 것을 섞은 사람에게 경의를 느끼지 않을 수 있을까?

757

첫 번째 강림의 시기는 신중히 예언되었으나, 두 번째 강림의 시기는 예언되지 않았다. 왜냐하면 첫 번째 강림은 은밀히 행하여질 예정이었으나, 두 번째 강림은 영광으로 가득 차고 너무도 명백하여 적까지도 그를 인정치 않을 수 없을 만큼 드러났기 때문이다. 그러나 첫 번째는 몰래 강림하여 《성서》를 탐구하는 사람들에게만 인식되게 되어 있었다.

---

6) '유대인'이라고도 읽힌다.

758

신은 메시아를 선한 사람에게는 보이게 하고, 악한 사람에게는 보이지 않게 하기 위해, 그에 대해 다음과 같이 예언되게 하였다. 만일 메시아의 강림 방법이 분명히 예언되어 있었더라면, 악한 사람들에게까지도 막연한 면이 보이지 않았을 것이다.

만일 그 강림의 시기가 막연히 예언되어 있었더라면, 선한 사람들에게도 막연한 면이 보였을 것이다. 왜냐하면 그들은 마음이 선량한 것만으로는, 예컨대 폐쇄된 '멤'[7]이 600년을 의미한다는 것은 깨달을 수 없었을 테니까. 그래서 시기는 분명히 예언되고 방법은 표징에 의해 예언되었던 것이다.

이렇게 해서 악한 사람들은 약속된 행복을 물질적인 것으로 해석하고, 그 시기가 분명히 예언되어 있었는데도 불구하고 마음의 갈피를 잡지 못했으나, 선한 사람들은 그렇지 않았다.

왜냐하면 약속된 행복에 대한 해석은 자기가 사랑하는 것을 행복이라고 여기는 마음에 달려 있으나, 약속된 시기의 해석은 마음에 달려 있지 않기 때문이다. 그러므로 시기에 대한 명백한 예언과, 행복에 대한 막연한 예언은 단지 악한 사람을 실망하게 할 뿐이다.

759

유대인과 기독교인 중에서 어느 한쪽이 악한 사람임이 틀림없다.

760

유대인들은 그를 거부했으나, 모두가 그런 것은 아니다. 성도(聖徒)들은 그를 받아들이고, 육체적인 사람들은 그를 거부했다. 이것은 그의 영광을

---

7) 단장 687, 688을 참조.

손상하기는커녕 오히려 그 영광을 완전하게 하는 마무리 작업이 되었다. 그들이 그를 거부하는 이유, 《탈무드》나 랍비들의 모든 책에서 찾아낸 유일한 이유는, 예수그리스도가 무기를 손에 들고 여러 국민을 정복하지 않았다는 것이었다. "오, 가장 힘센 분이여, 허리에 칼을 차소서."[8] 그들은 이 말밖에 못 하는가? 그들은 말한다. '예수그리스도는 죽임을 당하였다. 그는 패배하였으며, 힘으로 이교도를 정복하지 않았다. 이교도로부터의 전리품(戰利品)을 우리에게 나눠 주지 않았다. 그는 우리에게 부를 주지 않았다.' 그들은 이런 말밖에 하지 못하는가? 이 사실이 나로 하여금 그리스도를 사랑하게 한다. 그들이 머릿속에 그리고 있는 메시아라면 나는 원치 않는다. 그들로 하여금 그리스도를 받아들이지 못하게 한 것이 유일한 죄이다. 그리고 이 거부로 말미암아 그들은 비난할 수 없는 증인이 되었을 뿐만 아니라, 나아가서는 이로 말미암아 그들은 예언을 성취하고 있다.

이 민족이 그를 받아들이지 않았다는 사실로 말미암아 다음과 같은 기적이 생겼다. 즉 예언은 인간이 할 수 있는 유일한 영속적인 기적이지만, 그것은 거부되기 쉽다.

761

유대인은 그가 메시아임을 인정치 않고 그를 죽임으로써, 그가 메시아라는 사실에 대한 결정적인 증거를 제공했다.

그리고 그를 계속해서 부인함으로써 그들은 스스로 훌륭한 증인이 되었다.

또한 그를 죽이고, 계속하여 그를 거부함으로써 예언을 성취했다. 〈이사야〉 60 장, 〈시편〉 71편.

---

8) 〈시편〉 45편 3절.

762

그분을 적대했던 유대인들이 할 수 있었던 일은 무엇인가?

그들이 그를 받아들였더라면, 그 받아들임에 의해 입증한 것이 된다. 왜냐하면 그 사실은 메시아에 대한 희망을 수탁(受託)받은 사람들이 그를 받아들인 것이 되기 때문이다. 또 그들이 그를 거부했다면, 그들은 그 거부로써 그를 입증한 것이 된다.

763

유대인들은 그(그리스도)가 신인지 아닌지를 확인하려고 노력함으로써 그가 인간이라는 것을 밝혀냈다.

764

교회가 예수그리스도가 인간임을 부인한 사람들에게 그가 인간이었다는 것을 보여 주는 것은, 그가 신이었다는 것을 보여 주는 것만큼이나 어려운 일이었다. 그리고 양자가 똑같이 유력했다.[9]

765

모순의 기원. 십자가 위에서 죽기까지 했던 겸허한 신. 예수그리스도의 두 가지 본성, 두 차례의 강림. 인간 본성의 두 가지 상태. 자기의 죽음에 의해 죽음을 이긴 메시아.

766

표징. 구세주 · 아버지 · 제사장 · 제물 · 양식(糧食) · 왕 · 현자 · 입법자 · 수난자 · 가난한 자, 이 표징들은 모두가 하나의 백성을 길러 자기의 땅으로

---

9) 단장 862 참조.

인도하여 먹여야 할 운명을 타고났다.

예수그리스도. 직무. 그는 홀로 성스럽고 선택받은 위대한 민족을 세워 그들을 양육하고 인도하여, 안식과 성스러움이 있는 곳으로 데리고 가서 신 앞에 그들을 성스럽게 만들고, 그들에게 신전을 마련해 주어 신과 화해시켜야 했으며, 그들을 신의 분노로부터 구원하고, 인간을 지배하는 죄의 굴레로부터 그들을 구제하고, 그 민족에게 율법을 주고, 그 율법을 그들의 마음에 새겨 주어야 했으며, 그들을 위해 자신을 신에게 바쳐 희생되고 흠이 없는 제물이 되고, 스스로 제사장이 되어 자기 살과 피를 바치고, 또한 빵과 포도주를 신에게 바쳐야만 했다.

"그리스도께서 세상에 오셨을 때"

"돌 하나도 돌 위에 남지 않고……."

그보다 앞선 것, 그보다 뒤에 온 것. 모든 유대인은 존속되어 방황하고 있다.

767

지상에 있는 모든 것 중에서 그(그리스도)는 고통만을 함께하시며, 즐거움에는 관여하지 않는다. 그는 이웃을 사랑하지만 그의 사랑은 그 테두리 안에만 머물지 않고 그의 적에게까지 미치며, 나아가서는 신의 적에게까지도 마친다.

768

요셉에 의해 예징(豫徵)된 예수그리스도.[10]

순진하고 아버지의 총애를 받았던 요셉이 아버지의 분부에 따라 형들을 살펴보러 갔다. 형들은 그를 이스마엘 사람들에게 은화 20냥에 팔았다. 그

---

10) 〈창세기〉 37장 이하 참조.

러나 그 때문에 요셉은 그들의 주인이 되고, 그들의 구세주·이방인의 구세주·세계의 구세주가 되었다. 그를 없애기 위해 그를 팔아넘기고 배격하려고 한 형제들의 기도(企圖)가 없었던들 이런 일은 없었을 것이다.

옥중에서 두 사람의 죄인 사이에 끼어 있던 죄 없는 요셉. 십자가 위에서 두 사람의 강도 사이에 달린 예수그리스도. 요셉은 같은 처지에 있는 그들 중 한 사람에게는 구제를, 다른 사람에게는 죽음을 예언한다. 예수그리스도는 같은 죄에서 택함을 입은 자에게는 구원을, 버림을 받은 자에게는 형벌을 준다. 요셉은 예고할 뿐이지만, 예수그리스도는 행한다. 요셉은 구제받을 사람에게, 그가 영예로운 지위에 복귀되면 자기를 생각해 달라고 부탁하는데, 예수그리스도에게 구원받는 사람은, 그리스도가 하늘나라에 돌아가면 자기를 기억해 달라고 부탁한다.

769

이교도들의 회심은 메시아의 은총이 나타날 때까지 보류되어 있었다. 유대인은 오랫동안 그들과 싸웠으나 실패로 끝났다. 솔로몬이나 예언자들이 이에 대해 한 말도 소용이 없었다. 플라톤이나 소크라테스와 같은 현자들도 그들을 설득할 수 없었다.

770

많은 사람이 그(그리스도)보다 앞서 왔다가 갔는데, 드디어 예수그리스도가 강림하여 말씀하셨다. "내가 여기 있다. 지금이 바로 그때이다. 내가 너희에게 말하거니와, 예언자들이 때가 되면 일어날 것이라고 말한 것을 이제 나의 사도들이 행할 것이다. 유대인은 버림을 받고, 예루살렘은 곧 파괴되며, 이교도들은 신을 알게 될 것이다. 너희들이 포도원의 상속자를 죽인 후에, 나의 사도들이 그 일을 행하리라."

이어서 사도들이 유대인에게 말하였다. "너희들은 저주받을 것이다(겔수스는 이 말을 비웃었다)." 그리고 이교도에게 말했다. "너희들은 신을 알게 될 것이다." 그리고 이 일은 그때 이루어졌다.

771

예수그리스도가 강림한 것은, 잘 보는 사람의 눈을 어둡게 하고 보지 못하는 사람의 눈을 밝게 하며, 병자를 고치고 건강한 자를 죽게 하며, 죄인을 회개시켜 의로 인도하고 의인을 죄 가운데 두게 하며, 굶주린 자들을 재워 주고 부자를 가난하게 만들기 위해서였다.

772

내 영혼 만민에게 부어 주리라. 모든 사람은 불신과 사욕 속에 버려져 있었다. 온 땅은 사랑으로 타오르고, 군주들은 그 영화를 버리고, 소녀들은 순교하였다. 이런 힘은 어디서 오는 것일까? 그것은 메시아가 강림하였기 때문이다. 이것이야말로 그의 강림의 증거요, 결과이다.

773

예수그리스도에 의한 유대인과 이교도의 차별 철폐.—"모든 백성은 와서 주를 예배하리라. ……참으로 쉬운 일이다. 나에게 구하라.

모든 왕은 그를 예배하리라.

거짓 증인.

그는 자기를 때리는 자에게 뺨을 돌리리라. 그들은 나에게 쓸개를 음식물로서 주었다."

774

모든 인류를 위한 예수그리스도. 한 민족만을 위한 모세.

아브라함에게 축복된 유대인. "너희를 축복하는 자를 나는 축복하리라."

"이 땅의 모든 백성이 너에 의해 축복받으리라." "네가 나의 종이 되는 것은 쉬운 일이다." "이방인을 비추는 빛."

"주는 어느 민족도 이렇게 취급하시지 않았다" 하고 다윗은 율법에 관해 말하였다. 그러나 예수그리스도에 관해 말할 경우에는 그는, "어느 민족도 이처럼 취급하셨다. 그것은 쉬운 일이다"라고 말하지 않으면 안 된다. 〈이사야〉.

그러므로 온 인류에게 공통으로 통하는 것은 예수그리스도뿐이다. 교회는 신앙이 깊은 사람들을 위해 제물을 바치는데 지나지 않는다. 예수그리스도는 모든 인류를 위해 십자가의 제물이 되셨다.

775

'omnes'라는 말을 언제나 '모두'라고 해석하는 이단이 있는가 하면, 또 때로는 '모두'라고 해석하지 않는 이단도 있다. "모두 이 잔에서 마시라" 위그노교도[11]는 이것을 '모두'라고 해석하는 점이 이단이다. 그로 인해 **모든 사람이 죄를 범했다.** 위그노교도는 신자의 자녀를 예외로 하는 점이 이단이다. 그러므로 우리는 언제 어떤 일을 해야 하는지 알기 위해 교부(敎父)들과 교회의 전통에 따라야 한다. 왜냐하면 이단의 위험은 어느 쪽에도 있기 때문이다.

776

내 어린 양떼들아, 조금도 두려워 말라. 두려워 떨면서.

"그렇다면 어떻게 하면 좋은가, 두려워 말라, 두려워하라."

너희가 두려워하고 있다면, 두려워하지 말라. 그러나 두려워하지 않고 있다면 두려워하라.

---

11) 16~17세기경의 프랑스의 신교도.

"나를 받아들이는 자는, 나를 받아들이는 것이 아니라, 나를 보내신 이를 받아들이는 것이다."

"아무도 모른다. 아들도 모른다."

"빛나는 구름이 그들을 가린다."

성 요한은 아버지의 마음을 아들에게 돌리게 하려고 하였으며, 예수그리스도는 그들 사이에 분열을 자아내려고 하였다.―이것들은 모순되지 않는다.

777

일반적인 사실과 특수적인 사실. 반(半)펠라기우스파는 '특수적'으로만 진리인 것을 '일반적' 진리라고 주장하는 점에서 오류를 범하고 있으며, 반면에 칼빈파는 '일반적'으로 진리인 것을 '특수적' 진리라고 주장하는 점에서 오류를 범하고 있다고, 나에게는 생각이 된다.[12]

778

"유대의 온 땅과 예루살렘의 모든 백성이 세례를 받았다." 거기에는 온갖 신분의 사람들이 모여들었기 때문이다.

이 돌들도 아브라함의 자식이 될 수 있다.

779

만일 우리가 방향을 바꾼다면 신은 우리를 고쳐 주고 용서해 주실 것이다.

"이것은 그들이 회개하고 고침을 받지 못하게 하기 위해서이다." 〈이사야〉.

---

12) 장세니즘의 관점에서 말하면, 죄는 일반적이지만 은혜는 특수적이다. 그런데 반펠라기우스파는 은혜를 일반적이라고 주장하고, 칼빈파는 죄를 특수적이라고 보는 점에서 잘못을 범하고 있다는 것이다.

"죄를 용서받지 못하게 하기 위해서이다."〈마가복음〉.

780

예수그리스도는 말을 들어 보지도 않고 정죄(定罪)하는 일은 없었다.

유다에게. "벗이여, 무엇 때문에 왔는가?" 혼례복을 입고 있지 않은 사람에게도 마찬가지였다.

781

구속(救贖)이 모든 사람에게 미친다는 표징은, 태양이 만물을 비추는 것처럼 그 편재성(遍在性)을 나타낼 뿐이다. 그러나 제외자(除外者)도 있다는 표징은, 이방인을 제외하고 유대인을 택한 것처럼, 제외 그 자체를 표시한다.

'만인의 구세주 예수그리스도' —"그렇다. 왜냐하면 그에게 오기를 원하는 모든 사람에 대해 속죄하기 때문이다. 도중에 죽는 사람이 있으면, 그것은 그 사람의 불행이다. 그러나 그의 쪽에서 보면 그들까지도 구속해 주신 셈이다.

이 예에서 보면 모두가 옳다. 구원해 주는 자와 죽음을 막아 주는 자는 서로 다르다. 그러나 그리스도의 경우에는 그렇지 않다. 그는 두 가지를 다 행하시기 때문이다." —아니, 그렇지 않다. 왜냐하면 예수그리스도는 속죄사로서는 아마도 만인의 주는 아닐 것이다. 따라서 그는 그가 구속할 수 있는 한도 내에서만 모든 사람의 구주인 것이다.

예수그리스도가 만인을 위해 죽은 것이 아니라고 말한다면, 당신들은 그 예외를 곧 자기에게 적용하는 폐단에 빠지기 쉽다. 그것은 절망을 탈피하여 희망을 품게 하기보다는 오히려 절망으로 몰아간다.

왜냐하면 이런 식으로 하면 그와 같은 외적(外的)인 습관에 의해 인간은 내적인 덕에 익숙해지기 때문이다.

782

죽음에 대한 승리. "사람이 온 세상을 얻게 된다고 하더라도 자기의 목숨을 잃게 된다면 무슨 이득이 있겠는가? 자기의 목숨을 지키려는 자는 그것을 잃게 되리라."

"나는 율법을 폐기하려고 온 것은 아니다. 오히려 성취하기 위해 온 것이다."

"어린 양이 세상의 죄를 제거한 것은 아니다. 그러나 나는 이 세상의 죄를 제거하는 어린 양이로다."

"하늘에서 빵을 너희에게 준 것은 모세가 아니다. 너희들을 포로의 상태로부터 구출하고 너희들을 참다운 자유인으로 만든 것은 모세가 아니다."

783

그때 예수그리스도께서 강림하여 사람들에게 말씀하였다.

"인간은 자기 자신 이외에 적이 없으며, 인간을 신으로부터 떼어놓는 것은 자신의 정념이다. 나는 그러한 정념을 없애 주고, 나의 은총을 그들에게 베풀기 위해 왔다. 그것은 그들 전체를 하나의 성스러운 교회로 만들기 위해서이다. 나는 그 교회에 이교도와 유대인을 끌어들이기 위해 왔다. 이교도의 우상과 유대인의 미신을 멸하기 위해 왔다."

이에 대해 모든 사람이 반항한다. 그것은 단지 사욕(邪慾)의 자연스러운 반항에 의해서가 아니다. 그중에서도 땅의 왕들은 이에 예언되어 있었던 갓 태어난 이 종교를 멸망시키기 위해 단결한다. (예언.—"무엇 때문에 이교도들은 분노하는가…… 이 땅의 왕들은…… 그리스도에게 거역하고")

지상의 모든 위대한 자들은 학자·성자·왕들과 단결한다. 그들은 기록하고 정죄하고 죽인다. 이와 같은 온갖 반항에도 불구하고 이들 단순하고 힘없는 사람들은 모든 권력에 항거하여 왕·학자·성자들을 항복시키고 우상숭배를 온 땅에서 일소한다. 그리고 이것은 모두 예언된 힘으로 이루어진다.

784

예수그리스도는 악마의 증언이나 신에게 소명되지 않은 자의 증언을 원하지 않고, 다만 신과 세례 요한의 증언을 원하였다.

785

예수그리스도가 모든 사람 가슴 속에, 그리고 우리 자신 속에 있다고 생각하라. 아버지 속의 아버지로서의 예수그리스도를 보고, 형제 속의 형제로서의 예수그리스도를, 가난한 사람 속의 가난한 사람으로서의 예수그리스도를, 부자 속에서 부자로서의 예수그리스도를, 사제(司祭) 속에 박사 또는 사제로서의 예수그리스도를, 왕후(王侯) 속에서는 군주로서의 예수그리스도를 보라. 왜냐하면 그는 신이므로, 그 영광에 있어서는 위대한 것이 일체이고, 그 유한한 생명에 있어서는 가련하고 비천한 것의 일체이기 때문이다. 그가 이 불행한 상태를 택한 것은 모든 사람 속에 있기 위해서이며, 온갖 처지에 놓여 있는 사람들의 표본이 되기 위해서이다.

786

중요한 정치적 사건들만을 기록하는 사가(史家)들은 예수의 미미한 존재(세상 사람들이 흔히 생각하는 의미)를 거의 의식조차 하지 못했다.

787

요세푸스도, 타키투스도, 그 밖의 역사가들도 예수그리스도를 이야기하지 않은 사실에 대하여.

이 사실은 그에 대한 반증(反證)이 되기는커녕, 오히려 확증된다. 왜냐하면 예수그리스도가 실재했으며, 그의 종교가 크게 평판이 되었으므로 이들이 이에 대해 모르고 있지 않았다는 것은 확실하며, 따라서 이들이 고의로 그것을 숨겼거나 아니면 이야기하기는 했지만, 금지되었거나 개변(改變)되었다는 것이 분명하기 때문이다.

788

"나는 이스라엘 백성 중에서 7천 명을 남겨 두리라."[13] 세상에 알려지지 않고, 예언자들에게도 알려지지 않았던 예배자들을 나는 사랑한다.

789

예수그리스도가 사람들 사이에 알려지지 않고 남아 있었던 것처럼, 그의 진리도 일반적인 의견 사이에서 외관상 아무 차이도 없이 남아 있었다. 마찬가지로 성찬(聖餐)도 보통 빵과 같이…….

790

예수그리스도는 재판의 절차를 밟지 않고 죽임을 당하는 것을 원치 않았다. 왜냐하면, 재판에 의해 죽임을 당하는 편이 부당한 폭동에 의해 살해되는 것보다 훨씬 치욕이기 때문이다.

791

빌라도의 정의감은 거짓된 것이었기 때문에 예수그리스도를 한층 더 괴롭혔을 뿐이다. 왜냐하면 그는 그 거짓 정의를 내세워 예수를 징벌하고 끝내는 죽게 했으니까. 차라리 징벌하지 않고 단숨에 죽이는 편이 나았을 것이다. 거짓 의인들도 그와 마찬가지이다. 그들은 세상 사람들을 기쁘게 하기 위해, 그리고 자신들이 전부 예수그리스도의 자녀가 아니라는 것을 보이

---

13) 〈열왕기 상〉 19장 18절.

기 위해 선한 일이건 악한 일이건 가리지 않고 행한다. 그리하여 큰 유혹이나 기회가 오면, 그들은 그를 죽여 버린다.

792

일찍이 누가 그(그리스도)처럼 놀라운 빛을 안고 왔던가? 유대민족 전체가 그가 강림하기 전에 그에 대해 예언한다. 이방인들은 그가 강림한 후에 그를 경배한다.

이방인들도 유대인들도 그를 자기들의 정신적 지주(支柱)라고 생각한다. 그런데도 그이처럼 광휘를 누리지 않은 사람이 있었을까?

33년의 생애 중의 30년 동안은 남의 눈에 자신을 드러내지 않고 살아간다. 3년 동안은 협잡꾼 취급을 받는다. 사제와 장로들은 그를 거부한다. 가깝고 친근한 사람들은 그를 멸시한다. 나중에는 자기 제자 중의 한 사람에게까지 배반당하고, 다른 한 사람에게 부인되고, 모든 사람에게 버림을 받아 죽게 된다.

그렇다면 그는 이 광휘의 덕을 얼마나 보았을까? 이처럼 큰 광휘를 얻은 사람은 없었으나, 이처럼 많은 치욕을 받은 사람도 없었다. 이 모든 광휘는 우리로 하여금 그를 알아볼 수 있도록 하기 위해 우리에게 도움을 주었을 뿐이다. 그는 자신을 위해서는 그 영광으로부터 아무것도 취하지 않았다.

793

육신과 정신 사이의 무한한 거리는 정신에서 사랑에 이르는 무한한 거리와 흡사하다. 왜냐하면 사랑은 초자연적이기 때문이다.

이 세상의 위대한 모든 광채는 정신의 탐구에 종사하는 사람들에게는 빛을 잃게 마련이다.

정신적인 사람들의 위대함은 왕·부자·장군 그밖에 육체적으로 위대한 사람들의 눈에는 보이지 않는다.

지혜의 위대성은 신에게서 오는 것이 아니라면 무와 같은 것으로, 육체적인 사람들에는 물론 정신적인 사람들에게도 보이지 않는다. 이것들은 종류가 다른 세 개의 질서이다.

위대한 천재들은 그들의 위력과, 그들의 영광과, 그들의 위대성과, 그들의 승리 및 그들의 광채를 가지고 있으므로, 육체적인 위대성을 조금도 필요로 하지 않는다. 육체적인 위대성은 그들과는 전혀 관계가 없다. 그것들은 육안으로는 보이지 않지만 정신에 의해 보인다. 그것으로 충분한 것이다.

성도(聖徒)들은 그들의 위력 · 그들의 광휘 · 그들의 승리 · 그들의 광채를 갖고 있으므로, 육체적 또는 정신적인 위대성을 조금도 필요로 하지 않는다. 그들은 육체적 또는 정신적인 위대성과는 아무 관계가 없다. 그것은 그들에게는 도움도 피해도 주지 않기 때문이다. 성도들은 신과 천사들에게는 보이지만, 육체 및 호기적(好奇的)인 정신으로는 볼 수가 없다. 그들은 신만으로 족한 것이다.

아르키메데스[14]는 이 세상의 영광이 없이도, 마찬가지로 존경받았을 것이다. 그는 눈에 보이는 싸움은 하지 않았다. 그러나 모든 정신적인 사람들에는 그의 발명을 제공하였다. 오, 그는 정신적인 사람들에게는 얼마나 광휘를 던져 주었던가!

예수그리스도는 재산도 없고 학문의 외적인 업적도 없이 그 성스러운 교단(敎團)만을 가지고 계셨다. 그는 발견도 하지 않고, 지배도 하지 않았다. 그러나 겸허하고 인내가 강하고 청정(淸淨)하여 신 앞에서는 정절하고, 악마에게는 두렵고, 아무런 죄도 없었다. 오! 지혜를 간파하는 내적인 눈을 가진 사람들에게, 그는 얼마나 위대하고, 장려하고, 눈부신 광휘 속에 강림하셨던가!

---

14) 아르키메데스(B.C. 287~212) 시라쿠사 왕가에 태어난 기하학자, 물리학자.

아르키메데스는 왕족이긴 했으나, 그의 기하학책에서 왕자처럼 행세했다 해도 그것은 아무런 의미가 없었으리라.

우리 주 예수그리스도도 그의 성스러운 권세 속에 광채를 띄고 왕으로서 강림한다는 것은 무의미했을 것이다. 그러나 그는 진정 그의 가르침 속에 광휘를 가지고 강림하셨다!

예수그리스도의 비천을 보고 충격을 받는다면 그것은 아주 어리석은 일이다. 그의 비천함이 그가 강림했을 때의 위대함과 똑같은 성질의 것으로 생각하는 것처럼.

이 위대성을, 그의 생애와, 그의 고난과, 그의 비천·그의 죽음·제자들의 선택 방법·그들로부터의 배신과 그의 은밀한 부활 등에서 찾아보라. 사람들은 그것이 얼마나 위대한가를 알고 그것과 아무런 관계도 없는 비천에 충격받을 이유가 없음을 알게 될 것이다.

그러나 육체적인 위대성에만 감탄하고 정신적인 위대성은 없는 것으로 생각하는 사람들도 있고, 또 정신적인 위대성에만 감탄하고, 지혜 속에는 한층 더 무한히 높은 것이 없다고 생각하는 사람들이 있다.

모든 물체, 즉 하늘·별·땅·그 왕국 등은 정신의 가장 작은 것에도 미치지 못한다. 왜냐하면 정신은 그 모든 것과 자신을 인식하지만, 물체는 아무것도 인식하지 못하기 때문이다.

모든 물체의 총화나 모든 정신의 총화도, 그리고 그 모든 업적도 사랑의 가장 작은 동작에도 미치지 못한다. 이것은 무한히 높은 질서에 속하는 것이기 때문이다.

모든 물체의 총화에서도 작은 사고(思考) 하나를 창조해 낼 수가 없다. 그것은 불가능하며, 다른 질서에 속하는 것이다.

모든 물체와 정신의 총화에서도 인간은 참된 사랑의 한 가닥 충동도 일으킬 수 없다. 그것은 불가능하며, 다른 초자연적인 질서에 속하는 것이다.

794

어찌하여 예수는 그 이전의 예언에 따라 자신을 증명하지 않고, 좀 더 뚜렷한 방식으로 강림하시지 않았을까?

어찌하여 그는 표징에 의해서만 예언했을까?

795

만일 예수그리스도가 인류의 죄를 구제하기 위해서만 강림하였다면, 모든《성서》및 일체의 사물은 그 목적을 향해 있었을 것이며, 불신자를 설득하기도 쉬웠을 것이다. 만일 예수그리스도가 단지 사람들의 눈을 어둡게 하기 위해 강림했다면, 그의 모든 행위는 혼란을 일으켰을 것이며, 우리는 불신자를 설득하지 못했을 것이다. 그러나 이사야도 말한 것처럼 그는 "성소(聖所)가 되고, 걸려 넘어지는 돌이 되기 위하여" 강림한 것이므로, 우리는 불신자를 설득하지 못하고, 그들도 우리를 설득하지 못한다. 그러나 바로 이 점을 가지고 우리는 그들을 설득한다. 왜냐하면 우리는 예수그리스도의 모든 행위에는 어느 쪽도 확신을 주는 것이 없다고 말할 수 있기 때문이다.

796

예수그리스도는 자기가 나사렛 출신이라는 것을 부정하여 악인의 눈을 어둡게 하지도 않았고, 요셉의 아들이라는 것도 부정하지 않았다.

797

예수그리스도의 증거. 예수그리스도는 큰일도 마치 그것이 큰일이라고 생각해 본 적이 없는 것처럼 단순히 말씀했으나, 자기의 생각을 남이 곧 알 수 있도록 명백하게 말씀하였다. 이 소박함과 이 명백함의 결합은 놀라운 일이다.

복음서의 문체는 여러 가지 점에서 놀랍기만 하다. 특히 예수그리스도의 처형자나 적에 대하여 아무런 악담도 하지 않은 점에서 그렇다. 어떤 복음 기자도 유다나 빌라도나 그 밖의 유대인에게 그런 악담을 한 것으로 기록하고 있지 않다.

만일 복음 기자들의 신중성이 매우 뛰어난 특징을 갖는 다른 많은 필치와 함께 허식적(虛飾的)인 것이며, 또한 이러한 허식이 단지 남의 눈길을 끌기 위한 것이라면, 설사 그들 자신이 그것을 미처 알아차리지 못했다고 하더라도, 그런 점을 그들의 장점으로 인정해 주는 친구를 얻기는 어렵지 않았을 것이다. 그러나 복음 기자들은 그런 허식에 빠지지 않고 무사 공평한 동기에서 일했으므로 그러한 점을 아무에게서도 지적받지 않았다. 그리고 내가 생각하기에는 이러한 일면의 대부분은 지금까지 조금도 주목받지 않았는데 이것이야말로 그들이 얼마나 냉정하게 기록했는가를 입증하는 것이다.

799

부(富)에 대하여 이야기하는 직공, 전쟁·왕위 등에 대하여 이야기하는 율사(律士). 그러나 부자는 부에 대하여 말을 잘하고, 왕은 자기가 베푼 커다란 은혜에 대해 아무렇지도 않게 말할 수 있으며, 신은 신에 대하여 잘 말할 수가 있다.

800

누가 철저한 영웅 정신의 특질을 복음 기자들에게 가르쳐서, 그들로 하여 예수그리스도에 관해 이처럼 완전히 묘사하게 했을까? 어찌하여 그들은 최후의 고민 중에 있는 그를 그처럼 연약하게 묘사했을까? 그들은 단호한 죽음을 묘사하는 방법을 몰랐을까? 그렇다. 왜냐하면 성 누가는 성 스테반의 죽음을 예수그리스도의 죽음보다 더 영웅적으로 그리고 있으니 말이다.

그러므로 그들은 그리스도가 죽음을 면할 수 없는 사실이 확정되기까지
는 그를 두려워할 줄 아는 사람으로, 그리고 그 후에는 완전히 단호한 사람
으로 묘사하고 있다.

그러나 그들이 예수를 고민하는 자로 묘사할 때는 그가 스스로 고뇌할 때
였다. 인간이 그를 괴롭힐 때 그는 완전히 강해진다.

801

예수그리스도의 증거. 사도 사기사설(詐期師說)은 전혀 엉터리이다. 이들
열두 사도가 예수그리스도의 사후에 모여, 그가 부활했다고 거짓말을 퍼뜨
리자는 모의를 했다고 하자. 그들은 그 일로 해서 모든 권력과 항쟁해야 할
것이다. 인간의 마음이란 기묘하게도 경솔하고 변화하고 예측할 수 없고,
재물 같은 것에 기울어지기 쉽다. 만일 그들 중의 한 사람이라도 이런 유혹
을 받거나 또는 그 이상으로 투옥이나 고문이나 죽음 때문에 조금이라도 자
기 자신을 배반했다면 그들은 파멸되었을 것이다. 이것을 깊이 생각해 보
라.

802

사도들은 기만당했거나, 기만했거나, 어느 한쪽이라고 말하는 것은 지지
하기 어렵다. 왜냐하면 인간이 죽었다가 부활한다는 것은 상상조차 할 수
없는 일이기 때문이다.

예수그리스도가 사도들과 함께 있을 동안에는 그들을 움직일 수 있었다.
그러나 그 후 그가 그들 앞에 나타나지 않았다면, 누가 그들을 움직였겠는
가?

제13장 기적

803

기적. 발단. 기적은 교리를 분별하고, 교리는 기적을 분별한다.

세상에는 거짓된 것과 참된 것이 있다. 이것을 알려면 하나의 기준이 있어야 한다. 그렇지 않으면 그것들은 무익하게 될 것이다. 그런데 기적은 무익하지 않을 뿐만 아니라 오히려 근본이다.

우리에게 주어진 기준은, 모든 기적의 중요한 목적인 진리에 대하여, 참된 기적이 주는 증거를 고스란히 보존하는 것이라야 한다.

모세는 두 가지 기준을 제공했다. 즉 예언이 성취되지 않을 경우인 〈신명기〉 18장과, 기적이 우상숭배로 이끌지 않는 경우인 〈신명기〉 13장이다. 그런데 예수그리스도는 우리에게 하나의 기준을 주셨다.

만일 교리가 기적을 결정한다면, 기적은 교리에는 무익하다.

만일 기적이 교리를 결정한다면…….

기준에 대한 항의. 시대를 구별할 것. 하나의 기준은 모세가 살아 있을 때, 다른 기준은 현재.

804

기적. 기적은 그 수단으로써 사용되는 자연의 힘을 능가하는 작용이다. 또한 사이비 기적은 그 수단으로써 사용되는 자연의 힘 이하의 작용이다. 그러므로 악마를 불러 병을 고치는 사람은 기적을 행하고 있는 것이 아니다. 그것은 악마의 자연의 힘을 넘지 못하고 있기 때문이다. 그러나…….

805

두 개의 근거.—하나는 내적이고 다른 하나는 외적이다.—은총, 기적 양자 모두 초자연적.

806

기적과 진리는 둘 다 필요하다. 인간 전체는 육신과 영혼으로 설득되어야 하므로.

807

어느 시대에도 인간이 참된 신에 관해 이야기했거나, 참된 신이 인간에게 말씀했거나 이 둘 중 하나였다.[1]

808

예수그리스도는 자기가 메시아임을 확증하는 데 있어서 그의 가르침을 《성서》나 예언에 따라 확증하지 않고 반드시 기적을 통해 확증했다.

그는 자기가 죄를 사할 수 있다는 것을 기적으로 입증했다.

"너희들의 기적을 기뻐하지 말라. 너희의 이름이 하늘에 기록되었음을 기뻐하라"고 예수그리스도는 말씀하셨다.

"만일 그들이 모세를 믿지 않는다면 죽음에서 되살아나는 자도 믿지 않을 것이다."

니고데모는 그(그리스도)의 기적에 의해, 그의 가르침이 신으로부터 비롯된 것임을 알았다. "스승이시여, 우리는 당신이 신으로부터 오셨음을 압니다. 신이 함께하시지 않는다면, 이러한 기적은 그 누구도 할 수 없을 테니까요." 그는 교리에 의해 기적을 판정하지 않고 기적에 의해 교리를 판정했

---

1) 교리에 의해 신에 대한 지식이 존재했거나, 또는 기적에 의해 신의 계시가 존재했다는 의미.

다.

우리가 기적으로 확증된 예수그리스도의 가르침을 갖고 있는 것처럼, 유대인은 신의 가르침을 갖고 있었다. 그들은 기적을 행하는 자를 믿는 것이 금지되어 있었으며, 대제사장들의 조언을 구하고 그들의 가르침에 따르라는 명령을 받고 있었다. 그러므로 우리가 기적을 행하는 자를 믿는 것을 거부하기 위해 내세우는 모든 이유를,

그들은 그들의 예언자들에 대해 갖고 있었다.

그런데도 그들이 예언자들을 그 기적 때문에 거부하고, 또한 예수그리스도를 거부한 것은, 죄 많은 일이었다. 만일 그들이 기적을 보지 않았다면 그다지 큰 죄가 되지는 않았을 것이다. "내가 기적을 행하지 않았더라면, 그들은 죄를 짓지 않았으리라."

그러므로 모든 신앙은 기적 위에 서 있다.

예언은 기적이라고는 말할 수 없다. 예컨대 성 요한은 가나에서 예수가 행한 첫 번째 기적에 대해 이야기하고, 다음에 예수그리스도가 사마리아 여인의 숨은 생애를 폭로했을 때 하신 말씀을 기록하고, 다음에 백부장(百夫長)의 아들을 고친 것을 말하고 있는데, 성 요한은 이 치유를 '제2의 기적'이라고 부르고 있다.

809

기적들의 결합.

810

제2의 기적은 제1의 기적을 전제로 할지도 모른다. 그러나 제1의 기적이 제2의 기적을 전제할 수는 없다.[2]

---

2) 이것은 단장 808의 끝에 인용되고 있는 예수의 두 가지 기적에 관한 주석이다.

811

기적이 없었던들 사람들은 예수그리스도를 믿지 않아도 죄가 되지는 않
았을 것이다.

812

"기적이 없었던들 나는 기독교인이 되지 않았을 것이다"라고 성 아우구
스티누스는 말하고 있다.

813

기적. 기적을 의심하게 하는 사람을 나는 얼마나 미워하는지 모른다!

몽테뉴는 기적에 관해 두 군데에서 그다운 말을 하고 있다.[3] 한 군데에서
는 그는 무척 신중하다. 그러나 다른 한 군데에서 자신은 믿으면서 믿지 않
는 자를 비웃고 있다.

그야 어쨌든 교회는 그것들이 이치에 닿는지 어떤지에 관해 증거를 갖고
있지 않다.

814

기적을 부정하는 몽테뉴.

기적을 인정하는 몽테뉴.

815

기적을 믿어서는 안 된다는 것에 대한 합리적인 근거를 갖는다는 것은 불
가능한 일이다.

---

3) 몽테뉴《수상록》 2권 11장, 1권 27장.

816

쉽게 믿으려 하지 않는 자들이 가장 쉽게 믿는 자들이다. 그들은 모세의 기적을 믿지 않으면서 베스파시아누스의 기적은 믿는다.[4]

817

제목. 사람들이 기적을 보았다고 말하는 여러 거짓말쟁이는 믿으면서 인간을 영원히 죽지 않게 하거나 젊게 하는 비결을 알고 있다는 거짓말쟁이를 믿지 않는 것은 무엇 때문인가?

사람들이 묘방(妙方)을 갖고 있다고 말하는 많은 거짓말쟁이들을 크게 신뢰하여, 때로는 자기의 생명까지도 그들의 눈에 내맡기게 되는 것은 무엇 때문인가를 생각해 보고 다시 내가 알게 된 것은 세상에 참된 약이 있다는 것이 그 진정한 원인이라는 것이었다. 왜냐하면 진짜가 없으면 그렇게 많은 가짜가 있을 리 없고, 또 가짜를 그렇게 신용하는 일도 있을 수 없기 때문이다. 만일, 병에 대해 아무 약도 없고, 모든 병을 고칠 수 없다면, 사람들은 그런 약이 있다고는 생각하지 않을 것이며, 더구나 많은 사람이 약을 갖고 있다고 자랑하는 사람을 신용하는 일은 없을 것이다.

마찬가지로 어떤 사람이 죽음을 막아 줄 수 있다고 자랑하더라도 그런 예는 하나도 없으므로, 아무도 귀담아듣지 않을 것이다. 그러나 세상에는 저명한 인사들이 그 밝은 식견에 의해 진짜라고 증명한 약이 많이 있었으므로, 사람들에게는 그것을 믿는 버릇이 생기고, 있을 수 있다고 생각되면 있었던 일로 간주해 버린다. 왜냐하면 사람들은 흔히 다음과 같이 생각하기 때문이다. 즉 "이 세상에는 가능한 일이 있다. 그러므로 그 일은 가능하다." 그도 그럴 것이, 어떤 특수한 작용의 결과가 사실로서 나타나므로, 어떤 일

---

4) 로마의 황제 베스파시아누스가 알렉산드리아에서 어떤 눈먼 여자의 눈에 침을 발라 고쳤다는 전설(몽테뉴《수상록》3권 8장).

이 일반적으로 부정될 수 없기 때문에, 사람들은 그 특수한 결과 중 어떤 것이 참된 것인지를 구별할 수가 없어, 그것들 전부를 믿어버리기 때문이다. 이와 마찬가지로 사람들이 달(月)의 작용으로서 많은 허위를 믿고 있는 것은, 그중에는 예컨대 믿음과 같이 진실한 것이 있기 때문이다.

이것은 예언이나 기적이나 해몽이나 마술 등에 관해서도 마찬가지이다. 만일 이것 중에 진실한 것이 전혀 없었다면 사람들은 그것을 전혀 믿지 않았을 것이다. 따라서 세상에는 거짓된 기적이 많으므로 참된 기적은 없다고 단정할 것이 아니라, 반대로 거짓된 기적이 많이 있는 이상, 참된 기적이 있다는 것은 분명하며, 진짜가 있으니 가짜도 있는 것이라고 말해야 한다. 참된 종교가 없었더라면 사람들이 거짓 종교를 많이 생각해 낼 수 없었을 테니까.

이에 대한 반론으로, 미개인도 어떤 종류의 종교를 갖고 있다는 것을 들 수 있다. 그러나 이에 대해서는 그들이 대홍수·할례·성 안드레의 십자가[5] 등에 의해 알 수 있는 것처럼, 참된 종교에 관한 이야기를 들었기 때문이라고 대답해 둔다.

818

세상에 거짓 기적이나 거짓 계시나 마술 등이 그렇게 많은 것은 무엇 때문일까 하고 생각해 본 결과, 그 진정한 이유는 그것 중에는 참된 것들이 있기 때문이라고 나는 생각하게 되었다. 왜냐하면, 참된 기적이 없었다면 이처럼 많은 거짓 기적이 있을 수가 없고, 참된 종교가 없었다면 많은 거짓된 종교가 있을 수 없었기 때문이다. 그러한 진짜가 전혀 없었다면, 인간이 그것들을 생각해 낸다는 것은 사실상 불가능하며, 그렇게 많은 사람이 그것을

---

5) 몽테뉴 《수상록》 2권 12장에 대홍수의 전설이나 할례의 습관이나 성 안드레의 십자가에 의해 요괴(妖怪)를 물리치는 등 기독교와 비슷한 일들이 세계의 곳곳에 보인다고 기록하고 있다.

믿는다는 것은 더욱더 불가능한 일이기 때문이다. 그러나 대단히 위대한 몇 몇 사실들이 진리로서 나타나고 그것들이 유력한 사람들에 의해 믿어져 왔기 때문에, 이 사실들이 거의 모든 사람이 가짜도 똑같이 믿게 된 것 같은 인상을 주었다. 따라서 거짓 기적이 많으므로, 참된 기적이 없다는 결론을 내리지 말고 반대로 거짓 기적이 많으니까 진짜 기적이 있고, 진짜가 있기 때문에 가짜도 있다고 결론을 내려야 할 것이다. 이와 마찬가지로 참된 종교가 있기 때문에 거짓 종교도 있다고 말해야 할 것이다.

이에 대한 항의는, 미개인도 종교를 갖고 있었다는 것이다. 그러나 그것은 성 안드레·대홍수·할례 등에서 찾아볼 수 있는 것처럼, 그들이 참된 종교에 대한 이야기를 들었기 때문이다. 이것은 인간의 정신이 진리에 이끌려 그 방향으로 기울어지는 속성이 생겨, 이로 말미암아 이 모든 거짓을 받아들이기 쉽게 되어 있기 때문이다.

819

〈예레미야〉 23장 32절.—거짓 예언자들의 '기적'.—히브리어 《성서》와 바타블역 《성서》(라틴어 《성서》)에서는, 그것은 '경솔'로 표현되어 있다.

'miracle'이라는 말은 반드시 '기적'을 의미하는 것은 아니다. 〈사무엘상〉 14장 15절에는 'miracle'은 '두려움'을 의미하고, 히브리어로도 그렇다. 〈욥기〉 33장 7절도 분명히 마찬가지이다. 〈이사야〉 21장 4절, 〈예레미야〉 44장 22절도 그렇다.

'portentum(징조)'은 'Simulacrum(우상)'을 의미한다. 〈예레미야〉 50장 38절. 그리고 히브리어도 바타블역도 그렇다.

〈이사야〉 8장 18절.—예수그리스도는 그와 그의 제자들은 기적으로서 존재하는 것이라고 말씀하셨다.

820

만일 악마가 자기를 파멸시키는 가르침에 가세한다면, 악마는 자신에 대항하여 분열될 것이라고 예수그리스도는 말씀하였다.

만일 신이 교회를 파괴하는 가르침의 편을 들으신다면, 신은 분열될 것이다.

"모든 왕국은 저 자신을 스스로 분열시켰다." 왜냐하면 예수그리스도는 신의 나라를 세우기 위해 악마와 싸우고, 인간의 마음에 미치는 악마의 능력을 파괴하셨으며, 악령을 몰아내는 것이 이것을 예징했기 때문이다. 그러므로 그는 다음과 같이 덧붙여 말씀하였다. "만일 신의 손에 의해…… 신의 나라는 이미 너희들에게 와 있는 것이다."

821

시험하는 것과 오류로 인도하는 것 사이에는 큰 차이가 있다. 신은 인간을 시험하시지만, 오류로 이끌지는 않는다. 시험이란 인간이 신을 사랑하지 않으면 어떤 일을 저지르게 되는 기회를 주는 것이다. 그리고 그 기회는 반드시 그렇게 하지 않아도 무방한 성질의 것이다. 오류로 이끈다는 것은, 인간을 반드시 허위로 이끌고 가서 거기 따라가지 않을 수 없게 하는 필연성에 인간을 놓이게 하는 것이다.

822

아브라함[6]·기드온[7]. 계시 이상의 표징.

유대인은 《성서》에 의해 기적을 판단함으로써 자기 눈을 믿게 했다.

신은 참된 경배자들을 절대 버리시지 않았다.

---

6) 〈창세기〉 15장 8절.
7) 〈사사기〉 6장 37절.

나는 다른 누구보다도 예수그리스도를 따르고 싶다. 그에게는 기적·예언·교리·영속성 등이 있기 때문이다.

도나티스트.[8]—이것은 아무런 기적도 갖고 있지 않으며, 우리로 하여금 그것이 악마라고 말하도록 강요한다.

우리가 신과 그리스도와 교회를 한정하면 할수록…….

823

거짓 기적이 없다면 확실성이 있을 것이다.

그것들을 분별하는 기준이 없다면 기적은 무익하고, 그것들을 믿을 이유도 없을 것이다.

그런데 인간에 대해 말한다면, 그들에게는 확신은 없으며, 다만 이성이 있을 뿐이다.

824

신은 거짓 기적을 교란하거나, 아니면 그것을 예고하셨다. 그리고 이 두 가지 중 어느 경우이든 신은 우리에게 초자연적인 존재 이상으로, 그 자신을 높이시고, 우리도 거기까지 끌어올리셨다.

*825*의 *1*

기적은 개종시키는 데는 도움이 되지 않지만, 정죄하는 구실은 한다. 1. P, Q. 113, A.10, Ad.2.[9]

---

8) 아우구스티누스의 논적(論敵). 그가 교회를 사제들과 특정한 지역에 한정한 것을 아우구스티누스는 비난 하고 있다.

9) 토마스 아퀴나스 《신학대전》 제1부, 제113문제, 제10항, 제2 항의(抗議)에 대한 대답.

기적. 성 토마스 3권 8편 20장.

826

사람들이 믿지 않는 이유.

〈요한복음〉 12장 32절. "이렇게 많은 표징을 보여 주었음에도 그들은 예수를 믿지 않았다. 이것은 '신께서 저들의 눈을 멀게 하셨다'라고 한 선지자 이사야의 말이 성취되게 하기 위해서였다. 이사야가 이렇게 말한 것은 예수의 영광을 보았기 때문이며, 그에 대해 이야기한 것이다."

"유대인은 표징을 요구하고, 그리스인은 지혜를 추구하지만, 우리는 십자가에 못 박힌 예수를 전파한다."

"그러나 표징도 충만하고 지혜도 또한 그렇다."

"당신들은 십자가에 못 박히지 않은 예수, 다시 말해 기적도 지혜도 없는 종교를 설교한다."

"사람들이 참된 기적을 믿지 않는 이유는, 사랑이 없기 때문이다. 〈요한복음〉.―그러나 너희들이 나를 믿지 않는 것은 나의 양이 아니기 때문이다." 거짓 기적을 믿는 것도 사랑이 없기 때문이다. 〈데살로니카 후서〉 2장.

종교의 바탕. 그것은 기적이다. 그렇다면 어째서 신은 기적에 어긋나는 말을 하고, 인간이 신에 대하여 품고 있는 신앙의 바탕에 어긋나는 말을 하실까?

만일 유일한 신이 존재한다면, 그 유일신에 대한 신앙은 땅 위에 존재해야 한다. 그런데 예수그리스도의 기적은 반(反)기독교도에 의해 예언되지 않았지만, 반기독교도의 기적은 예수그리스도에 의해 예언되어 있다. 따라서 예수그리스도가 메시아가 아니었다면 틀림없이 그는 사람들을 오류로 이끌어 갔겠지만, 반기독교도가 그들을 오류로 이끌어 간다는 것은 있을 수 없다.

예수그리스도가 반기독교도와 기적을 예언했을 때, 그는 자신의 기적에 대한 신앙을 반기독교도가 파괴하리라고 생각했을까?

반기독교도를 믿는 이유 가운데 예수그리스도를 믿는 이유가 되지 않는 것은 하나도 없다. 그러나 예수그리스도를 믿는 이유 중 반기독교도를 믿는 이유가 되지 않는 것은 얼마든지 있다.

모세는 예수그리스도에 대해 예언하고, 그를 따를 것을 명령했다. 예수그리스도는 반기독교도에 대해 예언하시고, 그를 따르는 것을 금하셨다.

모세의 시대에는 반기독교도에 대한 신앙을 갖는다는 것은 불가능했다. 그때까지는 반기독교도는 알려지지도 않았으니까. 그러나 반기독교도의 시대에는 이미 알려진 예수그리스도를 믿기는 아주 쉬운 일이었다.

827

〈사사기〉 13장 23절.―주께서 우리를 죽이려고 생각하셨다면 이런 모든 것을 우리에게 나타내시지 않았으리라.

유다 왕 히즈키야, 아시리아 왕 산헤립.

예레미야의 예언대로 거짓 예언자 하나니야는 7월에 죽었다.

〈마카베오 하〉 3장.―바야흐로 약탈당하려던 신전이 기적적으로 구제되었다. 〈마카베오 하〉 15장.

〈열왕기 상〉 17장.―과부는 자기 아들을 소생시킨 엘리야에게, '이 일로 말미암아 나는 당신의 말이 진실임을 알겠습니다' 하고 말했다.

〈열왕기 상〉 18장.―엘리야와 바알의 예언자들.

참된 신, 또는 종교의 진리에 관한 어떤 논쟁에서도 오류가 있는 측과 진리가 아닌 측에 기적이 일어난 일은 일찍이 없었다.

828

논쟁. 아벨과 카인 · 모세와 마술사 · 엘리야와 거짓 예언자 · 예레미야와 하나니야 · 미가와 거짓 예언자 · 예수그리스도와 바리새인 · 성 바울과 거

짓 예언자 바르 예수·사도와 주술사(呪術師)·기독교도와 불신자·가톨릭
교도와 이단자·엘리야와 에녹과 반기독교도.

진리는 언제나 기적 속에 만연한다. 두 개의 십자가.[10]

829

예수그리스도는, 《성서》는 자기에 대해 증거하고 있다고 말씀하였다. 그
러면서도 어떤 점에서 그런지는 밝히지 않는다.

여러 가지 예언도 예수그리스도가 살아 있는 동안에는 그를 증명하지 못
했다. 따라서 아무런 교리 없이 기적만 가지고 충분치 못했더라면, 그가 죽
기 이전에는 그를 믿지 않았다고 해도 아무런 죄가 되지 않았을 것이다. 그
런데 그가 세상에 계실 때 그를 믿지 않은 사람들이 죄인이었다는 것은 그
가 말씀한 대로이며, 변명할 여지가 없는 것이다. 그들은 어떤 증거를 보고
서도 그것을 거부한 것이다. 그런데 그들은 《성서》는 갖고 있지 못하고 다
만 기적만 보았을 뿐이다. 그러므로 기적은 교리에 어긋나지 않는 이상 믿
어야 하는 것이다.

〈요한복음〉 7장 40절.─오늘날 벌어지고 있는 기독교도 사이의 싸움과
비슷한 유대인들 사이의 논쟁.

한쪽은 예수그리스도를 믿고, 다른 쪽은 베들레헴에 태어나리라는 예언
을 이유로 그를 믿지 않는다.

후자는 그가 정말로 베들레헴에서 태어나지 않았는가를 알아보기 위해
좀 더 관심을 기울여야 했다. 왜냐하면 그의 기적들은 신빙성이 있는 것들
이었으므로, 그의 교리와 《성서》 사이의 모순에 대해서는 안심해도 되었기
때문이다. 그러므로 그와 같은 불투명은 그들에게 불신의 구실을 주는 것이
아니라, 그들의 눈을 어둡게 하는 것이었다.

---

10) 예수의 십자가와 예수와 함께 사형당한 도적의 십자가.

그러므로 다소 무리하게 주장되는 엉뚱한 모순에 근거를 두는 오늘날의 기적을 믿기를 거부한 사람들은 변명의 구실이 없는 셈이다.

그리스도를 그 기적의 힘 때문에 믿은 사람들에게 바리새인들은 말했다. "율법을 모르는 이 백성은 저주받고 있다. 왕후(王候)나 바리새인 가운데 그를 믿는 자가 하나라도 있었던가? 이것은 갈릴리에서 예언자가 나오지 않았다는 것을 우리가 알기 때문이다." 이에 대해 니고데모는 이렇게 대답했다. "우리들의 율법이 그 사람의 말을 듣기도 전에 어찌 그를 심판할 수 있을 것이냐."(하물며 이런 기적을 행하시는 이러한 사람들이야.)

830

예언들은 애매모호했다. 그런데 이제는 그렇지 않게 되었다.[11]

831

〈5개 조 명제(五個條命題)〉[12]는 한때 애매모호했으나, 이제는 그렇지 않다.

832

기적은 이제 더 이상 필요 없다. 왜냐하면 지금까지의 기적으로도 충분하니까. 그러나 사람들이 더 이상 전통에 따르지 않고, 교황이 유일한 안내자로 내세워졌다가 불시에 공격의 대상이 되는 시대에, 또 진리의 참된 근원 즉 전통이 배제되고, 진리의 수탁자인 교황이 편파적으로 되어 진리를 자유롭게 말할 수 없는 시대에는 사람들은 진리에 대해 말도 꺼내지 않을

---

11) 파스칼에 의하면 예수그리스도의 기적이 있고 난 뒤에는 그렇지 않게 되었다는 것이다.

12) 장세니우스의 《아우구스티누스》에서 인용된 5개 조항의 명제를 문제 삼는 것을 말함. 이것은 소르본느에 의해 삭제되었음.

13) 아리우스는 기원 4세기경의 이단자이지만, 디오크레티아누스 황제의 마지막 해(305년)에 선교를 시작하여 336년경에 죽었다. 그의 죽음은 반대론자들로부터 기적적인 천벌로 간주하였다.

것이며, 진리는 스스로가 사람들에게 말해야 한다. 아리우스[13] 시대가 바로 그러했다.

디오클레티아누스와 아리우스 치하의 기적.

833

기적. 사람들은 스스로 이런 결론에 도달했지만, 그것에 대한 이유는 당신들이 설명해야 한다.

그것이 원칙[14]에 대한 예외라고 하면 곤란한 일이다. 예외에 대해서는 단호하게 반대해야 하지만 원칙에는 예외가 반드시 있기 때문에 그런 예외들은 엄격한 동시에 공정하게 심판되어야 한다.

834

〈요한복음〉 6장 26절.—"너희가 지금 나를 찾아온 것은 기적을 보았기 때문이 아니라 떡을 먹고 배불렀기 때문이다." 예수그리스도의 기적을 보고 그를 따르는 사람들은 그 모든 기적을 행하는 그의 능력을 우러러본다. 그러나 그의 기적을 보았으므로 말로는 그를 따른다고 하면서 실제로는 현세의 행복을 누리기 위해 그리스도를 따르는 사람들은, 자기들에게 마땅치 않은 기적이 일어나면 그것을 짓밟는다.

〈요한복음〉 9장 16절.—"이 사람은 안식일을 지키지 않는 것을 보면 신으로부터 온 자가 아니다. 다른 사람들은 죄 있는 사람이 어찌 그러한 기적을 행할 수 있겠느냐고 말한다." 어느 쪽이 더 명확할까?

(이 집[15]은 신의 집이다. 신이 그곳에서 엄청난 기적들을 행하시니까. 다른 사람들은 이렇게 말한다. '이것은 신의 집이 아니다. 〈5개 조 명제〉가 장세니우스 속에 있음을 그곳 사람들은 믿지 않기 때문이다' 라고. 어느 쪽이

---

14) 교회가 성립된 후로 기적은 일어나지 않는다는 원칙.
15) 포르 르와이알 수도원.

더 분명한가.)

"당신은 그분을 어떻게 생각하는가? '그를 예언자라고 생각한다'고 그는 말했다. 만일 이 사람이 신의 아들이 아니라면 아무것도 할 수 없을 것이다."

835

《구약 성서》에서는 '기적이 당신들을 신으로부터 멀어지게 하려고 할 때', 《신약 성서》에서는 '기적이 당신들을 예수그리스도로부터 멀리하려고 할 때.'

이런 경우에는 어떤 종류의 기적도 믿어서는 안 된다. 그 밖의 경우에는 어떤 기적도 배격해서는 안 된다.

그렇다면 그들은 자기에게로 오는 모든 예언자에 대한 신앙을 배격할 권리를 갖고 있단 말인가? 아니다. 그들은 신을 부정하는 예언자들을 배격하지 않았더라면 죄를 범하게 되었을 것이며, 또한 신을 부정하지 않는 예언자들을 배격했다면 죄를 범하게 되었을 것이다.

그러므로 하나의 기적을 보면 곧 그것을 인정하거나, 또는 그와 반대되는 특수한 증거들을 발견하거나 둘 중의 하나를 취해야 한다. 우리는 그 증거들이 신을 부정하는 것인지 그리스도를 부정하는 것인지 교회를 부정하는 것인지를 알아보아야 한다.

836

예수그리스도의 편이 아닌 것과 그렇게 말하는 것 사이에는, 또 예수그리스도의 편이 아닌 것과 그의 편인 것처럼 위장하는 것 사이에는 큰 차이가 있다. 전자는 기적을 행할 수 있으나, 후자는 행할 수가 없다. 왜냐하면 전자의 경우 진리에 어긋나며, 후자의 경우는 그렇지 않음이 확실하기 때문이다. 그래서 기적들은 더욱 명백해지는 것이다.

837

유일한 신만을 사랑해야 하는 것은 지극히 명백하기 때문에, 그것을 입증하기 위해서는 기적이 따로 필요 없다.

838

예수그리스도는 기적을 행하였다. 이어서 사도들과 초기의 성자들도 많은 기적을 행하였다. 그것은 그들의 예언들이 아직 성취되지 않고, 그들에 의해 인위적으로 성취되고 있는 것들도 있는 데다가, 기적 이외에는 아무런 증인이 없었기 때문이었다.

메시아가 여러 나라 백성을 회심(回心)하게 할 것이라는 점은 예언되어 있었다. 이 예언은 여러 나라 백성의 회심이 없다면 어떻게 이루어질 수 있겠는가? 또 여러 국민은 메시아를 증명하는 예언의 이 최후의 결과를 보지 않고, 어떻게 메시아에게 마음을 돌릴 수 있겠는가? 그러므로 메시아가 죽고 부활하여 여러 국민을 회심시키기까지는 예언은 모두 이루어졌다고 할 수 없다. 그리하여 이 시기가 오기까지는 줄곧 기적이 필요했다. 이제 유대인에 맞서기 위한 기적들은 필요가 없게 되었다. 왜냐하면 성취된 예언은 하나의 영속적인 기적이기 때문이다.

839

"너희가 나를 믿지 않는다 해도 나의 기적은 믿으라." 그는 자신보다 강력한 것으로서 자신의 기적을 들고 있다.

기독교도는 물론 유대인들도 한결같이 들어 온 말은, 예언자라고 해서 반드시 믿을 것이 아니라는 것이었다. 그런데도 바리새인과 율법 학자들은 그리스도의 기적이 거짓이거나 악마의 조화라는 것을 증명하기 위해 온갖 노력을 하면서도 그 기적들을 가벼이 여길 수가 없었다. 그 예언들이 신으로부터 비롯되었다는 것을 자신들이 일단 인정한다면 아무래도 빠져나갈 길이 없게 되기 때문이었다.

오늘날 우리는 그러한 판정을 내리는 데 어려움을 느끼지 않는다. 그것은 매우 쉬운 일이다. 신도 예수그리스도도 부인하지 않는 사람들은 의심의 여지가 있는 기적들은 행하지 않는다.

"내 이름으로 기적을 행한 자가 그 자리에서 나를 비방하지는 못 하리라."

그러나 우리는 그런 판정을 하지 않아도 된다. 여기에 하나의 성스러운 유물이 있다. 여기에 이 세상의 어떤 군주의 권력도 미치지 못하는 구세주의 가시관에서 떨어진 가시가 있다. 그 가시가 우리를 위해 흘린 저 보혈의 특별한 능력에 의해 기적을 행한 것이다. 이제 신은 친히 이 집을 택하시고, 거기서 그의 능력을 똑똑히 나타내실 것이다.

어떤 미지의 신비한 능력으로 이 기적을 행하여, 우리로 하여금 그 판단에 곤혹을 일으키게 하는 것은 인간들이 아니다. 그것은 신 자신이다. 그것은 신의 독생자인 고난의 그릇이다. 그 독생자가 특별히 이곳을 택하여, 저들의 지친 영혼에 기적적인 위안을 주기 위해 사방에서 사람들을 모이게 하신 것이다.

840

교회에는 세 가지 적이 있다. 아직 한 번도 그 단체에 속해 본 적이 없는 유대인, 교회를 이탈한 이단자, 그 안에서 분열을 일삼는 고약한 기독교인이 그것이다.

이들 세 가지 다른 적은, 주로 서로 다른 방법으로 교회를 공격한다. 그러나 여기서 그들이 같은 방법으로 교회를 공격하는 경우가 있다.

그들은 모두 기적을 외면하고 살아가는데, 교회는 항상 그들에게 보여 줄 기적을 가지고 있었으므로 그들은 저마다 기적을 피하는데 같은 관성을 갖고 있으며, 기적에 의해 교리를 판단할 것이 아니라 오히려 교리에 의해 기적을 판단해야 한다는 구실을 한결같이 사용했다.

그리스도의 말씀에 관심을 쏟은 사람 중에는 두 파가 있었다. 하나는 그의 기적을 보고 그의 가르침에 따른 사람들이고, 또 하나는 ……하고 말한[16] 사람들이다. 칼빈의 시대에도 두 파가 있었다. ……지금은 제수이트가 있다.

841

기적은 유대인과 이교도 · 유대인과 기독교도 · 가톨릭과 이단자 · 비난을 받는 자와 비난을 하는 자 사이, 두 십자가 사이의 의심스러운 문제를 판정한다.

그러나 이단자에게는 기적은 무익하다. 왜냐하면 이미 신앙을 얻게 된 기적에 의해 권위가 선 교회는, 그들이 참된 신앙을 하고 있지 않다는 것을 우리에게 알려 주기 때문이다. 교회의 초기의 기적이 이단자의 기적을 믿는 것을 배척하고 있는 이상, 그들에게 참된 신앙이 없다는 것은 분명하다. 그러므로 기적에 대항하는 기적이 있고, 최초이자 최대의 기적은 교회 쪽에 있다.

이 처녀들[17]은 자기들이 멸망의 길에 놓여 있다거나, 청죄사(聽罪使)들이 자기들을 제네바[18]로 인도하고 있다거나, 그들이 자기들에게 예수그리스도는 성찬에 참석하지 않으시며, 아버지이신 신의 오른편에 계시지 않았다는 말을 듣고 놀랐다. 그들은 그것들이 모두 거짓임을 알고 "나에게 사악한 길이 있는지 없는지 보아주소서"라는 태도로 신에게 자신을 내맡기고 있는 것이다.

다음에 무슨 일이 일어났던가? 악마의 궁전이라는 이곳을, 신은 자신의 궁전으로 삼으셨다. 사람들은 그곳에서 어린애들을 쫓아내라고 했으나, 신

---

16) '그는 베르제블을 힘입어 귀신을 쫓아내고 있다.' (《마태복음》 12장 24절)
17) 포르 르와이알 수도원의 수녀들.
18) 칼비니즘을 뜻함.

은 아이들을 고쳐 주셨다. 사람들은 그곳을 지옥의 한복판이라고 말했으나 신은 은총의 성소(聖所)로 삼으셨다. 마지막으로 사람들은 그녀들에게 하늘의 분노와 보복이 있을 것이라고 위협을 가했으나, 신은 은혜로 그녀들을 충만케 하셨다. 그러므로 이 사실로 미루어 그녀들이 멸망의 길에 서 있다고 결론을 내리는 자는 제정신이 아닐 것이다.

우리는 분명히 성 아타나시우스[19]와 같은 증거를 가지고 있다.

842

"그대가 그리스도라면 우리에게 솔직하게 말하라."

"나의 아버지 이름으로 행하는 일들이 나를 입증해 준다. 그러나 너희들은 믿지 않는다. 너희가 내 양이 아니기 때문이다. 나의 양들은 나의 음성을 듣는다."

〈요한복음〉 6장 30절.―"우리가 보고 당신을 믿을 수 있게 무슨 기적을 행하시겠습니까? (그들은 '어떤 가르침을 베푸시겠습니까?' 라고는 말하지 않는다.)"

"신이 함께하시지 않는다면 당신이 행하는 이런 모든 기적은 그 누구도 할 수 없다."

〈마카베오 하〉 14장 15절.―"자신의 존재를 나타내시어 항상 당신의 백성을 도와주시는 신."

〈누가복음〉 11장 16절.―"그를 시험하고자 하는 자들은 하늘로부터 오는 증거를 보여 달라고 한다."

〈마태복음〉 12장 29절.―"사악하고 거짓된 세대는 증거를 요구한다. 그러나 얻지 못 하리라."

〈마가복음〉 8장 12절.―"그는 깊이 탄식하고 말씀하셨다. '어찌하여 이

---

19) 고대 알렉산드리아 교회의 사교(司敎). 아리우스파에 반대하여 정통적 신앙을 확립했음.

세대가 기적을 요구하느냐' 라고."

그들은 나쁜 의도에서 기적을 요구했다. "거기서는 아무 기적도 행하실 수 없었다." 그러나 그는 요나의 증거, 즉 그의 부활이라는 매우 장대하고 어느 것과도 비교될 수 없는 증거를 그들에게 약속하셨다.

"너희들은 증거와 기적을 보지 않으면 믿지 않는다." 그는 기적이 일어나지 않으면 믿지 않는다는 것을 비난한 것은 아니다. 그들 자신이 기적을 보지 않고서는 믿지 않는 것을 비난하신 것이다.

반기독교도. 성 바울은 말한다. "사탄의 힘을 빌려 행한 모든 거짓된 기록과 놀라운 일들, 그들 안에 있는 모든 불의의 속임수는 멸망할 것이다. 그들은 자기들을 구원해 줄 진리의 사랑을 받아들이지 않기 때문이다. 그리고 이에 따라 신은 그들을 큰 유혹에 들게 하여, 그들은 거짓을 믿게 될 것이다.(《데살로니카 후서》 2장 9절)" 모세에 관한 구절에도 이렇게 기록되어 있다. "여호와께서 너희가 그를 사랑하는지를 시험하려 하심이다. 내가 일찍이 너희에게 일러주지 않더냐?"

843

지상에는 진리의 나라가 없다. 진리는 저를 알아보지도 못하는 사람들 사이를 헤매며 돌아다닌다. 신은 진리 위에 베일을 씌워 놓았으므로, 그것의 목소리를 듣지 않는 사람들은 그것을 알아보지 못하고 산다. 뚜렷한 진리까지도 모독을 당할 여지가 있다. 복음의 진리가 전해지면, 그 반대쪽 진리도 전해져서 문제가 모호해져 민중은 그 두 진리를 분간할 수 없게 된다. 그리하여 그들은 묻는다. "당신은 사람들로 하여금 남들보다 당신을 더 믿게 만든다. 무엇이 당신으로 하여금 그렇게 만들었는가? 당신은 무슨 기적을 행하는가? 말만 앞세우는 것이 아닌가? 그런 것은 우리도 할 수 있다. 당신들이 기적을 가지고 있다면 좋을 텐데." 교리는 기적에 의해 뒷받침되어야 한다는 것은 진리이지만, 그것은 교리를 모독하기 위해 남용된다. 그리고 기적이 일어나면, 기적은 교리가 없이는 불충분하다고 사람들은 말한다. 이것은 또 다른 사실로서 그들로 하여금 기적을 모독할 수 있게 해 준다.

예수그리스도는 안식일에 나면서부터 보지 못하는 장님을 고쳐주고, 많은 기적을 행하였다. 그리하여 그는, 교리에 의해 기적을 판단해야 한다고 말한 바리새인[20]의 눈을 어둡게 하였다.

"우리에게는 모세가 있다. 그러나 이 사람이 어디서 왔는지 우리는 알 수 없다."[21]

당신들은 그가 어디서 왔는지도 알지 못하는데, 그가 그런 기적을 행하는 것은 실로 놀라운 일이 아닌가.

예수그리스도는 신에게 어긋나고 모세에게 어긋나는 말은 전혀 하지 않았다.

반기독교도와 구약·신약에 예언된 거짓 예언자들은 신과 예수그리스도에 어긋나는 말을 공공연히 할 것이다.

신과 그리스도에게 어긋나지는 않더라도[22] 숨어서 활동하는 적이 공공연히 기적을 행하는 것을 신은 용서하시지 않을 것이다.

두 파가 서로 자기편이 신과 예수그리스도와 교회에 속해 있다고 다투는 어떤 공식적인 논쟁에 있어서나, 일찍이 가짜 기독교도 쪽에 기적이 일어난 적이 없고, 참된 기독교도 쪽에 기적이 일어나지 않은 적이 없다.

〈요한복음〉 10장 20절.—"그는 악령에 사로잡혀 있다." 그러자 다른 사람들은 말했다. "악령이 소경의 눈을 뜨게 할 수 있느냐?"

예수그리스도와 사도들이 《성서》에서 인용하는 증거는 결정적인 것은 아니다. 그들은 다만 모세는 한 사람의 예언자가 나타나리라는 것을 예언했다

---

20) 바리새인은 파스칼에게는 제수이트의 조상이었다.
21) 〈요한복음〉 9장 29절.
22) 투르뇌르판에 따라 번역함.

고 말할 뿐이니까. 그렇다고 해서 이 사실이 그 예언자가 바로 이 사람이라는 것을 증명하지는 않는다. 그런데 이점이 바로 최대의 문제였다. 그러므로 이 구절들은 이 문제 속에 《성서》에 어긋나는 것이 아무것도 없다는 것과, 거기에는 아무 모순도 없다는 것을 보여 주는 데 유용할 뿐, 거기에 일치가 있다는 것을 보여 주는 데는 유용하지 않다. 그런데 기적만 있다면, 모순이 없다는 것을 증명하는 것만으로 충분하다.

신과 인간 사이에는 호혜적(互惠的)인 의무가 있다. "내가 해주지 않은 것이 뭐가 있느냐?" 이 말은 너그럽게 받아들여야 한다. "나와 시비를 가리자" 하고 신은 〈이사야서〉 1장 18절에서 말씀하고 계신다.

신은 자신의 언약을 성취해야 한다.

인간은 신이 주신 종교를 받아들일 의무를 신에 대해 지고 있다.

신은 인간을 오류로 인도하지 않을 책임을 인간에게 지고 있다.

그런데 만일 기적을 행하는 사람들이 상식에 비추어 분명히 거짓되지 않은 교리를 전한다면, 그리고 더욱 위대한 기적을 행한 사람이 그런 사람들을 믿어서는 안 된다고 진작 경고해 두지 않았더라면, 사람들은 오류에 이끌렸을 것이다.

그리하여 만일 교회 안에 분열이 생겨 예컨대 아리우스파의 사람들이 가톨릭과 마찬가지로, 《성서》에 의거하고 있다고 자칭하면서 기적을 행하고, 가톨릭 사람들은 기적을 행하지 않았다면, 사람들은 오류에 이끌렸을 것이다.

왜냐하면 신의 비의(秘義)를 우리에게 전하는 사람이 그 자신의 개인적인 권위에 있어서는 믿을 만한 가치가 없는 것처럼(이 점이 바로 불신자들이 의심하는 점인데), 다른 한 사람이 신과 교류하는 증거로서 죽은 자를 살리고 미래를 예언하고 바다를 갈라지게 하고, 병자를 고칠 경우에는 어떤 불신자도 그를 따르게 마련이다. 그러나 바로왕과 바리새인들의 불신은 초자연적인 고집의 결과이다.

그러므로 한쪽에 기적과 의심의 여지가 없는 교리가 겸비되어 있으면 거기에는 아무런 어려움도 없다. 그러나 같은 편에 기적과 의심스러운 교리가 공존한다면, 어느 것이 더 분명한가를 알아보아야 한다. 예수그리스도도 한 때는 의심을 받으셨다.

장님이 된 거짓 예언자 바르 예수.[23] 신의 권능은 적의 능력을 이긴다.

유대의 마술사들은, "나는 예수를 알며, 나는 바울을 안다. 그런데 너희들은 누구냐?"[24] 하며 덤벼드는 악마들에 의해 쓰러졌다.

기적이 교리를 위해 존재하는 것이지, 교리가 기적을 위해 있는 것은 아니다.

만일 기적이 진실하다면, 어떤 교리도 믿게 할 수 있을까? 아니다. 그건 있을 수 없는 일이다.

"하늘의 천사라 할지라도……."[25]

원칙.—교리는 기적에 의해 판단되어야 하며, 기적은 교리에 의해 판단되어야 한다.

이것은 모두가 진실이며, 절대 모순되지 않는다.

왜냐하면 각 시대는 구별되어야 하기 때문이다.[26]

일반적인 원칙[27]을 알고 당신은 대단히 기뻐할 것입니다. 당신은 이것이 당신으로 하여금 혼란을 야기 시켜 일체를 무(無)로 돌리게 해줄 수 있으리라고 생각합니다. 신부님[28], 거기에는 방해가 있을 것입니다. 진리는 하나이며 확실한 것입니다.

---

23) 〈사도행전〉 13장 6~11절.
24) 〈사도행전〉 19장 15절.
25) 〈갈라디아서〉 1장 8절.
26) 교리가 의심스러울 때는 기적이 그것을 판단하고, 기적이 애매할 때는 교리가 그것을 결정한다.
27) 교리에 의해 기적을 판단해야 한다. 신은 교회 성립 후로 기적을 행하지 않으신다는 원칙.
28) 프랑수아 안나 신부.

어떤 사람이 그 나쁜 교리를 감추고 좋은 교리만을 나타내어, 신과 교회에 일치한다고 자칭하여, 거짓 교리를 교묘하게 주입하기 위해 기적을 행하려 한다면, 인간에 대한 신의 임무가 그것을 불가능하게 만들 것이다. 그것은 있을 수 없는 일이다.

하물며 인간의 마음을 알고 계시는 신이 그런 사람을 위하여 유리한 기적을 행한다는 것은 더욱 있을 수 없는 일이다.

*844*의 *1*

종교의 세 가지 증거.—영속성 · 신앙생활 · 기적.

그들은 개연성(蓋然性)에 의해 영속성을 파괴하고, 그들의 도덕에 의해 신앙생활을 파괴하고, 기적의 근거와 그 중요성을 파괴함으로써 기적을 파괴한다.

그런 사람들이 신임받는다면, 교회는 영속성이나 신앙심이나 기적에 대해 아무 효력도 없게 될 것이다.

이단자들도 이 세 가지 표징과 그 중요성을 부인하지만, 우리는 이 표징들을 부인하려면 성실성이 모자라야 할 것이며, 또 그것들의 중요성을 부인하려면 판단력을 상실해야 할 것이다.

자기가 보았다는 거짓 기적 때문에 순교한 자는 일찍이 한 사람도 없었다. 왜냐하면, 튀르키예인이 전설에 의해 믿고 있는 기적의 경우, 인간의 어리석음이 순교에까지 이르게 할지 모르지만, 자기가 기적을 실제로 본 사람들의 경우는 그렇지 않기 때문이다.

*844*의 *2*

영속성—몰리나[29]—신기함.

---

29) 스페인 제수이트의 신학자(1535~1602).

이단자들은 항상 자기들이 가지고 있지 못한 이 세 가지 증거를 공격하였다.

첫 번째 항의. "하늘로부터 천사는……."

진리가 기적에 의해 판정되어서는 안 되고, 기적이 진리에 의해 판정되어야 한다.

그렇다면 기적은 쓸모가 없다.

그러나 기적은 유용하며, 진리는 반박받을 리가 없다.

그리하여 신부 란잔드[30]는 말했다. "신은 어떤 기적도 인간을 오류로 이끌어가는 것을 용납하시지 않을 것이다……."

같은 교회 안에서 논쟁이 일어났을 경우에는 기적이 이것을 결정할 것이다.

두 번째 항의. "그러나 반기독교도도 기적을 행할 것이다."

바로왕의 마술사들은 사람들을 오류로 이끌어 가지는 않았다. 따라서 사람들은 반기독교도의 일로 말미암아 예수그리스도에게 '당신은 나를 오류로 이끌어 갔다'고 말할 수는 없을 것이다. 반기독교도는 예수그리스도에게 반대하는 기적을 행하므로, 그의 기적은 오류로 인도할 수 없기 때문이다.

신은 거짓 기적을 허용하시지 않든가, 아니면 그보다 더 큰 기적을 행하실 것이다.

이 세상의 태초부터 그리스도는 존재하셨다. 이것은 반기독교도의 어떤 기적도 능가하는 강력한 기적이다.

---

30) 제수이트의 설교자이며 능변가로 알려졌다.

같은 교회 안에서 그릇된 사람들 쪽에 기적이 일어난다면 사람들은 오류로 이끌릴 것이다. 교회의 분열도 눈에 띄는 것이고, 기적도 눈에 띄는 것이다. 그러나 기적이 진리의 증거인 이상으로, 분열은 오류의 증거이다. 그러므로 기적은 오류로 이끄는 일이 없다.

그러나 분열을 제외하면, 오류는 기적만큼 눈에 잘 띄지는 않는다. 그러므로 기적은 오류로 이끄는 경우도 있을 것이다.

"너의 신은 어디 있느냐?" 기적은 신을 나타내 보이되 섬광(閃光)처럼 극히 짧은 순간이다.

847

성탄절 저녁 기도 때 성가의 한 구절.—"빛은 어둠 속에서도 올바른 자들을 비춘다."

848

만일 신의 자비가 광대무변하여, 자신을 감추실 때도 우리에게 유익한 교훈을 주신다면, 자신을 나타내실 때는 우리가 어떤 빛인들 기대하지 못하겠는가?

849

"그렇다, 아니다"는 그것이 행위에 있어 떼어놓을 수 없는 것이라면 도덕에 있어서는 물론 신앙에서도 받아들일 수 있을까?

성 자비에르[31]는 언제 기적을 행하는가?

불공정한 재판관들이여, 순간적인 충동에 의해 법을 세우지 말라. 이미

---

31) 성 자비에르(1506~52). 제수이트 교단의 창시자의 한 사람. 동양에 전도하여 1549년 일본에 처음으로 가톨릭을 전했음.

제정된 그리고 너희 자신이 제정한 법률에 따라 재판을 행하라.

"악법을 제정하는 자들에게 화 있을진저!"[32]

너희의 적대자들을 약화하기 위해 너희는 모든 교회로부터 무기를 빼앗았다.

"악법을 제정하는 자들에게 화 있을진저!"

성 힐라리우스[33] 우리에게 기적을 말하라고 강요하는 딱한 사람들.

그칠 줄 모르는 거짓 기적들.

그들이 교황에게 복종한다고 말한다면, '그것은 위선이다.'

그들이 교황의 모든 법령에 서명할 용의가 있다고 해도, '그것으로는 불충분하다.'

그들[34]이 우리의 구원은 신에게 달려 있다고 말한다면, '그들은 이단자들이다.'

그들이 사과 한 알로 해서 살인을 해서는 안 된다고 말한다면, '그들은 가톨릭의 윤리를 공격하는 것이다.'

여러 가지 기적이 그들 사이에서 행하여진다면, '이것은 성스러움의 표시가 아니라 반대로 의심 많은 이단의 근거이다.'

교회가 존속하는 방법은 진리가 논란되지 않는 것이며, 논란된다더라도 교황이 반드시 있거나 교회가 있거나 하는 것이다.

850

〈5개 조 명제(五個條命題)〉가 유죄판결을 받았다는 것은 결코 기적이 아니다. 왜냐하면 진리는 아무런 공격도 당하지 않은 데다가 소르본 교황의

---

32) 〈이사야〉 10장 1절.
33) 힐라리우스(1315~67). 서방의 아타나시오스라고 일컫는 정통파 변론가.
34) 포르 르와이알의 사람들.

칙서(勅書)[35]는…….

마음을 다해 신을 사랑하는 자라면 교회를 부인하지 못한다. 그만큼 교회는 비중이 큰 것이다.

신을 사랑하지 않은 자는 교회에 대해 확실한 인식을 가질 수 없다.

기적에는 놀라운 힘이 따르므로, 신이 존재한다는 사실은 분명하지만, 신의 뜻에 어긋나면서까지 기적을 믿어서는 안 된다고 신 자신이 경고하지 않을 수 없었다.

그렇지 않았더라면 기적은 사람을 현혹했을 것이다.

따라서 〈신명기〉 13장의 말씀은 기적의 권위에 상반되기는커녕 오히려 이처럼 기적의 힘을 나타내는 것은 없다.

반기독교도의 경우도 마찬가지이다. 기적들은 가능하다면 택한 자까지도 현혹하려고 할 것이다.

851

태어날 때부터 장님인 사람에 관한 이야기.

성 바울은 무엇이라고 말하는가? 그는 언제나 옛날의 예언들에 대해 말하고 있을까? 아니다, 그는 자기의 기적에 관해 이야기하고 있다.

예수그리스도는 뭐라고 말씀하시는가? 그는 옛날의 예언에 관해 말씀하시는가? 아니다, 그는 죽음을 통해서도 예언을 성취하지 못했다. 그러나 그는 말씀하기를, "내가 만일 행치 않았다면……" 나의 행적을 믿으라.

완전히 초자연적인 우리 종교의 두 가지 초자연적인 기초. 하나는 눈으로 볼 수 있는 것이고, 다른 하나는 보이지 않는다.

은혜가 따르는 기적, 은혜가 따르지 않는 기적.

---

35) 1656년 아르노가 소르본에서 유죄판결을 받고 〈5개 조 명제〉를 유죄로 하는 교황 알렉산더 7세의 칙서가 공포되었다.

교회의 표징으로서 사랑을 받으면서 취급되고, 또 단지 표징에 지나지 않았기 때문에 미움을 받으면서 취급된 유대인의 회당은 신의 호감을 산 경우에는 붕괴를 당하여도 다시 복구되었다. 그러므로 그것은 표징이었던 것이다.

기적은 신이 인간의 마음에 미치는 힘을 인간의 몸에 미치는 힘으로 입증한다.

교회는 이단자들 사이에 행하여진 기적을 절대 인정하지 않았다.

종교의 기둥인 기적. 그것은 유대인들을 식별하고, 기독교도들과 성도들과 결백한 사람들과 참된 신도들을 식별해 왔다.

분파주의자(分派主義者)들이 행하는 기적은 별로 두려워할 것이 못 된다. 왜냐하면 종파분립(宗派分立)은 기적보다 한결 노골적이므로, 그들의 오류를 분명히 드러내기 때문이다. 그러나 분파 작용이 없고, 오류가 논의될 경우에는 기적이 판정한다.

"만일 아무도 행하지 못한 일을 내가 그들 앞에서 행치 않았더라면."

나로 하여금 기적에 대해 말하라고 강요한 저 딱한 사람들.

아브라함, 기드온.

기적에 의한 확고한 신앙.

유디드.[36] 마침내 신은 극도의 압박 상태에서 말씀하신다.

비록 사랑이 식어서 교회에 진실한 예배자가 거의 없어지더라도, 기적은 진실한 예배자들을 일으킬 것이다.

그들은 은총과 지고(至高)의 결과이다.

예수회 사람들 사이에 기적이 일어난다면…….

기적이 이를 목격한 사람들의 기대에 어긋나, 그들의 신앙 상태와 기적의

---

36) 《구약 외경》 〈유디드 서〉의 주인공. 유대의 젊은 과부로, 그 미모를 이용하여 적장 홀로페르네스를 죽이고 조국을 구했다고 한다.

내용 사이에 모순이 있다면, 그때에는 기적이 그들을 고쳐 주어야 한다. 그러나 당신들의 경우에는 별문제이다. 만일 성찬이 죽은 자를 다시 살린다면, 가톨릭교도로 머물러 있어야 할 이유 못지않게 칼빈주의자가 되어야 한다는 말에도 타당한 이유가 있을 것이다. 그러나 기적이 그들의 기대를 충족시켜 주고, 신의 축복으로 병을 낫게 해 달라고 기도하는 사람들이, 의약(醫藥)에 의하지 않고 자신의 병이 낫는 것을 본다면……

불신자들.

신의 편에 더욱 유력한 기적이 일어나지 않거나, 적어도 그런 기적이 일어나리라는 예언이 없더라면, 악마 측에는 아무런 기적도 일어나지 않았을 것이다.

852

신이 분명히 지켜 주시는 사람들을 부당하게 박해하는 자들이여.

너희들의 과격한 처사를 그들이 비난하면, 그들은 이단자처럼 말한다.

그들이 그리스도의 은총은 우리를 식별한다고 말하면, "그들은 이단자들이다."

기적이 일어나면, "이것은 그들이 이단자라는 표시이다."

에스겔[37] 그들은 말한다. "이처럼 말하는 여호와의 백성들이 여기 있다"라고. 히스기야.[38]

"교회를 믿으라"는 말은 들었으나, "기적을 믿으라"는 말은 듣지 못했다. 기적은 자연적이지만 교회는 그렇지 않기 때문이다. 교회는 계율을 필요로 했지만, 기적은 그것을 필요로 하지 않았다.

유대인의 회당은 표징이었으므로 멸망하지 않았다. 그러나 표징에 지나

---

37) 단장 886 참조.
38) 〈열왕기 하〉 18, 19장.

지 않았기 때문에 멸망하였다. 회당은 진리를 포함하는 표징이었기 때문에, 진리를 포함하는 동안에만 존속되었다.

경애하는 신부님, 이것들은 모두가 표징으로서 일어났습니다. 다른 여러 종교는 멸망하지만, 이것은 절대로 멸망하지 않습니다.

기적은 당신이 생각하고 있는 이상으로 중요합니다. 그것은 교회의 창립에 유용할 뿐만 아니라, 반기독교도의 시대가 도래할 때까지, 즉 이 세상의 종말까지 교회를 존속시키는 데 유용하다. 두 사람의 증인.[39]

《신약 성서》·《구약 성서》에서 기적은 표징과 관련해서 행하여졌다.

성례식의 표징 같은 피조물에 복종해야 한다는 것을 보여 주기 위한 경우를 제외하고는, 그것은 구원이든가, 아니면 무용지물이든가 둘 중 하나이다.

853

신부님, 신의 계명은 신중히 판단해야 합니다. 멜리데섬에 있어서의 성 바울.

854

그러므로 제수이트의 완고함은 유대인보다 더하다. 왜냐하면, 유대인이 예수그리스도의 무죄를 믿기를 거부한 것은, 그의 기적이 신으로부터 비롯된 것인지 아닌지를 의심했기 때문이다. 이와는 달리 제수이트는 포르 르와이알의 기적이 신으로부터 비롯된 것이 의심할 여지가 없는데도 불구하고 아직도 이 집[40]의 무죄를 의심하고 있다.

---

39) 엘리야와 에녹.
40) 포르 르와이알의 수도원.

855

사람들은 기적을 믿고 있다. 당신들은 자기편의 이익을 위해, 또는 반대편에 대항하기 위해 종교를 타락시키고 있다. 당신들은 자기 마음대로 종교를 이용하고 있다.

856

기적에 대하여.

신은 이 가족[41]을 어느 가족보다도 더 행복하게 해 주셨으므로, 또한 어느 가족보다도 감사에 가득 찬 가족이 되게 하여 주시기를!

---

41) 파스칼 누님의 시댁.

제14장 논쟁적 단장(斷章)

857

밝음. 어둠. 만일 진리가 눈에 보이는 표징을 갖고 있지 않다면, 너무도 큰 암흑이 있을 것이다. 진리의 놀라운 표징 중의 하나는 그것이 항상 눈에 보이는 교회와 집회 속에 주재(駐在)한다는 사실이다.

만일 이 교회 속에 단 하나의 주장밖에 없다면 지나치게 큰 밝음이 있을 것이다. 항상 존재해 온 그것이 진실한 것이다. 왜냐하면 참된 것은 언제나 그곳에 존재했으나, 거짓된 것은 언제나 그곳에 존재하지 않았기 때문이다.

858

교회의 역사는 당연히 진리의 역사라고 불려야 한다.

859

배가 침몰하지 않으리라는 확신이 있다면, 폭풍이 몰아치는 배에 타고 있는 것은 다소 유쾌한 일이다. 교회를 괴롭히는 박해도 이와 비슷한 것이다.

860

그렇게 많은 신앙의 징후가 있었는데도 그들은[1] 아직도 박해받고 있다. 이것은 독실한 신앙의 가장 뚜렷한 징후이다.

---

1) 쟝세니스트.

861

교회의 바람직한 상태는 그것이 신에 의해서만 유지되고 있을 때이다.

862

교회는 상반되는 오류에 의해 언제나 공격받아 왔다. 그러나 지금처럼 동시에 공격받은 일은 아마 없을 것이다. 만일 엄청난 오류로 인하여 교회가 더욱 시달리게 되면, 그런 오류들이 상대방을 말살시키므로 교회는 유리한 입장에 서게 될 것이다.

교회는 쌍방을 모두 탓하지만 칼비니스트 쪽을 그 분파(分派) 때문에 더욱 비난한다.

그 상반되는 두 파벌 사이에 많은 것이 잘못되어 있는 것이 사실이다. 그 많은 잘못들은 풀어 주어야 한다.

신앙은 얼핏 보기에 서로 모순된 듯이 보이는 많은 진리를 포함하고 있다. "웃을 때와 울 때" 등등. "대꾸하라, 대꾸하지 말라." 등등.

이것들의 모순의 근원은 예수그리스도의 두 가지 본성, 즉 신인 양성(神人兩性)의 결합이다.

그리고 두 세계. 새 하늘 새 땅의 창조. 새 삶과 새 죽음.

모두가 이중(二重)이지만 같은 명칭을 갖고 있다.

그리고 마지막으로 의인 속에 있는 두 사람. 그들은 두 개의 세계이고, 그리스도의 지체요 영상(影像)이므로, 모든 명칭이 그들에게 적합하다. 의로운 죄인들.—살아 있는 사자(死者).—죽은 생자(生者).—하느님의 버림을 받은 선택된 자 등등.

그러므로 신앙과 윤리에 있어 모순되는 것처럼 보이면서도 모든 것이 놀라운 질서 속에 공존하는 진리가 많이 있다.

모든 이단은 이런 확실한 진리의 어떤 것을 배제하는 데서 생겨난다.

그리고 이단자들이 우리에게 주장하는 모든 항의는 그들이 우리들의 진리의 확실성을 모르기 때문에 일어난다.

그들은 상반되는 이 두 진리 사이의 연관성을 상상조차 할 수 없는 데다가 한쪽을 인정하면 필연적으로 다른 한쪽을 배격해야 한다고 생각하기 때문에 어느 한쪽에만 집착하고 다른 쪽은 배격하는 일이 흔히 일어나는 것이다. 그리고 그들은 우리가 그 반대쪽을 택하고 있다고 생각하는 것이다. 그런데 바로 이 배타가 그들의 이단의 원인이며, 우리가 다른 진리도 보유하고 있다는 사실을 모르는 것이 그들의 항의의 원인이다.

첫 번째 예. 예수그리스도는 신인 동시에 인간이다. 아리우스파는 이 두 가지가 양립할 수 없는 것으로 믿고, 하나로 결합할 수가 없기 때문에 그리스도는 인간이라고 말한다. 이 점에서 그들은 가톨릭교도이다. 그러면서도 그들은 그리스도가 신이라는 것을 부정한다. 이 점에서 그들은 이단자이다. 그들은 우리가 그리스도가 인간임을 부정한다고 주장한다. 이 점에서 그들은 무지한 것이다.

두 번째 예. 성체비적(聖體秘跡)의 문제에 대하여. 우리는 빵의 실질(實質)이 변화하여 우리 주의 몸의 성질이 되었으며, 예수그리스도가 실제로 그 속에 임재한다고 믿는다. 이것은 하나의 진리이다. 또 하나의 진리가 있는데, 그것은 이 비적(秘跡)이 십자가와 영광의 본질을 예징하며, 양자의 기념(記念)이라는 것이다. 우리가 두 가지 분명한 반대의 진리를 포함하는 가톨릭 신앙을 갖는 이유가 여기 있다.

현대의 이단은, 이 비적이 예수그리스도의 임재와 그 표징을 동시에 포함한다는 사실을 생각할 수 없는 데다가, 희생인 동시에 희생의 기념이라는 것을 이해하지 못하기 때문에 이런 진리의 하나를 인용하면, 그것으로써 다른 진리를 배척하는 것이 된다고 믿는 것이다.

그들은 이 비적이 표징 적이라는 한 가지 점만 고집한다. 이점에서는 그들은 이단자는 아니다. 그들은 우리가 이 진리를 배격하고 있다고 생각하고, 이것을 증명하는 교부(敎父)의 글에 대하여 여러 가지 항의를 한다. 결국 그들은 그리스도의 실제적인 강림을 부정한다. 이 점에서 그들은 이단자이다.

세 번째 예. 면죄(免罪).

이단을 방지하는 지름길은 모든 진리를 가르치는 것이며, 위선을 반박하는 가장 확실한 방법은, 그 모든 진리를 알려 주는 것이라는 이유가 바로 이것이다.

그렇게 되면 이단자들은 할 말이 없지 않겠는가?

어떤 주장이 교부의 것인지 아닌지 알려면…….

863

모든 사람은 각기 자신의 진리를 따르기 때문에 저들(이단자들)의 오류는 더욱더 위험한 것이다. 그들의 잘못은 하나의 거짓을 추구하는데 있는 것이 아니라, 또 하나의 진리를 따를 수 없는 데 있다.

864

오늘날 진리는 너무도 모호하고, 허위는 너무도 잘 정립되어 있기 때문에, 우리가 진리를 사랑하지 않는다면, 우리는 진리를 알아보지도 못할 것이다.

865

두 개의 상반되는 진리를 주장해야 할 경우가 있다면[2] 그것은 한쪽을 무시했다고 해서 비난받을 때이다. 그러므로 제수이트(예수회)도 장세니스트도 주장을 감추고 있는 것은 잘못이다. 그러나 장세니스트 쪽이 더욱 그러

---

2) 예컨대 예수그리스도의 죽음은 만인을 위해서라는 주장과 선택함을 입은 사람들을 위해서라는 주장이 그것이다.

하다. 제수이트는 그 양자를 함께 주장해 왔으니까.

866

사물은 무엇이든지 같다고 생각하는 두 종류의 사람이 있다. 예컨대 휴일과 평일·기독교도와 사제, 그들이 범하는 모든 죄가 그것이다. 그런데 이들 중 한 부류는 사제에게 나쁜 것은 신자들에게도 나쁘다고 결론짓고, 다른 한 부류는 신자에게 나쁘지 않은 것은 사제에게도 허용된다고 결론을 짓는다.

867

고대 교회가 오류에 빠져 있었더라면, 오늘날 교회는 몰락해 버렸을 것이다. 그러나 교회가 오늘날 오류에 빠진다고 하더라도 사정은 같지 않다. 왜냐하면 오늘날의 교회는 고대 교회로부터 물려받은 전통과 신앙의 훌륭한 규범을 항상 가지고 있기 때문이다. 이리하여 고대 교회에의 이러한 복종과 일치는 무엇보다도 모든 일을 이끌어 바르게 한다. 그러나 고대 교회는, 우리가 오늘날 그것을 상상하고 짐작하는 것처럼, 미래의 교회를 상상하거나 짐작하지는 않았다.

868

옛날 교회의 상태와 오늘날 교회의 상태를 비교하는 데 장애가 되는 것은, 우리가 성 아타나시우스·테레사 성녀[3], 그 밖의 성도들을 영광과 연륜의 월계관을 차지한 사람으로 간주한다는 사실이다. 우리 시대 이전의 신에 가까운 사람들로 판단하고 말이다. 시간이 모든 것을 분명히 밝혀 준 지금

---

3) 단장 499 참조.

에 와서는 그들은 그렇게 보인다. 그러나 그들이 박해받던 그 무렵에는 그 위대한 성자도 아타나시우스라는 한 사나이에 불과했으며, 테레사 성녀도 한 여인에 불과했다. "엘리야는 우리처럼 감정의 지배를 받은 평범한 인간이었다" 하고 성 베드로[4]는 말하고 있다. 그것은 성자들의 모범을 우리의 실정에 부합되지 않는 것이라고 하여 우리로 하여금 그것을 배격하게 하는 그릇된 관념에서 신자들을 해방하기 위한 말이었다. 이에 대하여 우리는 말한다. "그들은 성자로서 우리와 같은 인간이 아니다"라고. 그렇다면 당시에 어떤 일이 일어났는가? 성 아타나시우스는, 아타나시우스라는 평범한 사나이로 많은 죄를 뒤집어쓰고, 이러저러한 죄목으로 해서 이러이러한 종교회의에 의해 이러이러한 판결을 받았다. 모든 사제는 이에 동의했으며, 마침내는 교황까지도 동의했다. 이에 반대하는 자는 어떤 욕을 당했던가? 그들은 평화를 교란하고, 분열을 조장한다는 풍의 비난을 받았던 것이다.

네 부류의 인간.—지식은 없이 열성만 있는 사람, 열성은 없이 지식만 있는 인간, 지식도 열성도 없는 인간, 열성과 지식을 모두 가진 인간.

처음의 세 부류의 사람들은 그를 정죄하며, 마지막 부류의 사람들은 그를 무죄라고 주장하다가 교회에서 파문당하면서도 교회를 구제한다.

열성, 빛.

869

만일 성 아우구스티누스가 오늘날 나타나서, 오늘날의 그의 변호자들과 마찬가지로 별로 권위를 인정받지 못한다면, 그는 아무 일도 해내지 못할 것이다. 신이 옛날에 그에게 권위를 주어 세상에 보내시어 교회를 잘 다스리셨다.

---

4) 야곱의 오기. 〈야고보서〉 3장 17절.

870

매는 것과 푸는 것. 신은 교회를 떠나서는 면죄하시기를 원치 않았다. 신은 교회가 정죄에 관여하는 것처럼 사죄에도 관여하기를 원하고 계신다. 신이 교회에 이 특권을 주신 것은, 왕이 최고법원에 그 권력을 부여한 것과 마찬가지이다. 그러나 교회가 신의 뜻을 배제한 상태에서 정죄도 하고 사죄도 한다면, 그것은 이미 교회가 아니다. 그것은 최고법원과 마찬가지이다. 왜냐하면 왕이 어떤 사람에게 사면령을 내렸다 해도 최고법원은 그것을 인준하는 것이 당연하지만, 최고법원이 왕명(王命) 없이 사면하거나 왕의 명령대로 사면하기를 거부한다면, 그것은 이미 왕의 최고법원이 아니라 역적의 일당이기 때문이다.

871

교회, 교황. 단일—다수. 교회를 단일로 본다면, 그 우두머리인 교황은 전체에 해당한다. 반면에 교회를 다수로 본다면 교황은 그 일부분에 불과하다. 교부들은 교회를 때로는 전자와 같이 보고, 때로는 후자와 같이 보았다. 따라서 교황에 대해서도 때에 따라 다르게 말했다.

성 키프리아누스, "신의 사제"

그러나 그들은 이 두 개의 진리 가운데 한쪽을 주장하는 데 다른 쪽을 배제하지는 않았다.

단일로 귀착되지 않는 다수는 혼란하고, 다수에 의존하지 않는 단일은 압제이다.

종교회의가 교황 위에 군림한다고 말할 수 있는 나라는 프랑스 한 나라밖에 없을 것이다.

872

교황은 제일인자이다. 교황 이외에 누가 만인에게 알려져 있는가? 사면팔방으로 뻗어 나가는 중요한 가지를 장악함으로써 전체에 퍼지는 힘을 가지고 만인의 인정을 받는 사람이 교황 이외에 누가 있는가?

그러니, 교황이 압제자로 하락하기는 얼마나 쉬운 일이었겠는가! 예수그리스도께서 그들에게, "너희들은 그렇게 되어서는 안 된다"[5]는 계명을 주신 것은 그 때문이다.

873

교황은 자기의 충순(忠順)에 맹세하지 않는 학자들을 미워하고 또 두려워한다.

874

우리는 교부들이 하는 몇마디의 말만(그리스인들이 종교회의에서 '중대한 규범'이라고 말하듯이) 듣고서 교황이 어떤 인물인가를 판단해서는 안 되며, 교회와 교부의 평소 행위와 정전(正典)에 의해 판단해야 한다.

단일과 다수, '둘이나 셋이 하나로.'[6] 가톨릭교도들이 다수를 배제하는 것처럼 또는 위그노 교도(16~17세기경의 프랑스의 신교도)들이 단일을 배제하는 것처럼 어느 한쪽을 배제하는 것은 잘못이다.

875

교황이 신과 전통에 의해 교화(敎化)되었다고 해서 그 명예가 더럽혀졌다고 할 수 있는가? 그를 이 성스러운 결합에서 떼어 놓는 것이야말로 그 명예를 더럽히는 것이 아닐까?

---

5) 〈누가복음〉 22장 26절.
6) 〈요한 1서〉 5장 7~8절.

876

교황. 신은 그의 교회를 평범한 이끄심 속에서 기적을 행하지는 않는다. 만일 한 개인에게 단 한 점의 오류도 없다면, 그것은 정말로 신기한 기적일 것이다. 그러나 무류성(無謬性)이 다수 속에 있다면 그것은 대단히 자연스럽게 생각된다. 그러므로 신의 이 행위는 그의 다른 모든 업적과 마찬가지로 자연 속에 감춰져 있는 것이다.

877

교황들. 왕은 자기의 왕국을 마음대로 다스리지만 교황은 그렇게 할 수 없다.

878

"법률에서의 극단은, 극단의 불의(不義)이다."[7] 다수결주의가 최선의 방법이다. 그것은 확실하고, 사람을 복종시키는 힘을 갖고 있기 때문이다. 그러나 그것은 가장 현명치 못한 사람들의 의견이다.

그것이 가능했다면, 사람들은 권력을 정의의 손에 쥐게 했을 것이다. 그러나 권력은 감촉할 수 있는 성질의 것이므로 인간의 뜻대로 행사할 수 없지만, 이에 반해 정의는 인간의 뜻대로 처리할 수 있는 정신적인 성질의 것이기 때문에, 인간은 정의를 권력의 손에 쥐게 한 것이다.

그리하여 정의라는 것은 권력의 지시에 따르게 마련이다.

칼은 진짜 정의를 부여하기 때문에 '정의의 칼'이 있는 것이다.

그렇지 않다면 인간은 한편에서는 폭력을 다른 한편에서는 정의를 보지 않을 수 없는 것이다. (《프로방시알》 제12의 편지의 끝말)

여기서 프롱드의 난(亂)의 불의, 즉 권력에 맞선 무조건적인 정의의 주장

---

7) 샤롱의 《지혜론》 1권 27장 8절에서의 인용.

이 생겨난다.

그러나 교회의 경우는 그렇지 않다. 왜냐하면 교회에는 참된 정의가 아무런 폭력 없이도 존재하기 때문이다.

879

불의(不義). 재판권은 재판하는 사람을 위해 주어진 것이 아니라, 재판을 받는 사람을 위해 주어진 것이다. 그런데 이 사실을 민중에게 알리는 것은 위험한 일이다. 그러나 민중은 당신들을 지나치게 신뢰하고 있으므로, 이것은 그들에게 해를 끼치지 않고도 당신들에게 도움이 될 것이다. 그러므로 이것은 민중에게 널리 알려도 좋은 말이다. "네 양을 치지 말고 나의 양을 치라." 너희들은 내 덕택에 목초를 얻고 있으니.

880

교황. 인간은 마음 든든한 것을 좋아한다. 우리는 교황이 신앙에 있어서 무류(無謬)이고 엄격한 신학자들이 도덕의 문제에 있어서 무류이기를 바란다. 그것은 우리 자신이 마음 든든함을 느끼기 위해서이다.

881

교회는 가르치고 신은 성령을 주신다. 양쪽 모두가 무류이다. 교회의 활동은 신의 은총이나 단죄(斷罪)를 준비하는 데 유용할 뿐이다. 교회가 하는 일은 단죄를 위해서는 충분하지만 성령을 주는 데는 불충분하다.

882

제수이트들이 교황을 불시에 공격할 때마다 기독교도들 전체가 서약을 어기는 죄를 범하게 된다.

교황은 너무도 바쁜 데다가 제수이트들을 너무 믿기 때문에 아주 쉽게 급습을 당한다. 그리고 제수이트들은 중상(中傷)을 수단으로 하여 사람들을 급습하는 일에 능숙하다.

883

나로 하여금 종교의 기본 원칙에 대해 말하라고 강요한 불행한 사람들.

884

참회 없이 정화(淨化)된 죄인들, 신의 사랑 없이 정화된 의인들, 그리스도의 은총이 없는 모든 기독교인, 인간의 의지에 대해 권능을 행사할 수 없는 신, 신비성 없는 운명 예정론, 확실성 없는 속죄.

885

여로보암8)의 치하에서처럼 원하는 사람은 누구든지 사제가 될 수 있다.

사람들이 오늘날의 교회 규율을 대단히 훌륭하다고 공언하고, 그것을 변경하려고 하는 것을 죄라고 한다면 그것은 두려운 일이다. 옛날에는 그 규율이 더할 나위 없이 좋았으나, 그것을 변경해도 죄가 되지 않았다. 그런데 오늘날에는 그 변경을 바랄 수조차 없게 되었다.

사제를 임명하는 데도 대단히 신중히 하였기 때문에, 그에 해당하는 자격자가 거의 없을 정도였던 옛날에도 관례를 변경하는 것이 허용되었는데, 자격이 온당치 못한 사제들을 이처럼 많이 임명하는 오늘날의 관례를 한탄하는 것조차 허용되지 않는다니!

886

이단자들. 에스겔. 이교도는 모두 이스라엘을 욕했으며, 그 예언자(에스

---

8) 〈열왕기 상〉 12장 31절.

겔)도 그랬다. 그러나 이스라엘인은 예언자에게 "당신은 이교도처럼 말한다"고 할 자격을 전혀 가지고 있지 않았다. 왜냐하면 그의 가장 큰 힘은 이교도들이 그와 같이 말했다는 사실로부터 나오기 때문이었다.

887

장세니스트들은 도덕의 개혁에서 이단자들과 흡사하다. 그러나 당신들은 악을 행함에 있어서 그들과 흡사하다.

888

당신은 이 모든 것이—왕과, 예언자 · 교황, 심지어는 사제들까지도[9]—생겨나게끔 되어 있다는 사실을 모른다면 예언을 모르는 것이 될 것이다. 그러나 교회는 존속되어야만 한다.

신의 은총에 의해 우리는 거기까지는 이르지 못하고 있다. 그러한 사제들에게 화가 있으라! 그러나 우리가 그런 무리를 가운데 끼지 않도록 신이 자비를 베풀어 주실 것을 간절히 바란다.

〈베드로 후서〉 2장.—과거의 거짓 예언자들, 장차 생겨날 예언자들의 상징.

889

따라서 한편으로 성직(聖職)에 있지 않은 몇몇 방종한 수도사(修道士)나 부패한 결의론자(決疑論者)[10]들이 그 타락 속에 빠져 있는 것이 사실이라면, 다른 한편으로는 신의 말씀의 참된 수탁자(受託者)인 교회의 성실한 목자들이 그 말씀을 파괴하려는 자들의 온갖 발광에 저항하여 그것을 굳게 지켜온

---

9) 타락된다는 의미.
10) 결의론자. 사회적 습관이나 교회 · 성서의 율법에 비추어 도덕 문제를 해결하려는 자들.

것도 분명한 일이다.

그러므로 독실한 신자들은 자기들의 목사를 인자한 손에 의해 주어진 건전한 교리를 지키지 않고, 그와 반대로 결의론자들의 낯선 손에서 나온 미온적인 교리에 따르는 것에 대해 아무런 변명도 할 수가 없다.

그리고 불신자나 이단자들도 이런 폐단을 교회에 대한 신의 섭리의 결여를 나타내는 증거로 제시할 만한 이유를 갖지 못한다. 왜냐하면 정확히 말해서 교리는 성직자들의 속에 있으므로, 현재의 사태를 근거로 신이 교회를 타락 가운데 방치한다고 결론지을 수 없을 뿐만 아니라, 신이 교회를 타락으로부터 분명히 지키고 계신다는 것이 오늘날처럼 뚜렷이 나타난 적이 없기 때문이다.

특별한 소명에 의해, 일반 교인보다 완전한 신앙생활을 하기 위해 집에서 나와 성의(聖衣)를 입겠다고 서약한 사람 중에서 몇몇 사람이, 일반 신자들이 눈살을 찌푸릴 정도의 미망(迷忘)에 빠져 일찍이 유대인 속에 있던 거짓 예언자와 같이 되어 우리 가운데 임한다면, 그것이 특수한 개인적인 경우라고 하더라도 실로 한탄할 불행이다. 그러나 이런 일로 해서 그 교회에 대한 신의 배려를 부정할 수는 없다. 왜냐하면 그 모든 일은 분명히 예언되어 왔으며, 그런 유혹이 이런 사람들 쪽에서 일어나리라는 것은 오래전부터 예고되어 왔으므로, 바른 가르침을 받아들인다면 사람들은 이런 일 가운데 우리에 대한 신의 망각의 증거보다, 오히려 신의 인도의 증거를 찾아볼 수 있기 때문이다.

890

테르툴리아누스. "교회는 절대 개혁되지 않을 것이다."

891

우리는 제수이트의 교리를 이용하고 있는 이단자들에게 그것이 교회의 교리가 아니라는 것을 보여 주어야 한다. 또 우리 장세니스트의 분파가 종단으로부터의 분리가 아니라는 것도 보여 주어야 한다.

892

만일 서로 다르다는 이유로 우리가 정죄(定罪)한다면 당신들 편이 옳을 것이다. 다양성이 없는 통일은 다른 사람들에게는 무익하며, 통일이 없는 다양성은 우리에게 불리할 것이다. 하나는 밖으로 해를 끼치고, 다른 쪽은 안으로 해를 끼친다.

893

우리는 진리를 밝혀서 그것을 믿게 할 수는 있지만, 성직자의 부정을 지적해서 그것을 고쳐 줄 수는 없다. 우리는 허위를 지적함으로써 마음은 편해질 수 있으나, 부정(不正)을 지적함으로써 배를 불릴 수는 없다.

894

교회를 사랑하는 사람들은 윤리는 타락하면서도 적어도 율법은 살아남는 것을 보고는 한탄한다. 그러나 바로 이 사람들이 율법을 파괴한다. 모범이 깨져 버린 것이다.

895

인간은 양심에 의해 악을 저지를 때처럼 만족하고 유쾌할 수가 없다.

896

교회가 파문(破門)이니 이단이니 하는 말을 만들어 낸 것은 쓸데없는 일이다. 그런 말들은 교회에 반항하여 사용되고 있다.

897

"하인은 주인이 하는 일을 알지 못한다." 주인은 그에게 용무만 알려 주고, 목적은 알려 주지 않기 때문이다. 하인이 맹목적으로 복종하다가 가끔 목적에 어긋나는 일을 하는 것은 그 때문이다. 그러나 예수그리스도는 우리에게 목적을 가르쳐 주셨다.

그런데 당신들은 그 목적을 파괴하고 있다.

898

그들은 영원성을 누릴 수가 없어 보편성을 추구한다. 그 때문에 자신들을 성도로 만들기 위해 교회 전체를 타락시킨다.

899

성경 구절을 악용하여 자기의 오류를 합리화해 주는 것으로 생각되는 부분을 발견하고는 그것을 최대한으로 활용하는 사람들에게 반대함.

수난의 주일과 저녁 기도의 장(章). 왕을 위한 기도.

다음 구절의 설명. "나의 편이 아닌 자는 나에게 반대하는 자이다." "우리에게 반대하지 않는 자는 우리 편이기 때문이다." 어떤 사람이, "나는 누구 편도 아니고 아무에게도 반대도 하지 않는다"고 말하면, 우리는 이렇게 대답해야 한다.—'…………'

900

《성서》로부터 어떤 의미를 찾으려 하지 않고 《성서》에 어떤 의미를 부여하고자 하는 사람은 《성서》의 적이다(Aug. d. d. ch.).[11]

---

11) 아우구스티누스 《기독교 교리론》의 약자. 3장 27절.

901

분명한 논박(?)

"신은 겸손한 자에게 은혜를 베푸신다.—신은 그들에게 겸손한 마음을 주시지 않았을까?"

"그의 백성은 그를 받아들이지 않았다.[12]—그를 받아들이지 않은 자들은 모두 그의 백성이 아니었을까?"

902

후이앙[13]은 말했다. "이것은 실제로는 별로 확실하지 않은 것 같다. 논쟁이 있다는 것은 확실치 않다는 증거이니까."

성 아타나시오스·성 크리소스트모스·도덕·불신자들.

제수이트의 진리에 의해 회의를 던지지는 않았으나, 그들 자신의 불신앙에 대한 모든 의심을 씻어 버렸다.

여러 가지 모순들은 언제나 사악한 자들의 눈을 멀게 하기 위해 존재해 온 것이다. 왜냐하면 진리와 신의 사랑에 거역하는 것은 모두가 악이기 때문이다. 이것이야말로 참된 원리이다.

903

이 세상의 철학자들과 모든 종교나 종파는 자연적인 이성을 안내자로 삼아왔다. 다만 기독교도만이 그 규율을 자기 자신의 밖에서 구하여 예수그리스도가 신자들에게 전하기 위해, 옛사람들에게 남겨 준 기준을 잘 배우도록 강요되었다. 이 강요는 저 선량한 신부들에게는 권태롭게 생각되어 다른 사람들과 마찬가지로 자기의 상상력에 따르는 자유를 얻고 싶어 했다. 옛날

---

12) 〈요한복음〉 1장 11절. 이것들은 《성서》의 진의에 어긋나는 글자 그대로 해석한 예.

13) 성 로베르토우스가 창시한 수도회에 속하는 사람들.

예언자들이 유대인들에게 말한 것처럼 "교회 안으로 들어가라. 옛사람들이 교회에 전한 교리를 배우고 그 좁은 길을 가라" 하고 우리가 그들에게 외쳐도 소용이 없다. 그들은 유대인처럼 "우리는 그 길을 가지 않고, 우리 마음에 따를 것이다" 하고 말했다. 또한 "우리는 다른 백성처럼 될 것이다" 하고 말했다.

904

그들은 규칙 속에 예외를 만든다.

옛날에는 참회에 앞서 사면(赦免)받지 않았는가? 그것은 예외로 생각하라. 그러나 당신들은 예외 없는 규칙에 예외를 만들어 넣었다. 그러고서도 당신들은 그 규칙이 예외적인 것을 내포하는 것을 원치 않는다.

905

참회의 증거가 없는 고백과 사면에 대하여.

신은 내면만을 보시지만 교회는 외면에 의해서만 판단한다. 신은 마음속의 참회를 꿰뚫어 보는 순간 용서를 해 주신다. 교회는 행적 속에서 참회를 보아야만 비로소 용서한다. 신은 내적으로 순결한 교회를 만들고, 그 내면적이면서도 완전히 영적으로 성스러움에 의해, 오만한 자들과 바리새인들의 내면적인 불신을 당황하게 한다. 그러나 교회는 외적인 행위가 순결한 인간의 집단을 만들고, 그것에 의해 이교도의 행위를 당황하게 만든다. 설사 그 속에 위선자들이 있더라도, 그 독(毒)이 눈에 뜨이지 않을 정도로 교묘히 변장하고 있으면, 교회는 그들을 관대하게 대한다. 왜냐하면 그들은 그들이 속일 수 없는 신에게는 받아들여지지 못하더라도, 그들이 속일 수 있는 인간에게는 받아들여지기 때문이다. 따라서 교회는 성스럽게 보이는 그들의 행위에 의해 그 명예가 손상되는 일은 없다. 그런데 당신들은 내면 세계가 신에게만 속해 있다는 이유로, 교회가 내면적으로 판단하는 것을 좋아하지 않고, 또 신은 내면에만 관심을 기울인다는 이유로 교회가 외면적으로 판단하는 것도 좋아하지 않는다. 그리하여 교회에서 모든 우수한 사람들을 제거하고, 그 속에 가장 부덕한 사람들과 교회의 명예를 크게 손상하는 사람들만 알게 된다. 유대인의 회당이나 철학자의 학파에서도 그들을 보잘것 없는 자들로서 추방하고, 사악한 자들로서 혐오한다.

906

현세의 관점에서 볼 때 살아가기가 가장 쉬운 상태는, 신의 관점에서 볼 때 살아가기가 가장 어려운 상태이다. 그리고 그 반대도 마찬가지이다. 세속적 관점에서 볼 때 종교 생활보다 어려운 것은 없다. 반면에 신의 관점에서 보면, 그처럼 쉬운 것이 없다. 세속적 방법으로 살면, 높은 관직이나 많은 재산을 가지고 사는 것만큼 쉬운 일이 없다. 또한 그런 세속적인 것에 관심이나 즐거움을 두지 않는 신의 방법을 따르면서 세속적인 삶을 사는 것보다 더 어려운 일은 없다.

907

결정론자들은 여러 가지 결정을 타락한 이성에게 맡기고 결정의 선택을 타락한 의지에 맡겨, 인간 본성 속에 있는 모든 타락한 것을 그들의 행위에 참여시키려고 한다.

908

그런데 '가능성' 이 확신을 가져다주는 것은 '있음 직한' 일일까?

양심의 평안과 확신의 차이. 확신을 주는 것은 진리뿐이다. 평안하게 해주는 것은 진리에 대한 진지한 추구뿐이다.

909

결의론자(決疑論者)들의 전부를 모아도 잘못을 저지르는 양심을 진정시켜 줄 수는 없다. 훌륭한 지도자를 택하는 것이 아주 중요한 이유가 그것이다. 그들은 걸어가서는 안 되는 길을 갔기 때문에, 그리고 들어서는 안 되는 스승의 가르침을 들었기 때문에 이중의 죄를 짓는 결과가 될 것이다.

910

당신들로 하여금 있을 법한 일들을 발견하게 하는 것은 온순한 세상일 수밖에 없지 않은가? 당신들은 우리로 하여금 그것이 진리임을 믿게 하려는가? 그리고 또한 격투(格鬪)의 유형이 없었더라도, 사물 그 자체를 쳐다보면서 싸울 수도 있다는 것을 우리에게 믿게 하려고 하는가?

911

세상에서 악인들을 없애려면 그들을 죽여야 할까? 그것은 한쪽만이 아니라 쌍방을 악인으로 만드는 일이다. "신으로 악을 이기라."(성 아우구스티누스)

912

보편성. 윤리와 언어는 특수하면서도 보편적인 지식의 분야이다.[14]

913

개연성(蓋然性). 누구나 더할 수는 있다. 그러나 제거할 수는 없다.[15]

---

14) 모든 사람은 언어를 갖고 있으나 그것은 같은 언어가 아니다. 마찬가지로 누구나가 윤리를 갖고 있지만, 같은 윤리가 아니다. 그러나 그 배후에는 일반적인 법칙이 있다.
15) 단장 918 참조.

914

그들은 사욕에 자유로운 지배를 주며, 불안을 억제한다. 오히려 그 반대이어야 할 것이다.

915

몽탈트.[16] 느슨한 관점은 매우 대중적이기 때문에 그것이 사람들의 비위를 상하게 한다는 것은 이상한 일이다. 그런 관점들은 모든 한계를 초월해 있기 때문이다. 게다가 많은 사람이 진리를 보면서도 거기에 도달하지 못하지만 종교의 순수성이 인간의 타락한 본성과 상반되어 있다는 것을 모르는 사람은 별로 없다. 영원한 보답

이 에스코발[17]의 윤리에까지 주어진다고 말하는 것은 터무니없는 일이다.

916

개연론(蓋然論). 그들은 참된 원리를 다소 갖고 있으나, 그것들을 남용한다. 그런데 진리의 남용은 허위의 채택과 똑같은 중벌을 받아야 마땅하다.

마치 두 개의 지옥이 있어, 하나는 신의 사랑에 어긋나는 죄인을 위해, 또 하나는 정의에 어긋나는 죄인을 위해 있는 것처럼.

917

개연론. 그럴듯해 보이는 것이 확실한 것이라면 진리를 찾으려는 성도들의 열의는 무의미한 것이다.

가장 확실한 길을 따랐던 성도들의 두려움.

항상 자기의 고해신부를 따랐던 성 테레사 수녀.

---

16) Louis de Montalte. 파스칼이 《프로방시알》을 썼을 때 사용한 필명.
17) 스페인의 제수이트(Jesuit. 예수회 회원). 《프로방시알》에서 파스칼 공격의 표적이 되었다.

918

개연성이 없다면 제수이트(예수회 회원)들이 어떻게 될 것이며, 제수이트들이 없다면 개연성을 어떻게 될 것인가?

개연성을 제거하라. 그러면 당신들은 더 이상 세상 사람들을 즐겁게 할 수 없을 것이다. 개연성을 들고나오라. 그러면 당신들은 세상 사람들의 비위를 상하지 않을 것이다. 오늘날에는 죄를 쉽사리 피할 수 있게 하기 위한 비결도 많고, 속죄받기도 수월하다.

919

신분 높은 사람들이 아첨 받기를 바라는 것이나, 제수이트들이 신분 높은 사람들의 사랑 받기를 원하는 것이나 모두가 신분 높은 사람들과 제수이트들의 죄의 결과이다. 양자 중에서 한쪽은 기만하기 위해, 다른 쪽은 기만당하기 위해 모두가 거짓 악령에게 인도될만하였다. 그들은 욕심 사납고 야성적이고 향락적이었다. '그들은 자기들의 스승을 늘릴 것이다.' 그런 스승들에게 '어울리는' 제자들로서, 그들은 아첨하는 자들을 찾다가 그것을 찾아냈다.

920

만일 그들이 개연성을 버리지 않는다면, 그들의 좋은 격언도 나쁜 격언과 마찬가지로 신성하지 않게 된다. 왜냐하면 그것들은 인간의 권위를 바탕삼고 있기 때문이다. 따라서 그것이 좀 더 정당하다면 그만큼 더욱 합리적이기는 하겠지만 더 신성해지지는 않는다. 그것들은 자기를 접붙인 야생의 줄기를 닮게 마련이다.

내가 하는 말이, 당신들을 계몽하는 데는 도움이 되지 않을지라도 민중에게는 도움이 될 것이다.[18]

---

18) 민중은 제수이트와 장세니스트의 논쟁에서 심판자의 위치에 있기 때문이다.

만일 이들이 입을 다물면 돌(石)이 말하게 될 것이다.[19]

침묵은 가장 나쁜 형태의 박해이다. 성도들은 절대 침묵하지 않았다. 우리가 신의 소명을 해야 하는 것은 사실이지만, 우리가 과연 신의 소명을 받았는지 아닌지를 결정해 주어야 하는 것은, 교회 회의의 결정이 아니라 말로 표현하지 않을 수 없는 필연성이다. 로마(교황)가 이 사실을 비난하는 말을 했기 때문에 또한 그들이 이 사실을 기록했고, 그 반대의 의견을 주장하는 책들이 비난을 받아왔기 때문에 우리가 부당하게 비난받으면 받을수록 또 그들이 우리의 입을 억지로 막으면 막을수록, 우리는 양쪽의 의견을 귀담아 들어줄 교황이 나타나서 낡은 전례를 철저히 조사해서 올바른 판정을 내릴 때까지 더 큰 소리로 외쳐야만 한다.

그렇게 되면 훌륭한 교황들은 마침내 교회가 부르짖는 소리를 들을 것이다.

이단을 가려내기 위한 종교재판과 예수회. 진리의 두 징벌자.

어찌하여 당신들은 그들을 아리우스[20]주의자로서 고발하지 않는가? 그들은 '예수그리스도는 신이다' 라고 말하지 않는가. 그런데 '너희가 신이다'[21] 라고 기록된 것으로 보아 그들은 속으로는 예수를 신으로 받아들이려 하지 않으면서도 그렇게 말한 것 같은데.

만일 내 편지[22]가 로마에서 유죄판결을 받는다면 내가 그 속에서 정죄(定罪)한 것이 하늘에서 정죄 받을 것이다.

"당신의 법정에, 주 예수여, 나는 상소합니다."

당신들은 스스로 타락하기 쉽다.

---

19) 〈누가복음〉 19장 40절.
20) 아리우스는 초대 기독교 알렉산드리아의 사교. 그리스도의 신성(神性)을 부정하는 아리우스의 설을 신봉한 자들.
21) 〈요한복음〉 10장 34절.
22) 《프로방시알》을 말함.

나는 내가 정죄되었음을 알았을 때, 내가 잘못 쓰지 않았나 해서 걱정했다. 그러나 수많은 신앙문서의 예가 그렇지 않다는 것을 나로 하여금 믿게 해 준다. 올바로 기록하는 것은 이제 어느 누구에게도 허용되지 않는 것이다!

종교재판은 그만큼 타락하고 무지한 것이다.

"인간에게 순종하지 말고 신에게 순종해야 한다."[23]

나는 아무것도 두려워하지 않는다. 아무것도 바라지 않는다. 그런데 주교들은 그렇지 않다. 포르 르와이알은 겁을 먹고 있다. 그러므로 그들을 분산시킨다는[24] 것은 졸렬한 정책이다. 왜냐하면 그들은 더 이상 두려워하지 않고 두려움을 주는 자가 되기 때문이다.

나는 당신들의 개인적인 비난도, 그것이 전통적인 복음에 바탕을 두고 있지 않는 한, 별로 두려워하지 않는다.

당신들은 전부를 비난하는가? 나의 경의(敬意)까지도? 그렇지는 않다고? 그럼 무엇을 비난하는지 말해 보라. 잘못된 것이 무엇이며 그것이 왜 잘못되었는가를 지적할 수 없다면, 당신들의 비난은 무의미한 것이 되고 말 것이다. 그런데 이것이 바로 그들이 해내기 어려운 일이다.

개연론. 그들은 확실성을 매우 이상하게 설명했다. 그 이유는 그들은 자기들의 길은 모두 확실하다고 단정하고 나서 아무 위험도 없이 반드시 천국에 들어갈 수 있는 길이 확실하다고 말하지 않고, 자기들의 길에서 벗어날 위험이 없는 길을 확실하다고 말했기 때문이다.

921

당신들은 성물(聖物)들을 조롱하였다 하여 나를 정죄하는데, 그것이 당신

23) 〈사도행전〉 5장 29절.
24) 은사단(隱士團)의 해산.

들에게 무슨 이로움을 주는가? 당신들이 나를 협잡꾼으로 몰아세운다고 하여 그게 잘하는 짓이 아니다.

장차 알게 되겠지만, 나는 지금까지 하고 싶은 말도 하지 않고 참아 왔다.

나는 절대 이단자가 아니다. 나는 〈5개 조 명제(五個條命題)〉[25]를 지지한 일이 없다. 당신들은 내가 그것을 지지했다고 말하면서도 그것을 입증하지는 못한다. 당신들이 그렇게 말했다는 사실을 나는 입증할 수 있다. 나는 지금까지 당신들을 협잡꾼이라고 불러왔다. 나는 그것을 입증할 수 있다. 게다가 당신들이 그것을 비밀에 부칠 수 없는 오만을 가지고 있다는 것도. 브리사슈르 · 므에니에 · 달비. 또한 당신들이 그것을 정당하다고 인정하는 사실까지도 나는 입증할 수가 있다. "당신들의 결의(적에 대한 비판)를 포기하라."

당신들이 M. 퓨이가 예수회의 적이라고 믿던 당시에는 그는 자기 교회의 엉터리 목사로서 무식하고 이단적이었으며, 그의 신앙과 윤리가 형편없는 사람이었으나, 그 이후로 그는 훌륭한 목사로 탈바꿈했으며, 그의 신앙과 윤리도 아주 뛰어나다.

남을 중상모략 하는 것.—"이것은 마음의 눈이 먼 것이다."

그 속에 있는 독(毒)을 못 보는 것.—"이것은 마음의 눈이 더 캄캄하게 먼 사람이다."

그것을 고백하지 않고 오히려 옹호하는 것.—"죄의 심연이 인간을 덮는다."

높은 귀족들은 내란이 일어나면 서로 갈라서는데,

당신들 또한 인간 사이의 내란 속에 서 있다.

나는 그것이 더 설득력이 있기 때문에 그것을 맞대놓고 말하고 싶은 것

---

25) 장세니우스의 유작(遺作)《아우구스티누스》에서 뽑아낸 5개 조항의 명제. 교황 이노센트 10세에 의해 이단 선고를 받았음.

이다.

나는 여러 가지 책들을 음미하면서 읽는 사람들의 찬성을 믿는다. 그러나 책의 제목만을 읽는 사람들(대다수가 그러한데)은 당신이 하는 말을 그대로 받아들인다. 종규(宗規)를 중시하는 목사는 협잡꾼이 될 수 없다. 우리 쪽 사람들은 인용한 말의 설득력에 의해 이미 자기 눈을 떴다. 이제 나머지 사람들이 자신들의 주장을 버림으로써 눈을 떠야만 한다.

내가 널리 알리려 했던 바로 그것을 당신들이 해 주는 것이 나는 정말 기쁘다.

"논쟁을 피하라. 성 바울."

"그는 나를 논쟁의 원인으로 만들었다."

당신들이 얼마나 당황하고 있는지는 눈으로 안 보아도 뻔하다. 왜냐하면 당신들이 고집을 버리고자 한다면 그것으로 그만이겠지만…….

성자들은 어떻게 해서든 자신들을 죄인이라고 하며, 심지어는 자신들의 가장 훌륭한 선행까지도 스스로 비난한다. 그런가 하면 그들은 또한 가장 사악한 행위까지도 극구 변명하려 한다.

논쟁 속에서니까 이런 일도 생기는 것으로 생각하지 말라. 당신들의 글이 빠짐없이, 게다가 불어(佛語)로 인쇄된다면 누구나가 판결을 할 수 있을 것이다.

겉모양은 똑같이 아름다우나 그 기초가 빈약한 건물이 이교의 성자들에 의해 세워졌다. 다시 말해서 악마는 전혀 다른 기초 위에 서 있으면서도 외모가 닮았다는 것을 기화로 인간을 기만한다.

나만큼 정당한 위치에 서 있었던 사람도 일찍이 없었거니와, 당신들만큼 좋은 표적이 된 사람도 일찍이 없었다.

세상 사람들은 그들이 올바른 길을 걷고 있다고 믿지 않는다.

그들이 나의 약점을 자꾸 가려낼수록 그들은 내게 그만큼 더 큰 권위를 부여하는 셈이 된다.

당신들은 나를 이단자라고 말한다. 사람들이 그것을 수긍하겠는가? 또 사람들이 내게 대해 정당한 심판을 내리는 것은 당신들이 두려워하지 않는다고 하더라도, 신이 공정한 심판을 내리는 것도 두렵지 않은가?

당신들은 진리의 힘이 얼마나 큰가를 깨닫고는 그것에 굴복하게 될 것이다.

사람들은 당신들의 말을 더 이상 그대로 믿지 않고 나를 공정하게 심판할 것이다.

당신들은 용서받지 못할 죄를 짓고도 사람들에게 당신들을 믿어달라고 매달리지 않을 수 없을 것이다. "당신들의 결의를 버리라."

허위 비방을 경솔하게 믿는 것은 큰 죄이다. "그들은 허위 비방자들을 경솔하게 믿지 않았다." 성 아우구스티누스.

그는 허위 비방에 관한 법률에 따라 아무 쪽으로나 기울어짐으로써 나를 쓰러뜨리려 했다.

그와 같은 맹목에는 초자연적인 것이 있는 법이다. "그들이 받아야 할 운명."

나는 3만 명을 상대로 고군분투하고 있다.—반드시 그렇지만은 않다. 당신들은 권력과 기만에 매달리고, 나는 오로지 진리에 매달린다. 그것만이 나의 힘이니까. 내가 진리마저 잃으면 나는 지고 만다. 그렇게 되면 많은 사람들이 나를 비난하고 처벌할 것이다. 그러나 진리는 내 쪽에 있으므로 우리 중에서 누가 이길는지 두고 보기로 하자.

내 쪽에서는 종교를 옹호할 자격이 없지만, 당신들은 오류와 부정을 옹호할 자격이 없다. 내 안에 있는 악을 지나쳐 보시고 당신들 안에 있는 선을 응시하는 자비로우신 신께서, 진리가 내 손에서 약해지지 않고 거짓이…… 하지 않도록 우리 모두에게 은총을 내려 주시기를.

"당신들은 아주 파렴치하게 거짓말을 할 것이다."

가장 큰 죄는 그 죄를 옹호하는 것이다. 그러니 당신들의 고집을 버리라.

악한 자들의 행복.

"인간은 그의 지혜에 따라서 정죄되리라."

거짓의 죄과.

연보(捐補).

거짓된 신앙, 이중(二重)의 죄.

"고집을 버리라." 까라뮤에.

당신들은 나를 협박한다.

그 점에 대해서는 당신들은 약간 언급했을 뿐이므로, 나머지 모든 부분에 대해서는 인정한다는 뜻이 된다.

922

개연(蓋然). 우리가 진심으로 신을 추구하고 있는지 아닌지를 알아보기 위해 우리가 애착을 두고 있는 것들끼리 몇 가지 비교를 해 보자.

내가 이 고기를 먹어도 중독되지 않는 것은 '확실한 것 같다.'

내가 청원(請願)하지 않아도 소송에 지지 않는 것은 '확실한 것 같다.'

개연. 진지한 작가들과 이유(理由)가 충분히 있는 것이 사실이라 하더라도, 그들은 진지하지도 합리적이지도 않다고 나는 말하겠다.

뭐라고! 남편은 몰리나[26]의 교리에 따라 자기 아내를 이용해 먹어도 좋다고! 그가 제시하는 이유는 합리적인가, 또한 레시우스[27]의 반대 이유도 합리적인가?

그렇다면 당신은 밭으로 나가는 것과 누군가를 기다리는 것은 결투가 아니라고 말할 때처럼 감히 왕의 칙령을 희롱하려는가?

교회는 정말로 결투를 금지했으며, 산책하는 것은 금지하지 않았는가?

---

26) 스페인의 신학자.

27) 예수회의 신학자이며, 루방 대학의 철학 교수였음.

마치 고리대금업은 금지하면서도 ……는 금지하지 않는 것처럼.

그리고 성직의 매매는 금하면서도…….

또 복수는 금하면서도…….

비역(남성의 호모섹스)은 금하면서도…….

923

참회의 예전(禮典)에 의해 죄를 용서하는 것만이 사면(赦免)이 아니다. 회개에 의해서도 용서된다. 회개가 예전을 구하지 않는다면 그것은 참된 것이 아니다.

마찬가지로 출산으로부터 죄를 지키는 것은 결혼식이 아니라 신을 위해 자식을 낳으려는 욕망이며, 그것은 결혼의 의식을 거친 경우에만 진실한 것이다.

또 참회의 예전 없이도 죄를 깊이 뉘우치는 사람이 참회의 예전을 거치고서도 뉘우치지 않는 사람보다 사면받기에 더 적합한 것처럼, 예를 들어 결혼식 없이 단지 아이를 갖고 싶어 했던 롯의 딸들이 결혼식을 거치고도 아이를 가질 욕망이 없는 사람들보다 더 순수하다.

924

약속을 지키지 않고, 신앙을 갖지 않고, 명예를 존중하지 않고, 진리를 갖지 않고, 두 마음을 품고, 두말하며, 새도 아니고 물고기도 아닌 묘하게 생긴 우화 속의 저 양서동물(兩棲動物)을 닮은(옛날 비평가들의 표현을 빌리면) 사람들.

'포르 르와이알[28]'은 폴티게로데 수도원[29] 못지않게 훌륭한 곳이다.'

---

28) 프랑스 파리에 있는 수도원. 파스칼의 여동생 자크린느가 수도 생활을 한 곳.
29) 제수이트들이 애써 들어가려고 했던 독일의 수도원.
※ 단장 921 이후의 단장들은 제1 사본과 제3 사본 사이에 큰 차이가 있다.

이런 각도에서 쳐다보라. 당신의 왕이나 제후는 경건한 사람이라는 평가를 받는 것이 중요하다. 그래서 그들은 고해를 위해 당신들에게로 가야만 한다.

■ 파스칼의 생애와 사상

1. 파스칼의 생애

블레즈 파스칼(Blaise Pascal)은 1623년 6월 19일 프랑스의 중부지방 오베르뉴주(州)의 클레르몽(Clermont Auvergne)에서 태어났다. 그의 부친 에티엔느 파스칼(Etienne Pascal)은 조세원(租稅院)의 부원장으로서 지적(知的) 수준이 높아, 수학·물리학에 조예가 깊었으며, 신앙이 돈독한 가톨릭교도였다. 또 어머니 앙뜨와네뜨 베공(Antoinette Bêgon)은 신앙이 돈독하고 인자하며, 재주가 뛰어난 부인이었다. 파스칼은 한 살 때 공수병(恐水病)에 걸려 12개월 동안이나 앓았는데, 그의 어머니는 병간호에 지쳐 있는 상태에서 막내딸을 낳고는 세상을 떠났다. 그 후 부친인 에티엔느 파스칼은 재혼도 하지 않고 오직 자녀 교육에 심혈을 기울였다.

1630년 파스칼 일가는 고향을 떠나 파리로 이사했다. 에티엔느는 파리에서 당대(當代)의 유명한 학자들과 교제하는 것을 일과로 삼았다. 그들과의 교제를 통하여 에티엔느는 전통적 스콜라 철학에 대한 새로운 학문의 개척에 깊은 관심을 가졌다. 또 그는 오랜 전통을 가진 학교 교육에 반대하고는 자신의 연구 방법에 의하여 자녀들을 교육하였다. 장녀인 질베르트 페리에가 전하는 바로는 아버지 에티엔느는 블레즈로 하여금 화약이라든가 꽤 신기하게 생각되는 자연계의 현상에 대하여 관심을 갖게 만들었다.

파스칼은 12세 되던 해인 1635년 유클리드 정리 제32번(3각형의 내각의 합은 2직각이다)을 혼자의 힘으로 증명해 냈다. 그리고 16세 되던 1639년에는 《원추곡선론(圓錐曲線論)》을 쓰고 〈파스칼의 정리〉를 증명해 냈다.

1640년 파스칼 일가는 루왕으로 이사했는데, 그곳에서 그는 코르네이유(Corneille)를 만났다.

1646년 1월 파스칼 학문의 방향을 일순(一巡)시키는 불의의 사건이 일어났다. 파스칼의 부친 에티엔느가 얼음 위에서 넘어져 다리를 다쳤다. 의사 데샹(Deschamps) 형제가 치료를 맡았는데, 그들은 파스칼에게 장세니우스(Jansénius)와 생 시랑(Saint Cyran)과 아르노(Arnauld)의 저서를 읽도록 권유했다. 그리하여 파스칼은 새로이 종교에 눈뜨게 되며, 그 일가가 장세니즘(Jansénisme)에 귀의하게 된다.

24세 되던 해인 1647년 지나친 연구 생활로 인해 건강이 극히 악화하여 요양차 누이동생 자크린느와 함께 파리로 갔다. 파리에 온 후로 그들은 포르 르와이알(Port Royal)의 설교자 생 글랑씨의 설교를 자주 들으러 갔다.

1651년에는 부친 에티엔느 파스칼이 병사(病死)했고, 그 이듬해에는 누이동생 자크린느마저 포르 르와이알 수도원에 들어갔다. 파스칼은 생애에 가장 친근했던 두 사람을 잃고는 텅 빈 마음을 어찌할 수가 없었다. 건강은 더욱 악화하여 모든 지적(知的) 활동을 중지하지 않을 수가 없었다. 고향인 클레르몽으로 돌아가서 17개월 동안 휴양한 후 1653년 11월에 다시 파리로 돌아와 로아네즈(Roannez) 공작과 슈발리에 드 메레·바로(Barreaux) 등과의 사교생활을 시작한다. 그러나 화려한 사교생활도 파스칼을 만족시키지는 못했다. 그는 항상 무엇인가를 찾고 있었다. 생 글랑씨의 설교를 들은 다음 날 밤 어떤 휘황한 광채가 그를 자극했다. 불가사의한 초자연의 빛이 자기의 육체와 정신을 비추는 것 같이 느껴졌다. 그는 신(神)을 보았다. 그 순간의 느낌을 양피지 조각에 기록한 것이 바로 〈메모리알(Mémorial)〉이다. 그 짧은 글에서 파스칼은 "확실하다, 확실하다, 이 기분, 이 기쁨, 이 평화"라고 외치고 있다. 신을 확실히 본 파스칼의 마음은 환희와 평화로 충만해 있었다. 그날 밤의 체험이 종교에 대한 그의 회심(回心)을 결정적인 것으로 만들었다. 파스칼은 곧 세속을 떠나 포르 르와이알 데상 수도원에 객원(客員)으로 입원했다. 파스칼은 인간의 통찰에서 신(神) 쪽으로 눈을 돌렸다.

포르 르와이알 수도원에 들어온 후 파스칼은 모든 과학 연구를 잊어버리고, 불신자들을 개종시키기 위해 기독교 호교론(護敎論)을 쓸 것을 구상했다.

포르 르와이알은 파리에서 서남쪽으로 약 30킬로 떨어진 지명(地名)이며, 13세기 초에 설립된 수녀원이다. 그리고 1625년경에는 파리 시내에도 그 분원(分院)이라 할 수 있는 파리의 포르 르와이알 수도원이 생겼다. 1636년에 앙젤리끄(Angelique) 원장이 생 시랑(Saint Cyran) 신부를 지도사제로 위촉했다. 그 신부는 장세니즘을 주장한 네덜란드의 신학자 장세니우스(Jansenius. 1585~1638)와 친구인 동시에 지지자였다. 장세니우스는 17세기 초 벨기에의 루뱅(Louvain) 대학을 나와 그 대학의 교수가 되었고, 이어 이프르(Ypres)의 주교로 임명된 사람이며, 기독교 교리에 있어서는 엄격 주의를 표방했다.

1655년 드 리오꾸르라는 사람이 그의 딸을 포르 르와이알의 수녀원 학교에 넣지 않았다는 이유로 성사(聖事)를 거부당한 일이 있다. 그때 포르 르와이알의 지도자 중 한 사람인 아르노(Arnauld)가 이 사실에 대한 1차 서한을 공개했을 때 제수이트(Jesuit. 예수회 회원)들로부터 맹렬히 공격을 받았다. 그리고 교황은 장세니우스의 〈5개 조 명제(五個條命題)〉를 금하고, 그의 유작(遺作)인 《아우구스티누스(Augustinus)》라는 책을 금서(禁書)로 규정했다. 아르노는 정부와 예수회 회원들에 의해 지지받던 파리 대학에 의해 고발되었다. 포르 르와이알 수도원의 사람들은 이 문제를 공식적으로 거론하기를 요구했다. 그리하여 그것을 공개문으로 작성하는 임무가 파스칼에게 주어졌다. 그 첫 번째 공개문이 바로 《레 프로방시알》의 제1신(信)이다. 그것은 파스칼이 1656년 1월 27일에 루이 드 몽탈트 (Louis de Montalte)라는 가명으로 발표한 것이다.

아르노의 어떤 해명에도 불구하고 포르 르와이알의 직원들은 교황의 칙령에 의해 해산했고, 학교도 문을 닫았다. 파스칼은 다음 해 3월까지 총 18통의 서신을 발표했는데, 훗날 볼테르(Voltaire)는 이 글을 "산문으로 쓰인 가장 뛰어난 글"이라고 극찬했다. 예수회와의 논쟁이 계속되는 동안에 파스칼은 포르 르와이알에서 여러 가지 기적들이 일어나는 것을 목격했다. 파스칼은 가끔 사람들이 인생 문제를 상담해 올 때면, 오만의 죄를 범하지 않기 위하여 가시 돋친 채찍으로 자기 몸을 때렸다고 한다. 게다가 그리스도를 닮기 위해 자신을 가난하게 만들었다. 그는 자신이 사랑하는 모든 것에 대한 애착을 일절 끊었다. 과학에 대한 열성도 그의 신앙심을 고취하기 위해서만 존재했다.

1659년 3월에 병세가 갑자기 악화하여 심한 두통을 견디기 힘든 상태가 되었다. 게다가 1661년에는 여동생 자크린느마저 세상을 떠났다. 이 온갖 시련 속에서도 파스칼은 만년의 생활을 가난하고 병든 자들을 위한 자선 (慈善)에 가득 찬 생활을 했다. 1662년 8월 19일 새벽 1시 파스칼은 39년 2개월의 생애에 마침표를 찍고 말았다. 그의 생전의 뜻에 따라 시신은 생 에티엔느 뒤 몽(Saint Etienne du Mont) 성당에 안치되었다.

2. 파스칼의 사상

파스칼의 사상은 단적으로 말해서 현대의 실존주의적 요소를 다분히 포함하고 있다.

파스칼은 인간을 연구하는 데, 그 본질을 연구하지 않고 인간의 상황을 연구하는 새로운 방법을 사용했다. 따라서 현대 철학의 방향을 결정하는 데 대한 파스칼의 공헌은 자못 크다 하겠다.

파스칼의 사상은 인간과 인간의 조건에 대한 직접적인 관찰에서 출발한다. 이것은 일찍이 누구도 사용한 일이 없는 방법으로, 파스칼이 죽은 후에도 상당 기간 아무도 시도하지 않다가 20세기에 들어 실존주의 철학자들이 그 방법을 부활해서 사용했다.

파스칼은 데카르트(Descartes. 1596~1650)와 한 시대에 살았다. 데카르트가 인간의 이성(理性)에 관해 연구한 이후로 헤겔에 이르기까지 철학자들은 이성을 연구 대상으로 삼아 왔다. 그러다가 마침내 키에르케고르가 헤겔 철학에 반대하여 일종의 역설 변증법을 제창했다. 그리하여 헤겔의 관념론적 사변철학은 막을 내리게 되고 키에르케고르의 철학이 실존철학으로 발전했다.

파스칼은 데카르트와 같이 수학적 정확성을 철학에 도입하였으나 데카르트 철학을 바탕으로 하는 근대 합리론의 모순을 지적했다. 데카르트의 철학이 부정확한 관념론에 빠진 데 비하면, 파스칼의 철학은 공허한 이론 전개를 피하여 구체적이고 실제적인 탐구였다. 따라서 파스칼에게 있어서는 철학적 사고(思考)라는 것도 현실의 관찰 및 분석으로 나타난다.

철학자들을 크게 두 유형(類型)으로 분류할 수 있는데, 칸트 유형과 파스칼 유형이 그것으로, 아리스토텔레스 · 토마스 아퀴나스 · 헤겔 등이 전자(前者)의 유형에 속하고, 플라톤 · 아우구스티누스 · 키에르케고르 등이 후자에 속한다. 칸트의 엄청난 철학 체계는 이성의 소산이라 할 수 있으며, 반면에 파스칼의 사상은 개인적 생활과 경험을 통해 진리를 자각하고, 실감하고, 직관(直觀)함으로써 터득된 철학이다. 파스칼은 인간의 구체적이고, 실제적이고, 극적인 상황을, 강력하고 섬세하게 표현하기 위해서 수필 · 서간 · 대화 등 문학작품의 형식을 사용했다.

파스칼에 의하면 인간은 무(無)와 모든 중간자적(中間者的) 존재로, 무한에 비하면 무요, 무에 비하면 일체이다. 우주 안에서 중간자의 위치를 차지하고 있는 인간의 상태는 인간의 모든 능력 안에도 나타난다. 우리의 감성은 극단적인 것을 지각하지 못한다. 너무 큰 소리는 귀를 멍하게 하며, 너무 강한 빛은 눈이 부셔 볼 수 없게 하며, 너무 멀거나 너무 가까운 것은 정확하게 볼 수가 없다. 이렇듯 우리 인간은 극단적인 것을 감지할 수 없으며, 이것이 인간의 진실한 상태다. 우리가 완전히 알 수 없거나 전혀 무지일 수 없는 것도 이 때문이다. 우리는 광대한 중간에 떠돌고, 언제나 불확실하게 동요하면서 이리저리 표류한다. 인간은 무한대(無限大)와 무한소(無限小) 사이를 끝없이 방황하는 존재다. 인간은 이렇듯 비참한 존재다.

그러나 인간은 비참한 동시에 위대한 존재다. 인간이 위대한 것은 자신의 비참함을 인식하기 때문이다. 그래서 파스칼은 다음과 같이 말한다. "인간은 자연 가운데서 가장 연약한 갈대에 불과하다. 그러나 그는 생각하는 갈대다. 그를 죽이기 위해 전 우주가 무장할 필요는 없다. 한 줄기 수증기, 한 방울의 물만으로도 그를 죽이기에 충분하다. 그러나 우주가 인간을 죽일 때, 인간은 자기를 죽이는 우주보다 더 고귀할 것이다. 왜냐하면 인간은 자신이 죽는다는 사실과 우주가 자기보다 우월하다는 사실을 알고 있지만, 우주는 그런 사실들을 전혀 모르기 때문이다. 인간의 모든 존엄은 사고(思考) 안에 있는 것이다."

이렇듯 인간은 비참한 동시에 위대한 존재임이 틀림없는데, 그것은 하나의 큰 모순이다. 이 위대한 존재는 비참하므로 불행할 수밖에 없다. 그러나 인간은 누구나가 행복을 추구한다. 모든 인간의 모든 행동의 동기가 바로 '행복'이다. 그런데도 이 위대한 존재인 인간이, 자기가 그렇게도 열망하는 행복을 자기 능력으로 손에 넣은 일은 일찍이 없었다. 다시 말해 신앙 없이 완전한 행복에 이를 수 있는 사람은 아무도 없다. 그리하여 파스칼은 인간은 '기독교에 바탕을 둔 신앙'을 통해서만 그 궁극적 목표에 이를 수 있다는 결론에 도달했다.

■ 파스칼 연보

1623년

· 6월 19일, 파스칼은 프랑스의 오베르뉴주(州) 클레르몽에서 징세관인 에티엔느 파스칼과 교양 있는 어머니 앙뜨와네뜨 베공 사이의 장남으로 태어나다(누님 질베르트는 1620년 출생).

1624년(1세)

· 이름 모를 중병에 걸려 1년 동안 고통을 받는다.

1625년(2세)

· 10월 5일, 누이동생 자크린느 태어나다.

1626년(3세)

· 어머니 죽는다.

1631년(8세)

· 파스칼 일가(一家) 파리로 이사한다. 아버지는 세 자녀의 교육에 전념.

1635년(12세)

· 메르센느(Mersenne) 신부가 창설한 과학 아카데미에 참석 허가를 받아, 뛰어난 수학자(數學者)들과 연구하고 대화함.

· 유클릿의 정리 32(3각형의 내각의 합은 2직각이다)를 혼자의 힘으로 증명해 냄.

1637년(14세)

· 데카르트의《방법서설(方法序說)》간행.

1638년(15세)

· 5월 6일, 장세니우스(Jansénius) 사망.

1639년(16세)

· 《원추곡선론(圓錐曲線論. Essai pour les coniques)》을 쓰고, 〈파스칼의 정리〉를 증명함.

1640년(17세)
· 《원추곡선론》 출판됨. 장세니우스의 유작(遺作) 《아우구스티누스》 출판됨.

1641년(18세)
· 누님 질베르트가 사촌인 플로랑 페리에와 결혼.
· 《아우구스티누스》가 종교재판소로부터 이단 선고를 받음.

1642년(19세)
· 갈릴레이 사망.
· 계산기 고안에 지나치게 몰두하여 건강을 해치기 시작.
· 생질 에티엔느 페리에 태어남(후에 《팡세》의 서문을 씀).

1643년(20세)
· 아르노의 예수회(Jesuits)를 비판한 《빈번한 성체배수(聖體拜受)》를 간행하여 큰 반발이 일어남.
· 포르 르와이알의 지도자 생 시랑(Saint Cyran) 사망.
· 루이 14세 즉위.

1644년(21세)
· 데카르트의 《철학의 원리》가 암스테르담에서 간행됨.

1646년(23세)
· 부친의 발을 치료하기 위해 드나들던 2명의 외과 의사로부터 생 시랑·아르노(Arnauld)·장세니우스의 저서를 읽도록 권고받음. 그것을 계기로 파스칼은 포르 르와이알파의 신앙에 접근함(소위 제1의 회심).
· 토리첼리의 〈진공(眞空) 실험〉 재현에 성공.

1647년(24세)

· 이성에 의해 신앙의 비의(秘義)를 논증할 수 있다고 주장하는 카프친회 수도사 자크 포르통(Forton)과 종교논쟁을 함.
· 그해 봄에 병상에 눕다. 안정을 취하라는 의사의 충고를 받고 누이동생 자크린느와 함께 파리로 가서 사교생활에 들어감.
· 그해 9월 23, 24일 양일간 데카르트가 파스칼을 방문하여 진공 문제를 논하나 의견이 일치하지 않는다.
· 자크린느와 함께 빈번히 포르 르와이알을 찾아가 설교를 들음.
· 자크린느, 수녀가 될 결심을 하나 부친의 반대에 부딪힘.

1648년(25세)
· 《원추곡선론》을 완성.
· 누님 질베르트에게 자신의 신앙관을 피력하는 편지를 자주 썼음.
· 〈액체의 평형에 관한 대 논문〉을 간행함.
· 30년 전쟁이 막을 내리다.

1649년(26세)
· 영국에서 청교도혁명이 일어남.

1650년(27세)
· 2월 21일, 데카르트 사망.

1651년(28세)
· 9월 24일, 부친 에티엔느 파스칼 사망.

1652년(29세)
· 누이동생 자크린느, 파리의 포르 르와이알에 들어감.

1653년(30세)
· 교황 이노센트 10세 칙서를 내려, 장세니우스의 유저(遺著) 《아우구스티누스》 속에 들어 있는 〈5개 조 명제(五個條命題)〉를 이단이라고 선고함. 포르 르와이알파는 이에 대해 반론을 제기함.

· 파리의 사교계를 드나들며, 전부터 알고 지내던 프와투 령(領) 총독인 르와네즈 공작과 친해짐. 그를 통해 슈발리에 드 메레·미똥·바로 (Barreaux) 등과의 교우가 시작됨. 또 르와네즈 공의 여동생 샤를르트 와도 가까이 지낸다.

1654년(31세)

· 과학 연구에 주력함.

· 사교생활에서 경험하게 된 도박에 깊은 관심을 두고 확률 계산법을 연구하여 〈산술 삼각론(Traité du triangle arithmétique)〉을 발표함(그의 사후 3년 만인 1665년에 출판됨).

· 자크린느에게 세속생활에 대한 혐오와 과학 연구의 허망함을 고백하고, 금욕적 종교 생활에 들어감.

· 11월 23일 밤 10시 30분에서 12시 30분 사이에 '은총의 불'을 체험하고는 강렬한 감동 속에 '제2의 회심'이라 일컬어지는 결정적인 회심 (回心)을 하다. 이 체험을 양피지에 기록한 것이 바로 비망록 〈메모리알(Memorial)〉로서, 그는 그것을 죽는 순간까지 옷 안쪽에 꿰매어 간직했으며, 사후에 발견되었다.

1655년(32세)

· 1월 데 샹의 포르 르와이알에 머무르며, 그동안 사시(M. de Sacy) 씨와 더불어 몽테뉴·에픽테토스에 관해 대화함.

· 이 무렵부터 포르 르와이알파와 예수회 사이에 대립이 심각해지기 시작함.

1656년(33세)

· 포르 르와이알의 지도자인 아르노가 파리 대학 신학부(소르본)로부터 장세니우스의 유저《아우구스티누스》에 〈5개 조 명제〉가 실제로 들어 있는가 아닌가 하는 문제에 대해 이단 선고를 받음. 파스칼도 포르 르

와이알에 가서 제수이트(Jesuit. 예수회 회원)들과의 논쟁에 뛰어들어, 그들을 탄핵하는 공개장을 씀. 아르노를 변호하기 위해《프로방시알 제1의 편지》를 씀(이 해에 제16의 편지까지 완료).
· 2월 9일, 아르노가 소르본에서 제적됨.
· 3월 24일, 생질녀인 마르그리트 페리에에게 '성형(聖荊)의 기적'이 일어남. 약 7개월 후인 10월 22일 '성형의 기적'이 공식적으로 인정되다.

1657년(34세)
·《프로방시알 제17, 18의 편지》완료.《은총론(恩寵論)》을 씀.
· 그해와 이듬해인 1658년에 걸쳐《팡세(Pensées)》를 이루는 대부분의 단장들이 〈기독교 변호론〉으로 쓰인 것으로 추정됨.

1658년(35세)
· 5월경 포르 르와이알에서 〈기독교 변호론〉의 저작 의도와 구상에 관해 강연한다.
· 크롬웰 사망.

1659년(36세)
· 3월, 건강이 크게 악화한다. 모든 연구 활동을 중단함.

1660년(37세)
· 누님 집에 머물면서 〈기독교 변호론〉의 단장들을 계속해서 쓰다.
· 루이 14세가 포르 르와이알파와 예수회 사이의 논쟁에 개입한다.

1661년(38세)
· 장세니우스를 이단으로 인정하는 '신앙 선서문'에 모든 성직자가 서명하라는 포고가 국왕 고문 회의로부터 나옴. 포르 르와이알의 학교가 폐쇄됨. 자크린느를 위시한 포르 르와이알의 수녀들은 그 문서의 서명에 반대하였으나, 아르노와 파스칼은 신앙 문제와 사실 문제는 구별되

어야 한다는 파리 부주교의 포고에 따라 서명할 것을 요구한다. 수녀들은 '사실 문제'를 보류한다는 조건으로 '신앙 선서문'에 서명한다.
· 7월 14일, 국왕 고문 회의에서 앞선 서명을 무효로 하고 '신앙 문제'와 '사실 문제'에 구별 없이 무조건 서명하라는 포고를 내다. 파스칼은 그 서명에 반대하여 아르노와 대립한다.
· 10월 4일, 자크린느 사망함.
· 포르 르와이알파가 위의 선서문에 서명한다.
· 파스칼은 건강 악화로 인해 그 논쟁에서 손을 떼다.

1662년(39세)
· 6월 누님 집에서 병상에 눕는다.
· 교구 사제인 브리에를 초청하여, 성체배수(聖體拜受)를 간곡히 부탁함.
· 8월 3일, 유언장을 작성한다.
· 8월 17일, 임종의 성체배수 받는다.
· 8월 19일, 새벽 1시 영면(永眠)한다.

안티쿠스 책장

팡세(완역판)

초판 1쇄 ┃ 2023년 9월 15일 발행

지은이 ┃ 블레즈 파스칼
옮긴이 ┃ 정봉구

펴낸이 ┃ 이경자
펴낸곳 ┃ 육문사

편   집 ┃ 김대석
교   정 ┃ 이정민
디자인 ┃ 인지숙

주   소 ┃ 경기도 고양시 일산동구 산두로 128 909동 202호
전   화 ┃ 031-902-9948   팩스 ┃ 031-903-4315
이메일 ┃ dskimp2000@naver.com

출판등록 ┃ 제 2016-000182 호 (1974. 5. 29)

ISBN 978-89-8203-039-0 03860